Noch einmal die alte Geschichte vom »göttlichen Dulder«, vom »listenreichen Odysseus« und der geduldigsten Warterin in der Weltliteratur, von Penelope. Doch wie erzählt! In Inge Merkels Roman *Eine ganz gewöhnliche Ehe* geht es weniger um Götterintrigen und Schlachtengemälde als um Kummer und Verzweiflung, um Güte und Verstehen – schließlich um gemeinsames Gelächter. Inge Merkel kommt dem Leser nur am Rande mit Troja und mit Staatsaktionen. Sie erzählt vielmehr von Menschen, denen übel mitgespielt wird. Augenzwinkernd läßt sie durchblicken, warum Odysseus zwanzig Jahre braucht, um zu Weib und Sohn zurückzukehren. Das lag natürlich an diversen Frauen auf dem Weg zwischen Kleinasien und Ithaka. Aber: im Gegensatz zu der von Homer überlieferten Geschichte verhält sich Penelope auch nicht immer asketisch. Sie nimmt sich ebenfalls ihren Teil vom Leben. Kritiker nennen Inge Merkel in einem Atemzug mit Heimito von Doderer, Albert Paris Gütersloh und Robert Musil.

Inge Merkel, 1922 in Wien geboren, studierte Germanistik, Geschichte und Altphilologie; nach ihrer Promotion war sie zunächst im Seminar für Klassische Philologie der Universität Wien, danach im Höheren Schuldienst tätig. Für ihren Debütroman ›Das andere Gesicht‹ erhielt sie den *Aspekte*-Literaturpreis 1982. Inge Merkel lebt in Wien.
Von derselben Autorin im Fischer Taschenbuch Programm:
›Das andere Gesicht‹ (Bd. 5448) und ›Die letzte Posaune‹ (Bd. 9169).

Elvira Bach, die das Motiv für den Umschlag gestaltete, wurde 1951 in Neuenhain/Taunus geboren, besuchte 1967–1970 die Staatliche Glasfachschule in Hadamar und studierte 1972–1979 bei Hann Trier an der Hochschule der Künste Berlin. 1982 Artist in Residence, Santo Domingo. Einzelausstellungen seit 1979. Elvira Bach lebt und arbeitet in Berlin.

Inge Merkel

Eine ganz gewöhnliche Ehe

Odysseus und Penelope

Roman

Fischer
Taschenbuch
Verlag

Umschlagabbildung: Elvira Bach

Einmalige Sonderausgabe
Veröffentlicht im Fischer Taschenbuch Verlag GmbH,
Frankfurt am Main, Mai 1991

Lizenzausgabe mit freundlicher Genehmigung des
Residenz Verlags, Salzburg und Wien

Umschlaggestaltung: Manfred Walch
Druck und Bindung: Clausen & Bosse, Leck
Printed in Germany
ISBN 3-596-10817-9

ANSTELLE EINER EINFÜHRUNG

EIN BRIEFWECHSEL DER VERFASSERIN MIT EINEM NATURWISSENSCHAFTLICH GESINNTEN FREUND

Geschätzte Freundin!
Das nenn ich endlich ein Sujet! Mann und Frau und die Ehe. Stunden, ja Tage könnte ich, ein langjährig geprüfter Ehemann, mich über dieses Thema verbreiten.

Aber warum in aller Welt bemühen Sie Homer? Odysseus und Penelope, Götter und Heroen! »Andra moi ennepe, Mousa, polytropon ... Erzähle mir, Muse, vom Vielgewandten« – seit Jahrhunderten zerrieben im unwirschen Mahlwerk verdrossener Schulstunden, in denen man uns den Hexameter ohrensicher zu machen versuchte. Warum dies heute so hochbrisante Thema: die Ehe, mit einer Bürde von 3000 Jahren Vergangenheit belasten? Zusätzlich durchzittert von Schultremor!

Ich rate dringlich ab!
K.

Herzlichen Dank, mein Freund, für den fürsorglichen Rat! Ich werde ihn allerdings nicht befolgen. Ich habe meine guten Gründe dafür – mich über Schultremor und 3000 Jahre hinwegsetzend –, Homer zu bemühen. War er doch ein exquisiter Menschenkenner und -darsteller wie wenige nach ihm. So sind seine Gestalten Musterbilder der Menschheit und keiner Zeitmode unterworfen. Mann und Frau und jene Form des Zusammengehörens, die man Ehe nennt, sind keine Modelaunen. Man wechselt Geschlecht und Geschlechterbeziehung nicht saisonbedingt. Oder sollten Sie gar ein Opfer der neuerdings verbreiteten Mode sein, die das Wort »Ehe« nur mehr hämisch ausspricht? »Zweierbeziehung« heißt das jetzt und ist verpönt, weil diese verwerfliche Institution die Beteiligten am Urrecht der Selbstfindung und Selbstverwirklichung hindert. Einschlägige Forscher haben bekanntlich herausbekommen, was man bislang Mann und Frau nannte, seien, abgesehen von anatomischen Kleinigkeiten, »Rollen«, je nach Epoche und Kulturkreis dem einen Geschlecht vom anderen aufoktroyiert zwecks Unterdrückung und Ausbeutung.

Ich empfehle mich Ihnen mit dem Vorschlag, Ihr Mannskostüm abzuwerfen und sich endlich selbst zu entwickeln!

Ihre M.

Verehrte sind einem Mißverständnis erlegen!
Wenn Sie mir hoch und heilig schwören, es nicht meiner Frau weiterzusagen, mache ich Ihnen sogar das Geständnis, daß ich um vieles lieber ausbade, was mich meine »Zweierbeziehung« dann und wann anschauen läßt, als das, was mir blühte, wenn ich – wie Sie mir ungütigerweise vorschlagen – mein Mannskostüm abwürfe und mich als Ungeschlecht durchs Leben schlagen müßte, immerfort mich selbst findend.

Sehe ich einen Mann nach absolviertem Säuglingskurs, gewissenhaft sein Baby wickelnd, im Park sitzen, während die dazugehörige Gattin an ihrer Selbstverwirklichung arbeitet, macht mich das zutiefst ängstlich. Ich habe dann immer die Vision vor Augen, daß die Menschheit – einer seltsamen Nostalgie nach Urzuständen aufsitzend – sich Milliarden von Jahren der Evolution zurück in die Ursuppe stürzt.

Stellen Sie sich vor! Ein brodelnder Schleim. Darin entfaltet sich auf Grund komplizierter chemischer Vorgänge eine hektische Betriebsamkeit. Es regt und vervielfältigt sich da ein winziges Gewimmel, wo im Selbstbetrieb eins immerfort in zwei gleiche zerspringt. Verstehen Sie, worauf ich hinaus will? Ich fürchte, daß der Mensch – den ich als Gattung nicht übermäßig adoriere, aber immerhin –, daß der Mensch sich auf diese Verhältnisse rückentwickeln könnte, indem er alles Spezifische am Geschlecht und an der Beziehung der Geschlechter zueinander zu verwischen und aufzulösen trachtet.

In ernster Sorge!

K.

Hochinteressant, was Sie da vom Selbstbetrieb des Gewimmels zu berichten wissen! Diese spaltende Emsigkeit des Urgezüchts hat für mich geradezu etwas Gespenstisches: Doppelgängertum und Selbstbespiegelung, ja eine unheimliche Spiegelfechterei! In dieser Ursuppe scheint allerdings der Selbstentfaltung kein Hindernis entgegengestanden zu sein. Fand ja der Spalter sich dauernd selbst zur eingehenden Betrachtung und Analyse und konnte sich unablässig verwirklichen. Grauslich! Stellen Sie sich vor, Sie sind nur von Selbsterzeugtem ihresgleichen umgeben. Da lob ich mir den biederen Ehestand mit all seinen Miseren und Querelen und zeitweiligen Niederträchtigkeiten. Man muß zwar immer auf Überraschung gefaßt sein, fad aber ist einem nie. Ich staune jetzt nur, daß einer wie Sie, der sich wie nichts in unauslotbaren Zeitfernen tummelt, mir meine schäbigen 3000 Jahre vorhält!

Auf Antwort begierig!
M.

Nun, meine Gute, die Antwort liegt auf der Hand!
Der Mensch als Produkt der Evolution ist bestimmten unabänderlichen anatomisch-biologischen Gesetzen unterworfen. Wenn ich aber bedenke, was da an Sitten und Gebräuchen und Moden um diese ehernen Gesetze herumwuchert und deren Gesicht äußerlich dauernd verändert, da spielen »schäbige« 3000 Jahre doch eine gewisse Rolle.

Daher bleiben Frage und Zweifel aufrecht: Warum dem prospektiven Leser kulturhistorische Studien zumuten, ehe er sich dem Genuß eines Romans über das Phänomen Ehe widmen kann?

Der Ihre, K.

Die Studien kann er sich ersparen. Ich schreibe ja keine Liebesgeschichte. Da rankt und schlingt sich freilich allerhand Historisches um den biologischen Bodensatz. Ich aber will von der Ehe schreiben, einer Beziehung, in welcher Mann und Frau zwar auch dem Bodensatz huldigen, vor allem aber gemeinsam und unter Einsatz ihrer geschlechtsbedingten Andersartigkeit, Rücken an Rücken, sich dem Dasein stellen, der Übermächtigkeit der Welt, nennen Sie es Schicksal, Notwendigkeit, Zufall oder Götterlaune: Sie gibt einem wahrhaftig mehr aufzulösen als eine noch so romantische Liebesgeschichte. Jeder der beiden bringt seine spezifischen Anlagen zur Bewältigung dieses Daseins ins Spiel, und zusammen haben sie eine – wenn auch geringfügige – Chance, sich in der Brandung des Übermächtigen einigermaßen zu halten.

M.

Das ist alles sehr schön und fast feierlich gesagt! Aber bitte – ich lasse nicht ab davon: Warum gerade Odysseus und Penelope? Sie eine trauernde Sitzengelassene und er ein Windbeutel. Ein fetter Fang am Angelhaken der Emanzen.

Nicht ohne boshaftes Vergnügen sehe ich Sie bereits abgedruckt und abgebildet in einer militanten Frauenzeitschrift.

Freundlichst!
K.

Oh, wie streng gegen das eigene Geschlecht! Für mich ist Odysseus ein ganz normales Mannsbild. Er hat seine Penelope auch nicht böswillig sitzengelassen, sondern er ist nach angemessener Zeit wiedergekehrt. Und auf dieses Wiederkehren kommt's an. Viel mehr kann man nicht verlangen. Er folgt seinem eingeborenen Drang nach Bewährung in einem breiteren Umkreis, als das Nest ihm bietet. Er will sich messen mit seinesgleichen, sich umsehen in der Welt und in großem Stil zeigen, was an ihm dran ist. Es macht da gar keinen Unterschied, ob einer dabei unter anderen Mannspersonen umherpfaut vor den Mauern von Ilion oder ob er im Kongreß der Fachkollegen – alle anderen für Idioten haltend – das Wort ergreift und es ihnen beweist.

Kommt Ihnen das bekannt vor?
Die Ihre, M.

Soviel ich von meiner sicher rudimentären literarischen Bildung weiß, »bewährte« Odysseus sich nicht nur vor Ilion, sondern auch in allen möglichen Grotten, die lieblich besetzt waren.

Was sagen Sie jetzt?
K.

Na und?, sage ich. – So sind sie eben, die Männer, und die Grottenbesuche gehören auch in den Rahmen des »Sich-Umsehens« in der Welt. Das geht gar nicht einher mit Verwerfung der eigenen Höhle. Denn wohin, frage ich Sie, zieht es euch nach stattgehabter Bewährung zurück, wenn auch meist in ramponiertem Zustand? Nach Hause ins eigene Nest, wo ihr Trost und Regeneration erwartet und auch findet, wenn die eigene Frau eine Frau ist. Sie singt ihm dabei natürlich allerhand Feilendes in die Ohren, das ihm nicht gefällt. Aber das verschläft er meist. – Feinere Exemplare stellen sich zumindest schlafend.

M.

Jetzt kommt bei Ihnen doch die bislang geschickt verborgene Emanze heraus, Teure!

Submissest, Ihr K.

Auf falscher Spur, Illustrer!
Das Warmhalten des Nestes, die Wiederaufnahme und ein bißchen spöttisch untermalte Pflege des von der Bewährung zurückkehrenden Einhockers ist kein Schandmal der Unterwerfung unter ein Zwangsschema, das die Frau zu Demut und Dienerschaft und zum Objekt der Ausbeutung verdammt. Ein Frauenzimmer mit normalen Instinkten und von animalischer Potenz zieht aus diesem Verhalten durchaus Positives. – Es verleiht uns ein Gefühl der Mächtigkeit mit hexischem Einschlag!

M.

Masochismus, gepaart mit abgefeimter Heuchelei und einem heißen Kohlenbecken in der Hinterhand, dem ahnungslosen

Sünder aufs Haupt gestülpt! Erzählen Sie nichts einem Erfahrenen! – Als ob ihr keine Rachegefühle hegtet, nicht strotztet vom Gift der Eifersucht, wenn der Eure anderswo vorspricht und dann pflegebedürftig wiederkehrt. Erzählen Sie mir keine Märchen von freudiger Hinnahme gerade dieses Kreuzes bei einem Weib mit »animalischer Potenz«!

Sie haben schon besser gelogen!
K.

Regen Sie sich nicht auf, Guter, es schadet Ihnen!
Mein Musterweib ist alles andere als ein Opferlamm. Sie sehen das zu eng. Wir haben uns doch schon einmal dahingehend geeinigt, daß das Band der Ehe über das gewisse Biologische hinausgeht. Im Rahmen des letzteren hält sie sich natürlich schadlos mit Toben, Sticheln, Weinen und wohl auch anderswie.

Innigst!
Ihre M.

Schadlos halten und vor allem »anderswie«! Jetzt kommt's heraus: Gleichberechtigung im Sexualverhalten! So gesehen, hat Ihre treue Penelope den Gatten allerdings weit übertroffen. Gab's da nicht über hundert Mannsbilder, die sich während der Irrfahrt des Dulders als Freier in seinem Hause breit machten? So viele Grotten gibt's in der ganzen Ägäis nicht, in die der arme Filou sich hätte verirren können.

K.

Daß man selbst bei gebildeten Naturwissenschaftlern immer wieder auf diese merkwürdige Primitivität der Denkungsart und des Vorstellungsvermögens stößt, sobald es um Menschen geht!

Dieses »schadlos halten«, das Sie mir so giftig unter die Nase reiben, ist doch bei Mann und Frau etwas grundsätzlich Verschiedenes, oder genauer: die Frau verfügt über mehrere und feinere Spielarten davon, während der Mann sich meist auf die krudeste Realität beschränkt (Stichwort: Bodensatz).

Ich sehe auf Distanz Ihre Stirne sich mit Zweifel umwölken, mit Ratlosigkeit. Ich will Ihnen helfen. Erinnern Sie sich: Penelope wob während der Anwesenheit der Freier in ihrem Hause an einem großen Tuch. Geht Ihnen jetzt ein Licht auf?

M.

Leider nein, Beste! Sie wollen doch nicht sagen, Penelope hielt sich schadlos mit Handarbeiten?

K.

Handarbeiten!! Sie häkelte keine Pulswärmer für Odysseus. Sie stellte ein Gewebe her! Ein buntes, bilderreiches Gewirke. Eine Bildgeschichte. Und die trennte sie nachts wieder auf.

Verstehen Sie noch immer nichts? Bilderweben anstelle der plumpen Handlung! Was fällt Ihnen dazu ein?

M.

Unanständige Phantasien, Verehrte!
Wahrscheinlich tat sie gut daran, sie wieder aufzutrennen.

K.

Eine männliche Antwort, mein geschätzter Freund!
Aber vergessen Sie nicht eins: In ihrer Wirkungspotenz sind Phantasien kaum schwächer als Realitäten. Jedenfalls im Gefühlssektor. Und in jenen Belangen, von denen die Rede ist, zählt doch vor allem dieser.

Aber wir wollten doch über die Ehe reden und nicht über fallweise Abschweifungen und diverse Modalitäten der Ausführung.

Die Ehe als ein Bund einander ergänzenden Zusammenstehens gegen die Leidigkeiten des Lebens, denen der Sterbliche ausgesetzt ist, übermächtig schon deshalb, weil am Ende immer der Tod steht. Aber manchmal gelingt es doch – eben mit Hilfe der Ehe, mit Hilfe der Vereinigung verschieden gearteter Talente –, gegen diese Übermacht einen kleinen Vorteil, einen Aufschub zu erringen.

Der Mann hat einen Blick für harte Realitäten, hält viel von vernünftigem und zweckmäßigem Handeln. Dabei hat er vor allem die *Stärke* des »Gegners« im Auge. Er schätzt sie ab und entscheidet, ob er zum Angriff schreiten soll oder zur Flucht oder Unterwerfung. Eine Frau dagegen versucht, die *Schwächen* des Übels auszuforschen, um es auf diesem Wege zu Fall zu bringen.

Soweit einverstanden?
M.

Jetzt wird's mir klar: Das ist die Niedertracht am weiblichen Geschlecht. Man kann sich nicht genug hüten vor euch.

Darf ich jetzt noch wissen, wie die Musterfrau gegen eine Übermacht, deren Schwächen sie eräugt hat, vorgeht?

Neugierig!
K.

Sie geht nicht vor, mein Freund! Sie seift ein.

M.

Noch eine letzte bescheidene Frage, Verehrte!
Wenn eine solche Einseifung geglückt ist, weicht dann die Übermacht?

Hochgespannt!
K.

Das nicht. Aber manchmal rutscht sie aus.

M.

I
DIE VERANKERUNG

Warum ist in diesem Frühling das weinrote Inselmeer voll von rauschenden Schiffen? Alle halten sie Kurs auf die Peloponnesos zu! Hochmastige Schiffe mit weißen und gelben Segeln. Segel auf schlanken und langen, Segel auf breiten, bauchigen Schiffen. Rote Schiffe und schwarze Schiffe, den Vordersteven mit großen, geschweiften Augen bemalt. Dreigeteilt der hochgezogene Bug, am Heck nach innen gebogen der Kopf eines Pferdes. Die Segel knattern im frischen Wind an den knirschenden Rahen.

Warum sind in diesem Frühling alle Straßen, die nach Sparta führen, so voll von Wagen? Leichte, zweirädrige Gefährte. Vierrädrige große, kunstreich verziert, beschlagen mit gehämmerter Bronze, überdacht zum Schutz vor der Sonne und mit geflochtenen Sitzen ausgestattet, die im Wagenkorb schaukeln und die Stöße abfangen von den holprigen Straßen, in die der Winterregen Rinnen und Löcher gewaschen hat. Gemächliche Maultiere ziehen die Wege entlang, überholt von Gespannen feuriger Rosse, Peitschengeknall und Wolken des Staubes, Rädergeratter und das Knirschen des ledernen Zaumwerks, das oft mit glitzernden Glöckchen behangen ist. Auch Lastwagen rumpeln daher, von Ochsen gezogen, gedeckt mit Planen, damit der spritzende Kot nicht verdirbt, was an kostbaren Gaben nach Sparta geführt wird.

Keiner – er käme denn aus der Barbarei – hätte eine solche Frage stellen müssen! Jeder Bauer und Hirt, der von Acker und Weide den Zügen nachsah, die Augen mit der Hand gegen das Blenden der Frühjahrssonne bedachend, jeder von ihnen wußte, warum in diesen Wochen die Straßen und Wege Lakedaimons so ungewöhnlich belebt waren.

Helena, Ziehtochter des Königs von Sparta, war mannbar geworden. Alles was Namen hatte und auf sich hielt auf den Inseln und dem griechischen Festland, kam, um zu werben oder um wenigstens dabei zu sein bei diesem großen Treffen. Freilich, Hoffnung konnte sich nur machen, wer von hochadeligem Geschlecht war, einen Ruf hatte und prunkende Geschenke bot.

Vier Kinder hatte Tyndareos, König von Sparta. Zwei Söhne und zwei Töchter. Aber nur Kastor und Klytaimnestra waren bettgezeugtes Geblüt. Die beiden anderen, Helena und Polydeukes, waren Schilfkinder. Zeus, hieß es, habe sich in Gestalt eines Schwanes für eine göttliche Stunde der Königin Leda genähert, als sie im Schilf badete. Am Abend desselben Tages aber hatte Tyndareos die Gattin heimgesucht für eine menschliche Stunde. So wurden alle vier gleichzeitig geboren und wuchsen gemeinsam auf im Palast des ehrenvoll Gehörnten.

Unter seiner Hut – wenn auch nicht seine Tochter – war Helena herangereift und im vergangenen Winter plötzlich erblüht zur schönsten Frau von ganz Hellas.

Deshalb das Gedräng und Getümmel auf den Landstraßen, Segelgeknatter und Kielwassergischt auf dem Meer. Im weiträumigen Palast zu Sparta ein nicht endenwollender Zustrom vornehmer Gäste. Herangeschleppt wurde, was die Vorratskammern hergaben. Es wurde geschlachtet und gebraten und gekocht. Es stank nach brutzelndem Fett, verschüttetem Wein, nach Metzgerblut und dem Schweiß der Männer, die zechten und lachten und prunkten und prahlten und täglich voll Ungeduld warteten auf den Augenblick, da die Frauen sich zeigten und unter ihnen die einzige, auf die es ankam: Helena.

Chorgeschwätz der Geronten im Palast des Tyndareos

»Wie kommst du denn daher, Klearchos!
Geschwanzt und geschniegelt,
gekräuselt den speckigen Bart,
der sonst mit den Resten der vorletzten Mahlzeit
Fleischfliegen anlockt?«
»Du halt den Mund, Philokleon,
hockst da wie die alte Baubo,
den Fettsteiß in tyrischem Linnen.«
»Laßt das! Schaut den Kinesias an!

Gestern noch trug er am Haupt den Reif seiner Jahre,
und heute! Was sieht man?
Kohlrabenschwarz umkraust es die spiegelnde Glatze!
Noch sieht man die Kleckse der Farbe an Stirne und Schläfen.«
»Für den Spiegel zu blind, der Lustgreis!
Und an die Gattin konnte er schwerlich sich wenden
um Hilfe in dieser besonderen Sache.
Die hätt das Gekrös ihm gekämmt mit allen fünf Fingern!«
»Still doch jetzt, still, ihr hohen Geronten!
Sie kommen, sie nahen!
Horcht doch, horcht! Das Getrippel der feinen Sandalen,
das Kichern und süße Kudern
und, ach, es geht mir ins Mark,
das Knistern der Schleier, des zarten Gebausches
rund um die prangenden Formen!
Es kommen die Mädchen.«
»Beug dich nicht vor! Du verstellst mir die Sicht,
geiler Gaffer!«
»Ah, Helena ist unter ihnen,
die ausnehmend Schöne!«
»Seht euch die Freier an, wie sie stelzen!
Grad noch lungerten sie,
schmatzend, grölend und rülpsend, und plötzlich!«
»Das Maul hat's ihnen verschlagen, die Zoten
sind ihnen zurückgerutscht in die Gurgel!«
»Wie sie die Muskeln spielen lassen,
törichte Pfauen!
triefend von duftenden Ölen!«
»Ach Helena, Helena, Vögelchen goldnes,
hätt ich noch Jünglingsarme!
Strömte noch heißes Blut in den brüchigen Adern!
Wie tanzt ich vor dir im Prunkgefieder der Jugend,
den Kamm zum Bersten geschwollen!
O Eros, quälende Fliege!«
»Was schwillt denn *dir* noch als deine Gelenke,
lüsterner Satyr,
balzend aus dürrem Greisenbalg!«
»Du hast reden, wie *du* daherkommst,

knochenmager mit hängenden Lefzen.
Zahnloser Keifsack!«
»Immer noch besser mager als so wie du,
fettärschige Kröte!«
»O Helena, Helena, Vögelchen buntes!«
»Seht nur! Kußhändchen wirft er,
der Stinkbock!«
(Plötzlich nervöse Unruhe in den Reihen der Greise)
»Still, seid doch still!«
»Was ist denn, was soll das?«
»Horcht nur, edle Geronten, harthörige Knacker,
sie kommen! Nehmt euch zusammen!«
»Wer kommt! Was ist denn?«
»Hört ihr's denn nicht?
Das Tappen der Stöcke,
der herrische Tritt der breiten Sandalen,
das Tuscheln und boshafte Fratscheln!
Die Gattinnen kommen!«
»Ach, es vereist mir das Mark!«
»Das grelle Gezeter ätzt mir das Ohr.«
»Schon kränkt meine Nase Altweibergeruch
aus filzigen Falten!«
»Vogelblicke! Argwöhnisch, stecknadelscharf!
Was sollen wir tun, unselige Gockel?«
»Benehmt euch, hohe Geronten!
Hört auf zu gaffen nach Kükenflaum,
sonst wittern sie Unrat, die Hexen,
und schleppen uns ab nach Hause.«
»Nicht die Hälse gedreht!
Gradaus geblickt mit dünkelhaft hängenden Lidern,
die Oberlippe gedehnt,
Würdebolde, den Trug vergänglicher Jugend verachtend.
So gefällt es den Drachen!«
»Weil ihnen selbst der Trug vergänglicher Jugend
längst abhanden gekommen...«
»Pscht!«

Helena! – Die bestürzende Art ihrer ungemeinen Schönheit verdrehte halb Hellas den Kopf und beraubte alles, was männlich war, des Verstandes. Abgesehen von dieser Schönheit allerdings besaß Helena keine besonderen Talente. Von Anlage und Wesen her war sie einfach, fast simpel. Ihr Temperament war bei weitem nicht so glutvoll und leidenschaftlich wie das ihrer Halbschwester Klytaimnestra. Und was den Verstand betrifft, konnte sie sich nicht im entferntesten messen mit der wachen Klugheit ihrer Cousine Penelope. Zu Helenas Gunsten sprach, daß sie gutmütig war. Friedfertigen Gemüts und erstaunlich wenig eitel. Fast ein wenig gleichgültig und teilnahmslos.

Ungerührt und ohne Widerstand ließ sie es geschehen, daß der Vater für sie die Gattenwahl übernahm, und dieser entschied nach seinem eigenen Vorteil.

Alle waren sie gekommen und drängten sich im Palast des Tyndareos: der Telamonier Aias, Diomedes, der Sohn des Tydeus, Idomeneus, König des mächtigen Kreta, Philoktet, Patroklos und Menestheus und noch eine Unzahl anderer.

Auf einem recht bescheidenen Schiff war auch Odysseus hergesegelt, Sohn des Laertes, der ein Kleinfürst war auf Ithaka und den umliegenden Inseln. Laertes war nur sein vorgeschobener Vater. Als er Antikleia, die Tochter des Autolykos heiratete, war diese schon schwanger; und zwar von Sisyphos, der den Ehrennamen trug, der größte Schurke von Hellas zu sein. Autolykos dagegen galt als ein Meisterdieb. Er stahl nicht aus Habgier, sondern aus Leidenschaft. Man könnte sagen: aus Sport. Ein mit List, Wut und Ausdauer geführter Wettstreit gegenseitigen Betrügens verband die beiden benachbart Hausenden. Vor allem stahlen sie Vieh. Als sich eine dieser Runden nachbarlicher Anteilnahme einmal für Sisyphos entschieden hatte, fanden sich die beiden in Autolykos' Haus zu einem freundschaftlichen Gelage zusammen. In dessen Verlauf vergewaltigte Sisyphos – um auch bei dieser Gelegenheit dem Nachbarn noch eine kleine Malice anzutun – Antikleia, seine Tochter und bereits Braut des Laertes. Das Früchtchen dieser Tat war Odysseus, geboren und erzogen aber im Hause des Laertes.

Er nahm teil an dem Werberummel um Helena, ohne die geringsten Aussichten zu haben.

Ehrgeiz und Wißbegierde waren der Antrieb seines Kommens. Er wollte sich umsehen unter den Ersten Griechenlands, Bekanntschaften machen und auch selbst bekannt werden. Bekannt durch jene Eigenschaften, die er, Odysseus, besaß und die ihren besonderen, eher seltenen Wert hatten. Name und Reichtum waren es nicht. Auch keiner besonderen Großtaten konnte er sich rühmen. Er gehörte nicht zu denen, die bereits in frühen Jünglingsjahren von sich reden gemacht hatten. Ein anderes Talent wollte er erproben und bekannt machen: die Gabe, feinsinnige Pläne auszuhecken und die Menschen von deren Nützlichkeit zu überzeugen, und die Fähigkeit, sie dann auch selbst durchzuführen. Im Kreise dieser Erlauchten, hoffte er, würde sich wohl ein Anlaß finden, sich den Ruf eines außergewöhnlich brauchbaren Ratgebers zu erwerben.

Nebenbei hatte er auch die Absicht, sich nach einer geeigneten Gemahlin umzusehen. Helena hielt er nicht für eine solche. Dazu war er zu klug.

Als Tyndareos das unerwartete Großaufgebot griechischer Jugend von Geblüt sah, das sich um seine Tochter bewarb, fiel ihn die Sorge an. Was würden alle die Abgewiesenen tun, wenn er, wie es ja unvermeidlich war, einen von ihnen bevorzugte und erwählte? Er neigte stark dem Menelaos zu, dem blondgelockten Hohlkopf mit den hübschen Zügen, der noch den sprichwörtlichen Reichtum der Atriden in die Waagschale warf. Außerdem waren die Häuser bereits verschwägert. Der Bruder Agamemnon war mit Klytaimnestra vermählt.

Wie würden sich die Zurückgesetzten verhalten?

Odysseus wäre nicht Odysseus gewesen, hätte er die unbehagliche Klemme nicht gewittert, in der Tyndareos stak. Er hatte auch einen passenden Einfall und einen brauchbaren Plan zur Hand. Er mußte nur die Gelegenheit finden, ihn anzubringen. Das fiel ihm nicht allzu schwer. Er verfügte nicht nur über die Gabe zur Rede, sondern auch über die seltenere Fähigkeit, andere zum Reden zu bringen und sacht in seine Geleise zu lenken.

Es gelang ihm bald, dem sorgenbeladenen Tyndareos die Zunge zu lösen, so daß der ihm seine Befürchtungen anvertraute. Da gab er dem König den Rat, ehe er seine Entscheidung bekanntgab, alle Bewerber beim heiligen Pferdeopfer zu verpflichten, einander künftighin in jeder Gefahr beizustehen. Damit war von vornherein jeder Racheakt der Zukurzgekommenen unterbunden.

Der Vorteil dieser Lösung leuchtete Tyndareos ein, und mit der vorschnellen Begeisterung des Erleichterten gestand er zu, in des Odysseus Schuld zu sein.

In der Schar der Jungfrauen um Helena befand sich auch ihre Cousine Penelopeia, die Tochter der Najade Periboia und des Ikarios, Bruders und Mitkönigs des Tyndareos. Auch sie war gerade mannbar geworden und sah sich – ihrer praktischen Art gemäß – selbst ein wenig um. Sie war nicht eine, die sich in ein hübsches Gesicht und einen netten Wuchs vergaffte. Auch Reichtum und klingende Namen bedeuteten ihr nicht viel. Sie brauchte und suchte nach anderem. Sie wollte einen Gescheiten. Die Vorstellung, neben einem Gatten leben zu müssen, der dümmer war als sie, schien ihr unerträglich.

Sie selbst war keine Schönheit. Schon gar nicht in Sichtweite der Helena. Sie war nicht einmal das, was man bei jungen Mädchen hübsch nennt.

Zum Leidwesen der beaufsichtigenden Frauen trieb sie sich gerne im Freien herum, am liebsten bei den Schafhürden, den Ziegenherden. Da sie bei jedem Wetter über die Weiden lief und über die steinigen Hänge kletterte, war sie mager und dunkelhäutig, etwas zu sehnig, und ihre muskulösen Knöchel waren nicht so zart und schmal, wie es sich für ein Mädchen ihres Standes schickte. Wenig Weiches war an ihr. Nicht, daß ihr die gesunden jugendlichen Formen gefehlt hätten! Aber sie brachte sie nicht so zur Geltung, daß sie Männeraugen damit auf sich zog. Sie hatte ein etwas zu langes, zu schmales Gesicht, und das dichte schwarze Haar wuchs ihr tief in die Stirn und wirkte noch schwerer durch die starken Brauen, die gerade über ihren Augen standen. Auch ließen diese Brauen schon früh die Neigung ahnen, über dem Sattel der starken Nase zusammenzuwachsen, was für die dienenden Frauen ein Anlaß war, daran herumzuzupfen. Penelopes Mund war wohlgeformt, aber angesichts der Schmalheit ihres Antlitzes vielleicht etwas zu groß. Anziehend waren ihre lebhaften Augen. Ein helles, zuweilen goldschimmerndes Braun. Diese Augen wirkten oft überfüllt von leidenschaftlicher Zuwendung zu Dingen oder Lebewesen, die sich ihren sehnigen, behutsamen Händen überraschend leicht fügten.

Penelope wußte, wie sie aussah, und sie war sich auch ihrer Wirkung ziemlich klar. Manchmal rührte sich darüber ein kleiner Unmut in ihr, bisweilen sogar ein flackernder Schmerz. Dieser Schmerz aber ging nicht tief. Sie wußte auch, was sonst an ihr war. Wahrscheinlich ist sie die einzige gewesen in der Schar der Mädchen, die Helena nicht beneidete. Sie wußte, daß sie klüger und geschickter war als Helena, und viel zu klug war sie, um ihre eigene Erscheinung mit jener Helenas zu messen.

Männer waren der Penelope keineswegs gleichgültig. Im Gegenteil. Sie wünschte sich sehr und bald einen Mann, wünschte sich Kinder und ein Haus. Aber es gelüstete sie nicht nach einem glänzenden Popanz. So sah sie sich also um und beschaute mit klarem Auge und Hirn, was sich bot. Sie musterte eindringlich und ausdauernd, was da jetzt anläßlich der Werbung herumwimmelte im Bereich des Palastes. Und immer öfter ruhte ihr Blick auf Odysseus.

Er verfügte nicht über jene Reize, die junge, unerfahrene Mädchen zu beeindrucken pflegen. Rothaarig war er. Er hatte breite, imposante Schultern, aber gemessen an der Mächtigkeit des Oberkörpers waren leider seine Beine zu kurz. Er sah allenfalls im Sitzen nach etwas aus. Er hatte auch kein gewandtes Benehmen. Wo hätte er es auch lernen sollen in dem halbbäurischen Ithaka?

Antenor, der ihn später anläßlich einer Gesandtschaft in Troja gesehen hatte, beschrieb ihn den Alten, die über dem skäischen Tor saßen und zuschauten, was sich da am Blachfeld vor der Zitadelle tummelte: Scheu, steif und mürrisch nannte er ihn, eine »befremdliche Erscheinung«. Erst wenn er den Mund aufmachte, dann allerdings begriff man, was für einer er war.

So merkte man auch in Sparta nicht viel von seiner wirklichen Bedeutung. Es bedurfte schon des scharfen Blicks der Penelope, daß gerade Odysseus ihr Interesse auf sich zog unter all dem, was da herumstelzte, Räder schlug und sich von der prächtigsten Seite zeigte. Seine gespannte Aufmerksamkeit fiel Penelope auf. Wie er sich da horchend und schauend herumtrieb, weder prahlte noch soff noch scharwenzelte wie die anderen. Und sie nahm auch wahr, wie er alles in seiner Umgebung beobachtete, sein genaues, grübelndes Starren mit mürrischen Kiefern ohne jedes verbindliche Lächeln, ohne jede gefällige Gebärde. Aber was für die meisten Tölpelhaftigkeit oder schlechtes Benehmen war, das erkannte Penelope als selbstvergessene Konzentration, als Zusammenballung aller Kräfte auf eine Idee, einen Einfall. Sie sah seine Augen, seine raschen, weitgeöffneten, im Ausdruck dauernd wechselnden Augen. Die fesselten sie.

Die Augen des Odysseus waren nicht schön im volkstümlichen Sinn. Kein dunkel glühender Schmelz, kein blau blitzendes Strahlen. Es war die Wachheit und Lebendigkeit, die des Odysseus Augen schön machte. Das Wechselspiel der Farbe zwischen Grau- und Grüntönen. Nahm ihn etwas gefangen, dann waren seine Augen, halb von den Lidern bedeckt, dunkel, starr und undurchsichtig, fast stumpf vor Anspannung. Belustigte ihn etwas, dann zogen sie sich zu einem schmalen Schlitz zusammen und glitzerten grün. Wenn er aber – was immer wieder und ganz unvermutet geschah – in einen träumerisch sinnenden Zustand geriet und ganz abwesend schien, dann nahmen seine Augen Meeresfarbe an: ein schimmerndes Wechselspiel zwischen Grau und Blau und Grün, unter dem man dunkel die Tiefe ahnte.

Diese Augen waren es, was Penelope aufmerken ließ, und die Art, wie er sich beobachtend und horchend herumtrieb, statt wie die andern zu schwätzen, zu prassen, sich großtuerisch zu gebärden.

»Diesen Mann lohnt es sich anzusehen, trotz roter Krause und nicht gerade ebenmäßiger Statur«, sagte sich Penelope und begann – soweit Brauch und Sitte es zuließen –, sich in die Nähe des Odysseus zu stellen, um ihn genau zu beobachten und auch sprechen zu hören. Er redete nicht viel. Aber wenn er das Wort ergriff, sprach er klug und wußte seine Worte gut zu wählen und zu setzen.

Immer die gleichen Abende im Megaron. Dort saß man in Gruppen herum, hörte zu oder unterhielt sich. Alle waren sie angegessen und im Zustand leichter Trunkenheit. Stimmengewirr, Gelächter, das übliche Prahlen der Männer. In der Weiberecke tuschelnder Klatsch.

Da ging dann regelmäßig Agamemnon in Szene mit seinem imposanten Wuchs und zog aller Augen auf sich, wenn er eine seiner platten Nichtigkeiten dröhnend von sich gab.

Penelope kam dann immer das Lachen an. Sie blickte zu Odysseus hin und sah, daß auch in seinen Augen Spott glitzerte.

Einmal ergab es sich bei einer solchen Gelegenheit, daß die Blicke beider sich trafen. Odysseus neigte sich zu ihr hin und flüsterte, daß nur sie es hören konnte:

»Belustigt dich etwa das Getön des großen Atriden, Penelopeia?«

»Auch dich, Odysseus, scheint das hochtrabend Gestelzte nicht gerade ernsthaft zu stimmen, wenn mich deine Augen nicht trügen.«

»Es kitzelt mich allerdings etwas im Zwerchfell, wenn die löwenhäuptige Attrappe Bagatellen herausschmettert wie Heeresbefehle!«

»Sei still, ich muß mich beherrschen, daß die Tanten nichts merken.«

»Die Matronen dort in der Ecke sind deine ehrwürdigen Tanten?«

»Siehst du nicht, wie sie schon herüberäugen mit spitzen Blicken und fratscheln hinter vorgehaltener Hand?«

»Dickbäuchige Kalebassen, in denen trockene Körner rascheln.«

»Sag so was nicht, sonst lach ich heraus!«

»Das schickte sich wohl kaum für dich, erlauchte Prinzessin! Und hinterher setzt es dann wohl eine Predigt.«

»Bei der grausigen Hekate, ja!«

»Ganz und gar neu ist mir, daß die hochgeborenen Jungfrauen in Sparta bei Hekate schwören!«

Da begegneten sich wieder die Augen der beiden und nahmen zur Kenntnis, daß sie über die gleichen Dinge lachen mußten.

Von diesem Abend an dämmerte es dem Odysseus, daß er dieses magere schwärzliche Mädchen mit der freien Zunge im Auge behalten mußte. Penelope wußte bereits: Der ist es. Den will ich haben.

Natürlich war es Penelope, die Frau, welche nun die Sache in die Hand nahm, soweit man diese besondere Sache überhaupt in die Hand nehmen und zielgerichtet fördern kann.

Sie schlug nicht den üblichen Weg ein. Sie begann sich nicht aufzuputzen, vor ihm zu spreizen, ihm bewundernde Blicke zuzuwerfen. Sie hielt sich in angemessener Nähe, hörte ihm zu und nahm in schicklichen Grenzen, soweit dies möglich und statthaft war, teil am Gespräch und sagte verständige Dinge. Sie zeigte auch praktische Kenntnisse in Hauswesen und Wirtschaft und – über diesen engen Bereich hinaus – Einsicht in Menschen und Geschehen. Wenn es sich ergab, brachte sie wohl auch eine geschliffene, witzige Bemerkung an. Sie merkte, daß er zuhörte und sie dabei ansah.

Bald sahen die beiden einander recht häufig an. Suchten einander zuweilen auch mit den Blicken, wenn etwas geschah, das beide zum Lachen reizte. Etwa wenn einer sich aufspielte, eine pralle Dummheit von sich gab. Odysseus zwinkerte ihr dann manchmal zu mit seinen zum Schlitz verengten, grünen Lachaugen.

Sonst allerdings erwies sich der Planungsreiche in dieser Angelegenheit eher als ungewandt, schwerfällig, wortkarg und einfallslos. Lediglich, daß er bisweilen in Penelopes Nähe herumstand. Aber hätte sie sich denn einen glattzüngigen Verführer gewünscht vom Schlag eines Paris? Sie besorgte das schon selbst und verstand es einzurichten, daß es nicht nur dem Zufall überlassen blieb, daß er in ihrer Nähe herumstand! Kam es dazu, zeigte er jedoch eine beträchtliche Ausdauer und Hartnäckigkeit. Mit der Zeit ergab es sich – Penelope sah es mit Recht als einen bedeutenden Fortschritt an –, daß Odysseus sich jetzt manchmal, was keinem der Freier eingefallen wäre, bei den Ställen und Wirtschaftsgebäuden umtrieb. So ergab es sich, daß er auch zufällig »dastand«, wenn Penelope sich dort nützlich machte.

Natürlich nicht mit schweren Arbeiten. Das schickte sich nicht für die Tochter des Ikarios, und gerade das niedrige Gesinde war es, das scharf darauf achtete, was sich allenfalls gerade noch schickte für sie und was nicht. Mehr, als Penelope lieb war. Aber einiges hatte sie sich doch ertrotzt. Besonders beim Vieh. Da stand dann Odysseus gelegentlich ohne ersichtlichen Grund in der Nähe und sah beiläufig zu.

Eines Abends sandte man von den Ställen heimlich nach Penelope. Ein Schaf tat sich schwer beim ersten Wurf. Die üblichen Mittel schlugen nicht an. »Penelope soll kommen, sie hat gesegnete Hände!« Ein Stallbub wurde ausgeschickt, sie zu suchen. Er fand sie im Megaron. Flüsterte auf sie ein, rannte wieder. Sie besann sich nicht lang. Streifte nur die Armreifen und Ringe ab und warf sie auf ein Sims. Eilte hinaus. Keiner hatte die kleine Unruhe bemerkt. Dem Odysseus war sie nicht entgangen. Er folgte in gemessenem Abstand nach. Sie lief zu den Hürden.

In einem Stallwinkel sah er eine Laterne schwanken. In ihrem Schein lag hechelnd, viel Weißes in den aufgerissenen Augen und Schaum ums Maul, ein trächtiges Schaf. Der Leib wurde in wilden Zuckungen geworfen von einem inneren Krampf. Penelope kniete im Mist, bearbeitete mit ihren braunen, sehnigen Händen den Bauch des Tieres und redete zu ihm in einem beschwichtigenden Singsang. Das Gequälte hob ihr den Kopf entgegen und ließ sie nicht aus den Augen. Allmählich beruhigte sich das angstvolle Gekeuche. Das Schaf atmete jetzt tiefer und regelmäßiger, die Augen rollten nicht mehr nach rückwärts.

Schweigend standen die Hirten mit der Lampe, Odysseus unter ihnen. Da, endlich ein heftiger, nachzitternder Krampf, und der feuchte Kopf des Lämmchens erschien. Penelope sang, lobte, ermunterte. Das Tier sah ihr starr in die Augen. Nun half auch einer der Hirten und zog. Penelope arbeitete immer noch mit unermüdlichen Händen im zottigen Bauchfell des Schafes. Endlich lag das Lamm naß und sanft im Stroh. Jetzt erst wandte das Muttertier den Kopf von Penelope ab und begann das Junge zu lecken. Sie aber legte beide Hände segnend, behutsam um das blutverschmierte Geschöpfchen. Dann stand sie auf, raffte den verknitterten Rock hoch, um sich die Hände an den Knien abzuwischen, strich sich die offenen Haare aus dem Gesicht und ging hinaus auf den Hof. Dort stand ein breitästiger Ölbaum. Sie lehnte sich an den Stamm und atmete tief.

Da trat Odysseus zu ihr hin. »Ich sehe, daß du geschickt bist beim Vieh«, sagte er und schwieg. »Ich mag Tiere«, antwortete Penelope nach einer Weile. Dann stieß sie hervor mit einer fast rauhen Stimme: »Ich möchte einmal für viel Vieh zu sorgen haben, das viele Würfe hat.«

Der Mond war im Zunehmen. Die Unterseiten der Olivenblätter flirrten silbrig. Ein Wind brachte Stallgeruch herüber. »Ich möchte auch einmal selber viele Kinder haben«, sagte Penelope trocken. Als es heraußen war, fiel ihr ein, daß es unschicklich war für ein Mädchen, vor einem jungen fremden Mann einen solchen Wunsch auszusprechen. Dem Odysseus fiel es auch ein, und er bewahrte es in seinem Herzen für späteres Bedenken. Eine Weile standen die beiden schweigend und schauten über das mondbeschienene Land. Er hatte seine grimmigen Kiefer. Jetzt sind seine Augen meerfarben, dachte Penelope. Dann überkam sie jäh etwas wie Zorn. Sie stampfte mit dem Fuß auf und sagte laut und hart: »Ja, ich möchte viele Kinder haben. Mit einem gescheiten Mann.« Dann löste sie sich vom Stamm und ging, den Kopf hoch erhoben und mit einem sehr geraden Rücken, in langen Schritten dem Hause zu.

Odysseus stand und sah ihr nach. Er konnte sich nicht rühren. Nur in den Kniekehlen und Achselhöhlen spürte er ein Rieseln.

Als der Bann sich gelöst hatte, ging er geraden Wegs, ohne nach links oder rechts zu sehen und auf Zurufe zu antworten, zu Tyndareos und forderte dessen Unterstützung bei der Werbung um Penelope als Lohn für seinen guten Rat.

Tyndareos wunderte sich ein wenig und war froh, daß er so billig wegkam. Auch Ikarios machte keine Geschichten. Daß er sich mit Penelope keinen reichen, großnamigen Schwiegersohn ködern konnte, war ihm bewußt. Gescheite Mädchen stehen nicht hoch im Kurs. Schon gar nicht dann, wenn sie ihre Klugheit nicht in den Dienst des Sich-gefällig-Machens stellen, sondern auf Sachliches richten. Er tat dem Bruder einen Gefallen, der ihn nicht viel kostete, aber vielleicht später etwas eintrug.

Warum wollte Ikarios das Paar nach der Vermählung, die in angemessener Zeit stattfand, unbedingt an seinem Hof in Sparta behalten?

Das wird zwei Gründe gehabt haben: Erstens wollte es der Brauch, daß das Paar im Hause des Vaters der Braut blieb, und zweitens wäre es dem Ikarios durchaus recht gewesen, einen so schlauen und geschickten Ratgeber und Pläneschmied, wie Odysseus einer war, in seiner Nähe zu haben. Dieser aber wollte nicht. Er wollte nicht der arme Schwiegersohn eines reichen Fürsten, sondern sein eigener Herr sein auf Ithaka. Darin war er sich auch mit Penelope einig.

Odysseus hatte sie keineswegs im unklaren darüber gelassen, daß die Verhältnisse in Ithaka weit weniger reich und großräumig waren als in Sparta. »Da werde ich eher zum Zug kommen!« dachte sie vergnügt, man würde sie mitwirtschaften lassen in Haus und Hof, wie sie es gerne tat.

Odysseus stellte seine Penelope hinter sich auf den Wagen und floh aus Sparta. Ikarios verfolgte die beiden. Natürlich hatte er den besseren Wagen und die besseren Pferde. Er holte sie bald ein.

»Ich oder der Vater?« fragte Odysseus zurückgewandt, eher beiläufig. Penelope gab nicht einmal eine Antwort. Sie ließ nur den Schleier, den sie des Fahrtwinds halber hochgebunden hatte, über das Gesicht fallen. Ikarios, der nun schon in gleicher Höhe fuhr, sah es und begriff. Wortlos wandte er das Gespann.

Natürlich fand die Hochzeit nicht unmittelbar nach der Werbung statt, die in jener Mondnacht erfolgte, in welcher Penelope sich mehrfach gegen das Ziemliche vergangen und gerade dadurch Odysseus veranlaßt hatte, bei Tyndareos einzubrechen und ihn an seine Schuld zu mahnen.

Es galt, Vorbereitungen zu treffen auf beiden Seiten, damit sich alles schicklich vollzöge. Vor allem mußte Odysseus zurück nach Ithaka, um die Eltern von seiner Brautwahl zu unterrichten und angemessene Geschenke vorzubereiten. Letzteres war gar nicht so einfach. Die Verhältnisse des Laertes ließen sich nicht vergleichen mit denen des Ikarios. Auf jeden Fall aber wollte man der reichen Schwägerschaft in Sparta gegenüber nicht armselig dastehen.

Das Haus des Laertes – nur im bescheidenen Ithaka konnte man es einen Palast nennen – war ein weiträumiger, behaglicher Bau, nach landesüblicher Weise angelegt. Auf der ebenen Fläche der Hof, umgeben von den Wirtschafts- und Gesinderäumen. Dem Tor gegenüber das Herrenhaus. Unten die pfeilergestützte Halle mit der runden Herdstelle in der Mitte, daneben der Ehrensitz des Hausherrn, Sitzgelegenheiten für die Gäste. Beim Mahle wurden jeweils Tische aufgestellt.

Jener Teil des Hauses, in dem sich die Wohngemächer befanden, war – über steinerne Treppen erreichbar – hangwärts übereinander- und ineinandergeschachtelt und durch Stufen und Gänge und winzige Höfe miteinander verbunden.

Dort wählte sich Odysseus einen Platz aus, um für sich und seine Gemahlin eine Schlafkammer zu errichten. Ein Zubau nur zum ganzen Komplex, aber auch dabei zeigte sich Odysseus – wohl auch erosbeflügelt – als einer, der Phantasie mit Klugheit, Einfallsreichtum mit Sinnigkeit zu verbinden verstand. Er schuf das Ölbaumbett. Einer Eingebung folgend entschloß er sich, einen uralten, breitstämmigen Olivenbaum, der dort gut seine hundert Jahre gestanden war, einzubeziehen in den Raum und daraus sein eheliches Lager zu gestalten.

Er ebnete das Terrain um den Baum herum durch Abgraben und Aufschütten des Erdreichs, ließ den Estrich stampfen und glätten und durchsägte den Stamm in der rechten Höhe für ein Bett. Den verbleibenden Stumpf hieb er zum Viereck zurecht, glättete die Seiten und schmückte sie mit Schnitzwerk aus Elfenbein, Gold und Silber. Darüber spannte er purpurgefärbtes Lederwerk. Um diese Liegestatt zog er die Mauern für die Schlafkammer auf.

Das war nun ein Ehebett, das tief im steinigen Boden Ithakas wurzelte, unverschiebbar, zäh und dauerhaft verwachsen mit der Erde, Gaia, der Mutter alles Lebendigen. Kein Bett für flüchtige Liebschaften, weder göttliche noch menschliche. In solch einem tiefgegründeten Bett wird ein Mädchen zur Frau, werden Kinder gezeugt und wird gestorben. Dieses Bett war ein Symbol: Bild und Gesinnung in einer Gestalt. Deshalb war auch die Erkennungsfrage, die Odysseus nach seiner zwanzigjährigen Abwesenheit an Penelope richtete: »Fußt mir das Bett noch im Erdreich, oder verschob es irgendein Mann?«

Als die Jungvermählten im Hafen des Phorkys gelandet waren und das Schiff verließen und auf dem Rücken gemächlicher Maultiere den steinigen Weg hinaufritten, empfand Penelope eine steigende Bangigkeit. Sie würde ja nun vor die Eltern des Odysseus treten müssen.

Allein, ohne eigene Diener und Vertraute, war sie von Sparta gekommen; gewissermaßen entführt. Odysseus war zwar an ihrer Seite, aber so nahe waren sie einander im Trubel der Vermählungsfeiern doch noch nicht gekommen, daß sie ganz frei gewesen wäre von Beklommenheit, die anstieg, je näher sie dem Hause kamen. Jetzt erst wurde ihr bewußt, wie allein sie war. Eine Fremde unter Fremden in einem Land, das sie nicht kannte. Nie war sie aus dem Palastbereich herausgekommen, nie aus Sparta. Zum erstenmal hatte sie das Meer gesehen. Nun sollte sie auf einer Insel leben, wo man das Meer nicht wegdenken konnte, selbst wenn man es von irgendeiner Stelle aus nicht sah. Man roch es, man spürte es, es lag in der Luft. Selbst die Steine, die Hänge voll Ginster, Thymian, Minze, Lavendel und Krüppelholz, die sie nicht kannte vom flachen Lakedaimon, hatten neben ihrem eigenen würzigen, rauchigen Aroma immer auch den fischig salzigen Meergeruch – für Penelope ein ganz neues Erlebnis.

Sie war neugierig und lebensfreundlich, alles Neue zog sie an. Sie war glücklich und aufgeregt gewesen während der kurzen Seereise. Es war ihr auch nicht übel geworden, obwohl das Wasser unruhig war und das kleine Schiff oft schwankte und schlingerte. Sie hatte keine Furcht gehabt. Viel zuviel gab es zu sehen und alles gefiel ihr. Das Knattern der Segel, das Knirschen des Riemenwerks der Ruder, das Sirren der Taue. Sie beobachtete die über das Deck schattenden Schwingen der Seevögel, das Platschen der springenden Fische und die eleganten Bogensprünge der Delphine. Sie kam nicht heraus aus dem Wundern und Schauen und mußte alles dem Odysseus zeigen, dem das ja von klein auf vertraut war. Unentwegt hatte sie Fragen zu stellen. Sie führte sich manchmal wie ein Kind auf, nicht wie eine erwachsene Frau, seit kurzem sogar Gattin; geschweige denn Fürstin.

Ihm gefiel das. Er erklärte ihr alles ausführlich, machte sie auf Dinge aufmerksam, die ihr neu waren: wie man an der Art der Vögel die Küstennähe erkennen konnte, an der Farbe des Wassers die Tiefe, an bestimmten Anzeichen des Himmels und Windes das bevorstehende Wetter. Natürlich belehrte er sie auch eingehend über alles Schiffsgerät, zeigte selbst vor – obwohl es nicht sein Schiff war –, wie man die Ruderpinne betätigte und das Segel reffte. Ein bißchen gab er auch an. Er selbst hatte ja auch nur wenig Erfahrung auf See. Aber es tat ihm wohl, wie sie ihn bewunderte. Manchmal sahen sich die Schiffer nach den beiden um und spöttelten gutmütig, wenn er sich wichtig machte und sie nicht müde wurde zu schauen und zu fragen und sich lauthals zu wundern, wo es doch hieß, sie sei eine Fürstentochter aus Sparta. Aber immerhin war es sympathischer und auch bequemer, als wenn sie vornehm gekränkelt oder sich geängstigt hätte.

Als sie in den Hafen einfuhren und die Maultiere bestiegen, die schon warteten, und den Weg hinauf dem Herrenhof zurumpelten, wo die Schwiegereltern ihrer harrten, fühlte sie die Schauer des Fremdseins kühl von den Schultern rieseln wie eine kleine plötzliche Schwäche. Aber sie nahm sich zusammen, ließ keine Panik aufkommen.

Was Eltern betrifft, war Penelope nicht verwöhnt. Immer war sie eher allein und auf sich selbst angewiesen gewesen. Das hing schon mit ihrer Geschichte zusammen: Als winziger Säugling sollte sie auf Geheiß der Eltern dem Meer geopfert werden für etwas, das jedenfalls nicht ihre Schuld war. Eine Schar Enten fischte das ertrinkende Kind auf, rettete es an Land und fütterte es. Von diesem Wunder beeindruckt, nahmen die Eltern das Töchterchen zurück und nannten es fortan Penelope, was leider Ente heißt.

Natürlich erinnerte sie sich nicht daran. Die Eltern hatten es ihr nicht erzählt. Aber die Dienerschaft pflegt dergleichen nicht für sich zu behalten. Man steckte es nicht ungern dem Herrenkind. Wenn die Geschichte sie erschreckt haben sollte, hatte sie das längst vergessen. Opferungen dieser Art waren keine Besonderheit. Immerhin verband sie mit den Eltern, besonders mit ihrer Mutter, keine Art seelischer Nabelschnur. Unter den Hirten und den Tieren vor allem hatte sie sich immer mehr zu Hause gefühlt als im väterlichen Palast.

Als sie sich dem Hause näherten, sahen sie schon von weitem drei Gestalten in der breiten Hofeinfahrt stehen. Zwei nebeneinander und dicht dahinter eine dritte. In angemessener Entfernung der neugierige Haufen der Dienstleute.

Als die Maultiere anhielten vor dem Tor, Odysseus ihr die Hand reichte und sie hinabsprang (zu eilfertig und geschickt vielleicht für eine Prinzessin), trat sie vor die Eltern ihres Mannes, die sie schon erwarteten. Die Ankunft des Schiffes war längst gemeldet worden.

Ein rascher Umblick sagte ihr: Mit dem gutmütigen, rechtschaffenen Laertes wird sie es nicht schwer haben. Der hieß alles gut, was sein Sohn machte, so war ihm auch die Schwiegertochter willkommen, die der sich erwählt hatte. Vom ersten Augenblick an wußte Penelope auch, daß Antikleia, die Mutter, kaum zählte. Sie brach sofort in ihre stets verfügbaren lauen Tränen aus, die ihr für glückliche wie unglückliche Ereignisse gleicherweise locker standen. Dieser Frau mußte nichts von der Alleinherrschaft im Hause abgerungen werden. Sie hatte sie nie innegehabt und auch niemals angestrebt. Weder in der Wirtschaft noch bei ihrem Sohn. Penelope atmete auf. Dann aber faßte sie die dritte Person ins Auge, die keine zwei Schritt hinter der Herrschaft stand. Eurykleia, die Schaffnerin und vormals Amme des Odysseus.

Die Hände hatte sie auf ihrem matronalen Bauch verschränkt. Sie stand sehr aufrecht und selbstverständlich da, als gehöre sie eher zur Familie als zur Dienerschaft. Sie war nicht mehr jung. Das dunkelbraune Gesicht war bereits durch ein paar scharfe Falten gefurcht. Ins Haar mischte sich schon viel Grau. Den Mund hielt sie verkniffen, und die kohlschwarzen Augen hatten einen pechenen Glanz. Fast wimpernlos, klein und etwas vorstehend. Wie bei Ratten, schoß es Penelope durch den Kopf. Es entgeht ihr nichts.

Diese Augen musterten sie ohne die geringste Scheu langsam und kritisch. »Sie ist diejenige, die das Regiment führt im Haus«, erkannte Penelope. Daß sie die Amme des Odysseus gewesen war, weil ihr Antikleia aus Wehleidigkeit das Nährgeschäft bei ihrem Sohn abgetreten hatte, das wußte sie bereits. Von ihr hatte Odysseus mehr geredet als von der Mutter. Das fiel ihr jetzt erst auf. »Die wird sich nicht so leicht schmälern lassen um gewohnte Vorrechte oder gar entthronen. Tochter des Ops, um zwanzig Rinder von Laertes gekauft. Seit wann kennt man bei gekauften Sklaven den Vaternamen?« Odysseus hatte auch durchblicken lassen, daß Laertes einst dieser Sklavin sehr geneigt gewesen war, sie aber nie besucht hatte, um die Gattin nicht zu kränken, in deren Bett er allerdings wenig Freude fand, da sie darin mehr weinte als jauchzte.

An Eurykleias Brust und dann an ihrer Kittelfalte war er großgezogen worden. Als er geboren wurde, hatte es sich ergeben, daß sie gleichzeitig einen Balg hatte von irgendeinem Ruderknecht oder Hirten, den sie sich resolut ins Heu genommen hatte, als sie einsah, daß sie auf Laertes vergeblich wartete. So war Milch genug für zwei da.

Eurykleia hatte im Lauf der Jahrzehnte eine Menge Kinder gehabt aus solch flüchtigen Nächten. Hatte sie aufgezogen oder wieder verloren, manche trieben sich noch herum am

Hofe. Trotzdem! Ihr Eigentlicher war immer Odysseus gewesen, auch wenn er nicht aus ihrem Schoß gekommen war. Sie, die Schaffnerin, war es auch, zu der er mit seinen kindlichen Kümmernissen und Abenteuern lief. Sie war es, die sich um ihn sorgte, schimpfte und ihm schließlich die Nase putzte. Ihr hatte er auch nach seiner ersten Rückkehr aus Sparta von Penelope erzählt, und während die Eltern alles guthießen, was dem Sohn recht war, hatte Eurykleia sich sehr genau berichten und beschreiben lassen und präzise, sachliche Fragen gestellt sowie Bedenken angemeldet. Zum Beispiel wie er, Odysseus, hier im bescheidenen Ithaka zurechtkommen wolle mit einer jungen Person, die an fürstliche Verhältnisse gewöhnt sei.

»Ein harter Brocken«, dachte Penelope trocken und schluckte hinunter. »Auf diese seine liebe Amme kommt's an.« Von ihr würde es abhängen, wie ihr künftiges Leben im Haus des Laertes sich gestaltete. Vorläufig stand sie ehern auf ihrem Platz, die Hände immer noch verschränkt unter dem Vortuch, und musterte sie mit jettschwarzen Knopfaugen ohne jede Zurückhaltung vom Scheitel bis zur Sohle. Dabei war ihr Mund in den Winkeln etwas herabgezogen, als bewußte Andeutung grundsätzlicher Geringschätzung.

Nach eingehender Prüfung, die Penelope bis in die Knochen hinein spürte, zogen sich die spärlichen Brauen hinauf, und in die undurchsichtige Schwärze des Blicks, auch in die Runzeln um die Augen, trat – Penelope entging es nicht – eine gewisse barsche Anerkennung. Diese junge Frau bestand vorerst – mit Vorbehalten natürlich – vor dem Blick der Alten, weil sie weder überzarte Braut noch anmaßende Herrin spielte, sondern sich aufmerksam umsah, ohne ihre Neugier zu verbergen. Die Kärglichkeit des Hauses, gemessen am Palast der Könige von Sparta, schien sie nicht anzufechten, kein Schatten von Enttäuschung zeigte sich auf ihren Zügen.

Einen günstigen Eindruck machte es auch auf Eurykleia, daß nach kurzem Zögern die alte Hündin, die ihr stets an den Falten hing und die den Vorgang auch beschaut hatte, auf Penelope zuging und ihr die Hand leckte. Und diese zog die Hand nicht zimperlich zurück, sondern hockte sich hin und kraulte dem verflohten Tier, das sich auf den Rücken wälzte, den Bauch.

Eurykleia jedoch gehörte nicht zu den Leuten, die sich rasch entschieden. Vorläufig behielt sie ihre Barschheit bei und nahm sich vor, weiterhin scharf und gründlich zu beobachten.

Bereits in den ersten Wochen sah sie, wie geschickt Penelope sich anstellte im Haus, wie sie sich auf den Feldern und Weiden umtat und in Hürden und Ställen eine Erfahrung zeigte, wie man sie einer Königstochter aus Sparta nicht zutraute. Sie scheute keine Arbeit, griff überall kundig zu und verschaffte sich dadurch rasch auch bei den stets zu Spott und Aufsässigkeit geneigten Mägden Achtung und Gehorsam. Eurykleia half ihr nicht dabei. Sie ließ sie schwimmen. Aber sie sah, daß sie gut schwamm, und merkte dies bei sich an.

Vollends nahm sie ein, wie Penelope – trotz ihrer nach außen hin eher trockenen Art – den Odysseus liebte. Nicht, daß sie ihn umschmeichelt oder umzärtelt hätte, wie junge Ehegänse es oft tun. Sie hängte sich nicht an ihn, versuchte nicht, ihn stets an ihrer Seite zu halten. Aber Eurykleia nahm wahr, wie sie ausschaute nach ihm, wenn man ihn zurückerwartete, wie ihr Gesicht aufglänzte, wenn sie ihn kommen hörte, wie sie ihm eigenhändig die Sandalen auszog, die Füße wusch und salbte, und vor allem, wie sie ihn ansah. Das waren für die erfahrene Alte echtere Zeichen der Liebe als feiles Geturtel. Den Ausschlag aber gab, wie augenscheinlich zufrieden und vergnügt Odysseus war, so wie Eurykleia ihn seit der Kinderzeit nicht mehr gesehen hatte. Er setzte sogar etwas Fleisch an, und seine eckigen Konturen glätteten sich wie das Fell eines gesunden Katers.

Odysseus hatte seine jugendlichen Erfahrungen bei Mägden und bei Witwen hinter sich. Meistens gewiegte Frauen, die den lebhaften Jungen gern und gründlich in die Geheimnisse des Eros eingeführt hatten. So war er nicht ohne Schulung auf diesem Gebiet. Und Penelope war – wie in allen Dingen des praktischen Lebens – auch in diesem Bereich gelehrig und anstellig und mit Freude bei der Sache. Vor allem war sie sehr willig und ungeduldig, bald die Früchte dieses Tuns zu ernten. Sie hatte es ja, wie berichtet, schon als Mädchen überdeutlich und ganz gegen Sitte und Brauch ausgesprochen in nüchterner Direktheit vor dem halb Fremden, in einer Nacht des zunehmenden Mondes bei den Schafhürden, damals, als sie einem Tier bei einem schweren Wurf mit kundigen Händen und ohne Zimperlichkeit, im Miste hockend, Beistand geleistet hatte. »Ich will auch einmal viele Kinder haben!« Knabenmager noch und mit finsteren Brauen hatte sie das ganz und gar Unziemliche vor dem fremden jungen Mann ausgesprochen und sich dann mit langen Schritten, aber erhobenen Hauptes entfernt, so daß niemandem einfallen konnte, sie benähme sich nicht gerade, wie man es von Prinzessinnen erwartete.

Auch Penelope, ebenso wie Odysseus, gedieh zu weicheren Formen, wie es geschieht, wenn eine junge Frau von Aphroditens Hand berührt wird. War Odysseus doch auch in diesen Belangen eifrig und mit tätigem Fleiß bestrebt, seiner Anvermählten ihren Wunsch zu erfüllen. Erfahren, behutsam und begabt war er dabei. Nicht nur auf Einsaat bedacht. Kein Berserker, der es mit verhängten Zügeln trieb, ohne darauf zu achten, was die Gefährtin empfand. Ein phantasievoller Könner war er auch in diesem Bereich.

Von unten segnete die Erde diese Nächte und sandte durch die Wurzelfasern des Ölbaumlagers ihre empfangende Kraft. Von oben her segnete sie die Nymphe des Baumes, die immer noch im Stammholz lebte. Wenn sie einschliefen nach freudvoller Verrichtung, war es ihnen, als hörten sie die Blätter des alten Ölbaums lispeln.

Eurykleia, die Hocherfahrene in allen Dingen des Heckens und Hegens und Zeugewerks, merkte es, noch ehe Penelope selbst es ahnte. Es ging etwas vor im Gesicht der jungen Frau, das der scharfsichtigen Alten – die überdies schon darauf gelauert hatte – nicht entging: ein leises Verschwimmen der Züge. Die Andeutung einer Weichheit, die neu war. Bald darauf begriff Penelope selbst, was mit ihr geschah, aber vorläufig sprach sie mit niemandem darüber. Sie wollte nichts verschreien, sich auch nicht blamieren. Vor allem vor Odysseus. Und als sie sich dann schon so ziemlich sicher war, konnte sie erst recht nicht darüber reden. Das hatte nichts mit fraulicher Befangenheit zu tun. Sie war ja selig, und es paßte gar nicht zu ihrer unverblümten Art, den Jubel zu unterdrükken, der sie manchmal in einer plötzlichen Welle überflutete, so daß sie laut ins Singen kam.

Die Arme schämte sich! Sie schwankte zwischen Bekümmertheit und Zorn, und im Zorn ließ sie sich oft zu einer unbeherrschten Geste hinreißen, obwohl gerade solch jähe Bewegungen den Zustand auslösten oder verstärkten, dessen sie sich so schämte: Es war ihr jetzt nämlich oftmals speiübel, besonders morgens. Sie verachtete sich deswegen. »Bin ich denn am Ende unbegabt dazu und eine Zimpergans, daß meine Eingeweide sich zieren«, knirschte sie, »und mir der Magen sich umdreht, so daß ich kotze wie ein Kneipengast nach überzechter Nacht? Wo ich doch so ungeduldig war und so glücklich bin über das Lebendige in meinem Bauch!«

Sie litt allein an ihrer bekümmerten Verwirrung. Es fehlte ihr jetzt eine Mutter oder eine vertraute Freundin, mit der sie hätte reden können über das Ärgernis.

Da erwies sich plötzlich unerwarteterweise die harsche Eurykleia als handfeste Hilfe. Sie sah, wie es um Penelope stand und braute – ohne viel zu reden – ziemlich übel schmekkende Absude, die aber den aufsässigen Magen tatsächlich ins Gleichgewicht brachten. Sie setzte ihr diese Tränklein schweigend vor. Einmal sagte sie nur ganz nebenbei: »Jetzt geht der Sauerteig auf und schlägt Blasen. Jede speit dann ein bißchen. Aber es geht vorüber.« So begriff Penelope, daß das, was mit ihr geschah, dazu gehörte und daher keine persönliche Schande war. Sie war Eurykleia dankbar.

Es ging ihr auch wirklich bald besser. Es ging ihr sogar ausgesprochen gut. Sie fühlte sich kräftiger und lebendiger als je zuvor. Sie barst vor Tätigkeitsdrang. Und dieses neuartige, lebensträchtige Wohlbefinden übertrug sich auf geheimnisvolle Weise auch auf die Umgebung. War es eine Naturmagie ihres Najadenbluts? Jedenfalls entwickelte sich in diesem Frühling auf Feldern und Weiden, in den Ställen und draußen in den Hürden eine ganz außergewöhnliche, fast unnatürliche Hecktätigkeit. Alles kam nieder mit sagenhaften Würfen. Das bähte und maunzte und wimmelte und nuckelte. Die Vögel kamen von ihren Nestern nicht herunter. Unaufhörlich mauserten die Männchen und wirkten abgerackert, während die Weibchen breitflaumig auf überquellendem Gepiepse hockten.

Auch auf die Hausleute griff das über, oft mehr als ihnen lieb war. Es war, als räkelte sich eine Gottheit der Fruchtbarkeit selbst auf dem dürren Boden Ithakas, der unter ihrer lächelnden Berührung ins Blühen kam.

Auch Odysseus hatte jetzt begriffen und genoß den doppelten Segen: den des Landes und vor allem den seiner Penelope.

Diese setzte nun ein wenig an. Erst verschwand ihre schlanke Taille, und bald trug sie einen kleinen Bauch vor sich her, der sie aber noch lange nicht hinderte, überall tätig einzugreifen, besonders dort, wo geheckt und geworfen wurde.

Jetzt leistete sie aber nicht – wie schon früher – Beistand und Zuspruch mit sachlich resoluter Kundigkeit, sondern sie tat es mit einer Art lustvoller Gier, so wie Schwangere oft irgendeinem Gelüst frönen.

Odysseus war jetzt viel ruhiger als früher. Er wirkte satt. Jetzt pflegte er dann und wann die Gattin, die sich sichtbar rundete, mit ihrem Namen zu hänseln: »Nun, Penelope, Buntentlein, weichfüßig watschelndes! Daß du mir nicht am Ende mit einem Gelege niederkommst wie Tante Leda, der es aus Eischalen kroch!«

Von Watscheln war noch bei weitem keine Rede. Aber wenn Penelope jetzt müde von draußen hereinkam, war sie nicht mehr so leichtfüßig wie noch vor ein paar Wochen. Es tat ihr wohl, sich eine Weile hinzusetzen. Eurykleia richtete ihr ein Kräuterbad für die Knöchel, die zur Schwellung neigten, besonders wenn es heiß war, und verbat sich das lose Mundwerk des Odysseus. Er lachte.

Im neunten Monat wuchs Penelopes Bauch wie der Vollmond zu riesenhafter Größe an. Sie schämte sich etwas, weil es lächerlich aussah, und zeigte sich dem Odysseus nicht gerne hüllenlos. Sie war froh, daß er sich jetzt draußen viel zu schaffen machte, auch auf ferner gelegenen Feldern und im Hafen. Oft kehrte er erst zurück, wenn sie schon auf dem breiten Ölbaumbett ruhte, und dann stellte sie sich oft schlafend. Er verstand das.

Manche Männer sind ja stolz auf die Bäuche ihrer Weiber und gockeln sich gerne auf als die Urheber dieser Ansehnlichkeit, welche ihr Können vor aller Welt ins Licht stellt. So einer war Odysseus nicht. Es war ihm bewußt, wie wenig er selbst doch beigetragen hatte zu dieser Bescherung, und weil er Phantasie hatte, mußte er im stillen immer wieder an all die Fälle denken, die ihm bekannt waren, wo Frauen im Kindbett Schaden gelitten hatten oder sogar gestorben waren. Kurz, er hatte Angst um Penelope – bei aller Freude über das zu erwartende Kind – und stellte sich alles mögliche Schreckliche vor. Auf Umwegen fragte er Eurykleia aus. Die durchschaute und beruhigte ihn, indem sie auf ihre unverblümte Art spottete: »Schau, schau, der fleißige Rammler! Erst kann er sich nicht genug tun im emsigen Ackern, und wenn die Saat dann aufgeht, dämmert's ihm, was das für unsereine heißt. Denn austragen müssen wir es, was ihr so habt fallen lassen zum Vergnügen. Aber kannst ruhig sein. Die Deine ist keine wehleidige Zicke. Die steht das ordentlich durch. Verlaß dich drauf. Da hab ich einen Blick dafür. Und an eigener Erfahrung fehlt's mir ja auch nicht.«

Vor Penelope verbarg Odysseus seine Ängste. Sie hätte ihn ausgelacht. Oder am Ende wäre sie gar gekränkt gewesen, daß man ihr so wenig zutraute. Sie fühlte sich jetzt geradezu omnipotent und von einer hochprotzigen Großartigkeit, die sie selbst staunen und lachen machte.

Bisweilen sah Odysseus sie stehen mit abwesendem, fast schläfrigem Blick, die Hände über dem Vollmondbauch gefaltet, mit einer schafsmäßigen Friedlichkeit in den Zügen. Es war ihm manchmal beinahe ein wenig unheimlich. Es war ganz neu an ihr. »Tiergöttlich«, dachte er und hätte sich nicht gewundert, wenn sich die vertrauten Linien in die Konturen eines Lämmerkopfs mit krausem Stirnhaar und dem leeren, gelassenen Götterblick der Tiere verwandelt hätten. Aus solchen Versunkenheiten erwachte sie dann jäh und lachte ein bißchen verlegen.

Eurykleia in ihrer plastischen Ausdrucksweise sagte dann: »Jetzt rührt er sich im Bauch, der winzige Bock, und stößt sie.« Antikleia, die Schwiegermutter, hatte bei der Eröffnung, Penelope sei in Hoffnung, eine laue Tränenflut vergossen und ein Kinderhäubchen zu besticken begonnen, das so beschaffen war, daß Penelope sich fragte, ob ein Säugling einen derart pompösen Kopfputz überhaupt werde tragen können und wollen. Sie äußerte sich darüber beiläufig zu Eurykleia. Die zeigte ein sarkastisches Grinsen und verriet ihr, Antikleia habe auch, während sie mit Odysseus schwanger ging, an einem ähnlichen Gebilde gearbeitet – das einzige übrigens, was sie getan hatte in dieser Zeit. Die Prunkhaube diene dem Zweck, einerseits die Vornehmheit des kleinen Trägers herauszustreichen, gleichzeitig aber zu bewirken, daß die Ohren sich fein an das Köpfchen anlegten. Ein sogenanntes Ohrenhäubchen. Antikleia folge damit einer adlig patriotischen Sitte, die sich mit Nachdruck vom ägyptischen Geschmack absetze, einem Land, wo man abstehende Ohren ausdrücklich für ein Schönheitsmerkmal halte und sogar züchte. Sie, Eurykleia, die ja in Wirklichkeit diejenige war, die den kleinen Odysseus gesäugt und aufgezogen und Tag und Nacht um sich hatte, habe stets dafür gesorgt, daß das hohe Kind, wenn es einmal am Tag für kurze Zeit der Mutter vorgeführt wurde, die Schönheitshaube trug. Sonst habe sich der Kleine mit Nachdruck geweigert, geplärrt und das schöne Stück, das ihm schwer und heiß aufsaß, heruntergezerrt und zu Boden geschleudert. Sie riet Penelope, es auch so zu halten. Die beiden Frauen vertrugen sich jetzt auf einem trockenen Fuße recht gut. Penelope erlaubte es auch, wenn sonst niemand zugegen war, daß Eurykleia ihr die knochige Hand auf den Bauch legte, um zu fühlen, wie das Kind sich regte. Dann leuchteten die schwarzknopfigen Augen der Alten auf, und sie sagte etwa: »Sieh an, wie er dich tritt, der Däumling!« – Oder: »Schau, schau, der Heldenzwerg! Protzt schon auf, so winzig er ist!«

Für Eurykleia bestand kein Zweifel, daß dieser Erstling ein Knabe sein werde. Sie hatte auch schon etliches Zauberwerk darüber befragt. Auch daß er dem Odysseus aus dem Gesicht geschnitten sein würde, stand für sie fest. »Längere Beine könnte er haben!« brummte sie manchmal.

Als der Mond zusammen mit Penelopes Bauch voller wurde und der entscheidende Tag herankam, verfestigte sich in des Odysseus Gesicht ein künstlich bärbeißiger Zug, und in seinen Augen wechselte der Ausdruck von Spannung und Abwesenheit. Er machte keine Entenwitze mehr, aber wenn er aus dem Haus ging, warf er hin, so als fiele es ihm gerade beiläufig ein: »Wenn es dich grimmen sollte, Frau, geh mir gleich ins Haus, hol Eurykleia und mach keine Dummheiten!« – Penelope war gerührt. Meist saß sie schwer, mit geschwollenen Knöcheln, unter der Steineiche auf der Anhöhe zwischen Ginster und Thymian.

In der ersten Zeit ihrer Ehe waren Odysseus und Penelope oft in der Stunde des Pan, wenn die dicht belaubten Eichenzweige Schatten spendeten, im Thymian und in der Minze und im Lavendel gelegen und hatten einander geliebt. Oft sogar in heißen Nächten, wenn die Sterne sehr nahe waren und die Glühwürmchen schwärmten sonder Zahl. Jetzt aber hatte Odysseus ihr da ein Bänkchen gezimmert, daß sie sitzen und ausruhen konnte nach dem steilen Anstieg.

Sie durchschaute die mürrisch besorgte Art des Odysseus als schlecht verhehlte Sorge, und diese Erkenntnis trieb ihr wieder, wenn sie sich sicher hier allein wußte, linde Tränen aus. Dann schalt sie sich selbst: »Wie Antikleia bin ich schon! Hoffentlich gibt sich das wieder. Hera möge verhüten, daß ich zur Flennerin werde und den Leuten zum Gewisper und Gelächter. Aber augenblicklich tut's mir ausgesprochen gut. Das ist gar keine Frage. Es wird mit meinem Zustand zusammenhängen.«

Plötzlich gab es ihr einen Stich. Die sanfte Tränenflut versiegte schlagartig. »Wie lang ist es her, daß er sich gerührt hat?« Ihr Herzschlag begann zu jagen. Sie rechnete nach. Es mußte schon eine gute Weile her sein, daß ihr munteres Früchtchen sich so ungewohnt still verhielt. Langschrittig, soweit ihre Fülle es erlaubte, eilte sie dem Hause zu und suchte Eurykleia. Die sah ihr gespannt ins Gesicht: »Du bist blaß, Täubchen. Grimmt's dich am Ende schon?« – »Wenn's mich nur grimmte«, jammerte Penelope mit dünner Stimme, »es rührt sich nicht! Hörst du, Schaffnerin, es hat sich schon eine ganze Weile nicht gerührt!« Eurykleia grinste: »Beim Vieh kennst du dich aus, das muß man dir lassen, aber vom Kinderkriegen hast du keine Ahnung. Höre! Sie rühren sich nicht, bevor sie sich anschicken, ans Licht zu treten. Das ist ganz in der Ordnung. Begreifst du's nicht? Sie haben Verstand, die Gnome, und sammeln Kräfte. Denk doch, was ihm bevorsteht, dem Kleinen, beim Auf- und Ausstieg. Erst wird ihm ganz unversehens sein laues Schaukelbad abgezogen, und er sitzt im Trockenen, und dann treibt es ihn würgend und ohne Luft durchs schwarze Loch. Jetzt schläft er und sammelt Mut und Kraft. Denn was ihm jetzt blüht, ist was anderes als kindische Spielerei wie das lustige Treten und Strampeln und Pantschen. Das ist jetzt schon Menschenwerk, Lebensernst! Warte nur und verlier mir nicht die Nerven. Bis jetzt hast du dich ja recht leidlich gehalten. Bald ist es soweit. Bleib besser in der Nähe, und wenn es dich antritt, dann ruf mich. Laß es dir nicht einfallen, daß du nach Odysseus schreist. Sie haben da alle einen leeren Kopf, die Männer, und den unwiderstehlichen Drang, sich beiseite zu schlagen. Auch die besseren. Grade die. Denn die stellen sich eine Menge Unsinn vor und machen sich Ängste.« – »Bin ich eine Gans, daß ich nach Odysseus schrei! Ich werde überhaupt nicht schreien.« – »Wart's ab, Vögelchen, und sei nicht großsprecherisch. Ich für meine Person, daß du's weißt – wie oft es genau war, ist mir entfallen –, aber wenn ich spürte, daß es anfing, schickte ich alles Männliche außer Hörweite, und dann brüllte ich, so laut ich konnte. Es hilft sehr. Laß dir's gesagt sein von einer Hocherfahrenen!«

Chor der chthonischen Wehmütter

Wir kommen,
Priesterinnen der Eileithyia,
kundige Alte.
Wir wittern den Geruch des Gebärens.
Fruchtwassergeruch und Blutstank,
Geruch nach Angstschweiß und Milch und Kot
und nach frischgebackenen Broten.

Spring nur, Wieselchen!
Spring uns voran, blondgelockte Galanthis,
Helferin du!

Artemis rufen wir nur aus Höflichkeit an,
weil es Brauch ist.
Die zimpernde Jungfrau,
die alles Männliche schindet,
das ihr auf den Balg rückt, den sehnigen.
Schämen sollte sie sich, die Unbefleckte,
geschlossenen Schoßes.
Was versteht die vom wackeren Weiberwerk des Gebärens!
Die soll ihre Hindinnen hetzen!
Aber nur flüsternd gesagt:
Sie ist grausam.

Springe nur, Wieselchen,
spring mit geschmeidigem Rücken!

Die Hera verplempert sich auch, seit sie Königin spielt
auf den Höhen des erdentrückten Olympos!

Wie hat die Pißnelke sich nur geziert,
als Zeus kam, der Bruder,
das Schwesterchen zu beschlafen.
Erst als er gezausten Kuckuck spielte,
barg sie ihn an der Brust.
Da wurden sie Mann und Frau
zwischen mohnroten Beeren im Hagedorn.
Seither verzehrt sie die Eifersucht.
Die verdient auch nicht
die schweißgetränkten Gebete,
die heilige Inbrunst der Flüche,
welche Geburtsnot den kreißenden Weibern entpreßt.

Springe nur, Wiesel,
spring uns voran,
du helfendes Geistchen!

Eileithyia rufen wir an!
Nicht die Sklavin, die auf dem Herd saß,
Hände und Beine verstrickt auf der Hera Geheiß,
als Alkmene sich quälte,
bis endlich Galanthis sie löste,
husch, Wieselchen!
Eileithyia, die alte Göttin
vom meergeschwängerten Kreta!
Die kommt nicht von oben.
Aus Tiefengängen der Erde kommt sie herauf
mit segnenden Händen.
Hilfreiche! Gnädig den kreißenden Weibern
in der Not zwischen Leben und Sterben,
in der heiligen Angst des Gebärens.

Wir kommen schon, kommen, wir weisen Frauen,
aufwärtsgeschnauft die steinigen Pfade,
wo wir Geburtsgestank wittern
und das Wieselchen pfeift.
Wehmütter, alte,
kundig der Würgequalen des Werfens sterblicher Frauen,

erfahren in Dingen der Auffahrt,
die gleichzeitig Niederkunft ist.
Niederkunft oder Auffahrt!
Dasselbe der Abgrund der Erde,
der Abgrund des luftigen Äthers.

Es fallen die flüchtigen Menschen,
sie fallen ins Licht, und sie fallen ins Dunkel.
Aus trächtigem Weiberbauch fallen sie
in den trächtigen Abgrund der Erde,
die sie verschlingt und wieder herauswürgt
ans flüchtige Licht.

Lustgeschrei des Empfangens
wird Schmerzgeschrei des Gebärens
und Angstgestöhne des Sterbens.
Alles dasselbe, immer und ewig dasselbe!
So tief wie die Lust ist die Erde,
in der sie verhallt und vergeht
und wieder ersteht im Geschrei des Gebärens.

Eil dich, Galanthis, spute dich, huschendes Wiesel!

DIE NIEDERKUNFT

Eines Nachmittags – obwohl die Sonne noch nicht untergegangen war, stand der Mond schon voll und rund, wenn auch blaß am Himmel – kam Penelope ein leises Grimmen an. Sie horchte in sich hinein. Es verlor sich gleich wieder. Über der Tagesarbeit vergaß sie es. Nach einer Stunde aber grimmte es sie abermals und stärker als das erstemal, so daß sie mit ihrer Tätigkeit eine Weile innehalten mußte. Sie bemühte sich, es nicht merken zu lassen, ging aber ins Haus. Da plötzlich quoll ihr eine heiße Flut über die Innenschenkel. Einen Augenblick erschrak sie und schämte sich: »Also das denn doch nicht! Alles kann man sich nicht erlauben trotz der Gesegnetheit der Umstände. Hoffentlich hat's niemand gesehen!« – Dann aber begriff sie. Beim Vieh war's genau so. Es war das Zeichen. Da merkte sie, daß Eurykleia hinter ihr stand: »Rasch hinein«, schaffte sie an, »jetzt hat er sein Schaukelwasser verloren. Wir dürfen ihn nicht lang im Trokkenen sitzen lassen. Eileithyia, mächtige Herrin, hilf ihm, daß er's schnell hinter sich bringt!« Blaß stieg Penelope hinauf ins Schlafgemach und legte sich auf das breite Ölbaumbett. Jetzt herrschte Stille in ihr. Nichts regte sich in den Eingeweiden. Der Bauch wartete.

Die Zeit verging langsam. Allmählich kam die Dämmerung auf, die Sonne versank im Meer, und an ihrer Statt wurde der Vollmond hell und sehr groß, wie ausgestanzt aus dem Dunkel. Langsam wanderte er über den Nachthimmel. Da fiel das Grimmen sie wieder an. Die Abstände wurden immer kürzer, der Krampf länger und wühlender. Manchmal benahm es Penelope den Atem. Sie mußte sich anklammern an den Zieraten des Bettes, und nachher zitterten ihr die Knie, obwohl sie lag: Sie wußte nicht, ob aus Schwäche oder aus Schrecken über die Fremdartigkeit dieses Schmerzes. Als sie sich in einem solchen Anfall auf dem Lager stöhnend zusammenkrümmte und dann, als der Schmerz abebbte, die Augen aufschlug, stand Eurykleia neben dem Bett und sah sie aufmerksam an. Alsbald machte sie sich zweckmäßig zu schaffen. Sie schien in einer feierlich aufgehöhten Stimmung. Man sah es an ihren lebhaft beschwingten Bewegungen, vor allem aber an der ununterbrochenen Rede und einer bedenkenlosen Wahl der Worte, die jeden Respekt vermissen ließen, oft geradezu ordinär waren.

»Jetzt ist es soweit, Ente, wohlan, wacker zum Hochfest geschritten. Jetzt martert er sich schon im Würgeschlauch, der brave Wicht, dem Lichte zu. Auf, auf, Weib, nicht mehr am Faulbett gewälzt! Halt aus! Je mehr es dich schneidet und grimmt, umso besser für ihn, desto früher hat er's hinter sich gebracht. Geh auf und ab, auch wenn dir die Knie versagen, beweg dich!«

In den dumpfen Nebeln des Schmerzes fiel Penelope auf, daß Eurykleia nur von *ihm* sprach und überhaupt nicht von ihr und ihrem Schmerz. Sie zählte gar nicht. Nicht mehr als der Kochtopf, in dem das Hauptgericht brodelt. Mit glänzenden Augen schoß die Alte hierhin und dorthin mit Tüchern, Wassereimern. Räucherwerk brannte auf dem Dreifuß trotz der unerträglichen Hitze. Dabei hörte sie keinen Augenblick auf zu reden mit halb singender Stimme, als rezitiere sie einen Päan. »Da schwatzen sie und dichten von Heldentaten aller Art und Kämpfen mit Unholden und Fabelmonstren, die sie bezwungen haben angeblich, und keiner besingt die erste, die schwerste Bezwingung, den Kampf ins Leben hinein aus dem Würgegriff des Todes der Erstickung, der keinem von uns erspart bleibt; und dazu noch im äußersten Zustand der Winzigkeit und Schwäche und ohne jeden Beistand. Denn wisse, Herrin, gebärende Schachtel, der Schlund, den wir besitzen, wir Weiber, der uns vorher und nachher unser verspieltes Vergnügen verschafft und uns jauchzen macht, dieser Schlund ist ein ärgerer Grimmschlauch als die sechsfachen Hälse der würgenden Hydra. Blutigen Schweiß preßt er uns aus, wenn wir hindurch müssen und – das vergessen sie immer, wenn sie Heldentaten besingen – auch Kot und Seich. Keiner kann der alten Eurykleia weismachen, daß Herakles oder Theseus und wie sie heißen, ohnedies Windbeutel alle in meinen Augen, daß sie bei ihren heldischen Taten nicht Dreck und Wasser gelassen haben vor Angst. Immer nur vom Schweiß ist die Rede, weil der von anderswo herkommt und feiner ist. Aber ich sag es dir, ich Erfahrene, oft genug hat's mir einer gestanden im Bett in der Schwäche: ohne Unflat kein Heldentum! Das weiß jedes Weib, das einmal geboren hat! – Packt es dich wieder? Schrei doch, brüll es heraus, kreißender Trampel, es ist ein wackeres Geschrei, das Geschrei des Gebärens. Schäm dich nicht. Der Lump, der dir's angerichtet hat, ist weit weg vom Schuß. Dafür hab ich schon gesorgt. Hat getan, als begriffe er nichts, hat sich aber sofort verzogen mit langen Schritten vom prangenden, kreischenden Weiberfest. Ganz grün war er plötzlich! – Was tust du denn da! Untersteh dich und balle mir nicht die Fäuste zusammen und verstrick nur ja nicht die Beine in der Krampfesnot. Das verschlägt die Geburt und hält ihn zurück im Schlauch. Da kann er ersticken! Da nimm, einen Gürtel vom Mann. Leg ihn dir um den Bauch und löse ihn wieder, umlegen und lösen, immer wieder. Das hilft, das befördert! – Los, krall dich nur fest an meinen sehnigen Händen, wenn's dich zerreißt, und brüll endlich heraus dein Ehrengeschrei ohne Scham. Faß nur zu, klammer dich an! Wärst nicht die erste, die mir dabei fast die Knochen bricht. Aber Eurykleia ist keine verzärtelte Urschel. Hat selber einst groß geworfen zu ihrer Zeit und Erfahrung genug gesammelt und immer noch Lust zum Geschäft, wenn auch leider nur mehr in helfender Rolle.«

Langsam ging es dahin, so wie langsam der Vollmond stieg, ein metallener Schild in der Schwärze des Himmels. Er schien Penelope gerade ins Gesicht. Im Hof schrie ein Esel. Das urtümliche Klagen dieses Eselsgeschreis! Sonst hörte Penelope es gar nicht, so gewohnt war sie es. Jetzt traf sie's mitten ins Zwerchfell. Dann wieder Stille. Und von fern, aber sehr laut, das Unken der Kröten. Und ohne Pause das Reden und Prahlen Eurykleias.

»Auf, trächtige Ziege, Zeit ist's! Hinein in den Heckstuhl. Da fällt es dir leichter heraus aus der Höhle. Und da, nimm ihn! Ein Adlerstein, fest in die linke Faust. Der hat schon vielen geholfen. Hock hin und zimpere nicht, spreiz die Schenkel! Weit offenhalten mußt du ihm die Pforte ins Freie!«

Penelope gehorchte blind. Sie wußte ja, daß alles seinen richtigen Gang ging, so wie es sein mußte. Genau wie beim Vieh, wenn es warf. Nur daß es da meist schneller dahinging. Aber neben dieser vernünftigen Einsicht war sie eingefangen in das Geschehen, das ohne ihr Zutun vorging in ihrem Körper. Sie war allein mit ihrem Fleisch. »So wird das beim Sterben sein«, flog ihr vage durchs Bewußtsein, »da wird man auch allein sein mit sich, trotz allen Gewaltes und Geweses um einen herum.« Sie fühlte sich auf Niemandsland stehen. Nicht Leben, nicht Sterben. Ein Zustand von feierlich staunender Greulichkeit. Eine Verknotung in sich selbst, aus der es keinen Fluchtweg gab. Nur die heiße Hoffnung auf endliche Lösung.

Sinnloses Betgestammel, durchsetzt mit Flüchen. Sie knirschte mit den Zähnen, biß sich die Lippen blutig, aber sie schrie nicht. Im Banne gespannten Schreckens horchte sie in sich hinein auf den Krampf des würgenden Gefäßes, das sie selbst war, und gleichzeitig auf die Erstickungsnot des kämpfenden Lebens in ihr, das auch noch sie war und doch nicht mehr ganz sie selbst. Gleichzeitig fühlte sie die Qual des Gewürgten, der nach Luft rang, und sich als Würgerin. Plötzlich kam ihr ein blitzartiger Erinnerungsschimmer, wie es war, als man sie als Säugling ins Wasser geschleudert hatte. Wie endlos, bis sie hochtrieb. Wassernot, Not der Erstikkung. Rasender Schmerz packte sie wieder und gräßliche Fremdheit in sich selbst. Sie empfand sich geschnürten Atems durch die unterirdischen Stätten des eigenen Fleisches kriechen, wo in stickiger Düsternis, im Gestank von Blut und Kot und Verwesung Natur sich abspielt in hurtiger Betriebsamkeit zwischen Auflösung, Verwandlung und Auferstehung.

Als die Schmerzen wieder einmal leicht zurückebbten, nahm sie wie durch einen Schleier wahr, daß Eurykleia und andere helfende Weiber etwas kochten und rührten am Dreifuß. Hexenwerk, besungen, besprochen, beschrien mit fremdartig kirrenden Stimmen. Aber es kam ihr ganz richtig vor so. Die oberen Götter, das erkannte sie tief, die hielten sich fern von diesen letzten Schauerlichkeiten. Sie fühlte sich in diesen Augenblicken Hekate viel näher als der olympischen Hera oder Artemis.

Fahl verschwamm die Gestalt Eurykleias, die jetzt vor ihr auf dem Boden hockte und über ihrem Bauch mit allerhand bedeutungsvollem Gemurmel beschwörende Gesten ausführte. Dann suchte sie ihr etwas einzuflößen, das zum größten Teil wieder hochkam und herausrann, sich mit den Strömen des Schweißes vermischend, der ihr aus allen Poren drang.

Und wieder das Eselsgeschrei, schauerlich, höllisch und höhnisch. Es zerriß ihr die Eingeweide. Würgendes Grauen schoß hoch. Dann versank sie wieder in der braunen Schwüle der Nacht, bis es sie abermals aufriß zu verstärkter Pein.

Draußen kam jetzt in böigen Stößen ein heißer Wind auf. Der messingfarbene Mond hing im Fenster vor ihrem Gesicht, eine Riesenpauke. Da jauchzte Eurykleia auf: »Vorwärts, ihr Weiber, singt und tanzt und schreit es heraus, er kommt, er kommt, schon seh ich die krause Locke, verklebt mit Blut und Scheiße, wie sich's gehört. Rotkrausig ist er, der knirpsige Haudegen! Los, Ente, drück, hilf ihm, preß ihn heraus, den Wicht, und tanzt, Weiber, schwingt eure Füße zum heiligen Stampftanz und heißt ihn willkommen, den trefflichen Winzling!«

Das Gellen der Weiber wurde eins mit dem Eselsgeschrei – ein dröhnender Paukenschlag –, und über die Ufer trat es, ein heißes Drängen, Fluten, und es kam. Es kam wie ein Traben von weitem, näher und näher, Löwenpranken auf Wüstensand, Trommeln auf Menschenhaut, Pfeifen und Rasseln und bacchantisches Rasen, Mauern stürzten prasselnd ein und sanken hin im goldenen Brüllen der Widderhörner.

Lösung fand statt und Auffahrt aus dem Würgegriff des Abyssos, der das Leben nicht loslassen wollte aus der Finsternis ans Licht.

Man legte ihn in ihre Hände, den Sohn, einen kleinen Odysseus, warm, naß und verklebt. Er roch nach Blut und frisch gebackenem Brot. Es war das Glück.

Die Weiber stützten Penelope ins Bett. Ihr Früchtchen ließ sie sich nicht aus dem Arm nehmen. Man mußte ihr zureden. Es mußte gesäubert werden vom unterweltlichen Schmutz. Eurykleia machte es mit geübten Griffen. Dann wickelte sie ihn in weiche, warme Tücher und legte ihn Penelope an die Brust, zeigte ihm die Quellen des Lebens. Und weil er des Odysseus und der Penelope Sohn war und ein gescheites Kind, wußte er gleich, was er sollte. Suchte ein bißchen mit seinen winzigen Lippen, und schon sog er zart an seinem Born und sog sich bald fest in klugem Eifer.

Dabei gab er ein kleines behagliches Grunzen von sich.

Penelope war es wohl wie noch nie.

Da sah sie durch die Dunstschwaden des Räucherwerks und Gebräus die Augen des Odysseus. Seine Meeraugen mit dem undeutbaren Blick. Hinter ihm standen die Weiber, die Hände feierlich auf den Bäuchen gefaltet, erschöpft und erbaut von der heiligen Plage der Geburtshilfe.

Penelope reichte dem Vater sein Ebenbild. Es hatte ein

Gesicht, wie Odysseus es haben würde in Greisentagen, nur daß es eine Kappe von feuerroten Kräusellöckchen trug. Odysseus nahm behutsam den Sohn in seine großen Hände, schaute ihn fast mürrisch an vor Eindringlichkeit, dann hob er ihn plötzlich hoch auf und sagte mit belegter Stimme: »Heilige Pallas, gnädige Gottheit Athene, die du mir immer freundlich gesinnt warst! Siehe, mein Sohn! Steh du ihm zur Seite, wenn ich es nicht kann und mir nichts mehr einfällt!«

Dann legte er das warme Bündelchen wieder in Penelopes Arm, und beide, Mutter und Kind, schlummerten friedevoll ein und ruhten aus von den Schrecken der Auffahrt und Niederkunft.

Die Weiber verließen den Raum auf Zehenspitzen. Eurykleia faßte Odysseus mit einem energischen Griff am Arm und zog ihn in die Küche. Dort richtete sie ein Mahl, dem er mit geglätteten Zügen reichlich zusprach. Aus der Vorratskammer holte sie Wein. Den schweren, süßen. Er trank aus der Schale und reichte sie auch ihr: »Mütterchen, gutes, liebe Amme, ich danke dir!«

Sie nahm die Schale aus seinen Händen, nahm einen stattlichen Zug zur Brust und sprach: »Na, na, geriebener Gockel! Hast dich ganz schön gewunden und geängstigt. Ich sah dich unten am Bänkchen sitzen. Ich hab dich gewarnt, aber du mußtest dabeisein. Es litt dich nicht, wo andere Männer sitzen, wenn ihre Weiber niederkommen, in den Kneipen oder an der Mole, und saufen und vergessen in der Großmäuligkeit der andern. Dein Schaden! Das hast du immer von deiner Neugier. Ganz schön wird dir das Grausen gekommen sein, wie du uns wackere Weiber hast singen und zaubern und schreien gehört! Was? Grins jetzt nicht. Es ist dir fast hochgekommen vor Entsetzen. Red nicht. Ich weiß es. Penelope übrigens schrie kein einziges Mal, merk dir's.

Na und jetzt, trinken wir noch einmal aufs Wohl. Auf deines und meins und vor allem aufs Wohl des winzigen Rotkrauses, der fein ausgebacken und gesund an Haupt und Gliedern aus dem Ofen ist. Und auf Penelope. Hast gut gewählt. Sie ist eine treffliche Frau.

Und jetzt? Schon seh ich dich ins Grübeln sinken. Mir

machst du nichts vor. Soll ich dir sagen, was du jetzt denkst? ›Eine gute Gattin hab ich und einen schönen Sohn und das Haus ist wohlbestellt. Und was jetzt?‹ «

Eurykleia sah ihm starr ins Gesicht und fing seinen Blick ein, der abschweifen wollte. Da grinste er ein bißchen verlegen und sagte: »Bist schon eine Hexe! Du!«

II
DIE BEWÄHRUNG

Das Leben ließ sich an.

Odysseus hatte nun Frau und Kind, beide wohlbeschaffen, gerade so, wie es ihm vorgeschwebt war, als er das Olivenbett ausgedacht und dann mit eigenen Händen zugehauen hatte. Auch das Hauswesen war gut im Schwung. Dafür sorgten Penelope und Eurykleia, die Schaffnerin. Felder und Weiden, Hürden und Weingärten beaufsichtigte Laertes. Auch auf dem Marktplatz und bei den Geschäften im Hafen war der Vater noch rüstig und rege, unbestritten der Erste unter den Kleinfürsten der kephallenischen Inseln. Er war noch lange nicht so alt, daß er bei seinen vielfältigen Tätigkeiten besonderer Hilfe bedurft hätte, geschweige denn, daß der Sohn mit einigem Recht hätte an seine Stelle treten können. Odysseus stand dem Vater zwar in allen diesen Dingen zur Seite. Aber das war ihm zu wenig. Für seinen Ehrgeiz und Tatendrang fehlte ihm die richtige Herausforderung, es fehlte ihm das Gefühl der Verantwortung. Seine Kräfte und seine Talente lagen brach. Er litt unter dem zurückgestauten Drang zur Entfaltung. Der Überschwang im Thymian und auf dem Ölbaumlager hatte sich – wie das ja ganz natürlicherweise zu geschehen pflegt – zu einem gleichmäßig flutenden Wellengang eingespielt; hoch erfreulich immer noch und sehr wohltuend, aber eben eine sichere Gewohnheit.

Penelope war auch in dieser Hinsicht eine treffliche Gefährtin und dank ihrer lebensfreundlichen Art dem Liebeswerk heiter zugetan. Aber immer wieder geschah es jetzt, daß mitten im freudigen Aufbranden oder gar knapp vor dem Hochjauchzen der Kleine plötzlich aufplärrte. Da war Penelope, die immer mit einem Ohr an der Wiege hing, mit einem Male wie weg, nahm ihren Herzbalg auf und brachte ihn mit beschwichtigendem Singsang zur Ruhe. Der Mann war dann vergessen, und es blieb ihm nichts übrig, als langsam abzuprangen. Außerdem roch das Bettgemach nach Milchgesabber und Windelseich. Inmitten von Ginster und Thymian aber saß Penelope nun aufrecht und ließ sich mit seligem Gesichtsausdruck von ihrem täglich strammer werdenden Früchtchen melken.

Nicht, daß diese Umstände Odysseus verdrossen hätten. Im Gegenteil. Er wollte es gar nicht anders. Viel hätte er gegen eine Frau einzuwenden gehabt, die im Überschwang der Lust das Gewimmer ihres Säuglings überhört oder diesen einfach einer Amme überlassen hätte, wie es einst Antikleia mit ihm getan hatte. Odysseus liebte es auch, nun selbdritt auf dem Bänkchen unter der Steineiche zu sitzen. Er nahm dann gerne das Söhnlein an sich, dessen erst greises Gesichtchen unter der roten Lockenkappe sich bald zu rosiger Pausbäckigkeit entwickelt hatte, freute sich, wenn es strampelte, quietschte und keckerte, wenn er es – zum Entsetzen Penelopes – hochwarf und wieder auffing. Er zeigte ihm auch das Meer, die Schiffe und die Vögel und erklärte ihm ausführlich Dinge, woran der Kleine allerdings weniger Interesse und Teilnahme zeigte als am Geschupftwerden, weil er sie noch nicht verstand. Dann gab er ihn leicht verstimmt der lachenden Penelope zurück.

Manchmal saß er aber jetzt auch allein unter der Eiche und starrte hinaus auf die Linie, wo Himmel und See sich treffen, mit Augen, die die Farbe des Meeres hatten. So gut es ihm ging – und er war sich dessen bewußt und sagte es sich auch immer wieder –, so ruhelos war sein Herz. Die Lust und Begierde, die nach selbständigem Handeln und Ausgreifen verlangten, wuchsen allmählich ins Unerträgliche an. Er fühlte eine Lebensleidenschaft in sich, für die Ithaka zu klein war, und litt an der Furcht, den richtigen Augenblick, die geeigneten Jahre zu versäumen.

Was hab ich schon gesehen von der Welt, fragte er sich. Was hab ich getan? Ein Bett gezimmert und einen Sohn gezeugt. Das kann jeder Taglöhner. Wo habe ich mich denn schon bewährt? Wer weiß schon, wer ich bin und was ich kann? Weiß ich es denn selber?

So oft er sich auch sagte, daß er den Göttern nicht genug danken konnte für die allseitige Wohlbestelltheit, in der er lebte, die quälende Unrast in seinem Innern ließ sich nicht beschwichtigen. Sollte es denn immer so bleiben, wie es jetzt war? Sollte es ihm beschieden sein vom Geschick, daß er nach einem Leben behaglicher Eintönigkeit in den Hades hinunter mußte, beweint von einer greisen Frau und einer Reihe starker Söhne und schöner Töchter sowie deren Gatten und Kindern?

Diese Vorstellung lag ihm wie ein Stein auf dem Zwerchfell. Penelope merkte es wohl, und es schuf ihr Unbehagen und Unruhe, weil sie nicht begriff, was ihn bedrückte. Eurykleia merkte es auch, und sie begriff. Die Alte hatte der gescheiten Penelope eine reiche Erfahrung mit Männern voraus.

»Er will fort, Herrin«, sagte sie zu ihr. »Männer brauchen das, wenn sie wirklich Männer sind. Sie müssen sich reiben an etwas und sich weh tun. Sie nennen's Bewährung. Wirst sehen! Eines Tages ist es soweit, und dann versuch ja nicht, ihn zu halten. Wenn du ihn zurückhältst, verlierst du ihn ganz.«

Penelope hörte es und barg die Sorge in ihrem Herzen.

Wie das so ging auf den Inseln: erst lief das Gerücht durch die Hafenkneipen, dann drang es in die Wirtschaftshöfe und Küchen vor. Schließlich gelangte es auch in die Herrensäle und wurde zur Gewißheit: Helena, die Gemahlin des Menelaos, Königs von Sparta, war von dem trojanischen Prinzen Paris entführt worden. Da keine Zeichen von Gewalt vorlagen, mußte man annehmen, daß sie sich hatte entführen lassen. Nicht einmal ihre kleine Tochter Hermione hatte sie mitgenommen.

Odysseus war die Geschichte schon zu Ohren gekommen, als es noch vages, widersprüchliches Inselgemunkel war. Als er dann einigermaßen verläßliche Tatsachen vernahm, traf es ihn im Zwerchfell wie der schallende Schlag einer Kesselpauke. Das Ereignis schlug mitten hinein in die schwelende Unruhe der letzten Monate.

Er wußte sofort, was geschehen würde. Er kannte die Atriden. Anläßlich der Werbung um Helena hatte er sie gesehen, beobachtet, ihre Wesensart durchschaut. Sie würden die Sache natürlich nicht auf sich beruhen lassen, sondern ganz groß in Szene gehen. Vor allem Agamemnon. Priamos, der König von Troja, war ein betagter Mann von friedfertiger Art. Er würde die peinliche Angelegenheit, die ihm der Sohn angerichtet hatte, gütlich bereinigen wollen und versuchen, Paris zur Rückgabe der Helena zu bewegen, auch viel Bußgeld zahlen. Aber sehr fraglich war, ob Paris sich werde überreden oder gar zwingen lassen; Paris, auf Grund eines Orakels ausgesetzt, als Hirte aufgewachsen, und jetzt plötzlich Prinz. Es war ihm zu Kopf gestiegen. Eine Geschichte hatte er sich zusammengelogen: Aphrodite selbst habe ihm die schönste Frau von Hellas versprochen. Götterwille sei die Entführung Helenas. Keiner glaubte dem Großmaul.

Es würde auf die Brüder ankommen. Fünfzig Söhne hatte Priamos, die meisten erwachsen, von Kindesbeinen an – wie es ihrer Stellung entsprach – im Waffenhandwerk ausgebildet und geschult, aber kaum erprobt. Durch weise Verträge hatte der König den Frieden gesichert, Trojas Macht war unbestritten in Vorderasien. Ohne Gelegenheit, ihre kämpferischen Fähigkeiten anders zu beweisen als im Spiel, lebten die Prinzen dahin im Frieden und Luxus der reichen Stadt.

Es war anzunehmen, daß sich wenigstens einige auf die Seite des Paris schlagen würden. Wenn nicht dem Bruder zuliebe, so doch aus Lust auf eine richtige, echte Großkeilerei. Außerdem vertrauten sie auf die festen Mauern der Zitadelle. Es lag durchaus im Rahmen der Möglichkeit, daß Priamos würde nachgeben müssen.

Auf griechischer Seite würde Agamemnon schüren. Vor allem er. Ihm würde es ernster sein als dem gekränkten Menelaos. Natürlich wollte auch der die Gattin wiederhaben, schon wegen der Ehre. Er schnob, tobte, wälzte sich, zerriß die Kleider und zerbiß Teppiche, wie man es von ihm in seiner Lage erwartete. Aber ihm hätte es wahrscheinlich genügt, wenn man ihm Helena mit einem ansehnlichen Sühnegeschenk zurückgegeben hätte.

Nicht so Agamemnon. Seine Stunde war gekommen. Odysseus erinnerte sich genau, wie er sich aufgetürmt hatte unter den andern, wie er gedröhnt hatte, wenn er eine Bagatelle von sich gab. Er und Penelope hatten einander dann immer angesehen und gelächelt. Damals hatte er den Völkerfürsten gespielt. Jetzt war eine Gelegenheit, dieses Spiel zur

Wirklichkeit zu machen. Heerführer von ganz Hellas! Odysseus sah ihn so deutlich vor sich, daß er ihm in seinen hohlen Kopf zu kriechen vermochte. Agamemnon, der Tantalidensproß! Im ganzen Pomp seiner prunkenden Löwenhaftigkeit fühlte er sich schon mit gebauschten Segeln anrauschen an die Küste Ilions, er selbst in goldenstrahlender Rüstung am Bug des Flaggschiffs. Dichtgedrängt und schaudernd würden die Troer stehen Kopf an Kopf auf den Mauern der Stadt.

Agamemnon! Eine Attrappe voll Ehrgeiz und mit der eindrucksvollen Majestät des Auftritts, wie sie seltsamerweise gerade völlige Hohlheit zu verleihen vermag. Hirn hatte sie nie gehabt, die ganze Sippschaft. Agamemnon würde sich die Gelegenheit nicht entgehen lassen, einmal ganz groß und der Erste zu sein. Die Führerschaft war ihm soviel wie gewiß. Erstens war er der Bruder des Beleidigten, und zweitens verfügte er über die Mittel, sich die meisten Gefolgsleute zu kaufen, die meisten Schiffe auszurüsten. Übrigens war der Großteil der Fürsten ohnehin gezwungen, an diesem Feldzug teilzunehmen, und zwar auf Grund des Beistandseides, den sie anläßlich der Werbung um Helena beim Pferdeopfer geleistet hatten. Auf seinen, auf des Odysseus Rat. Bald würden also auf Festland und Inseln die Becken und die Trompeten erschallen, und allem, was männlich war, würde der Klang in die Glieder fahren und Gänsehaut auslösen. Noch dazu, wo es weder um einen gewöhnlichen Plünderungszug ging noch um einen Krieg zum Schutz der Heimat, nicht um Gut und Vorteil und Sicherheit, sondern um etwas jeder Nützlichkeit und Vernunft Bares: um eine schöne, leichtfertige Frau. Keine gewöhnliche Ehebrecherin, sondern die »schönste Frau von ganz Hellas«. Das war eine Devise, die zog. Das peitschte den Männern das Blut auf und steigerte die Lust auf eine herrliche Großrauferei, auf ein fröhliches Gemetzel, obwohl jeder einzelne dieser Männer den Göttern dankte, daß er zu Hause eine sitzen hatte von der gewöhnlichen Art, eine, die nicht so begabt war mit göttlicher Schönheit und lieblicher Gewissenlosigkeit und die von der Verruchtheit eines Parisblicks höchstens hinter dem Webstuhl träumte, wenn draußen der Sirius stieg und die Hitze aus dem

Bauch der Erde dunstete, eine, die gegen solche Blicke verläßlich gefeit war durch Sitte, handfeste Pflichten und redliche Menschenart. So konnte man sich ruhigen Herzens anschließen an den großen Prahlzug.

Odysseus sah aber noch etwas voraus: »Die Lust und der kecke Aufschwung wird ihnen bald vergehen. Der Kampf wird hart, er wird schrecklich sein. Tausende werden ins Gras beißen. Trojas Mauern gelten als uneinnehmbar, und die Stadt erhält Nachschub an Menschen und Gütern aus halb Asien. Dagegen werden die Griechen im offenen Lager leben, ohne Reserven. Mit der Verpflegung angewiesen auf Raubzüge in der Umgebung, die ihnen keine Freunde machen werden. In diesem Krieg wird es nicht nur auf Kraft, Mut, Kampflust ankommen. Vor allem wird guter Rat, schlaue, genaue Planung und einfallsreiche List vonnöten sein.«

Der Großrummel um eine »entführte« Frau, selbst wenn es Helena war, schien Odysseus läppisch. Aber tief unten im Zwerchfell rumorte es. Und dieser Rumor war nicht zum Schweigen zu bringen, so sehr er sich absichtlich mit rackernder Arbeit überhäufte, um nicht denken zu müssen. Nachts raubte er ihm den Schlaf. Immer wieder fand er vor sich selbst einen Vorwand, sich im Hafen herumzutreiben und die ankommenden Schiffsleute verständig und gezielt auszufragen, um nicht auf das wildwuchernde Fabulieren von Küchengerüchten angewiesen zu sein. So erfuhr er auch, daß die Atriden selbst, begleitet von Palamedes, dem schlauen Sohn des Nauplios, sich bereits auf Werbefahrt befänden, von Stadt zu Stadt, von Insel zu Insel. Odysseus konnte sich ausrechnen, wann sie in Ithaka eintreffen würden.

»Ich werde es bereuen«, sagte er sich, »wenn ich nicht mitziehe. Es wird zeitlebens an mir nagen, und ich werde es dann an irgend jemandem auslassen. Wahrscheinlich an Penelope, denn ihretwegen würde ich ja verzichten. Ich werde weder ein guter Mann noch ein guter Vater sein, wenn ich es mir jetzt abringe und bleibe, wie die Vernunft es mir gebietet. Auch für die Meinen wird es besser sein, wenn ich eine Weile in einem fernen Krieg bin, als wenn ich mir's versage und dabei versauere. Aber ich muß wenigstens so tun, als ob's nicht mein eigener Wille wäre. Das bin ich ihnen schuldig. Auch wenn Penelope, was bei ihrer Helligkeit durchaus wahrscheinlich ist, alles durchschaut. Sie muß doch eine Geschichte haben, die sie dem Kleinen erzählen kann, wenn er zu fragen beginnt, warum sein Vater nicht da ist. Es muß eine Geschichte sein, die zeigt, daß ich mich geweigert habe, in diesen Krieg zu gehen.«

Es zeigte sich allerdings, daß es gar nicht so leicht war, selbst für den phantasiebegabten Odysseus nicht leicht, sich eine solche Geschichte zurechtzumachen. Zu gut durfte sie nicht sein, sonst fielen ihm die Atriden und selbst der kluge Palamedes hinein und er hatte das Nachsehen und mußte wirklich zurückbleiben. Zu schlecht aber durfte sie auch nicht sein, sonst war es eine Kränkung für Penelope.

Das Ausdenken kostete ihn einigen Schweiß, aber es machte ihm auch Freude. Es kam seiner Lust am schillernden Gaukelspiel entgegen. Er saß jetzt oft allein unter der Steineiche und sinnierte oder sprach mit sich selbst. Manches Mal lachte er plötzlich auf. Er dachte sich ein sinniges Doppelspiel zusammen. Eins für die Zuschauer und – aus Freude am Spaß – eins für sich selbst.

Als ihm die Ankunft der Werber vom Hafen gemeldet wurde – er hatte seit einiger Zeit eigens einen seiner Leute dort sitzen, um möglichst rasch unterrichtet zu sein –, schritt er ans Werk. Er begab sich mit einem Gespann aus einem Esel und einem Ochsen auf das Feld und streute Salz in die Furchen. Als die Schar herankam, unterbrach er seine Tätigkeit nicht. Wie man ihn anrief, tat er, als kenne er keinen. Er spielte den Irren.

Wer außer ein Irrer spannt Ochs und Esel zusammen, wo der dümmste Taglöhner weiß, daß diese beiden sich nie zusammenfügen in einem Gespann. Wer außer ein Irrer streut Salz auf seinen Acker, wo jedes Kind weiß, daß man damit den Boden unfruchtbar macht. Das kann nur einer tun, dem die Götter den Verstand verwirrt haben!

Mit den Gästen war auch Penelope aufs Feld gekommen, den Kleinen am Arm, und Eurykleia. Ein Haufen Landleute war ebenfalls hergelaufen, um zuzuschauen, was sich tat. Was sie da sahen, löste ein großes Gemecker aus, auch ein paar verstörte Flüche. Für sie war klar, daß Odysseus den Verstand verloren haben mußte. Die Atriden glotzten. Es dämmerte ihnen, daß sie auf diesen Mann leider nicht würden zählen können. In Palamedes' genauem Schauen war ein Grübeln. Penelope hatte die schwarzen Brauen vor Anstrengung des Begreifenwollens zusammengezogen zu einem geraden Strich. Sie fühlte, daß Odysseus etwas im Schilde führte mit diesem Spektakel, aber sie durchschaute es nicht. Sie wußte nur, daß er den Wahnsinnigen *spielte*.

Odysseus hatte mit Palamedes gerechnet, und er hatte sich nicht getäuscht. Palamedes hatte einen Sinn für die Bedeutung der Dinge, die sich hinter der planen Wirklichkeit verbirgt. Der Ochse, dachte er bei sich, der steht für den Sommer, der Esel ist das Tier des Winters. Das für den schlichten Bauernsinn unmögliche Gespann zeigt den Jahresumlauf an. Ein gesalzener Acker, dachte er weiter, ist ein vergeudetes Jahr. Neun Furchen hat er bereits in dieser Weise besät. Also neun vergeudete Jahre. Er rechnet also auch mit einem langen Krieg, der Geriebene, sagte er sich, er glaubt auch nicht an einen raschen Feldzug wie die anderen alle! Eine lärmende, fröhliche Sommerkeilerei. Davor möchte er sich drücken, aber ich werd's ihm versalzen. Die Atriden kann er hineinlegen, der Gauner, aber nicht einen Palamedes! Geistesgegenwärtig nahm er den kleinen Telemach Penelope aus dem Arm, die auf solches nicht gefaßt war, und legte ihn ganz zart und behutsam in die Ackerfurche, quer zur Pflugschar. Im Augenblick zügelte der »Irre« das Gespann und riß es zurück.

Er nahm die Kappe vom Kopf und wischte sich gründlich den Schweiß. Vor den Gaffenden schämte er sich nicht wegen des aufgedeckten Betrugs. Nur Penelope wagte er nicht ins Gesicht zu sehen. Denn ihr würde nicht die von tief unten her aufquellende Freude entgehen, die – untrennbar mit Schrecken vermischt – in seinem Inneren tobte.

Als die kleine Gesellschaft vom Feld auf den Hof zurückkehrte, schwieg Penelope. Sie ging ein paar Schritte hinter den anderen her und verbarg das Gesicht im roten Lockenschopf des greinenden Telemach, den der jähe Zugriff des fremden Mannes erschreckt hatte. Eurykleia ging neben ihr. Auch sie schwieg, ganz gegen ihre Gewohnheit. Aber sie hatte einen bitteren Zug um den Strichmund. Erst als sie schon die Halle betraten, sagte sie zu Penelope: »Die zwei geblähten Hohlköpfe, die wären ihm glatt auf den Leim gegangen, aber er hat mit dem dritten Halunken gerechnet. Es wäre ihm sehr gegen den Strich gegangen, wenn ihm auch der aufgesessen wäre. Ich hab's dir vorausgesagt, Herrin, er will jetzt weg. Aber es hat nichts mit dir und Telemach zu tun. Ich rat dir gut. Laß ihn! Sonst hast du zeitlebens einen grämlichen Sauertopf im Bett. Laß es dir gesagt sein, ich weiß es. Ich hab die Meinen nie zu halten versucht, und wenn einer zu nisten anfing, hab ich ihm selber den Tritt gegeben. Das ist kein ordentliches Mannsbild, das nicht weg will für eine Weile von Frau und Kind und Haus und Hof. Sie sind eben so. Sie brauchen das, so eine grölende, protzende Männerrauferei, wo sie unter sich sind. Sie brauchen das, so wie wir dann und wann ein Kind im Bauch brauchen.«

Penelope schluchzte kurz und trocken auf. Dann aber gab sie den Kleinen einer Magd und beaufsichtigte, erhobenen Hauptes und mit Umsicht, die Bewirtung der hohen Gäste.

Als die beiden dann spät in der Nacht hinaufkamen in ihr Schlafgemach, lag jeder für sich auf seiner Bettseite wach, die Hände unter dem Kopf verschränkt, und schwieg. Dann hielt es Odysseus nicht mehr aus und sagte leise: »Jetzt bist du mir wohl gram, Penelope? Dir hab ich ja nichts vormachen können. Ich stellte es den Göttern anheim.« – »Lüg wenigstens nicht. Du rechnetest mit Palamedes!« Dann schwiegen sie wieder eine Weile. Endlich aber fing er zu reden an: »Ja, ich geb's zu, Penelope, ich rechnete mit Palamedes. Ich will mit nach Troja. Nicht wegen Helena und der Ehre. Die ›schönste Frau von Griechenland‹ kann mir gestohlen bleiben. Etwas anderes ist es, was mich quält und peinigt und mir schon die längste Zeit den Frieden raubt: die Bewährung. Ich muß mich unter Männern bewähren, herumschlagen, messen, damit ich weiß, was an mir ist und wer ich bin. Ich verlange gar nicht, daß du das gutheißt oder auch nur verstehst. Frauen haben das nicht, oder sie haben es auf irgendeine Art, die wieder wir Männer nicht begreifen. Aber auch wenn du es nicht verstehen kannst, ich bitte dich, Penelope, beim Haupt unseres Kleinen bitte ich dich: Glaub mir, daß ich nicht von euch beiden weg will, daß es mir schrecklich bang ist bei dem Gedanken, daß ich von euch fort muß. Bang, wie es mir noch nie im Leben war. Aber das andere ist stärker. Und dann habe ich so ein deutliches Gefühl, das fast eine Gewißheit ist: wirklich zu Hause kann ein Mann nur sein, wenn er von irgendwo zurückgekommen ist. Glaubst du es mir, Penelope?« – »Ich will versuchen, Odysseus, es dir zu glauben. Verstehen kann ich's nicht. Wir Weiber sind zu Haus, wo der Mann und das Kind sind. Aber eins hab ich ja schon gelernt, daß ein Mann und eine Frau etwas grundlegend anderes sind, und der Verstand sagt mir, so ist es eben, und Männer müssen fort von zu Haus. Aber verlang von mir nicht, daß mein Herz es versteht. Verlang nicht von mir, daß ich jetzt stolz bin auf dich oder daß ich mich mit dir freue, weil ich gesehen habe, wie sehr ihnen daran liegt, dich dabei zu haben. Das kann ich nicht. Ich kann nur eins: Ich kann es dir gönnen, weil ich dich liebe. Ich gönn dir diese verfluchte Fahrt nach dem Drecksilion, das die Götter verderben mögen. Mehr kannst du nicht von mir verlangen.«

Die letzten Worte und Flüche kamen schon stockend heraus, denn jetzt weinte Penelope, und Odysseus weinte auch, und sie hielten einander ganz fest in den Armen und vermischten ihre Tränen.

ABSCHIED

In den nächsten Wochen ging Odysseus mit einer verschlossenen Miene im Haus umher und entfaltete eine verbissene Betriebsamkeit. Die Leute hüteten sich, ihn anzusprechen, wenn es nicht unvermeidbar war. Nachts kam er so spät ins Bett, daß Penelope meist schon schlief. Sie war müde. Schließlich stillte sie den kleinen Telemach, der bereits gewaltig sog. Wenn sie noch wachlag, dann tat sie so, als schliefe sie. Denn auch sie wollte jetzt nicht reden. Sie fürchtete, weich zu werden und ins Weinen und Klagen zu kommen, und sie wußte, daß auch Odysseus sich davor fürchtete. Er ahnte, was in ihr vorging, und war ihr dankbar dafür, daß sie schwieg. Aber er war zu ungeschickt, diesen Dank in irgendeiner Weise zum Ausdruck zu bringen.

Sein Tag war bis zum Rand ausgefüllt mit den Vorbereitungen für die Fahrt. Er mußte Männer zum Mitkommen überreden, sie ihrer Faulheit und vor allem ihren Frauen entreißen. Die sich selbst dazu drängten, waren nicht die besten. Dann waren geeignete Schiffe aufzubringen und dem Zweck anzupassen. Die wenigen, über welche Ithaka verfügte, waren nicht im besten Zustand. Man gebrauchte sie ja nur zu den kurzen Fahrten zwischen den kephallenischen Inseln, die nahe lagen. Zwölf brachte man zur Not zusammen. Man legte sie auf Kiel. Es wurde gezimmert, gepicht und gestrichen. Segelleinen wurde ausgebessert und geflickt, auch neues genäht. Das Tauwerk mußte überprüft und ergänzt werden. Und dann die Vorräte an Speise und Trank. Bis zum Sammelplatz in Aulis wollte Odysseus sich nicht mit Beutezügen und Überfällen aufhalten.

Schließlich kam das Schwerste. Der Abschied.

Am einfachsten war es noch bei Laertes, dem guten Vater, der gar nicht sein echter war. Er redete nicht viel. Einen eigenen Sohn hätte er wahrscheinlich mit endlosen Ratschlägen überschüttet. Odysseus aber hatte er stets eine befangene Neigung entgegengebracht und seinen überlegenen Verstand bewundert. Sicher, er liebte ihn. Aber es war nicht Blut von seinem Blut. Immer war ein bißchen Fremdheit zwischen ihnen gewesen, die den Ziehvater hemmte, seine Liebe in Form väterlicher Mahnung, Tadel und Unterweisung zu zeigen. Das war ein bißchen traurig, im gegebenen Fall dem Odysseus aber willkommen. Es blieb bei einem Händedruck und wenigen, nüchternen Worten.

Vom Vater machte er gleich einen Abstecher zu Eumaios, dem Schweinehirten. Mit diesem Sklaven, der aus Phönikien stammte, verband ihn ein engeres Verhältnis als mit der übrigen Dienerschaft. Eumaios wäre gern mitgekommen, aber Odysseus wollte gerade ihn auf dem Hof wissen, damit er acht hatte auf alles. Auf ihn konnte er sich blind verlassen.

Und jetzt ließ es sich nicht mehr hinausschieben. Die Mutter, Antikleia, mußte überstanden werden. Seine arme, tränenreiche Mutter, die den einzigen Sohn liebte wie ihr Augenlicht, obwohl er die Frucht einer Notzucht war. Odysseus ehrte sie auch, obwohl sie nie viel getan hatte, als in ihren Gemächern zu sitzen und ein bißchen zu weben und zu sticken. Lesen und schreiben hatte sie ihm beigebracht. Alles andere hatte sie Eurykleia überlassen, der Amme. Die hatte ihn gesäugt, trockengelegt, gewaschen. An ihren Kittelfalten hatte er das Gehen gelernt, hineingeheult und hineingerotzt. Wenn er sich weh getan hatte, dann war sie ihm mit ihren abgearbeiteten Händen durchs Kraushaar gefahren und hatte ihn in ihr Vortuch geschneuzt. Von ihr hatte er auch reichlich Lebenslehren aller Art empfangen und auch dann und wann eine rasche Ohrfeige. Aber Antikleia war eben doch die leibliche Mutter, und vor dem Abschied konnte er sich nicht drücken. Natürlich gab es Tränen über Tränen und Ratschläge, wie man sie einem Siebenjährigen gibt. Warme Wäsche, Salben und Tränke.

Odysseus beneidete die Gefährten, die keinen Anhang hatten und schon unten bei den Schiffen hockten, fraßen und soffen und von künftiger Männerfreiheit prahlten, Balgerei und Würgeprotz, Maulgeilheit und Großvögelei mit Beuteweibern. Die anderen, die Familie hatten, schlugen sich mit den gleichen verlegenen Peinlichkeiten herum wie der Anführer.

Das Schwerste, oder eigentlich das einzig wirklich Schwere, hob er sich bis zuletzt auf. Penelope. Ihr konnte er auch nicht vormachen, daß es nur ein Abschied für kurze Zeit war. Teils wußte sie, teils ahnte sie, daß dieser Feldzug kein Sommerabenteuer war. Sie hatte ein Gespräch mit Eurykleia geführt. Das heißt, Eurykleia hatte sich vor sie hingestellt und folgendermaßen gesprochen: »Daß du ihm jetzt keine Szenen machst, Frau, so weh dir ums Herz ist, ich weiß es. Zeig es ihm nicht, daß es dir das Innere nach außen krümmt. Später dann, wenn er weg ist, magst du ein paar Tage dich wälzen und weinen, ich werde mich kümmern um den Kleinen und auch sonst ums Haus. Aber nicht vor ihm. Er braucht das jetzt, diese großmäulige jodelnde Männerbelustigung. Versau sie ihm nicht. Laß es ihn auskosten bis zur Neige. Bis es ihm selber zum Speien ist. Wenn du ihm jetzt etwas vorheulst, verbitterst du ihn nur. Je leichter du ihm das Weggehen machst, um so eher kommt er dir zurück. Zumindest denken wird er daran: Ich möcht nach Haus, ich möcht zu meiner Frau. Inzwischen hast du ja den Kleinen und zu tun in Haus und Hof. Ich werde alt. So ganz allein kann ich es kaum noch schaffen. Mit Laertes ist auch nicht mehr viel los, und daß Antikleia für nichts ist, das weißt du. Ich und du, wir beide, haben jetzt alles auf dem Hals. Und den winzigen Wicht dazu. Das macht das Leben voll genug, auch wenn man eine Weile keinen Mann hat. Kommt man zum Ausschlafen. Und müde wirst du sein, das schwör ich dir. Denn es wird ein handfestes Stück Arbeit sein, dafür zu sorgen, daß Odysseus alles wieder so vorfindet bei seiner Rückkehr, wie es sich gehört, in Schwung und Ordnung. Brauchst keine Angst zu haben: Er wird wiederkommen. Er ist zu gescheit, um sich in Heldentaten einzulassen aus großprotzerischer Ruhmsucht. Er behält den Kopf oben. Hervortun wird er sich mit seiner Maulfertigkeit und seinen Einfällen. Und vergiß nicht: Das Theater mit dem vorgetäuschten Wahnsinn hat er deinetwegen gemacht! Kennst du rundum einen einzigen von denen, die jetzt wegfahren, der sich diese Mühe gemacht hätte? Die haben einfach gesagt: Leb wohl, Weib, schau auf alles. Ich geh weg! – Der deine hat sich etwas einfallen lassen dir zuliebe. Vergelt's ihm und häng dich jetzt nicht flennend an seinen Hals.«

Die »polyphron Penelopeia« ließ es sich gesagt sein.

Als sich Odysseus nach der letzten Nacht unter dem eigenen Dach, im eigenen Bett (wo er ganz gegen seine Art gar nicht großartig, sondern eher kläglich gewesen war), erhob, noch ehe der Morgen graute, ein Frühstück ablehnte und die Waffen an sich nahm – alles andere war schon an Bord –, da trat er noch einmal vor Penelope mit einem Gesicht, in dem künstliche Barschheit und verprügelter Hund sich mischten. Penelope ersparte ihm das Reden. Sie nahm ihn lachend in die Arme und sagte: »Genieß es! Zeig ihnen, was für einer du bist. Unsertwegen brauchst du dir keine Sorgen zu machen. Ich und Eurykleia, wir machen das schon. Paß mir nur auf dich auf!«

Da ließ Odysseus Schild und Speer fallen, drückte sein Gesicht an ihren Hals und preßte sie an sich, daß ihr fast die Rippen brachen. Dann raffte er die Waffen vom Boden auf und sprang die steinige Straße hinunter zum Hafen.

In seiner Seele war ein Triumphgeschrei. Er hätte tanzen, herumwirbeln mögen, so leicht war ihm, so frisch in der kühlen Brise vor Sonnenaufgang, so unsäglich wohl. Nichts war aus! Kein öder Leerlauf des ewig Gleichen, bis man mit gichtkrummen Gliedern in die Erde kroch. Eine Männersache wird es geben, ein lautes, prahlendes, prächtiges, sinnloses Mannsvergnügen, unverstört von schlechtem Gewissen, von der Erinnerung an eine weinende Frau.

In seinen Ohren war Kielwassergischt, Segelgeknatter und Wogengebrüll.

Bewähren wollte er sich, und das würde er auch. Nicht so sehr in der Großschlägerei, sondern im Rat. Seine Überlegenheit zeigen im Erfinden listenreicher Pläne und Auswege. Männer wollte er beherrschen, nicht durch die rohe Kraft und Gewalt, durch Reichtum und Herkunft, wie die Atriden es taten, sondern Ansehen gewinnen durch klaren Geist, durch die Gewandtheit und Überzeugungskraft der Rede. Wenn sie alle kopfhängerisch herumhocken werden, die strahlenden Helden, und nicht aus noch ein wissen in ihrer törichten Einfallslosigkeit, da wird er, Odysseus, seine Stunde haben. Er wird es dann sein, der einen wohldurchdachten Plan zur Hand hat und auch den Mut und das Geschick, ihn selbst auszuführen. Denn einen guten, feinen Plan läßt man sich nicht durch einen draufgängerischen Dummkopf verderben. – Das würden die Stunden seiner Bewährung sein, nach denen er sich sehnte.

Auch mit der Freiheit verhielt es sich bei Odysseus anders als bei den Gefährten. Es ging ihm nicht um die alberne

Männerfreiheit. Es ging ihm um die Freiheit, seine Wißbegierde zu sättigen. Länder, Meere, Menschen kennenzulernen und all das Weite, das Wunderbare, das jenseits des Dunstes lag, der Ithaka umschloß in seiner vertrauten Umhüllung, die Heimat und Geborgenheit war, aber auch Beschränkung. Wenn er in den letzten Monaten manchmal unter der Steineiche gesessen und aufs Meer hinausgeträumt hatte, so daß er es nicht einmal merkte, wenn Penelope mit dem Kleinen heraufkam und sich zu ihm setzte, dann war er voll gewesen von dieser Gier bis an die Grenzen der Schmerzhaftigkeit, alles, was es gab auf dieser Erde, kennenzulernen, mit Augen zu sehen, mit Händen und allen Sinnen an sich zu raffen und zu erfassen: die glutheißen Küsten Afrikas und Asiens, das ionische Inselmeer, das er nur aus den Erzählungen der Händler und Seeleute kannte. Selbst wollte er all das sehen und erleben. Die fremden Menschen mit ihren eigentümlichen Sitten. Ihre Sprachen wollte er hören und erlernen, erkunden, was sie dachten und wußten, was sie ergrübelt hatten über die Welt und die Götter.

Jetzt war es soweit. Er war auf dem Weg. Vor ihm lagen alle die Wunder, die Schönheiten und die Schrecklichkeiten dieser Erde.

Als Odysseus im Morgendämmer, halb springend, halb rennend und laut mit sich selber redend, hinunter zu den Schiffen eilte, löste sich – auf halbem Weg zwischen Haus und Hafen – aus dem Schatten eines breitästigen Ölbaums eine vertraute Gestalt und vertrat ihm den Weg: Eurykleia. Von ihr hatte er sich nur im Beisein des ganzen Gesindes verabschiedet. Aus Feigheit. Er wußte, daß sie ihn restlos durchschaute, und er fürchtete ihre Zunge.

Da stand sie nun, entschlossen, ihm nichts zu ersparen. »Windhund!« sprach sie ihn an. »Hast dir's also erschlichen und tanzest von Haus und Hof, von Frau und Kind, wie ein brünstiger Reiher mitten hinein ins johlende, hirnlose Mannsgetümmel! Lang genug wird's dauern. Länger, als es euch lieb ist; zum Winseln und Wimmern und Stöhnen lang. Zehn Furchen hast du dir selber gegeben, ich hab mitgezählt. Aber die dort oben, die Eifernden, die werden draufgeben und draufgeben, bis die Last der Jahre dich in den Boden drückt. Dann wirst du vielleicht zurückkommen. Aber nicht tanzend! Gekrochen wirst du kommen, gestriemt, gebeutelt und durchgewalkt bis auf die Haut deiner Knochen. Jetzt wolltest du mir entwischen, aus Angst vor meiner Rede. Dann aber wird's heißen, ›Mütterchen, liebe Amme‹, genau wie vor Jahren, als du noch klein warst und durch die Hintertür geschlichen kamst nach deinen Streichen, und ich dir die Steinchen aus den aufgeschundenen Knien geklaubt und Blut und Rotz aus dem Gesicht gewischt habe, ›Mütterchen, liebe Amme‹!« Odysseus stand und blickte verlegen auf seine Zehen.

Eurykleia zog ein abgegriffenes Ding hervor, das an einem Riemchen hing. »Bück dich«, befahl sie, »daß ich dir's um den Hals hänge, und glotz nicht. Fein ist es nicht. Na wenn schon! Das Leben ist nicht fein. Und die Gottheiten der Tiefe zeigen sich nicht mit edelglatten Gesichtern und Gliedern. Die zeigen, worauf's ankommt. Zier dich nicht. Mußt's ja keinen sehen lassen!« – »Was soll's, Alte«, sagte Odysseus, »seit wann hexest du! Zauberwerk soll ich mir um den Hals hängen wie ein Ruderknecht, und noch dazu unanständiges?« – »Pscht! Beleidig sie mir nicht. Es ist das Zeichen der großen Mutter. Von meiner Ururahne hab ich's. Aus Kreta. Auf sie ist Verlaß, wenn's zum Äußersten kommt. Die kennt keine Launen und Eitelkeiten und Eifersüchteleien wie die windigen Olympier da oben im windigen Äther!« – »Lästere nicht, Eurykleia. Ich will sie ja nicht kränken, die sich ein merkwürdiges Zeichen erkoren hat zur Darstellung ihrer Gegenwart. Aber du weißt doch! Mir ist Pallas Athene hold, die göttliche Jungfrau!« – »Das Mannweib! Die hetzt dich noch ins Unglück und hußt dich auf zu allerhand Unsinn mit ihrer Freude an Männerschlächtereien. Der gilt das Leben nichts. Die macht euch die Schädel dröhnen und schwirren von törichter Ruhmsucht, bis ihr ins Gras beißt als Helden. Und was dann? Ein bekränzter Scheiterhaufen, der in Asche zerfällt, die der nächste Windstoß verbläst. Und unten im Hades ein Schatten, der beleidigt herumstelzt und sich nach dem Leben sehnt, das er so billig verspielt hat. Strohköpfe und Beschwindelte alle, eure Helden. Ans Leben muß man sich klammern, hörst du? Ans nackte Leben, bis dir das Blut aus den Nägeln spritzt. Nicht unter die Erde kriechen für eine hochprotzige Stunde und ein paar Tiraden von Märchenerzählern, die sich damit von Hof zu Hof betteln. Ich sag es dir, ich Alte, mit vielen Wassern Gewaschene: Am Leben festzuhalten in guten und in schlechten Tagen, da gehört mehr dazu als zum Heldentod. Da, nimm's jetzt, häng's um, es ist glattgerieben vom wackeren Angstschweiß solcher, die im Namen dieser dunklen Göttin festgehalten haben am Leben und auch den Mut gehabt haben, einmal feig zu sein, um am Leben zu bleiben.«

Odysseus war betroffen und verbarg es hinter einem Lachen. Er hängte sich das Amulett um den Hals, nahm das knochige Gesicht der Alten in seine Hände und küßte sie auf beide Wangen: »Ich werde deine Worte tief im Busen bewahren, Mütterchen, liebe Amme«, sagte er halb ernst, halb spöttelnd, »und ich werde auch feig sein, wenn's ums Leben geht, und deine Unschicklichkeit immer am Halse tragen. Und wenn einer Anstoß daran nehmen sollte, werd ich ihm schon was aufbinden!« – »Dann geh endlich, Schurke, hüpfst schon von einem Bein aufs andere wie ein Knabe, der seitab muß! Geh, lauf, daß ich dich nicht mehr anschauen muß.« Sie wandte sich und stieg aufwärts und sah sich kein einziges Mal mehr um.

Odysseus bestieg das Flaggschiff jener kleinen Flotte von zwölf Schiffen, die er hatte aufbringen können; rotgestrichen, frisch gepicht und besegelt. Man roch Teer, roch Uferwasser, gebratenen Fisch und Opferblut. Man nützte die Ebbe, die hinauszog, und den Landwind, der vor Sonnenaufgang wehte, löste Anker und Tauwerk. Den Frauen hatte man verboten, zum Hafen zu kommen, damit es kein Jammern und Heulen und unnütze Ratschläge gäbe. Sie waren aber doch gekommen – alle, außer Penelope. Sie hatten sich in der Nymphengrotte verkrochen, die neben dem Hafen des Phorkys lag, schwarz verhüllt und verschleiert, Witwen sie alle schon von diesem Augenblick an. Zutiefst in ihren Seelen wußten sie es, und ihr Klagen aus der Tiefe der Höhle hörte sich von draußen an wie das Fiepen der Fledermäuse.

Die Männer, um es nicht zu hören, überschrien es. Jeder glaubte plötzlich, sich nur schreiend verständlich machen zu können. Völlig unnötige Kommandos wurden gebrüllt. Man hatte Poseidon geopfert und alle waren sie etwas angetrunken vom Wein, von der Erregung, vom schäumenden Gischt vor den Kielen, vom kalten Sprühen des ruderdurchpflügten Wassers im heißen Gesicht, trunken vom Knirschen des Tauwerks und der Riemen, vom gellenden Möwengeschrei und den schwarzen Messerschatten ihrer Flügel auf Deck und Wasser. Und als sich der Landwind im Takelwerk fing und die Segel knatternd bauschte, da war ein Gebrüll, ein Singen, ein Lachen und Jauchzen, daß die Schiffsbäuche dröhnten. Sie waren glücklich.

Auch Odysseus war glücklich. Er stand am Bug seines Schiffes an der Spitze der zwölf. Im Osten erwachte Eos und reckte die verschlafenen Glieder im rosigen Schein. Dann stieg Helios auf, das rötlich goldene Riesenrad des Sonnenwagens hob sich aus dem kupferfarbenen Meer. Salzhell der Schaum vor dem Bug, glasgrün die Wellen. Kraftvoller Ruderschlag, draufgängerisch.

Sie hatten sich schon weit von der Küste entfernt. Ithaka, Same, Dolichion und Zakynthos, eine nach der anderen verschwand am Horizont. Keine Möwen mehr. Die Tümmler sprangen und platschten. Nichts als Meergrün und beißender Salzgeruch. Der Wind und die zwölf Segel, goldbraun im Sonnenglast, hart gezurrt, und die Taue sangen. Ringsum Weite. Das Unbekannte, zu Erforschende, das Abenteuer und der Kitzel der Gefahr und des Wunders.

Odysseus spürte es wie kleine Stiche in der Kopfhaut. Kein Blick zurück nach Ithaka. Nichts sollte aufkommen. Mit vollen Nüstern sog er den Tang- und Seegeruch in seine Lungen, der immer mächtiger den Duft nach Holzrauch aus den Hütten, nach Kiefernnadeln, Thymian und Basilienkraut überstimmte, den Tiergeruch der Herden, die man auf die Weiden trieb, das süße Aroma des Ginsters und Lavendels. Heimatgeruch: Langsam wurde er aufgezehrt vom Geruch der weinroten See.

Zweimal zehn Jahre sollte es dauern, bis er wieder diesen

Geruch atmete. Er wußte es und wußte es nicht. Er wollte jetzt nicht daran denken.

Als die Schiffe am Horizont verschwanden, zögerten die Weiber von Ithaka scheu heraus aus der Grotte. Ausgeweint, ausgeklagt. In ihre dunklen Tücher gehüllt, standen sie am Ufer, eine Reihe Fledermäuse, und starrten auf die schimmernde Meeresfläche, die kleiner werdenden Segel, bis die höhersteigende Sonne ihre Augen blendete.

Chor der Witwen von Ithaka

Fledermäuse, tagblinde Vögel der Nacht,
schwirren wir ziellos umher
im Frührauch der schlafenden See.
Unsere törichten Männer grölen und trinken und prahlen
untergangsschwangere Lieder,
Lieder ohne Ton,
um die Angst zu überschrein und die Ahnung.

Sorge im grauen Gewand
spannt uns die flatternden Flügel,
spannt uns die horchenden Ohren.
Sorge pocht durch das graue Fellchen,
das vom Angstschweiß verklebt ist.

Unsere männerverwaisten Häuser
an den Hängen von Ithaka,
die männerleeren Gassen der Stadt
durchzieht ein klagender Ton.
Man hört das Dengeln der Sicheln,
der blutigen Sicheln der unteren Götter.

Fiepend vor Angst
vor dem schwarzgeflügelten Leid,
spenden wir hinab in den Abgrund

Tropfen unseres Fledermausbluts
in den Schoß der Erbarmungslosen:
Persephoneia, die als Drache den Zagreus gebar
und neben dem Hades thront, dem schweigenden Gott.

Wo werden sie enden, unsere törichten Männer,
die jetzt johlen und trinken und prahlen?
Bald spült sie Welle um Welle im trägen Gleichmaß
an fremde Strände, ein Bündel gebleichten Tangs.
Keiner wird sie begraben,
und die Möwen zerhacken ihnen die Augen.

Einmal träufelte Eros uns Sehnsucht ins Herz,
einmal wuchsen uns die Blicke zusammen
und unsere Glieder redeten »ewig, ewig«!
Jetzt singen und brüllen sie und grüßen die steigende Sonne,
grüßen die dämmernde Ferne,
grüßen jetzt schon den Staub einer fremden Erde,
in die sie sich krallen werden in hilfloser Zuckung,
das Strandgras, in das sie beißen werden im Todeskrampf,
die Ackerfurchen, die sie düngen werden mit ihrem Blut,
und ihr Tod wird ohne Klage sein,
ohne Hand, die den Schweiß wischt von ihren Locken.

Und alles um Helena,
die niemanden liebt,
nicht den Mann, nicht das Kind, nicht die Heimat der Väter,
Helena, der kein Menschenblut in den Adern kreist
wie der geringsten von uns verlassenen Weibern,
uns grauen Vögeln der Dämmerung,
Fledermäusen,
kopfunter hängend mit trauernden Häuptern,
kopfunter von jetzt an in feuchtdunklen Höhlen,
von schwärzlichen Ängsten benagt,
von eitlen Träumen getäuscht.
Wir werden sie nie mehr sehen,
die jetzt so trunken
ihren eigenen Totengesang brüllen.

Nie mehr ihre fieberglänzenden Augen sehen,
in denen der Tod sich schon spiegelt.

Dann zogen sie, die verlassenen Frauen, jede still für sich, ihren Heimstätten zu. Fachten das Feuer am Herd an, stellten Wasser auf und rührten die Körner ein. Eine gute Handvoll weniger als sonst, denn es fehlte ein Mann. Diese Handvoll Körner weniger gab ihnen einen schmerzhaften Stich in der Brust. Aber da kamen schon die Kinder, die Hausleute, wollten essen. Knirschend kam der Alltag ins Rollen.

Ein paar Augenblicke in der Grotte hatten sie gewußt, daß sie Witwen waren. Jetzt wußten sie es nicht mehr. Hofften, vergaßen, dachten nur dann und wann daran, wenn sie gerade nichts zu tun hatten.

Penelope war nicht unter ihnen gewesen.

DAS ERSTE JAHRZEHNT

Für Odysseus vergingen die zehn Jahre vor Troja, die ersten zehn Jahre seiner Abwesenheit von Heimat, Frau und Kind, wie im Flug. Er war groß in Form. Neben dem alten Nestor war er es, der junge unbekannte Ithaker, der Anführer der kleinsten Flotte, den man bald in allen heiklen Dingen um Rat fragte. Und er war nie um einen verlegen. Seine Pläne waren durchdacht, und sie bewährten sich. Meist wurde er selbst auch mit der Ausführung betraut. Seine listenreichen, phantasievollen Unternehmungen schadeten Troja mehr als die heroischen Metzeleien.

Als daher der Apollonpriester Kalchas, ein trojanischer Überläufer, auf Grund eines Orakels verkünden ließ, der Krieg gegen Ilion könne nicht ohne die Beteiligung des Achilleus gewonnen werden, schickte man gleich nach Odysseus.

Die Ratlosigkeit in den Führerzelten der Griechen war groß. Achill, Sohn des Peleus und der Meergöttin Thetis, vom Kentauren Chiron im Waffenhandwerk unterwiesen, weilte nicht bei seinem Vater. Seine göttliche Mutter wußte, daß es dem Sohn vom Schicksal bestimmt war, vor Troja zugrunde zu gehen. Daher hatte sie ihn dem Lykomedes von Skyros anvertraut. Als Mädchen verkleidet, lebte er nun unter dessen Töchtern und deren Gespielinnen. Wie sollte man ihn für den Kampf gewinnen? Wie ihn herausfinden aus der Schar der Weiber?

Man beschloß, eine Gesandtschaft nach Skyros zu schikken. Es waren ihrer drei. Nestor, der König von Pylos, der über drei Generationen von Männern herrschte, war ein Symbol. Ihm ging der Ruf der Weisheit und Würde voraus. Den Telamonier Aias zog man bei zum Anschauen. Ein kraftstrotzender Riese mit den edlen, etwas leeren Zügen des alten Geschlechts. Als Dritten wählte man den jungen Odysseus zu dieser heiklen Mission. Man setzte auf seine Findigkeit. Während der ganzen Schiffsreise nach Skyros grübelte Odysseus. Meist hockte er, das Kinn in die Hand gestützt, auf einer Taurolle und starrte auf die einförmig bewegte Wasserfläche. Der große Aias schlief und aß und aß und schlief. Der weise Nestor schritt würdig auf und ab auf dem Deck mit bewegten Lippen. Er übte sich bereits in seiner bekannten »honigträufelnden Beredsamkeit«, mit der er Lykomedes einzuwickeln hoffte. Odysseus rechnete *nicht* mit Lykomedes. Er würde es sich der Atriden wegen nicht mit einer Göttin verscherzen. An Achill selbst mußte man sich halten. Einem, der von Chiron erzogen worden war, würde es auf die Dauer nicht wohl sein unter Mädchen, trotz der pikanten Annehmlichkeiten, die ein solch enger Umgang dem jungen Lümmel bieten mochte. Odysseus nahm sich vor, seine Aufmerksamkeit besonders auf diese Mädchen zu richten. Ein Bursche, von dem man erzählte, wieviel röchelnde Keiler und erwürgte Löwen er bereits im Knabenalter in Chirons Höhle geschleppt hatte, konnte schon vom Wuchs her schwerlich einer Jungfrau gleichen. Man würde die Augen offenhalten müssen. Schon an der Art der Bewegung mußte das Mannsbild sich verraten. Vor allem galt es, eine Möglichkeit zu finden, mit den Frauen in Berührung zu kommen.

Odysseus sorgte dafür, daß ansehnliche Geschenke für die Frauen des Hofes bereitgestellt wurden: Spangen, Gürtel, bestickte Gewänder. Die Höflichkeit erforderte es dann, daß die Frauen sich den Männern, die solch wertvolle und willkommene Gaben brachten, selbst zeigten. So geschah es denn auch.

Die Geschenke wurden auf langer Tafel ausgebreitet zum Beschauen und Betasten. Mit bescheidenem Anstand zogen sich die Männer an die Wand zurück, während die Frauenschar hereinrauschte, sich mit glänzenden Augen und wühlenden Händen am Tisch zu schaffen machte, befühlte, anprobierte, Rufe und Gebärden des Entzückens zeigend. Odysseus schaute nur.

Er musterte jede einzelne mit seinem durchdringenden Blick, dem nur wenig entging. Eine gewisse Erschwernis war, daß der Schlag sich als hochgewachsen und derbgliedrig erwies. Auf den ersten Blick war unter dem verhüllenden Kleider- und Schleierwerk kaum etwas Eindeutiges zu erkennen. Aber Odysseus ließ sich nicht entmutigen. Er konzentrierte seinen Prüfeblick auf die Gesäße. Nicht aus Lüsternheit, nichts lag ihm jetzt ferner. Er beobachtete die Rückseiten der Damen und Mädchen mit nüchternem Sachverstand, und zwar aus der Erfahrung heraus, daß gerade jene Leibesstelle von der Frau grundlegend anders bewegt wird als vom Manne, teils infolge der angeborenen Statur, teils aber durch den Umstand, daß es sich bei dieser Region um eine hervorragende Verlockungszone handelt, welche bereits sehr junge Mädchen aus aufmerksamer Anschauung oder genuiner Begabung anmutig ins Licht zu setzen wissen.

Odysseus schaute und schaute. Der Ausdruck seiner Züge hatte fast etwas Grimmiges vor gespanntem Schauen auf all die Gesäße. – Zu seinem bassen Erstaunen ohne jeden Erfolg! Doch er war ein flexibler Geist, immer bereit, sich einen Irrtum einzugestehen und sein Denken in eine andere Richtung zu lenken.

»Sie schwenken alle die Hintern, ausnahmslos. Da gibt's kein Deuteln. Entweder das Früchtchen befindet sich nicht unter ihnen, oder er kann's auch. Ich muß mir etwas anderes einfallen lassen, und zwar schnell.«

Was ihm einfiel, war die weltweit bekannte Posse mit dem Trompetenschall und Waffengeklirr vor den Toren.

Er hatte sich nicht verrechnet. Kaum erscholl es, riß sich eines der »Mädchen« blitzschnell die Kleider bis zur Hüfte herunter und sah sich mit wildem Blick nach einer Waffe um. Die Anwesenden konnten den kraftvoll muskulösen Bau seines Brustkorbs bewundern. »Ein Muskelprotz mit Schwenkarsch«, stellte Odysseus nüchtern fest; »degoutant! Der Penelope wäre er auch widerlich.«

Von diesem Zeitpunkt an war Odysseus bei jeder wichtigen Gesandtschaft dabei und führte sie in der Regel auch zum Erfolg, ausgenommen diejenige, die – als die Flotte schon bei Tenedos lag – nach Troja ging, um noch ein letztes Mal die freiwillige Rückgabe der Helena zu erwirken. Es verhielt sich so, wie Odysseus befürchtet hatte: Ilions Jugend war rauflustig. Sie war auf Kriegskunst hin erzogen worden und kannte den Krieg nicht, denn des Priamos große, aber mild und besonnen ausgeübte Macht hielt Asien in Ruhe. Die Jungen hatten sich alle auf des Paris Seite geschlagen und wiesen die Gesandten des Agamemnon mit Hohn ab.

Trotz dieses Fehlschlags erachtete Odysseus diesen Besuch der feindlichen Stadt für einen Gewinn. Er hatte ihm die Gelegenheit geboten, den Gegner kennenzulernen. Er hatte sich sehr aufmerksam umgesehen und versucht, die Protagonisten abzuschätzen.

Priamos, der Vater von fünfzig Söhnen und zwölf Töchtern, ein müder, abgebrauchter Mann von nicht sehr standhafter Sinnesart. Die Söhne hatten ihn im Griff. Er war ein milder Patriarch, kein Kriegsherr. Der Älteste, Hektor, männlich und voller Redlichkeit. Er würde ein vortrefflicher Kämpfer sein, weil er mit dem Kampf keiner Lust frönte, sondern eine ernste Pflicht erfüllte. Wahrscheinlich war er der einzige der Söhne des Priamos, der Helena lieber zurückgegeben hätte. Er und der junge Troilos, der so in Liebe war zu Briseis, daß er gar nicht mitbekam, was vorging. Die anderen Söhne waren hochfahrende Burschen, aber geradsinnig, leicht durchschaubar.

Gefährlich war nur Paris. Nicht als Kämpfer, sondern vornehmlich seines Charakters wegen. Er war zerfressen von Neid und Wut, daß er als einziger von den fünfzig statt in einem Palast – wie es sein Geburtsrecht war – in einer Hirtenhütte aufgewachsen war. An ihm nagte die unersättliche, neiderfüllte Gier der Niedriggeborenen. Sein Prinzentum war für ihn keine Verpflichtung, sondern das allzu lang vorenthaltene Recht auf hemmungslosen Genuß. Die Unbedenklichkeit des Emporkömmlings machte ihn dem Vater und den Brüdern überlegen. Sein Wille und seine Art wird sich durchsetzen, erkannte Odysseus. Unter seinesgleichen wird er Anhänger finden.

Setzen konnte man vielleicht auf Antenor, einen Schwager des Königs, einen Fürsten von hohem Ansehen. Seine Gattin Theano war Priesterin des Tempels, in dem das Palladium gehütet wurde. Antenor erwies sich den griechischen Gesandten von Anfang an freundlich. Er nahm sie in sein Haus auf und beschützte sie vor einer aufgehetzten Meute trojanischen Pöbels; sicher von Paris bezahlt. Odysseus hatte das Gefühl, daß dieser Antenor nicht nur das Gastrecht ehren wollte. Der dachte voraus. Man würde zu gegebener Zeit vielleicht mit ihm rechnen können.

Schöne und reizende Frauen hatten sie am Hofe. Odysseus sah auch das. Genauer aber sah er sich nur Hekabe an, die Königin, und die junge Kassandra, die geschlagen war mit der Sehergabe. Diese beiden Frauen wußten alles. In Kassandras Augen waren leidenschaftlicher Haß und Verzweiflung. Für sie hatten die Gesichter der Brüder und Schwestern bereits Leichenfarbe. Hekabe sah mit den Augen einer Mutter. Sie sah sie alle gefährdet. Sie sah ihre Söhne und Töchter plötzlich als kleine Kinder, die sich schreiend an ihre Knie klammerten und ihre Gesichter in ihren Schoßfalten bargen.

Unter Hekabes Blick schämte sich Odysseus als einer von denen, die vorhatten zu morden und zu zerstören um einer schönen Hure willen.

In diesen zehn Jahren, die das Heer der Griechen an der Küste der Troas verbrachte, von der Zitadelle und Mauer getrennt durch ein weites Blachfeld, lebte man in einem

Kriegslager, in Zelten und Hütten, die um einen Versammlungsplatz angeordnet waren, auf dem die Behausungen der Anführer standen. Das Zelt des Odysseus gleich neben dem Agamemnons. Der wollte diesen Findigen in nächster Nähe haben. Gegen die Meerwinde war das Lager geschützt durch die an den Strand gezogenen Schiffe. Nichts schirmte es ab gegen die eisigen Winde vom Idagebirge und vom Hochland Kleinasiens. Nichts schützte es vor der brütenden Gluthitze des Sommers und dem Staub. In Ilion selbst lebte es sich in diesen Jahren fast wie in den Zeiten des Friedens, wenn man von der Trauer über die Gefallenen absah. Die Zufuhr konnten die Griechen höchstens vom Meer aus abschneiden, nicht aus dem Landesinneren. Der Handel war kaum gestört. Der große West-Ost-Markt, der jährlich im Herbst vor den Toren der Stadt abgehalten wurde, fand statt, geschützt von einem beidseitigen Waffenstillstand. Die Griechen waren ebenso begierig auf diesen Markt wie die Troer. Auch sie zogen Profit aus dem ungeheuren Warenangebot aus bekannten und unbekannten Ländern, das hier zusammenkam. Sie hatten ja selbst zu tauschen und anzubieten. Beute – vor allem Sklaven – aus den Plünderungszügen im Umfeld der Stadt und auch in den Regionen der entfernteren Verbündeten Trojas. Auf diese Überfälle beschränkte man sich, als man begriffen hatte, daß die Zitadelle nicht im Handstreich zu nehmen war.

Diese neun Jahre strichen dahin in gelegentlichen Scharmützeln. Auf beiden Seiten gewöhnte man sich an den Zustand des Außergewöhnlichen: den Krieg. Gefährlicher als aufbrandende Kampflust. Die Gewohnheit vernebelte immer mehr das klare Denken, die nüchterne Einsicht. Gewohnheit lähmt.

Nur der Haß fraß sich ein, verholzte zu bösem Starrsinn.

Im Lager herrschte die Langeweile. Und auf dem Boden der Langeweile gloste Reizbarkeit. Manchmal flackerte sie auf. Dann kam es zu Streit und Böserem.

Wenn Odysseus an Ithaka dachte und an die Seinen und daß dort alles seinen guten Weg ging, gab ihm das Ruhe. Es war ja nicht so, daß man nichts voneinander erfuhr. Die Taten des Odysseus wurden erzählt auf den Inseln und dem griechischen Festland ebenso wie die Taten des Achill und der beiden Aias, des Diomedes und vieler anderer. Auch Penelope hörte davon und war stolz auf den fernen Gatten.

Aber auch Botschaften gingen hin und her zwischen Troja und Ithaka. Immer wieder fand sich ein Schiff, fanden sich Händler, denen man eine persönliche Nachricht anvertrauen konnte. Odysseus, der sich viel herumtrieb am Hafen, entging kein Schiff, das eine Fahrt vor sich hatte, die es in die Nähe der kephallenischen Gewässer brachte. Dann suchte er sich einen verständigen, verläßlich wirkenden Mann aus der Besatzung, beschenkte ihn und trug ihm auf, zum Haus des Laertes zu gehen und dort die Hausfrau aufzusuchen und ihr zu berichten: Odysseus sei heil und gesund, nichts fehle ihm, er sei vollauf beschäftigt, ohne ihn ginge nichts voran.

Legte dagegen ein Schiff von Ithaka ab, das Kurs auf Troja nahm, wurde es ähnlich gehalten. Penelope schickte Eurykleia aus, einen geeigneten Mann zu suchen. Die kannte sich aus beim Schiffsvolk. Laertes ließ brummig grüßen, Antikleia weinte und legte dem Sohn ans Herz, ein Katzenfell auf den Nieren zu tragen, denn sie habe gehört, im Schiffslager sei es feucht und es gebe viel Zugwind. Penelope ließ sagen: Alles sei gut im Schwung, Telemach mache sich wacker heraus, sei kräftig für sein Alter und vor allem gescheit. Er sei sehr stolz auf den Vater, prahle mit ihm unter den Spielgefährten und komme manchmal gezaust nach Hause deswegen. Odysseus solle sich keine Sorgen machen der Seinen wegen und auf sich aufpassen.

Verließ dann der Schiffsmann angegessen und angetrunken und mit entsprechendem Botenlohn versehen das Haus des Laertes, dann stand am Wege gewöhnlich Eurykleia und hielt ihn auf mit nerviger Hand: »Sag dem Odysseus, ich, Eurykleia, seine liebe Amme, lass' ihm ausrichten: Im großen und ganzen ist alles in Ordnung, da schau ich schon drauf und Penelope auch. Langsam aber könntest du genug haben von dem Rummel um die Schlampe Helena und an Heimkehr denken, du Strolch! Und – wenn das wahr ist, was sie erzählen: du habest dich freiwillig gemeldet, gegen Hektor zu kämpfen und, den Göttern sei Dank, habe das Los den Aias getroffen, den Riesenlümmel ohne Verstand – wenn das wahr ist: wo ist dein Verstand geblieben, dein vielgerühmter? Vergiß nie, was ich dir beim Abschied eingebleut habe! Hast du das Bewußte noch um den Hals hängen? Weh dir, wenn ich noch so etwas von dir höre! – Wiederhole!« befahl sie dem verblüfften Schiffsmann. Der stammelte ungenau, beiläufig, ließ auch den »Strolch« aus. Aber Eurykleia hielt ihn fest mit eiserner Hand, bis er seinen Part Wort für Wort auswendig konnte und ihr bei der Hündin Hekate geschworen hatte, kein Wörtchen zu verändern oder auszulassen. Dann steckte sie ihm noch ein Krügelchen vom Guten zu und rief ihm nach: »Und der Kleine, sag ihm, ist ihm wie aus dem Gesicht gefallen!«

Wie es dann ankam im Griechenlager, weiß man nicht. Wohl je nach der Helligkeit und Gewissenhaftigkeit des Boten. Aber Odysseus verstand es schon, sich das Wichtige herauszuholen, das Fehlende zu ergänzen. Er grinste zufrieden in sich hinein und stellte sich den gezausten Bengel vor, der klug sein sollte für sein Alter und ihm gleichsah. Er ging dann wieder viel ruhiger und aufmerksamer seinen vielfachen Beschäftigungen nach. Manchen fiel auf, daß er sich jetzt häufig »Vater des Telemach« nannte, statt, wie es üblich war, Sohn des Laertes.

Im stillen ließ er sich auch anderes gesagt sein und nahm sich das Schimpfen Eurykleias zu Herzen. Er suchte die Gefahr nicht. Wichtiger war ihm, sich am Leben zu halten im Sinne des abgegriffenen Amulettchens, das er am Halse trug, aber vor allem auch im Sinne der eigenen Vernunft und Lebensfreundlichkeit. Diese beiden Gaben bewirkten es, daß er vom strahlenden Heldentod vor allem das stöhnende Gewälze im eigenen Blut sah.

Auch Penelope vergingen die ersten neun Jahre nach der Abfahrt des Odysseus rasch, wenn man absieht von stillen Nächten, in denen der Vollmond sie nicht schlafen ließ. In der Regel aber sank sie abends müde ins Bett, zu schläfrig, um sich lange auszurechnen, wie viele Jahre sie eigentlich schon ohne Mann an der Seite auf diesem Lager ruhte. Manchmal träumte sie verrucht. Das war auch schon alles.

Penelope war jetzt vollauf beschäftigt. Mit der erfahrenen

und tatkräftigen Hilfe der Eurykleia stand sie nicht nur dem ganzen Hauswesen vor, sondern mußte sich auch um die Landwirtschaft kümmern. Laertes wurde in letzter Zeit rasch alt. Zwar schaffte er noch herum auf den Feldern und Weiden, aber er vergaß wichtige Anordnungen, und das Gesinde hörte nicht mehr recht auf ihn. Da war es denn an Penelope, den geordneten Gang von Saat und Ernte, von Aufzucht, Verkauf, Schlachtung und Vorrat zu überwachen.

Vor allem war es der kleine Telemach, der Penelope in Atem hielt und ihr im vollsten Sinn des Wortes die Zeit vertrieb. Er war der rechte Sohn dieser beiden Lebendigen, des Odysseus und der Penelope. Seit er sich vom abwechselnd saugenden und schlafenden Winzling zum kleinen Menschlein gewandelt hatte, war er ohne Unterlaß in irgendwelche Unternehmungen verwickelt, die Penelope bei all ihrer sonstigen Tätigkeit und Pflicht unterschwellig in einem Zustand der Dauerwachsamkeit hielten.

Telemach war ein auffallend neugieriges Kind. Unablässig bewegte er sich rutschend oder kriechend, bald schon aufrecht für ein paar taumelnde Schrittchen, um alles, was er sah, roch oder hörte, zu erforschen. Das trieb er, bis ihn jählings der Schlaf übermannte. Er rollte sich – wo immer er sich gerade befand – zusammen wie ein Tierchen und fiel in Schlummer. Meist kam dann Argos, der Haushund, legte sich dicht neben ihn und leckte und wärmte ihn. Vielleicht nahm seine feine Nase etwas vom Geruch des Odysseus auf, der ihn aufgezogen hatte und dem er nie von der Seite gewichen war. Als der kleine Telemach seine ersten Sandalen bekam und schon ohne Getaumel herumlief, lernte er auch allmählich alles, was er bisher nur berochen und beschleckt und betastet hatte, mit Namen nennen. Penelope, die ihn ja meist um sich hatte, begleitete alle ihre Tätigkeiten jetzt mit Worten. Sie hatte sich das unwillkürlich angewöhnt, weil sie sah, daß Telemach alles verstand und bald nachsprach, vielleicht auch deshalb, weil sie ja sonst kaum jemanden zum Reden hatte.

»Schau, Telemach«, sagte sie etwa, »jetzt macht deine

Mutter Daumen und Zeigefinger mit der Zunge naß und zieht einen Faden aus dem Rocken, den zwirbelt sie möglichst fein. Siehst du den Spinnwirtel, wie er sich dreht? Dreh dich, Wirtelchen, dreh dich und wickel ein glänzendes Garn um die Spindel. Daraus wird die Mutter ein Tuch weben. Das färbt sie in leuchtendem Rot. Magst du Rot, Telemach?« – »Rot, rot«, sagte Telemach und lachte. »Ein rotes Röckchen wird die Mutter dir daraus nähen«, redete Penelope weiter, »nicht zu fein, denn du achtest ja nicht drauf und rutschst und krabbelst und kriechst mir überall herum in Hof und Stall und zwängst dich durch jedes Loch, gar nicht zu sagen, wie oft du hinfällst in den Dreck, Kleiner, weil du aus Neugier nicht auf deine Füße achtest, wie dein Vater...« Er saß zu ihren Füßen, und sie sang: »Dreh dich, Wirtelchen, dreh, spinn ein Röckchen für Telemach«.

Sie saßen dabei gewöhnlich unter der Steineiche auf dem Bänkchen, und wenn Telemach auf dem Meer draußen ein rotes oder braunes Segel sah, schrie er und sprang und regte sich sehr auf und sagte »Schiff« oder »Vater«.

Gern hängte er sich an Eurykleias Kittelfalten. Die hatte das Amt der Schaffnerin zwar noch fest in ihren sehnigen Fingern, aber sie zog sich doch schon langsam eine Nachfolgerin heran, denn sie war nicht mehr so flink auf den Beinen. Sie behielt sich aber den Schlüssel zur inneren Vorratskammer vor, in der sich die feineren Dinge befanden, die alten Weine, die sie nicht anzurühren erlaubte, solange Odysseus abwesend war. Hatte sie dort zu tun, um den Zustand der Dinge zu überprüfen, etwas zu holen oder Neuerworbenes zu bergen, dann nahm sie den Kleinen mit, um ihm zu zeigen, wie reich er war.

Er tastete alles ab. Wo er nicht hinreichte, hob sie ihn hoch, steckte auch den Zeigefinger in einen Topf mit besonderem Honig und ließ ihn schlecken. Sie erlaubte ihm auch, an den feinen Salben zu riechen und öffnete für ihn die Fläschchen, die die phönikischen Schiffe gebracht hatten aus Ägypten oder sogar aus dem fernen Indien. Ließ ihn riechen an den Gewürzen, die nicht an den Hängen von Ithaka wuchsen, sondern auf fremden Inseln. Und zu all den Dingen gab sie ihm ausführliche Kunde; nicht immer gerade sachliche, ernst zu nehmende Kunde, sondern wie sie es eben wußte oder zu wissen glaubte aus den Mitteilungen von all den Schiffern und Kaufleuten, die es ihr erzählt oder auch aufgebunden hatten.

Ihr reiches, mehr farbiges als verläßliches Wissen stammte vorwiegend aus den Zeiten, wo sie sich oftmals einen zum Vergnügen ihrer Nächte aufgelesen hatte am Hafen. Aber auch Leute von Stand waren bisweilen darunter gewesen, Gäste des Hauses, die nachts zu ihr ins Heu schlichen. Die Erfahrungen, die sie durch die Jahrzehnte hin bei diesem Treiben gemacht hatte, waren zwiefacher Art: erstens ein unerschöpflicher Vorrat an spannenden und wundersamen Geschichten aus allen Teilen der Welt, Wahres und Gefabeltes in bunter Mischung; zweitens aber ein breites Wissen um die Natur des Männlichen. Sie durchschaute jeden, gleich welcher Herkunft, welchen Standes. Sie hatte eine feine Nase für die Männerseele. Sie witterte mit untrüglicher Sicherheit das Beste und das Gemeinste, das Dümmste und das Gescheiteste. Der Beste und Gescheiteste aber war und blieb für sie Odysseus, ihr Milchkind.

Diese Weisheiten übermittelte sie dem Männlein Telemach noch nicht, dafür aber ergötzte sie seine Phantasie mit ihrem märchenhaft getönten Bild von der weiten Welt, wie sie es seinerzeit schon mit dem kleinen Odysseus getan hatte.

Gern hielt Telemach sich auch bei Eumaios, dem Sauhirten, auf. Der schnitzte ihm allerlei Tiere aus weichem Kiefernholz, machte ihm auch einen Bogen mit stumpfen Pfeilchen und lehrte ihn dessen Gebrauch. Bald schoß der Kleine um sich herum im Hof, ohne Schaden zu stiften, und brach in ein wildes Triumphgeschrei aus, wenn das dumme Volk der Tauben kreischend auseinanderstob.

Unter seinesgleichen in Hof und Haus, den vielen Kindern des Gesindes, die ungefähr sein Alter hatten, war das Herrensöhnchen nicht der größte und stärkste, dafür aber der, welcher die aufregendsten Pläne ausheckte und Wege fand, sie auszuführen.

Als er sechs Jahre zählte, nahm Penelope ihn in ernstere Pflicht und lehrte ihn die Buchstaben, lehrte ihn schreiben und lesen. Da er grundsätzlich neugierig war, begriff er rasch.

Es wurde nach Troja berichtet. Odysseus ließ dann bei Gelegenheit etwa fallen: »Mein Sohn schreibt, hör ich, schon eine gute Hand.«

Wie sah es sonst in Penelope aus, als die Jahre kamen, in denen ihre Aufmerksamkeit nicht mehr so an das Kind gebunden war, als Telemach sich allmählich zum langbeinigen Buben herauswuchs, der eine allzu große Aufmerksamkeit auf seine Person gar nicht schätzte, sich ihr entzog, wo es anging, und tagsüber kaum mehr zu sehen war? Penelope war weder dumm noch eigensüchtig. Sie versuchte nicht, die wachsende Selbständigkeit des Knaben zu unterbinden, weil sie sich sorgte und weil sie sich oft allein fühlte. Und manchmal fühlte sie sich ganz elend allein. Dann kamen auch die bösen Gedanken. Was macht Odysseus? Denkt er überhaupt noch an mich? Gelegenheit wird er dort vor Troja genug haben, mit anderen Frauen zusammenzukommen. Interessante, fesselnde Frauen, die erfahren sind in den Künsten des Eros. Gegen die bin ich ein Provinztrampel. – So dachte sie aber nur in ihren bösesten Stunden, nachts, wenn der Schlaf sie floh oder wenn sie schlecht geträumt hatte.

Als Nauplios auch zu ihr kam auf seiner Runde, um den Gattinnen der Trojakämpfer in die Ohren zu blasen, ihre Männer hätten sich längst mit Kebsen versehen, die sie mit heimzubringen gedächten: bei Penelope kam er schlecht an. Zu ihr hätte er sich die Reise ersparen können. Sie verhielt sich ihm gegenüber so abweisend, daß ihm die Verleumdungen in der Gurgel stecken blieben.

Als er abgezogen war, schimpfte sie Eurykleia gegenüber: »Mag er sich mit Beuteweibern vergnügen, wenn er's nicht lassen kann! Die Pest und Krätze mögen sie ihm anhängen. Wenn er mir nur gesund und munter bleibt. – Glaubst du, Eurykleia, daß er genug acht gibt auf sich? Das ist meine einzige Sorge. Nach Hause bringt er mir die Schlampen nicht!« Und nach einer Weile: »Wie kann eine nur so blöd sein, diesem Schurken von Nauplios Glauben zu schenken! Daß Klytaimnestra so dumm ist, hätte ich nicht gedacht. Gut! Rachsüchtig und eitel war sie immer und leicht zu kränken in ihrem Stolz. Aber daß sie den Aigisth sich nimmt, diesen glatten Widerling! Und was sagst du, Eurykleia, zu den Gänsen, die sich entleibt haben wegen der Lügen des Nauplios? Sicher, man kränkt sich, brüllt, zerreißt oder zerscherbt etwas, wenn der Mann einen betrügt, aber wer wird sich denn deshalb entleiben?«

Noch verächtlicher äußerte sich Penelope, als die Geschichte der Laodameia unter die Leute kam. Protesilaos, ihr Gatte, war der erste, der vor Troja gefallen war. Nun hatte sie sich ein wächsernes Abbild von ihm machen lassen und sich mit diesem ins Bett gelegt. Von der Dienerschaft war sie beobachtet worden, wie sie es mit dem Wachsbild trieb. Man hinterbrachte es ihrem Vater. Der brach ein in das Schlafzimmer der Tochter und ließ das anstößige Idol verbrennen. Da stürzte sich Laodameia selbst in die Flammen.

»Einen Wächsernen«, ätzte Penelope, »was finge ich mit einem wächsernen Odysseus an? Kalt, hart und steif, als läge ich neben einem Toten. Und natürlich stumm! Was wäre das für ein Odysseus, wenn er stumm wäre? Könnte ich mir da auch nur einen Augenblick einbilden, ich hätte ihn selbst an meiner Seite? Wo ich ihn doch, so fern er mir ist, in allen meinen Sinnen habe. Seine Stimme hab ich im Ohr, sein Lachen, ich rieche seine Haut, und in den Händen hab ich das Gefühl seiner harten Kräuselhaare. Was brauch ich ihn in Wachs! Hat es ihr nicht gegruselt vor der Attrappe? Mir graute vor sowas. Graute es dir nicht auch, Eurykleia?«

Da erwies es sich zum nicht geringen Erstaunen Penelopes, daß Eurykleia die Sache vom sittlichen Standpunkt aus betrachtete und auf das härteste verurteilte.

»Mit Wachs huren!« empörte sie sich. »Da ist ja alles, was sie in den Hafenkeuschen tun, ein Kinderspiel dagegen! Schlampe, die schamlose. Recht geschah ihr, daß man sie erwischte und die perverse Unzucht anzündete. Hätte sie einen Liebhaber im Bett gehabt, ich wäre nicht fürs Erwischen und schon gar nicht fürs Anzünden. Aber den Eigenen in Wachs? Läufige Hündin. Dergleichen hab ich noch nie vernommen. So sonderbar sie es auch manchmal treiben unten in den Keuschen.«

»Wie treiben sie es denn so dort unten, wie du sagst?« fragte Penelope wie beiläufig, aber mit wachem Interesse.

»Wo, dort unten? Was soll ich gesagt haben?«, brummte Eurykleia, als erinnerte sie sich nicht mehr, wovon die Rede war.

»Ja, doch! Sie trieben es dort unten manchmal sonderbar, sagtest du doch gerade, in den bewußten Keuschen.«

Eurykleia maß Penelope vom Scheitel bis zur Sohle und sprach: »Sei nicht so neugierig. Da bist du noch zu jung dafür, und außerdem geziemt es sich nicht für die Gattin des Odysseus, nach diesen Keuschen zu fragen, geschweige Genaueres wissen zu wollen. Du hast gar nicht zu ahnen, daß es dergleichen überhaupt gibt.« Damit entwich Eurykleia.

DAS ZEHNTE JAHR

Der Winter zwischen dem neunten und zehnten Jahr der Belagerung war im östlichen Mittelmeer härter und stürmischer gewesen, als man es gewohnt war. Nicht nur, daß die üblichen Erscheinungen in verstärkter Form hervortraten. Es kam Ungewöhnliches dazu, Unheimliches. Ein besonders heftiger Nordsturm dröhnte tage- und nächtelang ins Muschelhorn und brachte Massen von Schnee, der sich nicht nur auf den Gebirgen, sondern auch in den Ebenen ungewöhnlich lange hielt. Die Sonne drang auch mittags nicht durch. Der Himmel hüllte sich in einen dichten, rötlichen Dunst, der die weiße Landschaft in ein brandiges Licht tauchte, als spiegelten die tiefhängenden Wolken ein fernes Riesenfeuer.

Das Meer tobte. Die Fluträmder stiegen weit über das gewohnte Maß hinauf, spülten Hütten weg und leckten sogar in die Gassen der Ansiedlungen, die sonst in sicherer Wogenferne lagen. Durch die Häusermauern drang die kalte Feuchtigkeit. Oben auf den flachen Dächern lag der Schnee. Fröstelnd hockten die Menschen und Tiere um die Kohlenbekken, deren Glut der Sturm, der durch alle Ritzen drang, niederdrückte, so daß sie kaum Wärme gaben.

Viel Strandgut spülte es an Land. Seegetier, wie man es von Ansehen her nicht kannte, weil kein Fischernetz es je ans Licht gezogen hatte, wurde aus hadesnahen Tiefen hervorgewühlt und an den Strand geschleudert. Auch Wracks von fremdartigem Ansehen aus uralten Schiffbrüchen spülte es weit ins Land. Da ragte es etwa mitten aus einem Olivenhain mit versintertem Kiel, die Spanten muschelbesetzt, korallenverästelt, Skeletten riesiger Meerwesen gleichend.

Übergangslos fast brach ein schwerer Südwind los, prasselnde Regengüsse schwemmten das Ackerland fort und gingen unvermittelt in einen trockenen, schirokkoartigen Wüstenwind über, der rötlichen Sandstaub von den Syrten ablagerte und die Erde austrocknete bis in die Wurzeltiefe. Der zeugungsträchtige Zephyr blieb aus. Was dem erstarrenden Frost widerstanden hatte, verdurstete in der ausdörrenden Gewalt dieses Südwinds. Ein Hungerjahr stand bevor. Seuchen und Armut, Plünderung und Gewalttat.

Als die Stürme sich legten und die Fischer hinausfuhren, um wenigstens Meeresnahrung zu finden, zeigte es sich, daß die Gewässerverhältnisse sich verändert hatten, an die man an diesen Küsten seit Menschengedenken gewöhnt war. Unerwartete Winde und Strömungen trieben die Boote weit hinaus; oft in die Irre an Klippenstrände, deren Untiefen man nicht kannte.

Bisweilen hörte der Wind plötzlich ganz auf zu wehen. Schlapp hingen die Segel. Meeresstille. Regungslos lagen die Schiffe auf einem undurchsichtigen, tiefgrauen Meeresspiegel wie verkeilt. Auch die Ruderkraft half nichts gegen diese Flauten. Das Wasser war schwer wie Blei. Es hielt die Schiffe oft tagelang fest, so daß der ohnehin spärliche Fang verdarb und die Fischer am Verdursten waren. Es trieb Boote an den Strand, in denen Tote lagen.

Überall zog man in langen Prozessionen zu den Tempeln des Poseidon, betete und opferte den Göttern des Meeres. Heimlich aber griff man auf ältere Riten zurück, dämonische Mächte der Tiefe zu bestechen. Man munkelte von Blutopfern an versteckten Altären. Fremde und Gefangene, auch Kinder von Sklaven verschwanden und wurden den Unterirdischen auf seltsame, halb vergessene Weise dargebracht. Es roch nach unheiligen Opferfeuern.

Im Schiffslager hatte man diesen Winter hindurch jämmerlich gefroren. Krankheiten gingen um, vor allem aber machten sich in der Beengtheit der Zelte und Hütten, in denen man zusammenrückte und tatenlos hockte, Haß und Hader breit und loderten immer wieder auf in bösen Zänkereien, Feindseligkeit und Gewalttat.

Ganz plötzlich, von heut auf morgen, brach ein schwüler Frühling aus. Endlich konnte man heraus aus der drückenden, stickigen Enge der Zelte. Alles sammelte sich an der Küste. Man blickte nach den ersten Segeln aus in ungeduldiger Erwartung eines Schiffes, das vielleicht Nachricht aus der Heimat brachte.

Bald aber mieden die Leute den Strand. Durch irgendeine unter der Oberfläche hinziehende Flutung trieb es unübersehbare Massen von Quallen dem Lande zu. Seltsam schillernde, fett wirkende Blasen und Schirme. Sie stauten sich auf zwischen den Schiffen, in den kleinen Buchten, und verdarben im Brackwasser. Die Flut spülte die Leichen dann in langen Wällen ans Ufer. Dort strömten sie einen unerträglichen Fäulnisgeruch aus. Wenn die Sonne die Kadaver ausgetrocknet hatte, verbrannte man sie. Aber am nächsten Morgen türmte sich ein neuer Wall schlitziger, schwammiger Masse. Im Dunkel der Nacht sah man es von weit draußen herantreiben. Flirrend und zitternd in phantastischen Farben. Der Wasserspiegel leuchtete in einem schwefeligen Grün. Gespenstig irrlichterte es um die Schiffsbäuche. Tagsüber, bei steigender Hitze, wieder der scheußliche Gestank des verwesenden Strandwurfs.

Die ekle Erscheinung hielt tagelang an und verpestete die Luft. Bis nach Troja hinein stank es, erzählten Leute, die zwischen der Stadt und dem Schiffslager hin und her zogen. Nie noch habe es dergleichen an diesem Strand gegeben. Lange noch, als die Quallenflut aufgehört hatte, die Reste abgesunken, verbrannt oder verdorrt waren, lag ein süßlicher Geruch über dem Land.

In Troja hatte man den Winter, durch die hohen Mauern

gegen die Stürme geschützt, weit besser überstanden. Man wußte den Feind geschwächt. Von allerlei Volk, das zwischen Stadt und Lager verkehrte, kleine Händler, Wahrsagerinnen und Huren und was sonst niedrige Dienste anbot, erfuhr man in der Stadt manches über die Stimmung im Schiffslager, den Hader und Zank, die schwelende Feindseligkeit untereinander und den Fürsten gegenüber, die Kriegsmüdigkeit.

All das hob die Stimmung in der Stadt, so daß es kaum einer zur Kenntnis nahm, daß die Störche ausblieben. Sonst nisteten sie im Frühling fast auf jedem Haus. Heuer aber waren die wenigen, die kamen, am nächsten Tag wieder verschwunden.

Die Erscheinung, sonst übel gedeutet, ging unter im Tagesgespräch, das vom Palast durch alle Gassen bis in die letzte Hütte drang: der Streit zwischen Agamemnon und Achill.

Von einem der Beutezüge hatte Achilleus die Tochter des Apollopriesters von Sminthos mitgebracht. Bei der Teilung wurde sie Agamemnon zugesprochen. Als ihr Vater kam, sie auszulösen, verjagte Agamemnon ihn mit Hohnworten. Man sah es im Lager nicht gern. Die Leute fürchteten die Rache des Apollon Smintheus, des Mäusegottes, den man in der Region verehrte.

Zunächst geschah nichts. Man vergaß die üble Geschichte.

Dann gab es einmal eine schwüle Nacht. Ein grünlicher Mond, von Wolken bald verhüllt, bald preisgegeben, hing über dem Blachfeld und verstreute ein seltsam helldunkles Licht bis weit hinaus über die Meeresfläche. Eine eigentümlich lichtlose Helligkeit.

Da sah man es plötzlich bodennah, sich schwarz schwänzelnd über die Ebene wälzen. Aus der Festung kam es durch Mauerritzen oder unterirdischen Kanäle. Ein unübersehbares Heer von Mäusen verließ die Stadt und trippelte und schob sich dem Schiffslager zu.

Rasch zündete man Feuer an, um dem Geziefer den Weg zu den Schiffen und Zelten zu wehren. Soweit aber kam es nicht. Vielleicht eine Stadie vom Lager entfernt stockte plötzlich der Zug der Mäuse, türmte sich zum Wall, weil die Nachfüßelnden ihren unerwartet haltenden Genossen auf

Köpfe und Rücken stiegen, einander überpurzelten. In der ungewöhnlichen Stille der Nacht hörte man das Gequieke und Pfeifen. Dann verlor der unheimliche Zug sich gegen das Buschwerk zu, das die Ufer des Skamander säumte.

Lange noch roch es im Lager nach der scharfen Ausdünstung der Tiere. Die Griechen wußten sich die Erscheinung erst nicht zu deuten. Bald aber lief in den Zelten der Gemeinen, die allerlei Verkehr hatten mit den Leuten des Landes, ein Gemunkel um. Apollo Smintheus, flüsterten sie mit bleichen Gesichtern, der Mäusegott! Er rächt seinen Priester!

In den nächsten Tagen schon räumte man ein paar Hundekadaver weg und verbrannte sie, weil sie einen scheußlichen Gestank ausströmten. Die Zahl häufte sich. Dann befiel auch die Maultiere die sonderbare Seuche. Mit verdrehten Augen, die Bäuche geschwollen und die Beine wie Stecken hochgestreckt, verzuckten sie mit blutigem Schaum vor den Mäulern. Bald waren es auch Menschen, die unter qualvollen Krämpfen ihr Inneres ausspien und elend verreckten. Pest war im Lager. Ununterbrochen brannten die Totenfeuer. In der stickigen Luft, die über dem Lager lastete, war etwas, das sich wie das Sirren einer gespannten Sehne anhörte, die Pfeile abschoß.

Die Mäuse. Apollo Smintheus! Kalchas mahnte, ihn zu versöhnen, die Priestertochter mußte zurückgegeben werden. Agamemnon, der habsüchtige Dummkopf, schäumte. Endlich gab er dem Druck der anderen nach, entriß aber als Ersatz ausgerechnet Achilleus dessen Beuteanteil, Briseis. Kaum konnte ein Mord verhindert werden. Aber der grollende Pelide zog sich zu seinen Schiffen zurück, verweigerte die Teilnahme am Kampf. Er wartete nur einen günstigen Wind für die Abfahrt ab. Sein Fehlen auf dem Schlachtfeld lähmte die Griechen und gab den Troern Auftrieb. Unaufhaltsam preschten sie vor bis ins Lager. Schon fingen die Schiffe Feuer. Das konnte Patroklos nicht mitansehen, der redliche, tapfere Patroklos. Er wappnete sich zum Kampf. In der Hoffnung, den Feind wenigstens für kurze Zeit zu täuschen und zu schrecken, legte er die Rüstung Achills an.

Manchmal schenken die Götter einem Verlorenen noch eine große Stunde. Machtvoll kämpfte sich Patroklos durch das Gewühle der Schlacht. Er biß sich hinein in die Reihen der Troer. Die wandten sich entsetzt zur Flucht. Da trat ihm Sarpedon entgegen, der Lykerkönig, ein Sohn des Zeus. Er war der bessere Kämpfer. Trotzdem verfehlte seine Lanze das Ziel. Die des Patroklos traf. Brüllend verkrallte sich Sarpedon in die Erde, die aufgeweicht war von seinem Blut, und verreckte.

Im Brandungsgetöse seiner Stunde drang Patroklos unaufhaltsam vor, schon berannte er die Festung. Schon schickte er sich an, die Mauer zu erklimmen. Die Myrmidonen gaben ihm Waffenschutz. Da plötzlich erstarrte er. Die in der Nähe waren, sahen, wie jäh das Blut abrann aus seinem eben noch kampfgeröteten Gesicht und einer grünlichen Blässe wich. Die beflügelte Spannkraft seiner Glieder sackte in sich zusammen. Wie ein Toter hing er in der goldenstrahlenden Rüstung Achills. Keiner begriff, was geschehen war. Nur er selbst, Patroklos, hatte begriffen. Er hatte den Schlag gespürt zwischen den Schulterblättern; einen Schlag, der nicht von der Hand eines Sterblichen ausging.

Patroklos wußte, daß jedes weitere Tun sinnlos war. Dennoch preschte er noch dreimal gegen die Mauer vor. Daß er dieses tat, war mehr als das Kampfeswüten vorher, mehr als seine Tapferkeit und daß er Sarpedon gefällt hatte. Als er mit immer schwereren Knien dreimal gegen die Mauer anrannte, sehr einsam mit seinem Wissen, verloren und aufgegeben, da tat er es nicht mehr für seine Waffengefährten. Er tat es nur mehr für sich: er hielt noch einmal seine Menschenehre hoch gegen die Willkür der Götter.

Es fiel ihm der Helm vom Haupt, ohne daß ein Hieb ihn berührt hatte. Aus der gelähmten Faust fiel splitternd der Speer. Dann klirrte der Schild zur Erde.

Das gespenstische Schauspiel vollzog sich in einer lautlosen Stille. Griechen wie Troer waren abgerückt wie von einem Verdammten und bildeten einen leeren Raum um Patroklos. Er hatte die Augen geschlossen, sein Gesicht hatte die livide Farbe eines Leichnams. Und da sahen es alle mit einem Grauen, das ihnen das Mark vereiste, wie eine unsichtbare Hand die Riemen des Panzers löste, ganz langsam, Knoten um Knoten, bis ihm der Harnisch von den Schultern glitt.

Nackt stand er in der Stille, eine atmende Leiche.

Nicht aus Mordlust, sondern um dem Grauen ein Ende zu machen, riß sich Euphorbos zusammen und bohrte ihm den Speer von hinten in den Rücken, riß ihn wieder heraus und wich schaudernd zurück.

Patroklos lebte immer noch. Wie in Trance, eine mechanische Puppe, wandte er sich um und sah seine Gefährten an. Es war ein Blick, in dem Grausen und Ergebung sich mischten. Der Blick eines Opfertiers. Die ihn sahen, vergaßen niemals diesen Blick. Als ihm Hektor, aus Barmherzigkeit fast, die Lanze in die Hüfte stieß, fiel er mit einem dumpfen Aufschlag in den Staub. Die Augen waren geschlossen, aber einmal noch bewegte er mühsam die Lippen und ohne Ton kam es zwischen den Zähnen heraus: »Nicht du warst es, Euphorbos, und auch du nicht, Hektor. Es war Apoll.« – Seiner armen Menschenehre wegen zwang er sich noch diese Worte ab. Dann flatterte seine tapfere, redliche Seele hinunter zum Hades.

Nun hatten die Troer die Gewißheit, daß ein Gott an ihrer Seite kämpfte, und das Kriegsglück wandte sich ihnen zu. Achilleus gab seinen unseligen Trotz nicht auf und verharrte in pompöser Trauer um den Freund. Er wartete auf die neuen Waffen, die ihm Thetis, die Mutter, versprochen hatte, vom Gott Hephaistos selbst geschmiedet.

In diesen Nächten konnten die Menschen weder im Schiffslager noch in der Stadt einen friedlichen, gliederlösenden Schlaf finden. Kaum daß die Dämmerung eingefallen war, schlichen sich Hunde aufs Blachfeld, mittwegs zwischen den Zelten und den Stadtmauern. Erst waren es die halbverhungerten, unbehausten Köter aus Troja und dem Lager. Scheu geduckt streunten sie herbei mit hohlen Flanken. Zu ihnen gesellten sich die Schakale, die vom Aasgeruch angelockt von den Bergen heruntergekommen waren und im Uferdickicht des Skamander hausten. Dazu fanden Hirtenhunde sich ein vom Idagebirge. Zottige Riesen mit hängenden Lefzen. Aber auch die edlen, schlappohrigen Jagdhunde aus den Meuten der Fürsten verschmähten nicht die Berührung mit diesen Artgenossen. Und schließlich stießen auch die zahmen Haushunde der Stadt zum großen Treffen durch irgendwelche Schluffe und Mauerspalten, die sie erwittert hatten. Unter ihnen nicht wenige Schoßhunde der vornehmen Frauen des Palastes, die sich vielleicht zum erstenmal ins Freie wagten, einem verschütteten Instinkt folgend, einem unwiderstehlichen Ruf, der sie von ihren weichen Polstern in die Gemeinschaft der Wilden und Räudigen zwang. Sie gaben keinen Laut von sich; kein Knurren, Bellen oder Gewinsel. Man sah nur dunkle Schatten, die einzeln oder in Rudeln mit gestreckten Ruten dem Versammlungsplatz zustrebten, die Nackenhaare gesträubt und die Köpfe geduckt, wie Hyänen auf einer Aasspur. Und hunderte gelbe Augenpaare sah man glimmen wie Wolfslichter. Auf spukhafte Art glichen sie sich einander an, so verschiedener Rasse und Herkunft sie auch waren. Kein Herr hätte seinen eigenen Hund erkannt, sobald er untergetaucht war im Rudel. Im fahlen Licht des dunstverhängten Mondes hatten sie alle die grauweißliche Farbe der ägyptischen Totenhunde.

Wenn sie sich gesammelt hatten, ließen sie sich auf die Hinterläufe nieder, reckten Hälse und Schnauzen steilrecht zum Himmel auf und hoben ein hundertstimmiges Heulen und Winseln an, eine schaurige Klage von urzeitlicher Wildheit. Das Geheul fuhr den Menschen in die Eingeweide. Wach oder in Alpträumen schweißüberströmt, wälzten sie sich auf ihren Lagern, die Seelen zermürbt von Grabesfurcht.

Manche hielten es nicht aus, schleuderten Steine oder verschossen sinnlos Pfeile in die jaulende Schwärze.

Beim frühesten Dämmerschein verhuschte der Spuk. Wer Glück hatte, fand noch eine kleine Stunde unruhigen Schlafes. Nach der letzten Nachtwache erhob man sich mit geräderten Gliedern und griff mechanisch zu den Waffen. In lustloser Verbissenheit machte man sich ans Blutgeschäft, wütender denn je, denn keiner wollte zur Besinnung kommen.

Die hündische Gespensterei hörte schlagartig auf, als Thetis dem Sohn die neuen Waffen zu Füßen legte. Achilleus wappnete sich und riß die Griechen mit in den Kampf. Von der anderen Seite rückten in geschlossener Schar die Troer heran. Das Blachfeld dröhnte unter den Tritten der Heere.

Aber irgend etwas war anders geworden. Etwas an der Art des Kampfes hatte sich geändert. Etwas Hündisches hatte sich eingeschlichen. Es war kein faires, sportliches Kämpfen mehr, sondern ein blindwütiges, hechelndes Metzeln. Am furchtbarsten trat diese Veränderung an Achill zutage. Vorher hatte er die scharfe Hetzlust eines gut dressierten Windspiels gezeigt. Jetzt war es der brünstige Blutdurst eines Fleischerhundes, der stumm und wahllos mordet.

Zu Scharen trieb er den Feind in die tiefen Strudel des Skamander, der sich mit dem Blut der Erschlagenen färbte und der, von den Leichenhaufen aufgestaut, aus den Ufern trat, bis sich der Flußgott mit den Fluten des Simois vereinigte und sein Rasen hemmte, so daß die entsetzten Troer die Stadt erreichten und sich hinter die Mauern retten konnten. Nur Hektor, der brave, redliche Hektor, göttergeblendet, von Athene getäuscht, blieb außerhalb des Tores und stellte sich. Als es zu spät war, kam ihm die Einsicht, daß dieser wahnsinnige Bluthund kein Gegner für ihn war. Dreimal rannte er um die Mauer, in der Hoffnung, ein geöffnetes Tor zu finden oder wenigstens eine Stelle, wo man ihm von den Zinnen der Mauer aus Waffenschutz geben konnte. Als er sah, daß es aussichtslos war, trat er Achilleus entgegen. Er bat ihn nur – denn er wußte, daß er verloren war –, seinen Leichnam auszuliefern. Der hatte nur Hohn dafür und rannte ihm das Schwert in die Gurgel. Dann riß er ihm die Rüstung des Patroklos vom Leib, zog ihm einen Riemen durch die durchstochenen Füße wie einem Schlachtvieh und schleifte den Leichnam mit seinem Gespann im rasenden Lauf zum Lager, bis nichts mehr an seinem Wagen hing als ein schmutziger, blutverschmierter Fetzen Fleisch.

Es geschah unter den Augen der Eltern und Geschwister Hektors, die auf der Mauer standen.

Dann kam Penthesileia, die Amazonenkönigin. Natürlich war sie Achill nicht gewachsen. Rasch erschlagen, der Rüstung beraubt. Als er sie nackt vor sich liegen sah, überfiel ihn eine viehische Brunst, und er machte sich über den Leichnam her. Mitten auf dem Schlachtfeld, vor den fassungslosen Augen der Kämpfenden, denen die Waffen niedersanken.

Dann war es genug. Es graute und ekelte die Menschen, Freund und Feind, sogar den Göttern grauste es vor dem Schlächter. Man schoß ihn ab wie einen tollen Hund. Ein Giftpfeil vom Bogen des Paris traf seine verwundbare Ferse. Daß es gerade dem feigen Weichling gelang, Achill zu fällen, machte seinen Tod verächtlich, zu einer Vertilgung. Zu sehr hatte er sich an allem versündigt, alles geschändet, was Menschen heilig war. Den Griechen fehlte er als Kämpfer. Trotzdem atmeten sie leichter und sie konnten den Feinden wieder ins Gesicht sehen.

Griechen wie Troer wußten nun, daß es ein Ende haben mußte. Man wußte auch, daß es keinen Sieger mehr geben konnte. Zu viel Tote gab es, zu viel Schuld. Das Maß war voll.

In diesen Herbstnächten, die warm und völlig windstill waren, hörte man vom Idagebirge her ein hölzern klapperndes Geräusch, wie es entsteht, wenn Garn gedrellt wird. Das Geräusch wanderte. Einmal schien es über der Stadt zu stehen. Dann wieder kam es von den Ufergebüschen des Skamander her, irrte über das Blachfeld und war plötzlich mitten im Lager zu hören, als hockten die Krieger mit Rocken in den Zelten und drehten den Spinnwirtel. Manchmal kam es sogar vom Meer herüber. Es hörte auch tagsüber nicht auf, nur wurde es da vom Kampflärm übertönt.

Die Moiren! flüsterten die Leute. Die weißgewandeten, die unerbittlichen Schwestern! Sie wußten, daß sich nun bald ihr Geschick erfüllen würde.

Chor der Moiren

Eine bin ich.
Ewig und uranfänglich:
Moira im weißen Gewand.
Vaterlos gezeugt von der Großen Mutter,
deren Name Geheimnis ist.
Gewisses weiß niemand.
Unerbittlich setz ich das Maß
dem Leben der Sterblichen.
Unerbittlich auch das Maß den Launen der Götter.

Eine Höhle ist meine Wohnung.
Milchblaues Wasser des Monds sprudelt darin,
ein weißer Quell,
der im flirrenden Licht die dunkle Erde betaut,
die das flüchtige Dasein der Irdischen trägt,
so wie es gesponnen wird
vom Rocken der Moira.

Eine bin ich und drei,
dem Monde gleich.

Klotho heiß ich als Mädchen.
Ich spinne im steigenden Mond
freundlich verträumte Gespinste der Jugend,
gehängt an die Silbersichel
und sanft geschaukelt
vom Winde der Frühlingsnacht.
Klotho, die Spinnerin, heiß ich
als Mädchen im wachsenden Mond.

Lachesis nennen sie mich als die zweite.
Sommernymphe des vollen Monds,
prangende Zeit der Frauen,
begehrt und liebend, empfangend, gebärend,
auf der Höhe des Lebens.
Ich messe den Faden, doch seh ich kein Ende.

Das Leben ein runder Mond
im metallischen Glanz seines Lichtes.
Lachesis bin ich,
die Frau auf der Höhe des Lebens.

Mich heißen sie Atropos.
Die Mächtigste bin ich der Einen.
Klein und greis und gebückt
trag ich im Gürtel die Schere
und halte heimliche Ernte im Herbst,
wenn der Mond sich verzehrt
und es finster wird auf der Erde.
Häßlich schein ich den Sterblichen,
furchtbar und grausam,
denn ich trenne den Faden.
Doch von uns Dreien bin ich die Gütigste.
Wie rufen sie doch nach mir,
die sterblichen Menschen,
wenn ihnen der Atem bitter wird
und das Licht des Tages schwarz,
ein gleißender Glanz,
der die Augen dörrt und tränen macht.
Wie sie dann schreien nach mir:
Atropos, Gnädige, komm!
Mach, daß es ein Ende hat,
ich kann's nicht mehr tragen!

Das zehnte Jahr schon klappert die Schere
zwischen Lager und Festung.
Der Ida stöhnt,
der Skamander weint,
es seufzen die morschenden Planken der Schiffe
aus Weh um die vielen Toten.
Die Mauern der Zitadelle bluten,
bald werden die Tore krachen,
die Flammen lecken.
Dann wird es sehr still sein.
Und durch die menschenleeren Gassen von Troja

werden Hyänen schleichen und Wölfe trappeln.
Glücklos wird auch die Heimfahrt der Sieger sein.
Nur wenige werden den Hafen erreichen,
nur wenige werden in die Arme der Lieben geschlossen.
Ertrunken, geschlachtet, in die Fremde getrieben
oder auf endloser Irrfahrt.
Keinem wird der grüne Kranz des Siegers zuteil.

Ganz unwichtig, wem die Idee des hölzernen Pferdes kam. Vergebens die schreiende Warnung des Laokoon. Jeder hörte das Klirren der Waffen im Tierbauch, als er seine Lanze dagegen warf. Der Schlangen hätte es gar nicht bedurft.

Alle wußten, daß das Pferd ein Trug war und das Ende der Stadt. Trotzdem schleppten sie es hinauf auf die Zitadelle, brachen eigenhändig den Deckbalken des skäischen Tores und schlugen eine Bresche in die Mauer, um die heillose Fracht hereinzuzerren.

Nicht die Götter machten sie blind und taub. Sie selbst wollten blind und taub sein. Je rascher das Ende kam, um so besser. Denn das Warten auf das Verderben ist schrecklicher als die grauenvollste Erfüllung des unausweichlichen Schicksals.

Es blieb ihnen nichts, als sich zu berauschen, bis zur Sinnesverwirrung sich zu betäuben, damit sie weniger sahen und hörten und spürten vom Totentanz, der bevorstand, bei welchem auch jeder der Griechen seine Seele verkaufte und verdarb und den Haß der Götter auf sich niederzog, so daß kaum einer heimfand.

DIE SCHALLMAUER

Ilion war ausgelöscht. Die Stadt lag in Schutt, Brände glosten nach. Die Überlebenden huschten wie die Gespenster durch die Ruinen, scharrten unter den Trümmern nach brauchbaren

Resten, hofften, auf verschüttete Vorratskammern zu stoßen, um ihren Hunger zu stillen.

Das Griechenheer hatte sich eingeschifft samt der Beute an Plünderungsgut und Sklaven. Ein günstiger Wind bauschte die Segel. Die jeweiligen Flotten nahmen Kurs auf die Heimat. Alle noch den Siegesrausch unverdaut in den Därmen. Auf den Schiffen der Kephallenier herrschte Hochstimmung. Nur Odysseus teilte sie nicht so ganz. Er hockte am Bug seines Führerschiffes und grübelte. In wenigen Wochen also würde er in Ithaka sein. Ein kleiner Sohn wird ihm entgegentreten, zwischen Neugier, Freude und Fremdheit kämpfend, wenn er zum ersten Mal den Vater sieht, von dem er bisher nur gehört hat. Penelope! Sie werden sich an den Händen fassen und einander ins Gesicht schauen. Ist er's noch, ist sie es noch? Nach zehn Jahren! Sie werden einander wiedererkennen. Züge aus der Erinnerung werden sich mischen mit neuen, leicht veränderten Zügen. »Nun, Entlein«, wird er sagen aus Verlegenheit, »ein wenig gereift, wie ich sehe.« – »Alter Gauner«, wird sie erwidern, »so kommt er mir also wieder, der König meines Herzens«, und dann das alte Lachen. Er freute sich darauf. Laertes würde nun alt genug sein, um ihm die Herrschaft über die Inseln zu überlassen, ihm, der kein junger Hund mehr war und sich außerdem ein Ansehen erworben hatte, das über diese Inselansprüche weit hinausging. Sein Herz konnte nun ruhig sein, wenn er wieder am Bänkchen saß unter der Steineiche. Kein Ungenügen, keine brachliegenden Kräfte würden ihn mehr bedrängen, wenn er auf den Horizont des Meeres hinaussah. Er hatte sich bewährt.

»Ich freu mich auf zu Hause«, sagte sich Odysseus, am Bug hockend, das Kinn in der Hand, den Blick auf die See. »Heim geht's, ich freu mich. Ich habe allen Grund, glücklich zu sein. Ich hab es ohne Schaden überstanden. Was ist's nur, daß ich nicht so glücklich bin, wie ich sollte. Was vergällt mir die Freude?«

Der Überfall auf die thrakische Stadt Ismaros, ihre Plünderung, die Vergewaltigung der ansehnlicheren Frauen und Mädchen und das darauf folgende Geraufe mit den zum Entsatz herbeistürmenden Kikonen, die Flucht auf die Schiffe und der Verlust zahlreicher Gefährten: das gehörte alles noch in den Rahmen und Stil der zehn Jahre vor Troja; eine alte, liebgewordene Gewohnheit sozusagen, die man auch auf der Heimfahrt nicht ganz aufgeben wollte.

Zu den gewöhnlichen Ereignissen konnte auch noch der Seesturm gezählt werden, der die Flotte des Odysseus vom Thrakerstrand über Kithera bis vor die libysche Küste trieb. Mit Zwischenfällen dieser Art mußte man rechnen.

Erleichtert, dem neuntägigen Sturm ohne nennenswerten Schaden entkommen zu sein, ging man an einer geeigneten Stelle an Land, ohne zu wissen, wo man sich eigentlich befand. Man war froh, festen Boden unter den Füßen zu haben, nahm Wasser auf und sah sich nach Nahrung um. Man schlief sich aus. Dem Odysseus genügte das nicht. Er wollte wissen, wo es ihn hingetrieben hatte. So bestimmte er drei Leute, die ins Innere des Landes vordringen sollten, um zu erkunden, wo man sei, mit welchen Menschen und Gebräuchen man es zu tun habe, ob ein Überfall ratsam sei und sich lohne.

Die drei blieben verschwunden.

Eine größere Abordnung in schwerer Bewaffnung, auf Kampf gefaßt, wurde ausgeschickt auf die Suche nach dem Schicksal der drei nicht Zurückgekehrten.

Auch diese kamen nicht wieder.

Im Lager verbreitete sich Unruhe und Furcht vor einer drohenden Gefahr, die man nicht kannte. Man machte die Schiffe bereit, so daß man im Notfall sofort ablegen konnte. Gewimmel, Unruhe, böse Vermutungen. Da schrie plötzlich einer: »Seht doch, seht hin, ist das nicht unser Philodormos dort in den Dünen? Taumelig! O Gott, sollte er verwundet sein? Aber nein! Bekränzt und breit lächelnd, wie man jetzt deutlich ausnehmen kann! Oho, recht leicht geschürzt! Bezecht, wie es scheint; und ganz und gar unbewaffnet, der Saufbold!« Alle blickten dem Ankömmling verblüfft und gespannt entgegen. Der kicherte kindisch und machte einladende Gesten: Alle, lallte er, alle seien sie eingeladen, sie sollten rasch alle kommen... Aber ja, die anderen befänden sich wohl, überaus wohl, wie noch nie!

Die Leute zogen aus dem Gelalle den Schluß, daß das Volk dieses Landstriches die Gastfreundschaft ehrte und friedfertig war. Durch die Anspannungen der letzten zehn Jahre ausgehungert nach solch aufgelockerter Verfassung, in der sich der sonst so ernsthafte Philodormos zu befinden schien, drangen alle in Odysseus, der Einladung zu folgen. Genauer gesagt: sie ließen sich nicht halten. Odysseus hatte Mühe, eine Schiffswache zu bestimmen, die zurückbleiben und die Augen offenhalten sollte. Die Ausgelosten murrten. Er selbst schloß sich der erwartungsvoll eilenden Schar an, um mit eigenen Augen zu sehen, was an der Sache war, die ihm in mehr als einer Hinsicht verdächtig vorkam.

Unter der Führung des fröhlich trällernden Philodormos näherten sie sich einer größeren Ansiedlung. Eine Stadt war es kaum zu nennen. Es fehlte jede sichernde Mauer, es fehlte das ragende Zentrum, die Burg des Stadtfürsten. Die Häuser auffallend verwahrlost, als hätte sich seit Jahren keiner mehr darum gekümmert. Der Anstrich abgeblättert, vermorschte Türen hingen schief in den Angeln, Einbrüche der Dächer, wie die Winterstürme und Regengüsse sie an strandnahen Häusern anzurichten pflegen. Unkraut wucherte zwischen den Gassensteinen und aus dem Mauerwerk. Anstelle des vertrauten Geruchs nach Holzfeuer, verbranntem Öl und Fisch hing ein dickes, süßliches Aroma über der ganzen Gegend.

Auch das Umfeld der Stadt bot einen fremdartigen Anblick. Keine Olivenpflanzung, nur einzelne ungepflegte, von Efeu überwucherte Reste früherer Haine. Auch keine Weinstöcke gab es und kein einziges Kornfeld. Sogar das Kleinvieh fehlte, das man sonst überall im Umkreis einer Siedlung weiden und knabbern sieht. Wovon lebten diese Leute? – Da wogten weithin Felder mit unbekannten, großblütigen Pflanzen in leuchtenden Farben. Wo die Blüte verwelkt war, zeigte sich eine runde, apfelartige Frucht.

War dieser Anblick schon zum Staunen und Verwundern, vollends verblüfften die Bewohner dieser seltsamen Region. Sie waren überaus leicht, man konnte eigentlich sagen, kaum bekleidet. Ein unordentlich geknüpfter Lendenschurz war alles, was sie trugen. Dafür waren sie ausnahmslos mit Blumen geschmückt: Kränze, Halsketten aus Blumen oder wenigstens eine satte Blüte hinter dem Ohr. Alle zeigten sie ein süßes, merkwürdig gleichartiges Lächeln. Sie bewegten sich mit tänzelnden Schritten und einladenden Gebärden auf die schwerbewaffneten Männer zu, umringten sie, beschauten sie kichernd und boten ihnen die fremdartigen Früchte an, die auf ihren Feldern wuchsen. Sie schienen in argloser Heiterkeit ihre Tage zu durchtaumeln, das Leben ausgedehnt zu einem einzigen Fest.

Des Odysseus Augen suchten vor allem die fortgebliebenen Gefährten der beiden Kundschaftergruppen. Zu seinem Entsetzen sah er da und dort Waffengehenke herumliegen, achtlos hingeworfen zwischen abgelegte Kleidungsstücke. Brustharnische, Schwertscheiden und Beinschienen. Einer der Kichernden hatte perlenartig eine ganze Reihe dieser Früchte auf ein Schwert gespießt und bot sie an wie ein Bratferkel. Ein anderer trug einen um und um mit Blüten besteckten Helm verkehrt auf dem Kopf und lächelte in alberner Eitelkeit. Odysseus erkannte den Helm des Hippokastor, eines der kampfwütigsten seiner Männer. Da sah er ihn auch schon selbst am Feldrain, hingestreckt neben den andern, alle dürftig bekleidet, die Hände friedlich auf den Bäuchen gefaltet, augenscheinlich in Tiefschlaf befangen. Ihre Gesichter hatten den glücklich entspannten Ausdruck unanständig Träumender.

Während Odysseus noch Beobachtungen sammelte, fraßen die Neuankömmlinge schon gierig von den Früchten des Lotos. So hießen die Pflanzen, wie sie indessen von den Eingeborenen erfahren hatten. Diese Früchte schmeckten süß und erfrischend. Einige der Männer begannen auch schon – Odysseus merkte es mit argwöhnischem Blick –, sich Stück für Stück des hinderlichen Waffenwerks zu entledigen und mit töricht abwesenden Blicken dahinzutänzeln zu einer eintönigen Musik, die primitiven Instrumenten zupfend entlockt wurde. Gerade durch ihre Eintönigkeit aber entfaltete sie mit der Zeit eine teils einschläfernde, teils zur Ekstase hinreißende Wirkung. Ein lächerlicher, aber für den Nüchternen fast lasziver Anblick, wie sich diese harten, kampferprobten, von zehn Jahren Lagerleben bis auf Sehnen und Knochen ausgemergelten Männer nach dieser Zupfmusik täppisch jaktierten, sich von den Frauen des lotosfressenden Völkchens neckisch mit Blumen bewerfen und ins wogende Feld locken ließen.

Auch Odysseus wurde animiert. Zarte Hände, die weder Feld- noch Waffenarbeit kannten, betasteten ihn. Man nestelte an seinem Schwertgehenke, zog und zupfte an seinem Helmband. Ärgerlich schlug er auf die zudringlich frechen Finger. Die Freundlichen ließen einen Augenblick ab von ihm mit einer zum Weinen verzogenen, gleich aber wieder lächelnden Miene, so wie Kinder einen, der sie einer Unart wegen geschlagen hat, durch Anlachen wieder freundlich stimmen möchten. Odysseus hielt sich die nestelnden Zudrängler sacht vom Leibe. Er versuchte nachzudenken. Hatte er schon irgendwann, irgendwo von einem Volk gehört, das dank einer Zauberpflanze im Dauerrausch lebt? Das keinen Ehrgeiz und Hader kennt und in permanenter, vielleicht etwas schaler Glückseligkeit dahinvegetiert? Lotophagen, Lotosfresser! Er erinnerte sich nicht, davon gehört zu haben. Lang konnte das ja auch nicht hingehen mit dieser Art von Leben. Über kurz oder lang würde ein neidisches Nachbarvolk die Wehrlosen überfallen, versklaven und ihres Landes berauben. Odysseus kämpfte mit sich. Seine Neugier trieb ihn dazu, selbst von diesen Früchten zu kosten. Klugheit und Vorsicht hielten ihn davon ab. Wer weiß, was Unabänderliches dann geschah mit einem? Wachte man jemals noch auf aus diesem Rausch und wurde wieder, der man vorher gewesen? Unterschieden sich doch die Seinen kaum mehr von den Eingeborenen. Gerade noch, daß ihnen die weiche Schlaffheit der Glieder fehlte und die Blumengirlanden harte Muskelstränge und vernarbtes Fleisch umschlangen.

Daran erkannte er auch plötzlich unter der Schar derer, die ihn umdrängten, den Medon, einen der drei, die er am ersten Tage auf Kundschaft geschickt hatte. Bereits zur Unkenntlichkeit angepaßt, befühlte er den Helm des Odysseus, als hätte er dergleichen noch nie gesehen. Blöde vor sich hingrinsend, mit einem Lotoskranz, der ihm, nur von den abstehenden Ohren gehalten, fast über die Augen fiel, zärtelte das kleine Krummbein um ihn herum, vor wenigen Tagen noch der ehrsüchtigste Zänker der Mannschaft, ein sehniger Kampfhahn, den man im Lagerstreit wie im Schlachtgeplänkel immer wieder bremsen mußte. Odysseus redete ihn beim Namen an, versuchte ihn auszufragen. Doch der sah ihn nur fremd an, zuckte mit den Schultern, nicht bockig oder gar rebellisch, sondern in bekümmerter Verständnislosigkeit. Als ihn Odysseus anschrie, verzog sich sein mageres Banditengesicht weinerlich. »Er hat tatsächlich alles vergessen!« sagte Odysseus sich bestürzt, »sogar seinen Namen, mit dem ich ihn hundertmal in der Schlacht angebrüllt habe. Sind sie so selig, weil sie alles Unangenehme vergessen, wenn sie von diesen verfluchten Früchten genießen? Sie vergessen ihr Ziel, vergessen ihre Vergangenheit, vergessen sich selbst! Diese Seligkeit ist ein lebendiger Tod!« – Ein Schreck durchzuckte seine Eingeweide. »Wie soll ich sie zu den Schiffen bringen? Sie werden sich sträuben und sperren. Und wenn ich jeden einzeln zurückschleifen muß! Ich darf sie nicht verkommen lassen in diesem seligen Morast!«

Odysseus drängte sich durch die Schar und rannte zurück zu den Schiffen. Er schrie die schwache Besatzung zusammen, erzählte das Notwendigste und ließ sie die fürchterlichsten Eide beim Leben ihrer Sippen schwören, nicht von den angebotenen Früchten zu kosten. Die Rüstungen und schweren Waffen ließ man zurück, dafür raffte man alles Tau- und Riemenwerk zusammen, das sich fand, und nahm feste Stöcke mit. Unter den teils verständnislosen, teils entsetzten Blicken der Lotosfresser, die nicht den geringsten Versuch der Gegenwehr unternahmen, suchten sie unter den Herumliegenden und Lungernden ihre Leute heraus, durchkämmten die Lotosfelder, rissen aufjammernde Gefährten aus den Armen nackter blumenbesteckter Weiber, fesselten die Flehenden und Klagenden auf Geheiß des Odysseus und schleppten sie auf einen Haufen zusammen, bis keiner mehr fehlte. Manche hatten im Tiefschlaf gar nichts gemerkt, und ihre Mienen zeigten noch immer den Ausdruck törichter Seligkeit, obwohl sie reichlich aufgeschunden waren und vielfach bluteten, denn die Wachmannschaft ging nicht allzu zart mit ihnen um, weil sie ihnen im Grunde neidig waren für das Erlebte. Solche, die sich in einer wacheren Phase der Berauschung befanden, weinten, jammerten und bettelten, als sie begriffen, was ihnen geschah, und beteuerten, daß sie von Schiffen und Heimat nichts mehr wissen, sondern für immer hier bleiben wollten. Die verschreckten Eingeborenen standen, Lotos lutschend, herum und rührten keinen Finger. Nur einer versuchte einem Gefesselten, der nach Lotos schrie, ein paar Früchte zu reichen. Odysseus aber riß sie ihm aus der Hand, wollte sie zuerst fortschleudern, bedachte sich dann aber kurz und steckte sie, ohne daß einer es wahrnahm, in sein Gewand.

Er hieß die Nichtberauschten und die etwas Helleren, die man mit Stockschlägen antrieb, aus den Ästen der vernachlässigten Bäume Schlitten machen, auf die man die völlig Betäubten warf und anband. Die allmählich Erwachenden, die durchwegs laut klagten, fesselte man als Zugtiere an diese Schlitten und peitschte die teils stöhnende, teils kichernde und lallende Fuhre dem Strande zu. Dann verlud man die Männer – immer noch gefesselt, denn sie machten Anstalten, sich ins Meer zu werfen und an Land zu schwimmen – in die Schiffsbäuche und setzte Segel. Die Götter sandten einen gnädigen Wind, und die Küste sowie die erstaunten Bewohner, die im Blumenputz und unordentlichen Lendenschurz am Strand standen und winkten und lockten, verschwanden bald hinter der Dünung. Jeden, der langsam zur Besinnung kam, ließ Odysseus an eine Ruderbank fesseln und erbarmungslos antreiben, damit ihm Schweiß und Plage den Rausch aus Adern und Nerven presse. Je mehr ihnen die Erinnerung zurückkam, um so bitterlicher beklagten sie sich. Die Wacheren begannen, Odysseus zu verfluchen.

Als ein Tag und eine Nacht und wieder ein Tag vergangen waren und alle vor sich hin arbeiteten, mürrisch verbissen, die einen, weil man sie der Seligkeit entrissen hatte, die anderen, weil sie ihrer gar nicht teilhaftig geworden waren, ließ Odysseus an einer felsigen Insel, die Wasser und Wildspuren zeigte, ankern. Er überzeugte sich persönlich davon, daß sie menschenleer war. Er gab den Leuten drei Ruhetage zum Jagen, Essen und Ausschlafen. Auch Wein gab er aus. Er selbst – so ließ er verkünden – wolle bei Fasten und Gebet, allein auf seinem Schiff, ein Orakel erflehen über die weitere Route. Sein Schiff ließ er, zwar in Sicht- und Hörweite, aber doch in etlicher Entfernung vom Strand und den anderen Schiffen, verankern. Man dürfe ihn unter gar keinen Umständen stören, ließ er sagen, sonst würde das Orakel verdorben, von dem ihr weiteres Geschick abhinge. Einigen verläßlichen älteren Männern übertrug er das Kommando während seiner asketischen Tage.

Sobald das Boot, das ihn zum Schiff brachte, abgelegt hatte und er allein war, ließ er sich deutlich vom Strand aus sehen, wie er am Buge stehend in einem goldenen Dreifuß – Kikonenbeute – mit betender, zum Himmel gerichteter Gebärde Räucherwerk verbrannte. Mit einem halben Auge vergewisserte er sich, daß die Gefährten erst scheu zu ihm hinüberblickten, sich dann aber um das Feuer sammelten, Fleisch brieten und wacker dem Weinschlauch zusprachen. Alsbald kam ein Faulenzen, Grölen und Zechen in Gang, das ihm verläßlich die Ruhe sicherte, die er sich ausbedungen hatte.

Er hockte sich, durch die Bordwand gegen Landsicht gedeckt, auf einen Haufen Segeltuch und kostete, vorsichtig zuerst, bald aber mit steigender Gier, von den Lotosfrüchten, die er heimlich beiseite gebracht hatte. Er fürchtete nicht, ernstlich Schaden zu nehmen, denn er hatte beobachtet, daß die Männer, die sich tagelang vollgeschlagen hatten, nach ziemlich kurzer Zeit aus dem Rausch erwacht und wieder bei vollen Sinnen waren, nur mürrisch und übellaunig. Aber auch das hatte sich langsam gegeben, und kaum einer sehnte sich mehr nach dem schalen Glück der Lotosfresser.

Nun ist es ja allbekannt, daß Rausch nicht Rausch ist, sondern daß sich die Berauschung je nach dem Charakter des Bezechten in den verschiedensten Formen offenbart. So bemächtigte sich die Lotosvernebelung des Odysseus zwar ebenso prompt wie der Gefährten, aber sie brachte andere Träume zur Blüte.

Wenig ausgeprägt war bei Odysseus die kitzelnde Lust zum grundlosen Lachen, Blödeln und Tänzeln. Dafür überkamen ihn formenreich und bunt die lebhaftesten Phantasien, allerdings leicht pikanten Charakters.

Er hatte immer einen gewissen Hang gezeigt, Wachträumen nachzuhängen. Besonders stark war dieser Hang in der Kindheit und frühen Jünglingszeit gewesen. Da hatte es Traumgespinste gegeben, die sich über lange Zeit hinspannen, immer wieder aufgenommen und fortgesetzt wurden. Besonders wenn er müßig im Thymian saß und auf die See hinausblickte oder während seiner langen Wanderungen durch die Wälder und Felsenschluchten des Neritos.

Die Träume, die durch den Genuß der Lotosfrüchte angeregt wurden, unterschieden sich von seinen jugendlichen Phantastereien nur dadurch, daß sie eindringlicher und farbiger waren und vor allem, daß die Grenze zur Wirklichkeit nahezu aufgehoben war. Wie bei den gewöhnlichen Wachträumen traten die Sorgen um Gegenwart und Zukunft zurück hinter Wünsche der Art, wie man sie sich im Zustand des Wachens nicht eingesteht. Der Vorgang war aber krasser, endgültiger, und langsam löste die Realität sich vollkommen auf in den bunten Traumschleiern.

Odysseus fühlte ein tiefes Vergessen aufsteigen. Die Plakkerei und das wüste Gemetzel der Jahre vor Troja verblaßten und verschwanden schließlich ganz, so wie ein scharfer Berggrat im Nebel verschwindet.

Aber auch die fernere Vergangenheit wurde immer undeutlicher. Das scharfe, detailgenaue Bild der Familie, des Hauses, Ithakas, das ihn in den zeitweiligen Anfällen von Heimweh oft so schmerzlich heimgesucht hatte, verschwamm immer mehr in flimmernder Ungewißheit. Es verlor seine Zugkraft, berührte ihn kaum und wurde schließlich ganz gleichgültig.

Er verspürte nicht mehr den leisesten Drang, heimzukehren oder gar Sorgen und planvolle Gedanken daran zu wenden, wie er diese Heimkehr fördern sollte. Er empfand weder Lust noch die Pflicht, dieses Dunstbildes halber, das Ithaka war, neue Strapazen und Gefahren auf sich zu nehmen. Verantwortung, Planung und Besinnung ertranken in einem außerordentlichen Wohlgefühl des Körpers, der sich willen- und widerstandslos einem lichten Dämmerzustand hingab. Die Lider sanken ihm über die Augen, ohne daß er schlief und wahrzunehmen aufhörte. Er wußte, daß er auf einem Haufen zerschlissenen Segeltuchs lag zwischen eingezogenen Rudern und Taurollen unter einem grünlich dämmernden Abendhimmel. Er fühlte sich in der leichten Dünung schaukeln. Sah, wie sich das Spiel der Wellen im letzten Licht an der Schiffswand spiegelte.

Dann aber begannen sich diese festen, verläßlichen, schwarzgepichten Planken wellig aufzulösen, flüssig zu werden. Er selbst fühlte sich erfaßt vom flüssigen Element, schwimmend dahingetragen und in einen sanften Sog hineingespült, der über die glasklare Bucht hin driftete. Dabei kam ihm das Gefühl für oben und unten abhanden, bald wußte er nicht mehr, ob er Himmel sah oder Meeresfläche. Um ihn her und durch sein Inneres hindurch zog die leise Flutung, lau und stet.

Er hatte die Augen geschlossen, aber er schlief nicht, sondern er sah. Und weil er sah und fühlte, redete er auch, denn er war immer noch Odysseus und keiner von den bewußtlos Tänzelnden und Trällernden. Die Neugier verließ ihn auch nicht im Lotosrausch und mit der Neugier auch nicht der Drang, das Wahrgenommene im Bewußtsein festzuhalten durch die Kunst der Rede.

Er nahm sich als schwimmenden Körper wahr, oder geschwemmt, getragen von einer warmen Flut, die ihn vollkommen umgab, ohne ihm den Atem zu nehmen. Er empfand die Bewegung, empfand die Wärme des Wassers, hörte das Gurgeln, Glucksen und Rieseln und vor allem: Er sah. Und was er sah, das faßte er in Worte, ohne daß er deshalb »erwachte«. Er fühlte sich auch nicht schläfrig, sondern hellwach und hochgespannt. Er träumte und erzählte sich gleichzeitig seinen Traum.

»Es treibt dich auf eine Grotte zu, Odysseus«, flüsterte er. »Wallende Strähnen bläulichen Tangs. Wasserhaar streichelt die Schultern dir mit feuchten Locken. – Aber du bist ja

nackt? Sieh an, Geprüfter! Kein Gürtel, kein Schamtuch verhüllt die göttlichen Glieder? Gehört sich das denn? – Ach, wie wohltuend frei! Wie weich der wogende Schwall. Über beinweißen Muschelsand in der flachen Schale des Grundes spült er dich in den schimmernden Vorhof.
Feinverästelte Bäumchen roter Korallen,
siebenstrahlige Schlangensterne
winden sich lilagefiedert
und drüber die hohle Rundung des Raums,
von Sonnenschatten gesprenkelt,
leopardengetüpfelt der helle Stein.
An rauchdunklen Wänden
Seepocken, streifig geflammt.
Zwischen sattroten Anemonen
spitzhütige Schnecken, getigerte Häuser
auf schleppenden Purpurmänteln tragend.
Wie wohlig umspielt die smaragdene Flut die lebendigen Glieder, die fünffach gedehnten, sich dehnenden! Das kost und streichelt und zärtelt an dir herum, ganz unsagbar lieblich, seliger Dulder! Aber was zerrt mich da fort, hinein in den Strudel? Eine Flutwelle reißt mich mit harter Klaue der Spalte zu, der finsteren! Odysseus, Odysseus, wo rafft dich hin der saugende Greuel?
In schwarzrot Schattiges zieht es dich ein, ins Enge. Schon streift dir der schartige Fels die erschauernde Nacktheit. Beim grausen Poseidon! –
Da hockt es entsetzlich
über mir, unter mir,
Gallerte mit schlürfenden Mündern und flossigen Lappen
schleimen dir über die kräuselnde Haut!
Mißfarbig fahles Gezücht!
Geschuppte Schläuche auf knospenden Füßchen,
borstige Blasen strudeln heran,
mit feinsten Nadeln besetzt.
Gräßliche Walzen stülpen giftige Peitschchen heraus,
und der glotzende Rindskopf einer Krake
mit Schnabelzange
reckt Greifer aus,

brandrot bewarzte,
zu umschlingen, zu würgen
meine fünf bebenden Glieder,
sie einzuschlürfen in den klaffenden Schlund!
O helft mir, ihr ewigen Götter,
helft dem wehrlos Entblößten!
Dank euch, Unsterbliche, und Hekatomben gelobt. Jetzt bin ich gerettet, hindurch durch die Falle. Eine gnädige Strömung hat mich dem Würgmaul entrafft hinein in regenbogenfarbene Weite.
Traumschweres Triften auf glasgrüner Woge,
fremdes, nie gesehenes Licht,
nicht von Gestirnen stammend,
flimmert und flirrt aus glasigen Wundergebilden.
Wellige Muschelschalen
spiralig gebändert,
orangen gezottete Blüten,
zartgeflügelte Schneckengebilde
mit aufgeschlagenen Wimpernbändern belippt.
Durchsichtige Schalen,
Hohlgebilde,
von innen her leuchtend in tollen Farben,
zyanenblau und amaranten getupft,
veilchenfarbene Schiffchen mit malachitgrünen Zacken,
Vasen von azurener Bläue,
brandrot geändert,
zwischen Korallenskelettchen.
Gläserne Kugeln mit lachsrosa Ringen
schweben aufwärts im Wirbel,
der mich erfaßt und hinaufzieht,
schwebend auch ich
und schwellend hinauf,
immer höher hinauf
zur honigfarbenen Wölbung,
in die birnenförmige leuchtende Blase,
ein Lodern und Locken und Strahlen,
lodernd auch ich aus den tiefsten Gemächten,
in flammender Spannung gerafft

auf prangender Woge,
höher und immer höher hinauf
in pfauenschimmerndem Glanz,
ein Gleißen, ein Blitzen, ein Blinken,
kaum kann ich ertragen die schwellende Lust,
o Dulder, vielgeprüfter seliger Dulder,
es kommt dir, Er kommt, Er ist Du,
Du bist nichts mehr als Er,
ein Feuerstoß glühender Liebesbegierde,
rotflammender Strahl
in pfirsichflaumiger Scheide,
die schamhaft erbebt
in fluoreszierendem Zittern,
umschmiegend,
empfangend mich ganz
in weit geöffneter Höhlung.
In zuckendem Flackern
vergehen die Glieder,
ein Ebben, ein Sinken, ein Fallen.
Saphiren das Wasser,
dann malvenfarben,
dunkleres Heliotrop,
amethysten,
schwerblütiges Nachtblau jetzt,
dann tintig schwarzer Achat...

Wo bin ich? Die steifen Falten des Segeltuchs striemen mein müdes Fleisch. Die Lider bleiern, kaum heb ich sie auf. Die Augen versinken in der Schwärze des Nachthimmels. Kein Mond, keine Sterne, tiefhängende Wolken, feuchtigkeitsschwanger. Das Wasser schwappt gegen die Bordwand. Leicht dümpelt das Schiff mit knarrenden Dollen. Drüben am Strand verglosen die Feuer. Stille. Bauchschwer wälzen sie sich in dumpfen Träumen. Haben sie überhaupt eine Wache ausgestellt? Mich fröstelt's. Ach, wie war ich doch grad noch so herrlich gesteigert in hohen Prächten! Ist nichts mehr vom Lotos da? Aber ja doch, da steht die Schale.«

Hastig griff er hinein, spürte die glatte, kühle Rundung der

Frucht, führte sie an die Lippen und sog ein wenig. Horchte in sich hinein, ob nicht wieder die wohlige Zufriedenheit aufstiege aus der Mitte der Eingeweide und sich ausbreite in milden Wellen. Schon fühlt er, wie es die Nerven kost. Schon sorgt er sich nicht mehr darum, ob Wachen ausgestellt sind. Denkt nicht an die Heimfahrt. All die lästigen, mit Plage drohenden Gedanken und Bilder verschwimmen, lösen sich auf in taubengrauer, perlmutterner Höhlung.

Aber da reckt sich etwas auf, etwas Fremdes, ein Rest von Trotz und Widerstand und klammert sich wie mit Saugnäpfen an sein schwindendes Bewußtsein. Eine zähe kleine Kraft. Und wie die gespannte Sehne beim Abschuß des Pfeiles tönt, trifft der Klang eines Namens sein schläfriges Gehör: Penelope. Und Worte, die heiter klingen sollen: »Leb wohl, Odysseus, und paß auf dich auf.«

Scheuch das weg, raunen die Eingeweide, laß dich fallen, hör nicht hin! Fast weinend vor Ärger möchte er sich dem sanften Sog überlassen, der mit blonden Strähnen welligen Seegelocks ihn umschlingen will wie mit vielen Armen. Meerlocken über dem Eingang einer Grotte! Aber der Name ist da, weicht nicht, und der Klang einer Stimme: »Paß auf dich auf!« Er wehrt sich nach allen Seiten hin wie ein von Hunden gestelltes Tier. Aber der Name siegt.

Odysseus raffte sich auf aus der liegenden Stellung, mühevoll reckte er sich, als wäre die Luft aus Blei. Er stemmte sich an den Planken der Schiffswand hoch mit kraftlosen, schlingernden Knien. Er hob den Arm, der schwer war wie ein eiserner Anker, und faßte mit zitternden Fingern nach der Schale. Griff daneben. Versuchte es nochmals. »Pallas«, knirschte er, »Eulenäugige, hilf mir!« Da floß ein wenig Kraft in die Finger. Er faßte nach der Schale, zögerte kurz und schleuderte sie mitsamt den Früchten ins Meer. Er sah, wie sie Wasser faßte und sah sie in einem kleinen Strudel versinken. Dann fiel er hin, lotrecht in einen dumpfen Tiefschlaf.

Die stechende Morgensonne mitten im Gesicht, wachte er auf mit wundem Schädel und tauben Gliedern. Schloß gleich wieder die schmerzenden Augen. Es war ihm speiübel. Er fühlte sich knochenlos. Stöhnend brachte er sich auf die Füße, beugte sich über die Reling und erbrach sich in die glitzernden Wellen, die in seine Augen stachen wie eine Blendung. Erschöpft hing er eine Weile über Bord. Endlich raffte er sich zusammen, schleppte sich zum Wasserschlauch und trank und trank. Dann fühlte er einen grausamen, magenschneidenden Hunger. Suchte nach Nahrung. Schlang hinunter, was er fand. Kaute kaum. Dann war ihm etwas besser.

Er setzte sich, gegen die Schiffswand gelehnt, auf das Tauwerk, sah aufs Meer hinaus und dachte nach. Sehr eingehend dachte er nach; schonungslos und mit einer übernüchternen Schärfe.

Alles war jetzt wieder da: die Jahre vor Troja und die Jahre vorher. Die Kindheit und Jugend. Die Werbung. Das Jahr mit Penelope. Die Abreise. Auch die Gefährten waren wieder da und die Pflicht, sie nach Hause zu bringen. Sehr gegenwärtig waren ihm Penelope und der kleine Telemach, von dem er, solange er noch vor Troja lag, gehört hatte, wie gut er sich herausmache.

Aber es war noch etwas Neues dazugekommen – vielleicht nicht ausgelöst, aber bewußt geworden durch den Lotosrausch: eine Erkenntnis. Ein Drang. Ein Drang, der einem Befehl gleichkam. Odysseus war sich sehr deutlich bewußt geworden, daß er noch nicht heimkehren konnte oder wollte.

Das Nichtwollen und Nichtkönnen verschmolz zu einem gebieterischen Müssen. In dieser Stunde, da Odysseus am Bug seines Schiffes saß und über dem Wasser noch die Dämmerung hing, sah er sehr genau und in scharfen Konturen Ithaka. Er sah das Haus des Vaters, Penelope und das Kind. Immer würde dieses seine größte Liebe sein und sein endgültiges Ziel. Es war ihm auch klar bewußt, daß er erreicht hatte, weswegen er vor zehn Jahren ausgezogen war. Er hatte sich unter Männern, unter seinesgleichen bewährt und gezeigt, was er vermochte im Kampf und vor allem im Rat. Das war getan, und es war gut getan. Es würde Stoff sein für Geschichten, welche die Sänger in den Hallen der Fürsten rezitierten zur Begleitung der Kithara.

Er besaß einen festen, sicheren Ort in der Welt: Frau und Kind und eine Heimat. Er hatte sich einen Ruf geschaffen in der Welt der Männer und wußte, was er darin wert war.

Aber etwas in ihm lag noch brach, war ungestillt, unerledigt: die Bezirke, die außerhalb der befahrenen Wege und Straßen und abseits der bekannten Schiffsrouten lagen, alle die Höhlen, in denen ein Leuchten war, das nicht von den Gestirnen kam. Eine tiefe Bereitschaft fühlte er in sich und gleichzeitig eine unwiderstehliche Gewalt, die ihn zog und abschwemmte, so wie die Woge im Lotostraum ihn in die gläserne Grotte geschwemmt hatte. Nicht der Verstand würde ihn leiten auf dieser Fahrt, nicht die Winde oder der Stand der Gestirne. Auch nicht das Herz, das heim verlangte. Leiten würde ihn das Drängen seiner Mannheit, seines Geschlechts. Die Neugier seines männlichen Geschlechts auf das von Grund auf andere: auf alle Erscheinungsformen des Weiblichen. Es war nichts von Lüsternheit in diesem Drang. Es war Neugier und Wille nach Erkenntnis.

Er wußte, daß ihm ungeheuerliche Abenteuer bevorstanden auf dieser Forschungsfahrt. Abenteuer voller Schrecken und voller Lust. Mehr Schrecken als Lust ahnte er. Aber die Wißbegierde war stärker als die Furcht. Er wußte: Erst wenn diese Abenteuer bestanden waren, wenn er in all die Höhlen und Grotten und Schlünde eingedrungen war, in ihre Wunder und in ihre Gefahren, konnte er heimkehren und vor allem: daheim bleiben.

Noch einmal sagte er sich: Es ist eine große Verantwortungslosigkeit gegen die Deinen und gegen die Gefährten, wenn du dir diese Wißbegierde leistest. Richte das Steuer nach Ithaka und überlasse es den Göttern, wo sie dich hintreiben.

Als er dies zu Ende gedacht hatte, nahm er wahr, daß das Licht sich verändert hatte. Das harte, gelbe Licht der Ägäis war einem seltsam opalisierenden Leuchten gewichen, das die Konturen der Dinge nicht auflöste, aber ganz leicht verschob und ihnen eine eigentümliche Veränderlichkeit verlieh. Dabei waren seine Sinne und sein Geist hell, fast überklar. Er hatte bereits die Schallmauer der Wirklichkeit durchbrochen, ohne es noch zu wissen.

In diesem besonderen Licht schwammen die nächsten zehn Jahre dahin.

III
PENELOPEIA

NEREIDENGEKLATSCH

Von Festland zu Insel,
von Insel zum Festland
jagt das Gerücht:
»Gefallen ist Troja!«

Über den breiten Rücken des Pontos
laufen Geschichten
wie springende Fische.
Nereidengeklatsch
von Welle zu Welle geschaukelt:
»Gefallen ist Troja,
brandschwarz die Festung,
an den Mauern vertrocknet das Blut von Priamos' Haus!«

Ein Netz ist gespannt von Insel zu Insel,
von Küste zu Küste,
ein Netz von Gerüchten,
ein hauchdünnes, flunkerndes, flüsterndes Netz,
aber zäh,
ungeheuerlich zäh:
»Gefallen ist Troja,
brandschwarz die Festung,
die Flotte der Griechen kehrt heim!«

Eidothea, die Tochter des alleswissenden Proteus,
raunt es der seegrünen Glauke zu,
die sagt's Galatea weiter:
»Gefallen ist Troja! Die Flotte kehrt heim!
  Weißt du es schon?«
Das hört die meerbefahrende Pontoporeia
und schreit es dem Triton ins Ohr,
auf dessen Schultern sie reitet:
»Gefallen ist Troja! Die Flotte im Sturm!
  Klein Aias ertrunken!«

Das Muschelhorn brüllt,
und die Kunde gellt von Riff zu Riff
im grausigen Echo:
»Gefallen ist Troja! Klein Aias ertrunken!
Diomedes gehörnt und vertrieben! Wißt ihr es schon?«

Bis zum Okeanos wird es geschwemmt,
dem stiergehörnten Grenzstrom der Erde.
Seine uralten Töchter
heisern die bösen Geschichten einander zu,
Altweibergemunkel:
»Troja ist hin! Klein Aias ertränkt und zerschmettert!
Gehörnt Diomedes und Menelaos
 verschlagen mit seiner Hure!
Wißt ihr es schon?«

Und schließlich schwappt es die Brandung
 wie Treibgut ans Ufer,
dort raffen es die Harpyien auf mit schmutziger Klaue,
die rastlos Geflügelten,
und schwatzen es weiter
an alle Küsten zugleich:
»Troja ist hin! Klein Aias ist tot! Diomedes betrogen
und Menelaos verschlagen!
Mit der Axt gefällt Agamemnon beim prunkenden Einzug
von der eigenen Frau!«

Jetzt dringt es auch in die Ohren der Menschen,
und man beginnt zu warten.

WARTEN

Die Zeit war alt geworden, seit die zwölf Schiffe im Hafen des Phorkys die Anker gelichtet hatten und die Segel im Dunst des Horizonts verschwunden waren aus den Augen der am Strande stehenden Frauen. Zehn Jahre waren vorübergegangen im Trott der sich Tag für Tag wiederholenden Gewohnheiten.

Für Penelope war es oft hart. Härter als für Odysseus. Denn soviel er auch ausstehen mußte an Strapazen, Ängsten und Not, es geschah etwas. Er konnte etwas tun. Penelope konnte nichts als warten. Und sie war damit allein.

Die Nachricht von Trojas Fall erfuhr man bald. In rasender Schnelligkeit sprang das Gerücht vom Untergang der Stadt von Insel zu Insel. Einzelheiten sprachen sich herum. Je nach den Gewährsleuten tatsachengetreu, aufgebauscht oder entstellt. Allmählich konnte man sich vom Wesentlichen ein Bild machen.

Man wußte in Ithaka, daß Odysseus unter den Überlebenden war und sich mit seiner Flotte und dem Großteil der Gefährten eingeschifft hatte. Nur wenige seiner Leute waren vor Troja geblieben. Er hatte acht gehabt auf sie, so wie er auf sich selbst acht gehabt und das Leben nicht in blinder Heldenwut aufs Spiel gesetzt hatte.

Auf den kephallenischen Inseln wurde eine lebhafte Betriebsamkeit entfaltet. Häuser wurden frisch getüncht. Ställe und Zäune geflickt, das Vieh glänzte, und man bestimmte die fettesten Stücke zu Ehren der Heimkehrenden und der Götter. Wo nur ein Platz sich fand im Hof und vor den Haustüren, standen Tonscherben mit Blumen. Man erwartete den Mann, den Sohn, den Herrn und war bereit, ihn würdig und fröhlich zu empfangen. Die Buben hockten tagaus, tagein auf den höchsten Inselklippen, und wenn ein Segel auftauchte am Horizont, schrien sie es hinunter durch die hohlen Hände. Dann rannte alles zum Strand.

Penelope saß jetzt oft lange auf dem Bänkchen unter der Steineiche und blickte mit angestrengten Augen hinaus auf die See, versuchte die dunstverschwimmende Ferne zu durchdringen, und wenn sie etwas ausnahm, das ein Schiff sein konnte, klopfte ihr das Herz in harten Schlägen bis in den Hals.

Am wenigsten angesteckt durch die allgemeine Aufregung und Spannung zeigte sich Eurykleia. Sie war auffallend schweigsam. »Freust du dich nicht«, wunderte sich Penelope, »jetzt, wo wir wissen, er kehrt heim, er hat's überlebt, gesund und unverwundet?« – »Überlebt, überlebt«, murmelte die Alte, »freilich bin ich froh. Aber gesund und unverwundet? Wenn's ihn ein bißchen erwischt hätte, an einem Bein, einem Arm vielleicht. Ich wär ruhiger.« – »Was fällt dir ein«, schrie Penelope, »möchtest du ihn als Krüppel, als einen Siechen heimkommen sehen?« – »Das nicht gerade. So arg mein ich's nicht. Nur angeschlagen, ein kleines bißchen beschädigt. Dann hätt ich nämlich die Gewähr, daß er wirklich nach Haus kommt!« – »Was meinst du da, schwarze Krächzerin von Unheil, mit ›wirklich nach Haus kommt‹? Sag schon, spuck aus deine Rabenkunde! Warum trägst du die ganze Zeit ein Gesicht herum, das einem alle Freude ansäuert?« – »Laß gut sein, Herrin«, lenkte Eurykleia ein, »ich hab nichts gesagt. Es ist der ungute Westwind, der sich mir immer auf die alten Knochen schlägt, und ich kenn die Männer!« Damit humpelte sie fort an ihrem Knotenstock, den sie jetzt gebrauchte, wenn die Gicht ihr zusetzte.

Penelope sah ihr nach mit finster zusammengezogenen Brauen, und es bemächtigte sich ihrer langsam eine sorgenvolle Nachdenklichkeit. Sie hatte schon verstanden, was die Alte meinte: Wenn Odysseus gesund und bei vollen Kräften war, konnte es da nicht sein, daß er noch nicht genug hatte? Daß seine unselige Neugier ihn noch umtrieb und die Heimkehr verzögerte? Konnte es sein, daß er, der wahrscheinlich wußte, daß zu Hause alles in Ordnung war, sich sagte: jetzt oder nie! Bin ich einmal daheim und im täglichen Trott, komm ich nicht mehr sobald wieder fort. Und was hab ich schon gesehen? Schlachtfelder und Lagergezänk. Diese Gedanken, die Penelope bei sich wälzte, die ihren Odysseus kannte, verdrängten immer mehr den Zustand freudiger Gewißheit.

Als die Wochen und die Monate hingingen, flaute auch auf den Inseln die Hochstimmung ab, die Spannung sackte in sich zusammen. Man wandte sich wieder den alltäglichen Beschäftigungen zu, die Erwartung wurde schal und eine unterschwellige Unruhe zernagte allmählich die frohe Sicherheit.

Man hörte von einem schrecklichen Wirbelsturm, der bald nach der Ausfahrt die Flotte heimgesucht hatte. Aias der Lokrer, erfuhr man, der in der Plünderungsraserei die Götter beleidigt hatte, war von der tobenden Brandung mit solcher Gewalt auf ein Riff geschleudert worden, daß nur mehr ein Fleisch- und Knochenbündel ins aufgewühlte Wasser platschte, das die Tiefe verschlang. Diomedes, hieß es, entkam zwar dem Sturm, fand aber Thron und Bett in fremder Hand und irrte umher. Menelaos war auch noch nicht heimgekehrt. Wie es schien, war der alte Nestor der einzige, dem eine glückliche Rückkunft gegönnt war und der so wie vor zehn Jahren im Kreise seiner Familie in Pylos saß. Einer der Söhne war ihm vor Troja gefallen.

Am ausführlichsten und am häufigsten aber wurde die Geschichte von Agamemnons Heimkehr erzählt, von seiner schauerlichen Abschlachtung durch die eigene Frau.

Seine Schiffe waren dem verheerenden Sturm vor Trojas Küste unversehrt entgangen. Ruhm- und siegesprall landete er in Argos. Die Nachricht vom Herannahen der Flotte war ihm durch Feuerfanale vorausgeeilt, die auf Anordnung der Klytaimnestra von Wachtposten entzündet wurden, die auf den höchsten Erhebungen der Inseln, die auf der Route waren, auf Lauer lagen.

Jeder außer Agamemnon hätte sich gesagt: »Sieh dich vor. Sei auf der Hut. Du hast diese Frau verletzt und geschunden bis ans Herzblut.« Iphigenie! Hatte er Iphigenie vergessen? Bildete er sich ein, *sie* hätte Iphigenie vergessen können, die er seiner maßlosen Herrschgier hingeopfert hatte in Aulis für guten Segelwind?

Wäre Klytaimnestra ihm finster entgegengetreten, mit Vorwürfen und Flüchen, oder hätte sie sich bei seiner Ankunft in ihre Gemächer eingeriegelt, wäre seine Arglosigkeit noch verständlich gewesen. Aber der Einzugsprunk! Die roten Teppiche für seine Sohlen! Eine lächelnde Gattin, die dem Mörder der Tochter mit offenen Armen entgegenkam! Sah er über diesem fahllippigen Lächeln nicht die Augen, tigergeflammt von Haß? Sah er nicht die Fluchgeister an den Wänden des Atridenhauses kleben wie die moderfarbigen Asseln?

Kassandra, die Priamostochter, die sein Beuteweib war, Kassandra sah sie. Sie sah auch sonst allerlei, was andere nicht sahen: das Blutgerinnsel, das aus den Fugen der Zyklopenmauer sickerte, das jähe Aufblinken des Schlächterbeils in der trägen Mittagsluft. Sie hörte das Gurgeln des Bluts, das aus Metzgerwunden strömte. Aber sie redete nicht. Sie hatte zuviel geredet die Jahre hin, und es hatte ihr keiner zugehört und geglaubt.

Agamemnon, der eitle Popanz, strahlte vor Befriedigung über den Pomp des Empfangs. Seine stumpfen Sinne waren taub und blind gegen das Verhängnis, das mit schweren Tritten herankam und einen großen Schatten warf. Als sein mächtiger Körper rasselnd auf die Knie schlug und dann schwer zur Seite sackte, hatte er noch das Siegergrinsen im Gesicht, und während ihm der blutige Hirnschleim in die Augen rann, erstarrte darin der Ausdruck bassen Erstaunens. Dann schnob er sein törichtes Leben aus.

Ganz Hellas empörte sich über Klytaimnestra und Aigisth. Penelope erschauerte, als sie die grausige Kunde vernahm. Aber sie verstand. Sie kannte die Cousine von Kindheit an. Ihren flammenden Stolz, ihre Fähigkeit zu hassen, ihre auffahrende Empfindlichkeit und gnadenlose Unerbittlichkeit.

Nach dieser Geschichte hörte man lange nichts über die Trojafahrer. Nach drei Jahren kehrte dann plötzlich der verschollen geglaubte Menelaos zurück. An seiner Seite Helena, kaum gealtert, in unversehrter Schönheit. Mit gelassener Selbstverständlichkeit nahm sie ihren alten Platz im Palast zu Sparta ein. Alle gewöhnten sich auffallend rasch an die ungekränkte Gegenwart Helenas, die sie nach Trojas Fall ausgepeitscht an die höchste Rahe des Schiffes hatten hängen wollen. Keiner schien mehr daran zu denken. Menelaos hätte sich die alberne Fabel von der ägyptischen Helena ersparen können, die angeblich keusch und unberührt bei König Proteus weilte, während Paris mit einem leeren Trugbild schlief. Jeder durchschaute die läppische Lüge, doch keiner sprach dagegen. Der Anblick von Helenas göttlichem Gleichmut ließ sie alles vergessen, was geschehen war. Jetzt fluchten ihr nur noch die Gespenster der Überlebenden, die in den wüsten, dornenüberwucherten Ruinen der Brandstätte Ilions hausten. Zusammen mit Hyänen und Schakalen scharrten sie im Schutt nach Leichenresten. Dort war der Name Helena ein Fluchwort.

Im Inselmeer wurde die Belagerung und Schleifung der Feste Troja bereits zur Poesie. Lieder, von Sängern vorgetragen, die von Fürstenhof zu Fürstenhof zogen.

Von Odysseus erfuhr man nichts Greifbares. Da und dort hatte einer ein Gerücht gehört. Irgendwo wollte man ihn gesehen haben. Immer spärlicher, immer unglaubwürdiger wurden die Berichte, schließlich Schiffermärchen. Am hartnäckigsten hielt sich die Fama von einem Schiffbruch, aus dem es ihn als einzigen Überlebenden an eine menschenleere Insel angetrieben habe, die weit außerhalb der befahrenen Routen lag.

Die Jahre krochen dahin mit der unerbittlichen Eintönigkeit der Gewöhnung. Penelope wurde gerädert in der Mühle der Ungewißheit und des vergeblichen Wartens. Ihr angeborenes, heiteres Vertrauen zum Leben wurde zermahlen zum grauen Mehl der Entsagung. Sie wurde klüger. Ihr Sinn für die Wirklichkeit schärfte sich. Ihr Urteil wurde klarer und schonungsloser.

Wenn sie an Odysseus dachte und sein lebendiges Bild heraufbeschwor, gestand sie sich ein, daß es leise verschwamm. Es wurde konturenschwach und durchsichtig. Auch dem Gefühl, das sie für ihn hegte, und der Sehnsucht nach seiner Gegenwart fehlte die Schärfe der früheren Schmerzhaftigkeit. Es quälte, wie die gelegentlichen Stiche einer vernarbenden Wunde.

»Wie wird das sein«, fragte sie sich sogar bisweilen, »wenn er wiederkommt? Ist unsere Liebe, unsere Vertrautheit ausgeblutet? Der raschelnde Balg einer Zikade? Ich sollte mich nicht so grämen. Wenn ich eines Tages erfahren sollte, er ist tot, du siehst ihn niemals wieder, mag sein, daß dann der Schmerz ganz erträglich sein wird und mir nicht mehr ans Leben geht.«

Dann geschah es aber manchmal – nicht oft, aber immerhin dann und wann –, daß sie nachts von Odysseus träumte. Manchmal waren es schöne Träume, die sie zurückführten in die kurze Zeit ihres Zusammenseins. Manchmal waren es böse Träume. Man brachte ihn ihr auf der Bahre ins Haus. Aber ganz gleich, was der Traum ihr vorgespiegelt hatte, Böses oder Gutes, es ging ihr den ganzen Tag nach.

Nach solchen Träumen wußte Penelope sehr deutlich eines: In dem Augenblick, in dem sie die unwidersprochene Gewißheit haben wird, daß Odysseus tot ist, werden die ganzen trockenen Jahre, aller Kummer und Zorn, Argwohn und Eifersucht und auch die schale Gewöhnung an das ewige Warten ausgelöscht sein, als wären sie nie gewesen. Das grüne Jahr des Anfangs wird hochfluten in all seiner zärtlichen Üppigkeit und wird sie treffen mit einem Wogenstoß des Schmerzes, dem die Vernunft nicht standhalten wird. Sie wird vor einem Abgrund stehen, dessen nackte Schroffen einander das Echo einer Leere zuschleudern werden, in der der Herzschlag verstummt.

Noch wartete Penelope auf Odysseus. Aber sie wartete unter dem Druck der sich leise einfressenden Wahrscheinlichkeit, daß er nicht wiederkommen würde. Gleichzeitig jedoch, irgendwo unter der Vernunftgrenze, konnte sie nicht glauben, daß er verloren war. In einer tieferen Schicht des Bewußtseins beschäftigte sie sich unaufhörlich mit dem fernen Gatten. Vordergründig war sie abgelenkt und eingenommen von den Sorgen und dem Kummer, den sie gerade mit ihrem Telemach durchmachte.

Telemach kam ins dreizehnte Jahr. Die weichen, aber vollkommenen Formen und Bewegungen des Kindes brachen auseinander zum chaotischen Unmaß des Halbwüchsigen. Kindliche Schmächtigkeit, ungleichmäßig aufgeschossen, schlaksig die Gliedmaßen, Hände und Füße zu groß im Verhältnis zur übrigen Körperbeschaffenheit; kurz, die ganze unselige Ungestalt dieser Wachstumsphase, bewohnt und zusätzlich gequält von einer ratlosen, verworrenen Seele. Nicht Knabe, nicht Mann, ein Zwitterwesen, das sehr ungenau in der Welt stand und sich dieser Ungenauigkeit schämte und darunter litt, weil er nicht wußte, daß sie vorüberging.

Der zutrauliche Frohsinn des Kindes war in schroffe Abweisung umgeschlagen. Heimlich sehnte er sich nach der Geborgenheit und den vertrauten Zärtlichkeiten der Mutter, war wütend, daß er litt, und empfand dieses Leiden als Schmach für seine Männlichkeit. Ein harmloses Wort oder eine Geste konnte ihn tief verletzen. Er stolperte hinaus und hockte stundenlang, mit dem Dasein hadernd, irgendwo draußen im unzugänglichsten Abseits der Hänge und Wälder der Insel.

Wer sich schlecht fühlt, sucht einen Schuldigen.

Vom Vater fehlte ihm jede Erinnerung. Er war zu klein gewesen, als er ging. Von ihm hatte er nichts als das leidige Verglichenwerden. »Dein Vater hat in diesem Alter schon dies und jenes getan.« Er pfiff auf diesen Vater.

An der Mutter hing er, aber er gab es nicht zu. Weder ihr noch sich selbst. Er sah, daß sie sich um ihn sorgte, und weil er sie liebte, schlug ihn das Gewissen. Für das Unbehagen, das ihm dies bereitete, gab er aber wieder ihr, der Mutter, die Schuld und glaubte sich daher im Recht, wenn er ihr gegenüber störrisch und abweisend war.

Am liebsten trieb er sich jetzt beim niedrigen Gesinde herum. Eumaios mied er. Die Knechte und Viehhirten schafften ihm nichts an und verboten ihm nichts. Da spielte er sich männlich auf. Sie brachten ihm den Gebrauch einfacher Waffen bei, Bogen und Prügel, womit sie sich gegen wildes Getier und diebisches Gesindel wehrten. Sie nahmen ihn bisweilen auch mit, wenn sie Lust hatten auf eine kleine nächtliche Räuberei in fremden Herden, sei es als Vergeltung oder zum Vergnügen. Manchmal war das gefährlich. Als schandbar galt es nicht. Was zählte, war die Geschicklichkeit. Manchmal ertappte ihn die Mutter, wenn er sich ins Haus drückte, verdreckt, abgerissen, zerschunden. Da sie sich Sorgen machte, war sie schärfer, als es dem Anlaß entsprach. Daher begegnete er ihr frech und kaltschnäuzig, denn seine empfindliche Halbmännlichkeit empfand ihre Zurechtweisungen als Beleidigung. Wenn er dann merkte, daß sie sich kränkte, wurde er noch unverschämter, nicht aus Roheit, sondern aus Hilflosigkeit und Trotz.

Im Äußeren begann Telemach dem Vater immer ähnlicher zu werden. Er war langbeiniger als Odysseus, aber er hatte schon jetzt seine breiten Schultern und den Brustkasten, denen nur noch die feste Auflage der Muskeln fehlte; daher wirkte er knabenhaft schmächtig. Das lange, schmale Gesicht hatte er von der Mutter, aber das rote Kräuselhaar glich dem des Vaters, nur daß diese Locken bei Telemach noch so kinderweich waren, daß kaum eine Frau widerstehen konnte, ihm streichelnd durchs Gekraus zu fahren, was ihn unsäglich verdroß und aufbrachte.

Was Penelope besonders anrührte an ihrem Sohn, waren die Augen, die denen des Odysseus immer mehr zu gleichen begannen. Das scharfe, genaue Sehen des Vaters hatte er noch nicht; sein Blick schweifte leicht ab aus Verlegenheit oder Unsicherheit. Aber wenn man ihn beim Träumen betrat, was oft geschah, dann waren seine Augen weit geöffnet und hatten das grünlich graue Schillern der Meerfarbe, das Penelope an Odysseus so geliebt hatte.

Sie sah, wie der Sohn ihr entglitt. Da er der erste und einzige war, fehlte ihr die Erfahrung einer Mutter, die mehrere Söhne aufgezogen hatte. Vom Instinkt her ahnte sie ja, daß der heikle Zustand vorübergehen würde, und ihre Klugheit sagte ihr, daß er rascher zurückfände, wenn sie jetzt die Zügel nicht allzu straff anzog. Es hieß warten. Aber gerade das Warten war es, was ihr am schwersten fiel. Sie war so allein.

Zu ihrem Kummer gesellte sich noch eine gewisse Eifersucht. Sie merkte, daß Telemach, wenn er in Klemmen geriet, zu Eurykleia ging. Die deckte und vertuschte alles. Das war auch wieder nicht das beste für einen Jungen, dem die feste Hand des Vaters fehlte. Aber Eurykleia genoß ihre Vertrauensstellung beim Sohn des Hauses, diesem Jugendbild ihres Brustkinds Odysseus, besonders jetzt, wo sie ihre Position als Schaffnerin hatte abgeben müssen.

Die Ablösung war unvermeidlich gewesen ihres vorgerückten Alters wegen. Sie war ja auch selbst damit einverstanden; jedenfalls ihre gichtgeplagten Knochen, ihre asthmatische Lunge.

Sie trat das Amt an Eurynome ab. Die war keineswegs eine ganz Junge. In den stattlichen Vierzigern war sie. Rüstig, verläßlich und wohlbewandert in allen Geschäften des Hauses. Eurykleia selbst war es gewesen, die mit unbestechlichen Augen ihre Brauchbarkeit erkannt, sie aus dem Gesinde ausgewählt und persönlich in die Wirtschaft eingeführt hatte. In den letzten Jahren hatte sie sie ausdrücklich als Nachfolgerin herangezogen. Sie konnte ihr das Hauswesen getrost in die Hände legen ohne Sorge, daß Eurynome der Ehren- und Vertrauensstellung einer Schaffnerin nicht gewachsen wäre oder sie mißbrauchen würde.

Trotzdem! Obwohl sie einsah, daß es sein mußte, fiel es ihr schwer, furchtbar schwer, das Amt, das sie ein Menschenalter verwaltet hatte, an eine andere abzugeben. Es ging ihr wider den Strich, daß sie dort, wo sie so lange die Herrin war, nichts mehr anzuschaffen hatte, daß man sie nicht mehr brauchte. Sie hatte sich alle Mühe gegeben, Eurynome als geeigneten Ersatz für sich zu erziehen, und jetzt litt sie daran, daß sie ersetzbar war. So konnte sie es auch nicht lassen, der Neuen dauernd auf die Finger zu schauen. Unablässig zog sie herum im Haus, den Stock in den gichtknotigen Händen, und wenn Eurynome und die Mägde das Tappen und Schlurfen der Alten hörten, stieg es ihnen heiß in die Gurgel.

Mit zähem Starrsinn hatte Eurykleia sich den Schlüssel zur innersten Vorratskammer ertrotzt, die die Kostbarkeiten des Hauses enthielt und nur selten betreten wurde. Sie trug ihn stets bei sich. Einen zweiten hatte nur Penelope. Dieser Schlüssel war mehr ein Symbol, als daß er einen echten Tätigkeitsbereich erschloß.

Von ihrem Kummer und Ärger lenkte Eurykleia sich ab, indem sie Telemach verwöhnte und verhätschelte, wo sie nur konnte. Von ihr ließ er sich mehr sagen als von der Mutter, weil sie weniger von ihm verlangte. Wenn er zum Beispiel – was jetzt häufig vorkam – sich zum Beweis seiner Mannhaftigkeit händelsuchend in den Hafenkneipen herumschlug, sich betrank und meist übel zugerichtet heimkam, schlich er sich zu Eurykleia. Sie hielt ihm den Kopf, wenn er sich erbrechen mußte, legte Dunstumschläge auf seinen rebellierenden Magen, salbte und verband seine Schrammen und versteckte ihn in ihrer Kammer, damit ihn niemand in seinem Zustand sah und es Penelope hinterbrachte. Wenn er beim Würfeln hereingelegt worden war und Schulden gemacht hatte, dann sprach sie ihm Trost zu und half ihm mit ihrem eigenen kleinen Schatz aus, den sie sich in den langen Jahren ihrer Dienerschaft zusammengekratzt hatte aus Geschenken von Gastfreunden, die sich für ihre Fürsorge erkenntlich zeigten, welche sich bisweilen bis ins Bett erstreckt hatte. Sie hatte die Münzen in ein sauberes Tuch geknotet und in ihrer Kammer unter einem losen Stein versteckt und tat sehr geheimnisvoll damit, obwohl niemand im Haus war, der etwas von ihrem kärglichen Besitz angerührt hätte. Es machte ihr Freude, wenn sie Telemach sich verlegen herumdrücken sah. Dann lockte sie ihn mit gekrümmtem Zeigefinger in ihre Kammer, stöberte und holte umständlich das Säcklein hervor und pokelte ein paar Münzen heraus. »Ich werd es dir tausendfach ersetzen, Mütterchen«, sagte er großartig und erleichtert, »wenn ich endlich groß bin und alles hier übernehme.« – »Rotzbub«, sagte sie, strich ihm durch die wirren Locken und ließ ihr meckerndes Altweiberlachen hören.

Sie überwachte aber auch seine ersten schüchternen Versuche bei den Mägden und sah darauf, daß er an die Richtige geriet, die sie streng ins Gebet nahm und belehrte, wie sie ihn zu behandeln und sachte einzuführen habe ins große Geschäft. Sie legte Wert darauf, daß er diese Dinge zu Hause, sozusagen unter ihren Augen abmachte. In dieser Hinsicht war sie umsichtiger und auch weit erfahrener als Penelope. Sie hatte auch ihre Vertrauensleute im Hafen, oft einstige Bettgenossen. Wenn der Junge sich in der Nähe der Hütten herumtrieb, in denen ein altes Gewerbe ausgeübt wurde, war immer einer zur Stelle, der aufpaßte.

DIE GEKRÄNKTE

Penelope hatte jetzt wenig zu tun. Telemach bedurfte ihrer nicht mehr. Den klein gewordenen Haushalt besorgte leicht die rüstige Eurynome, die Schaffnerin. Ein männerloser Haushalt zieht keine Gäste an, so war auch in dieser Hinsicht nichts zu besorgen. In der Landwirtschaft ging unter der Obhut bewährter Knechte alles seinen Lauf.

An der Gesellschaft von Frauen hatte Penelope nie viel Geschmack gefunden. So unterhielt sie auch keinen Verkehr mit jenen, deren Männer mit Odysseus gegangen und nicht heimgekehrt waren. Die hockten viel beieinander, beklagten das gemeinsame Los und besprachen in stundenlangen Sitzungen ihre Zustände und Kümmernisse. Daß sich Penelope fernhielt, wurde als Hochmut ausgelegt. War sie doch schon nicht dabei gewesen, als die Flotte in See stach und die Verlassenen in der Nymphengrotte sich aneinanderdrängten und dann am Ufer standen, gemeinsam klagten und jammerten, als die Schiffe am Horizont verschwanden. Auch bei den nächtlichen Opfern fand sie sich nicht ein, die die Halbwitwen unten am Strand in dunklen Neumondnächten darbrachten. Nicht den olympischen Göttern. Es sollte dabei nicht ganz lauter zugehen, munkelte man, allerhand Zauberwerk aus versunkenen, geistig unentwickelten Tagen wurde getrieben. Daß Penelope dabei fehlte, machte sie bei den Frauen nicht beliebter.

Da sie ohne Gesellschaft war und man sie nirgends brauchte, blieb sie beschränkt auf die stille Frauenarbeit des Spinnens und Webens. Das war ihr nicht genug. Gerade jetzt lechzte sie nach einer möglichst schweren, vielfältigen Arbeit, weil sie Vergessen und Betäubung suchte und abends eine handfeste Müdigkeit der Glieder gegen die Schlaflosigkeit und noch mehr gegen die bösen Träume. Ihre innere Unruhe trieb sie dazu, sich überall im Haus einzumischen, auch in jene Bereiche, die sie seit jeher dem Gesinde überlassen hatte und in denen die Herrin tatsächlich auch fehl am Platz war. Sie störte nur den gewohnten Arbeitsablauf. Scheuchte die Mägde auf, daß sie sinnlos herumstoben wie verschreckte Tauben und nicht wußten, was sie eigentlich sollten. Sie suchte Mißstände und verbiß sich darin. Da sie selbst unglücklich war, hatte sie auch eine unglückliche Hand. Sie riß die Leute und das Hauswesen aus alteingefahrenen Gewohnheiten und zog sich damit – ohne irgendwem zu nützen – die Abneigung des Gesindes zu. Man ging ihr aus dem Weg, wo es nur möglich war. Penelope machte sich nichts vor. Sie durchschaute ihr unseliges Tun und gab es bald auf und zog sich ganz zurück.

Oft stieg sie hinauf zur Steineiche, zu dem Bänkchen, das Odysseus für sie gezimmert hatte, als sie schwanger war. Es war schon ganz überwachsen von Efeu und allerhand Kraut. Stundenlang konnte sie da sitzen und hinausschauen auf die schimmernde Meeresglätte, so wie vor vielen, vielen Jahren Odysseus da gesessen war und hinausgeschaut hatte. Bei ihm war es Fernweh gewesen: Er hatte sich auf ein Schiff geträumt, dessen Segel draußen im Dunst verschwand. Sie träumte von einem Segel, das heimkam, und glaubte nicht an diesen Traum. Ihre Augen unter der Wellenlinie der zusammengewachsenen Brauen blickten finster, und zwei scharfe Falten kerbten sich ein um den bitteren Mund. Sie litt.

Sie litt auch körperlich. Litt schlicht und gewöhnlich an der Unruhe ihres brachliegenden Fleisches und zürnte darüber. Seit mehr als zehn Jahren hatte sie kein Mann berührt. Dabei war sie von Natur aus mit Leib und Seele den Werken der Liebe zugetan und dafür begabt. Aber es war ihr kaum die Zeit gegeben gewesen, dieses Talent zur vollen Blüte, geschweige zur Reife zu bringen. Sie litt unter dem ungestillten Begehren der Sinne und des Bluts.

Schon als Mädchen, als das Fleisch noch gar nicht mitsprach, hatte sie sich immer viele Kinder gewünscht. Und nur ein einziges hatte sie empfangen, ausgetragen und zur Welt gebracht. Jedes Jahr, das dahinging, war für sie ein verscherztes Kind.

Wenn die Sonnenwucht schwer auf Ithaka lag und Ginster und Thymian dufteten im harten Geschwirr des Zikadengesangs, wenn die läufigen Katzen sich rollten und nachts der volle Mond wie ein kupferrotes Becken über das Knüppelholz wanderte und unter den Kiefern die Wiesel pfiffen, dann egelte sich ihr die nackte Begierde ins Fleisch. Sie zerfetzte die schweißdurchtränkten Bettlaken und biß sich in die Arme.

Wenn sie von irgendeinem Gerücht vernahm, das im Hafen umschwirrte, wurde sie wach. Einer, hieß es, habe etwas von Odysseus gehört. Ein anderer wollte sogar einen getroffen haben, der ihn selbst gesehen hatte. Wer immer derjenige war – meist unsicheres Seevolk –, Penelope bat ihn ins Haus, bewirtete ihn aufs beste, und er mußte bis zu drei-, viermal alles bis in die geringste Einzelheit erzählen. War nur ein Quentchen Wahrscheinlichkeit an der Geschichte, lebte sie auf, und der Bote wurde reich beschenkt entlassen.

Das sprach sich herum. Es machte die Runde in den Schifferkneipen und auf den Landstraßen. Schwindler fanden sich ein. Die sonst so kluge, besonnene Penelope merkte nicht, was die dümmste Magd begriff. Oder sie merkte es wohl, aber sie wollte es nicht wahrhaben. Jedes Gefasel und Gefabel fraß sie gierig in sich hinein und konnte nicht genug davon haben. Sie nährte ihre verhungernde Seele mit der Armenkost der Lüge.

Die ihr wohlwollten, warnten sie und versuchten, sie zu nüchterner Einsicht zu bewegen und sich nicht den gröbsten Schwindel ins Ohr spritzen zu lassen. Ohne Erfolg. So ließ man sie gewähren. Die meisten höhnten und lachten sie aus. Erst heimlich, dann schon offen. Das niedrige Volk freut sich immer, wenn es höher Gestellte fallen sieht.

Es gab etwas, das ihr besonders zusetzte. Immer und immer wieder fiel in diesen Gerüchten, die ihr zugetragen wurden, das Wort Ogygia. Eine halb und halb sagenhafte Insel, fernab von den befahrenen Schiffsrouten gelegen. Menschenleer, aber von lieblicher Üppigkeit der Vegetation, so daß ein Schiffbrüchiger dort wohl überleben konnte. Das Fortkommen allerdings sei schwer wegen der Klippen und tückischen Strömungen. Erfahrene Schiffsleute mieden diese Gewässer. Eben dorthin aber, ging die Fama, habe es Odysseus verschlagen. Dort lebe er als ein Vereinsamter, Verwilderter, jede menschliche Gesellschaft und Ansprache entbehrend.

Schiffermärchen erzählten von einer Nymphe, die dort hause.

»Eine Nymphe«, sagte Penelope mit rauher Stimme und ersparte sich nichts, »ein halbgöttliches Luder. Prahlt überall herum mit ihrem feinen Fang. Nymphenklatsch, Najadengeflunker! Eine verrät es in einer zärtlichen Stunde einem Schifferbuben. Der bringt die Geschichte unter die Matrosen.«

Penelope wurde hin- und hergerissen von ganz verschiedenartigen Schmerzen. Der eine war: Odysseus ist tot. Der andere: er betrügt mich. Es hing von ihrer jeweiligen Verfassung ab, ob sie die eine oder die andere Möglichkeit für erträglicher hielt.

Ein solches Schwanken zwischen Trauer und Eifersucht ist kein Zustand, der die Gelassenheit der Seele fördert. Das ist nicht der Boden, auf dem besonnenes Handeln und vernünftiges Betragen gedeihen: Penelope begann, sich zu vernachlässigen. »Wofür soll ich mich schön machen, soll ich mein Äußeres pflegen«, sagte sie sich, »wenn ich keinen Mann mehr habe, der sich daran erfreut, oder einen, der sich im Daunenbett einer anderen eingenistet hat, die bestimmt über Vorzüge verfügt, die er bei mir nicht gefunden hat. Sonst käme er ja zurück.«

Penelope verschloß diesen Kummer zwar in ihrem Gemüt, aber sie gewöhnte sich etwas an, das ihrer äußeren Erscheinung sehr unzuträglich war. Sie begann außerhalb der Mahlzeiten zu essen. Sie hatte die Entdeckung gemacht, daß Essen sie gemütsträge machte und daher beruhigte. Eine gute Weile konnte sie sich das leisten. Von Anlage und Temperament her war sie schlank und beweglich. Durch die nervöse Hektik, die sie eine Weile im Hause und auch draußen auf den Weiden entfaltet hatte, war sie sogar hager geworden. Als aber der ruhelose Kummer umschlug in eine dumpfe Verfinsterung des Gemüts, blieb Penelope den größten Teil des Tages in ihrem Gemach oder zog herum im Haus. Wann immer es ihr einfiel und der Drang sie dazu ankam, aß sie. Bald wurde dieses Essen zu einer Art Besessenheit. Sie nahm allmählich zu an Leibesfülle, wobei aber das Gesicht und auch der

Oberkörper eher mager blieben. Alles setzte sich bei ihr um die Hüften herum und an den Oberschenkeln an. Das rapid ansteigende Gewicht ließ ihre Knöchel anschwellen. Die häßlichen blauen Würmer der Krampfadern begannen ihre Beine zu entstellen und schmerzten sie oft. Das wirkte sich auf den Gang aus. Während sie früher mit großen, federnden Schritten im Haus und draußen auf dem Hof und im Gelände sich bewegt hatte, meist in Eile, oft sogar unziemlich rasch, wenn man ihre Stellung als Herrin bedachte, ging sie jetzt beschwerlichen Schrittes, langsam, fast plump.

Zuweilen stieg sie die kleine Anhöhe zur Steineiche hinauf. Dort ließ sie sich, bereits außer Atem, auf das verwachsene Bänkchen fallen, saß dann bewegungslos, hinten recht breit und mit verdickten Fußgelenken, und brütete vor sich hin. Da sie jetzt ausschließlich dunkle Gewänder trug, wirkte sie mit dem mageren Gesicht auf dem schweren Leib wie eine kranke Krähe. Oft erst nach Stunden richtete sie sich schwerfällig aus dem reglosen Hocken auf, wobei sie die Hände auf die Oberschenkel stemmen mußte, und ging dann, vorsichtig jedem Steinchen ausweichend, hinunter ins Haus.

Oft direkten Weges in die Vorratskammer. Dort aß, ja fraß sie wahllos um sich herum und stopfte in sich hinein, was ihr unter die Hand kam. Sie kaute die Speisen kaum, sondern schlang sie würgend hinunter. Hier ein Stück Käse, dort einen Fladen, dazu schnitt sie sich ein gutes Stück Schweinespeck ab und salzte es stark, bevor sie es in den Mund schob. Danach gelüstete sie es nach Süßem. Sie schöpfte mit dem großen Holzlöffel aus dem Honigtopf und leckte daran, bis ihr der Ekel kam.

Dann stieg sie hinauf in ihre Kammer und ließ sich – ungeachtet der Tageszeit – in einen dumpfen, unruhigen Schlaf fallen. Wenn sie dann erwachte, war es ihr meist weh im Gemüt, denn sie hatte schwer oder traurig geträumt, so daß ihr wieder nichts übrig blieb, als die Vorratskammer aufzusuchen. Zuweilen aß sie jetzt auch nachts. Da sie sich tagsüber wenig Bewegung machte, litt sie an Schlaflosigkeit. Wenn sie dann etwas gegessen hatte, besonders etwas Schweres, kam eher der Schlaf über sie.

Irgendeinmal machte sie die Entdeckung, daß Trinken einen traumlosen Schlummer beschert. Besonders der schwere, süße Wein bewährte sich in dieser Hinsicht. Da sie früher nur selten Wein getrunken hatte, vertrug sie nichts. Oft fand sie nur schwankend, an Mauern und Geländer gestützt, in ihr Gemach zurück. Immerhin ließ sie so viel Vorsicht walten, daß dem Gesinde nichts auffiel. Bei den gemeinsamen Mahlzeiten aß sie mäßig und trank nur Wasser oder stark verdünnten Wein der sauren Sorte.

Eurykleia allerdings entging das unselige Treiben Penelopes nicht. Sie hielt mit ihrer Meinung auch nicht zurück, gab sie allerdings auf mehr indirekte Art zum besten.

»Du leibst dich ein wenig, Herrin«, sagte sie eines Morgens mit einem anzüglichen Blick auf Penelopes Gesäß, die im Hemd auf dem Bettrand saß und sich, zerschlagen nach einer unruhigen Nacht, schwerfällig anschickte aufzustehen. Penelope gab keine Antwort. Als Eurykleia das Kissen aufbeutelte, redete sie weiter im Ton des gewöhnlichen Morgentratsches: »Es wird natürlich bei dir nie so weit kommen wie mit Kleitho! Auch eine von denen, die vergeblich auf die Rückkehr ihres Gatten warten.« – »Was ist mit Kleitho?«, fragte Penelope beiläufig. »Ein Jammer ist es mit ihr und eine Schande«, berichtete Eurykleia abschätzig, »frißt wie eine Sau im Koben. Setzt rundum Fett an auf Bauch und Hintern, daß sie schon daherwatschelt wie eine Mastgans. Und neuerdings! Stell dir das vor, Herrin, du wirst es nicht glauben! Neuerdings säuft sie auch noch wie ein Taglöhner in ihrer verschwiegenen Kammer, und es soll stinken darin nach dem Gesöff wie in einer Kneipe. Die Leute reden schon darüber. Was denkt sie sich denn, wenn da eines Tages plötzlich ihr Mann an der Schwelle steht, ein junger Kerl noch, sehnig und schlank und sie eine fettärschige Trulle!« Dabei sah sie Penelope an. Die wich ihrem Nadelblick aus und sagte: »Die Leute haben böse Mäuler und überdies bauschen sie alles auf und lassen kein gutes Haar an einer, die keinen Mann hat, der's ihnen heimzahlt.« Eurykleia entwich, vor sich hinmurmelnd. In ihrem Inneren gab ihr Penelope recht.

Eine Weile versuchte sie auch abzulassen von ihrem Treiben, sich zumindest etwas einzuschränken in der Völlerei. Es gelang ihr aber nur, wenn sich ihre Stimmung etwas aufhellte. Überkam sie dann aber wieder die düstere Niedergeschlagenheit, fing sie von neuem an mit dem unmäßigen Essen und Trinken, und allmählich wurde ihr auch gleichgültig, ob die Leute etwas merkten und über sie redeten. Sie fand heraus, daß Trunkenheit ihr eine große, bisweilen sogar lustig getönte Unempfindlichkeit gegen jedes Unbehagen verschaffte, und so nahm sie sich dann und wann und schließlich regelmäßig abends ein Krügelchen des schweren Süßen mit hinauf in ihr Schlafgemach und süffelte es da in kleinen Schlückchen aus. Da geschah es denn manchmal, daß sie Lust bekam, sich im munteren Reigen zu drehen, wie sie es als Mädchen in Sparta getan hatten zu Ehren der Götter. Es störte sie wenig, daß infolge der Leibesfülle und Taumeligkeit diesem Tanz jegliche Grazie fehlte, sie häufig stolperte und sich irgendwo festhalten mußte. Sie pfiff ausdrücklich darauf und summte einen Gassenhauer, den sie in der Küche oder bei den Taglöhnern aufgeschnappt hatte. Es befiel sie dann oft ein unbezwinglicher Lachreiz. Bisweilen steigerte sich das Summen auch zum Gesang mit heiser belegter Stimme, vernehmbar auch außerhalb des Gemachs. Dabei verzerrte der große Mund das Gesicht zu einer gleichzeitig wehen und gewöhnlichen Grimasse. Nur die Augen taten nicht mit. Sie blieben finster und voll Traurigkeit.

»Gröle wenigstens nicht so laut, Gemahlin des hehren Odysseus«, sagte Eurykleia jetzt schon direkter, »wenn du Kneipenlieder trällerst mit Ausdrücken der Gosse, damit das Gesinde dich nicht hört oder dein Sohn!« – »Schweig, alte Hexe!« erwiderte Penelope mit schwerer Zunge, »verschwinde, geh mir aus den Augen!« Wenn Eurykleia draußen war, schwamm sie plötzlich in Tränen. In Tränen einer Art, wie nur die Trunkenheit sie schenkt. Sie empfand dieses Schwimmen, gepaart mit der Fähigkeit, sich selbst zu bemitleiden, als eine große Wohltat des Weines.

Natürlich hatte sie Stunden, in denen sie klar sah. Sehr klar sogar. Besonders nach solchen einsamen Ausschweifungen, wenn sie ihrem Tröster besonders reichlich zugesprochen hatte und mit schweren Kopfschmerzen erwachte. Sie stand dann sozusagen mit sieben Schritt Distanz vor sich selbst und schaute sich an.

Sie sah, wie sie verfettete. Sie sah die gerötete, großporige Haut ihres Gesichts und die aufgeschwemmten Zonen unter ihren langgezogenen Augen. Sie sah das ergrauende, zottig verfilzte Haar, das sie offen hängen ließ oder nur schlampig aufsteckte, weil sie morgens zu schlaff war und sich nicht zur sorgfältigen Toilette aufraffen konnte. Oft war sie so vollgesogen von Überdruß und Gleichgültigkeit, daß sie nicht einmal die Energie für das tägliche Bad aufbrachte. Ihr Gewand war verknittert durch das Herumliegen bei Tage. Sie trieb in die Verwahrlosung hinein.

Noch konnte sie die üble Verwandlung ihrer Erscheinung auf den Kummer um den Verschollenen schieben. Sich zu vernachlässigen und zu schädigen, galt als ein legitimes Zeichen von Trauer.

Aber dann kam noch etwas dazu, das Penelopes Persönlichkeit veränderte und ihrem Aussehen geradezu einen liederlichen, vettelhaften Einschlag gab. Es war mehr als die Trauer. Es war der Selbsthaß, der in ihr wuchs; ein geiles Kraut, hervorgeschossen aus dem vergifteten Boden der Eifersucht. Mit einer Art süchtiger Lust ließ sie sich hineintreiben in diesen selbstzerstörerischen Haß gegen sich selbst.

Penelope war sich schon früh bewußt, daß sie nicht bestrikkend war wie Helena, nichts von der hochfahrenden Schönheit Klytaimnestras hatte, ja nicht einmal einfach hübsch war wie viele der jungen Mädchen, die am Hof in Sparta aufwuchsen und den Männern den Kopf verdrehten. Aber damals war ihr auch bewußt gewesen, daß sie Vorzüge besaß, die den anderen fehlten und deretwegen ein Mann eine Frau sehr wohl begehren und lieben konnte. Vorzüge, die außerdem noch dauerhafter waren als vergängliche Hübschheit und Schönheit. Sie war daher auch nur wenig verstimmt gewesen, wenn Odysseus sich nach einem jungen Mädchen mit anmutigen Reizen, das zufällig vorüberging, umgaffte, daß er ins Stolpern geriet. Sie hatte meist gespöttelt darüber, und dann hatten sie beide gelacht. Sogar wenn man ihr hinterbrachte, der Gemahl sei für ein Stündlein mit einer ins Heu gekrochen – es geschah bisweilen, als sie schwanger war –, grämte sie sich nicht sehr. Sie wußte, daß diese Dinge seine Neigung zu ihr nicht berührten. Sie lagen auf einer anderen Ebene; ein bißchen ärgerlich, aber ohne Gewicht.

Jetzt, da sie um so viele Jahre älter und reifer war als damals, jetzt war sie geradezu besessen von der Qual der Vorstellung, Odysseus kehre nicht zurück wegen einer anderen Frau. Aber nicht den Mann haßte sie deswegen, sondern sie kehrte alle Wut gegen sich selbst: »Ich habe ihm nie wirklich gefallen, nie hat er mich wirklich geliebt. Wie denn auch? Was ist schon zum Gefallen an mir und zum Lieben? Wozu sollte er zurückkommen, wenn er eine hat, mit der ich keinen Vergleich aushalte. Schon das Weggehen ist ihm auffallend leicht gefallen. Geradezu geflohen ist er. Als er warb um mich, ist er einem Irrtum erlegen, und das hat er dann bald bemerkt. Was heißt überhaupt: als er warb um mich! Ich war es doch, die wollte. Ich habe mich ihm ins Licht gestellt und mich angedrängelt an ihn. Oh, wie ich mich hasse, hasse! Wie es mir recht geschieht, daß ich so heruntergekommen bin und aussehe, wie ich jetzt aussehe. Was soll ich denn auch mit Salben und Schminke, mit Kämmen und duftenden Bädern und feinen Gewändern. Der letzte zerschlissene Hadern genügt für mich, um meine unförmigen Blößen zu decken. Ach, wäre ich tot! Schlafen, schlafen. Ein brunnentiefer, traumloser Schlaf, der Vergessenheit bringt für immer. Telemach braucht mich nicht mehr. Im Gegenteil. Ich bin ihm im Weg. Und sollte Odysseus je wiederkommen, dann ist er frei von der häßlichen Last, die ich bin.«

Es waren dies Penelopes schwärzeste Stunden, und selten waren sie nicht. Nur wenige gab es, die hinter ihrem anstößigen Verhalten und Aussehen die Verzweiflung sahen. Die meisten redeten abfällig von ihr und gönnten ihr die böse Verwandlung, besonders die Frauen, weil sie sich nie mit ihnen gemein gemacht hatte und sie sie für eingebildet hielten.

Man war in Ithaka ziemlich sicher, daß Odysseus umgekommen war. Auch die Frauen der Gefährten gewöhnten sich an den Gedanken, Witwen zu sein. Manche trauerten noch und harrten vor sich hin, andere nahmen sich neue Männer ins Haus, teils wegen der Wirtschaft, teils um noch ein bißchen vom Leben zu haben.

Nur mehr selten hörte man aus der Nymphengrotte den nächtlichen Singsang.

WENDEHALS

Es lebte in Ithaka eine Zauberin. Nicht eine der angesehenen, weisen Frauen, die an den Hängen der Insel Heilkräuter sammelten und die man zu kommen bat, wenn Vieh oder Mensch krank lagen, zu schweren Niederkünften oder um einen Dämon auszutreiben mit Sprüchen und Räucherwerk, das nur ihnen bekannt war.

Es war eine Hexe. Zu ihr kamen solche, die von Wünschen und Bedrückungen heimgesucht wurden, die das Licht scheuten. Ihre Herkunft kannte keiner. Die Alten sagten, sie wäre schon immer dagewesen, immer uralt, verrunzelt und vettelhaft von Ansehen. Irgendwann, irgendwie mußte es sie einmal von den Küsten Afrikas oder aus dem Inneren dieses dunklen Kontinents nach Ithaka geschwemmt haben. Ihre Haut war grauschwarz. Der hohe, spitze, hinten abgeflachte Schädel war kahl, mit Ausnahme vereinzelter Büschel weißlichen Gewölles. Sie wohnte weitab von den Ansiedlungen in einer Höhle, die notdürftig mit Strandholz, verfaulten Schiffsplanken, Pfeilrohrgras und Binsen vermacht war. Ihre Nahrung bestand aus Vögeln, die ihr auf Leimruten gingen, sowie Krabben, Seemuscheln, qualligem Schleimwerk, das sich bei Ebbe in Wasserlöchern fand. Auch Eidechsen und Schlangen, Insektenlarven und fette Spinnen sollte sie nicht verschmähen. Manches trugen ihr auch die Leute zu, wenn sie ihre anrüchige Kunst in Anspruch nahmen.

Heimlich nur, nachts oder in tiefer Dämmerung schlich man sich zur Hexengrotte, um nicht gesehen zu werden. Am hellichten Tage hätte man sich eines solchen Ganges geschämt und sich schlimmem Verdacht, zumindest Spott ausgesetzt. Denn die Strega – hieß es – verstünde nicht nur die Praxis des Wahrsagens und Handlesens, sondern sie triebe auch mancherlei Liebeszauber, bespräche Vieh und vermöchte sogar mit Hilfe von Haar und Leichdorn einem Menschen Siechtum an den Hals zu raunen. Hinter vorgehaltener Hand munkelte man, sie könne sogar Tote beschwören.

Aus diesem Grunde vermied man es auch, sie zu beleidigen oder gar zu verfolgen. Man schärfte den Kindern ein, ihr ja nicht in die Nähe zu kommen oder sie auch nur von ferne zu verspotten oder auszulachen, wenn man sie – was seltsam genug aussah – wie eine schwarze Tarantel über die Ufersteine hüpfen oder auf den Riffen klettern sah auf Suche nach ihrer scheußlichen Kost. Vor allem warnte man die vorwitzigen Buben vor der Höhle; auch dann sollten sie sie meiden, wenn die Bewohnerin, wie es oft geschah, monatelang verschwunden war, und man glaubte, nun sei sie doch einmal gestorben.

Diese Küstengrotte, hieß es, verzweige sich in vielen Schlüffen und unterirdischen Höhlungen bis tief hinein in den Felsenstock der Insel, und Neugierige seien in diesen Irrgängen verschwunden und nie mehr gesehen worden.

Etwa im siebzehnten Jahr nach der Abfahrt der Trojakrieger gab es in Ithaka einen bösen Sommer. Die sonst so reichen Quellen des Neritos versiegten, der Ackerboden wurde zu Staub, und alles, was grün war, vergilbte. In der Gluthitze entzündeten sich von selbst das verdorrte Buschwerk und die braun starrenden Ginsterstauden. Prasselnde Flammen schlugen auf und fraßen sich weiter, alles verzehrend, was holzig und krautig war, bis der nackte Fels dem Feuer Einhalt gebot. Dazu kam eine Schlangenplage. Giftige Vipern, die sich sonst im Gestein der weniger begangenen Hänge aufhielten, kamen plötzlich in die Häuser und Ställe und Vorratskammern, sogar in die Wohngemächer. Manches Stück Vieh verreckte am Schlangenbiß; auch Menschen, die nicht auf der Hut waren, und Kinder in der Wiege.

Die sonst so süß singenden Zikaden hatten sich ungeheuer vermehrt, und zwar eine fremdartige, weit größere Art, als sie sonst in Ithaka zu Hause war. Sie gaben ein schneidend schrilles Geräusch von sich, als schlüge einer in rasendem Rhythmus mit hölzernem Schlegel auf gespannte Haut. An den Zweigen der Bäume hingen zu Hunderten ihre leeren Schlupfbälge und raschelten trocken.

Der Himmel hing tief wie ein trächtiger Bauch, die Sonne war dunstumhüllt. Trotzdem stach sie. Auch in den Nächten kam keine kühle Brise auf. Groß stand der Hundsstern am schwarzen Firmament. Vor seinem fahlgelben Feuer verblichen die anderen Gestirne.

Dieser Sommer schlug sich den Menschen auf Glieder und Gemüt. Niemand brachte etwas Rechtes voran. Zu ernten war nichts. Auch das Fischen lohnte sich nicht; die Fische hatten sich weit von der Küste zurückgezogen und waren in die Tiefe getaucht. Kein Wind regte sich, daß man hätte Segel setzen können, um weiter hinaus zu fahren. Zum Rudern waren die Männer zu faul. Sie hockten herum, wo es ein wenig Schatten gab, und tranken zu viel. Die Leber war allen schwarz und bitter. Ein unbedachtes Wort, und schon wurden Messer gezückt. Schwangere Frauen kamen zu früh nieder mit toter Frucht. Dem Vieh versiegte die Milch in den Eutern, und die Jungtiere gingen ein.

Nachts fiel kein Tau.

Und vom ersten Morgengrauen an das aufreizende, nervenfeilende Geräusch der Riesenzikaden.

In diesen Tagen war es, daß Penelope etwas tat, das ihrem Wesen so wildfremd war, daß sie dem unheimlichen Drang nichts entgegenzusetzen, keinen Widerstand zu bieten vermochte.

Sie schlich sich nachts zur Zauberin.

Dort wußte sie sich dann nicht zu benehmen. Massig, hoch aufgerichtet und mit finsteren, anmaßenden Augen stand sie am Eingang zur Höhle und brachte kein Wort heraus. Drin hockte die dürre Alte in der Weise der Negersklaven auf dem Boden und briet etwas, das brutzelte und sich wand im heißen Fett, als lebte es noch. Die Strega sah aus ihrem zu Apfelgröße verschrumpelten Gesicht Penelope von unten her an, viel Weißes um die Iris. Penelope in ihrer empfindlichen

Unsicherheit bildete sich ein, das Weib grinse hohnvoll. Aber es mochte das Flackern des Feuers sein, das an den Höhlenwänden spielte, was diesen Eindruck hervorrief. Die Alte schwieg. Penelope schwieg auch. Es würgte sie in der Gurgel der Ekel vor dem sich Windenden im ranzigen Fett, und es würgte sie die Scham, daß sie überhaupt hier war. Schon war sie entschlossen, ohne ein Wort wieder zu verschwinden. Das spürte die Vettel. Und weil sie ein gutes Geschäft witterte, weidete sie sich nicht mehr länger an Penelopes Befangenheit und fragte mit einer dünnen, pfeifenden Stimme: »Ist es wegen Odysseus?«

»Ja«, flüsterte Penelope mit trockenem Gaumen, »sie sagen, du wüßtest, wie man einen zurück ins Haus zieht. Ich will nichts Unrechtes. Ich will ihn nur wieder haben. Meinen eigenen Mann.«

Da wurde die Alte lebendig, kriecherisch, speichelleckerisch. Alle freche Boshaftigkeit hatte sie mit einem Mal abgelegt, wieselte um Penelope herum und bot ihr mit einladenden Gebärden ihrer kralligen Hände Platz an. Die zog es vor, an der Schwelle stehenzubleiben. Es graute ihr vor jedem Fleck in diesem Hexenloch.

»Wann also?« fragte sie kurz. Da wurde das Weibsstück großmäulig, redete von günstigem Mondstand und allerlei Utensil, das zu beschaffen war. Gekröse einer trächtigen Hündin, zerstampfter Molch, was die Kröte aus den Warzen spritzt und vieles mehr, das Penelope den Magen umdrehte. Sie selbst müsse etwas vom Körper des Odysseus bringen. Haare am besten und etwas, das er am Leib getragen habe.

»Nach siebzehn Jahren«, sagte Penelope bitter. – »Wirst schon was finden«, kicherte die Vettel, »alle habt ihr was aufgehoben. Glaubst du vielleicht, du bist die erste von denen, deren Männer mit Odysseus gegangen sind? Alle waren sie schon da bei mir, und jede hat was mitgebracht, das sie aus ihrer Truhe gestöbert hat. Such nur! – Und dann ein ernstes Wort: wenn es soweit ist, und ich hab angefangen und bin in Fahrt, werd mir ja nicht wehleidig, oder daß du aufspringst und kreischst! – Aber nein. Du nicht. Das seh ich dir an. Bist keine, die's übermannt und die ohnmächtelt. Aber keine Heikelkeit, das bitt ich mir aus, auch wenn's dich ekelt bei der schlimm heiligen Begegnung. Ja kein Gezeter. Hekate, die Herrin, ist groß. Die duldet's nicht und haßt zimpernde Weiber. Merk's dir! Und jetzt geh und such alles zusammen bis Neumond.«

So die Hexe. Penelope stand draußen vor der Höhle und hatte mit sich umspringen lassen, wie es ihr noch nie, selbst als Kind nicht, geschehen war von einer Niedriggeborenen. Sogar Eurykleia, die sich kein Blatt vor den Mund zu nehmen pflegte, hatte nie in dieser Weise zu ihr gesprochen. »Recht geschieht's dir«, sagte sie zu sich selbst, während sie, schwerfälligen Fußes, im Finstern den Heimweg suchte. »Weit bist du gekommen! Das läßt das Gelichter dich fühlen. Aber was soll ich tun, was soll ich denn nur tun! Wenn die Götter schweigen, bleibt nur der Pfuhl der Unteren, der Unaussprechlichen.«

Natürlich fand sie das Verlangte. Schon auf dem bitteren Heimweg unter dem unheilkündenden Flackerschein des riesigen Hundssterns war es ihr eingefallen, was sie opfern mußte.

Sie besaß eine Locke, eine brandrote Locke vom Haupt des Odysseus, die sie ihm, als Telemach geboren war, abgeschnitten und zusammengebunden hatte mit einem seidigen Rotlöckchen vom ersten Haar des Kindes. Sie hütete das liebe Gebinde in einem kleinen elfenbeingeschnitzten Kästchen, das sie noch aus Sparta mitgebracht hatte.

Neben den Locken waren ein paar vertrocknete Blumen darin. Erinnerungen an irgendeine ferne Stunde. Und eine einfache bunte Kette aus Muscheln, die Odysseus gebohrt und aufgezogen hatte in den Tagen ihrer jungen, verspielten Liebe, als sie nach dem Freudenlager im Ginster und Thymian Hand in Hand hinuntergelaufen waren an den Strand und wie Kinder farbige Muscheln sammelten. Es war keine Kette, mit der sie hätte erscheinen können im Saal vor den Gästen. Nicht einmal im Hause schickte es sich. Aber wenn sie nackt beieinander lagen im Ölbaumbett oder im weichen Moos der Neritoswälder an einer frischen Quelle, hatte sie die Muschelkette getragen. Und als Telemach sich ans Licht gequält hatte und die Wehen sie krampften und hin- und herwarfen auf dem schweißnassen Lager, da hatte sie die Kette fest in ihre Faust geschlungen gehabt, daß die Muschelspitzen sich in ihre Handflächen gruben.

Dann fand sie noch etwas zuunterst in der Truhe, in der das feine Linnen und die kostbaren Gewänder lagen. Die ganze Zeit über hatte sie davon gewußt, aber sie hatte es nicht wissen wollen. Sie fürchtete sich davor, es zu sehen, zu riechen, zu befühlen. Es war ein vertretenes, damals schon zum Wegwerfen bestimmtes Paar Sandalen. Odysseus hatte sie getragen, wenn er über die Felder ging oder bei der Arbeit im Hof. Die Riemen waren zerrissen und wieder geflickt, das Leder abgeschabt, die Sohlen dünn getreten und durchlöchert. Ganz weich waren sie vor Abnützung. Odysseus pflegte seine Sandalen zu tragen, bis sie ihm von den Füßen fielen. Nicht aus Geiz. Er hing an den alten Sachen, fand sie bequemer als Neues. Diese Sandalen hatte sie nach seiner Abreise beiseitegebracht, ohne genau zu wissen, warum. Die Sohlen hatten die Form seiner Füße angenommen, immer noch hing sein Geruch am Leder. Das Geflick war von seinen Händen, er selbst hatte daran herumgebastelt, wenn ihm unterwegs ein Riemchen gerissen war. Jetzt erinnerte sie sich genau. Als ihr ein paar Tage nach seiner Abfahrt diese Sandalen in die Hände geraten waren, hatte sie zum erstenmal wirklich weinen können, lang, hemmungslos und erlösend. Es war ihr dann leichter gewesen.

Diese Sandalen hatte sie im tiefsten Winkel ihrer Truhe versteckt und sie nie mehr angesehen. Sie wollte den Schmerz nicht wecken. Als sie jetzt die Schuhe hervorzog, überkam er sie schneidend, ein zwerchfellerschütternder Schmerz, der körperlich kaum zu ertragen war, ein Schmerz, wie ihn niemals das Denken an Odysseus, nicht die Erinnerung oder das Träumen bei Nacht aufgerührt hatte, nicht die Angst um ihn und nicht die Einsamkeit, sondern der Anblick und der Geruch dieser Sandalen, das Gefühl dieses schweiß- und staubdurchtränkten Stücks Leder an den Fingern.

Als die Neumondnacht heraufzog, hatte sie Mühe, Eurykleia in ihre Kammer zu schicken. Als ob die etwas röche. So klettenhaft war sie sonst nie. Penelope mußte hart werden, beleidigend. Da verzog sie sich endlich murrend. Blickte sie aber noch einmal an mit dem spitzesten Nadelblick ihrer schwarzen Mausaugen, daß es Penelope durch und durch ging und sie sich bis an die Knochen durchschaut fühlte.

Sie verhüllte sich bis zur Unkenntlichkeit und ging.

Die Zauberin hatte schon alles vorbereitet. Penelope konnte nicht genau hinsehen. Aber gegen den bestialischen Geruch gab es keinen Schutz. Etwas von dem Ekel, den sie empfand, spiegelte sich in ihren Zügen. »Ich hab's dir gesagt! Zimperei kann ich nicht dulden, wenn die Hündische naht«, sagte die Strega scharf. Heute war sie alles andere als kriecherisch. Sie wirkte größer, denn sie hielt sich aufrecht und trug auf ihrem Spitzkopf einen seltsamen Aufbau aus Muscheln, Knochen und Federwerk, auch allerhand Glitzerndes und Schepperndes. Um die Lenden hatte sie sich ein Geflecht aus Binsen und Strandgras gebunden. Darunter sah man ihre dürren, gekrümmten Altweiberbeine. Der Oberkörper war nackt, mit Brüsten wie vertrocknete Lederschläuche. Die Pupillen sehr groß. Schwarze Tümpel. Sie hatte etwas Herrisches an sich heute.

Auf dem ehernen Dreifuß stand ein Kessel über der Glut, in dem es kochte und zischte. Die ganze Höhle war erfüllt von stinkenden Dunstschwaden, die einem den Atem raubten.

»Herunter mit dem Schleiergezärtel und dem Gewand bis zum Gürtel«, befahl sie, »nackt holt man die Stygische herauf, grabesnackt, denn aus Gräbern muß man sie locken, die Entsetzliche. Dort weilt sie am liebsten, Verwesung um die Knöchel. Und jetzt hock dich her, näher, näher, hock nieder, auch wenn dir die Knie knacken, weil dein Hintern zu schwer ist.

Hast du die Haare? Sein Haar und eine Strähne des deinen, ich schneid sie dir ab und vermische sie! Ha, ha, Graues mit Rotem vermählt. Willst du dir einen Jungen kirren? Und noch was, das Körpernahe von ihm!« Penelope zog die Sandalen hervor und gab sie der Geschwätzigen. »Schon recht, gib her! Riecht noch nach seinem Fußschweiß, die Sandale, und jetzt spuck drauf! Kräftig! Ist dir vielleicht der Gaumen ausgedörrt? Sammle, sammle nur und laß dir Zeit. Einen ordentlichen Batzen muß du drauf speien. Das hilft! Glaub mir Weisen, Uralten. Gib her! Das kriegst du jetzt nicht mehr, das gehört jetzt der Gräßlichen. Finde dich ab, trauriger Fettsack!«

Penelope hockte verschreckt, empört und angewidert zugleich, mit schmerzenden Knien und nackten Brüsten. Sie schämte sich. Da gewahrte sie zu ihrem unbeschreiblichen Entsetzen einen lebendigen Vogel, der mit gespreizten Flügeln und Beinen auf die Speichen eines hölzernen Rädchens gespannt war. Ein Wiedehopf war's mit schwarzweißem Fächerschopf, der kläglich piepte, sich verzweifelt wand und den Hals mechanisch nach links und rechts ruckte, während die Vettel das Rädchen aufrecht in Drehung versetzte wie einen Kinderkreisel und beschwörend sang und dazu auf ein Becken schlug, daß es von den niedrigen Wänden der Höhle echote. Sie hatte jetzt plötzlich eine volle, tiefe Stimme, rauh und belegt, wie ein starkes, fülliges Mannsbild. Sie sang ihre Hexensprüche in wildfremden Rhythmen, wie man sie auf den Inseln und auf dem griechischen Festland nicht vernahm:

»Tausendfuß, Salamanderschwanz!
Wirbel dich, Rädchen, im Kreise!
Schlangenauge und Krötenkropf
kullert und bullert im Hexentopf.
Wendehals, zieh mir den Mann ins Haus!

Die Angstspinne spinnt und der Totenwurm pocht,
die Fluchgeister kichern im Dunkel.
Wirbel dich, Rädchen, im Kreise!

Hinein das Gelock in den würgenden Schlund,
das rote Haar und das graue Haar,
sie waren ein Paar,
verflochten im Schlaf.
Wendehals, zieh mir den Mann ins Haus!

Das Blut einer Sau, die verworfen hat,
und jetzt die siebengeschwänzte Maus.
Wendehals, zieh mir den Mann ins Haus!
Wirbel dich, Rädchen, im Kreise!

Gedunsenes noch vom Ertrunkenen,
an den Strand geschaukelt in mondloser Nacht,
das hab ich dir alles sorglich gebracht,
Hekate, Mächtige,
zieh mir den Mann ins Haus!«

Da heulte draußen von irgendwoher ein Hund auf.

»Sie kommt, hörst du, sie kommt!« kreischte die Hexe in verzückter Ekstase, schoß dahin und dorthin, warf die Sandalen in den Kessel und rührte im Sud. »Das mag sie, vermischt mit dem Fauligen, Lebendes und Totes vermählt, so schmeckt's ihr, da kommt sie schmatzend aus Grabestiefen empor oder von einem Schlachtfeld, gestocktes Blut an den Zähnen! Hörst du die Hunde? Wie's näher und näher kommt, das Geheule, da schleicht sie vorüber, schon ist sie am Dreiweg!«

Wie eine Rasende schlug die Vettel jetzt das tönende Bekken und drehte sich selbst, den Kopf nach rückwärts geworfen mit Augen, von denen man nur das Weiße sah. Dazu klirrte der Putz, den sie trug, beinern schlugen die Behänge aneinander, und sie grölte und pöbelte.

Plötzlich brach alles ab. Sie hockte nieder und machte schmeichlerisch einladende Gesten und flüsterte rauh: »Sei gegrüßt, Hekate, große Herrin der Unteren, sitz nieder, Hochgelobte, nippe vom Süppchen, das ich dir vorsorglich zubereitet habe nach deinem Geschmack! Merkst schon, was die Priesterin, die Erfahrene, dir hineinmischte. Laß es dir schmecken, und sei der zitternden Mastgans da gnädig, hundsschnäuzige Hekate, größte der Göttinnen, schlürfe dich satt am Drecksud!«

Es war jetzt ganz still bis auf das Knistern der Glut. Penelope stierte durch die fetten Schwaden auf den verendenden Vogel, der immer noch in schwachen Zuckungen das Hälschen hin und her drehte, bis das Rad hinfiel.

Da plötzlich war die Hexe stocknüchtern. Sachlich wischte sie sich die verschmierten Hände an einem Fetzen ab und hielt Penelope grinsend die verkrümmte Klaue hin. Die ließ klingendes Silber hineinfallen. Die Alte prüfte gierig nach, streckte unverschämt noch einmal ihre Krallen hin. Penelope warf den Rest hinein, ließ sich aus der hockenden Stellung auf die Knie fallen und stemmte sich stöhnend hoch aus dem Bodendreck, brachte ihre Kleider in Ordnung und verließ ohne ein Wort, ohne einen Blick zurück die Graushöhle.

Schwerfüßig, leise vor sich hinwimmernd, ging sie durch die Ahnung aufkommender Dämmerung durch die Stille, in der man nur das Meer an die Klippen branden hörte. Eine Fledermaus schwirrte ihr entgegen, streifte ihr aufgelöstes Haar. Sie achtete nicht darauf.

Dann mußte sie sich plötzlich gegen einen Baumstamm lehnen, es würgte sie von tief unten herauf, und sie erbrach sich. Lang schüttelte sie der Speikrampf. Jahre erbrach sie. Und dann mußte sie sich aus Schwäche hinsetzen auf die Steine und weinen, weinen. Sie weinte um die verlorenen, die mißbrauchten Sandalen des Odysseus.

Als die Morgenbrise aufkam und den Schweiß dieser dunkelsten Nacht ihres Lebens kühlte und die Tränen trocknete, deren Salzspur in den Augen, auf den Wangen brannte und biß, wurde ihr leichter. Und als am östlichen Horizont ein Streifen Helligkeit aufkam und das Meer graugrünlich zu lächeln schien, sah sie die Augen des Odysseus und sah und hörte sein spöttisches Lachen, wie wenn er sie ertappt hätte bei ihrem törichten Nachtwerk. In den Baumkronen wurden die ersten Vogelstimmen laut. Es wurde ihr fast wohl. Mit rüstigen Schritten eilte sie dem Haus zu, um anzukommen, ehe das Gesinde erwachte. Aber auf der Schwelle stand schon Eurykleia. Sie sah von weitem die kleine, krumme Gestalt, spürte deren Aura prall von Vorwurf andringen an sich, gut hundert Schritte weit. Da stand sie mit bitteren Runzeln, hatte sie erwartet und starrte ihr entgegen. Aber Penelope hatte sich gefaßt. Aufrecht schritt sie an ihr vorbei, hinauf in ihre Gemächer. Sie ließ sich ein heißes Bad bereiten. Darin streckte sie sich aus, genoß die reinigende Wärme des Wassers, den Wohlgeruch der Kräuter. Dann sank sie auf das Bett und fiel in einen langen, wohltuenden Schlaf.

DIE NAJADE

Die Freier fanden sich ein. Bald füllten sie den Saal des Hauses. Da sie durchwegs von gutem Adel waren, die Söhne der Inselfürsten ringsum, geziemte es sich, sie wie Gastfreunde zu bewirten. Das erforderte schon die Ehre des Hauses. Es genügte nicht, ihnen in irgendeinem Winkel Speise und Trank vorzusetzen, was gerade zur Hand war, so wie man es mit dem einfachen Schiffsvolk tun konnte und den schweifenden Schwindlern, die der verzweifelten Penelope irgendwelche Geschichten aufgebunden hatten, um zu einer Mahlzeit zu kommen.

Jetzt hätte natürlich Laertes an den ihm zukommenden Platz gehört. Er hätte den Vorsitz führen müssen bei diesen Gelagen. Er hätte den immer frecher werdenden Freiern Maß und Einhalt gebieten, sie – wenn sie allzu zudringlich wurden – des Hauses verweisen müssen. Er tat gar nichts. Als das Treiben immer lauter und kecker wurde, zog er sich ganz zurück und hauste nun in einer Hütte draußen in den Feldern. Genau gesagt: Er ließ Penelope in einer Lage sitzen, die für sie gar nicht einfach und auf die sie in keiner Weise vorbereitet war. Als die Freier merkten, daß keine starke Hand sie zügelte, nisteten sie sich immer unverschämter ein, verbrachten die Tage bald ganz in dem männerverwaisten Haus und verzechten des Odysseus Gut.

Zunächst blieb Penelope nichts übrig, als zu tun, was Sitte und Anstand erforderte. Sie hatte nun ganz bestimmte, abgegrenzte Pflichten. Der Haushalt war auf eine solche Zahl von Gästen nicht eingerichtet, das Gesinde in dieser Hinsicht nicht erzogen und geschult. Auch die Wirtschaft war nicht auf den jäh anwachsenden Verzehr vorbereitet. Alle diese neuen Aufgaben fielen Penelope zu. Und dabei wußte sie, daß diese Männer es nur auf ihr Hab und Gut abgesehen hatten, nicht auf sie, die Frau. Sie war lediglich das Mittel dazu, sich der Habe und Stellung des fernen Odysseus zu bemächtigen. Es war ihr klar, daß sie im Falle einer neuen Vermählung nur nach außen hin die Hausfrau sein würde. Allenfalls würde man ihr noch ein paar Bälger machen. Schadlos würden die jungen Kerle sich halten an jüngeren und hübscheren Weibern.

Immerhin, es waren Männer von Stand und Ansehen, kein hergelaufenes Gesindel, und Penelope war es dem Haus des Odysseus schuldig, in Abwesenheit des Herrn diesen mit Würde und Umsicht zu vertreten. Sie mußte die Gäste begrüßen, das Gesinde beaufsichtigen, mit diesem und jenem ein paar Worte wechseln nach Sitte und Regel.

Nun begann sie sich ihres vernachlässigten Aussehens zu schämen. Sie trat wieder in anständiger Kleidung auf und versuchte, durch geschickte Anordnung der Gewandfalten etwas von ihrem Umfang zu verschleiern. Sie pflegte auch wieder ihr Haar und ordnete es so, daß man die grau gewordenen Strähnen nicht sah. Sorgen machten ihr jetzt die scharfen Falten, die ihren Zügen eine verbitterte Strenge gaben, und die aufgeschwemmten Zonen unter ihren Augen; alles Zeugen des ausschweifenden Kummers, dem sie sich hingegeben, und der Mittel, mit denen sie ihn zu bekämpfen versucht hatte.

So widerwärtig ihr zunächst dieser ungewohnte Trubel im Hause war, so ratlos sie sich manchmal den neuartigen Pflichten gegenüber fand, die ihr auferlegt waren, es lenkte sie ab, es riß sie aus dem unseligen Trott des Selbstbedauerns und der Untätigkeit, in die sie sich in den letzten Jahren hatte hineintreiben lassen.

Sie aß und sie trank nicht mehr so viel; auch war sie gezwungen, im Haus und auch draußen hin und her zu laufen, nach diesem und jenem zu sehen. So verlor sie allmählich etliches von ihrem Gewicht, was sich wiederum günstig auf Gang und Haltung auswirkte.

Nun fing sie an, sich bewußt herzurichten. Mit Zypernöl und Balsam rückte sie ihren Falten zuleibe, glättete und schmeidigte ihre Haut mit allerlei Mixturen, verwendete sogar Schminke und Wohlgerüche. Sie tat es klug und mit Geschmack. Sie versuchte nicht, sich schön oder hübsch zu machen. Das wäre fehlgegangen und hätte sie vielleicht sogar der Lächerlichkeit ausgesetzt. Sie gab ihren angeborenen Zügen da durch Überhöhung, dort durch leichte Verwischung stärkeren Ausdruck. Ihre Gewänder blieben dunkel, wie es sich für eine Halbwitwe schickte. Aber sie legte wieder Schmuck an. Sparsam. Ein paar goldene Reifen um die Gelenke, einige Ringe. Kein Ohrengebimmel. Ihre Züge blieben streng. Aber die lebhaften Augen unter der schwarzen Wellenlinie der zusammengewachsenen Brauen hatten nun einen eigenartigen Glanz und Zauber, den sie früher nicht gehabt hatten. Etwas dunkel Schillerndes, Strahliges, das beunruhigte und in Bann zog. Die Lippen des großen Mundes wurden voller. Das wirkte in dem länglich schmalen, mageren Gesicht wie ein Gegenspiel von Abweisung und Verlockung. Es reizte die Männer. Sie dachten auch nachts daran.

Sie machte auch eine körperliche Wandlung durch. Nicht zurück zum Mädchen oder zur jungen Frau, die sie gewesen war, ehe sie anfing, sich zu vernachlässigen. Es war eine ganz neue Penelope, die sich plötzlich herausformte.

Die unglückliche Fülle, die sie sich in den Jahren zuvor angezüchtet hatte, wich zwar nicht mehr ganz von ihr, aber sie verteilte sich anders. Um die Taille wurde sie wieder schlank, sehr schlank sogar. Um Hüften und Schenkel aber hatte sich die Rundung erhalten, die jedoch – gestrafft durch den aufrechten Gang, den sie sich wieder angewöhnt hatte – nicht mehr behäbig oder plump wirkte, sondern als ein aufregender Reiz. Da sie leichter war und sich mehr bewegte, waren auch die Knöchel nicht mehr geschwollen. Sie nahm jetzt häufig Fußbäder mit besonderen Kräutern. So wurde ihr Gang wieder schön. Schöner, als er jemals gewesen war. Denn es war der Gang einer Frau, die sich trug im harmonischen Gleichmaß der Gewichtung. Dazu kamen noch ihre großen, langfingrigen, kräftigen Hände an schmalen Gelenken, die sie sparsam bewegte und die von angeborenem Adel waren.

In ihrer Erscheinung trat nun etwas zutage, das immer als Möglichkeit in ihr geschlummert haben mochte, aber ungeweckt geblieben war, weil der Mann fehlte, dem zuliebe es hätte zur Reife kommen können: das Najadische. Das Erbe der Mutter Periboia.

Wenn sie abends aus ihrem Gemach herunterstieg und – zu beiden Seiten von einer etwas kleinwüchsigeren Magd begleitet – in den Saal kam, hielt sie beim Eintritt auf der Schwelle an, verharrte ein paar Augenblicke und sah sich mit weiten Augen um, ehe sie sehr aufrecht und gemessenen Schritts ihrem Stuhl zuwandelte und sich niederließ. Da hörte das Männergegröle und gierige Gezeche auf. Aller Augen richteten sich auf die Herrin des Hauses, Penelope. Und es waren die Blicke von Männern, die wenigstens im Augenblick nicht an die Habe dachten, sondern an diese Frau, die da so berückend verwandelt unter sie trat.

Nun begannen sie, um sie selbst zu werben. Sie bemühten sich um ihre Gunst als Frau und versuchten, ihr Gefallen zu erregen. Sie fingen an, einander eifersüchtig zu beobachten, und sahen es mit Neid, wenn Penelope einen von ihnen zu sich bitten ließ und ihm an ihrer Seite einen Platz anwies, eine Weile mit ihm redete. Sie achtete auf Gleichmaß. Täglich war es ein anderer, dem sie sich widmete. Keiner konnte sich übergangen fühlen. Jeder versuchte sich im stillen einzureden, sie bevorzuge ihn.

Abend für Abend saß sie auf solche Weise eine Stunde bei den Freiern, die sich nun, wenigstens während ihrer Anwesenheit, manierlicher gaben, weniger mit dem Gesinde herumschafften, als seien sie bereits die Herren, und auch nicht mehr so haltlos fraßen und soffen und zoteten. Sie waren auch freundlicher zu Telemach, der ratlos in ihrer Mitte saß, stark gewachsen und langbeinig, schlaksig und unbeholfen, mit den Augen und der roten Krause des Odysseus. Der wußte nicht recht, was er von alldem halten sollte. Er sah nur, daß sein Gut verpraßt wurde. Am wenigsten begriff er, was mit der Mutter vorgegangen war. Einerseits gefiel es ihm, und er war stolz auf diese betörende Frau, andrerseits war es ihm auf eine unklare Weise nicht recht.

Auch Eurykleia machte sich Gedanken und hielt in ihrer geraden, schonungslosen Art nicht damit zurück. Als Penelope sich eines Abends für den Auftritt zurechtmachte, betrat sie das Gemach – ein Vorrecht, das sie sich einfach herausnahm und nicht entreißen ließ –, stellte sich, die knotigen Schwielenhände auf dem Altweiberbauch gekreuzt, neben ihr auf und sprach: »Du putzest dich, Täubchen, wie ich sehe!« – »Ich putze mich nicht, wie du sagst und eigentümlich betonst«, antwortete Penelope leicht gereizt, »ich mache mich zurecht, wie es mir als Herrin des Hauses geziemt, wenn ich unter Fürsten gehe.« – Eurykleia ließ ihr meckerndes Gelächter hören: »Gut also! Sei's drum. Du putzest dich nicht, sondern machst dich nur als Herrin zurecht. Aber ich kann es nicht übersehen – und auch andere übersehen es nicht –, daß du dich in letzter Zeit nicht nur ›zurechtgemacht‹ hast. Du hast vielmehr etwas aus dir gemacht, das dich ganz und gar verändert. Dem Odysseus zuliebe hast du dich nicht in dieser bestürzenden Weise herausgemausert, die Männer anlockt und erfreut!«

»Hat er mir Zeit dazu gelassen?« gab Penelope bitter zurück. »Als ich ins Haus kam, war ich ein mageres Fohlen, dann hat er mich dick gemacht und spöttelnd eine Ente geheißen. Und als ich mich hätte herauswachsen können, fuhr er ab. – Als ich dann fett und finster wurde und mich Trostes halber bisweilen aufheiterte mit einem Quentlein süßen Weines, und wohl auch dann und wann ein bißchen vor mich hinsang, war es dir ja auch nicht recht, und ich hörte nichts als spitze Reden von dir und immer nur: Was wird Odysseus sagen, wenn er dich so sieht? Wie wird Odysseus es aufnehmen? Kehrt wird er machen mit langen Schritten und wieder die Segel setzen und dergleichen mehr, was dir nur so aus dem Bauch kam. Nie war von mir die Rede, immer Odysseus, Odysseus, Odysseus. Jetzt habe ich genug, hörst du, alte Hexe! Ziehe nicht meine neue, zugegebenermaßen etwas bestürzende Erscheinung durch dein höhnisches Maulwerk.

Ich weiß ja selber nicht genau, wie ich dazu komme. Ich lasse mich lediglich nicht mehr so gehen mit Essen und Trinken und Singen und habe daher etwas an Gewicht verloren, was mich kleidet.« – »Was dich in dieser besonderen Weise kleidet«, gab Eurykleia zurück, »ist nicht das Gewicht, das du verloren hast, sondern die Art, wie du es jetzt an dir verteilst: die schlanke Mitte und darunter das Schwellende, worauf die Männer mit verglasenden Augen gaffen.« – »Schweig«, rief Penelope, und ihr braunes Gesicht wurde noch dunkler durch die Blutwelle, die ihr aufstieg, »schweig, Lästermaul, altes! Wie sollte ich es denn angefangen haben, mein Gewicht in jener Weise zu verteilen, daß es – wie du dich vulgär ausdrückst – die Augen der Männer glasig macht? Das glaubst du doch selber nicht, daß ich das durch Salben und Kräuter, die ich mäßig verwende, zustande gebracht habe!«

»Das ist's ja auch nicht, was mich beunruhigt daran«, sagte Eurykleia, immer noch die Hände über dem Spitzbauch, dicht neben Penelope aufgepflanzt. »Daß sowas nicht mit Kräutern und Tränklein zu erzielen ist, dieses Dünnwerden und andernorts Anschwellen, das weiß ich auch. So etwas geschieht von innen heraus, aus dem Zwerchfell, mein Vögelchen. Dort ist bei dir jetzt etwas eingesessen, was vorher nicht drin war, als du noch an Odysseus dachtest.«

»Was soll eingesessen sein, Hundsfliege! Du hast zu reden! Immer noch, hör ich, nimmst du dir bei Gelegenheit einen blind gesoffenen Kerl ins Bett, der zu voll ist, um sich an deinem verrunzelten Knochengestell mit dem Spitzbauch zu stoßen, und mir neidest du die paar bewundernden Blicke, mir, die ich noch lange nicht so alt bin wie du und doch nur einen einzigen Mann gehabt habe, ein knappes Jahr lang. Und seither ist mein Bett leer und kalt geblieben. Da mag es dann schon kommen, daß sich etwas einnistet und herumwerkt an einem unter den Blicken so vieler Freier. Recht geschieht's ihm, dem Odysseus, der mich allein ließ, daß ich nicht einmal weiß, ob ich Witwe bin oder nicht!«

»Hast du einen bestimmten im Auge?« fragte Eurykleia, den blanken Rattenblick scharf auf Penelope gerichtet. »Keinen hab ich im Auge«, sagte die, »ich schau sie mir an, rede ein wenig mit dem und jenem, wie es sich für die Frau des Hauses geziemt. Zuweilen gefällt mir einer wohl besser als ein anderer. Von manchen – ich sag's dir ins Gesicht, Alte, weil du's ohnehin weißt –, von manchen hab ich vielleicht sogar nachts einmal geträumt. Nicht, daß ich dir einen solchen Traum erzählen möchte, wie die geschwätzigen Mägde in der Küche, die ihre Träume in allen Einzelheiten preisgeben. Wirres Zeug träume ich, nichts Klares, ganz allgemein möglicherweise recht angenehm, aber – wie gesagt – ganz allgemein und nichts im Detail oder deutlich.

Ich gebe sogar zu, daß es mir wohltut, sogar sehr wohltut, wenn ich die Blicke an mir hängen fühle, und zwar nicht nur am Schwellenden und Dünnen, dem du in deiner hämischen Art die einzige Wirkung zuschreibst, sondern auch an meinem Gesicht. Ja, an meinen Augen, daß du's nur weißt, sie schauen mir auch ins Gesicht und nicht nur auf den Hintern, Vettel!« – »Die Augen, die hast du ja auch am besten herausgeschminkt«, sagte Eurykleia kalt, »mit erstaunlichem Geschick malst du um sie herum. Fast ein wenig verrucht kannst du jetzt schauen, wenn auch die übrigen Züge streng und kalt bleiben, was die Wirkung nur steigert; und versuch nicht, mir weiszumachen, daß du nicht weißt, wie verrückt die Männer gerade dieses macht.« – »Hinaus«, schrie Penelope, »hinaus, Aaskrähe, daß ich dich nicht vom Hof jage!«

Ohne ihre Haltung und Miene zu ändern, wandte sich Eurykleia der Türe zu, dort blieb sie aber noch einmal stehen und sagte, nicht ohne einen Anflug von Gutmütigkeit: »Ich gönn dir's ja, Najadenbalg, aber vergiß mir den Odysseus nicht darüber!«

Eines Tages brachte einer der Freier Penelope ein Geschenk. Es war ein Sklavenmädchen, das er einem phönikischen Handelsherrn abgekauft hatte, dessen Schiff unten am Hafen von Ithaka allerlei Tauschgeschäft trieb.

Das Mädchen mochte fünfzehn, sechzehn Jahre alt sein. Angeblich stammte es aus Ägypten, war aber offenbar das Kind verschiedenrassiger Eltern.

Ihre Haut war von einem tiefen Braun, der Knochenbau grazil, wie man es in Hellas kaum findet, mit dünnen, fast kindlichen Gliedern. Auffallend war der überlange schmale Hals, der in einem anmutigen Bogen das kleine Haupt trug und beweglich war wie der Hals eines Vogels. Die Züge hatten ägyptische Prägung: Eine lange gerade Nase senkte sich vollnüstrig über eine kurze Oberlippe auf einen sehr vollen Mund. Was überraschte, war zu diesem Gesicht ein rotblondes Gelock, und was dann vollends bestürzte, waren – von dunkel geschwungenen Wimpern gedeckt – türkisblaue Augen. Bekleidet war sie mit einem Gewand aus einem so dünnen Gewebe, daß man ihre zarten weiblichen Formen und die dunkleren Stellen des Körpers genau ausnehmen konnte. An den dünngliedrigen Füßen trug sie goldene Sandalen, wie sie auf den Inseln nicht üblich waren; an den kindlichen Oberarmen und auch um die Knöchel klingende Reifen.

Das Mädchen war nicht eigentlich schön, aber fesselnd. Um den vollippigen, eher blassen Mund lag ein Zug, der schwer zu deuten war. Man sah bald, daß sie kaum zu einer ernsten Tätigkeit zu gebrauchen war, mehr ein Spielzeug als eine Dienerin. Auch konnte man nicht behaupten, daß sie sich um irgendeine Beschäftigung riß. Am liebsten saß sie in einer rührend zierlichen Pose zusammengekauert, die Arme um die Knie geschlungen, und spielte mit ihren Reifen, wobei sie das Geschehen um sich herum aus den wimperngedeckten Augen träge beobachtete. Das Griechische verstand sie leidlich, sprach es aber nur gebrochen mit einer etwas lispelnden, rauchigen Stimme. Sie wurde Praxedis gerufen.

Eurykleia und das übrige Gesinde brachten ihr wenig

Sympathie entgegen. Im Kreis um sie herumstehend, begafften und beklatschten sie den interessanten Neuling. Besonders das feingesponnene, durchsichtige Kleidchen, das Blößen mehr hervorhob als deckte, erregte angenehm gewürzte Tugendentrüstung.

Die Männer glotzten, ohne sich einzugestehen, ob das Mädchen ihnen eigentlich gefiel. Auch Telemach glotzte. Penelope sorgte sofort für ein anständiges Gewand aus solidem Gewebe und hielt die Kleine möglichst in ihren eigenen Gemächern.

Penelope war neugierig. Alles Ungewohnte reizte sie, und wann immer sie Zeit dazu fand, befaßte sie sich mit der kleinen Sklavin. Da sie bald erkannte, daß diese keine der üblichen Fertigkeiten, zu denen man Mädchen anhielt, beherrschte, bemühte sie sich, ihr das Spinnen und Weben und Nähen beizubringen, doch das Kind war nur unlustig am Werk und ermüdete rasch. Penelope gab die Schuld den überdünnen und – wie sie meinte – kindlich schwachen Gliedern und verlegte sich aufs Ausfüttern, was aber wenig Erfolg hatte. Praxedis setzte nichts an.

Eines Tages fand sie irgendwo im Haus eine alte Leier, auf der schon lange niemand gespielt hatte. Die fesselte sie. Sie zupfte und fingerte so lang daran herum und horchte den zirpenden Klängen nach, bis sie das Instrument soweit beherrschte, daß sie darauf eine Art Musik hervorzubringen imstande war, die in ihrer eigenartigen Monotonie primitiv und einförmig wirkte, dem Zuhörer aber nach einiger Zeit in einer Weise unter die Haut ging und die Nerven in Schwingung versetzte, die gleichzeitig hinriß und quälte. Mit dieser Leier konnte Praxedis sich – ohne müde zu werden – stundenlang beschäftigen. Ihr Gesicht bekam dabei, bei halbgeschlossenen Augen, einen entrückten Ausdruck.

Penelope nahm ein lebhaftes Interesse an dem Mädchen, aber es war nicht die Art von Teilnahme, wie eine Frau sie in ganz natürlicher Weise empfindet für ein halb kindliches Geschöpf, das ihr anvertraut ist. Es war eher eine angespannte Faszination. Praxedis selbst zeigte ihr gegenüber auch nicht die Anhänglichkeit, die man von einer Sklavin erwarten mochte, die den Glücksfall zu schätzen wußte, in einer völlig fremden Umgebung an eine Herrin geraten zu sein, die sich freundlich bemühte, statt zu befehlen und zu strafen.

Praxedis war weder liebevoll noch liebebedürftig. Aber sie begann unaufgefordert in Dingen der persönlichen Pflege Penelope an die Hand zu gehen. Sie kämmte und bürstete ihr lange das Haar, erfand neue Arten, es zu legen, und kannte Mittel, es zum Glänzen zu bringen und die ergrauenden Strähnen aufzufärben. Sie erwies sich überhaupt sehr geschickt im Umgang mit Salben und erfand aufregende Kombinationen von Kräutern und Aromen für das Badewasser.

Es zeigte sich auch, daß sie fähig und erfahren war, nach dem Bade den Körper mit schmeidigenden Ölen zu salben und zu massieren. Penelope war es nicht gewöhnt, in dieser Hinsicht verzärtelt zu werden, aber sie gestand sich ein, daß diese Dienstleistungen von seiten der kleinen Sklavin ihr ein ausgesprochenes Wohlgefühl verschafften. Ein bißchen schämte sie sich, wußte aber nicht genau, warum eigentlich.

Praxedis hatte auch viel Geschmack und Fertigkeit darin, Gewand und Schleier in neuartige und ausgesprochen kleidsame Faltenwürfe zu ordnen. Penelope gewöhnte sich daran, der Pflege ihrer Person weit längere Zeit zu widmen als jemals zuvor, teils wegen der augenscheinlich günstigen Wirkung, die sie den Blicken der Freier ansah, vor allem aber weil es ihr angenehm war, die geschickten Hände des Mädchens, die sowohl zart als auch sicher zugreifend waren, an ihrem Haar, am Gesicht und an ihrem Körper zu fühlen.

Praxedis trug natürlich im Hause längst die Tracht der übrigen Dienerinnen. Sie hatte sich keinen Augenblick gegen die anständige Bekleidung gewehrt, schien aber anfangs unter dem rauheren Gewebe zu leiden. Auch ihre goldenen Sandalen hielten nicht lange den steinernen Boden Ithakas aus und zerfielen. Sie mußte sich zu dem üblichen Schuhwerk bequemen, dessen Riemen auf ihrer zarten Haut wetzten und rote Striemen bildeten, über die sie sich aber nicht laut beklagte.

Im Gemach der Penelope trug sie bisweilen ihr ägyptisches Schleierfähnchen. Penelope übersah es.

Wenn sie die Kleine über ihr Vorleben und ihre Schicksale ausfragen wollte, bekam sie nur karge, unklare Antworten. Praxedis schien nicht zu verstehen, oder es fielen ihr nicht die passenden griechischen Worte ein, obwohl sie die Sprache rasch erlernte und schon recht flüssig sprach. Es war nur soviel herauszubekommen, daß Praxedis seit frühester Kindheit Sklavin war und sich weder an einen Vater noch an eine Mutter erinnern konnte.

Lesen und Schreiben hatte sie nicht gelernt. Penelope versuchte es ihr beizubringen, gab aber das Vorhaben bald auf. Es fehlte dem Mädchen nicht am nötigen Verstand. Sie war auch nicht ausgesprochen faul oder unwillig. Es fehlte ihr nur jegliches Interesse an diesen ernsten Künsten.

Eifer und Hingabe entwickelte sie nur bei den persönlichen Dienstleistungen für Penelope, und an ihrer Leier, auf der sie diese merkwürdige, monoton aufreizende Musik hervorzubringen verstand.

Eines Tages überraschte Penelope sie, wie sie – die Saiten zupfend – tanzte. Sie hatte den Kopf mit geschlossenen Augen und einem tranceartigen Lächeln zurückgeworfen und die Haare geöffnet. Mit den bloßen Füßen stampfte sie verwirrende Figuren, wobei sie mit der Ferse auf den Boden aufschlug, so daß es sich anhörte, als würde eine Pauke mit rasenden Schlegeln bearbeitet. Sie tanzte halbnackt. Der Anblick hatte für Penelope etwas ausgesprochen Anstößiges, besonders durch die Schlangenbewegungen des überlangen, dünnen Halses.

Penelope wies das Mädchen strenger und lauter zurecht, als es eigentlich in ihrer Absicht lag. Sie befahl ihr, sich augenblicklich anständig zu verhüllen und die Haare aufzustecken. Auf die inquisitorische Frage, wo sie solch laszives Getanze herhabe, schwieg Praxedis und sah Penelope von unten her mit ihren unwahrscheinlich blauen, von den schwarzen Wimpern gedeckten Augen an. Dabei lag um ihre Lippen noch immer ein abwesendes Lächeln.

Der Vorgang wiederholte sich nicht mehr.

Trotzdem hatte der Anblick Penelope in einer undurchsichtigen Weise stark aufgewühlt und ließ sie nicht los. Der

Tanz war entfesselt und doch graziös gewesen, von anmutiger Wildheit. Die kindlich weibliche Zartheit des halbnackten Körpers war naiv und obszön zugleich, der Ausdruck ihrer Züge von einer seltsam unschuldigen Verderbtheit. Eine kindliche Mänade, dachte Penelope ratlos bestürzt.

»Soviel ich davon erfahren konnte, sind es immer recht reife Weiber, die zeitweilig ins bacchantische Rasen kommen, und alles andere als anmutig. Ausgewachsene Frauenzimmer, die sich in vettelhafter Ausgelassenheit gehenlassen, lächerlich und abstoßend. So hab ich's jedenfalls erzählen hören. Richtig aufgeklärt darüber hat mich ja keiner, und gesehen hab ich's auch nicht! Dieses Kind aber! Ich weiß nicht, was mich so beunruhigt an ihr, daß ich dauernd an sie denken und sie anschauen muß und gerade das Bild dieser zügellosen Unartigkeit nicht aus dem Gedächtnis bringe! Es hätten ihr ein paar auf den zarten Hintern gehört. Aber irgendwie war meine Hand gelähmt. Wär's meine Tochter gewesen, hätte ich keinen Augenblick gezögert. Aber bei dieser sonderbaren Kleinen war's irgendwie nicht die richtige Art einzugreifen im Namen der Anständigkeit. Wahrscheinlich sollte ich sie in die Küche stecken oder der Eurykleia unter die Finger geben. Die wird keine Bedenken haben und nicht viel Federlesens machen mit dem lieblichen Balg. Wenn ich an die giftigen Blicke denke, mit denen sie sie mißt! Aber ich bring's nicht übers Herz. Das Kind rührt und fesselt mich und beschäftigt mich in einer interessanten Weise. Auch möchte ich gar nicht gern auf ihre wohltuende Beihilfe bei und nach dem Bade verzichten, wie sie mich da mit ihren Salben und Ölen angenehm bearbeitet.«

Praxedis schlief im Zimmer Penelopes. In einem Winkel hatte sie auf weichen Fellen ein Lager. Darauf ruhte sie, wenn sie schlief, zusammengerollt wie ein Tierchen, die roten Haare über der zarten, tiefbraunen Schulter. Auch im Schlaf noch von unbewußter Anmut.

Penelope betrachtete sie manchmal eine Weile und schob ihr dann sorglich die Decke über die Glieder, damit sie nicht friere.

In einer kühlen Herbstnacht erwachte Penelope plötzlich

aus einem unklaren, ausgesprochen angenehmen Traum. Sie spürte – noch halb im Schlummer – eine fremde Haut an ihrer Rückseite und fühlte, wie sich ihre eigene unter dieser Berührung wohlig aufkräuselte. Als sie endgültig erwachte, ward ihr bewußt, daß es Praxedis war, die unter ihre Decke gekrochen war. »Sie wird frieren, das Kind«, dachte sie gerührt, »sie kommt aus heißen Zonen und sucht Wärme bei mir!« Schon wollte sie sich umwenden und das Mädchen umhüllend in ihre Arme nehmen. Da merkte sie, wie die zarten Finger der Kleinen sie von den Schulterblättern abwärts das Rückgrat entlang in einer Weise streichelten, daß es ihr heiß aus dem Bauch aufstieg. Erst war sie wie gelähmt von dem Wohlgefühl sowie von einer sonderbaren Verwirrtheit. Dann aber mischte sich Bestürzung in die Verlockung, sich dieser sanften Wohligkeit hinzugeben. Brüsk wälzte sie sich um und fuhr die scheu Zusammenzuckende an, die sofort aus dem Bett sprang, zu ihrem eigenen Lager huschte und sich unter den Decken verkroch.

Nun war Penelope hellwach. Sie blieb es auch für den Rest der Nacht. Sie hatte die Hände unter dem Kopf verschränkt und dachte nach.

Sie befand sich in einem peinlichen Zwiespalt. Sie war erregt und aufgewühlt und zwang sich, diese nicht unangenehme Erregung zu sittlicher Entrüstung aufzutümmeln. Gleichzeitig aber fragte sie sich kühl: »Warum eigentlich nicht? Es tut ausgesprochen wohl. Kann ich etwas dafür, daß ich allein bin schon das zweite Jahrzehnt, allein im Bett und ohne die Freuden des Fleisches, das noch lange nicht verdorrt und abgestorben ist, sondern mich bisweilen ganz schön bedrängt, so daß mir Einfälle und Bilder kommen, die ich niemandem erzählen möchte? Ein vergleichsweise unschuldiges Vergnügen, diese sanften und, wie ich gestehen muß, äußerst geübten und wissenden Hände dieses merkwürdigen Tierchens. Wem schadet's was? Vielleicht dem Odysseus, der sich höchst wahrscheinlich eben in den Armen einer Hure sielt? Erfahren wird's auch niemand. Die Kleine hat keinen Umgang mit den anderen, daß sie es austratscht, wenn sie mir ein wenig wohltut im einsamen Bett.«

Penelope dachte unwillkürlich weiter und stellte sich vor, was allenfalls noch hätte geschehen können. Beim pikanten Streicheln das Rückgrat entlang wäre es wohl nicht geblieben. Sie war neugierig. Ihre Sinne waren erwacht. Sie empfand eine zärtliche Begierde. Sie war knapp daran, Praxedis zurückzurufen. Ein bißchen Streicheln, ein kleines Gekose! Was ist schon daran? Natürlich durfte Eurykleia nichts erfahren. Sollte sie etwas ahnen? Mehrfach schon hatte sie darüber gemurrt, daß Praxedis in ihrem Zimmer schlief und nicht beim übrigen Gesinde. Oder die Freier? Redeten sie über sie? Hatte derjenige, der ihr das Mädchen zum Geschenk gemacht hatte, gewußt, wer sie war, was sie konnte, in welche Richtung ihre Gaben und Kenntnisse gingen? Penelope schalt sich, daß ihr dieser Einfall noch nicht gekommen war. Plötzlich schämte sie sich.

»Gelernt hat sie's, das anmutige Luder, abgerichtet hat man sie dazu. Deshalb kann sie nichts anderes. Sie kann ja nichts dafür, das arme Kind, aber zu leiden scheint sie nicht darunter. Es ist ihr Geschäft, ihre Kunst. Sie ist mir nicht auf den Pelz gekrochen, weil sie zärtliche Gefühle für mich hegt. Es ist wie das Kämmen, Bürsten und Einölen. Ein Gewerbe, das sie gelernt hat und gerne ausübt. Vermutlich gehört auch das Tanzen dazu und die laszive Musik. Wenn sie's aus Anhänglichkeit täte, mich liebte oder mir herzlich zugetan wäre, dann ließe sich allenfalls reden über ein gewisses begrenztes Streicheln und Kosen. Aber es sind die Fertigkeiten des Hurengewerbes, die sie mir zukommen läßt als eine Art Pflicht. – Sie muß fort!« sagte sich Penelope ein wenig später. »Sofort weg aus dem Haus, gleich morgen früh!« – Dann schränkte sie etwas ein: »Ich muß nachdenken, wie ich sie fortschaffe. Ich kann sie nicht vor die Tür setzen, jung und hilflos, wenn auch zugegebenermaßen etwas verdorben. Aber zumindest aus meinem Zimmer muß sie.«

Dabei blieb es auch zunächst. Praxedis verrichtete weiter ihren Dienst bei Penelope. Ihr Lager aber wurde in der Kammer Eurykleias aufgeschlagen. Da war sie einerseits geschützt vor Bosheiten der Mägde, andrerseits aber würde sie durch die Nähe der Alten sicher von pikanten Versuchen abgehalten.

Eurykleia ahnte alles. »Schaff den Bankert weg«, sagte sie, »die paßt nicht her zu uns, diese zierliche Hurenwanze. Ich hab's gleich gesehen, vom ersten Augenblick an. Stell dir vor, Odysseus kommt. Was denkt sich der von dir? Und Telemach, denk doch an Telemach. Dem wird auch noch ein Licht aufgehen.«

Nun war Telemach zwar noch kein Licht aufgegangen, aber er gaffte, wenn Praxedis vorüberstrich, und wenn sie ihn ansah aus ihren unwahrscheinlich blauen Augen unter den schwarzgeflügelten Wimpern, schlug er seine redlichen graugrünen Augen nieder, errötete stark und machte sich in langen Schritten davon. Wenn seine junge Männlichkeit ihn bedrängte, zog er vor, was Eurykleia ihm unterschob: die prallen Reize, die gutmütige Mägde ihm boten, wobei sie ihm beim Werk mütterlich kundige Hilfeleistung angedeihen ließen.

Eines Tages war Praxedis verschwunden. Man suchte sie überall im Haus. Auch in der Umgebung, obwohl sie sich fast nie im Freien aufgehalten hatte. Man suchte natürlich auch in der Stadt, sogar am Hafen. Man fragte herum. Keiner hatte sie gesehen. Penelope begann, sich Sorgen zu machen. Trotz allem fühlte sie sich verantwortlich für das sonderbare Kind und bewahrte ihr auch eine beharrliche Neigung, die sie sich ungern eingestand, weil sie sich ihrer etwas schämte.

Man hatte das Suchen und Fragen schon aufgegeben, da kam Penelope plötzlich ein Einfall, und sogleich machte sie sich auf einen Weg, den sie kannte. Ihr Instinkt hatte sie nicht getäuscht. Praxedis hockte in der gleichen Stellung wie die schwarze Zauberin dicht neben der Alten vor der Höhle, und die beiden fratschelten in einem fremden Idiom lebhaft miteinander und kicherten und lachten, die Hexe mit ihrem weitaufgerissenen, zahnlosen Maul, die Kleine mit einem gemeinen Ausdruck um die Lippen, wie Penelope ihn nie an ihr gesehen hatte. Sie litt sofort unter dem peinlichen Gefühl, die beiden redeten von ihr und machten sich lustig über sie.

Als Praxedis Penelope sah, sprang sie sofort auf und kam mit schuldbewußt gesenktem Blick auf sie zu. Penelope nahm sie hart am Handgelenk und zerrte sie mit sich. Aber das

Mädchen wehrte sich gar nicht, sondern lief willig mit wie ein Hündchen.

Nun war Penelope wirklich entschlossen, Praxedis zu entfernen, wußte nur nicht wie. Sie hätte sie auf dem Markt dem Meistbietenden verkaufen können. Abnehmer hätten sich wohl gefunden. Aber sie wollte sie nicht verschachern wie eine gewöhnliche Sklavin. Die Vorstellung, sie könnte einem rohen Herrn in die Hände fallen, der ihre besonderen Künste schamlos ausnützte, quälte sie.

Da fiel ihr Iphthime ein, die Schwester in Sparta. An dem großen, reichen und weltläufigen Hof würde sich vielleicht ein passender Platz finden für das merkwürdige Pflänzchen. Sie schickte Praxedis mit dem nächsten Schiff und unter verläßlicher Obhut der Schwester als Geschenk. Praxedis fügte sich ohne jeden Widerstand, ohne Furcht oder Bedauern zu zeigen. Einige Wochen später erhielt Penelope Nachricht von der Schwester: Sie danke für das Geschenk, man habe bei Hof großes Gefallen an dem bescheidenen Wesen und der interessanten Grazie des Mädchens gefunden, sie unter die Zofen eingereiht. Sie versehe ihren Dienst bei Iphthime und ihren nächsten Freundinnen zur vollsten Zufriedenheit.

Abermals ein paar Wochen später langte eine schnippisch gehaltene Nachricht aus Sparta ein: Was ihr, Penelope, eingefallen sei, diesen verdorbenen Fratzen zu schicken. Peinliche Scherereien habe es gegeben. Man habe sich schämen müssen bei Hofe. Praxedis habe sich übrigens von selbst davongemacht, ehe man sie aufs Land zu den Feldarbeiterinnen habe schicken können. Es hieß – ließ Iphthime im Vertrauen sagen –, das Ding sei jetzt im Pornoboskeion und errege dort Aufsehen durch kunstvolle Vielseitigkeit – man wisse schon, was gemeint sei. Ihr Tanz zur eigenen Musik mache halb Sparta verrückt. Die Männer strömten ihr zu, aber auch Frauen, sagt man, schlichen sich heimlich zu ihr. Ja, sie treibe es sogar vor Zuschauern und mit Tieren. Ob Penelope sich nicht schäme, sie mit diesem Geschenk geradezu ins Gerede gebracht zu haben, oder ob sie dort im bäurischen Ithaka wirklich so naiv und weltfremd dahinlebe, daß ihr nicht sofort aufgefallen sei, mit was für einer Sorte von schamloser Schnepfe sie es zu tun habe?

»Sie soll nicht großtun, die Gans, mit ihrer Welterfahrung«, ärgerte sich Penelope, und gleichzeitig genierte sie sich ein bißchen. »Sparta ist auch nicht der Gipfel raffinierter Eleganz! Aber ein Pornoboskeion? Was mag nur ein Pornoboskeion sein? Sicher etwas Schmutziges. Eine kleine Hure war sie also, die Praxedis. Und sogar mit Tieren treibt sie's und vor aller Augen. Daß sie sich nur nicht weh tut dabei, das Miststück, das zarte. Schad um sie. Sie kann ja nichts dafür, so mutterlos aufgewachsen! Dressiert wird man sie haben von kleinauf, und jetzt graust ihr vor nichts, und sie ist möglicherweise sogar in ihrem Element. Armes Kind!« Penelope dachte an ihre sanften, kundigen Hände. »Wenn ich nur wüßte, was ein Pornoboskeion ist. Bei uns hurt man in Hafenhütten, aber ganz normal, glaub ich, weder kunstvoll noch vielseitig.«

DAS GEWEBE

Als die Freier immer ungeduldiger und unverschämter wurden, wies ihnen Penelope ein Gewebe vor, an dem sie arbeitete: ein Leichentuch für Laertes. Es sollte ein kunstvoller Teppich werden, damit der Schwiegervater, wenn seine Stunde gekommen war und er hinunter mußte, in würdiger Umhüllung gebettet würde. Odysseus hatte ihr beim Abschied die Sorge für seine Eltern ausdrücklich anempfohlen. Wenn das Tuch vollendet sei, gab Penelope zu verstehen, würde sie sich für einen der Bewerber entscheiden. – Auf diese Weise ließen sie sich noch eine Zeitlang hinhalten, ohne allerdings aufzuhören, täglich das Haus zu belagern und des Odysseus Gut zu verzechen.

Das Weben war für Penelope nicht die einfache Handarbeit, die jede Hausfrau beherrschte, in welcher die Mädchen schon früh unterwiesen wurden. Im Geschäft des Webens und Entwerfens der Muster war sie eine Begnadete. Für sie war das keine gewöhnliche Fertigkeit. Es war eine Kunst. Sie verstand es, aus bunten Wollfäden, die sie selbst färbte, die schönsten Bilder zu weben, kunstreich verschlungen, mit Ornamenten verziert, ausgewogen in der Verteilung der Formen und Gestalten und in Farben prangend, die rein aufeinander abgestimmt waren. Göttern und Menschen, Pflanzen und Tieren verlieh sie die erstaunlichste Lebendigkeit, so daß man ihre Gewirke lange betrachten und lesen konnte wie eine Geschichte. – Odysseus war gerne bei ihr gesessen, hatte ihr zugesehen beim Weben und ihren Einfallsreichtum und ihre Geschicklichkeit auf das höchste bewundert. Er war gewissermaßen ein Kenner. Die Gabe des Fabulierens, die sich bei ihm im Erzählen niederschlug, trat bei ihr in Bildern zutage, die unter ihren Händen aus dem Webstuhl wuchsen.

Das Gewebe für Laertes, an welchem Penelope jetzt arbeitete, hatte aber eine ganz besondere Bedeutung. Hinter dem Zweck der Hinhaltung verbarg sich Wichtigeres. Für ein Leichentuch hätten sich Bilder geschickt aus dem Leben des Mannes, dem es dienen sollte, vielleicht auch die Götter der Unterwelt, Hermes, der Geleiter der Toten, der Pappelhain der Persephoneia.

Was aber da entstand unter Penelopes Händen – halb willentlich, halb träumend –, das waren Bilder aus ihrem eigenen Leben. Erinnerungen an Vergangenes, Szenen aus der Gegenwart mit all den schwierigen und heiklen Fragen, welche diese aufwarf.

Penelope war klug. Sie war fähig und auch gewöhnt, nachzudenken, sich selbst Rede zu stehen und zu sachlichen Entschlüssen zu kommen. Trotzdem waren der Gedanke und das Wort für sie nie so eindringlich und so voll lebendiger Wirklichkeit wie das Bild. Sie lebte und fühlte in Bildern, Bilder gaben ihr auch die Antwort auf ihre Zweifel.

In das Leichentuch des Laertes webte Penelope sich selbst, ihr ganzes Dasein hinein.

Das lebhafte, neugierige Mädchen mit seiner heftigen Unbedenklichkeit, das sich auf den Weiden Spartas herumtrieb, mit offenen Augen und Händen die Welt um sich aufnehmend, ohne aus höfischer Schicklichkeit irgend etwas auszulassen.

Dann die lange Reihe der Werber um die Cousine Helena. Da geriet auch Odysseus ins Gewebe. Rotköpfig mit seinen großen, meergrünen Augen, wie er dastand und schaute. Dann erschien wieder sie selbst, ein mageres Jungfräulein, das sich diesem Odysseus ins Blickfeld stellte, damit er sie wahrnehme und erkennen konnte, was an ihr war. Bald standen sie auch schon dicht nebeneinander und lachten zusammen über die hahnenhaft daherstolzierenden Freier. Nun kam Ithaka ins Bild. Das Haus, seine Bewohner; und das Bett. Glutheiße Mittage wob sie ins Tuch in gelbem Ginster, und Eros hockte in der Steineiche als eine Riesenzikade. Jetzt ließ sie einen kupferroten Mond aus dem Teppich leuchten und die Wehmütter tanzten, als sie niederkam mit Telemach, dem rotlockigen Ginsterfrüchtchen. Und schon spannten sich zwölf helle Segel auf malachitgrüner See, vom Landwind gebläht, und ganz klein vor Kummer stand sie selbst auf den Höhen darüber, des Odysseus Sandale an die Wange gepreßt. Auch die finstere Zeit verschwieg sie nicht dem Garn ihrer Erinnerung. Schwarze Wolle, graue und braune. Die Jahre der Verzweiflung und Verunstaltung. Selbst ihr betrunkenes Torkeln bekannte sie dem Webstuhl ein und die brandrot flackernde Stunde, als sie halbnackt auf dem Boden hockte und auf den verendenden Wendehals starrte.

Das kunstvolle Gewebe geriet in die Länge und Breite und hätte längst für den alten Laertes gereicht. Aber Penelope war noch lange nicht fertig. Bis jetzt war alles Erinnerung. Nun kam die Gegenwart und die große Frage: Für welchen von den jungen Kerlen, die sie und das Haus belagerten, sollte sie sich entscheiden?

Jeder kam ins Tuch, und bildend erkannte sie ihre Wesensart, verglich sie untereinander, wog ihre Vorzüge und Nachteile gegeneinander ab.

Antinoos, schön und feurig, beweglichen Mundes und mit unverschämten Augen. Fülliger und von einnehmenden Gesten Eurymachos, des Polybos Sohn, ein reicher Taugenichts. Neben ihn stellte sie klein und mit verworfenen Augen Melantho, die Dienstmagd, mit der er es trieb. Dann Amphinomos aus Dolichion, treuherzig bieder, wie er die anderen zur

Mäßigkeit mahnte. Sein Bild führte sie ziemlich genau aus und mit gewissen Einzelheiten der Statur und Kleidung.

In dieser Phase ihres Webens aber geschah etwas, das sie wunderte, gewissermaßen auch ärgerte und bestürzte.

Unten in der Halle befaßte sie sich in der üblichen Weise mit den Freiern, wie es sich als Hausherrin für sie gebührte, und dabei beobachtete und beschaute sie jeden einzelnen scharf, prüfte ihn mit den Augen der Bildnerin, um ihn oben dann möglichst getreu ins Gewebe zu bringen. Sie nahm genaue Bilder mit hinauf in ihre Kammer, und die Gestalten gerieten ihr auch gut und treffend. Nur mit den Gesichtern wollte es nicht gelingen. Immer wieder stahlen sich da Züge und Farben ein, die nicht stimmten. Dann trennte sie alles wieder auf.

Unter dem bunten Gewoge der Freier war einer, der liebte sie wirklich. Das spürte sie. Amphinomos. Er dachte nicht mehr an ihren Besitz, er dachte nur mehr an sie als Frau, er hatte sich sterblich in sie verliebt. Penelope war nicht unempfindlich dagegen. Sie hatte sich in all den Jahren zwar daran gewöhnt, in einem leeren Bett zu schlafen, auch ihr Körper hatte sich darauf eingestellt oder damit abgefunden. Sie zerriß keine Leintücher mehr in schwülen Mondnächten. Aber es war ihr leid um all das, was sie nicht gehabt hatte. Sie trauerte um Odysseus, aber sie trauerte auch um die besondere Art der Freuden, die ein Mann einer Frau bescheren kann und die sie immer genossen hatte, die ihr – besonders in den ersten Jahren – sehr gefehlt hatten.

Wenn sie nun Amphinomos ansah und mit ihm sprach, fragte sie sich zuweilen zwischen Neugier, Trotz und Verlangen: Warum eigentlich nicht? – Sie dachte sich den Amphinomos nicht als möglichen Gatten und Nachfolger des Odysseus. Sie dachte nur an einen Mann im Bett, und dafür erschien ihr Amphinomos der Geeignetste, weil er in sie verliebt und von sanfter Wesensart war und seine wohlgeformte Körperlichkeit ihr nicht mißfiel. Ohne es geradezu auszusprechen, ließ sie ihn erkennen, daß sie ihn, falls er sie in ihrem Schlafgemach besuchte, nicht vom Gesinde würde hinauswerfen lassen.

Als die Freier, wie üblich, zu einer bestimmten Stunde der Nacht das Haus des Odysseus verließen und zum Schlafen ihre eigenen Wohnstätten aufsuchten, ging auch er. Aber er kam wieder. Er achtete sehr darauf, daß er von niemandem bemerkt wurde, denn er ehrte Penelope.

Um ihre Scheu und Verlegenheit zu überwinden, hatte Penelope seit langem wieder einmal dem Süßen, Schweren etwas zugesprochen. Aber er lockerte nur die Zunge, nicht ihre Glieder. Die waren plötzlich bleischwer und kalt und trocken.

Amphinomos war sehr glücklich gewesen, als er begriffen hatte. Voll hoher Erwartung hatte er sich ins Haus geschlichen und nun saß er, zitternd vor Aufregung, neben Penelope auf dem Bett und versuchte, ihr näherzukommen. Er legte ihr den Arm um die Schulter und streichelte ihr Haar, ihren Hals. Küßte sie mit scheuer Zartheit nicht auf die Lippen, sondern auf die Mundwinkel und auf die Kehle. Er drängte sie sanft zum Hinlegen und legte sich neben sie.

Die Lampe war am Erlöschen, gab nur mehr ein kleines, unruhig flackerndes Licht. Penelope schloß die Augen. »Ich will«, betete sie bei sich, »ich will! Kypris, schick deinen Sohn, er hat mich genug gequält, jetzt soll er mir die Glieder lösen.«

Amphinomos wurde dringlicher, aber zärtlich behutsam. Er war nicht ungeschickt. Penelope fühlte das, und sie war nahe daran, sich hinzugeben, da wurde ihr plötzlich bewußt, daß es nicht Amphinomos war, der sie weich machte, nicht irgendein angenehm aussehender Mann mit liebenden und wissenden Händen, sondern die Erinnerung an Odysseus. Odysseus drängte sich zwischen ihre Sinne und den anderen Mann. Sie fühlte, sie roch und sie sah hinter den geschlossenen Lidern Odysseus, und er war es, dem ihr Fleisch entgegenzusingen begann, nicht dem redlichen Amphinomos.

Penelope war anständig. Sie setzte sich auf im Bett – es fiel ihr nicht leicht, denn sie war schon ziemlich weit –, streichelte dem Bestürzten, nicht Verstehenden mütterlich über das Haar und sagte: »Sei mir nicht böse, Amphinomos, Lieber! Wenn ich's mit einem tun möchte, dann bist du es, denn ich hab dich wirklich gern, und ich achte dich auch. Aber eben weil ich dich achte, kann ich es nicht tun. Du bist mir zu gut dazu, dich als eine Puppe für Odysseus zu mißbrauchen, und wenn du mir nahe kommst, seh ich in deinem Gesicht plötzlich das seine. Schau, ich hätte meinen Odysseus gern mit dir betrogen, und wahrscheinlich hat er's auch verdient. Aber ich will dich nicht mit Odysseus betrügen. Verstehst du mich, mein Freund?« – Amphinomos sah so aus, als verstünde er nichts, aber er fügte sich, denn unklar spürte er, daß es keine Beleidigung war, was ihm widerfuhr, sondern etwas wie eine Ehrung. Das andere wäre ihm fast lieber gewesen. Er hätte in Wut kommen und Penelope ein bißchen heruntermachen können. Das hätte ihm den Abgang leichter gemacht. Aber er fügte sich und ließ beim Davonschleichen die gleiche sorgfältige Vorsicht walten wie bei seinem Kommen. Es sprach für seine aufrechte Wesensart.

Ihm war es wirklich nicht zur Last zu legen, daß Eurykleia einen sehr leichten Schlaf hatte und zusätzlich noch eine scharfe Witterung in allen Dingen der Beziehung zwischen Mann und Frau. Sie blickte daher Penelope am nächsten Morgen voll ins Gesicht mit einem leichten Grinsen, das nicht ohne Wohlwollen war. Penelope übersah es und ging erhobenen Hauptes mit undurchdringlichem Gesicht an ihr vorüber.

In den folgenden Tagen empfahl es sich, ihr auszuweichen. Sie gemahnte an eine Katze kurz vor dem Fauchen. Es fiel ihr nämlich nicht leicht, diese peinliche Nacht zu verwinden. Nur widerstrebend fügte sie sich der Erkenntnis, daß sie Odysseus nicht zu betrügen vermochte. Sie hätte in dieser Nacht gerne und ohne die leisesten Bedenken sittlicher Art mit dem wohlgestalten und freundlichen Jungen geschlafen. Nichts hatte sie daran gehindert als das verfluchte Fleisch, das erst lebendig wurde und in Blüte kam, als sich im flackernden Dämmer des Gemachs über die hübschen Züge des Amphinomos das Gesicht des Odysseus legte. Hätte sie sich nicht zusammengerissen und steil aufgesetzt, wäre sie in den nächsten Sekunden singend und selig über die Ginsterhänge Ithakas geflogen. Aber nicht in des Amphinomos, sondern in des Odysseus Armen. Sein Siegel konnte nicht gelöscht werden.

»Gezeichnet wie ein Stück Vieh! Sklavin meines gebrandmarkten Fleisches!« knirschte Penelope und zerfetzte wieder Bettlinnen.

Sie begriff nun auch, warum sie in ihrem Gewebe ausgerechnet die Gesichter der Freier nicht richtig darstellen konnte, ganz gegen ihr sonstiges Vermögen im genauen Abbilden. Es war das Gesicht, es waren die Züge des Odysseus, die ihr dazwischenkamen, ihre Augen blind und ihre Finger ungeschickt machten, so daß nichts als zwitterhafte Schemen entstanden.

Nun wußte sie auch, daß sie sich nicht wieder verheiraten konnte, ob nun Odysseus tot war oder nicht. Eine neue Ehe wäre ein Betrug des zweiten Gatten gewesen, und die Kinder, die daraus entstanden, nicht die seinen. »Ich kann doch nicht Larven des Odysseus in die Welt setzen, weil ich im Augenblick der Empfängnis sein Gesicht über mir sehe!«

Aber Penelope hatte noch eine Anfechtung zu bestehen, und die war nicht so harmlos wie der mißglückte Versuch des Ehebruchs mit dem verliebten Amphinomos. Da wurde sie von einer ganz anderen Verführung heimgesucht als der Lust auf die liebestrunkenen Zärtlichkeiten eines freundlichen, wohlgearteten Mannes. Diese Verführung ging von Antinoos aus.

Ausgerechnet Antinoos, der einzige von der ganzen Schar, die sie umlagerte, den sie wirklich haßte, und mit Recht. War er doch der Unverschämteste, der Roheste von allen. Er machte sich breit in ihrem Besitz, als wäre es schon der seine. Sie wußte auch, daß Antinoos ihren Telemach, wenn der sich nicht in sein Schicksal als Beraubter fügen sollte, rücksichtslos aus dem Weg räumen würde.

Für Antinoos war Penelope zunächst – wie für die anderen auch – nur ein Mittel gewesen, an die Habe und Stellung des Odysseus heranzukommen. Eines Tages aber, als er sie an der Schwelle der Halle stehen sah, überfiel ihn plötzlich eine wüste Begierde. Nicht nach Penelope als das Ganze, das sie war mit Leib und Seele. Nur dem Körper galt diese Begierde.

Etwas reizte und erregte ihn auf einmal, diesen überreifen, gar nicht mehr blühenden Körper zu besitzen in einer Art, die die Seele ausschloß. Das Fleisch allein wollte er zum Sklaven seiner Lust machen, ohne Liebe, ohne Zärtlichkeit und Achtung.

Es war an sich kein böser Wille bei dieser Gier. Antinoos kam es nicht darauf an, Penelope zu demütigen, zu erniedrigen, ihr Wesen zu brechen. Wenn es allerdings dabei geschah, dann war ihm das gleichgültig. Aber wahrscheinlich dachte er gar nicht an diese Möglichkeit. Sein Geschlecht gierte nach dem ihren, sonst nichts. Und er war es gewohnt, sich keine Lüsternheit, die ihn befiel, zu versagen.

Natürlich wagte er es nicht, Penelope direkt ein freches Angebot zu machen. Er war verderbt und erfahren genug in der Kunst der Verführung, um zu wissen, daß er sie erst zermürben mußte, daß er Gelüste in ihr erwecken mußte, die ähnlich den seinen waren. Gewalt hatte er nicht im Auge. Das war ihm zu wenig. Sie mußte mittun, angestachelt von der gleichen Lust wie er selbst.

Er begann, sie mit den Augen zu verfolgen und ihren Blick einzufangen, und in seinen Augen war die Art seiner Wünsche zu lesen. Penelope sah diesen Blick, sie spürte ihn auf der Haut und deutete ihn richtig. Erst sah sie weg mit verfinsterter Braue, und ihr Gesicht wurde dunkel von einer Blutaufwallung der Empörung und der Scham. Unwillkürlich raffte sie ihre Schleier zusammen und wich der Verfolgung durch diesen Blick aus oder stellte sich ihm mit einem Gegenblick der Verachtung. Sie war entrüstet.

Antinoos aber war beharrlich. Und bald war Penelope gekitzelt von dem Zwang, sich durch einen kurz streifenden Blick zu überzeugen, ob Antinoos sie immer noch so ansah. Hatte sie sich vergewissert, nährte sie Abscheu und Empörung in sich und trieb diese Gefühle künstlich hoch, aber sie übersah auch nicht, daß sich eine kleine Befriedigung der Entrüstung beimengte, was eine pikante Mischung ergab, einen Reiz, der neu war für sie, und sie gestand sich ein, daß sie ungern darauf verzichtet hätte. Nach einer Weile merkte sie, wie ihr Körper sich langsam selbständig machte und sich der Kontrolle ihres Willens entzog. Mit Wut, Abscheu und Verwunderung beobachtete sie diesen Vorgang. Und schließlich mußte sie sich eingestehen, daß ihr Fleisch heimgesucht wurde von Gelüsten und Vorstellungen, deren Schamlosigkeit sie entsetzte; Wünschen einer Art, die ihr nicht einmal im Traum gekommen waren in jenen qualvollen heißen Nächten, in denen sie sich verzehrt hatte nach den Umarmungen des verschollenen Odysseus.

Sie erinnerte sich nun – da sie beständig daran dachte –, daß auch in den Augen des Odysseus manchmal die Hitze des Begehrens aufgeflammt war, aber sie hatte nie allein ihrem Fleisch gegolten. Immer nahm er ihre Seele mit hinein in diesen Blick. Einen Blick, der in ihr wohl den Wunsch nach Vereinigung erweckt hatte, aber nicht Gelüste, die denen ähnlich waren, die sie jetzt verzehrten, wenn sie des Antinoos rohe Begehrlichkeit auf ihrem Körper prickeln fühlte. Es überwältigte sie dann eine rasende Lust, sich die Kleider vom Leib zu reißen, nichts als ein Stück nacktes Fleisch zu sein, das in jeder Faser und Falte bereit, ja süchtig war, sich der tierischen Gier des Mannes hinzugeben, für den sie keinen Funken Zuneigung empfand, sondern nichts als Haß und Verachtung. Dennoch – auch das gestand sie sich ein – war dieser Wunsch brennender als die Lust auf die Zärtlichkeiten des Amphinomos, den sie achtete und gut leiden mochte, brennender als die Sehnsucht nach der Umarmung des Odysseus, den sie immer noch liebte.

So übermächtig wurde dieser schamlose Wunsch in ihr, daß der Leib sie schmerzte, als wäre er gegeißelt worden.

Wenn diese bestürzenden Begierden sie jetzt folterten und sich im Gewebe niederschlugen, entstand unter ihren Fingern, ohne bewußte Lenkung und Absicht, ein Abscheu erregendes Nachtgesicht, eine dreiste Schandorgie von Spukgestalten, halb tierisch, halb dämonisch, Sitte und menschliche Wohlgestalt verhöhnend und verhunzend. Oft waren es sogar nur Körperteile, einzelne Organe, die sich scheußlich vermischten, einander lustvoll zerfleischend mit Messern, Haken und Stacheln in trunkener Grausamkeit.

Penelope wartete die Nacht nicht ab, um diese Bilder, die

sie abstießen und erregten zugleich, aufzutrennen; oft war's kein Trennen, sondern ein Zerreißen.

»Ich will des Antinoos Hure sein«, gestand sie sich mit Entsetzen und Lüsternheit gleichzeitig, und die Knie wurden ihr mürb.

Es kam soweit, daß sie dem Antinoos seinen Blick zurückgab: frech, kalt und gierig.

Natürlich merkte Eurykleia etwas. Ihr scharfer Rattenblick hatte das Augenspiel der beiden aufgefangen.

Gerade zerfetzte Penelope wieder ihr Gewebe, da merkte sie, daß Eurykleia hinter ihr stand. Sie hatte sie nicht eintreten gehört, verstrickt wie sie in diesen Tagen war in den peitschenden Fangarmen ihrer Begierde.

»Ein hübscher Junge, der Antinoos«, sagte Eurykleia. »Grade Glieder, ein schlanker Wuchs, harte Muskeln und eine freche Fratze. So jung, daß er dein Sohn sein könnte. Und wie er dich anschaut! Nicht dein Gesicht schaut er an oder deine in kleidsame Falten gehüllte Gestalt. Deinen nackten Körper mustert er durchs Gewand und schätzt ihn ab, und du läßt es dir nicht nur gefallen, sondern wirfst ihm den Blick zurück.« – Penelope erstarrte und schwieg.

»Dem Kerl sind die Hoden in den Schädel gestiegen und haben sein bißchen Gehirn verdrängt, sonst ließe er sich nicht ein in dieses Spiel; nicht mit dir. Der kommt aus der Sache heraus als leergesogener, brüchiger Weinschlauch. Ihm gönnte ich's ja, dem Stinkbock mit seiner geilen Visage. Aber dir nicht, Schamlose! Mit Amphinomos, das wäre ein anständiger Ehebruch gewesen, wohltuend für euch beide und eine Erfrischung des Gemüts. Aber was du jetzt mit Antinoos vorhast und er mit dir, das ist ärger als Hurenwerk. Da ist nichts daran beteiligt als ein paar bestimmte Partien rohen Fleisches, die ohne die Segnung der Liebe häßlich und lächerlich sind, die einander nichts Gutes tun wollen, sondern sich gegenseitig mißbrauchen zur schlimm einsamen Lust. Schindluder ist das und Räuberei. Was der Liebe und Freude dienen sollte, wird zum Werkzeug der Ausbeutung und Zerstörung des andern.«

»Schweig, du, gerade du«, fuhr Penelope auf wie eine

getretene Natter, »worum ging es denn dir, wenn du dich im Finstern mit einem paartest, den du am Tag nicht wiedererkannt hast, als um Begierde und Lust. Gier nach Lust und Erlösung, die eben an ganz bestimmte Stellen des Körpers gebunden sind, die einander brauchen zur Stillung der Begierde. Und was glaubst du, was Odysseus jetzt tut? Warum Odysseus nicht heimgekommen ist nach Trojas Fall? Oh, ich weiß, daß er nicht tot ist. Ich seh ihn vor mir, als stünde er vor meinen Augen, wie er fremde Weiber sich zügelt zu seinem Vergnügen mit ebensolchen Blicken, wie Antinoos sie mir schenkt. Warum hat Odysseus mich nie so angesehen? War ich ihm zu wenig reizvoll, zu wenig begehrenswert dazu? Ich war ihm nur gut genug, mir den Bauch voll zu machen, damit er einen Sohn hat, und als es soweit war, ging er und sah sich nach anderen um! Antinoos? Da hast du schon recht! Der pfeift auf meine Seele! Der will mein Fleisch ohne Drumherum von Liebe, Zärtlichkeit und Gleichklang des Herzschlags. Und ich? Ich schäme mich nicht, es herauszuschreien: Ich will es auch so. Gerade so will ich's! Er soll mich haben und tun mit mir, was er will, und ich werde ihn haben wie ein Instrument und tun mit ihm, was meiner Begierde dient. Jeder für sich allein die eigene Lust durch Gebrauch, meinetwegen Mißbrauch des andern. Benützen will ich ihn und dann wegwerfen, und er soll es mit mir tun auf die gleiche Art; wie ein Tier.«

Penelope hatte sich nicht umgedreht nach Eurykleia, als sie diese furchtbaren Anstößigkeiten heiser herausschrie mit einem totenbleichen Gesicht, einem fast sturen Blick in den stumpf brennenden Augen.

»Jetzt schweig, Herrin!« sagte Eurykleia. Nicht ätzend oder keifend, wie es sonst ihre Art war, sondern ernst, fast gebieterisch.

»Schweig, und es soll verschlossen bleiben in diesen meinen Ohren, was du gesagt hast, ich will es vergessen. Denn ich will dich weiterhin achten können als Penelope, die Gattin meines Herrn. Schweig und sprich dergleichen nie wieder aus.

Sicher, ich hab viele im Bett gehabt, denn ich habe die Lust geliebt. Aber niemals so wie jetzt du! Hörst du? Niemals habe ich mich soweit ins Fleisch verirrt, daß Lust zur Schändung wird. Die eigene und die des andern, wer immer das sein mag. Immer haben wir gemeinsam unsere Freude gehabt, und ich hab darauf geachtet, daß es ihm wohltut und er sich nicht ausgibt, und keinen Schaden nimmt. Lustig, zufrieden und gestillt sind sie von meiner Schwelle gegangen, nicht auf allen Vieren gekrochen; und lustig und zufrieden stand ich selber auf und machte mich erfrischt ans Tagwerk, keine Lemure der Nacht, sondern ein rüstiges Weib mit neuer Lust zum Leben, zur Arbeit, auch wenn's eine Plage war.«

Damit wandte sie sich und verließ das Gemach.

Penelope saß noch lange mit demselben starren Blick, steif aufgerichtet, die Hände zwischen den Knien ineinander verkrallt, daß die Knöchel weiß hervortraten. Sie dachte nach. Eurykleias Worte hatten sie tief getroffen. Gerade weil sie von einer kamen, die in diesen Dingen nicht heikel war. Viel tiefer war sie getroffen, als hätte eine Frau ihres Standes, ihrer Erziehung ihr Vorhaltungen gemacht. Getroffen wie von einem harten Schlag ins Gesicht.

Als die Dämmerung einfiel, trat sie zum Fenster und sah hinaus auf den Hang, wo gerade der Ginster blühte und der Thymian roch. Sie seufzte tief. Und in diesem Seufzen war ein Verzicht. Aber auch eine Befreiung.

»Es muß so etwas geben«, sagte sie versonnen, »etwas wie die Ehre des Fleisches. Man gibt es hin mit Liebe, und mit Liebe muß es genommen sein. Lust muß aus der Zärtlichkeit kommen und wieder in Zärtlichkeit enden. Zusammen muß man sie spüren in allen Fasern des Leibes und der Seele, in jedem Schlag des Herzens, zusammen und gleichzeitig und nicht jeder für sich allein als Beute, die er dem anderen entreißt.

Gemeinsame Lust verletzt nicht die Würde des Fleisches. Denn auch das arme Fleisch hat seine Würde und ist kein Fetzen, den man in die Ecke wirft, wenn man ihn benützt hat. Und das Herz ist es, das ihm diese Würde wahren muß. Es darf es nicht allein lassen. Sonst verliert und verirrt es sich in seiner Blindheit.«

Als sie gebadet, gesalbt und umgezogen war, ging sie in den Saal hinunter, wie sie es täglich tat, blieb wie gewöhnlich auf der Schwelle stehen und sah sich um, streifte jeden mit einem gleichmäßig freundlichen Blick, wie es der Herrin und Gastgeberin gebührt. Vergeblich suchte Antinoos das Hündische in ihren Augen, als sie auch ihn ansah.

Melantho, das verbuhlte Luder des Eurymachos kam eines Nachts Penelope auf die Schliche mit dem Leichentuch und steckte es ihrem Bettfreund. Die Freier tobten und brachen nachts in Penelopes Gemach ein, als sie gerade trennte. Das Trugspiel war ausgespielt. Penelope war verzweifelt. Es wurde ihr keine Frist mehr gegeben. Sie mußte sich für einen der Freier entscheiden. – Ungefähr zur gleichen Zeit löste sich Odysseus von Kalypso.

Das Bilderweben war die Art gewesen, wie Penelope hinter die Schallmauer der Wirklichkeit ging. Während Odysseus in der Randzone zwischen Wirklichkeit und Traum von Grotte zu Grotte trieb, wirkte Penelope Bilder ins Gewebe. Beide hatten sie die Ehe gebrochen. Er auf die Art der Männer und sie auf die Art der Frauen. Sie hatten einander nichts vorzuwerfen. Keiner war dem anderen etwas schuldig.

TELEMACH

Telemach mit seinen knapp zwanzig Jahren! Vom Wuchs her ein Mann, innerlich ein halber Knabe. Es fehlte ihm sehr der Vater, in dessen Schatten er zwischen Bewunderung und Widerspruch, Nachahmung und Reibung hätte zur Reife gelangen können.

Penelope war eine gute, sie war auch eine gescheite Mutter. Sie wußte, daß der Sohn jetzt unter Männer gehört hätte, damit er Schliff und Sicherheit bekäme. Aber sie dachte weiter. Ein erwachsener Telemach würde sich gegen die Freier stellen, er würde handeln. Damit aber wäre er für diese unbequem, gefährlich. Also auch gefährdet. Der Junge, den sie mit Spott und Gutmütigkeit behandelten, war seines Lebens sicherer.

So saß er im Haus herum, mürrisch, unentschlossen. Die Erpressungstaktik der Schmarotzer, die eine Entscheidung erzwingen wollten, indem sie seine Habe verpraßten, durchschaute er.

Die Freier fanden sich gerade ein, einzeln und in Gruppen, und brachten Lärm und Unordnung ins Haus. Da sah Telemach auf der Schwelle den Fremden stehen. Wie es sich gehörte – das hatte ihn die Mutter gelehrt –, ging er ihm entgegen, nahm ihm den Speer ab, rückte Stuhl und Schemel herbei und ließ Speise und Trank vorsetzen.

Dann aber tat er, was kein erwachsener Mann getan hätte: Ehe der Ankömmling sich noch gesättigt hatte und er – der Sitte gemäß – nach Name, Herkunft und Absicht fragen konnte, brach er los mit dem, wovon sein Herz voll war, schilderte dem Wildfremden seine Lage, seinen Kummer, erklärte, was es auf sich habe mit diesen Männern, die das Haus füllten, und daß der Vater verschollen sei, wahrscheinlich tot.

Endlich fiel ihm die längst fällige Frage nach der Herkunft des Gastes ein. Der gab sich als der Taphier Mentes zu erkennen, als ein Freund des Odysseus. Dem Erfahrenen entging nicht das knabenhafte Mitteilungsbedürfnis des Jünglings, das seinem Alter nicht mehr so recht anstand. Er versuchte ihn etwas aufzustacheln, am Ehrgeiz zu packen. An ihm, Telemach, liege es, mit dem Mißstand im Hause aufzuräumen. Vor das Volk der Ithaker müsse er treten, auf offenem Marktplatz, und Beschwerde erheben gegen die Freier. Wenn sie als Werber um die Hand der Mutter aufträten, sollten sie es in den üblichen Formen tun, nicht als dreiste Schmarotzer. Sodann aber solle er ein Schiff ausrüsten und selbst nach dem Verbleib des Vaters sehen. In Pylos vielleicht, bei Nestor, oder bei Menelaos in Sparta, der selbst drei Jahre umhergeirrt war.

Er sah etwas töricht drein, der junge Telemach, aber es schmeichelte ihm auch, daß man ihm dergleichen zutraute.

Auf diese Weise gestärkt, wurde er vorerst einmal frech zur Mutter. Diese betrat gerade in gewohnter Weise den Saal. Sie vergoß ausdrucksvolle Tränen über den Gesang des Phemios, der zur Leier gerade ein Heldenlied von Trojas Kämpfern rezitierte. Sie bat ihn einzuhalten. Zu sehr schmerze sie die Erinnerung an den fernen Odysseus. Da blähte sich unversehens das Söhnchen auf und schickte die Mutter in barschen Worten hinauf zu »Spindel und Webstuhl«. »Rede«, sagte er – und dabei brach ihm andeutungsweise die Stimme, was nur mehr in Aufregung geschah – »Rede ist Sache der Männer, vor allem die meine! Denn mein ist die Macht hier im Hause!«

»Was ist in das Bürschchen gefahren«, dachten alle verblüfft, »hat er sich am Ungemischten vergriffen?«

»Sollte er endlich erwachsen werden?« dachte Penelope und gehorchte schweigend. »Allerdings, so hätte er mich nicht abkanzeln müssen, der Bengel. Das hätte der Vater ihm nicht durchgehen lassen! Aber ich kann ihn doch vor dem Gesindel nicht bloßstellen. Aufgeregt war er. Ich hab's gemerkt, hoffentlich merken's die anderen nicht so.«

Telemach aber, immer noch trunken von den Einflößungen des Gastfreunds, ging auf die Freier los, was ihm noch nie eingefallen war. Verbat sich plötzlich das Lärmen und Prassen. Denen war das neu. Sie bissen sich in die Lippen. Nur der maulgewandte Antinoos wies ihn höhnisch zurecht: Ob er, der junge Telemach, sich etwa als König von Ithaka aufspielen wolle? Keiner nahm den Jungen ernst. Keiner kümmerte sich um den unerwartet Gebauschten, niemand ließ sich stören. Wie bisher lärmte und zechte man bis in die sinkende Nacht. Telemach sah es finster. Ratlos und wütend würgte er die Erkenntnis hinunter, daß sein Auftritt zu nichts geführt hatte. So begab er sich nachdenklich in die Schlafkammer. Wie stets, seit Kindertagen, begleitete ihn Eurykleia, die seine Kleider ordentlich aufhing und ihn mit dem Schafspelz zudeckte, wobei sie darauf achtete, ihm auch die Füße unten warm einzuwickeln, damit er keinen Schnupfen bekäme. Von der Mutter hätte er sich diese behaglichen Dienstleistungen grollend verbeten. Von der alten Amme nahm er sie an und fand es traulich.

Eurykleia dachte sich auch ihr Teil, denn sie hatte alles

beobachtet. Den Fremden, dann die unerwartete Aufmüpfigkeit des Kleinen. Sie sandte ein rasches Gebet zu einer Göttin, die keinen bestimmten Namen besaß, die sie aber tief im Herzen hatte, eine mütterliche Göttin, die sie sich als gar nicht junge Frau und mit üppigen Formen vorstellte und zu der sie bekanntlich wesentlich mehr Zutrauen hatte, als zu den von eigenen Affären und Kapricen abgelenkten Olympierinnen.

Am nächsten Morgen bat Telemach in der Volksversammlung auf dem Marktplatz tatsächlich ums Wort. Er war nun wieder voller Zuversicht, stolz, daß er es gestern den Freiern und gleich auch der Mutter hineingesagt hatte, was ihm schon so lange in der Kehle stak. Daß der Erfolg dieser Tat kaum nennenswert war, hatte er schon wieder vergessen. Man drückte ihm das Rednerszepter in die Hand. Alle waren gespannt und neugierig, was der Junge sagen, wie er sich anstellen würde. Berauscht von der Tatsache, daß man ihn so ernst nahm, ihn reden ließ und so viele Leute ihm zuhörten, blind gegen die zahlreichen höhnischen und schadenfrohen Mienen, erhob er beredte Anklage gegen die Freier, die seine Habe vergeudeten, geriet dabei aber so in Zorn und in Rührung über sich und sein Elend, daß er das Szepter zu Boden schleuderte und dabei in heiße Tränen ausbrach. Leider wieder ganz der Halbwüchsige, der sich nicht beherrschen konnte, sondern herausfuhr mit allem, was ihm zusetzte, Kummer und Wut. Den Wohldenkenden tat er leid. Antinoos aber unterließ es nicht, ihn boshaft einen »hohen Redner« zu nennen, »unwiderstehlich und mutig«, und hatte damit die müßigen Lacher auf seiner Seite. Es spricht für Telemach, daß er trotzdem nicht aufgab, sich nochmals ermannte und seinen Plan für eine Schiffsreise bekanntgab. Umsehen wolle er sich selbst, ob er Kunde fände vom Vater. Habe er Gewißheit, daß er tot sei, werde er der Mutter nahelegen, sich wieder zu vermählen. In jedem Fall aber hätten die Freier nichts mehr in seinem Haus verloren.

Der alte Mentor, dem Odysseus bei seiner Abreise die Familie ans Herz gelegt hatte und der bisher dieser Bitte offensichtlich nicht besonders tatkräftig entsprochen hatte, erbarmte sich des Jungen und trat vor der Versammlung für Telemach ein. Er forderte das Volk von Ithaka auf, seine Sache zu unterstützen. Dem Volk aber war es gleich, wenn die Reichen untereinander haderten. Mögen sie einander in den Haaren liegen, unsereins hält sich da besser heraus und legt sich mit niemandem an. Ihre Szene hatten sie gehabt, jetzt gingen sie auseinander.

Der arme verspottete Telemach, der sich ein paar schöne Augenblicke lang groß und erwachsen vorgekommen war, schlenderte grübelnd und mürrisch den einsamen Strand entlang und ließ seinen dumpfen Groll an den Steinen aus, die am Wege lagen.

Da trat Mentor wieder an seine Seite, er war ihm nachgegangen. Er schämte sich etwas, daß er sich bisher so wenig um diesen Jungen gekümmert hatte, den Sohn des Odysseus, dem er verbunden war. Er suchte den Entmutigten bei seinem männlichen Ehrgeiz zu packen. Er, des Odysseus und der Penelope Sohn, solle sich seiner hohen Herkunft würdig erweisen und nicht zögern, seinen Plan zu Ende zu führen. »Aber meist sind ja die Kinder minder als die Väter.« Der Stachel saß. Finsteren Auges straffte sich Telemach auf. Das sollte ihm keiner sagen. Natürlich würde er sofort alles Nötige vorbereiten.

Mentor war alt und erfahren genug, um zu wissen, daß die praktischen Vorbereitungen zu dieser Erkundungsfahrt er selbst werde in die Hand nehmen müssen. Woher sollte der Junge ein Schiff nehmen, woher Begleiter? Er solle sich lediglich um die Verpflegung kümmern, sagte er, alles übrige ihm, Mentor, überlassen, dessen Wort in Ithaka Gewicht habe.

Telemach, nach Hause gekommen, zeigte sich den Freiern gegenüber trotzig und abweisend, so daß es denen allmählich in den Sinn kam, daß sie vielleicht doch einmal mit ihm würden rechnen müssen. Wenn er jetzt auch noch halb kindlich aufprotzte, gängeln wie bisher ließ er sich offenbar nicht mehr. Irgend etwas schien in ihn gefahren zu sein. Man mußte sich langsam die Frage stellen, wie man sich des Lästigen entledige.

Telemach verfolgte sein Geschäft mit Eifer. Fest stand für ihn, daß alles vor der Mutter verheimlicht werden mußte. Er fürchtete nicht nur ihr Jammern und ihre Besorgnis. Vor allem fürchtete er ihren Scharfsinn und ihre Redegewandtheit. Wer weiß, ob es ihr nicht gelingen würde, ihn – den ohnehin nicht allzu Entschlossenen – umzustimmen? Dem durfte er sich nicht aussetzen. So wandte er sich, wie immer schon, wenn er vor der Mutter etwas geheimhalten mußte, an Eurykleia.

Vor ihr spielte er sich auf und schaffte groß an. Ein Schiff war zu versorgen mit Vorräten und was sonst für eine längere Seereise nötig sei. Er habe nämlich vor, auf Erkundungsfahrt zu gehen, selbst Umschau zu halten nach dem Vater. Nach Pylos zuerst, dann nach Sparta. Allenfalls noch weiter. Es werde sich ergeben. Er, Telemach, sei der Anführer des Unternehmens und daher verantwortlich für alles.

Da saß er, groß angebend, auf einem der Vorratstische mit hängenden Beinen. Ein langer Bengel, breit in den Schultern, aber noch ein bißchen schlaksig, die Gelenke groß im Verhältnis zur Muskelfülle. Noch nicht so recht zusammengewachsen. In die Stirn fielen ihm die weichen, vor Aufregung verschwitzten Kinderlocken. Darunter die grünlichen Meeraugen des Vaters, weit aufgerissen. Er träumte und prahlte.

Eurykleia verschlug es zunächst Atem und Rede. Sie stand, die Hände auf dem Bauch gefaltet, und starrte den Buben an aus ihren umrunzelten, wimpernlosen, aber immer noch scharfen Augen. Vor allem, gab nun der Knabe von sich, müsse die Mutter ›geschont‹ werden, ihr dürfe man nichts von seinem Unternehmen sagen, ehe sie nicht selber draufkam, daß er fort war. Solle sie doch eine Weile sich noch in Sorglosigkeit wiegen und glauben, er sei draußen im Feld beim Großvater oder den Hirten. Möglichst lange möge ihr verborgen bleiben, mit welchen Gefahren sich der Sohn herumschlage in der Welt, auf der weinroten See.

Nun hatte aber auch Eurykleia ihre Verblüffung überwunden. Zunächst tat sie, was er erwartet und auch erhofft hatte: Sie schrie entsetzt auf über seinen Wagemut. »Liebes Kind, unser einziges, warum willst du weit übers Meer. Bleib daheim bei den Deinigen, was hast du es nötig, dich den Gefahren der tückischen See auszusetzen!«

Sie sorgte sich wirklich. Andrerseits wußte sie aber auch, daß man Männer nicht halten kann. Eines Tages ist die Stunde da, und sie müssen hinaus. Das war das Gesetz der Erde, und man sollte sich dagegen nicht stemmen. Außerdem schmeichelte es ihr sehr, daß er sich an sie gewandt hatte. Sie zog er ins Vertrauen, nicht die Mutter. Die mußte ›geschont‹ werden. Natürlich wußte sie auch, was es mit dem ›Schonen‹ auf sich hatte und daß der größte Teil der Fürsorge auf Rechnung der Angst ging, mit seinem Vorhaben vor die Mutter zu treten. Trotzdem. Sie war wieder einmal wichtig, hatte zu tun, zu vertuschen, zu verheimlichen und außerdem umsichtig dafür zu sorgen, daß alles richtig vorbereitet wurde. Was wußte der Bub denn schon, was er brauchte auf der Reise. Sie, Eurykleia, wußte es. Nicht umsonst hatte sie seinerzeit viel Verkehr gepflogen mit seefahrenden Männern. Sie nahm alles in die Hand.

Sie sorgte auch dafür, daß das Nötige ohne viel Aufsehen zum Schiff kam, welches Mentor beschafft hatte. Die Besatzung bestand zum Großteil aus Söhnen derer, die einst mit Odysseus nach Troja gezogen und noch nicht heimgekehrt waren. Mutterkinder, in der gleichen Lage wie Telemach, denen der Vater fehlte und die die Gelegenheit begrüßten, der Weiberherrschaft zu entkommen und zu zeigen, daß sie Männer waren. Söhne, die es satt hatten, daß ihnen die Tugenden der fernen Väter bei jeder Gelegenheit vorgehalten wurden.

Als Telemach vorsichtig und leise sich am frühen Morgen aus dem Haus gestohlen hatte und dann an den Ablegeplatz rannte, wo schon die andern versammelt waren, alle voll eines fremden prickelnden Gefühls zwischen Beklommenheit und Abenteuerlust, da rief er ihnen schon von weitem zu: »Hierher, Freunde, alles ist bereit. Die Anker gelichtet, die Segel gesetzt! Und die Mutter weiß von nichts!« Da jubelten, grölten sie, stießen sich in die Rippen, grinsten und drängten an Bord.

Chor der verwaisten Mütter

Eilt! Eilt zum Strand, unselige Mütter!
Schon ist der Anker gelichtet,
der Mast gestellt und die Segel.
Verfluchte Bengel!
Bejauchzen mit Lustgeschrei die Fahrt,
die sie losreißt vom blutenden Nabelstrang
  der angststarren Mütter!

Was wissen sie denn davon,
  wie tief und wie kalt das Meer ist,
was wissen sie von der tückischen Bosheit der Winde,
von der trostlosen Einsamkeit fremder Strände,
wo andere Mütter sitzen auf eigener Brut
  mit argwöhnischen Blicken!
Feindselig den Mutterlosen.

Was wissen sie denn vom doppeltgezähnten Schlund der Haie
und der lauernden Weiber,
die mit raffender Kralle haschen nach schutzlosem Blut,
das der wachsamen Mutter entbehrt!
Oioi!
Hört sie jubeln und johlen, die Bälger,
mit überschnappenden Stimmen,
die noch nicht fest in der Gurgel sitzen,
Kindersoprane!

Die seidigen Locken verschwitzt vom Geprahle,
bartflaumig die rundlichen Wangen,
noch nicht männlich geborstet,
und feucht vom letzten Gerotz und Geheule
hinein in den Schoß der bergenden Mutter,
die ihre Untaten keifend verteidigt
gegen alle, auch wenn die im Recht sind.

Was wißt ihr vom gierigen Eisen in Männerfäusten,
von Mörderblicken aus erzener Helmwehr!

Laßt es euch sagen, Söhne,
nachschreien von erfahrenen Müttern!
Kommt's irgendwo zum Gefecht, zum Scharmützel,
zu klirrenden Schwertern,
lauft, Kinder, lauft und versteckt euch im nächsten Gebüsch
und wartet dort ab, bis alles vorbei ist.
Indessen entleert euch.
Männer sind so dumm in der Kriegswut;
dann tut's ihnen selber leid, wenn sie sehn,
daß das Eisen in Kinderfleisch steckt,
das klagend verblutet
und nach der Mutter schreit.

»He, Kreon! Meide die Zugluft,
der Schal ist im Bündel!«
»Leg die wollenen Socken nicht ab aus falscher Scham,
o Eukrates! –
Er neigt so zu Blasenkatarrhen!«
»Mein Theoklymenes ist es gewohnt,
daß den Kopf ich ihm halte,
wenn er sich übergibt.
Und er muß sich so oft übergeben!«
Oi 'go, oimoi!
(Der Chor der verwaisten Mütter verwandelt sich allmählich in Hennen mit zerrauftem Gefieder, die gackernd und flügelschlagend am Strande durcheinanderlaufen.)
»Eben noch hat er an meinen Brüsten gesogen!
Ein wackerer Süffler!«
»Eben noch hab ich ihm die Nase geputzt
und den Hintern gepflegt mit molligen Windeln,
daß er nicht rot wird.«
»Eben noch bin ich auf ihm gehockt mit Daunengefieder
und hab ihn zurückgescheucht mit sorgendem Flügel,
wenn er, ein torkelndes Küken,
den gaffenden Schnabel über den Nestrand steckte.«
»Eben noch sind wir Treuen ausdauernd gesessen
auf schimmernden Eierchen,
rundum verläßlich geschlossen,

beschützt und behütet.
Drin im Geborgnen
weichgeschnäbelt und schlummernd die winzige Brut
und träumten mit zufriedenen Bäuchen:
Bald wird er ein prächtiger Lümmel sein,
viel schöner noch als sein stattlicher Vater,
der ihn mir besorgte in einer geschwellten Sekunde!«
»Das Schiff ist weg! Kein Mast, keine Segel!
Ich hör auch kein Jodeln mehr
der abgenabelten Bande! Oioi!«
»Kommt, ihr verwaisten Mütter,
laßt uns zurück ins Dorf gehn.
Dort trompeten wir laut es heraus,
wenn wir eine sehn,
die den ihren noch gängelt:
›Der meine, der hat auf die große Fahrt sich begeben!
Der Deine, seh ich, hängt noch an der Falte?‹ «

Und dann erst, verlassene Mütter,
allein im dunklen Loch des einsamen Hauses,
dann erst hockt nieder am kalten Herd,
trockenen Schoßes auf knochigen Hintern.
Dann dürft ihr weinen!
Dann steckt eure traurigen Schnäbel unter die Flügel
und weint in eure langsam verstaubenden Federn,
bis die Angst und der Kummer euch abglatzen.

ELEND

Als Penelope von der Abfahrt des Sohnes erfuhr, sagte sie kein Wort. Sie erstarrte und wurde schlagartig weiß wie ein Tuch bis in die Lippen. Die einzige Bewegung an ihr war ein deutlich sichtbares, krampfartiges Schlottern der Knie. Sie suchte nicht einen Stuhl. Sie hockte sich nieder auf die Schwelle, auf der sie gerade gestanden war, steif aufgerichtet, mit weit geöffneten, trockenen Augen, deren Glanz jäh erloschen war. Sogar das Haar wurde plötzlich stumpf und strähnig.

Sie saß da mit dem Gesicht eines Leichnams.

Das Gesinde heulte in schrillen Tönen, teils aus Entsetzen über die furchtbare Verwandlung der Herrin, teils weil es sich in solcher Lage gehörte.

Allmählich kam wieder eine Art Leben in Penelope. Die Starre brach auseinander. Sie sprang auf. Das kalkweiße Gesicht zwischen den hochgezogenen Schultern verzerrte sich zur Fratze mit irren Augen, und mit einer grobschlägig zitternden Hand zeigte sie auf die Heulenden und klagte an mit einer sonderbar hohen, heiseren Stimme: Belogen und betrogen habe man sie, habe ihr nichts gesagt, daß sie zurückhalten hätte können das Kind! – Sie sagte nicht Telemach oder Sohn. Sie sagte »das Kind«, und allen fuhr es in die Gedärme aus Schauder und Peinlichkeit.

Laufen solle man nach dem und jenem, heiserte sie, den Laertes holen, er müsse sofort etwas tun. Was denn? Ganz gleich, nur etwas tun! Vor das Volk von Ithaka treten. Ein Schiff rüsten. Zurückholen, wiederbringen das Kind, es sei unerfahren, dem Unternehmen nicht gewachsen! »Gesindel, Pack, verfluchtes«, schrillte sie, »habt die Mutter betrogen mit Absicht, mit gemeinem Verhehlen! Mörderinnen! Ihr habt ihn auf dem Gewissen! Wahrscheinlich ist er in höchster Gefahr, sicher schon hin und tot und verdorben!«

Sie fuhr herum im Gemach wie eine Erinnye. Gebückt, die Haare gezottelt, stumpfe Glut in den aufgerissenen Augen, mit einem lividen, jäh verfallenen Gesicht, um Jahre gealtert, immer den drohenden Finger auf diese oder jene gerichtet, anklagend, mit zotigen Namen verfluchend.

»Du hast es gewußt und du und du, ihre alle habt es längst gewußt und mich beobachtet und hämisch getuschelt hinter vorgehaltener Hand: Sie merkt immer noch nichts, die dumme Trulle, die doppelt Sitzengelassene. Glaubt, sie habe noch einen Sohn irgendwo draußen auf den Feldern und ist doch nackt und entblößt von Mann und Kind! Oi, oimoi! Eine zwiefache Witwe. Und ich saß und spann und webte, dachte mir nichts, und ihr zeigtet schon mit Fingern auf mich voll Schadenfreude! Metzen, dreimal verfluchte, und stecktet es im Hurenbett euren Kerlen: Der Kleine ist fort und sie merkt's nicht, weiß noch nichts davon, wahrscheinlich hat ihn die See schon verschlungen! Und du, du, du räudige Hündin du!« – wie eine Tigerin im Sprung näherte sie sich Eurykleia, die regungslos stand – »auch du hast es gewußt! Dir hat er es gesagt, und du bist nicht zu mir gerannt, daß ich's ihm ausrede, verbiete! Sag's nicht der Mutter, hat er dir gesagt, und du hast gegrinst und geschwiegen. Das verzeih ich dir nie! Niemals verzeih ich dir das!«

Eurykleia scheuchte die Mägde hinaus, schloß die Tür und trat nahe an Penelope heran, ergriff eisern ihre Handgelenke und sagte leise und trocken: »Ja, ich hab es gewußt. Erschlag mich, Penelope, oder laß mich jetzt bei dir sein.«

Die harte Aufrichtigkeit dieser Worte und die Nüchternheit des Tons brachten Penelope zu sich. Sie wußte: ohne mit der Wimper zu zucken, ohne den leisesten Widerstand hätte die Alte sich totschlagen lassen. Es machte sie selbst nüchtern. Sie richtete sich auf, das Hexenhafte fiel ab von ihr, nur die Leichenblässe blieb und das Zittern. »Schon gut, Eurykleia«, sagte sie, »und jetzt geh, laß mich allein.« Sie schob sie aus der Tür und legte den Riegel vor.

Einen Augenblick verharrte sie, lauschte in sich hinein. Dann legte sie sich langsam, fast mit Bedacht, auf den nackten Steinboden auf den Bauch, die Glieder von sich gestreckt, das Gesicht im Staub; eine, die sich bis in die letzte Faser ihres Ichs aufgibt und unterwirft. Diese Gebärde der restlosen Auslieferung an das Elend gab ihr eine Art Ruhe. Sie hielt still, wehrte sich nicht mehr. Und das Elend kam und kroch über sie wie ein schweres, massiges Tier. Penelope fühlte ihre Verzweiflung nicht im Herzen, sie fühlte sie im Leib. Fühlte, wie die Sichelräder des Elends sich einfraßen in ihr hilfloses Fleisch.

In der Schwärze ihrer Not aber stand grell und messerscharf ein Bild: Telemach als kleines Kind, weinend vor Angst.

Penelope kämpfte gegen diese schreckliche Vision. Suchte die Reste ihrer schwindenden Vernunft zusammenzuzwingen zu einer klaren Sicht der Wirklichkeit: Telemach, der fast erwachsene Mann, der frohen Muts und bei bester Gesundheit etwas tat, was längst fällig war; eine harmlose Seereise nach Pylos. Jetzt wird er bei Nestor sein in guter Hut und in größerer Sicherheit als zu Hause unter den gierigen Freiern.

Der Durchbruch zur nüchternen Wirklichkeit gelang ihr nicht. In erbarmungsloser Schärfe stand ihr das kleine Kind vor Augen, das mit dünner Angststimme nach der Mutter rief, ihre Stimme, ihre Hände, ihre körperliche Wärme verlangte, dem sie die verschwitzten Locken aus der Stirn streichen, ihn zwischen ihre Knie ziehen mußte. Es kam über sie eine besessene Hast, als müßte sie rennen, aber ihre Füße waren gelähmt wie im Alptraum, so daß sie der Stimme des rufenden Kindes nicht näher kam. Es schmerzte sie von den Eingeweiden bis in die Kuppen ihrer Finger, daß ihr diese schlichte Gebärde versagt war, ihr weinendes Kind auf den Arm zu nehmen, zu Bett zu bringen und zuzudecken.

Dieser ganz und gar absurde, unzeitgemäße mütterliche Jammer schnürte ihr das Herz, den Atem ab. Sie krallte sich in den Boden wie eine Kreißende in Leibesnot. Die Qual entpreßte ihr sinnloses Gebetsgestammel, schwatzhafte Beschwörungen, nicht an einen der Olympier gerichtet, denen sie regelmäßig opferte um Odysseus, auch nicht an jene ältere große Namenlose, die dem Leid der irdischen Menschen näher stand durch eigene Erfahrung. In diesem Augenblick beschrie Penelope – ohne zu begreifen, woher es ihr kam – ein dämonisches Idol, dessen gierige Gefräßigkeit nur mit Menschenopfern zu beschwichtigen war: Diesem grausigen Götzen bot sie Odysseus für Telemach an. Er möge sich am Gatten schadlos halten, flehte sie mit tonlos fliegender Stimme, und ihr das hilflose Kind wieder herausgeben. Ein schauerliches Gebet, eine Beschreiung.

Während sie dieses nächtige Schreckbild eines Gottes beschwor, war sie tief überzeugt, daß Odysseus lebte. Sie war völlig frei von eifersüchtigem Groll und voll von Liebe zu ihm. Dennoch bot sie ihn an und opferte ihn auf für das Wahnbild eines Kindes, von dem sie glaubte, es beschwichtigend an die Brust nehmen zu müssen, die runde Wange streichelnd, Schlaflieder summend, die ihm die Angst verscheuchten.

Den Mann, den geliebten, möge der Unterirdische annehmen an seiner Statt und zermalmen mit seiner unersättlichen Gier. Nur nicht das Kind, nicht das Kind, das hilflose, nach der Mutter rufende.

Dann war es, als hätte das Elend einen Punkt erklommen, wo es seiner selbst müde ward. Seine Klauen lockerten sich, sein wüster Bauch lastete nicht mehr so schwer auf ihrem hingestreckten Körper. Der Würgeknoten in ihrer Brust löste sich etwas, und das zernichtete Leben schöpfte ein paar Züge schüchterner Luft. Sie begann zu weinen. Es war ein Weinen, das sie bis in die feinsten Muskelstränge ihres Körpers erschütterte. Ein Weinen, wie sie es nie gekannt hatte. Als stünde sie außerhalb ihrer selbst, sah sie sich bei diesem Weinen zu, dessen Fluten sich aus ihrem Inneren ergossen, wie ein löchriger Weinschlauch sich verströmt. Dann lag sie, lang noch von den rhythmischen Stößen des Nachschluchzens erschüttert, schlaff auf der nackten Erde, von einer Müdigkeit ausgelaugt wie einer, der nach qualvollem Leiden endlich sterben darf. Sie fiel in einen Abgrund der Erschöpfung und lag da, ohne Bewegung, ohne Atem fast, eine Tote.

Draußen stieg die Sonne, brannte im Zenit, ging langsam unter und nahm das Licht mit sich. Da geriet Penelope in das schwankende Bilderweben eines Halbschlafs.

Iphthime, ihre Schwester, schien da zu sein und zu reden... ein verschwommenes Bild, flüsterndes Gemunkel, verwoben mit dem sinkenden Dämmerlicht des Raumes... »er kommt wieder«... »gräm dich nicht so«... »die Göttin steht ihm zur Seite, bald ist er wieder da«... »Und Odysseus?« fragte die Träumende. Da verschwand das Gesicht, und sie erwachte.

Als sie sich umsah im vertrauten Gemach, merkte sie erst, daß sie auf dem Boden lag. Und wie Brandungswellen einen Strand bespülen, sich wieder zurückziehen und sich dann immer tiefer in den trockenen Ufersand hineinlecken, kam ihr alles wieder zu Bewußtsein: Telemach fort auf einer ungewissen Seereise, preisgegeben den Launen des Meeres und der Winde, den Gefahren der Fremde, die er nicht kannte; und wenn er heimkam, den Mordfallen der Freier, die wahrscheinlich jetzt schon irgendwo lauerten.

All dies Wissen schlich sich zurück in ihr langsam sich aufhellendes Bewußtsein. Auch das Elend kam wieder. Aber jetzt durchdrang es nur das Bewußtsein und setzte sich fest in ihrem Gemüt. Nicht mehr in ihrem Körper.

Steif vom stundenlangen Liegen auf dem harten Steinboden, raffte sie sich auf mit schmerzenden Gliedern, setzte sich eine Weile auf den Bettrand und starrte, in sich zusammengesunken, vor sich hin, grübelnd, leidend. Dann erhob sie sich seufzend, ließ sich ein Bad richten, wechselte die zerknitterten Kleider, ordnete das zerraufte Haar und fügte sich in die gewohnte Tätigkeit des Abends. Sie aß ein wenig. Verbrachte eine Stunde bei den Freiern und wechselte in der gewohnten Weise ein paar Worte mit ihnen. Vielleicht war sie ein wenig blasser als sonst, aber das merkte man kaum unter der Schminke, die sie aufgelegt hatte. Kein Wort über Telemach. Wer sie nicht sehr gut kannte, dem fiel nichts auf. Nur für Eurykleia bewegte sie sich und redete wie eine, die aus dem Hades aufgestiegen war. Der Vielerfahrenen schauderte. Sie roch das Aroma erstarrter Verzweiflung, das Penelope wie eine Aura umgab.

Die Wochen gingen dahin. Dann war es endlich soweit – Penelope stand an der Schwelle ihres Gemachs –, da kamen zwei Boten auf einmal die Stufen heraufgerannt. Der Rufer des eben gelandeten Schiffes und etwas langsamer hinterher Eumaios, der Sauhirt, und beide überschrien einander: »Königin, dein geliebter Sohn ist zurückgekommen!«

Penelope rührte sich nicht. Sie sagte kein Wort. Aber die trockenen, tief umdunkelten Augen wurden plötzlich lebendig von einer jäh aufdringenden Feuchtigkeit. In der Stille, in der jeder den Atem anhielt, war es den Frauen und den beiden Männern, als nähmen sie mit allen Sinnen wahr, wie etwas abfiel von der Herrin. Penelope dankte den Boten kurz mit tonloser Stimme, wandte sich um und riegelte die Tür ihrer Schlafkammer hinter sich ab. Dort ließ sie sich auf das

Bett sinken. Sie lag und staunte und horchte in sich hinein. Zutiefst im Inneren ihres Körpers geschah etwas. Eine Verklammerung löste sich und dann ein Rieseln und Bröckeln, als fiele Mauerstein von ihr ab, der sie wie ein Kerker umschlossen hatte. Sie war sich jedes Atemzugs bewußt, als bekäme sie nach langer, langer Zeit zum erstenmal wieder genug Luft. Als sie die Arme hob und beide Hände auf der Brust kreuzte, war es wie die erste freie Bewegung nach einer Fesselung von Jahren. Nur der Herzschlag zögerte noch, stolperte, und dann flog er in flachen, unregelmäßigen Pulsen, bis er sich endlich einlief in den altvertrauten pochenden Rhythmus des Bluts.

Sie war nicht selig. Sie war nicht einmal glücklich. Die Nachricht war ihr nicht ins Zwerchfell gesprungen wie eine jauchzende Freude. Eigentlich war sie ganz kühl. Sie war zu müde, zu erschöpft zur Freude. Sie hatte die Gasse des Leids durchlaufen bis zum letzten Pflasterstein. Sie dachte nur: Jetzt ist er also wieder da. Mein Telemach ist zurück. Aber es war nur ein Wissen, eine Tatsache. Sie glaubte auch daran, hielt es für keine Täuschung ihrer überreizten Nerven. Sie konnte sich aber noch nicht hochschwingen zur Freude. Sie fühlte nur eins: Nun ist es genug. Dieses ›genug‹ galt aber nicht nur der Angst der letzten Wochen um Telemach. Es galt auch nicht der Sorge und Ratlosigkeit der Freier wegen. Nicht einmal der qualvollen Ungewißheit über das Los des Odysseus. Es galt keinem bestimmten Kummer, keiner bestimmten Angst, die einen Namen hatte. In diesem »Es ist genug« waren die ganzen letzten zwanzig Jahre enthalten. Es hatte in dieser langen Zeit Höhen und Tiefen gegeben, Strecken, auf denen der Leidensstrom flacher dahinfloß, ganz erträglich zuweilen sogar. Aber es war nicht ein Leben gewesen, wie das gewöhnliche Leben der sterblichen Menschen, das ja immer Kummer und Sorge kennt. Unterschwellig war es immer ein gespanntes Warten gewesen, steingewordene Unheilsbereitschaft in einer erstarrten Welt. Das laute Schweigen in einem verödeten Haus. Dieses aber hatte mit einem Mal ein Ende.

Immer noch spielten sich die Freier als Herren auf und plünderten ihren Besitz, immer noch war Telemach ihren mordbereiten Nachstellungen ausgesetzt und jetzt wahrscheinlich mehr als zuvor, weil sie ihn handeln gesehen hatten. Immer noch wußte sie nicht, ob Odysseus unter den Lebenden war, ob er jemals wiederkehren würde. Aber eines wußte sie jetzt: Vielleicht, ja wahrscheinlich geschieht dieses oder jenes Unglück, und es wird mir das Herz zermalmen. Aber es geschieht mir, Penelope, einer wieder lebendig gewordenen Penelope. Ich atme wieder die Luft, die jeder atmet. Salzige Meerluft, würzige Inselluft. Nicht mehr Angstgehechel. Meine Haut fühlt die Sonnenwärme Ithakas und ist nicht vereist im Kerkerfrost des Wartens. Was jetzt geschieht, wird mir geschehen, Penelope. Ich werde es spüren an einem lebendigen Herzen, das verletzbar ist, aber nicht eingekrustet vom Schorf der Qual.

Als sie Telemach entgegenschritt, war ein Glanz um sie. Nicht der warme Freudenglanz einer glücklichen Mutter, deren Sohn heimgekehrt ist, sondern der eherne Glanz eines Menschen, der sich dem Mahlwerk des hilflosen Elends entwunden hat und im Licht steht, in der freien Luft der menschenbewohnten Erde.

IV
HEIMKEHR

Chor der Nymphen in Ithakas Grotte

Wir schreiten, wir Nymphen,
auf und nieder am steinernen Webstuhl
und singen und wirken
pfauenschimmerndes Meeresgewebe.

Beinweißer Ufersand,
von azurenem Wellengerinne bespült,
Uferschaum, der sich tuschelnd zurückzieht vom Strand,
voll von Geschichten vom dummen Gezücht der Menschen,
Nereidengelächter!

Sirenen mit rauchdunklen Lidern,
vogelgeschnäbelt,
singen den Inselklatsch
mit Stimmen,
als rieselte Muschelsand
wellengezogen sacht über graues Geröll.
Wenn sie es hören, die Sterblichen,
zerrt's ihnen das Herz in die Kehle
und sie stürzen sich selig in die raffenden Finger der Wogen.
Unten benagt sie die tummelnde Brut des Poseidon.
Was gibt man unsereinem die Schuld?

Wir schreiten, wir Nymphen, im Chore
und singen und weben
buntes Meeresgewebe.
Fabeln von Wasserflächen,
geriffelt vom Flugsturm der Seeadlerflügel.
Fabeln von silberner Lichtflut des Mondes,
die flirrende Trugbilder hext
von den lächelnden Brüsten der Nereiden.
Sie lassen sich täuschen und fallen,
die Sterblichen.
Später trudelt es ihre bleichen Gebeine
an wildfremde Strände.
Was gibt man unsereinem die Schuld?

Wir tanzen und singen und weben
pfauenblaue Meeresgeschichten
von Wassertiefen,
die kupferrot glühen
in den Schoßfalten glasgrüner Wellen.
Geschichten von lohfarbener Sonnenwucht,
durchgellt vom Muschelgeröhre geiler Tritonen.
Die Schiffer gaffen mit rötlichen Augen,
geblendet vom glitzernden Glast
und sehen den Sturm nicht,
der blauschwarz im Wolkengetürme sich ballt
und heulende Wogengebirge heranpeitscht,
daß der Schiffsbauch erdröhnt,
die Rahen ächzen
und in den Dollen die Ruder stöhnen,
wenn im bronzenen Wagen jauchzend
Poseidon daherjagt,
sturmgekämmt die grünlichen Mähnen
der wiehernden Hengste.
In der gläsernen Krümmung gleitender Wogen
spiegeln sich Riffe des Abgrunds,
spiegeln sich Modergerippe versunkener Schiffe,
korallenumwuchert,
von Fischen durchblitzt,
friedvoll schaukelnd in bläulicher Dünung.

Was geben sie unsereinem die Schuld?
Wir schreiten am steinernen Webstuhl
und singen und weben
pfauenfarbene Fabeln vom götterträchtigen Meer,
Kieselgeklatsch von der Dummheit der Menschen,
Nereidengelächter!

Als das Schiff der Phäaken sich Ithaka näherte, das sich kaum aus dem Dunkel der Meeresfläche hob als ein noch Dunkleres und steuerlos sicher in den Hafen des Phorkys einlief, da erstrahlte gerade der Morgenstern über der Kimm.

Odysseus erwachte nicht von den Geräuschen des ablegenden Schiffes: kein Ankergerassel, knatterndes Segeltuch, Ruderschläge und Rufe des Steuermanns. Lautlos segeln die Schiffe der Phäaken, Geisterschiffe, einzig vom Willen der Führer gelenkt.

Odysseus schlief. Seit der Abfahrt vom Land der Phäaken schlief er einen tiefen, fast todesähnlichen Schlaf. Die Schiffer wollten den vielgeprüften Dulder nicht wecken aus diesem Schlummer und trugen ihn behutsam mitsamt den Geschenken ihres Königs Alkinoos an Land und betteten ihn, sorgsam in weiche Decken gehüllt, unter dem Ölbaum, der neben der Nymphengrotte wuchs, wo das flache Strandgeröll überging ins ansteigende Gelände der ginsterbewachsenen Hänge Ithakas, das vom waldigen Neritos gekrönt war.

Odysseus schlief, als das Phäakenschiff längst hinter dem Horizont verschwunden war, warm gewickelt, so daß die Bodenfeuchte nicht fröstelnd an seine Haut drang. Nur an den mit den Jahren lichter gewordenen Schläfen fühlte er das kühle Streichen der aufkommenden Morgenbrise.

Im halbbewußten Gehör Meeresgeräusche.

Erinnerung an die Geräusche der letzten zehn Jahre. Wogenschwall der See, Wogenschwall des Leids, aber auch die sanft seine Knöchel umspülende Brandung am Strand von Ogygia. Erinnerungen wie trudelndes Ufergeröll.

Meeresgeräusch vom Schiffslager vor Troja, Planschen des Wassers an muschelbesetzte Planken, Glucksen des Wassers an morschen Kielen.

Immer schon Meeresgeräusche: Gischtringe am möwengrauen Riff, wenn er als Jüngling hoch oben am Hang im Ginster saß und hinausträumte auf die wechselfarbene Flut; wenn er als Knabe vor Neugier brennend am Ufer stand, sobald ein Schiff sich am Horizont zeigte, das die Insel ansteuerte; und als Kind auf den runden, weichen Armen der Amme, die ihn zum Hafen trug, Schiffe anschauen.

Meeresgeräusche, Meeresgerüche, Meeresfarben, tief eingewachsen in seine Sinne von den ersten Tagen des Daseins an.

Meerfarbene Tücher, raunte die Amme, wirken auf steinernen Webstühlen die Nymphen der Grotte, die einen Menscheneingang hatte und einen, den nur die Füße der Götter betreten dürfen. Inselmärchen.

Leises Geklapper des Webstuhls, leichteste Tritte im malachitenen Sand der Höhle und summendes Singen, um ihn nicht jählings zu wecken, die Nymphe Kalypso, das Mädchen, sanft und warm schwemmte ihr raunender Singsang ihn in den Tag, der seine goldenen Lider aufschlug. Die Nymphe, das Mädchen.

»Gescheit ist sie nicht wie Penelope. Am besten, sie tut den Mund nicht auf, es sei denn zum Singen. Aber so zart in der Frühe, ein leichter, die Lippen gerade nur streifender Kuß. Sie bringt dir Nymphenkost an das Lager ... die gute Penelope in der Früh, die sprang aus dem Bett, daß ein kalter Luftzug dich streifte unter der warmen Decke. Gut, gut, der Kleine greinte, wollte trockengelegt und gestillt werden. Das kann man nicht auf so leichten Füßen, fast tanzend ... Penelopes Tritt war fest, energisch. Das raunende Singen, das konnte sie schon, aber es drehte sich alles um Telemach ... ach, war er doch fortgegangen, kaum daß das Bett warm war von ihm und ihr ... sie hatte es noch nicht so heraus, wie Männer es lieben ... Kalypso, die hat es heraus ... hat auch kein Haus, kein Kind zu versorgen, aber wie Männer es lieben, das hat sie sehr heraus ... das zarte, nicht fordernde Schmiegen, Mädchenarme wie Seide, ein die Lippen streichelnder Kuß und der Blick unter den langen Wimpern, der bewundernde Aufblick, daß du dir gleich vorkommst als ein Besonderer, der Aufblick gleich morgens beim Erwachen, nach sieben Jahren noch, oder vielleicht, um genau zu sein, in den letzten Jahren ist er vielleicht schon ein bißchen Routine, der Blick, aber trotzdem ... und dann sitz ich doch wieder am Strand und verzehr mich und weine nach Ithaka, nach Penelope, nach Telemach, der schon ein langer Bengel sein muß, verzehre mich nach Hause. Noch nicht gar so lang. Seit zwei, drei Jahren vielleicht, daß ich mich verzehre...

Ach Kalypso! Die hat dich doch fortgeschickt! Weißt du's wieder, Alter, fällt es dir wieder ein beim Erwachen? Nichts mehr mit Schmiegen und Raunen und Aufblick. *Sie* sagte zwar, Hermes habe ihr zugesetzt im Auftrag der Götter, dich heimzuschicken, aber eher glaub ich, es war schon ein andrer im Kommen, und sie wußte es, die Atlastochter, das kleine Luder, langsam bekam sie dich satt...

Immerhin hat sie dich gut gepflegt sieben lange Jahre hindurch, hat dich schön glatt gepflegt, ausgefressen und ausgeruht war ich nach der endlosen Plage auf der endlosen Fläche der See, seit es mich anschwemmte bei ihr und sie mich aufnahm, liebreich mit seidigen Armen... aber ich kann's nicht leugnen, trotz angegessenem Schmer und sorgloser Ruhe! Manchmal hab ich sie leider enttäuschen müssen in den letzten paar Jahren, das arme Mädchen. In einem gewissen Alter muß der Mann heimkehren zur treusorgenden Gattin! Da gibt's nichts... gut ausgerüstet hat sie mich noch, Kalypso, die Schönflechtige, das muß ich ihr lassen, wenn sie auch nicht ausführlichen Schmerz bei der Abfahrt zeigte. Mehr andeutungsweisen Schmerz und auch den ziemlich hastig. Konnte eben schon kaum das Kommen des andern erwarten, die kleine Hure, die zarte! Das kränkt schon ein bißchen nach sieben Jahren! Aber was will man von Nymphen, die selbst niemals altern. Unsereiner ist sterblich, und da stellen sich eben Müdigkeiten ein. Manchmal ließ sie es merken in der Früh durch einen schmollenden Zug im Gesicht, wenn sie tänzelte und raunte und Nymphenkost brachte. Auch der Aufblick unter den herrlichen Wimpern war oft nicht mehr das Wahre... Penelope wird das alles viel besser verstehn. Wird selber nicht mehr so munter sein des Nachts, die Alte, Liebe... aber reden werd ich können mit ihr. Seit sieben Jahren red ich nicht mehr. Kalypso bekam immer so einen abwesenden Ausdruck, wenn ich redete, und begann an mir herumzutändeln, wenn mir gar nicht nach Tändeln war, sondern nach Reden. Sie hörte mir gar nicht zu, hatte anderes in ihrem flechtenschönen Köpfchen, wenn sie überhaupt etwas drinnen hatte... manchmal war ja gerade das wohltuend, daß sie nichts drin hatte, aber das Reden ging mir schon ab...

Bei Alkinoos, da hab ich wieder ein paar große Stunden gehabt. So still war's im Saal, daß man eine Feder hätte fallen gehört, kein Klirren der Trinkschalen, kein Stuhl, der gerückt wird, kein Hüsteln, alles horcht. Mauloffen, Augen und Ohren hängen an den beweglichen Lippen des redegewandten Odysseus. Ich hab es sehr genossen nach so langer Zeit. Und vorher, wie ausdrucksvoll ich es hinzog, bis ich ihnen meinen Namen nannte! Der Sänger kam mir zupaß, der von Troja erzählte. Da konnte ich den Mantel über das Haupt ziehen und seufzen und stöhnen, daß Alkinoos es nicht überhören konnte, der neben mir saß. ›Der fremde Mann scheint bewegt, war vielleicht selbst vor Troja gewesen?‹ Dann rezitierte der Sänger vom Pferd und daß ich es war, der alles geplant und geordnet hat. Mir kamen wirklich die Tränen. Ich trocknete sie mir ausführlich und stöhnte dabei. Da stellte Alkinoos endlich die Frage: ›Künde nun, Fremder, Namen und Herkunft!‹ Das war dann ein Gaffen, als ich mich schluchzend vernehmen ließ: ›Odysseus bin ich, Sohn des Laertes!‹ – Und dann Nausikaas Blick!...

Aber wie kommt mir Alkinoos in den Sinn? Ach ja, Scheria. Genießt du doch deinen halbträumenden Morgenschlummer auf dem weichen Lager, das Arete selbst dir bereitet hat mit königlich sorgenden Händen auf seidigen Kissen in der Halle des Phäakenpalastes. Arete, voll Mitleid mit dem Angespülten, dem gänzlich Zermürbten von den Leiden des Meeres. Immer wieder das Meer, immer wieder an ein Ufer geschwemmt, ein fremdes Ufer, zehn Jahre immer wieder ins nasse Elend getaucht vom Haß des Poseidon und wieder emporgerissen und an irgendein Land gespült als fröstelndes Strandgut, ausgelaugt, überwuchert von Algengeschling bis in die Seele hinein, hautnackt... O nein! Das nicht! Tu dir diese Erinnerung nicht an, diese überleidige, wo du doch gerade ganz behaglich ruhst in weichen Decken und dich erbaust an schmeichelhaften Bildern, an der erhebenden Szene, wie du dich zu erkennen gabst in der Halle und alle dir lauschten, gespannten Ohres, und auch Nausikaas Blick auf dir ruhte, der lieblichen Braut... peinlich, peinlich, wie sie dich fanden, Prinzessin Nausikaa und die Jungfrauen, Brautlinnen waschend am Strand, und du splitternackt! Nicht allein daß du nicht mehr in der Blüte der Jahre stehst, sondern darüber hinaus noch meerverschorft, tangbehangen und bläulich vor Kälte mit frostgekräuselter Haut, Muscheln im Haar und Uferdreck, schlaftrunken, halb irr vor Hunger, sonst hätt ich mich ja im Versteck gehalten, aber da treibt mich ein Dämon, und ich krieche heraus aus dem Laublager, vergeß meine Nacktheit, ausgemergelt bis an die Knochen, zusammengeschnurrt und verwelkt alle Stattlichkeit, oh, oh, und die Jungfrauen alle, starren und tuscheln und lachen – der Hadesstrahl soll sie treffen! – tuscheln und gaffen und lachen über den Meerschrat, statt ihre Schandblicke zu verhüllen mit dichten Schleiern, wie sich's gehört hätte! Nur sie, Nausikaa, lachte nicht und verhielt sich verständig, gab nützlichen Rat und vor allem etwas zum Umwerfen... dann nachher, gesalbt und gebadet, mein ärgster Hunger gestillt, und anständig gekleidet! Da schaute sie! Da tauschten wir Blicke, sie und ich. Ganz harmlos, ein bißchen Augenspiel in allen Züchten. Aber gefreut hat's mich doch. Die Kleine war ja gerade im Brautrummel. Alkinoos hätte es nicht so übereilen müssen mit der Rüstung und Abfahrt des Schiffs... interessant für das Mädchen, ein Trojakämpfer! Noch dazu einer, von dem die Lieder sangen! Nicht mehr ganz jung, aber wie ihm die Rede floß und was alles er zu erzählen hatte, da konnte der glatthäutige Bräutigam nur sitzen und gaffen. Und sie, Nausikaa, für alle Zeiten die Retterin des Odysseus, wenn auch aus etwas peinlicher Lage. Ein bißchen Augenspiel mit dem großen Dulder. Es schmeichelte der Kleinen. Sie wird's noch ihren Kindern erzählen. Ein paar Tage hätte er mich schon noch dabehalten können, der König!...

Aber was ist denn, jetzt kommt's mir erst. Es sind nicht die Kissen, nicht die Daunendecken Aretes, die mir den Morgenwind abhalten, der mir das etwas schütter gewordene Gelock zaust? Wo bist du, Vielgeprüfter? Noch wag ich's nicht, die Augen zu öffnen, obschon mir die Röte der Lider anzeigt, daß Eos kündet den Tag und nicht fern sind die Rosse des Helios...

So sei's denn. Ich kann es mir nicht mehr vorlügen, daß ich träume. So sei es gewagt, die Augen geöffnet! – Richtig! Helios steigt, das goldene Rad der Sonne steigt und streut eine lohfarbene Garbe über das bläuliche Wassergebreite. Aber wo bin ich? Kostbar gewickelt zwar, wie ich sehe, aber nicht in der Halle, nicht auf dem Schiff. Haben sie mich ausgesetzt irgendwo, die Phäaken, die Windbeutel? Mir vielleicht die Geschenke entwendet, die Arete in einer stattlichen Truhe geschichtet hatte, die ich selber verschnürte mit einem Knoten, den Kirke mich gelehrt hat? Sollte Poseidon, der Nachträgerische, es mir doch wieder versalzen haben? Zu meinen Füßen meergemahlenes Geröll, Wellenkämme in sanfter Dünung, kein Schiff weit und breit! Soll das denn niemals enden?! Ach da sind die Kisten und Ballen, die Truhe, sorgsam in meiner Nähe gestapelt. Bestohlen haben sie mich also nicht. Auch an geschützter Stelle gebettet. Ein Ölbaum über mir. Und der Landwind geschwängert vom würzigen Duft des Thymian, Piniennadeln, Ginstergeruch, Basilienkraut. Langsam werden die Vögel wach im Blättergewirr. Aber noch kühl. Keine Eile, Odysseus, früh genug wirst du's erfahren, was dir nun wieder bevorsteht. Bleib noch in der Wolle. Es ist schön trocken hier. Schaumgerändert leckendes Fluten, aber bis hierher kommt's nicht, das nasse Züngeln.

Nichts überstürzen, Vielerfahrener. Bleib liegen und denk nach. Nachdenken hat dir noch immer geholfen. Oder besser, du schlummerst noch ein Weilchen. Solange du schlummerst, mußt du nichts tun, nichts entscheiden. Noch ist das Wasser dunkel, nirgends ein Menschenlaut. Nur das Gespinst der Vogelstimmen, verschlafen in der Krone des Ölbaums. Jetzt wird das Lüftchen auch wärmer, das die Blätter regt, nicht die Zweige. Warm der süße Ginsterduft, vereinzelt Bienengesumm. Lieblich die Stimmen im Ohr, raunende Stimmen. Mach noch ein Schläfchen, laß sorgenvergessenden Schlaf rieseln ins tränenkundige Herz.«

Odysseus fiel wieder in einen traumbewegten Schlummer, halb Trug, halb Wirklichkeit.

»Aus Ginster und Thymian, im warmen Glanz der Morgenröte, ein Knabe! Oder ein zarter Jüngling schon? Ein Hirtenknabe, früh unterwegs? Aber in feinen, feinen Kleidern, Nymphengewebe, meerfarben. Wenn's nur nicht wieder ein Mädchen ist, wenn ich so liege, gewickelt in weicher Wolle! Nein, ein schöner Knabe ist's, wenn er auch etwas leicht Spöttisches im Blick hat. Lausbub, noch bist du im Blust, aber auch dich wird's einholen, daß du um ein paar Minuten Morgenschlummer kämpfst mit gelösten Gliedern, die nicht schmerzen. ›Freund, sei mir gegrüßt, ich flehe zu dir, gleich als ob du ein Gott wärst!‹ – das wird ihm schmeicheln, dem Lümmel – ›Ich komme vor deine Knie‹ – ich hab's verlernt, mich zu schämen, was schert's mich – ›Welches Land, welches Volk? Ist's eine Insel oder Scholle des Festlands, vom Wasser bespült?‹ Er schaut noch immer so gewiß verhalten spöttisch. Ist gar nicht zugänglich für meine ausschweifenden Höflichkeiten, Rotzer! Muß vorsichtig sein. Der hat's hinter den Ohren.« – »Fremder Mann, kennst du wirklich nicht das Land. Der Boden ist rauh, aber auch nicht dürr, immerhin wächst Getreide und Wein in mäßiger Fülle. Weiden für Rinder und Ziegen und Wälder mit nie versiegenden Quellen. Darum ist auch Ithakas Name bis vor Troja gedrungen.« – »Ithaka, sagt er! Ithaka? Sollte es wahr sein! Ich kann's nicht mehr glauben. Ich muß ihm was auftischen. Mit leerem Magen. Erzähl ihm eine Geschichte von einem Vertriebenen aus Kreta. Beim Reden wird mir das weitere einfallen. Schau an, Alter, es geht ganz gut. Trotz leerem Magen, bist doch noch gut in Stand, mitten in einer Geschichte, es kommt mir nur so! – Wie wir nachts in den Hafen trieben! Jeder schmiß sich hin, wo er war, vor Müdigkeit. Aber dann? Ohne mich zu wecken, fuhren sie weg nach Sidon zu, und ich allein, tiefe Betrübnis im Herzen! – Ach, wieder hereingefallen! Daß du's nicht lassen kannst, Göttin mit Augen der Eule, immer und immer wieder, und mir wirfst du's vor. Kannst du nicht gleich dich mir zeigen, wie du bist? Immer dieses Versteckspiel, dieses Gefrotzel. Hörst du, wenn du mir geneigt bist, und ich weiß ja, du bist mir geneigt, aber auf leeren Magen, was soll's.« – »Du hast die Vorwürfe nötig, alter Lügenbalg, du schwelgst ja wieder im Truge, deine Sucht nach Schwindelberichten, und wie dir das kommt und über die Lippen eilt. Also du bist der letzte, von dem ich mir vorwerfen lasse, daß ich auch ein wenig Täuschung zugetan bin. Immerhin hab ich dich bis hierher gebracht, gegen den Willen des Oheims und hinter seinem Rücken. Noch steht mir sein Schnauben bevor, wenn er's erfährt!« – »Ich weiß, Göttliche, ich weiß und küsse dir auch die Füße. Ich liege zwar, doch im Geist küsse ich dir die goldnen Sandalen; aber immerhin: zehn Jahre! Weißt du, Unsterbliche, was zehn Jahre sind? Und wenn du's nicht weißt, dann schau mich an!« – »Und was waren die sieben bei Kalypso, hehrer Dulder? Dabei war ich es, die Hermes schickte, daß er ihr zurede, dich ziehen zu lassen und anständig auszurüsten für die Reise. Und nebenbei! Sie spreizte sich gar nicht lang. Er hat's mir erzählt! Hockt in der letzten Zeit ohnedies immer am Ufer herum und stöhnt und jammert und weint, sagte sie, und sonst ist auch nicht mehr viel los mit ihm. Aber richte es oben aus, Hermes, ich war's, ich hab ihn mir gerettet, als er mir angetrieben wurde, an einen Balken geklammert, verkrustet von Meersalz, die Augen gerötet und tränend. Dann schlief er tagelang, bis was anzufangen war mit ihm. Eine Weile war's dann ganz unterhaltend. Aber jetzt mag er immerhin gehen. Ich mag keine jammernden Männer. Auch sonst hab ich nicht mehr viel Freude mit ihm. Richt's oben aus: An mir soll's nicht liegen!« – »So sagte Kalypso?« – »So sagte Kalypso! Merk dir's. Viel Verlaß ist nicht auf die Schönflechtigen mit dem Augenaufschlag. Ich aber, gib's zu, ich habe dich noch niemals im Stich gelassen!« – »Nein, nein, niemals, wirklich, und ich dank es dir auf den Knien, Pallas, obwohl ich immer noch liege, weil die Brise noch kühl ist, aber ich flehe zu dir, sag mir jetzt, ohne mich zu betrügen: Bin ich wirklich in Ithaka?« – »Siehst du, so bist du! Immer das Schlechteste denken von jedem, weil du selber schlecht und verlogen bist bis tief ins Mark deiner gichtverschwollenen Knochen!«

Da riß es Odysseus endgültig aus dem Schlummer, er wollte noch einmal die Augen zudrücken, aber es ging nicht mehr. Rot leuchtete das Licht durch die geschlossenen Lider, und der Gesang der Vögel war schmetternd laut. Seufzend wand er sich aus der wohligen Wärme der Decken, sah nach den Geschenken, zählte sie noch vom Lager aus, fand alles da. »Und jetzt rappel dich auf, bevor noch wer kommt und dir zuschaut dabei. Erst vorsichtig das Kreuz strecken, vorsichtig, da ist die Stelle, die dich reißt. Und das rechte Knie, das leidige. Tagsüber vergeht's dann, aber beim Aufstehn soll keiner mir zuschaun.«

Die Hand vorsichtig ans Kreuz gepreßt, setzte er sich auf und richtete sich unter möglichster Umgehung der Mithilfe des rechten Knies auf, fröstelte, bedeckte sich die Glieder mit der verschobenen Kleidung und sah sich um.

»Der Ölbaum am Ende des Hafens, links die Grotte und gleich dahinter der leichte, immer steiler werdende Anstieg! Da erinnere ich mich noch daran. Nur viel großräumiger schien mir alles. Was die Zeit macht! Und dort drüben im Dunst, der sich noch nicht gehoben hat vom Wasser, das muß Dolichion sein, und dort Same! Zakynthos sieht man noch nicht. Bei Zeus, Ithaka ist es, ich bin in Ithaka. Meine Sohlen stehen auf dem Boden Ithakas! Aber die Bäume da drüben und das Haus, die waren doch noch nicht da, als ich abfuhr? Und hinter der Bodenwelle, wo Rauch aufsteigt, da gab es doch auch keine Behausung! Dort spielten wir als Buben Piraten. Aber denk doch, was geschieht alles in zwanzig Jahren! Um zwanzig Jahre älter geworden die Zeit, die Insel und vor allem du selbst. Auch der Ölbaum um zwanzig Jahre älter. Dem sieht man's nicht so an wie mir. Aber er ist's, die Narbe im Stamm. Und die Grotte mit dem Efeugehänge, das Plätschern der Quellen darin. Die beiden Eingänge! Wir wetteten als Knaben, wer sich den Göttereingang zu betreten traute. Ich muß mich erfrischen, mir den Schlaf aus den Augen waschen und Wasser trinken. Ithakawasser, ihr Götter, frisches Neritoswasser!«

Es war immer noch sehr früh. Gerade hatten sich die Frauen erhoben und bliesen das Feuer an aus der aschebedeckten Herdglut. Die Brise trieb den Geruch nach brennendem Kiefernholz herüber.

Da fiel es ihm plötzlich ein: »Ich kann doch nicht einfach eintreten ins Haus und sagen, da bin ich wieder. Laßt euch anschauen, wie geht's euch! Groß bist du geworden, Telemach, beinahe ein Mann. Und du, Penelope, mein Weib, ein wenig grau um die Schläfen, ein paar Falten im Gesicht! Gräm dich nicht, ich bin auch nicht mehr der Schönste. Dem entgeht keiner von uns Sterblichen!«

So ging das doch nicht! – Von den Freiern hatte er bei den Phäaken gehört. Daß sie im Haus steckten und sein Gut verzehrten und um Penelope warben. Hatte sie schon einen erhört? Hatte sie am Ende schon gewählt? Genaues hatte Alkinoos nicht gewußt. Dieses windige Volk kümmerte sich ja nicht darum, was in der Welt vorging. Zu sicher auf ihrer Insel, vor Poseidon geschützt mit ihren Gespensterschiffen, die keines Steuers bedurften, an nichts interessiert als an Tanz und Gesang und läppischem Ballspiel. Die waren nicht auf genauere Nachrichten aus. Rein zufällig hatte einer das mit den Freiern gewußt.

Aber das konnte er sich doch selbst ausrechnen, daß nach zehn Jahren ohne Nachricht jeder der Meinung sein mußte, er sei für immer verschollen oder tot. Daß die Kleinfürsten trachten würden nach seinem Gut und seiner Stellung, und das ging am leichtesten durch Penelopes Hand. Telemach war zu jung, um für das Seine einzutreten, und Laertes zu alt.

Da war Vorsicht geboten, äußerste Vorsicht. Noch hatte er keinen Plan. Die Sehnsucht, endlich nach Ithaka zu kommen trotz des nachträgerischen Grimms des Poseidon, hatte ihn so in Anspruch genommen, daß er sich noch gar nicht überlegt hatte: Was werde ich tun, wenn ich in Ithaka bin?

»Ich kann nicht einfach hingehen und sagen: Ich bin's, Odysseus! Hinaus mit euch Schmarotzergesindel! Aufgeräumt wird jetzt mit eurer unverschämten Prasserei, mit eurem Gewedel um Penelope, meine Gemahlin! – Entweder erschlagen sie mich gleich, oder sie machen's noch einfacher und sagen: ›Das beweis uns erst einmal, daß du Odysseus bist!‹ «

Da fiel es ihm schwer aufs Gemüt. Wie konnte er es denn beweisen? An keinem Glied, an keinem Flecken seiner Haut war er mehr der, der er gewesen war, als er abfuhr von dieser Stelle hier mit zwölf Schiffen und auf jedem Schiff viele Gefährten. Alles Söhne der Inseln, und nun kam er allein zurück. Zehn Jahre Krieg und Lagerleben, und dann zehn Jahre Herumstreunen auf dem Meer, schwankende Schiffsplanken unter den Füßen statt der verläßlichen, festen Erde. Auch die letzten sieben Jahre Ogygia, das war nicht das, was man feste Erde nennt, das war immer noch das schwankende Gaukelelement des Wassers.

»Wie soll ich ihnen beweisen, daß ich Odysseus bin?« Graues, schütteres Haar, die Knochen verkrümmt von Kälte, Zugluft und Nässe. Das Gesicht gegerbt und ausgelaugt, Runzeln um Mund und Augen und faltig die eingefallenen Wangen. Die Augen entzündet vom Glanz sonnenbestrahlter Meeresflächen, die kein Lufthauch bewegt. Die Gelenke geschwollen. Abgezehrt bis auf die Sehnen. Ein Landstreicher, ein Bettler.

Ein Bettler? Warum nicht ein Bettler? Wenn es die Götter schon so gewollt und gefügt haben, daß ich heimkehre wie ein Bettler, dann soll's auch was Gutes haben. Es soll ein Wink sein, daß ich mich zunächst als fremder Bettler zeige. Die feine Decke da und der Mantel, zwar schade drum, aber es muß sein: zerrissen und zerfetzt zum Lumpenbündel, durch den Dreck gezogen, im Meerwasser geschwenkt und dann getrocknet mit Schlamm und Salz, und ein Knotenstock. Die Geschenke verstau ich indes in der Grotte. Beim Götterweg, wo keiner sich hineintraut.

Als Bettler erscheinen und nach dem Rechten sehen! Eigentlich gefällt's mir, ein schöner Spaß. Kann gut ausgebaut werden und hat außerdem Würde. Jedenfalls mehr, als wenn ich als Odysseus auftrete und man mich hinausjagt als einen bettelnden Schwindler. So kehr ich den Spieß um.«

»Am besten, ich geh zuerst zu Eumaios, dem Sauhirten. Wenn einer, dann ist er es, der mir ergeben geblieben ist. War er doch zu mir als Knaben wie ein älterer Bruder fast... in allem unterwies er mich, was einem Buben Freude macht und was er können muß... mit Bogen und Prügel umgehen lehrte er mich und das Raufen... das war wichtig, das Raufen, daß ich's den anderen zeigen konnte, wenn sie über mich herfielen, mich, den Sohn des Ersten in Ithaka... die Neidhammel!, gar zu gern sahen sie mich auf dem Boden liegen, aber Eumaios... ach, der Eumaios, das war ein Lehrer!... auch zu Räubereien in fremden Herden nahm er mich mit und paßte auf, daß mir nichts geschah... auf die anderen war kein Verlaß, die krochen nur vor mir, um sich gut zu stellen mit dem Herrensöhnchen, und hinter dem Rücken... Eumaios! Hoffentlich lebt er mir noch und ist noch da!... er war zwar ein Sklave, aber aus gutem Haus, als Kind von Seeräubern entführt... er war anders als die anderen Sklaven, und dem Vater war er dankbar, weil er ihn gut behandelte und niemals drückte... ob mich Eumaios erkennt?... und wenn schon. Er wird mich sicher nicht verraten... von ihm muß ich alles herausholen, was es im Hause gibt.«

So dachte Odysseus im langsamen Bergan-Schreiten.

Eumaios erkannte ihn nicht. Aber er nahm den »Bettler« freundlich auf und bewirtete ihn. Drei Tage blieb Odysseus in seiner Hütte, band ihm eine Geschichte auf, die er glaubte. Kein Hauch des Wiedererkennens. Daran merkte Odysseus, wie sehr er sich verändert haben mußte. Das gab ihm zu denken.

Es waren keine angenehmen Gedanken. »Schön muß ich ausschauen«, sagte er sich bitter, »nach drei Tagen kein Schimmer der Wahrheit... und er kennt mich von klein auf und dann als Knabe, als Jüngling, bis hinein ins Mannesalter... fast täglich sah er mich... er erinnert sich ja auch noch an alles, an Kleinigkeiten, die ich selber vergessen habe, erinnert er sich... er weint um mich, grämt sich, denkt dauernd an mich, und kein Schatten eines Erkennens! Einer

Ahnung, eines Verdachts! Schön muß ich ausschauen. Die Bettlerkleider allein können das nicht sein!«

Während sich Odysseus bei Eumaios aufhielt, traf Telemach in Ithaka ein von seiner Erkundungsreise. Auch sein erster Weg führte ihn zum Sauhirten. Erstens fürchtete er eine Gewalttat der Freier und außerdem wollte er die Neuigkeiten von zu Hause erfahren, ehe er sich der Mutter zeigte. Immerhin schickte er Eumaios gleich zu Penelope, und dieser beeilte sich, der Herrin die glückliche Nachricht zu bringen.

So waren die beiden allein in der Hütte des Hirten, Vater und Sohn. Telemach sah in Odysseus einen fremden Bettler, der des Sauhirten Gast war. Odysseus hatte in Telemach auf den ersten Blick den Sohn erkannt, den er als Säugling verlassen hatte, seinen und Penelopes Sohn. Es sprang in die Augen, und er betrachtete ihn mit Wohlgefallen und zurückgedrängter Ergriffenheit. »Stattlich ist er, mein Sohn ... den Göttern Dank, daß ich ihn habe. Ach könnt ich ihn küssen auf beide Wangen und ihn fest in die Arme schließen und dann lachend auf die Schulter schlagen, daß er die Kraft seines Vaters spürt. Stärker bin ich noch immer als er. Um einen halben Kopf ist er ja größer als ich, der Lümmel, aber noch nicht ganz vollwüchsig. Ungewohnt des Kampfes und der Entbehrung. Ich hab ihm gefehlt. Verfluchte Kalypso. Manchmal dachte ich ja daran, daß da ein Bub ist, der den Vater braucht. Aber ich konnte ihn mir nicht vorstellen. Ein kackender kleiner Plärrer war er, als ich wegging. Aber jetzt, wo ich ihn sehe. Jetzt kommen mir die Tränen. Was hab ich versäumt ... aber kein Träumen jetzt und kein Grübeln und vor allem nicht die Galle beschwert mit schwarzen Gedanken. Jetzt muß geplant, muß gehandelt sein. Gut, daß er da ist. Viel helfen wird er mir nicht können, aber Verlaß wird auf ihn sein, und wenn er mir pariert, kann er sehr nützlich werden. Aber ich muß ihm beibringen, daß ich sein Vater bin, noch ehe Eumaios zurückkommt.«

Während Telemach aß und zu dem freundlichen Fremden sprach, weil er der erste war, dem gegenüber er mit seinen Abenteuern ein bißchen angeben konnte, überlegte Odysseus. Nicht, was er sagen sollte, nicht, wie er dem Jungen glaubhaft machen sollte, daß er wirklich sein Vater war. Solche Dinge fielen ihm nicht schwer. Da brauchte er nur den Mund aufzutun und hatte ihn in der Tasche. Etwas anderes war es, was Odysseus plötzlich zusetzte, ganz unerwartet und so, daß ihm der Schweiß ausbrach. Er erhob sich und sagte dem essenden und redenden Telemach, er gehe für ein paar Augenblicke hinaus in den Hof, es sei ihm heiß geworden.

»Da tritt ein Vater einem Sohn entgegen«, sagte er sich, »der ihn nie gesehen hat, von dem er nur weiß, daß er sich ausgezeichnet hat in einem großen Krieg, der für den Jungen nur eine Sage war. Dieser Sohn hat sich ein Bild von diesem berühmten Vater gemacht, er sieht ihn als einen königlichen Mann im Gepränge geprüfter Kraft und reifer Männlichkeit. Und wie steh ich da?«

Odysseus stand im Hof, die Stirne in Falten, die Augen auf seine verschwielten Füße geheftet. Es lag ihm auch in der Magengrube, daß Eumaios nicht einen Schatten des Erkennens gezeigt hatte. »Da steh ich nun, eine Scheuche, ein Herumtreiber und vom Schicksal Gerupfter. Kein Gran Fett am Leib. Steif im Kreuz. Die Flanken eines streunenden Köters. Oh, ihr Unsterblichen! Kann ein Vater sich so seinem Sohn zeigen? – Und er, der Bengel, schlank und kräftig und mit einem golden glänzenden Fell. Mein Gott, voll Jugendschmelz der Rotzer! Schöner, als ich je war. Längere Beine hat er, der Goldlümmel. Die hat er von ihr. Aber meine Schultern. Schwächer natürlich noch. Seidenglatt. Hat ihn ja auch noch keiner gezaust. So wie ich bin, legte ich ihn glatt aufs Kreuz. Aber schön ist er. Mein Sohn! Und ich Wegelagerer soll mich hinstellen und sagen: Ich bin's, dein Vater! Da hast du mich wieder, freu dich, in meine Arme, Haupt und Schulter geküßt! – Weiß ich denn, wie er zu mir überhaupt steht? Denkt sich vielleicht: Was heißt Vater! Einer, der Frau und Kind verläßt, erst zehn Jahre wegen einer Hure, und die weiteren zehn Jahre? Was hast du da gemacht? Ich dir verschorftem Kobold Haupt und Schulter küssen? – Am Ende will er von mir gar nichts wissen. Mustert mich von oben herab von meinen grauen Haaren bis zu meinen schmutzigen

Zehen. Verdammt, daß er länger ist als ich. Das hat mir noch gefehlt!«

Zustände betroffener Ratlosigkeit hielten bei Odysseus nicht lange an. Selbst jetzt nicht, als er als Vater seinem erwachsenen Sohn zum erstenmal gegenüberstand, einem sehr wohlgeratenen Sohn, und er selbst gerade ziemlich herabgesetzt im Äußeren. Heikel, aber nicht unüberwindlich für Odysseus, der noch immer aus der lebensträchtigen Membrane eines hochbegabten Zwerchfells kunstreiches Gewirke zu weben verstand, mehr als gute Lügengeschichten. Da konnte ihm der Kleine noch lange nicht das Wasser reichen. »Wart nur, Söhnchen! Dir tisch ich mich jetzt selbst als Fabel auf, daß dir deine unschuldigen grünen Augen übergehen! Übrigens meine Augen, nur haben sie noch nichts gesehen. Daher glänzen sie so schön, so klar!« Es kostete Odysseus ein paar Minuten allerdings übermenschlicher Konzentration aller dem Zwerchfell innewohnenden Kraft, um sich durch eine geballte Inständigkeit der Phantasie in eine Erscheinung umzugestalten, die der Sohn nicht nur glauben, sondern mit eigenen Augen und Sinnen wahrnehmen sollte.

Er spannte aus dem innersten Zentrum seiner Lebenskraft heraus seine Nerven und Muskeln bis in die letzten Fasern an. Er knirschte mit den Zähnen, und die Augen rollten sich ihm, daß man nur das Weiße sah. Er raffte sich zusammen zur Epiphanie eines Odysseus in den besten Jahren seines Lebens. Als er fühlte, daß es gelungen war, dieses Willensbild aus sich heraus zu formen, betrat er die Hütte. Er blieb an der Schwelle stehen, um noch mehr »Erscheinung« zu sein. Dem Telemach fielen fast die Augen aus den Höhlen. Er glaubte – trotz der schmutzigen Lumpen –, einen Gott zu sehen, und dieser sagte ganz schlicht zu ihm: »Ich bin dein Vater, Telemach, mein Sohn!« Da gab es wohl keine Spur von Zweifel. Weinend fiel ihm Telemach in die Arme, und dann weinte Odysseus natürlich auch, und sie gaben sich hin dem süßen Verlangen zu weinen, bis die Sonne sank.

Nachdem sie solcherart ausführlich und wohltuend und mit reichlichem Tränenfluß ihre Rührung und Erschütterung ausgekostet hatten, war Hirn und Gemüt frei für die nüchterne und sachliche Überlegung, und sie berieten die weiteren Schritte, die zu unternehmen waren. Natürlich war das Strahlende längst wieder von Odysseus abgefallen. Auch das begabteste Zwerchfell hat nicht die Kraft, eine solche Aufhöhung zum Wunschbild länger als wenige Minuten durchzuhalten. Er hockte nun wieder vor dem Sohn auf den Fersen als der, der er war: ein gealterter, hergenommener Mann in Lumpen, der schon länger kein Bad gehabt hat. Aber das spielte nun keine Rolle mehr. Telemach hatte den Vater »gesehen«; ein paar Augenblicke nur, aber der Eindruck war unaustilgbar. Für ihn war er von dieser Stunde an ein König, der sich aus triftigen Gründen zum Bettler verwandelt hatte. Er hockte ihm, ebenfalls auf den Fersen, gegenüber und strahlte zu ihm auf. Glücklich. Stolz. Odysseus genoß es, und es floß ihm die Rede.

Am folgenden Tage begaben sich beide auf getrennten Wegen zum Herrenhaus. Odysseus setzte sich, wie es einem Bettler geziemt, auf die Schwelle der Halle, und Telemach ging zur Mutter, lief die Stufen hinauf, zwei, drei auf einmal nehmend, doppelt geschwellt: von den eigenen Abenteuern und dem heimlichen Wissen um den Vater. Der hatte ihm aufgetragen, der Mutter noch nichts zu verraten.

Wie das wohltat! – Die Mutter hing ihm an den Lippen, streichelte ihn mit den Blicken: so jung, so liebenswert, so voll Eifer und Aufregung über alles, was er erlebt hatte und – den Göttern sei Dank! – ganz augenscheinlich heil an Haupt und Gliedern. »Der Bub«, dachte Penelope mit Rührung, »wie er sich fühlt, der Kleine! Hekatomben gelobt, daß ihm keiner weh getan hat!«

In solche Hennengefühle versunken, überhörte sie ganze Partien seiner hervorgesprudelten Geschichten. Plötzlich aber ließ sie etwas aufhorchen, machte sie hellwach und gespannt. Von Menelaos erzählte er, der's von Proteus, dem Meergreis, hatte, Odysseus habe im Sturm Schiff und Gefährten verloren und sei angetrieben worden an einer Insel. Ogygia. Nur eine Nymphe lebe dort, Kalypso. Die habe sich des Findlings angenommen.

Zum erstenmal unterbrach Penelope den Redefluß des

Sohnes kurz mit der präzisen Frage: »Sagtest du nicht, Menelaos sei nach dreijähriger Irrfahrt heimgekehrt?« – »Ja, Mutter, drei Jahre trieb es sie beide um, ihn und Helena, bis sie nach Sparta zurückfanden.« – »Von Trojas Fall an drei Jahre und jetzt also sieben Jahre wieder in Sparta! Ist es so richtig, mein Sohn?« – »Freilich ist es richtig, Mutter, was fragst du so genau? Laß mich erzählen...« – »Sieben Jahre sind also vergangen, seit der Meergreis zu Menelaos sprach?« – »Ja doch, ja, daß ich weiter erzähle...« Aber Penelope sah starr vor sich hin: »Sieben Jahre«, dachte sie, »sieben Jahre allein, ohne Gefährten... Ogygia... nymphenbewohnt... Kalypso also heißt sie... nur er und sie und sieben Jahre...« Dann faßte sie sich wieder: »Erzähl, erzähl nur weiter, Kind!« Sie merkte sein Befremden, seine Ungeduld. Halb hörte sie ihm zu, halb rumorte es in ihr: »Sieben Jahre verplempert bei dieser Inselschnepfe! Soll ich weinen, soll ich lachen, soll ich toben oder mich aufhängen? Wenn er jetzt zur Tür hereinkäme, der Filou, ich jagte ihn hinaus! – Ach was! Um den Hals fiele ich ihm und heulte vor Wut und Glück. Aber ich muß ja dem Buben zuhören, sonst ist er gekränkt.«

Der »fremde Bettler« hockte indessen unten auf der Schwelle, dem Hohn der dreisten Freier ausgesetzt, und speicherte Haß in seiner Seele.

Antinoos ließ es nicht beim Spott bewenden. Er warf einen Schemel nach Odysseus, der ihn schmerzhaft im Rücken traf. Er wich keinen Zollbreit. Diese Kraft und Haltung nahm einige für ihn ein. Gezänk erhob sich. Der Lärm drang bis in Penelopes Gemach. Sie schickte eine Magd hinunter, nach der Ursache zu forschen. Es war Eumaios, der dann kam und berichtete: An einem Bettler ließen die Freier ihren schändlichen Übermut aus. Ein armer Verschlagener, der bessere Zeiten gesehen habe. Er selbst, Eumaios, habe ihn beherbergt und sich sein schweres Schicksal erzählen lassen. Ganz bezaubert habe der Fremde ihn mit seiner Geschichte. Er verstehe es, »Worte der Sehnsucht zu setzen wie ein gottbegnadeter Sänger«.

Worte der Sehnsucht wie ein gottbegnadeter Sänger. Penelope sann: Worte verstand er zu setzen... keinen Zollbreit gewichen... ein Schiffbrüchiger oder Landstreicher, der bessere Tage gesehen hat... sieben Jahre Ogygia... eine Nymphe nahm sich seiner an... Das rasselte in die Tiefe wie die Kettenglieder eines schweren Ankers. Penelope wußte selbst nicht wie. Es würgte sie plötzlich. Aber ihre Stimme war ruhig und unbewegt, als sie den Fremden zu sich rufen ließ. Sie wolle ihn selbst befragen nach seinem grausamen Los, sagte sie, besonders weil er dieses in so bezaubernder und ergreifender Art zu schildern wüßte.

Eumaios lief. Sehr bald erschien er wieder. Allein. Der Bettler lasse ausrichten – sagte er betreten –, er finde es vernünftiger, die Herrin erst aufzusuchen, wenn die Freier aus dem Haus seien. Man könne sich dann in Ruhe unterhalten.

»So!« sagte Penelope. »Der Landstreicher läßt also ausrichten. Er, der Stromer, findet es vernünftiger, vorläufig dem Wunsch der Herrin nicht zu entsprechen. Wann geruht also der Bettler, sich einzufinden? Dumm ist es ja nicht, was er sagt. Aber was bildet der Vagabund sich ein zu bestimmen, wann er mich sprechen will! Er springt ja geradezu um mit mir!«

Penelope hatte sich in eine steigende Erregung hineingeredet, und bei den letzten Worten stampfte sie sogar etwas mit dem Fuß auf. Dem immer noch verlegenen Eumaios aber fiel auf, daß sie nicht dunkelrot war, wie sonst, wenn Wut in ihr aufbrandete. Sie war blaß. Ein Schauer überlief ihre Gestalt, eine Art Schüttelfrost. Mit den Händen hatte sie die Stuhllehne umklammert, daß die Knöchel weiß hervortraten. Und mit Verwunderung sah Eumaios, daß ihre weißen Lippen lächelten dabei.

Als alle hinausgegangen und Penelope allein war, ließ sie sich zurückfallen in den Stuhl, in dem sie kerzengerade gesessen war, die Armlehnen von den Händen umspannt. Sie schloß die Augen. Sie dachte an nichts. Sie horchte nur. Horchte in sich hinein und merkte jetzt erst: Ein nicht unterdrückbares Zittern hatte Nerven und Glieder gleichzeitig befallen. Lange saß sie so.

Dann plötzlich richtete sie sich entschlossen auf, ließ die beiden Zofen kommen, die sie hinunter in die Halle zu begleiten pflegten. Kaum waren sie zur Stelle, besann sie sich anders und schickte die Mädchen wieder weg. Die waren solche Launen nicht gewöhnt bei ihrer Herrin und sahen einander an.

Penelope legte sich auf das Bett. Sie schlief nicht. Sie dämmerte oder träumte auch nicht. Sie schwamm. Sie schaukelte in der ziehenden Dünung von Dissonanzen und Zusammenklängen und glitt hinein in ein Meer aus Zweifel, Widerspruch und Ahnung, und dann war es mit einem Male ein Wissen.

Rasch erhob sie sich. Prüfte im Spiegel mit Sorgfalt ihr Aussehen, träufelte ein paar Tropfen Balsam auf Hals und Schläfen und legte etwas Schminke auf, weil sie sah, daß sie sehr blaß war.

Dann richtete sie sich gerade auf.

Sie rief ihre beiden Begleiterinnen und stieg hinab, so wie sie es täglich tat. Trat neben eine der Säulen, die die gezimmerte Halle stützten, gab dem glänzenden Schleier, der ihre Wangen umhüllte, noch einen lockeren Faltenwurf und blickte sich langsam im Saale um. Die Freier verstummten. Alle sahen nach ihr hin. Auch der Fremde auf der Schwelle. Mit großen meergrauen Augen. Dann wandte er rasch sein Gesicht zur Seite, so daß es im Schatten lag.

Penelope ließ ihre Augen langsam im Saal umherschweifen, von einem zum andern. Den Fremden auf der Schwelle streifte sie nur mit einem flüchtigen, gleichgültigen Blick, als die Reihe an ihn kam. Bei sich dachte sie: »Du brauchst dich gar nicht zu verstecken. Ich verrate dich schon nicht. Hältst du mich etwa für so dumm, daß ich jetzt eine Szene mache? Aber warte! Etwas sollst du jetzt doch zu sehen bekommen!«

Sie wandte sich den Freiern zu: »Als mein Gemahl Odysseus nach Troja ging, sprach er: ›Bewahre mir das Haus. Wenn ich aber nicht zurückkehre, dann sollst du dich wieder vermählen.‹ Nun ist ja wohl jede Hoffnung eitel, daß er wiederkehrt, und ich bin nun entschlossen zur Heirat. Aber ist es nicht Sitte unter werbenden Männern, Geschenke zu bringen, anstatt das Gut der Umworbenen zu verprassen?«

Es wurde so still in der Halle, daß man das brennende Holz auf dem Herd in der Mitte knistern hörte. Penelope aber wandte sich um und schritt, von den beiden Mägden begleitet, langsam hinaus und stieg hinauf in ihre Kammer.

»Jetzt hat er mich gesehen, und er muß festgestellt haben, daß ich noch recht stattlich bin. Stattlicher als er im Augenblick. Er scheint mir gealtert bei der Inselhure. Jetzt soll er mit ansehen, wie sie alle nach Hause rennen und Geschenke heranschleppen. Es wird ihm im Hals stecken bleiben! Recht geschieht ihm, dem Lieben, dem armen Geschundenen, ach, hätt ich ihn bei mir, und wir hingen einander um den Hals, und ich könnte ihn baden und salben und ein feines Lager bereiten. Wann hat er zum letztenmal in einem Bett geschlafen ... – Aber ruhig, ruhig, Penelope, nichts überstürzen! Es schadet ihm nichts, wenn's ihm jetzt ein bißchen auf der Leber liegt. Es ist für Kalypso, das Luder! Wenige Stunden nur, bis das Pack nach Haus geht, dann sind wir beide allein.«

Der Abend kam und die Nacht. Die Freier waren aus dem Haus. Da stieg Penelope abermals hinunter in die Halle, ließ sich den Stuhl zum Feuer rücken und daneben einen Schemel. Telemach, der sich aufgeregt herumdrückte und gaffte, schickte sie hinaus. Durch eine der Mägde, die noch die Tische abräumten und zurechtrückten, ließ sie den Gast zu sich bitten.

Sie hatte ihren Stuhl so stellen lassen, daß ihr Gesicht im Schatten lag. Sie kannte ihre Augen. Haltung, Stimme und Worte hatte sie in der Gewalt, aber ihrer Augen war sie sich nicht sicher. Wenn ihr das Herz schlug, dann schwammen sie leicht in Feuchtigkeit.

Odysseus kam quer durch die Halle auf sie zu in seinen schmutzverkrusteten Lumpen. Sehr blaß. Mit edlem Anstand – für einen Vagabunden befremdend – verneigte er sich vor ihr. Das Herz schlug ihr so hart, daß sie meinte, er müßte es sehen. Sie wandte sich um und erteilte einer der Mägde einen überflüssigen Auftrag. Die fragte zurück, und bei dem kleinen Wortwechsel, der sich ergab, faßte sie sich. Nun vermochte sie zu tun, was Sitte und Anstand erforderten: Sie befragte den Fremden nach Name und Herkunft und Schicksal. Er saß auf einem Schemel, tiefer als sie; das gab ihm die Möglichkeit, sein Gesicht zu verbergen. Dann ergriff er den stets verläßlichen Rettungsanker: seine Gabe zum Fabulieren. Er spann eine Lügengeschichte aus und beruhigte dabei sein Gemüt.

»Ganz der Alte«, sagte sie zu sich und konnte wieder lächeln; »seine Geschichte muß er haben. Noch vor dem Thron der dunklen Persephoneia wird er lügen! – Gut, wenn er es so will! Wir haben Zeit.«

So erzählte also auch sie. Und was erzählte sie ihm, dem »Fremden«? Die Geschichte mit dem Leichentuch des Laertes, dem Gaukelspiel, mit dem sie die Freier die längste Zeit an der Nase herumgeführt hatte. *Was* sie alles hineingewebt und dann doch wieder aufgetrennt hatte, das erzählte sie ihm allerdings nicht.

»Ganz die Alte«, dachte er seinerseits, köstlich unterhalten durch die Geschichte von der Nasführung der Freier. »Meine Penelope! Schön, sie wieder zu haben! Eine, die meine Geschichten versteht und ihrerseits schöne Geschichten erfindet. Wie mir das abgegangen ist! Spinnen wir's doch noch ein bißchen aus, bis ich mich zu erkennen gebe. Bis jetzt ahnt sie ja nichts! Was für ein großer, feierlicher Spaß wird das sein, wenn ich plötzlich sage: ›Jetzt halte dein Herz fest, Penelope, er ist zurückgekehrt, der verloren Geglaubte! Ich bin's, der dir zu Füßen sitzt, heil und gesund, nur in zweckmäßiger Verkleidung. Etwas baden, salben und kräuseln, und ich bin der alte. Was sagst du jetzt? Eine volle Stunde schon sitzen wir dicht nebeneinander und du hast nichts geahnt! Komm in meine Arme und jetzt ist alles, alles wieder gut!‹«

Penelope dagegen dachte: »Ich kenn ihn doch. Der ist imstande, und die ganze Nacht geht vorüber mit seinen Fabeleien. Dabei muß ein Plan gefaßt und vorbereitet werden. Genug jetzt der Szenen. Ich muß ihm ein Stichwort geben. Ein Wort, das nur er und ich kennen!«

Ganz die Verlassene, mit Tränen in der Stimme, sprach sie:

»Edler Fremdling, denn daß du edel bist, sehe ich an Haltung und Rede, auch wenn Fetzen deine Glieder umhüllen, du siehst eine Verzweifelte vor dir, denn niemals mehr werde ich meinen geliebten Gatten in die Arme schließen können, der mich vor zwanzig Jahren verließ, um sich einzuschiffen nach dem *Drecksilion,* verflucht sei sein Name!«

Da gab es dem Odysseus einen Riß. »Drecksilion«, so hatte sie es genannt, wenn Kummer und Wut sie überkamen in den Wochen, ehe er abfuhr, und sie sich nicht mehr beherrschen konnte. In solchen Stimmungen neigte seine Penelope zu drastischen Ausdrücken, die ihrem Stande nicht ganz entsprachen. Er hatte damals gelacht – er erinnerte sich jetzt genau – und hatte spöttelnd gesagt: »Hohe Gattin des edlen Odysseus, Herrin im Palast des königlichen Laertes, geziemt es sich für dich, Worte auszusprechen wie dieses, das ich eben gehört habe!« Sie aber war wütend, hatte mit dem Fuß aufgestampft und es noch einmal herausgeschrien: »Weil's wahr ist! Drecksilion und wegen der Hure, der verdammten!« Und jetzt? Er traute seinen Ohren nicht. Ganz Fürstin, ganz Herrin, spricht sie mit klingender Stimme und schmerzlich gefaßter Miene dieses Wort aus: kakilion, Drecksilion! Odysseus sah starr zu ihr auf. Sollte sie ihn erkannt haben? Ein Spielchen mit ihm treiben? Aber ihre Züge waren ganz Kummer und beherrschte Hoheit, sogar eine Träne rann ihr langsam über die Wange. Ihr Blick ging träumerisch in die Ferne, gedachte ausdrucksvoll des Verschollenen, gerade als hätte sie den Fremden zu ihren Füßen vergessen.

»Nein«, entschied er, »es ist ihr herausgerutscht. Sie hat es nicht gemerkt in ihrem Jammer. Kein Gedanke, daß sie mich erkannt hat und frotzelt. Sie leidet! Ich will's kurz machen und sagen, daß ich im Kommen bin. Sie erschräke zu sehr, sagte ich: siehe, ich bin's!« – »Ehrfurchtgebietende Frau«, begann er, »quäle nicht deine Seele mit Gram. Ich weiß es, dein Gatte lebt. Er ist schon ganz nahe. Leider allein. Die Gefährten hat er verloren. Alle kamen sie um in einem Seesturm, als sie abfuhren von Thrinakia. Ihn trieben die Wellen an das Gestade von Scheria, ins Land der Phäaken. Er ist auf dem Wege nach Haus.«

Penelope schwieg. Ihre Züge waren jählings hart und finster geworden. »Was hat sie?« dachte Odysseus verblüfft. »Warum freut sie sich nicht, jubelt nicht auf oder zeigt wenigstens Erregung, fragt woher ich's habe? Selbst wenn sie mir nicht glaubt, warum diese plötzliche Verbissenheit des Ausdrucks?«

Er begriff nicht, daß er einen bösen Fehler begangen hatte. Penelope war schon drauf und dran gewesen, ihn bei den Schultern zu nehmen und seinen Kopf in ihren Schoß zu ziehen und zu sagen: »Schluß jetzt mit den schönen Szenen. Lügen können wir beide noch, das haben wir zur Genüge bewiesen. Komm her, alter Gauner, laß dich herzen und küssen und dann überlegen, wie wir die Freier hineinlegen, daß ihnen Hören und Sehen vergeht und wir zwei noch einen Spaß dran haben.«

Da mußte sie hören: bei Thrinakia verlor er alles, und von dort direkt trieb er nach Scheria. – Und die sieben Jahre Kalypso? Die glaubte er ihr glattweg unterschlagen zu können? Über die gedachte er sich hinwegzuschwindeln, der Filou. Wut kochte auf in ihr und machte sie hart.

»Irgendeine Magd mag kommen und dir die Füße waschen, und irgendwo auf dem Boden da ein Lager bereiten. Zeit, uns zur Ruhe zu begeben.« Selten kam es vor, daß es Odysseus die Rede verschlug, aber jetzt war es fast soweit.

»Dieses Weib ist ein Dämon. Verflucht! Was tu ich jetzt? Die Zeit drängt, und ich brauche Hilfe. Gut, wenn sie's anders will! Wird es eben Eurykleia sein. Soll sie sich nachher selbst die Vorwürfe machen.« In der Wut gewann er seine Fassung wieder und hob abermals an: »Ehrfurchtgebietende Fürstin«, floß ihm der Redestrom wieder, weil er beleidigt war: »Längst schon hat der Elende sich duftende Bäder von weichen Mädchenhänden abgewöhnt. Wenn sich aber vielleicht im Hause ein greises, leiderfahrenes Weib findet! Von ihr ließe ich mir allenfalls die Füße waschen.«

»Zur Eurykleia will er. Ich hätt es mir denken können. Der Alte und der Junge. Wenn's brennt, verkriechen sie sich bei der Vettel. Meinetwegen. Soll er sie haben. Die Szene gönn ich mir noch. Die Alte sieht ja fast nichts mehr, sonst hätte sie ihn längst erkannt, ihren Goldvogel, wo sie tagaus, tagein herumstochert im Haus, damit ihr nichts entgeht.« Sie ließ Eurykleia holen, dem Fremden ein Fußbad zu bereiten.

Die lag schon im Bett, einen erhitzten Stein zu ihren fröstelnden Füßen und eine unförmige Haube auf dem nur mehr sehr schütter behaarten Kopf. Als die Magd hereinbrach und den Befehl der Herrin abratschte, kam ihr die Galle. »Was bildet sie sich ein? Ich in der Würde meines hohen Alters soll einem dahergelaufenen Landstreicher den Grind von den Füßen waschen? Wahrscheinlich hat er ihr wieder irgendwas von Odysseus aufgebunden und ihr den Kopf verdreht!« Aufgebracht erhob sie sich aus den warmen Decken und humpelte, ein Becken mit heißem Wasser vor dem Bauch, grollenden Blicks und die Gebrechliche spielend, in die Halle. Ihre ganze Erscheinung strahlte Gekränktheit aus.

Ächzend ließ sie sich, den Fremden keines Blickes würdigend, auf die Knie nieder. Penelope rückte mit ihrem Stuhl ein gutes Stück weg vom Feuer und saß abgewandten Gesichts. »Der graust«, murrte Eurykleia, »nicht einmal sehen will sie den Dreck und Zehenkäs, geschweige denn riechen, aber ich, die Uralte, muß herhalten. Was hat sie gebissen, daß sie nicht eine von den jungen Trampeln dazu geholt hat.«

Mit hartem Zugriff hob sie ohne viel Umstände den einen Fuß des Odysseus in das Becken hinein und spülte ihn flüchtig ab, dann den zweiten. Der aber entglitt ihren jäh erlahmenden Händen und fiel mit einem lauten Platsch ins Wasser, ein breites Geschwemme auf dem Boden verursachend. Sie kniete mit zitternden Händen und starrte dem Fremden ins Gesicht, versuchte mit ihren verschwimmenden Augen Züge, Konturen wahrzunehmen, die ihr so tief vertraut waren. Da legte er ihr die Hand auf den Mund und erstickte den Aufschrei. Ihre Finger hatten die alte Narbe ertastet, die ihm vor undenklichen Zeiten ein Keiler geschlagen hatte.

»Schweig«, flüsterte er, »ja, ich bin's. Aber tu, als wäre nichts gewesen. Sie darf's noch nicht wissen. Erst, wenn ich das Gesindel erledigt habe.«

Mit wackelndem Kopf – das geschah ihr jetzt bisweilen,

besonders wenn sie sich aufregte – ging Eurykleia hinaus. Die Knie zitterten ihr, und sie mußte sich draußen einen Augenblick hinsetzen.

»Er ist da!« heiserte sie kurzatmig vor sich hin und rang dabei die Hände, »er ist's, ich erleb's noch, ich seh ihn noch! Das Kind ist da! Ist nach Haus gekommen, und ich kann ihn noch mit Händen berühren und streicheln. Heim ist er gekommen. Ich hab ihn wieder. Herrin, Urmutter du, von den Unteren, der kein Priester mehr Opfer bringt, weil du ihnen zu gewöhnlich bist! Einzige du, Königin von allem was irdisch ist, ich danke dir. Mich hinwerfen auf den Boden, du weißt es, das kann ich nicht mehr. Dazu sind meine Knochen zu mürb. Aber sieh mich hingeworfen vor deiner Größe mit meinem Herzen! Du hast ihn mir wiedergegeben. Und *mir* gibt er sich zuerst zu erkennen. Nicht ihr! Jetzt brauch ich was Starkes. Aber zurück erst mit dem Eimer, sonst fällt's auf.«

Tränen liefen ihr über die faltigen Wangen und sie wieselte dahin, dorthin wie eine Junge. Man kann sich denken, daß es eine Weile dauerte, bis sie wiederkam mit dem Wasser. Aber keinem von den beiden im Saal schien etwas aufzufallen. Als sie sich jetzt vor Odysseus hinkniete und seine Füße wusch, war es eine lange Liebkosung.

»Sie hat ihn erkannt«, sagte sich Penelope, »natürlich! An der Narbe. Das habe ich nicht bedacht.«

Nach der Fußwaschung rückten die beiden einander wieder näher, sie mit dem Stuhl, er mit dem Schemel. Aber nun hatten sie sich verrannt. Keiner wollte nachgeben. Sie hatte den Groll wegen der sieben unterschlagenen Jahre noch nicht hinuntergewürgt, und er war bestürzt und gekränkt über ihre plötzliche Kälte. Dabei drängte beide die Sorge, was weiter zu geschehen habe.

Sie saßen nebeneinander und doch voneinander getrennt. Er tief gebeugt auf seinem Schemel. Sie, die Hände um die Köpfe der Stuhllehnen gepreßt, mit zusammengezogenen Brauen. Indessen richtete eine Magd für Odysseus ein Lager her in der Nähe des Herdes. Beide waren sie ratlos, beide grollten einander wegen der Starrköpfigkeit des andern, vor allem aber waren sie traurig. Sollte das die Heimkehr sein nach zwanzigjähriger Trennung, nach zwanzig endlosen Jahren? Heut abend noch hatten sie es anders vorgehabt! Für jetzt war die Situation verfahren, den rechten Augenblick hatten sie verscherzt. Ein Gescheiter denkt sich da: »Überschlaf es erst einmal!« – und sie waren ja beide gescheit, geprüft und mit bitteren Wassern gewaschen.

Sie schritt müde hinauf in ihre Kammer. Er zog die Felle über sich, die man ihm auf den Boden gebreitet hatte. Schlaf fand keiner von beiden diese Nacht.

Sie rechnete: Er ist allein gegen mehr als hundert. Eumaios. Wahrscheinlich der Rinderhirt. Melantheus nicht, der kriecht bei den Freiern. Denkt schon an morgen. Und Telemach! Heilige Götter, Telemach! Natürlich wird er sich zum Vater stellen, sich vor ihm zeigen wollen, dabei hat er noch niemals ernstlich ein Schwert geführt. – Soweit darf es gar nicht kommen. An Kampf und Gewalt ist nicht zu denken. Das wäre das Ende für sie alle. Aber was soll er tun? Soll er die Runde machen bei den Vätern der Laffen, sie möchten die Herren Söhne gütigerweise davon abhalten, hier herumzulungern und zu prassen? An Heirat sei nicht mehr zu denken? Der Herr Gatte ist zurück? »Du willst Odysseus sein?« werden sie höhnen. »Das kann jeder sagen! Wir haben ihn gekannt vor zwanzig Jahren. Die Frau und den Jungen kannst du hinters Licht führen. Nicht uns, die wir mit ihm aufgewachsen sind. Scher dich fort, daß wir dich nicht stäupen.«

Ähnliche Gedanken wälzte Odysseus unten in der Halle bei sich. Kampf war Selbstmord. Sich zu erkennen geben fast auch. Selbst wenn sie ihm glaubten, durften sie es nicht zugeben. Zu viel war geschehen an bösem Unfug. Zu viel stand für sie auf dem Spiel. Nach allem, wie sie sich aufgeführt hatten!

So dachte Odysseus, und es war ihm alles sehr klar. Hätte es sich, wie die Dinge lagen, um einen Rat gehandelt, im Lager, im Feldherrnzelt, er hätte sich, wie die Dinge lagen, strikte gegen Gewalt ausgesprochen. Es wäre ihm auch irgendein Aus- oder Umweg eingefallen. Aber jetzt kochte etwas in ihm. Zutiefst. Unter dem Zwerchfell, in den Eingeweiden kochte eine Wut. Hätte er sich in dieser Nacht noch mit Penelope verständigt, vielleicht, daß er diese Wut hätte unterdrücken können. Aber jetzt kamen noch Ärger und Kummer dazu; und Traurigkeit. Er hockte auf seinen Fellen, die Hände um die Knie geschlungen, die Stirn darauf gepreßt. Es war ihm heiß, und gleichzeitig fröstelte er.

Flüsterchor der Geckos

Heran, heran, Kakodaimones!
Heraus aus den Ritzen, Askalabotai,
mit den fünffingrig haftenden Füßchen!
Wir kleben in Spalten,
hasten über die Mauern,
geck, geck, tsi, tsi!
Harmlose Geckos?
Vertraute Tierlein der Nacht?

Fluchgeister sind wir!
Wir lauern auf Blut und züngeln
Zaubergeflechte über die Wand,
magische Chiffren.
Alle, alle sollen sie stolpern
ins Fangnetz des Ekels,
geck, geck, tsi, tsi,
wispern wir unsere
frotzelnden Flüche.

Die Tölpel erkennen uns nicht.
Schon haben wir ihnen die Augen verklebt.
Ein grauer Schorf überzieht ihre Münder.
Das Grausen liegt ihnen schwer auf dem Zwerchfell!
Kakodaimones wir! Askalabotai!

Kommt alle gekrochen,
ihr Fluchgespenster,
aus Furchen und Spalten!
Sammelt euch in der Halle!
Mit fünffingrig haftenden Füßchen
huscht ihnen über die Speisen,
laßt in die Becher euch fallen,
klebt euch an ihre Lippen
und kriecht in die Ohren,
wispernd den spöttelnden Fluch:
geck, geck, tsi, tsi!

Foppt sie mit Ekel,
narrt sie mit Grausen!
Vollgekotzt sollen sie sterben,
daß Sterben Erlösung ist
vom fünffingrig haftenden Abscheu.

Abgeschossen wie übermästete Ratten noch heute,
die bauchvolle Brut!
Wir werden ihnen das fette Blut von den Augen lecken,
den glasig erstarrten.
Eine leckere Mahlzeit uns Echsengespenstern!
Geck, geck, tsi, tsi.

Angelweit knarrt schon die breite,
die niedrige Pforte des Hades.
Es glucksen die lichtlosen Sümpfe,
sie warten schon auf den bleichen Zug
der im eigenen Ekel Erstickten.

Sie sind uns ins Garn gegangen,
die blindgesoffenen,
taubgefressenen Gimpel!
Uns, den Kakodaimones,
mit fünffingrig haftender Tücke
Leimgespinste des Todes wirkend.

Weder Penelope noch Odysseus fanden Schlaf in dieser Nacht. Auch Eurykleia nicht. War ihr Greisenschlaf auch sonst nur kurz und seicht, heut tobte in ihrer Seele ein Zweikampf zwischen Triumph und Furcht. Und langsam überwog die Furcht. Denn sie sah das Leben mit nüchternen Augen. Die Sorge um ihren heimgekehrten Liebling wühlte in ihren Eingeweiden.

Bereits mit dem Morgengrauen erhob sie sich von ihrem schmalen Schragen, richtete ihre in den Gelenken knirschenden Glieder zurecht, schob das spitze Kinn vor und griff sich den Stock. Aber heute stützte sie sich nicht darauf, sondern warf ihn sich resolut unter die Achsel und schritt auf ihren eigenen knotigen Füßen hinunter in die Halle. Im vollen Keifton jagte sie die Mägde herum, die noch herumtrödelten und ihre nächtlichen Erlebnisse betratschten. Eigentlich das Geschäft Eurynomes. Aber heute wollte sie anschaffen, Eurykleia, wie in ihren besten Tagen. Odysseus, der an der Schwelle stand, sollte sehen, daß sie immer noch eine war, mit der man rechnen konnte.

Sie trat zu ihm hin und flüsterte: »Was hast du vor, Söhnchen? Wie willst du es anstellen, das Pack aus dem Haus zu scheuchen? Komm mit mir. Ich will dich schon aufmöbeln, damit du dich vor sie hinstellen kannst als Herr, daß es ihnen kalt herunterrinnt. Geölt und geschniegelt und gekleidet, in vollen Waffen. Und erhöht mußt du stehen! Du bist nicht der Größte. Da sind längere Lackel unter ihnen, Jüngere, die sich noch gerade halten. Aber keine Sorge! Ich mach dich schon zurecht, daß du was gleichschaust und fürs Reden sorgst du schon selber, da ist mir nicht bang.«

»Nichts mit Schniegeln und Herrichten, Amme«, sagte er finster. »Erst hab ich auch an dergleichen gedacht, aber jetzt nicht mehr. Büßen sollen sie mir's. Jeder einzelne soll mir seine freche Dreistigkeit büßen und mit Zinseszinsen bezahlen.« – »Sicher kannst du Bußgeld verlangen für alles, was sie dir verfressen und versoffen haben. Ihre Alten werden schon blechen, wenn sie sehen, daß du wieder da bist und schnaubst. Aber einzeln mußt du sie dir vornehmen. Nicht im Haufen. Da fühlen sie sich stark.« – »Nicht bezahlen mit Geld, Eurykleia, ich schwör's dir. Sie werden mir bezahlen mit ihrem Blut.« – Da war es nun heraußen, was die ganze Nacht in ihm gekocht hatte. Er wußte selbst nicht wie, aber es stand vor ihm als ein Unausweichliches, Unwiderrufbares: Mit ihrem Blut werden sie bezahlen!

»Bist du wahnsinnig, Odysseus? Hat dir die Sonne das Gehirn ausgedörrt? Wie willst du's anstellen? Du allein! Und Telemach hineinziehen, das Kind. Allenfalls ein, zwei von den Hirten gegen so viele! Und ich sag's dir, da sind kräftige, gewandte Burschen darunter. Glaubst du, die lassen sich abschlachten wie eine Schafherde? Oi, oimoi!« schrie sie plötzlich und warf die dürren Arme hoch, »jetzt weiß ich, was es bedeutet!« – »Was meinst du? Was soll etwas bedeuten?« fragte Odysseus barsch. Da stellte sich die Alte auf die Zehen und flüsterte ihm mit angstweiten Augen ins Ohr: »Fluchgeister sind im Haus. Die ganzen letzten Tage schon macht es mich unruhig. Wo kommen die vielen Geckos her? Besonders unten im Saal. Sie haben schon geräuchert deswegen, aber es nützt nichts. Als seien sie unverletzlich! Aus jeder Spalte, jeder Ritze dringen sie zu Hunderten, soviel man auch räuchert, erschlägt, zertritt. Das sind keine gewöhnlichen Askalabotai, sag ich dir, Fluchgespenster hocken im Haus. Blut riechen sie. Odysseus, ich beschwöre dich, bei dieser Brust, die dich gesäugt hat, bei diesen Armen, die dich getragen haben, es kann auch dein Blut sein, das sie riechen, deins und das des Telemach. Viel wahrscheinlicher ist es, daß es das eure ist. Zwei gegen mehr als hundert. Laß ab von dem Wahnsinnsplan, den dir der Zorn einflüstert. Du warst doch sonst nicht einer, der sich leiten ließ von blindsüchtiger Wut!« Noch immer stand sie gespannt auf den Zehen, starrte ihm ins Gesicht und zitterte am ganzen Leib, hob die greise, knochige Hand und streichelte ihm über die Wange. Bittend. Er gab keine Antwort. Zog sich finster grübelnd zurück.

»Sie hat recht, die Alte«, dachte er, »ob's nun Fluchgeister sind oder nicht. Vier gegen hundert. Und von den vier ich der einzige Waffengewohnte. Aber wann hab ich das letztemal gekämpft? Bei Kalypso nicht. Gesteh es dir ein, Odysseus, auch du bist nicht mehr gewohnt zu kämpfen. Die Lümmel wohl auch nicht. Aber ihrer sind viele, und sie sind jung und werden merken, daß es um ihr Leben geht.«

Auch Penelope sah die Geckos. Die ganze Nacht hatte sie sich schlaflos gewälzt und dann während eines flüchtigen Morgenschlummers von Odysseus geträumt. Sie hatte ihn im Traum gesehen, wie er früher war, und sie verglich nun seine gegenwärtige Erscheinung mit diesem Bild: Rührung überkam sie, ein schmerzhaftes mütterliches Erbarmen. Sie hätte ihn heraufholen und in ihrer Kammer verstecken wollen vor der Bedrohung der Freier, die ihr klar vor Augen stand. Angst! Angst war in ihr und Ratlosigkeit. Mit grausendem Ekel sah sie die vielen Geckos. Einzelne des Abends war man gewohnt. Aber diese Scharen am hellichten Tage und wie sie hinunterhuschten auf ihren Klebefüßchen, eilig hinunterzu, deutlich die Halle zum Ziel wählend. Die riesigen, verschleierten Augen, das zischelnde geck, geck, tsi, tsi! Es schauderte Penelope. »Sind es Fluchgeister? Auf wen haben sie es abgesehen? Wem gilt der Spuk?« Bleich hockte sie auf ihrem Bett, die Knie aneinander gepreßt, die Schultern hochgezogen, als fröstelte es sie, und die Augen starr und weit auf einen Schrecken gerichtet, den sie nicht sah, den sie aber deutlich herankommen fühlte.

Unten hörte man die Freier eintreffen. Hörte ihre rücksichtslosen befehlshaberischen Stimmen. Wie sie nach den Mägden schrien und diese ihnen antworteten, mürrisch oder unterwürfig; mit kirrendem Gelächter diejenigen, mit denen sie hurten.

Penelope hörte, wie die Gäste sich über die Geckos beschwerten, die an den Wänden der Halle herumkrochen, am Gebälk der Decke hingen, über die Tische huschten. Wie sie da angststarr saß, kam ihr plötzlich ein Einfall. Besser eine Eingebung. Denn es waren keine Gedanken vorausgegangen, die hingeführt hätten zu dem Bild, das ihr mit einemmal vor der Seele stand: der Bogen. Unvermittelt stand ihr vor den Augen das Bild des alten, verschimmelten Bogens, der in der Waffenkammer hing. Lang vor ihrer Zeit hatte Odysseus ihn einmal von einem Gastfreund geschenkt bekommen, und als er ihr sein Haus und seine Schätze vorführte, hatte er auch auf diesen Bogen hingewiesen und ihr den Mechanismus des Spannens gezeigt. Ein geheimer Mechanismus. Nur einer, der ihn kannte, vermochte diesen Bogen zu spannen.

Penelope hätte nicht zu sagen gewußt, warum dieser Bogen, an den sie seit einer Ewigkeit nicht gedacht hatte, denn selten nur kam sie in die Waffenkammer, warum gerade dieser Bogen ihr plötzlich so klar, so bildgetreu vor Augen stand.

Wie Eurykleia und – wenigstens zuerst – Odysseus selbst, hatte Penelope ihre Gedanken darauf eingestellt, wie man ihn herausstaffieren könnte mit allen möglichen Mitteln, so daß man ihm den Odysseus glaubte. Sie hatte schon erwogen, ihn eine Weile zu verstecken, bis er gepflegt und aufgepäppelt war und jenem glich, der vor zwanzig Jahren abgesegelt war von Ithaka, dem, den sie heute in einem unruhigen Halbschlaf gesehen hatte. Darauf kam es ja an, daß die Freier, oder besser die Väter der Freier ihn als den verloren geglaubten Odysseus erkannten und anerkannten. Sie, Penelope! Für sie hatte ein halber Blick genügt und ihr das Herz rasen gemacht. Aber die anderen, die würden mit kühlen Augen die nackte Wirklichkeit sehen! Nicht einmal Eumaios hatte ihn erkannt.

Aber statt sich nüchterne Fragen zu stellen, wie man ihn herausputzen konnte, so daß auch den anderen aufging, wer er eigentlich war, dieser ausgemergelte Bettler, statt sachliche Vorbereitungen dafür zu treffen, saß sie und sah den Bogen vor sich, nichts als diesen Bogen. Wie eine Schlafwandelnde ging sie in die Waffenkammer, um nachzusehen, ob es diesen Bogen überhaupt noch gab, ob er noch an der alten Stelle hing, ob ihn nicht längst der Holzwurm zernagt hatte.

Er hing noch an derselben Stelle, hing an dem Haken, von dem ihn Odysseus genommen und ihr sein Geheimnis gezeigt hatte. Penelope bestieg eine Truhe, die dort stand, reckte sich und hob den schweren Bogen von der Halterung, auch den Köcher und die dazugehörigen Pfeile. Sie wußte nicht genau, warum sie es tat. Sie handelte wie in Trance. Das war sonst nicht ihre Art.

Den Bogen in Händen schritt sie gradwegs zur Halle und trat vor die verwunderten Freier. Mit einem Blick überzeugte sie sich, daß Odysseus am Türstock lehnte. Dann sagte sie mit klarer, lauter Stimme: Zwölf Äxte möge man in die Erde stecken in gerader Linie. Der, welcher den Bogen zu spannen und durch die Löcher der Äxte zu treffen vermöge, dem würde sie als Gemahlin folgen.

Ganz einverstanden waren die Freier und zeigten sich eifrig bemüht. Sie wärmten das Bogenholz am Feuer, rieben die trockene Sehne mit Talg ein und spielten dabei ein bißchen mit der Waffe herum, einige versuchten, den Bogen zu spannen, und vermochten es nicht. Odysseus sah ihnen dabei zu.

Da überkam es ihn, ähnlich wie es des Morgens Penelope überkommen hatte. Eine Vision. Er sah sich selbst mit dem Bogen in der Hand und hatte dabei das deutliche Gefühl: Das ist die Lösung. Wenn es eine gibt, das ist sie. Gelobt die gescheite Penelope. Wie ist ihr das nur eingefallen. Es ist ein Wink, ein Zeichen! Wenn mir die Götter gnädig sind und wirkliche Heimkehr gewähren, dann hängt es mit diesem Bogen zusammen.

Als sich der Verstand einmengte in dieses Gefühl, kamen ihm die gleichen Zweifel, die Penelope plagten. Aber das Gefühl war stärker. Den Bogen mußte er in die Hände bekommen, eine fernhin treffende Waffe. Die Freier würden sich daran versuchen und scheitern. Er allein, der den Mechanismus kannte, würde ihn spannen können. Dann mußte er die Überraschung ausnützen. Sobald er diese Eingebung hatte, wurde daraus ein Plan, dessen Ausführung er bereits mit Scharfsinn vorbereitete.

Er gab sich Eumaios und Philoitios, dem Rinderhirten, der ihm treu geblieben war, zu erkennen und übertrug ihnen die Aufgabe, wenn es soweit war, die Ausgänge der Halle mit Riemen festzuschnüren, daß keiner entweichen und Hilfe holen konnte. Telemach mußte unter einem überzeugenden Vorwand die Waffen aus dem Saal bringen, die an den Wänden hingen, damit die Freier sich ihrer nicht bedienen konnten. Eurykleia hatte darauf zu achten, daß das Gesinde eingesperrt wurde.

Er hatte viel zu tun in diesen Stunden. Planen, verteilen, überwachen. Zwischendurch drang ihm immer wieder in Wellen die Angst ins Mark. Klar sah er die Unmöglichkeit, das Ungeheuerliche dieses Irrsinnsplans. Auch wenn er die Überraschung nutzte, waren es immer noch über hundert, die er erledigen mußte. Mit allen Mitteln würden sie sich wehren und kämpfen, sobald sie begriffen, daß es ums Leben ging. Und ihm würde der Arm erschlaffen, der Bogen aus den Händen sinken. Selbst wenn sie sich nicht wehrten. Hundert Schüsse hintereinander, und schnell! Trotzdem: etwas in ihm bohrte, etwas befahl: »Tu es!« Und dieser Befehl wurde von unten her geschürt, von einem flammenden Haß auf die frechen Parasiten, die vor seinen Augen zechten und grölten und seiner spotteten. Ein siedendes Begehren nach blutiger Rache war in ihm. Rache für das vergeudete Gut, Rache für die Dreistigkeit, mit der sie sich in seinem Haus als die Herren aufspielten, und Rache für die Blicke, die sie an Penelope kleben hatten, die musternden, begehrlichen, besitzergreifenden Blicke, mit denen sie seine Gemahlin maßen wie einen Gegenstand, wie ein Stück Fleisch, das man sich von der Lende eines bratenden Hammels riß! Und zutiefst noch peinigte ihn der Verdacht, daß ihr diese Blicke am Ende nicht gar so unangenehm gewesen sein könnten.

Er lechzte nach dem Bogen. Es war nicht leicht, ihn in die Hand zu bekommen. Gewaltsam durfte er ihn nicht an sich reißen. Sonst merkten sie zu früh die Absicht.

»Gestattet ihr, Erlauchte, dem niedrig Zerlumpten, sich auch einmal an diesem Bogen zu versuchen?« Empörung war die Antwort. Wollte der elende Stromer sich etwa am Wettkampf um die Herrin des Hauses beteiligen? Welch todeswürdige Dreistigkeit! – Was sie nur dächten! mengte Penelope sich ein, der Vagabund da! Sollte ihm der Schuß mit dem Bogen gelingen, würde man ihn abspeisen mit einem fetten Mahl, ein paar alten Kleidern! Aber begierig sei sie doch, zu sehen, wie er sich anstellte. Wollten sie, die Waffengewaltigen, sich den Spaß nicht gönnen?

Sie hatte bei diesen Worten nicht daran gedacht, Odysseus eine Mordwaffe in die Hand zu spielen. Sie dachte nur, später, wenn er – nach welchen Vorbereitungen immer – aufträte als Zurückgekehrter, würde man ihm eher glauben, daß er wirklich Odysseus war, wenn er als einziger das Kunststück mit dem Bogen vollbracht hätte. Nachdenklich, zwischen Hoffnung und Furcht, zog sie sich in ihre Gemächer zurück. Die Freier trieben es heute besonders toll. Aber das Lachen, Höhnen und Prahlen kam nicht aus dem gewohnten unbeschwerten Übermut. Die Lustigkeit war nicht echt. Seltsam gebrochen wirkte die freche Unverschämtheit. Auch die übliche Freß- und Sauflust fehlte. In der Stille quälte sie ein Überdruß, eine Übervölle. Am liebsten hätte jeder sich zu Hause verkrochen und ausgekotzt. Es ekelte sie. Unsäglichen Ekel empfanden sie wie nach einem Gelage, das man überzogen hatte. Ein kalter, schwerer Magen, eine klebrige Zunge, ein belegter Gaumen mit einem Geschmack wie Jauche. Keiner wußte, wie das so plötzlich gekommen war, und keiner redete darüber. Jeder hätte sich gerne gedrückt. Vom Gelage, von den Gefährten, von diesem fremden Haus, sogar von dieser Art zu leben, die sich nun schon Jahre hinzog in fruchtlosem Schmarotzertum, Völlerei und Erpressung. Es ekelte sie plötzlich vor diesem Leben, vor sich selbst. Nur aus Gewohnheit kamen sie und aus Angst, sich dem Spott auszusetzen, sie hätten aufgegeben. Scheinfröhlich, scheinkeck, von einem unerklärlichen Zwang gezerrt und vollgefressen von Überdruß in Leib und Seele saß heute jeder von ihnen da, selbst der freche Antinoos. Schon der Geruch des bratenden Fleisches, des säuerlichen Weines hob ihnen den Magen. Trotzdem stopften sie in sich hinein, mit vorquellenden Augen, wie im Traum, torkelten hinaus in den Hof, erbrachen sich und kamen grün wieder zurück und fraßen und soffen, als stünde einer mit der Peitsche hinter ihnen. Und dazu die verfluchten Geckos, die rosigfarbenen Echsen mit den Haftfüßchen und großen Schleieraugen, die nicht auf Käferfang gingen, sondern auf Menschenspeise aus waren, überall das Fleisch bekrochen, in die Becher klatschten, einem über die Hände, ja in den Mund liefen. Sie schleuderten sie ins Feuer, daß es aufprasselte und die verkohlenden Kadaver sich krümmten. Sie traten und stampften auf das scheußliche

Gezücht, aber sogar wenn ihnen die Eingeweide aus den zerplatzten Bäuchen traten, starrten sie einen noch höhnisch an aus Riesenaugen. Die ungewöhnlichen Massen von Gekkos mitten am Tage steigerten den Ekel ins Unerträgliche und mischte ihm einen sonderbaren, vom Nacken das Rückgrat hinunter rieselnden Schauder bei. Kein Gespräch, kein Lachen kam auf. Jeden würgte es. Mit zitterndem Magen starrten sie auf das emsige Treiben der Askalabotai.

So gelang es Eumaios, Odysseus den Bogen und den Köcher in die Hand zu spielen.

Die Freier versuchten zu tun wie gewohnt. Antinoos bellte Hochmut. Aber da er wenig Antwort fand, verstummte auch er. Nur das Jagdgewisper der Geckos, tsi, tsi. Atropos wetzt die Schere am Schleifstein der Rache. Den Männern trieft frostiger Schweiß von den Schläfen. Überall starren sie den Echsen nach, die über Tafel und Speisen kriechen, es fahlt ihnen die Haut vor Ekel. Das flüsternde Geckern. Sonst Totenstille. Sie haben die Gesichtsfarbe Schwerkranker.

Odysseus stand, den Rücken gedeckt, an eine der tragenden Säulen gelehnt, in seinen Lumpen, totenbleich und mit eingefallenen Zügen. Den Bogen hatte er in der Hand, vor seinen Füßen lagen die Pfeile.

Der erste Schuß geht glatt durch die Löcher der zwölf Äxte, der zweite fährt Antinoos in die Halsader. Der schrille Todesschrei erstickt im gurgelnden Geröchel des dicken Blutstoßes. Der Becher Weins, den er an der Lippe hatte, klirrt zu Boden. Dann sinkt auch sein Oberkörper vornüber. Man hört den Kopf hart aufschlagen. Seitlich stürzt er langhin auf die Steinplatten des Bodens. Ein Geräusch, als schmisse jemand einen vollen Sack von der Tenne. Die anderen steif und stumm. Als hätten sie die Münder voll Spinnweb, als hätte ihre Schwerthand sich verfangen in klebrigem Garn.

Erst nach einer Minute völliger Lähmung brach das Geschrei, das Getobe los, das Rennen nach Waffen, die fort, das Reißen an den Türen, die fest verriemt waren.

Als erster faßte sich der glatte Eurymachos und bot Odysseus einen Handel an, reiche Bußzahlung. Er war der zweite, den es traf. Die Sehne sang, und der Pfeil bohrte sich in seine Brust.

Hätte Odysseus in diesem Augenblick ein klares Hirn gehabt, er wäre auf den Handel eingegangen. Der Ausgang des Kampfes war hoffnungslos, wenn man es nüchtern betrachtete. Immer noch hundert gegen vier. Aber es war die Stunde der Fluchgeister. Die Freier lähmten sie, und den zungengewandten, scharfsinnigen Odysseus verwandelten sie in einen Schlächter, der nur Blut sah und mehr Blut sehen wollte.

Lange wogte der Kampf. Lange war der Ausgang fraglich. Schließlich aber wälzten sich alle in bizarren Verrenkungen sterbend auf dem Estrich, Odysseus über und über bespritzt mit ihrem Blut, verschmiert mit Blut wie ein Raubtier über der gerissenen Beute, die Pranken im zerfetzten Fleisch. Leichengeruch im Saal. Stöhnender Aushauch des Sterbens. Gewinsel, Geächze der Todesqual. Bei den Überlebenden die Erschöpfung des Entsetzens.

Da tritt Eurykleia, die die Weiber bewacht hatte, in die Halle, sieht das Blut, sieht die Haufen von Leichen, riecht den Schweiß der Todesangst und reckt sich hochauf, als wären ihre Glieder nicht verkrümmt von Alter und Gicht, steht aufgereckt in ihren schwarzen Altweiberfetzen, die Augen in ihrem fleischlosen Gesicht glühen, und sie jauchzt, jauchzt auf mit überschlagender rauher Stimme und höhnt, prahlt, triumphiert, eine rasende Erinnye. Die Männer schaudert's.

Endlich sagt Odysseus: »Sei still, Alte! Freu dich, aber sei leise. Es sind lauter Tote, die du da siehst.«

Er läßt sie die Dienerinnen holen. Von den fünfzig werden die zwölf Treulosen, die es mit den Freiern getrieben haben, ausgesondert. Sie müssen die Leichen hinausschaffen und das Blut aufwaschen. Dann werden sie an einem Schiffstau gehenkt und an den Hälsen hochgezogen wie eine Jagdbeute Drosseln. Sie zappeln noch ein wenig, dann sind sie steif, schiefhälsig mit heraushängenden Zungen.

Der Saal riecht wie eine Metzgerei, aber kein einziger Gecko ist mehr zu sehen.

Eurykleia aber rafft die Röcke und rennt hinauf zu Penelope, die mit offenen Augen und steif aufgerichtet auf dem Bett sitzt. Sie schreit ihr ins kalkweiße Gesicht: »Odysseus ist da, alle Freier verreckt. Hin sind sie alle, kein einziger davongekommen, und er steht da, verschmiert und verkrustet von ihrem Blut wie ein Löwe.«

Penelope richtet sich langsam auf und sagt mit tonloser Stimme: »Ich will nach Telemach sehen.«

Als Penelope von den oberen Gemächern hinunterschritt, umsurrt von der aufgeregten Eurykleia wie von einer Fleischfliege, und den Saal betrat, standen Telemach dort und die beiden treuen Hirten, der Sänger Phemios und der Rufer Menos, die zwei Verschonten, sowie die brav gebliebenen Mägde. Sie standen in höchster Aufmerksamkeit, gewärtig einer großen, ergreifenden, das Gemüt zu Tränenfluten aufwühlenden Szene der Wiedersehensfreude nach zwanzigjähriger schmerzlicher Trennung.

Odysseus stand an der einen Schmalwand des Saales, Haut und Lumpen blutüberkrustet und stinkend nach Schweiß, gesenkten Blicks. Penelope schritt an die gegenüberliegende Schmalwand der Halle und nahm dort Platz, die ganze Länge des hohen Raumes zwischen sich und dem Gatten. Sie sah ihn an. Beide schwiegen.

Da fuhr Telemach los auf die Mutter: »Mutter, Unmutter du, hast du ein Herz aus Stein?« Er konnte es nicht fassen, der Junge.

Odysseus im stillen, verblüfft: »Was hat sie vor? Warum gibt sie das Spiel auch jetzt noch nicht auf? Sie weiß doch, wie die Zeit drängt! Was denkt sich nur diese Frau?«

Da spricht Penelope mit läutender Stimme – nicht zu ihm, sondern zum erregten, scheltenden Sohn gewandt: »Sollte es wirklich Odysseus sein, der Mann dort mir gegenüber, der auf seine Füße starrt, dann werden wir einander schon erkennen, wir beide. Haben wir doch ein Zeichen.«

Da hat Odysseus verstanden. Recht hat sie. Es muß zu Ende gespielt werden, das große Spiel zwischen ihnen beiden. Das Zeichen! Wo es angefangen hat zwischen ihnen, da muß es auch schließen. So gebieten es Maß und Form. Und in Feierlichkeit soll's gespielt werden und mit schönem Anstand. Nicht als verschwitzter, abgerackerter, blutverschmierter Schlächter will er sie in die Arme nehmen.

Er läßt sich baden und salben, bekleiden und kämmen und rafft sich noch einmal zusammen aus dem Zwerchfell zu einem Strahlen, das ihm Haupt und Glieder in männlicher Anmut aufglänzen macht.

So stehen die beiden abermals einander gegenüber, durch die ganze Länge des Saales getrennt, und setzen zur letzten großen Szene an. Stumm glotzend, harren die anderen. Mit offenen Mäulern.

»Unholdin, du!« sagt er mit lächelnden Augen. »Ist dein Herz so bar jeder Rührung über die Heimkehr des Gatten?«

Darauf sie, auch mit einem Lachen in den Augen: »Unhold du!« und seitab zu Eurykleia: »Richt ihm ein Bett. Aber nicht etwa in der Kammer, die er selbst erbaut hat vor endlosen Jahren!«

Dann er mit gespieltem Groll: »Weib, das schmerzt mich tief im Gemüt. Hat denn einer mein Bett von der Stelle bewegt? Schwerlich, daß es ihm gelungen sein sollte. Wuchs doch an der Stelle ein Ölbaum! Fußt dieses Bett mir noch in der Erde, oder verschob es irgendein Mann?«

Da war es nun endlich soweit für die zwei.

Langsam erhob sich Penelope, und langsam, Schritt vor Schritt, ging sie die ganze Länge der Halle hindurch auf Odysseus zu, der sich nicht rührte. Wie eine Träumende ging sie mit geweiteten Augen und sah ihn an. Dann schlang sie ihre Arme um seine Schultern und küßte ihm das Haupt. An den Lippen fühlte sie das harte Gekraus seiner Haare, den tief vertrauten Geruch. Es schossen ihr die Tränen in die Augen.

»Es waren die Götter, Penelope«, flüsterte er, »sie waren's, die den Kummer uns schickten und es uns nicht gönnten, beieinander zu sein!« Und sie flüsterte zurück: »Und dir, mein Odysseus, schickten sie noch manches andere, was nicht nur Kummer war, Schurke, geliebter!«

Da zerfloß auch er in Tränen, umschlang sie und hielt sie fest, daß ihr fast die Rippen brachen. »Deshalb also das ganze

Theater!« sagte er ihr ins Ohr. »Soll ich dir alles hingehen lassen? Auf den ersten Blick hab ich dich erkannt. Noch dieselben durchtriebenen Augen!«

Das beiwohnende Volk sah nur die Tränen, hielt das Geflüster für Liebesgestammel, war hoch erbaut und klatschte in die Hände, stampfte mit den Füßen, als hockten sie im Theater. Sie badeten sich in mitfühlenden Zähren. Es tat ihnen allen so richtig wohl nach dieser hochbewegten Nacht.

Im Hof lagen sauber geschichtet die Leichen, und die Hunde leckten schon an ihrem Blut. Die zwölf bösen Mägde schwankten an geknickten Hälsen im Nachtwind.

DIE VERLÄNGERTE NACHT

Athene, die hilfreiche, die verläßliche, nie mit gutem Rat geizende Pallas Athene, die treueste Freundin des Odysseus und oftmalige Retterin aus vielseitigen Nöten, die jungfräuliche Göttin! Aber eben da liegt's. Von Dingen des Eros verstand sie – bei all ihrem wohlwollenden, ja stürmischen Eifer, Odysseus zu nützen – so viel wie gar nichts!

Wir, denen im Laufe des Daseins der Ernst und der Wille und die rechte Kraft zur Jungfräulichkeit gefehlt hat, müssen die Augen niederschlagen und sehr um eine gefaßte Miene ringen, um die hoch zu verehrende Göttin nicht zu kränken oder gar zu erzürnen, wenn ein Lächeln uns anficht beim Anhören der Veranstaltung, die sie zugunsten ihres Lieblings Odysseus inszenierte. All ihre Macht, ihren Einfluß und ihre Umsicht gebrauchte sie, um den so lange Getrennten in der ersten Nacht ihres glücklichen Vereinigtseins nach zwanzig ewigen Jahren der Sehnsucht ein langes und freudenreiches Wiedererkennen im Bett zu ermöglichen.

Pallas Athene verlängerte – das ewige Gleichmaß der nicht wenig verschnupften Horen rücksichtslos störend – diese besondere Nacht. Jeder nicht jungfräulich Empfindende beiderlei Geschlechts wird in den Ruf ausbrechen: Was dachte sich die Göttliche dabei, bei der alten Hekate, ist sie von Sinnen gewesen!?

Zwanzig Jahre Trennung und Mühsal, dann die Aufregungen, Ängste, Zweifel und Vorbereitungen der letzten Tage und Stunden, herzzerreißende und von beiden Seiten voll ausgespielte Szenen zwischen den Geprüften, die Schwerarbeit des Odysseus, eine ganze Halle voll junger Männer zu metzeln, zu schlachten, in den Hades zu jagen, begleitet von ausgefeilten Reden, und Penelope, die in dieser Nacht sich geängstigt hatte bis ins Gebein um Mann und Sohn, und angstvolles Warten ist – wie der Erfahrene weiß – noch schwerer als blindes Wüten. – Und jetzt dieses: »Die rosenfingrige Eos erwachte bereits, aber die stärkere Göttin mit Augen der Eule trieb sie wieder zurück und ließ lange die Nacht noch säumen am Rand ihrer Laufbahn«, damit die beiden länger noch »schwelgen konnten in innigster Liebe«.

Schwelgen! Von Schwelgen sprach sie, die gute Erhabene! Nach zwanzig Jahren, nach einer solchen Nacht, vor einem solchen Tag – Schwelgen!

Der von den Wassern des Lebens abgebrühte Sterbliche weiß, daß ein solches Paar nervös und aufgekratzt ist, zusätzlich aber noch in tiefster Seele verlegen, alles Zustände, die – wie eben der Sterbliche weiß – dem besagten »Schwelgen« nicht gerade förderlich sind. Die beiden wünschen sich alles eher als eine lange Nacht im gemeinsamen Lager. Jeder wünscht sich ein Bett für sich allein, in welchem er zunächst einmal – körperlich wie seelisch – alle Viere ausstrecken kann, tief aufseufzen und sagen: »Das hätten wir einmal. Das weitere wird sich finden. Aber jetzt nichts als Schlafen, oder wenigstens still sein.«

Es ist etwas eigenes mit den erfüllten Wünschen unter den Menschen. Sind sie dann da, die Erfüllungen, ist man keineswegs in der Lage, sie gleich »freudig zu genießen«. Allerhand Hürden stellen sich plötzlich in den Weg. Eben die Wirklichkeit. Sie ist aus einem anderen Stoff gemacht als die Wünsche. Damit hat man nicht gerechnet, das muß man erst einmal mit sich selbst bedenken, sich langsam daran gewöhnen.

Aber was wissen die Götter, was weiß die hehre Jungfrau Athene von Liebe unter den Menschen und von lang geprüfter und erlittener Ehe. Im Augenblick jedenfalls waren Penelope und Odysseus alles andere als bereit zu schwelgen. Am ehesten war ihnen danach, ruhig und sachlich miteinander zu überlegen und zu bereden, was am folgenden Tage zu geschehen hat. Denn unten im Hof lagen bekanntlich mehr als hundert tote Männer, das Ergebnis einer Schlächterei, die nicht unbedingt gerechtfertigt war. Denn zudringliche Werbung und ein bißchen erpresserisches Schmarotzertum sind an sich keine todeswürdigen Verbrechen. Und jeder dieser Männer hatte Anhang, Sippe. Da sind nun die beiden, um zwanzig Jahre älter, abgeplagt, ausgeweint, sorgenvoll und todmüde. Morgen wird es hart hergehen. Aber ins Bett hinein müssen sie miteinander. Die Götter erwarten es, und es erwarten sogar die Sterblichen, die es besser wissen müßten. Der Anstand gebot es.

Das Paar saß, jeder an seiner Seite des Bettes, Rücken an Rücken, mit dem Auskleiden befaßt.

Odysseus hockte mit stark schmerzenden Schultern, Armen und Handgelenken auf seiner Seite und hätte dringend einer ausgiebigen Massage bedurft, um die vom Großgemetzel verspannten Muskeln zu lösen.

Penelope saß sehr aufrecht an ihrer Seite und dachte an ihr Alter. Jeder von beiden war sich seines – nicht zum Vorteil – veränderten Äußeren peinlich und durchdringend bewußt. Die Blicke des andern möglichst vermeidend, entledigten sie sich zögernd der Kleider. »Unten im künstlichen Licht«, dachte Penelope, »aufgetakelt und von schmeichelnden Schleiern umhüllt, mag ich ja ganz ansehnlich gewirkt haben. Manches läßt sich verbergen, und wie man es tut, das verdank ich Praxedis, dem zierlichen Luder. Aber kann ich von Schleiern umschmiegt ins Bett gehen? Was, wenn ich, wie es sich leider nicht umgehen läßt, Gürtel, Binden und Hüllen ablege, das Haar löse, so daß die grauen Strähnen zutage treten, und daliege, wie ich bin, mürbe Üppigkeit in einem Hautbalg, der nicht mehr allzu straff die Gliedmaßen und das Sonstige zusammenhält? Die Schminke, die meine Augen im

Flackerlicht der Lampen so interessant macht, ist sicher verschmiert. Es ist viel geweint und gewischt worden in achtloser Erregung. Dreh ich mich um, sieht er's. Immer schon hat er alles gesehen, und sein Blick wird nicht stumpfer geworden sein. Wahrscheinlich hat er auch schon meine hintere Kontur erspäht und lacht in sich hinein, oder er wünscht sich weit weg zu den geschmeidigen Formen des Nymphenbankerts. Bei Hekate! Was soll ich tun?«

Er, der große Dulder, an der Gegenseite des Bettes, ist bereits überlang mit dem Lösen der Sandalen beschäftigt, blickt düster auf seine ohnehin zu kurzen, jetzt überdies noch vom jahrelangen Wellengang unter den Schiffsplanken und von Anflügen der Gicht leicht gekrümmten Beine, ist sich der zwar breiten, aber jetzt ausgemergelten Schultern bewußt. Wahrscheinlich hat sie das alles schon festgestellt, das Frauenzimmer war immer neugierig und raschen Blicks! Er fühlte jede einzelne der mageren Rippen: Wie bei einer Schindmähre! flucht er und denkt auch an die tiefe Höhlung des Bauches, gar nicht zu reden vom Zustand dessen, was sich darunter befindet.

»Bist du so freundlich, Liebe, und löschest das Licht? Der Rauch beißt mich in den Augen, die noch empfindlich sind vom Salz und Sonnenglast auf der Meeresfläche!« – »Gern tu ich's, Lieber! Aber decke vielleicht die Hand über deine Augen, wenn ich aufstehe und löschen gehe, denn beim Verlöschen leuchtet die Flamme manchmal ganz plötzlich grell auf und könnte deine von Salz und Glast empfindlichen Augen schmerzen!«

Endlich finster! Wenigstens das. Unter die Decke also, die gemeinsame, große. Jeder auf seiner Seite, steif auf dem Rücken, und dazwischen eine freie Zone. Geräumig ist es ja wenigstens, das Bett, wenn auch ursprünglich in anderer Absicht. Schweigen. An der fröstelnd geriffelten Haut verdichtet sich die Verlegenheit zu einer Aura peinvollen Unbehagens. Um dieses Gefühl zu übertäuben, fangen sie beide gleichzeitig zu reden, zu erzählen an, wirr und ungeordnet, ihm fallen die Kikonen ein und gleich darauf, wie er den Antinoos abschoß; sie erzählt Streiche des kleinen Telemach und wieviel im Augenblick auf Ithaka ein trächtiges Schaf wert ist. So geht das eine Weile hin und her, überstürzt durcheinander, nur daß etwas geredet wird, daß keine Stille aufkommt.

Da hat er endlich den rettenden Einfall: »Irre ich mich, oder seh ich im Osten einen Lichtschein aufkommen?« – Es ist stockfinster. – »Ich glaube nicht, daß du irrst«, ergreift sie dankbar den Strohhalm, »auch mir ist, als hebe sich Eos mit rosigen Fingern...« – »Dann ist es ja allerhöchste Zeit, vorzubereiten, was zu geschehen hat morgen in aller Frühe, was sag ich morgen, heute schon! Denn lange läßt das Gemetzel sich nicht verheimlichen! Bald ist alles ruchbar geworden, was nachts hier vorging, und wir haben sie im Haus und am Hals, die Verwandten der Freier und die Witwen, die nach dem Verbleib ihrer Männer kreischen werden.« – »Ganz richtig hast du das gesagt, mein Gatte, und ich glaube, am besten ist es, sie finden niemanden im Hause als mich bei Wirtel und Webstuhl, und ich kann ihnen sagen: Im Morgengrauen schon ist Odysseus, mein Gemahl, mit Telemach aufgebrochen, und mir, dem gehorsamen Weib, geziemte es nicht zu fragen, wohin sie gingen, die Männer, noch auch, was die vielen Leichen sollen im Hofe.« – »Bist noch immer meine sehr Gescheite«, antwortete Odysseus mit lebhafter Stimme, »bleib du nur noch liegen ein Weilchen im Warmen. Licht brauch ich keins. Ich springe und wecke den Telemach auf, und dann vorerst hinaus auf die Felder zum Vater.« – »Ja spring nur, und Licht ist nicht nötig. War es uns doch beiden, als dämmerte es schon und hebe sich Eos vom Lager!«

Im Stockfinsteren raffte Odysseus seine Kleider zusammen, und draußen war er. Aufatmend. Unten in der Küche war Feuerschein. Eurykleia hatte ein Frühstück vorbereitet. Die Erfahrene, so gar nicht Göttliche. Sie wartete schon eine ganze Weile auf Odysseus.

Der erste Gang mußte dem Vater Laertes gelten. Erstens aus natürlicher Pietät, zweitens, weil Odysseus hoffte, auf dem Lande, wo dieser ja die ganze Zeit über gehaust hatte, werde er noch Bauernvolk finden, das ihm ergeben war und auf das man rechnen konnte, falls es mit den Hinterbliebenen der ermordeten Freier zum Kampf käme. Es grauste Odysseus ein wenig vor diesem Zusammentreffen mit dem Ziehvater, der immer wie ein echter Vater zu ihm gewesen war und den er selbst auch immer als seinen richtigen Vater gesehen und geehrt hatte. Es grauste ihm nur vor der bevorstehenden Szene.

Von Eumaios hatte Odysseus erfahren, der Alte lebe auf den Feldern wie ein Taglöhner, von einer einzigen Magd versorgt, trage sich wie ein Bauer mit Fellgamaschen und Fäustlingen gegen Gestrüpp und Dornen sowie einer Kappe aus Ziegenfell. Mit dieser Tracht stellte er eindringlich »die wachsende Trauer« dar. Wenn ein Besucher sich nahte, zeigte er gern, daß ihm »vor Müdigkeit die Knie knickten und er sich nur mehr entlang des Ackers hinschlich«. Bei solchen Gelegenheiten gab er auch zu wissen, daß er zu Zeus bete, »der Wille zum Leben möge endlich in seinen Gliedern verlöschen«.

Odysseus wußte also annähernd, was ihm bevorstand: ein greiser Vater, der ausdrucksvoll in der Einschicht hockte und aus seiner unvergorenen Kränkung den bitteren Saft des Stechapfels sog. Zahnloses Gift. Bald hatte er ihn aufgestöbert und ein wenig aus der Ferne beobachtet, wie der Alte im frühen Morgengrauen und daher von niemandem gesehen gar nicht unwacker bei den Reben hantierte. »Ich muß die Sache so anlegen«, sagte sich Odysseus, »daß sie mir nicht zuviel von der kostbaren Zeit nimmt.« Er gab sich vorerst nicht zu erkennen, strich aber dem Greis um den Bart, um ihn zu lockern. Wie das denn komme, sagte er, daß er hier einen Mann »von königlichem Aussehen« in der Kleidung und bei der Arbeit eines Taglöhners antreffe? Eigentlich suche er einen gewissen Odysseus, der vor etlichen Jahren sein Gastfreund gewesen! Damit war das Stichwort gefallen. Der Greis mochte in Szene gehen, und danach konnte man zu Taten schreiten. Laertes ließ sich die Gelegenheit auch nicht nehmen, ausdrucksvoll in einer düsteren Wolke des Leidens zu versinken. Überaus ausdrucksvoll, urteilte Odysseus mit Kennerschaft.

Mit einem Gemisch aus Peinlichkeit, Rührung, Erbarmen,

fachlicher Anerkennung und ganz leichter Wut beobachtete er, dem der Boden unter den Sohlen brannte, wie der eben noch recht rüstig vor sich hinwerkelnde Alte sich auf Anhieb verwandelte in einen, der sich nurmehr »auf knickenden Knien dahinschleppt«, geschrumpft und Zeus um baldigen Tod anflehend.

Es fehlte dem Odysseus Zeit und Geduld, den Vater die Szene in aller Ruhe und in schönen Einzelheiten ausgestalten zu lassen. Er gab sich zu erkennen. Laertes wollte noch nicht. Verlangte mit störrisch klagendem Greisengefistel Zeichen, sonst könne er nicht glauben.

Odysseus brach der Schweiß aus trotz der meerfeuchten Frühbrise. Die Zeit drängte. In Windeseile leierte er alle Bäume auf, die er und der Vater zusammen gepflanzt hatten und wo. Endlich ist es soweit, Laertes »versagen die lieben Knie«, und er kann angeben, er sei »am Verhauchen«.

Bald sitzt der sichtlich aufgemunterte Greis in einem Vollbad und läßt sich vom Sohn mit einer Schilderung des Freiergemetzels erbauen, dessen Einzelheiten ihm gar nicht genau genug ausgemalt werden können. Ein großes Essen wird angerichtet beim Bauern Dolios und seinen sechs Söhnen, treue Seelen und dem Odysseus wertvoll als Waffenhilfe. Da sie noch nichts dergleichen erlebt haben, schnauben alle sechs vor Kampfbegier. Auch der alte Laertes besteht mit maultierhafter Störrigkeit und Aufstampfen des Fußes darauf, daß ihm die rostige Rüstung angeschnallt werde, auf deren Lederteilen ein grünlicher Schimmel blüht. Hochauf jubelt der Greis, als er von einem der spähenden Doliossöhne hört, es nahe ein feindlicher Haufe: »Götter! Was für ein Tag! *Die* Freude!« Es zögert sich ein Schwarm Ithaker heran. Nicht die Rüstigsten. Im Alter etwa des Laertes. Die im Mannesalter sind damals mit Odysseus fortgezogen, die Söhne der Dagebliebenen liegen blutverkrustet im Hof. Die beiden Gruppen, außer Odysseus alle völlig ungewohnt des Kampfes, stehen einander gegenüber und beschränken sich auf Schimpfen, Prahlen, Rechten. Da läßt der alte Laertes aus zitternder Hand seinen Speer fahren. Dem ebenso alten Eupeithes hebt der schwache Stoß den Helm vom Kopf ab, weil er ihm viel zu weit geworden ist. Odysseus sendet ein Stoßgebet an Athene: »Eulenäugige, hilf mir, ich kann doch diese alten Krüppel nicht abschlachten!« Da tritt der verständige Mentor zwischen die keifenden Parteien und mahnt sie in flüssiger Rede: »Trennt euch und spart euer Blut, und zwar in möglichster Eile!« Nicht unfroh fügen sich alle dem vernünftigen Gebot.

Man kann als sicher annehmen, daß der alte Laertes die paar Jahre, bis ihn der Hades verschlang, die Geschichte, wie er dem Eupeithes den Helm vom Haupte gespeert hat, daß »er dröhnend zu Boden fiel und ihm die Waffen am Leibe erklirrten«, so oft erzählt hat, daß sie in seinen eigenen Worten Eingang fand in das Heldenlied der Sänger und an den entferntesten Höfen gesungen wurde zur Erbauung der lauschenden Männer.

V
NACHTGESCHICHTEN

DIE WITWEN

Als das Zusammentreffen der Ithaker und des Odysseus mit seiner kleinen Schar, bei welchem sich der alte Laertes durch die Helmabhebung so ausgezeichnet hatte, glücklich beendet war, nicht zuletzt durch das verständige Eingreifen des betagten Mentor, fand Odysseus in seinem Hause zwar keine Leichen mehr vor – die waren von ihren Angehörigen bereits abgeholt worden –, dafür aber ein Rudel vorwurfsvoller Witwen, deren jede über Verbleib und Schicksal ihres Gatten genauestens unterrichtet zu werden wünschte.

Penelope hatte die Kampf- und Anklagebereitschaft der Frauen schon etwas gemäßigt, indem sie, von den Mägden unterstützt, Erfrischungen bot, süßes Gebäck und einen Tropfen vom Schweren. Aus der Zeit ihres Kummers wußte sie um die lösende und tröstende Wirkung solcher Gaben.

Diejenigen der Witwen, die ihre Männer schon vor Troja verloren und ihre Trauerzeit längst hinter sich gebracht hatten, waren zum Großteil bereits wieder vermählt. Andere, die durch die lange Abwesenheit ohne die geringste Nachricht ihre Gatten tot oder in den Armen einer anderen Frau glaubten, hatten sich in den meisten Fällen auch bereits getröstet und anderweitig versehen. Aber auch sie waren mitgekommen, um dabei zu sein beim großen Lamento, weil sie sich aufpeitschende und erbauliche Szenen versprachen. Manche von ihnen hatten Kinder bei sich. Die Attitude des Kindertragens oder -führens an sich war Anklage und Vorwurf; niemand nahm Anstoß daran, daß diese Kinder nicht von den Verschollenen stammten, sondern Trostkinder waren.

Der harte Kern der Anklagenden bestand aus denen, die Ersatz nicht gesucht oder gefunden, die noch gehofft und gewartet hatten und nun erleben mußten, daß die Herrin, ohnehin eine Beneidete, als einzige das glückliche Los gezogen und den Ihren zurückbekommen hatte. So etwas macht böses Blut. Während also diejenigen, die schon selbst für Trost gesorgt hatten, dem Gebotenen eifrig zusprachen und die allgemeine Stimmung sich rasch aufhellte, bei einigen der Frauen sogar in eine fast schon befremdliche Ausgelassenheit umschlug, saß die Gruppe der Zukurzgekommenen beisammen und tuschelte böse; zwar ebenfalls nippend und päppelnd, ihre feindselige Entschlossenheit aber in Haltung und Miene ungemindert zum Ausdruck bringend.

Als Odysseus zusammen mit Telemach und dem hochgesteigerten Laertes die Halle betrat, brach das vieltönige Gefratschel ab, und es wurde still im Raum, wenn man absah von einer hochschwangeren Wittib, die zu hastig vom Gebotenen genossen hatte, daher an einem nicht unterdrückbaren Schluckauf litt, welcher die erwartungsvolle Stille in rhythmische Intervalle teilte, wodurch diese noch eindrucksvoller wurde.

Die Gruppe der Unversöhnlichen hatte als Sprecherin eine zähe, alte Person gewählt, deren Gatte sich, obwohl lange kein Jüngling mehr, der Trojafahrt angeschlossen hatte, weil er Schiffsplanken und Feldlager für wohnlicher hielt als die vier Wände des eigenen Hauses. Diese führte die Klage: »Nun sprich, hehrer Odysseus, und erkläre uns verlassenen, von Schmerz und Kummer vernichteten Weibern, wie es kommt, daß du als einziger von der Besatzung der ganzen Flotte, als einziger von den zahllosen löwenmütigen, kraftstrotzenden Helden und zärtlichen, liebevoll um uns besorgten Männern zurückgekehrt bist. Wo sind unsre Gatten und geliebten Häupter geblieben? Und wo, frag ich mit besonderem Nachdruck und erwarte präzise Antwort: Wo ist die Beute, die sie bei ihrem Kampfesmut sicherlich aufgehäuft haben im Lauf der Jahre und welche uns jammervoll Hinterbliebenen ganz eindeutig zusteht? Schau uns in die Augen, Fürst von Ithaka, und du wirst merken, daß zungenfertige Ausreden bei uns nicht verschlagen – darauf mögen Männer hereinfallen, aber nicht wir, die Verlassenen und Gekränkten, die wir seit zwanzig Jahren mit unseren unmündigen Kleinen Kummerbrot nagen.«

Die Rede saß. Odysseus konnte der beredten Zange innerlich nicht die Anerkennung versagen. Er überblickte die Lage und stellte sich rasch darauf ein. Sich das Haar raufend und von reichlichem Tränenfluß begleitet, begann er den Hingang seiner lieben Gefährten zu beklagen, wobei er die Rede oft unterbrechen mußte, weil ihm die Stimme im Schluchzen brach. Jeden einzelnen der Verlorenen rief er mit Namen, pries seine Taten, berichtete in Einzelheiten, bei welcher außerordentlichen Ruhmestat er das liebe Leben eingebüßt hatte, bis zum letzten Atemzug ausharrend im aussichtslosen Kampf gegen erdrückende Übermacht des Feindes oder die Bosheit des männerraffenden Poseidon.

Während des Sprechens ging Odysseus zwischen den lauschenden Weibern herum, sprach die oder jene, an die er sich noch erinnerte, persönlich an, richtete wortgetreu letzte Grüße der Sterbenden aus. Einen guten Eindruck machte auch, daß er Kindern über die Wange strich und ihnen die Hand aufs Haupt legte, sie gleichsam in Stellvertretung des Dahingegangenen segnend, obwohl jeder sich mühelos ausrechnen konnte, daß der echte Vater des Balges sich gesund irgendwo in Ithaka herumtrieb. Das klare Faktum störte niemandes Rührung, am wenigsten die der Mütter dieser Kinder selbst, die echte Ergriffenheit zeigten. Schließlich waren alle Witwen der Überzeugung, der Ihrige habe sich – bei mancher zu stillem Erstaunen – als Held bewährt, sei mit Pomp und Ehren und reichen Opfergaben bestattet worden und werde ins Lied eingehen. Sie weinten ausnahmslos und sprachen dabei noch eifriger als bisher dem Gebäck und dem süßen Weine zu, von welchem häufig nachgebracht werden mußte.

Nur ganz wenige Weiber – durchwegs kinderlose – blieben feindselig und mißtrauisch. Sie hielten sich in einem schwarzen Grüppchen beisammen und bedrängten Odysseus mit peinlichen Detailfragen: »Was heißt das, gefressen in der Höhle des Polyphem? Wie und auf welchen Befehl war man in diese Höhle geraten? Doch offenbar auf Geheiß des Anführers! Was heißt, im Kampfe gefallen? Warum hat man ihn nicht herausgeschlagen, wie offenbar auch dich? Im Sturm ertrunken! Warum fischte man ihn nicht heraus?« Und immer wieder der nervenzerfressende Refrain: »Und du, ruhmvoller Odysseus, wie kommt's, daß gerade du übriggeblieben bist, der Anführer, der sie zum Mitkommen überredet hat, dessen Pflicht es gewesen wäre, voranzugehen in jeder Gefahr? Wie kommt es, daß gerade du dich retten konntest aus dem allgemeinen Untergang?« – »Nackt und bloß auf einer Schiffsplanke«, klagte Odysseus, aufstöhnend aus tiefster Bekümmernis, »eine Planke, ein winziges Brett war es, an das ich mich klammerte. Ohne Bewußtsein wurde ich an Land gespült. Als ich dann zu mir kam, was glaubt ihr? Weinend und rufend habe ich die graue Meeresfläche abgesucht, bereit, mich trotz unmenschlicher Erschöpfung wieder hineinzustürzen, hätte ich nur *einen* lebendigen Punkt erspäht. Weite Strecken des Strandes habe ich abgesucht und Gebüsche durchstöbert nach Angetriebenen!« Schon schien sich alles in Rührung zu lösen, da biß noch einmal die Zange zu:

»Und die Beute? Wo ist die Beute geblieben, wenn schon die Männer die Salzflut fraß! Auch keine Spur? Nichts Angetriebenes, das ihnen gehörte und daher uns zusteht?«

Odysseus, der seine Phäakengeschenke noch in der Finsternis der Nacht aus der Nymphenhöhle ins Haus geschafft hatte, konnte mit Überzeugung klagen: »Wie könnt ihr nach Beute jammern, herzlose Unholdinnen, wo eure Männer der Hades verschlang. Bin ich denn selbst mit Beute heimgekehrt? Arm, entblößt, ein zerlumpter Bettler, wie ihr indessen sicher erfahren habt, den nicht einmal die eigene Gattin erkannte, ehe ich selbst mich ihr offenbarte, und dann hat sie mir noch mißtraut!«

Mit scheelen Blicken und leise nachmurrend zog sich das Rudel der Unversöhnlichen in einen Winkel zurück, wo sie dann doch teilnahmen am allgemeinen Schmausen und Trinken und Tratschen; nur daß sie Speise und Trank, die sie reichlich genossen, mit scharfem Getuschel würzten und soviel verschlangen, wie es ihnen irgend möglich war, in der vagen Befriedigung, Odysseus damit zu schädigen.

Während dieser Witwengesellschaft, die sich bis in die Nacht hineinzog, hatten Odysseus und Penelope Zeit und Gelegenheit gehabt, einander zu beobachten, agieren zu sehen und sich wieder aneinander zu gewöhnen. Es war in ihrer Lage von großem Vorteil, daß dies im Rahmen und gleichsam auch Schutz einer lauten, lebhaften Gesellschaft geschah und nicht in der stillen Kammer, allein einander ausgesetzt. So konnten sie in aller Ruhe und Beiläufigkeit gewisse notwendige Feststellungen machen. Neues trat ebenso zutage wie Altbekanntes. Manches Wort, manche Geste und Handlungsweise holte halb Vergessenes ans Licht und schuf allmählich wieder eine Atmosphäre der Vertrautheit zwischen den beiden so lange Getrennten. Wie sie dann – als endlich die letzte Witwe verabschiedet war – zum zweiten Male das Ölbaumbett bestiegen, waren sie schon viel mehr aufeinander eingestimmt als in der letzten Nacht, vermochten sich freier zu geben, und es quälte sie nicht mehr die peinliche Verlegenheit. Auch hatten sie im Lauf dieses bewegten Tages wieder zu dem Ton zurückgefunden, der vor zwei Jahrzehnten sich zwischen ihnen eingespielt hatte, ihren Eheton sozusagen.

So saßen sie heute nicht mehr Rücken an Rücken auf dem Bett, die Entkleidung, die nach so vielen Jahren auch eine Enthüllung war, verlegen hinauszögernd. Über die äußeren Veränderungen, die sich an ihnen vollzogen hatten, waren sie sich tagsüber schon ins klare gekommen. Es gab da nichts zu verheimlichen. Sie waren eben – jeder auf seine Weise – um zwanzig Jahre älter geworden. Und als sie jetzt einander gegenüberstanden: er vor allem Knochen und Sehnen, alles reizvoll Überflüssige an Hautglanz und spielendem Muskelfett weggespült und ausgelaugt von der Meerflut, vor allem anderen die mürrischen Züge seines Mienenspiels eingegraben und verfestigt, sie dagegen nicht mehr das schlanke Mädchen mit den kraftvoll lebhaften Bewegungen, sondern ein bißchen matronal, da half ihnen dieser alte, ein bißchen spöttische Eheton hinweg über das Fatale der Lage, der Verkehrston der beiden Gescheiten, den sie fast vergessen hatten, weil niemand da war, mit dem sie ihn hätten pflegen können. Penelope hätte bei den Freiern und Odysseus bei den Frauen, an die es ihn herangeschwemmt hatte, mit diesem besonderen Ton Mißverständnis und Mißfallen erregt. Im Lauf des Tages aber hatte sich das verrostete Getriebe dieser Sprache wieder ein wenig eingeschliffen, geölt durch Erinnerungen, die aufstiegen, wenn sie rasch ein paar Worte wechselten.

So konnte Odysseus sagen, während Penelope ihn lächelnd musterte: »Ausgemergelt, was? Die göttlichen Glieder, mein Vögelchen. Wogegen du, wie ich tagsüber feststellen konnte, und der nähere Anblick bestätigt's mir, ein bißchen feister geworden bist, als ich dich in Erinnerung habe. Eine zart geschoppte Wachtel, knapp vor der Zubereitung!«

»Einer wie du, der auf Seefahrerbeinen ein Bündel Knochen und Sehnen trägt, zusammengeworfen in einem rauhen Hanfsack, der sollte nicht abfällig von geschoppten Wachteln reden, sondern sich einer solchen Delikatesse erfreuen!«

»Ei, ei, Entchen! Immer noch recht spitz und flink in der Gegenrede! Da hat die wachsende Leibesreife nichts gemildert und abgeschliffen?«

»Wodurch denn gemildert, wovon abgeschliffen? Hatte ich denn Süßes fürs Maulwerk, mein Freund, so wie du, dessen bewegliche Lippe sich – wie ich feststelle – noch gewandter um perfide Bemerkungen rundet, so daß die Vermutung naheliegt, daß es nicht brachlag?«

»Ich und Süßes? Wo denn, das sag mir einmal. Unter wüstem Männergegröle oder im Brandungsdonner des Meeres?«

»Laß nur, laß, mein eindeutig Wiedergekehrter, den ich jetzt so recht erkenne im vertrauten Geplänkel. Laß uns unter den Schafspelz kriechen und lösch die Lampe aus!«

Gehorsam begab er sich unter die Decke. Da lagen sie eine Weile. Penelope wartete, er aber rührte sich nicht. Da seufzte sie ein wenig, wandte sich ihm zu und schlang ihren Arm um seinen mageren Nacken, zog das Gattenhaupt mit dem harten Kraushaar, das immer noch nach See roch, an ihre Brust und sagte (man muß ihr das sehr hoch anrechnen!): »So, und jetzt erzähl einmal! Was du gestern so hervorgesprudelt hast in verlegener Hast, und ich desgleichen, das war ja recht wirr und ungereimt. Und was du mir und dem Eumaios und den Freiern vorgeschwatzt hast in den letzten Tagen, das war vom ersten bis zum letzten Wort erlogen. Nicht, daß ich dir's zum Vorwurf machte. Erstens bin ich's gewöhnt, und es sprach mich traulich an. Zweitens konnte auf diese Weise mir der Sauhirt berichten: Bei ihm säße einer, der könne mit seiner Rede bezaubern wie ein berufsmäßiger Sänger, der es von einem Gott hat! Da begann mir schon zu schwanen, wer da einsaß in des Eumaios Hütte und berufsmäßig sang. Ich mußte dich dann nur kurz in Augenschein nehmen. Ein bißchen abgewrackt, sagte ich zu mir, aber noch der alte, durchtriebene Blick! Ich hab ihn wieder!«

Man kann es Penelope – wie schon gesagt wurde – nicht hoch genug anrechnen, daß sie in diesem schwierigen Augenblick den Odysseus zum Erzählen ermunterte und nicht – wie es dümmere Frauen getan hätten – zu Zärtlichkeitsbeweisen und Bekenntnissen.

»Im Erzählen«, dachte sie, »wird er sicher in alten Prächten sein. Wie es mit den anderen Prächten steht, das wird sich schon noch erweisen. Es eilt ja nicht. Über die Jahre, wo dergleichen eilt, sind wir ja hinaus. Leider!«

»Weißt du, meine liebe Penelopeia!« begann er denn auch lebhaft und im tiefsten Gemüt dankbar wegen ihrer verständigen Aufforderung zum Reden und nicht zu anderem. »Weißt du!«

Und mit diesem »Weißt du« kam es ihm erst so voll zu Bewußtsein, daß er nun wirklich und wahrhaftig weich und warm in den Armen seiner Gemahlin, im fest gegründeten und unverrückten Ehebett lag und daß nun endlich ausgestanden war, was die Olympier ihn hatten anschauen lassen und er sich noch zusätzlich selbst eingebrockt hatte. Ein wundersames Wohlgefühl durchfloß seine vielgeprüften Glieder, eine unsäglich wohltuende Woge des Selbstbedauerns wegen des großen, schon inselbekannten Duldertums, so daß er sich verströmte. Anders als ursprünglich vorgesehen, aber mindestens ebenso wohltuend: nämlich in

Tränen. Penelope betrachtete ihren Heimgekehrten unter ihren dunklen, zusammengewachsenen Brauen mit einem Lächeln aus leichtem Spott und sehr viel Liebe. Sie zog ihn enger an sich, wiegte ihn ein bißchen hin und her wie Kinder, die man tröstet und einschläfert, und gab beschwichtigende Lullgeräusche von sich. Und weil dies für eine Frau und Gattin zumal recht angenehm und befriedigend ist, weinte sie selbst auch ein wenig. Es war still im Raum und warm unter der Decke, und die beiden vermischten ihre Tränen.

Für Odysseus war dieses Weinen eine lange nicht gegönnte Erleichterung und Wollust. Natürlich hatte er – besonders in den letzten zehn Jahren – viel geweint. Aber es war kein angenehmes Weinen gewesen. Es war ein Weinen des Jammers, wenn er zuschauen mußte, wie seine Gefährten, einer nach dem andern, verkamen, zwar meist durch eigene Dummheit, aber immerhin. Ein Weinen der Angst war es, wenn er sich den Elementen ausgesetzt fühlte und dem erbarmungslosen Wüten eines Gottes. Ein Weinen der Verzweiflung darüber, daß die Plagen kein Ende finden wollten. Natürlich hatte er auch in den Armen Kirkes und Kalypsos geweint, aber das war nichts Rechtes gewesen. Sie hatten es zwar nicht fehlen lassen an Beschwichtigungen, aber diese hatten etwas Beiläufiges gehabt, etwas, das man hinter sich bringen mußte, um zum Eigentlichen zu kommen.

Bei seiner Penelope war das ganz etwas anderes. Sie dachte nicht ans »Hinter sich bringen«. Sie verstand und würdigte seinen Drang zum Weinen und ließ zu, daß er ihn mit voller Hingabe auslebte, indem sie sein Weinen selbst mit reichlichen Tränen begleitete, wobei sie ihn noch mit jenen lang entbehrten, unnachahmlichen Trostgebärden verwöhnte, die einer Frau zur Verfügung stehen, die im Manne nicht ausschließlich den Starken, den Geliebten sieht, sondern auch das Kind, das einen Schoß zum Ausweinen braucht und dem ein solcher Schoß geboten werden muß, damit es nicht durch hinuntergefressenes Elend seine Lebensfreude vergiftet.

Als sich Odysseus so recht erquickend ausweinte an den weichen, nicht mehr ganz straffen Brüsten seiner guten Penelope und sie ihn wacker dabei unterstützte, da kam es ihm erst deutlich in den Sinn, wie ihm mitgespielt worden war all die Jahre hin seit der jauchzenden Ausfahrt aus Ithakas Hafen nach Aulis zur großen, pfauenradschlagenden Männerversammlung; es wurde ihm auch recht deutlich, wie wenige von all denen, die damals ausgefahren waren, zurückgekehrt und für wie wenige die Rückkehr dann auch eine Heimkehr war. Es erhöhte nicht wenig die Lust und Wohltat dieser Tränen das Wissen darüber – nur sprach er davon nicht – das Wissen, was für ein Glück er gehabt hatte mit dieser seiner Penelope. Wenn er an die anderen dachte: Diomedes, Idomeneus und gar Agamemnon!

»Weißt du, Penelope«, fing er an, noch mit tränenerstickter Stimme, während sie ihm mit einem feinen Tuch die Wangen trocknete und ihn sich auch hineinschneuzen ließ.

Dann kam er groß ins Erzählen.

Chor der an der Schlafzimmertür horchenden Mägde

Da liegen sie nun, die glücklich Vereinten,
Herrin und Herr auf weichen Daunen
allein und im Dunkeln!
Hörst du was? Hat nicht das Bett geknarrt?

Da liegen sie, eng aneinander geschmiegt,
Brust an Brust
und die Glieder ineinander geschlungen
in süßem Gekose!
Hörst du was? Mir ist, als hörte ich reden?

Freilich reden sie dabei, die feineren Leute!
Schön muß das sein, das Liebesgewisper!
Ganz anders als mein Megisthes!
Der macht keine langen Geschichten
und rammelt drauf los.
Hinterher schnarcht er.

Hörst du was? Laß mich her,
ich hab die schärferen Ohren.

Bild dir nur ja nicht ein,
sie trieben's auf andere Weise als unsereiner.
Stange und Loch!
Glaubst, bei ihnen ist's gülden?
Szepter vielleicht und Pokal?
Dummer Trampel.
Als Telemach kam, hat er auch nicht nach Balsam geduftet.
Hörst du was? Mir scheint, sie reden noch immer.

Da ist der Meine mir lieber!
Uns fehlte zum Reden der Atem.

Bäurische Gans!
Bei denen geht es nicht zu
mit Ächzen und Kirren und Juchzen
oder gar mit rüdem Gezote!
Einmal hatte ich einen, der konnte es nur,
wenn vorher gezotet wurde, der Unflat!

(Eurykleia steht plötzlich hinter dem horchenden Haufen, hebt drohend den Stock und flüstert scharf keifend:)

Fort da, unzüchtige Weiber, geiles Geflügel!
Ist das ein Hurenhaus, wo man horcht, wie es zugeht
hinter den Türen und wie die Schragen sich hutschen?
Was wißt ihr Gänse von Liebe!
Fort in die Betten zu euren eigenen Lümmeln.
Da gibt's allerdings nichts zu erlauschen!
Da verstopft man sich besser die Ohren.

(Die Mägde stieben davon. Eurykleia legt nun ihrerseits das Ohr an die Tür.)

Wie ich's mir dachte!
Er redet und redet!

Wie denn auch anders nach so vielen Jahren.
Und wenn sie gescheit ist, läßt sie ihn reden.
Was muß da erst alles heraus!
Wahrheit und Lüge.
Die ganze Lebensjauche von zwanzig Jahren.
Lüge und Wahrheit.
Und ist doch die Lüge oft so viel freundlicher
als die Wahrheit!
Wahrheit ist selten freundlich.
Und wenn bei uns Sterblichen
einmal die Liebe so recht in Blüte steht
und wächst wie ein Baum mit strotzenden
Zweigen und Früchten,
ihr unteren Götter!,
was wird da gelogen,
sehr viel und ganz groß gelogen.
Aus Liebe!
Erst wenn sie vergeht und verkümmert,
und zur Gewohnheit wird, manchmal zum Haß.
Dann spricht man die Wahrheit!

Hoffentlich lügt er gut!
Aber er kann's ja.
Da war er nie wie andere Männer,
die zum Lügen zu faul sind oder zu dumm.

VON DER MÄNNER EHRE UND RUHM

»Du ahnst es ja gar nicht, Penelope, was ich mitgemacht habe vom ersten Tag an!« – Und nun erzählte Odysseus: Wie er sich mit seiner Klugheit rasch unentbehrlich gemacht hatte vor Troja. Wie sie immer nach ihm geschickt hatten, wenn sie in eine Klemme kamen bei heiklen Gesandtschaften, Verhandlungen mit dem Feind, Schlichtung von Streitfällen, Rebellion des Pöbels. ›Wo ist Odysseus? Schafft den Odysseus her! Odysseus soll kommen!‹ So ging's in einem fort. Er kam kaum zur Besinnung. »Übrigens, so nebenbei, hat man gehört davon auf den Inseln?« – »Freilich!« sagte sie dann, »weithin ging dein Ruhm über Festland und Meer. Du kannst dir nicht vorstellen, wie stolz ich gewesen bin auf dich, als man es erzählte und dann später rezitierte mit Leierbegleitung.« – »Man rezitierte also von mir? Du vernahmst es auf den Inseln? Es sprach sich herum?« Odysseus ließ es sich angeregt noch einmal bestätigen und legte sich zurecht zu weiterem Reden.

»Auch die Geschichte hast du gehört von der Unfähigkeit des Agamemnon im Umgang mit dem Volk, und wie ich ihm da unter die Arme habe greifen müssen? Fast hätte er den ganzen Feldzug abgebrochen!«

»Ja, auch davon hörte ich! Es wurde auch viel herumgenörgelt an dieser Geschichte, denn es gab welche, die sagten: Wären sie doch damals aufgebrochen und hätten Helena Helena sein lassen. Wie viele wären noch am Leben!«

»So? Das sagten sie also. Klatschweiber! Was verstehen sie von Krieg und von Ehre!« Penelope schwieg und sah dem Odysseus ins Gesicht. »Ja, von Ehre, Penelope! – Oder wenn du mich schon so anschaust: von einer gewissen Art von Ehre, für die ihr Frauen kein Organ habt.

Da hatte Agamemnon einmal einen Traum. Von Zeus selbst, bildete er sich ein. Zeit sei's, Troja zu stürmen. Nichts stehe mehr im Wege. So Zeus persönlich zu ihm, Agamemnon! Bitte, uns war's recht. Nur das Volk mußte noch von dem Vorhaben unterrichtet und ermuntert werden. Es war der Sache schon ziemlich müde, und man murrte viel im Lager. Und jetzt stell dir vor, Penelope! Statt daß der Tropf hingeht und zum Pöbel einfach sagt: Auf! Jetzt wird gekämpft, wappnet euch! Nichts mehr gemault! Hopp, hopp zu den Waffen! Ausgehurt! – Gönnt sich doch der Ochse eine lang ausgewalkte Szene. Wie kampfesmüde alle doch schon seien, wie stark die Festung, widrig einige Götter! Besser, alles aufzugeben, die Segel zu setzen, ohne Helena, ohne Beute nach Hause.

Bildet der Tölpel und Hahnrei sich ein, jetzt würden sie alle schreien: Nein, Agamemnon! Was hältst du von uns, los, voran, drauf auf das phrygische Gesindel. Mit dir als Führer widersteht uns keine Mauer. Alle brennen wir darauf, unser Leben hinzugeben für den Ruhm und die Ehre der Atriden! – Was geschah? Du kannst es dir denken. Brüllend und johlend rasten sie in die Zelte, rafften zusammen, was sie sich geraubt und gestohlen hatten und rannten zu den Schiffen, warteten nicht einmal, daß man die Stege herunterließ, hantelten sich an den Tauen hoch, schreiend und kreischend: ›Heim geht's, nach Haus, weg vom dreckigen Troja, nichts mehr mit Schädel hinhalten wegen der Hure, der läufigen Hündin, Helena, der dreimal verfluchten!‹

Du kannst dir das nicht vorstellen, Penelope, wie es zuging. Ich das sehen und hinein ins Feldherrenzelt war eins! Da stand er, glasigen Blicks, der große Hohlwanst Agamemnon, mit hängenden Armen. Ich reiß ihm das Szepter aus der Hand und hinaus, mitten hinein in den wimmelnden, grölenden, rempelnden Aufruhr. Dem schlag ich eins über den Schädel, den reiß ich am Arm herum, jenen beschimpf ich, dem red ich zu, während ich einem anderen einen Tritt in den Steiß gebe. Endlich haben es auch die anderen Anführer begriffen und machen's mir nach. Prügelnd und wetternd schlagen wir eine Bresche durch die Menge und stauen einen Damm auf gegen die Flut, die sich den Schiffen zuwälzt. Das ernüchtert sie. Sie reiben sich die blutigen Köpfe, spucken ein paar Zähne aus, brummen und hocken sich hin.

So ist es, das Volk! Ich gebiete Ruhe. Mucksmäuschenstill hocken die Lümmel und gaffen mit offenen Mäulern. Ich rede mich so in Fahrt, daß es mich selbst überzeugt. Kurz und gut! Dieselben, die eben noch ›nach Haus‹ brüllten, brüllen jetzt ebenso laut ›Kampf, bis Troja hin ist‹.

Ja, wie gesagt, das ist das Volk! Aber ohne mich – glaub mir, Penelope –, ohne mein rasches Handeln wären wir damals heimgesegelt. Damals hing alles an einem Faden. Mit hängenden Nasen wären wir zurückgekommen auf zögernden Schiffen, ohne Helena, ohne Beute, als Geschlagene. Ein Gelächter auf Meer und Festland, in jedem Hafen, jeder Stadt, jeder Halle. Und die Trojaner hätten sich gebläht! Habt ihr gesehen? Ganz Hellas rannte gegen unsere Mauern, und wir haben ihnen getrotzt. Klein beigeben mußten sie! – Nicht auszudenken! – Hörst du mir zu, Penelope?«

»Freilich hör ich dir zu! Kein Wort ist mir entgangen. Es flog mir nur gerade so in den Sinn, wie viele Frauen dann noch ihre Männer hätten, wie viele Kinder geboren worden und an der Hand des Vaters aufgewachsen wären. Allein Menelaos hätte etwas zurücklassen müssen, worum's nicht schade war. Vielleicht hätte er sich bald getröstet mit einer, die nicht so unbeschreiblich schön war, aber treu und gut zu Hermione, dem verlassenen Kind.« – »Du denkst wie eine Frau«, ereiferte sich Odysseus. Und nach einer Weile des Nachdenkens: »Nicht, daß ihr nicht recht hättet, ihr Weiber, mit euren nüchternen Argumenten. Zehnmal und hundertmal recht habt ihr. Aber ihr seht es nur von einem Standpunkt. Vom Standpunkt des Lebens. Mann im Bett, Kinder gemacht und aufgezogen, Hausstand in Ordnung, und keiner beißt ins Gras, keine Gattin, keine Mutter muß weinen, kein Häutchen geritzt.« – »Was ist Schlechtes daran? Stehst du nicht selber immer zum Leben? Du bist doch nicht einer von den hirnlosen Helden, die sich kopfüber in den Hades stürzen, um einer ganz und gar törichten Ehre willen.« – »Das nicht, Penelope, das nicht. Du weißt es, und ich weiß es. Ich halte zum Leben und habe mich zwanzig Jahre daran geklammert mit jedem einzelnen Glied jedes Fingers. Aber siehst du, so denkt man, wenn man allein ist. Wir Männer jedoch, wenn wir im Haufen sind, da denken wir anders. Oder, genauer gesagt, da denken wir gar nicht. Da steigt uns das Heldentum aus den Gedärmen. Pfauhähne sind wir dann und stelzen daher und schlagen Räder, sind geschwollen, daß jedes Härchen der Haut sich steil emporrichtet, und so ein Wort wie ›Ehre‹ kann uns Tränen der Ergriffenheit auspressen und wir vergessen den Tod. Oder er ist uns gleichgültig. Wenn dann die Vernunft uns wieder in unsere gewöhnliche Haut einfahren läßt aus der Ehrenblähung, dann sehen wir erst, in was wir uns da hineingewirtschaftet haben. Wie soll ich dir das erklären? Es ist ein bißchen so wie im Bett, Penelope, du weißt's doch, da kommt ein Augenblick der Hochraffung des Seins. Da sieht und hört und schmeckt man nichts.« – »Wenn

Telemach schrie, hab ich's trotzdem gehört«, sagte Penelope leise, »du warst dann meist verschnupft.« – »Ja, du hast gehört, wenn Telemach raunzte, und ich war verschnupft.« – »Wär's dir lieber gewesen, ich hätte ihn schreien lassen?« – »Nein, Penelope, nein, beim Vater Zeus, es wäre mir nicht recht gewesen. Im Hirn und im Herzen wär's mir gar nicht recht gewesen, aber anderswo schon. Und das Heldenkrakeele, weißt du, das sitzt eben dort. – Und so kam es auch, daß ich verhinderte, daß wir damals die Schiffe bestiegen und heimfuhren ohne Helena und ohne einen stinkenden Trümmerhaufen im Rücken, der einmal Troja war, eine blühende, lebendige Stadt.«

Odysseus seufzte tief und anhaltend, darauf bedacht, daß dieses Seufzen vernommen und sich Penelope aufs Gewissen schlagen werde. Natürlich vernahm sie es. Sie hätte ihn nicht so jäh ernüchtern sollen! Sie warf sich das vor. Jetzt lag er da, kalt, bekümmert. Womöglich würde er nicht einmal schlafen können, sondern böse Träume würden ihn heimsuchen wegen des Trümmerhaufens von Ilion im Rücken. Er war ein lebhafter Träumer. Das wußte sie noch. Man mußte ihn über die Hürde bringen und sein Gemüt erhellen.

»Ich glaube, ich kann es mir doch ein wenig vorstellen, Odysseus, das Heldenkrakeele und wie es einem unter die Haut fährt; und daß es euch angeboren ist, das weiß ich vom kleinen Telemach. Schon auf meinem Schoß konnte er in Heldenrage geraten, wenn's rund um uns her zuging: Mägdekreischen, Schüsselgeklirr, Hundegebell und vielleicht sogar noch ein Horn, draußen vor der Tür, wenn einer heimkam von einer guten Jagd und es ankündigte mit Protzgeblase, da krähte der aus vollem Hals und patschte in die Händchen und wetzte wie ein Besessener auf meinem Schoß, und dann biß er mich in die Brust, daß ich aufschrie. – So stell ich mir's eben vor! Schau mich nicht so an, Odysseus. Wenn ich von Telemach rede, ist es mir immer ernst! Ich schwör dir, ich hab's nicht spöttisch gemeint, ich wollte nur sagen: Ihr Männer habt es im Blut, das mit Krakeel und Ehre und aufputschendem Gelärme rundum. Ich meine das wirklich ernst. So seh ich das halt als Weib, dem – wie du schon richtig bemerktest – das rechte Organ dafür fehlt. Du hast es, dieses Organ, aber dazu doch noch Verstand. Du bist nicht das Opfer der Ehrensträubung. – Aber erzähl doch weiter, mein Lieber, kaum halt ich's aus vor Neugier, dich erzählen zu hören, wie das alles war vor Troja, denn ich kenne ja nur, was sie gesungen haben darüber im schönen Maß der Sänger und was getratscht wurde in der bitteren Bosheit der Küchen.«

Odysseus grollte nur mehr leise. Man vernahm Worte wie »Weiberklatsch«. Aber viel zu groß war die Lust zu erzählen und angehört zu werden in der Brust des Dulders, als daß er das Gegrolle, das er sich schuldig zu sein glaubte, lange hinausgezogen hätte. So begann er aufs neue.

GÖTTERBLINDHEIT UND RASEREI

»Der einzige, der noch Hirn hatte – außer Nestor, und dem stieg nicht mehr der Bauch zu Kopf, dazu war er zu alt –, das war Diomedes. Aber sogar er verlor im Kampf oft den Verstand, vergaß sich und war nicht mehr er selbst. Aber als es ihm einmal fast an den Kragen ging, weißt du, damals, als ihm der Pfeil des Paris im Fuß steckte, da hättest du ihn jammern und jaulen hören sollen. Ich war es, der ihm den Rückzug deckte. Ganz blödsinnig riß und zerrte er am Pfeil, was auch nicht gerade das Vernünftigste war, und dabei fluchte er auf Paris, der höhnisch lachte, schrie ihm Schimpfworte nach, als sein Lenker ihn auf den Wagen hob und zurück zum Lager raste. Und ich war allein, eingekreist wie ein Keiler von der kläffenden Meute.

Sieben erschlug ich. Da schälte mir einer mit einem Hieb die Haut von den Rippen. Ich blutete wie ein Schwein, und als sie das Blut sahen, drängten sie sich heran wie die Haie. Da schrie ich dreimal so laut um Hilfe, daß mich Menelaos hörte, der riß sich den großen Aias mit, und die beiden hieben mich heraus.

Hat man, nebenbei gesagt, gehört von diesem Schlachttag, wo ich den Diomedes herausriß und sieben draufzahlten, bis sie mich selbst schwer verwundet vom Felde schleppten?« – »Ja, mein Odysseus, man hat gehört davon, und das Blut erstarrte mir in den Adern jedesmal, wenn ich die Geschichte vernahm, erst kunstloser als Gerücht und dann schön ausgeschmückt zum Schlage der Laute.«

Odysseus versank in seine Erinnerungen. Penelope lag auf der Seite, ihm zugekehrt, die Wange in der Hand, und richtete sich auf langes Zuhören ein.

»Für manche Dinge war er brauchbar, der Diomedes, aber im Kampf kam ihm das Hirn abhanden, fast so blind wurde er da wie der lange Aias.« – »Mit dem Aias gerietest du doch in Streit wegen der Waffen Achills, wenn man mich recht unterrichtet hat?« fragte Penelope, denn sie sah ein, daß Odysseus sich diese Dinge einmal vom Hals reden mußte. »Dir waren die Waffen zugesprochen worden, weil du Aias den Rücken gedeckt hast, als er sich den Leichnam Achills aufgepackt hatte. Aber wie ich vernahm, waren sich nicht alle einig darüber, wem die Rüstung zustand?«

»Nicht einig«, regte Odysseus sich auf, »als ob Rückendeckung nicht wichtiger und gefährlicher wäre als der Kraftakt des Schleppens. Zu anderem war der große Aias ja nicht fähig als zu Kraftakten. Aber als die Waffen mir zuerkannt wurden, raste er. Erwürgt hätte er mich, wenn ich ihm unter die Finger gekommen wäre. Aber ich wußte mich vorzusehen. Da fiel er nachts, der arme Strohkopf, vor lauter Wut in einen berserkerhaften Wahnsinn, hielt unsere Schafherde für Griechen, den Widder für mich persönlich und richtete ein Blutbad an in der Herde. Das panische Geblök und das Heulen der Hunde weckte das ganze Lager. Als dann plötzlich der Schlächterrausch von ihm abfiel und er sah, was er angerichtet hatte, schämte er sich so, daß er glaubte, die Schande nur in seinem eigenen Blut ertränken zu können. Und – du wirst es nicht glauben – nicht einmal das gelang ihm ordentlich, weil er in seiner Verzweiflung vergaß, daß er nur in der Achsel verwundbar war. Er metzgerte an sich selbst herum. Grauenvoll! Endlich wälzte er sich in einem See von Blut wie ein abgestochener Saubär. Ein Turm von einem Mannsbild, aber nur ein Haufen Muskeln und Knochen, kein

Gedanke im Kopf. Kaum wegzuschleppen war er. Sechs Mann mindestens brauchten wir dazu, während Tekmessa, seine Bettsklavin – auch nicht gerade eine von den Zarten – sich dauernd über ihn warf und schrie und schluchzte. Sie liebte ihn wirklich. Er muß gut zu ihr gewesen sein. Ein im Grunde gutherziger, zungenschwerer Riese. Natürlich gaben mir viele die Schuld an dem ganzen Übel, weil ich bei der Zuteilung flüssiger für mich gesprochen hatte. Als ob das was Schlechtes wäre! Aber der Pöbel hat ja immer einen stillen Haß gegen die, die's mit dem Kopf statt mit den Muskeln tun.«

Nach einer Weile Nachsinnen setzte er fort: »Auch Hektor war nicht einer von den Gescheiten, aber tapfer – denn ein Raser war er nicht, alles andere als blutrünstig –, wirklich tapfer und dabei edel, sag ich dir. Wahrscheinlich der einzige wirklich Anständige von uns allen, Griechen wie Troer. Ein aufrechter, mutiger Narr. Und Achilleus, das weiberärschige Tier, schleift ihn an den Fersen mit seinem Gespann über das Blachfeld, während seine Eltern oben auf der Mauer stehen und zuschauen müssen und die Götter um nichts mehr anflehen, als um einen Leichnam, in dem sie noch ihr eigenes Kind erkennen. Uns war allen übel, obwohl wir natürlich froh waren, daß Hektor tot war.«

»Schauderhaft«, sagte Penelope und schüttelte sich. »Ganz und gar grauenhaft. Aber hab ich recht gehört? Weiberärschig sagtest du?« – »Ja, du hast recht gehört. Das war ja das Widerliche. Gut gewachsen war der Kerl, ein richtiges Mannsbild, ein Muskelprotz, und trotzdem bewegte er den Hintern wie ein Weib! Ich bin es ja gewesen, der ihn von Skyros holen mußte und herausfinden aus der Schar Weiber, unter denen man ihn auf Geheiß seiner Mutter Thetis versteckt hielt. Glaubst du, ich hätte ihn sofort herausgefunden? Er in Weiberkleidern, schmuckbehängt, wühlte gierig wie die andern Mädchen in den Geschenken. Du kennst ja die Geschichte! Sie hat sich ja herumgesprochen. Eine Posse war es! – Dann aber sah man's. Er hatte einen ganz normalen Männerhintern, aber den schwenkte er wie ein Weib. – Und als er sich dann sehr rasch ans Männerleben gewöhnt hatte, zeigte es sich, daß er grausamer war als jeder von uns. Im Kampf und auch so. Alles hat er sich gegönnt, wonach er lüstern war, im wüsten Gemisch zwischen Knaben, Mädchen und Frauen. Ein Vieh. Ärger als ein Vieh. Wenn ich an die kleine Polyxena denke, die zweitjüngste Priamostochter! Ein Kind, dem ein normaler Mann im Scherz vielleicht die Wange streichelt. Als er sie sah im Tempel des thymbraischen Apoll – der war außerhalb der Mauer und eine Freistatt für Troer und Griechen –, als er sie dort sah mit ihrer Mutter Hekabe, wurde er so lüstern auf sie, daß er sie sich durch einen Verrat an uns erschachern wollte. So besessen war er in seiner Gier, daß er sich von ihr – eben im Apollotempel – das Geheimnis seiner verwundbaren Ferse herauslocken ließ. Als Paris ihn dann abschoß, forderte er noch mit dem letzten Hauch von uns den Schwur, Polyxena auf seinem Scheiterhaufen zu verbrennen, aus Wut, daß er sie nicht hatte lebend schänden können. Dabei hatte ihn die Kleine so gehaßt, weil er ihren Lieblingsbruder Troilos so viehisch umgebracht hatte. Troilos, ein Knabe, gerade im sprossenden Flaum und in seine erste Verliebtheit versunken. Als Achill ihn sah, trieb es ihm die Geilheit auf. Aber der Kleine wollte ihm nicht zu Willen sein. Was heißt: er wollte nicht! Er konnte nicht!, verfangen wie er war in seiner ersten großen Liebe. Er hätte ja alles getan, was das Schwein von ihm wollte, aber er vermochte es nicht trotz Todesangst. Es ging nicht! Da erwürgte ihn das Tier. Langsam und mit Genuß. Schnitt ihm noch die Gurgel auf, um wenigstens sein sprudelndes Blut zu spüren, und dabei bewegte er sich wie eine brünstige Hure. Und Polyxena mußte es mitansehen.«

»Es wird mir ganz schlecht von diesen Geschichten, Odysseus, so hören sich die Gesänge nicht an, die man in den Hallen rezitiert über Troja. Da ist Achilleus immer ein blondlockiger strahlender Held. Tratschweise allerdings erfuhr man manches, aber es wurde nur im Gesinde gemunkelt. Auch die Geschichte mit Penthesileia. Mit der Toten habe er's noch getrieben, hieß es, nachdem er sie niedergestochen hatte. Ist das wahr? Hat sich denn keiner gefunden unter euch allen, der es verhindert hätte!« – »Das sagt sich so! Der

Magen drehte sich uns allen um, und wir konnten den Troern nicht in die Augen schauen. Totenstill war's am Blachfeld, alle bleich wie die Leintücher. Nur das Gestöhn des brünstigen Viehs und die Leiche mit offenen Augen und Mund, so wie sie gefallen war, und über ihr das Schwein mit vorquellenden Augen, keuchend, und der rhythmisch bewegte Weiberarsch. Jeder einzelne auf beiden Seiten dachte daran, ihn abzustechen, und doch hob keiner die Hand. Wir waren alle wie gelähmt. – Ich sage dir, Penelope, er fehlte uns in der Schlacht, aber als Paris ihn aus dem Hinterhalt abschoß wie einen tollwütigen Köter, da atmete jeder einzelne von uns auf, obwohl er dann natürlich eine pomphafte Bestattung bekam mit allem ehrenvollen Drum und Dran. Uns graute. Er war blind gegen alles, was heilig ist und heilig gehalten wird unter Menschen. Götterblind war er. Erst erzogen vom Kentauren Chiron zum Übermann, dann in Weiberkleidern im Hennennest. Ohne richtiges Geschlecht. Daher grausam und gemein, geil und gewalttätig. Verdorben bis ins Mark. Er kämpfte nicht für unsere Seite oder um der Ehre willen, was immer du davon hältst. Er kämpfte aus Mordlust. Er metzgerte. Was sich ihm entgegenstellte, wurde zum Stück Fleisch.«

»Manchmal kommt es mir vor, Odysseus, daß in den Küchen mehr die Wahrheit geredet wird, als von den Sängern in der Halle!« – »Magst recht haben, Penelope, wenigstens zum Teil. Mir geht's auch wider den Strich, wenn vom strahlenden, tapferen Achilleus die Rede ist. Weiß ich doch nicht einmal, ob er wirklich tapfer war. Ihm fehlte die Furcht. Nur wer sich fürchtet, ist wirklich tapfer. – Deshalb ging ich auch allein, als es darum ging, das Palladium zu holen. Einen furchtlosen Tollkopf konnte ich dabei nicht brauchen. Aber ich sag dir, die Stunden vorher erbrach ich mich vor Angst.«

»Das mußt du mir erzählen, Lieber, wie das war, als du dich, ganz auf dich allein gestellt, eingeschlichen hast in die Zitadelle, um das Palladium zu holen. Es wurde mir ganz elend bei dieser Geschichte, wenn ich sie hörte, sowohl in der Fassung der Sänger als in der der Küche.«

Angeregt durch ihre Wißbegierde wandte sich Odysseus Penelope zu, umfaßte mit der Hand ihre runde Schulter und zog sie an sich heran. »Ja, das Palladium! Eine uralte, abgegriffene Holzfigur, angeblich Pallas Athene. Im Heiligtum der Zitadelle verwahrten sie es. Theano, die Gattin Antenors, war dort Priesterin. An diesem Stück Holz hänge die Stärke der Stadt, sagte Helenos. Wir hatten ihn erwischt im Apollotempel. Nicht zu vergleichen mit seiner Zwillingsschwester Kassandra. Alles verriet er sofort. Also: Versammlung der Fürsten, Ratlosigkeit wie gewöhnlich. Da hieß es wieder ›Odysseus, was sagt Odysseus?‹. Ich dachte lange nach. Dann aber tüftelte ich mir einen Plan aus, einen Goldplan, sag ich dir, schwierig, aber gut. Auf Vorsicht fußend und auf Vernunft. So schwierig allerdings, daß ich ihn selbst ausführen mußte, aus Angst, einer von den Helden verpatzt ihn mir. Ich ließ mich von Diomedes auspeitschen, daß ich blutige Striemen hatte auf Brust und Rücken. Ich ließ mir sogar ein blaues Auge schlagen. Gar so ungern tat er's gar nicht, hatte ich den Eindruck. Aber ich hielt an mich, dachte mir, je wüster du ausschaust, desto besser für den Plan, desto weniger erkennt dich einer der Trojaner. Dann warf ich mir ein paar schmutzige Bettlerlumpen um. Durch den Abflußkanal schlich ich mich in die Stadt. Kroch durch stinkende Jauchegänge. Beim Austritt gab es Gestrüpp. In dem hockte ich eine Weile und spähte um mich, suchte mich zu orientieren. Der Palast überragte die anderen Häuser. Er war nicht zu verfehlen. So machte ich mich auf, drückte mich durch Elendsgassen. Lauter dreckige Keuschen dort, das Viertel der Armen. Wenn ich ein paar Hühner aufscheuchte oder ein Schwein grunzte, das im Gassenkot pferchte, gab es mir einen Riß. Aber die Leute dort kümmerten sich nicht um mich. Solche Erscheinungen waren sie gewohnt, verdreckt und geschunden. Gefährlicher war es schon in der Nähe der Burg, wo die Vornehmen wohnten. Da kriegte ich so manchen Tritt ab und ein ›Schleich dich, Hund, was drückst du dich da herum! Suchst wohl etwas zu stehlen‹. Ich blickte nicht auf, sah zu, daß ich wegkam.

In den Palast hineinzukommen, war nicht so schwer am Tag. Ein wenig sicherer hätte ich mich ja im Finstern gefühlt, in einer menschenleeren Stadt. Aber ich hatte es vorausbedacht und daran hielt ich mich auch, obwohl ich mich im Gebüsch noch einige Male übergeben mußte. Ich hatte das ausdrücklich bedacht und richtig vorausgesehen, daß ich mich bei Tag in den Palast einschleichen mußte!« – »Am hellichten Tag?« – »Ja, Penelope, denn nachts – überlege –, wenn alles schläft! Da sind die Palastwachen schärfer und übersehen keinen, der da nichts zu suchen hat. Tagsüber aber, bei dem Gerenne ein und aus: Ratsherren, Soldaten, Händler, Gesandte mit ihrem Gefolge, die vielen fremden Gäste, die Fürsten der Hilfsvölker, die Verkehr unterhielten mit ihrer Mannschaft, die außerhalb der Burg untergebracht wurde! In diesem Strom hinein und hinaus trieb ich mit. Antenor hatte uns die Lage beschrieben.« – »Antenor, der Troerfürst?« – »Ja, auf ihn gründete ich ja meinen Plan. War ich einmal im Heiligtum, war alles schon gewonnen. Antenor hatte immer heimlich mit uns verhandelt, und wir hatten ihm und den Seinen freies Geleit zugesagt. Schon bei der ersten Gesandtschaft zu Priamos, als wir die Herausgabe Helenas forderten, hatte ich eine kleine Unterredung mit ihm. Wir waren in seinem Haus untergebracht, Menelaos und ich. Und während Menelaos aß oder schlief, redete ich mit Antenor, der mir verständig schien. Nicht so fanatisch auf Krieg aus wie die andern, vor allem die Jungen, die Priamossöhne mit Anhang. Ihm schwante schon damals, daß es auch schief ausgehen könnte, und er sicherte sich ab. Von ihm wußte ich die Lage des Tempels, und Theano, seine Frau, die Priesterin, wartete. Aber ich ging fehl in diesen labyrinthischen Gängen der alten Zitadelle, und dann irrte ich mich in der Tür – und weißt du, vor wem ich stand?« – »Wie soll ich das wissen, vor wem du standest, mach es nicht so aufregend, Odysseus, es rieselt mir ohnehin schon die Gänsehaut das Rückgrat entlang, wenn ich mir vorstelle, wie du da in der feindlichen Burg herumschlichst, wehrlos und ohne Gefährten! – Also sag schon, vor wem du plötzlich standest?«

»Vor Helena stand ich, vor deiner Cousine Helena. Und sie erkannte mich trotz meiner Zerschundenheit und meiner Sklavenfetzen auf den ersten Blick. Offenbar noch von der Werbung her, denn am Schlachtfeld sah sie mich ja nur von weitem und gewappnet. Ich muß sie bei der Werbung schon irgendwie stark beeindruckt haben, daß sie mich gleich erkannte!« – »Helena!« sagte Penelope, und man konnte nicht erraten, was sie dabei dachte. »Helena! Vor ihr standest du, gestriemt und angstgewürgt?« – »Im Augenblick war ich sicher nicht so – wie sagtest du etwas gewöhnlich? – ja, angstgewürgt! Jedenfalls merkte Helena nichts davon, als sie mich sofort erkannte! – Jetzt wird sie losschreien, dachte ich. Aber nichts. Ganz still hielt sie, faßte mich an der Hand und zog mich in ihre Gemächer.« – »Zog dich in ihre Gemächer?« – »Du mußt das verstehen! Seit Paris tot war, hatte sie es satt. Seit sein verderbter Charme und seine verruchten Augen sie nicht mehr hielten, war ihr Troja verleidet. Das eingeschränkte Leben in der Festung, die von allen Seiten abgeschnitten war von der Zufuhr angenehmer Luxusgüter. Der Palast, in dem keine Fröhlichkeit mehr aufkam, da fast jeder Trauer trug oder voll Angst war. Das war kein Leben für Helena. Weniger als das düstere Dasein in der Festung fürchtete sie die Rachsucht des Menelaos.« – »Und was tatet ihr dann?« – »Was wir taten? Seltsame Frage, Penelope, und ich verstehe gar nicht genau, was du meinst. Nichts taten wir. Sie jammerte mir etwas vor, wie schlecht sie sich fühle und wie sehr sie hoffe, die Festung möge fallen, und dann zeigte sie mir ganz bereitwillig den Weg zum Heiligtum, wo Theano schon wartete. Und ich hatte das Palladium.«

»Ich will nicht genauer an Helena denken«, dachte Penelope, »und vor allem nicht bohren. Was soll's auch? Mut hat er, mein Odysseus, das muß man ihm lassen, und gerade deswegen, weil er sich vor Angst hat gelegentlich übergeben müssen und dann trotzdem tat, was getan werden mußte. Ohne Angst kein Mut!«

Sie hatte ihn in die Arme genommen und streichelte und kraulte ihn zwischen den Schulterblättern, ihren gescheiten Dulder. Mager war er geworden, aber hart und zäh, und jetzt sollte er sich endlich ausruhen dürfen nach all den Schrecken und Plagen. Ach ja, und auch von den sieben Jahren Ogygia, viel geschont wird sie ihn nicht haben, die halbgöttliche Schnepfe. Sie, Penelope, wird sich jetzt aller beißenden Bemerkungen enthalten. Sie konnte doch stolz auf ihn sein. »Er ist schon einer, der Meine, zäh und entschlossen, und er hält durch, wo andere verkommen und verrecken. Es ist schon was Besonderes an ihm. Schlecht hab ich nicht gewählt, hundsjung wie ich damals war in Sparta, wo sich welche spreizten, die längere Beine hatten und lustig waren und gewandt im Umgang mit jungen Mädchen, gewiegt im Tändeln und im Werfen schmeichelnder oder schmachtender Blicke. Er war anders. Er schaute. Und hinter dem grüngrauen Schleier seines Blicks spürte man, wie er dachte, wie lebendig es war in ihm. Kein blankäugiges Gaffen nach den Beinen und Busen der Mädchen und dabei tief überzeugt von der eigenen, unwiderstehlichen Schönheit. Odysseus stand da und schaute sich alles sehr genau an. Nicht daß er Beine und Busen gerade überging, aber er hatte auch Augen für anderes, für alles. Und hinter diesen Augen ging etwas vor.«

So dachte Penelope beim Kraulen und war zufrieden. Er aber, so angenehm gekost und gewiegt und satt erzählt und sich bewußt, daß man ihm endlich wieder nach langen, langen Jahren wirklich zugehört hatte mit Spannung und Anteilnahme, Odysseus fühlte tief im Zwerchfell verdienten Stolz sich erheben und anschwellen. Und wohltuend wärmte dieses Gefühl das Nervengeflecht seiner Lenden. Er fühlte sich schwellen und wachsen und steigen und fast schon fliegen. Penelope merkte es natürlich auch, wie ihm war und öffnete die Arme, ihn zu empfangen. Sie fühlte seine Schwere auf ihrem sehr bereiten Leib liegen und drängen.

Aber was war das? – Plötzlich ein Stöhnen tief aus der Brust des erhabenen Dulders, er wälzt sich zur Seite, zeigt ihr den Rücken. »Ausgegeben hat er sich zu sehr bei der Hure Kalypso, oder sie hat's ihm besprochen!« war ihre erste Regung, und Tränen der Enttäuschung und des Zorns stiegen ihr auf. Gerade noch hoch im Blust und dann der jähe Abfall. Geschrumpft die göttliche Pracht zum nicht Nennenswerten. »Da liegt er nun«, seufzte sie, »ein hohler Sack und zeigt mir den Rücken, weil er sich schämt! Dabei war er hoch im Schwung, und ich hab mir alles Ätzende verbissen. Die verfluchten Weiber! Die haben ihm alle Kraft ausgesogen.«

Da sah sie, daß seine Schultern sich stoßweise bewegten. »Er weint!« begriff sie voll Bestürzung. »Odysseus weint. Er schämt sich, er grämt sich, daß er weinen muß. Aber warum denn, der dumme Kerl, das kann doch passieren, und gar so aus bin ich auch nicht mehr drauf, daß er sich grämen müßte und weinen!«

»Mein Lieber, mein Guter«, sagte sie sanft, drehte ihn sachte um und nahm seinen rauhlockigen Kopf an die Brust, küßte und koste ihn und redete ihm zu, wie sie dem kleinen Telemach tröstend zugeredet hatte, wenn er verprügelt heimgekommen war. »Gräm dich doch nicht«, sagte sie in lullendem Singsang, »glaubst du, ich brauch das jetzt so, ich Alte, wenn ich dich nur selber endlich habe mit heilen Gliedern und Haupt, was so viel wichtiger ist als das Bewußte! Dich, meinen gescheiten, tapferen Odysseus, der überall gebraucht wurde, überall Rat schuf. Dieses aber, worauf wir jetzt aus waren, da gibt's nichts zu raten, das verhängen neidische Dämonen, boshafte Fluchgeister. Wer weiß, warum sie uns jetzt gerade aufsitzen. Nimm's dir nicht zu Herzen, bei Zeus und meiner Liebe zu dir, daß es dir schrumpfte. Es war auch so schon schön und traulich und erhebend und erinnerte mich sehr an Ginster und Thymian. Ich weiß, es wird wiederkommen. Du mußt dich noch eingewöhnen. Ganz bist du noch nicht zu Hause. Noch hast du das Salz in den Poren, Meer in den Adern, noch treibst du dahin im Geschaukel der Wogen. Erst dein Kopf kann es fassen, daß du daheim bist. Im Fleisch sitzen dir noch der Kummer, die Sorge, das Elend und das Abenteuer. Du mußt dich gewöhnen an den stilleren Rhythmus der Erde, den stilleren Wind. Hörst du ihn, Odysseus? Den Nachtwind, wie er durch die Zweige der Oliven streicht. Das Mondlicht rieselt aufs Dach, und da und dort das Muhen der Rinder, das leise Gebimmel der Glocken am Hals der Leittiere und nur ganz weit weg die gelassene Brandung der See. Du bist ihr entkommen! Hörst du? Endlich entkommen und liegst weich im selbstgefertigten Bett in den Armen deiner ersten Liebe. Geliebter du, kränk dich doch nicht. Bist doch kein Knabe mehr, dem's passiert ist vor den spöttischen Augen einer unreifen Gans. Bei mir bist du, der du es oft genug bewiesen hast, wie du es kannst, wie wunderbar du bist! Weißt du noch?«

Aber da schlief er schon, und sie hörte mit Liebe sein trautes Geschnarch.

VON DER DUMMHEIT DER GEFÄHRTEN

Odysseus hielt sich jetzt natürlicherweise viel auf dem Marktplatz auf, in den Häusern der Vornehmen von Ithaka und den umliegenden Inseln. Es galt, den alten Rang als König über die Kleinfürsten des kephallenischen Inselreiches wieder herzustellen und einzunehmen, die alte Familienwürde, die während seiner langen Abwesenheit ins Wanken geraten, dem Laertes fast aus der Hand geglitten war. Für Telemach war es eine gute Schule, bei all diesen Reden, Verhandlungen und Händeln dabei zu sein. Er holte nach. In den letzten ereignisreichen Wochen war er ein junger Mann geworden, den man beinahe schon ernst nehmen konnte in einer Runde von Männern. Vor dem endgültigen Einbruch der Winterstürme hatte Odysseus zusammen mit Telemach noch einmal die Inseln des Herrschaftsbereiches besucht. Dolichion, Same, Zakynthos. Sie hatten bei den dortigen Kleinfürsten vorgesprochen mit passenden Geschenken sowie mit schön gedrechselten Drohungen. Mit den letzten Schiffen, die in diesem Jahr noch ausgefahren waren, kehrten sie zurück.

Die See war schon ziemlich bewegt und spiegelte den grau verhängten Himmel wider. Ein heftiger Regen fiel. In der

Halle prasselte seit dem frühen Morgen ein großes Feuer. Die beiden durchnäßten Männer räkelten sich behaglich in den zum Herd geschobenen Stühlen; der brandrot und der grau-rötlich Gelockte. Mägde zogen ihnen die nassen Sandalen aus und badeten die kalten Füße in warmem Kräuterwasser. Sie führten Männergespräche über ihre Reiseerlebnisse.

Penelope stand daneben, eine Hand auf die Lehne des Stuhles des Gatten gestützt, sah die beiden an und hörte ihnen zu und dachte: »Die Götter meinen es doch gut mit mir, daß ich jetzt die zwei da habe vor dem wärmenden Feuer und ihnen zuhören kann, wie sie groß tun. Was will ich mehr?«

Auch im Schlafgemach brannte ein Kohlenbecken.

Odysseus begab sich bald zu Bett. Penelope werkte noch im Haus herum. Er genoß das weiche, warme Lager, an das er sich wieder gewöhnt hatte, machte sich breit und stellte sich, die Arme unter dem Kopf verschränkt, mit dem tiefen Behagen des gerade noch Davongekommenen alle die feuchten, kalten, harten, Wind und Wetter und dem Götterzorn ausgesetzten Lager vor, auf denen er in den beiden letzten Jahrzehnten seine todmüden Glieder hatte ausstrecken müssen. Die meisten der anderen hatten ins Gras gebissen oder waren gehörnt worden. Er, Odysseus, der große Dulder, lag wieder in seinem eigenen Bett, das ihm keiner schmutzig gemacht hatte. Viel Leidvolles hatte er erfahren, aber, heimlich gestand er sich's ein – nicht nur Leidvolles. Heut freute sich Odysseus auf Penelope. Heut wird er ihr's zeigen, daß wieder ein Mann und Gatte an ihrer Seite war. Schön und ausführlich, liebevoll und einfühlsam wird er es machen wie vor undenklichen Zeiten hier im Olivenbett oder draußen im Thymian. Für den Thymian war allerdings nicht mehr die rechte Jahreszeit. Vielleicht auch nicht mehr das rechte Alter. Es drückt und kratzt und sticht im Thymian, wenn die erste Zeit der Jugend vorüber ist.

Als Penelope die Kammer betrat, ihre Spangen löste und unter die Decke kam, drang dem Odysseus ein lieblicher Duft in die Nüstern. »Sie ist nicht direkt aus der Küche gekommen, sondern hat sich heimlich etwas aufgetan auf die Haut, hat sich angenehm gemacht für mich, die Liebe.« Rührung befiel ihn. Zärtlich zog er sie an sich heran und rühmte, wie ihre Haut dufte, jugendlich frisch, wie damals in den Thymiantagen. »Es sind ein paar Tropfen Mixtur«, sagte sie nebenhin. »Ich verwende es manchmal zur eigenen Erfrischung gegen den dicken Küchendunst. Mag sein, ich habe mich irgendwann heut flüchtig damit besprengt. Man riecht's noch?«

Penelope freute sich, daß Odysseus es wahrnahm. Hatte sie doch eins ihrer Fläschchen eigens zu dem Zwecke beiseite gebracht und sich vor dem Eintritt ins Gemach draußen im Finstern beträufelt, daß er's rieche. Es rührte sie auch seine Lüge, er halte es für den natürlichen Duft ihrer Haut, obwohl er natürlich wußte, daß es künstlich war. Er sollte nicht glauben, daß sie eine Gans war, die ihm etwas vormachen wollte; so sagte sie also: »Die Thymiantage sind wohl vorbei für dich und für mich, Lieber, kurz, ich habe mich beträufelt zur Freude deiner Nase, nicht wegen der Küche, wie ich vorhin sagte. Denn ich freue mich, daß du wieder da bist bei mir, und du sollst nicht allzusehr den Schönhintrigen nachtrauern, denen du im Vorbeiirren begegnet bist.«

Sie lachten beide.

»Froh bin ich immer«, sagte Penelope, als sie unter den warmen Schafspelz gekrochen war, »wenn du wieder da bist. Selbst die kurzen Fahrten zu den Inseln! Ich trau dem Poseidon nicht. Am Ende ist er dir noch immer gram. Sie sind so nachträgerisch, die Unsterblichen! Man weiß nicht, ob aus Bosheit oder weil sie sich nicht vorstellen können, was beispielsweise zehn Jahre in einem Menschenleben bedeuten.«

»Du traust ihm nicht, dem Zeusbruder!« sagte Odysseus leise, und es schien, als wolle er sich sammeln und ansetzen zu einer besonderen Aussage. Eine Spannung lag in der Luft, und Penelope spürte sie. Aber dann schüttelte er etwas ab und redete im gewöhnlichen Gesprächston. Sie aber wurde das Gefühl nicht los, daß er ihr etwas verschwieg, daß er etwas fortschob von sich und ihr.

»Recht hast du«, sagte er. »Es war die See, die die meisten

der Gefährten verschlang. Vor Troja im Kampf kamen die wenigsten um. Ich sah schon drauf, daß sie nicht zu oft ins vorderste Treffen kamen. Erst nachher, weißt du. Einen nach dem andern erwischte es. Auf der großen Irrfahrt. Und weißt du auch warum? Nicht weil ich sie besonderen Gefahren ausgesetzt hätte oder ihnen nicht rechtzeitig beigesprungen wäre, wenn's nötig war. Durch ihre eigene Dummheit kamen die meisten um.

Du hast von dem großen Sturm gehört, der die ganze Flotte ergriff, gleich nach der Abfahrt von Troja? Ja? – Uns verschlug er nach Afrika, zur kleinen Syrte, an die Küste der Lotophagen. Haushoch gingen die Wogen, wälzten die Schiffsbäuche, daß sie aneinanderkrachten. Wir klammerten uns an die Taue und Ruderpinnen, suchten uns festzukleben an die Planken. Keine Rede von Steuern. Dann endlich ruhige See, ein stilles Gestade nach neun Tagen und Nächten Angst. Kaum, daß wir die Schiffe ordentlich festmachten. Wir torkelten an Land, ließen uns fallen und schliefen ein.« Odysseus fiel in Schweigen, sein Geist wanderte zurück, zehn Jahre. Nach einer Weile sagte Penelope: »Erzähl mir doch, Lieber, wie war es dort, als ihr erwachtet aus dem Erschöpfungsschlaf. Was trug sich zu in der kleinen Syrte. Von diesem Zeitpunkt an hörte ich ja nichts mehr von euch als vage, unglaubwürdige Kunde, Schiffermärchen mehr als Nachricht. Lotophagen hast du gesagt? Lotosfresser?«

»Lotophagen«, setzte Odysseus angeregt fort, »hieß man das Völkchen, das an dieser Küste lebte, sonderbar genug. Denn, denke dir, Penelope, sie leben praktisch von nichts als von den Früchten des Lotos. Eigentümliche Früchte, wohlschmeckend und süß, wenn man davon kostet, und wenn man's tut, wird einem überaus friedlich zumute, hauptsächlich schlummert man, umgaukelt von angenehmsten Träumen, vergißt die Aufgaben und Wirklichkeiten dieser Welt und will gar nichts mehr tun.

Du kannst dir vorstellen, Penelope, was ich mitgemacht habe mit den Gefährten, die natürlich sofort diese Früchte, die das Völkchen freundlich anbot, in sich hineinfraßen, mit töricht lächelnden Gesichtern dahinschnarchten und Heimkehr und Familie und alles vergaßen. Und ich allein mit der ganzen Verantwortung für diese Hohlköpfe. Recht und gar abhängig von mir. Recht wacker manche im Kampf, aber kein Verstand. Ich, ich allein mußte sie auf die Schiffe zerren und machen, daß wir wieder auf See kamen, denn es war ihnen so wohl, sie wollten und wollten nicht weg, wollten weiter Vergessenheit lutschen. Dann schimpften sie noch tagelang auf mich und schlichen umher mit hängenden Mäulern, von Rudern keine Rede! Wie der Wind uns eben dahintrieb, und die Bande stänkernd und weinend, daß ich sie nicht dort gelassen habe.«

»Aber du, Odysseus, sage mir doch, der du natürlich die ganze Verantwortung hattest, und es dir nicht leisten konntest, Lotos ausgiebig zu lutschen, ich kenne doch deine Wißbegierde! Hast du nicht wenigstens ein kleines bißchen gekostet von diesen eigentümlichen Früchten? Es wäre ja nur natürlich gewesen! Schließlich boten die freundlichen Leutchen auch dir an, und als Fremder soll man den Gastfreund nicht kränken, schon aus Verantwortung den Gefährten gegenüber nicht, die tölpisch grinsend sich wälzten von angenehmen Träumen umfangen. Schließlich mußtest du ja auch wissen, worauf sie sich einließen?«

»Ein wenig, freilich – wie du so richtig sagtest –, schon aus Verantwortung mußte ich es in Erfahrung bringen, was dran war an dieser sonderbaren Frucht, und weil ich das Gastvolk nicht kränken durfte. Kurz, ich kostete ein wenig, spuckte es aber heimlich wieder aus, denn Träume kann sich nicht leisten, wer die Verantwortung trägt.« – »Und träumtest kein bißchen, mein Guter? Gar zu gerne hätte ich gewußt, was einem für Träume kommen mögen, wenn man vom Lotos nascht?« – »Neugierig, immer noch neugierig, wie als junges Mädchen, als das ich dich kennengelernt habe! Ich sagte dir doch schon, ich spuckte es wieder aus und habe daher nur ganz am Rande und flüchtig ein wenig mitbekommen von diesen angenehmen Träumen, und sie wurden mir gleich gründlich ausgetrieben von der Plage, die ich hatte mit dem Geschleppe der raunzenden Gefährten zurück auf die Schiffe!«

»Und diese vagen, flüchtigen Träume, mein rotgrau Gekräuselter«, bohrte Penelope sacht weiter, »wovon handelten sie? Träumtest du von Ithaka, von Heimkehr, vielleicht von Telemach und mir?« – »Bohre nicht, Weib, es war alles – wie ich schon genug betonte – nur vage und flüchtig. Ich kann mich wirklich nicht mehr erinnern an diese Bagatelle, nach all dem, was ich nachher noch zehn Jahre zu erdulden hatte an Abenteuern, Ängsten und Klemmen. Da soll ich wissen, ob ich von dir träumte!« – »Ich weiß ja, was du erduldetest. Es sprach sich manches herum. Wundergeschichten, wie Schiffer sie leichtgläubigen Weibern erzählen, die sich mit ihnen einlassen und die es weitergeben an Kinder, die gierig sind nach schauerlich wunderbaren Märlein! Solcherart war, was ich vernahm von dir. Keine Insel, die man kennt, keine Stadt, kein Gastfreund mit bekanntem Namen, nicht einmal ein feindseliger Menschenschlag, höchstens unglaubhafte Ungeheuer. Geschichten, erzählt in der stammelnden Sprache der Weissagung und der Vogelschau! Du weißt ja, nicht Nachricht, nicht einmal Gerücht, sondern Gerede, Gefasel und Gefabel. Siehst du, das ist der Grund, warum ich frage nach den Träumen, die – wie du sagst – nur undeutlich dich heimsuchten nach dem Genuß des Lotos, den du verantwortungsvollerweise gleich wieder ausspucktest!«

»Ich sag dir noch einmal, Penelope, bohre nicht auf deine sanfte, aber durchdringende Weise, die ich jetzt wiedererkenne, die du so einmalig beherrschst wie sonst kein Weib, an das ich zufällig streifte auf meiner langen Irrfahrt.«

»Reg dich nicht auf, Odysseus. Später, nicht jetzt, wird sich vielleicht ein Gespräch ergeben über diese Frauen, an die du zufällig streiftest im Verlauf deiner schrecklichen Irrfahrt. Jetzt erzähl weiter von deinen Plagen mit den hohlköpfigen Gefährten, die dir noch begegneten auf der schäumenden Salzflut. Wo kamt ihr nun hin? Der Wind wird ja das Seine getan und die letzten Fetzen der lieblichen Träume aus euren schweren Köpfen geblasen haben, nachdem ihr reihenweise an der Reling hinget und eure armen Mägen und Köpfe erleichtert habt! – Aber was siehst du mich so an, Odysseus?«

»Nur so!« sagte Odysseus gepreßt. »Man weiß bei dir nie ganz genau, Penelope, wie du so etwas meinst. Das von der Reling hättest du dir ersparen können, wie wir reihenweise hingen. Das ist nicht schön von dir, wie du dir da unsere Leiden gewöhnlich vorstellst. – Und jetzt lächelst du auch noch in dieser leidigen Art, die du schon hattest, als du kaum noch erwachsen warst und von Gestalt eher einem Füllen gleich als einer stattlichen Frau, die du jetzt bist. Überstattlich geradezu, wie ich bemerkt habe. Im Gegensatz zu mir, der ich abgezehrt bin von all dem Kummer und Harm, der mir widerfahren ist durch die Götter und auch durch die Hohlköpfigkeit der Gefährten.«

»Erzähle, Odysseus, erzähle nur weiter«, sagte Penelope mit singender Stimme, »obwohl du dir, Lieber, die Anspielung auf meine Überstattlichkeit hättest schenken können! Aber ich weiß ja, du hast dir Anspielungen in wohlgerundeter Rede nie verbeißen können. Immer mußtest du damit herausfahren, da half nichts. Und lach nicht so boshaft! Ich denke, daß du es ganz behaglich hast im Gehäuse meiner Überstattlichkeit. – Die Kirke beispielsweise stell ich mir mager vor!«

»Sänftige dich, Gattin, und laß uns nicht schon wieder Anspielung an Anspielung reihen, wie wir es früher oft getan haben. Ich erinnere mich wohl! Und dann schliefen wir Rükken an Rücken. Wir sind doch nun wohl zu reif für Anspielungen der Art, daß du dir Kirke mager vorstellst, Penelope. Heute möchte ich Brust an Brust mit dir schlafen und deine Weichheit genießen.«

»Erzähl nur Odysseus, erzähl mir weiter von der Dummheit der Männer.«

»Die nächste«, seufzte er, »ach, was uns die wieder kostete! – Aber ehe ich weitererzähle, weißt du, mich schmerzt schon die eine Seite, vielleicht, daß ich mich umwende... ja so! Aber entziehe mir nicht deine Rundungen, daß ich mich hineinschmiege, wenn ich auch abgewandten Gesichts von dir liege, und laß mein Duldergesäß Platz nehmen in deinem glücklicherweise gar nicht ausgemergelten Schoß, so daß ich seitlich behaglich sitze und weitererzähle... auch dir muß es ja lieb sein, deinen Wiedergekehrten auf diese Weise ganz in deiner freundlichen Bergung zu fühlen... ja, ja... und den anderen Arm leg mir um die Rumpel der Rippen, kannst mich ein bißchen kraulen in der Brustwolle, hast ja auch früher gerne gespielt im damals noch feuerroten Gekräusel... ah, das ist gut so, und jetzt werd ich, Liebste, gekrault und die rauhe Wange an deinen üppigen Arm gelegt, Weiteres erzählen von der Hirnlosigkeit der Gefährten. – Da sahen wir einmal schon über dem Horizont Ithaka aufsteigen, sahen schon den Rauch aus den Strandhütten. Ein günstiger Wind schwellte die Segel, und die See war ruhig. Ein Geschenk des Aiolos selbst an mich, des Windgottes, dem ich mich angenehm zu machen verstanden hatte. Alle widrigen Winde hatte er, in einen Ledersack verschnürt, uns mitgegeben. Und was taten sie, die Unsinnigen? Aus Neugier und Neid öffneten sie den Sack, als ich gerade ein wenig schlief. Glaubten, ich hätte darin Schätze verborgen. Gerade noch der Rauch von Ithaka! Und dann war die Hölle los. Alle Winde auf einmal stürzten sich auf die Schiffe, zerfetzten die Segel. Es war, als ginge die Welt unter. Sechs Tage, sechs Nächte dauerte es, und dann war die See still. So weit der Blick die dunstige Breite der Fläche durchdrang, kein Vogel, der die Nähe von Land angezeigt hätte. Nur Wasser rundum, glühend im Sonnenbrand am Tag und Eiseskälte aus der Tiefe bei Nacht. Am siebenten Tag erst stieg aus der Meeresfläche die Silhouette einer ragenden Stadt. Sie brüllten und tanzten vor Freude. Mit vollen Segeln jagten sie kopflos hinein in die tief eingeschnittene Hafenbucht. Ich konnte schreien, sie warnen. Alles umsonst. Kaum, daß die eigene Mannschaft mir gehorchte und mein Schiff außerhalb vertäute. – Was es war? Telepylos war es, die Laistrygonenstadt. Ein menschenfressendes Riesenvolk.«

»Es schwant mir schon, was geschah! Und du sahest es von der Stelle aus, an der dein Schiff lag?« – »Ich mußt es mitansehn. Hilflos. Wie sollte ich ihnen helfen, bei den ewigen Göttern! Sie büßten entsetzlich ihre dumme Kopflosigkeit. Ein greulicher Anblick. Wie Heringe steckten sie die Brüllenden und Zappelnden an zugespitzte Stäbe und brieten sie, die noch zuckten und wimmerten, und nagten sie ab mit schmatzenden Kiefern, wie man Bratfische ißt. Wir, die wir es sahen, konnten uns nur wälzen und weinen und nicht einmal das so recht ausgiebig, denn ich trieb sie an, daß wir fortkamen von diesem fürchterlichen Gestade. Ich hieb das Tau durch, und sie ruderten wie noch nie. – Und da gibt's noch immer in Ithaka das Gemunkel und böse Gefratschel von meiner Schuld, daß sie nicht alle wiederkamen, sondern ich allein.«

»Wie war es denn, daß du auch dieses letzte Schiff verlorst? War da auch die Dummheit schuld, die Dummheit deiner Männer?«

»Das war ihr stärkstes Stück, sag ich dir, und du wirst mir beipflichten. Die letzten und das Schiff dazu, die verlor ich wegen ihrer blöden, gottverlassenen Verfressenheit! Du wirst das kaum glauben.« – »Verfressenheit?« – »Ja! Nichts als das. Sie fraßen trotz striktesten Verbots die Rinder des Helios auf Thrinakia.« – »Und du? Wußtest du von den Rindern auf dieser Insel, auf der ihr lagertet?« – »Ich wußte es, ich war gewarnt.« – »War es Athene, die dich gewarnt hat? Aber das glaub ich kaum. Denn wenn sie es gewesen wäre, hätte sie dich gleich auch bewahrt von dem Furchtbaren, das ich ahne. Da scheint mir ein anderes Weib dahinter gesteckt zu sein!« – »Schon wieder bohrst du und fragst in dieser unleidlichen, feilenden Weise, daß es einen das Erzählen verdrießt. Also gut. Kirke hat mich gewarnt.« – »Kirke, die Hexe?« – »Sag nicht Hexe. Immerhin hat sie mich gewarnt und auch sonst allerlei Gutes getan an uns, die wir noch übrig waren. Nur daß ich Elpenor verlor bei ihr, den kleinen Elpenor!« – »Der war doch noch ein Bub, als ihr abfuhrt. Was ist mit dem geschehen?«

»Der kleine Elpenor! Kämpfer war er keiner, da war jede Mühe verloren, aber ein guter Bub, aufmerksam und beflissen. Der konnte einen massieren, wenn man mit schmerzenden Knochen auf den Fellen lag nach ein paar Stunden Kampf in den schweren Waffen. Das hat wohlgetan, wenn er einen so richtig durchwalkte und dann mit Balsam salbte. Goldene Hände hatte der Kleine. Er schlief bei mir im Zelt. Ich paßte auf, daß ihm nichts geschah, daß ihm auch keiner zu nahe trat.

Du weißt schon! – Wenn draußen der Sturm blies, kam er oft zu mir unter die Decke, und ich wärmte ihn. Er fürchtete sich so vor Gespenstern, und da kroch er fast in mich hinein.« – »In dich hinein ist er gekrochen, weil er sich vor Gespenstern fürchtete!« sagte Penelope, mit einem Mal nachdenklich. »Ein lieber Junge«, sinnierte Odysseus, »ein ganz zartes Fell hatte er, nichts für Männerwerk. Schade um ihn! Das Luderleben bei Kirke bekam ihm nicht. Er versoff sich, der Kleine, und vertrug doch nichts. Als ich zum Sammeln rief, schlief er auf dem flachen Dach. Es riß ihn zwar auf, aber er kam nicht zu sich. Wie ein Nachtwandler ging er ins Leere und brach sich das Genick.«

»Er versoff sich also und brach sich das Genick! Wahrscheinlich hast du dich zu wenig um ihn gekümmert, von Kirke bezaubert. Das ertrug er nicht und versoff sich?«

»Du hast schon wieder etwas im Sinn, Penelope, ich hör's deiner Stimme an, wenn sie so ins Singen kommt! Was meinst du damit, ich hätte mich zu wenig gekümmert um den Buben?«

»Schon gut, Odysseus! Glaub ja nicht, daß deine Penelope hier auf der Insel ganz weltfremd geblieben ist, was zarte Fellchen anbetrifft und goldene Hände beim Massieren!«

»Was meinst du da mit dem Massieren!«

»Nichts, mein Guter, das dich aufregen sollte! Einer der Freier hat mir einmal eine Sklavin geschenkt – sie schenkten mir bisweilen ansehnliche Dinge! –, Praxedis hieß sie. Die konnte massieren, sag ich!«

»Hast du sie noch? Ich brauchte dergleichen jetzt manchmal!«

»Leider, Odysseus, leider! Ich hab sie nach Sparta verschenkt und dort ging sie ins Pornoboskeion!« Neugierig, was er sagt, daß ich das Wort kenne! dachte Penelope und wartete. Er war eine ganze Weile still, dann lachte er, daß das Bett schütterte, und konnte sich nicht fassen. »Eine kleine Hure besaßest du, Penelopeia! Und sie ging dir durch ins Bordell! Schade, daß ich nicht da war.«

»Hurensohn, dreckiger!« sagte sie trocken. »Erzähl lieber weiter. Lassen wir's bewenden dabei, ob der kleine Elpenor sich versoff, weil er sich vernachlässigt fühlte von dir, der du dich ja ausführlich mit Kirke abgeben mußtest, da du verantwortlich warst für sie alle. Erzähl nur weiter, wie es war mit den heiligen Rindern! – Sitzest du auch bequem in meinem Schoß, oder ist es dir lieber, wenn wir eine Wendung machen im Bette und abwechslungshalber ich Platz nehme auf dir und meinen – wie du dich unzart ausdrücktest – allzu Üppigen auf deinen knochigen Schenkeln ausbreite, was diese vielleicht etwas wärmt nach den Leiden in der frostigen Salzflut der Dulderfahrt, die immer nur kurz unterbrochen wurde bei gütigen Frauen, die dir heilsame Warnungen zukommen ließen und auch sonst allerhand Labsal, was ich ihnen als deine Gattin natürlich nicht genug danken kann.«

Odysseus zog mit einem tiefen Seufzer das weich gerundete Gesäß der guten Penelope in die harte Grube zwischen Bauch und Schenkel, rieb seine Rauheit ein wenig daran und sprach: »Sanft verstehst du es, mit den Füßen meine harten, ausgefrorenen Sohlen zu streicheln und zu kitzeln, wenn du nur nicht eine so spitze Zunge hättest und die Bemerkungen lassen könntest, die nur den Fluß meiner Rede stören und mir das behagliche Sitzen verleiden. Schon damals, als du noch füllenähnlich warst, hast du mich mit dieser Gewohnheit gekränkt, obwohl sie noch nicht so gut ausgebildet war wie jetzt, wo du mich wieder damit verstörst. – Es sei nicht so gemeint gewesen? Nur eine nüchterne Feststellung? Ich kenne das bei dir! Aber jetzt will ich nicht streiten, besonders während du mich so überaus angenehm kraulst. Du verstehst es! – Also laß mich erzählen.

Die göttliche Pallas hatte mich gewarnt... Was lachst du schon wieder, daß es deine ganze Überstattlichkeit erschüttert, Frauenzimmer, von Bosheit geschwollen! Und da plagt sich unsereiner ab, nach Hause zu kommen... ja, ja, ich rege mich nicht auf! Ich weiß und ich kenne dich. Hab lang genug mit dir zusammen gelebt, um alle deine Laster kennenzulernen... aber ja, auch deine guten Eigenschaften! Mag sogar sein, daß die letzteren ein winziges Übergewicht haben bei dir. Was sonst kann ein Sterblicher verlangen! Und zu dulden bin ich gewöhnt. Aber höre jetzt, was ich dir noch erzählen will. Die dümmste Tat der Hirnlosen und die verwerflichste.

Ich wollte ja erst gar nicht lagern auf dieser Insel, nur Wasser aufnehmen. Da traten sie an mich heran und warfen mir vor, hörst du, es ist kaum zu glauben! Warfen *mir* vor, daß ich keine Müdigkeit kennte, nannten mich einen Unentwegten und meinen Körper aus Eisen. Was sagst du nun? Als ob es eine Bosheit von mir wäre, daß ich ihnen, die ich führte und für die ich verantwortlich war, überlegen war, nicht nur geistig, sondern auch körperlich. Todmüde seien sie, jammerten alle, die Nacht breche an, unsicher die Seefahrt. Kurz, ich solle sie lagern lassen, sich aufs Ohr legen, ausschnarchen.

Prompt kam ein Sturm auf des Nachts. Der hielt tagelang an, und wir saßen fest auf der gefährlichen Insel. Solange das Essen und Trinken reichte, ging ja noch alles gut. Da dachten sie noch nicht an die Herde des Helios. Aber es kam der Tag, da alles aufgezehrt war, was Kirke uns sorglich mitgegeben hatte. Ernstlich auf Nahrungssuche gehen oder gar darben, das konnten sie natürlich nicht. Herumzustreunen begannen sie mir auf der Insel, weil der Hunger sie stach. Ein paar Fische fingen sie, ein paar Vögel. Nicht genug für ihre dummen Wänste. Mir schwante nichts Gutes. Daher ging ich beiseite und flehte zu den Göttern, daß sie nicht zuließen die Freveltat, die ich schon roch. Aber die waren wieder einmal gegen mich, die unsterblichen Götter! ... Was sie taten? Sie ließen Schlaf auf meine Lider sinken! ... Was heißt das wieder: ich hätte oft geschlafen? Schließlich muß der Mensch, zumal ein Anführer und Verantwortlicher, auch einmal schlafen. Ersticken sollst du an deinen Bemerkungen, Weib, die ganz sanft, aber unversehens stechen, wenn man gerade gut im Fluß ist und es einigermaßen friedlich hat nach all der Wirrsal ... Das hast du immer gut beherrscht, und dann ›verzeih, mein Liebster, so war's nicht gemeint!‹. Unterdrücke eben einmal den Drang, herauszufahren mit allem, was dir durch den Sinn streicht. Alt genug bist du dazu! Schweige und höre!«

»Ich schweige und höre!«

»Also ich! ... Stell dir vor, Penelope, als ich aufwachte und mich erholt und gestärkt aus dem göttergesandten Schlummer erhob, drang mir ein intensiver Duft in die Nase. Ich wußte im Augenblick alles, und es rieselte mir kalt das Rückgrat hinab. Es war ein lieblich sich kräuselnder, satter Duft nach Gebratenem. Ein Duft, wie er nur von göttlichen Rindern kommen konnte, wenn man sie liebevoll und aufmerksam in eigenes Fett gehüllt brutzeln läßt. Also hatten sie sich doch vergriffen, die Hirnlosen, meinen Schlummer ausnützend, vergriffen am heiligen Eigentum des Sonnengottes. Da kauerten sie und fraßen sich toll und voll und merkten vor lauter Gier und Angefressenheit nichts von dem Unheimlichen, das bereits vorging um sie.

Ein schwerer gelblicher Dunst lag über Wasser und Strand, der die Sonne verhüllte am hellichten Tag. Wie geschmolzenes Blei schlappten die schwarzen Wellen ans Ufer. Kein Lufthauch. Aus dem schwelenden Qualm des tropfenden Fetts muhte klagend das Fleisch der ermordeten Rinder, und die abgezogenen Häute krochen schleppend ums Feuer. Das Entsetzen sträubte mir jedes Haupthaar bis in die Spitze. Die Blöden merkten nichts. All mein Jammern, meine Flüche vergebens. Zu spät ja ohnedies. Sechs Tage schlemmten sie, was ihre Bäuche faßten, während auf den abgenagten Knochen schon die Fluchgeister pfiffen. Am siebenten Tag legten wir ab bei ruhigem Wetter. Kaum aber hatten wir die Breite des Meeres gewonnen, stürzte sich Finsternis herab. Mit einem heulenden Pfeifen setzte ein Weststurm ein, der sich zum Orkan auswuchs. Die Tiefe stöhnte auf und schleuderte Gischt und schwarze Strudel über das Deck. Der Mastbaum krachte nieder und zerschmetterte dem Steuermann den Schädel, daß ihm das Hirn austrat. Wie eine Puppe kippte er in die Flut. Der Äther dröhnte, Blitz über Blitz. Es roch nach Schwefel. Bäuchlings lagen wir auf den Planken und klammerten uns an jeden Vorsprung, daß uns das Blut aus den Nägeln drang. Die einen schrien, die andern fluchten oder lallten Gebete und machten die unsinnigsten Gelübde. Jetzt klagten sie wegen ihrer Gier. Aber es war zu spät. Einen nach dem andern riß die Sturzflut über Bord. Rings um das Schiff war das Meer voll von den Trümmern und wirbelnden Leichen, die es herumwarf in den Wogen, die schwarz waren vom Schlamm, den der Sturm aus der Tiefe heraufwälzte. Alle fraß mir die See. Ich als einziger konnte mich retten, weil ich genügend Verstand behielt im Grausen, mich an den Mastbaum zu fesseln. So hielt ich mich über Wasser. Neun volle Tage und Nächte trieb ich dahin. Weißt du, was das heißt? Ausgehöhlt von Hunger und Durst, durchkältet bis ins Mark der Knochen. Und tagsüber, wenn die Sonne brannte auf die gleißende Fläche des Meeres, fast blind. Die Salzkruste zerbiß mir die versengte Haut.

Am zehnten Tag dann, ich hing ohne Bewußtsein an meinem Mastbaum, die Riemen schnitten mir ins wunde Fleisch, da spülte es mich an Ogygias ruhigen Strand.«

»Kalypso fischte dich auf«, fragte Penelope, »und zog sich den Mann an Land, wenn ich recht unterrichtet bin?«

»Wie du das wieder ausdrückst! Auffischen, sich ans Land ziehen! Die Götter trieben mich in ihrer Gnade an Ogygias Küste. Dort allerdings traf ich Kalypsen.«

»Und bliebst eine Weile«, sagte Penelope freundlich. »Freilich, nach neun Tagen und Nächten in der endlosen Meerflut, da braucht man schon ein wenig Pflege und Säuberung und Aufpäppelung und natürlich auch – nach dem schmerzlichen Verlust der Gefährten – tröstenden Zuspruch und Labung des Herzens. Nach einiger Erholung wohl auch sonstige Labung allenfalls.« – »Was meinst du denn da wieder mit ›sonstiger Labung allenfalls‹, das du in kränkend spitzer Weise betonst, so daß es mir nachgerade das behagliche Sitzen im Wachtelflaum verleidet und ich am liebsten abrücken möchte und mich in ein separates Fell wickeln und schweigen.« – »Nicht doch, Liebster, nicht abrücken und separat gewickelt schweigen, Odysseus, mein kluger Dulder, ich meinte es ganz sachlich und nicht im geringsten spitz. Ich rechnete eben: neun Tage und Nächte im feindselig Salzigen und endlich angespült und gefischt! Da braucht ein Mann schon wirksame und gründliche Labung um und um. Sieben Jahre waren's, nicht? Oder hab ich falsch gerechnet, Trauter? – Bleib nur sitzen im Wachtelflaum, wie du es ausdrückst, halb zärtlich, halb spöttisch, auch wenn du aufzucktest, als ich rechnete. Mach's dir bequem, Alter, und wenn du willst, rede, wenn dich nach Schlummer gelüstet, dann schlummere in Frieden in den etwas üppigen Armen deiner Penelope, die dir trotz schnippischer Anspielungen sicher lieber sind, als wenn sie mager und zäh geworden wären aus Kummer und Gram in diesen sieben letzten Jahren, seit es dich anspülte mit dem Willen der Götter. Aber jetzt, wo du mir so genau und ergreifend deine Leiden mit den dummen Gefährten geschildert hast, möchtest du nicht auch hören, was Penelope erlebt, wie sie sich befunden hat in diesen letzten sieben Jahren?«

Diese Frage hörte Odysseus nicht mehr, oder er gab vor, sie nicht zu hören. Gesättigt von klagender Rede und Aussprache über sein Bewandtnisse und Abenteuer und traut angehaucht vom leichten Ehegeplänkel, ließ er ein rhythmisches Grunzen ertönen, das Tiefschlaf anzeigte.

Penelope seufzte leise, um ihn nicht zu wecken, schlug rundum die Decke um ihren Zurückgekehrten, daß es ihn auch an den Zehen nicht fröstle, zog ihn sanft an sich heran und schlief, die Wange in seinem harten, salzig riechenden Gekräusel, in Frieden ein.

ODYSSEUS IRRT SICH

Odysseus schlief, und Penelope befand sich eben im Hinübergleiten in den Schlummer, da fing Odysseus im Traum an zu reden. Das machte sie wieder wach. Halb und halb horchte sie auf dieses Traumgestammel, aus dem sich nur dann und wann ein klar ausgesprochenes Wort vernehmen ließ. Sie erkannte nur soviel, daß er vom Meer träumte. Von einer Klippenhöhle murmelte er, vom Zorn des Meergottes. Von einem Irrtum war vage die Rede. Und plötzlich ganz wach und deutlich: »Dieser Poseidonbankert!«, worauf er sich – immer noch schlafend – unruhig wälzte. Ein Alptraum quält ihn, sagte sie sich und rüttelte ihn sacht an der Schulter. »Hast du böse geträumt, Odysseus?« – Er brauchte ein bißchen, bis er ganz zu sich kam. »Du hast geredet im Schlaf«, sagte sie,

»und es klang gequält, deshalb weckte ich dich!« – »Was hab ich geredet?« fragte er. – »Nichts Deutliches, Lieber! Vom Meer war die Rede und von Höhlen.« – »Von Höhlen? Aber nichts Deutliches?« – »Nein, gar nichts Bestimmtes. Nur ein Wort, das sprachst du ganz laut und vernehmbar aus, und wie es mir vorkam, grimmig!« – »Grimmig?« Er schien sich zu beruhigen. »Was war's für ein Wort?« – »Poseidonbankert! Genau so. Poseidonbankert, und vorher war etwas von einem Irrtum die Rede, aber nur ganz unklar.« – Odysseus ließ einen tiefen Seufzer vernehmen, verschränkte die Arme unter dem Kopf und starrte eine Weile ins Dunkel. »Jetzt kommt's mir wieder! Natürlich! Von der Zyklopenhöhle hab ich geträumt, von Polyphem. Diese Geschichte war es doch, mit der ich mir den Haß des Poseidon zuzog, der mich so viele Jahre Irrfahrt kostete. Polyphem, den ich geblendet habe. Er ist ein Sohn des Poseidon, das Ungeheuer. Sollte ich es zulassen, daß er einen nach dem anderen von uns fraß? Aber du weißt ja nichts von dieser Geschichte. Wie denn auch. Seit den Kikonen hat sich ja nichts mehr herumgesprochen.«

»O doch, von dem Zyklopen wurde geredet. Vage Gerüchte, die keiner ernst nahm. Schifferlügen. Aber böses Blut machte es doch eine Weile!«

Da setzte sich Odysseus auf im Bett, plötzlich hellwach. »Was tratschte man herum? Was machte böses Blut? Hat man es nicht berichtet, wie ich ihn geblendet und die Gefährten durch List aus der Höhle gerettet habe? Ohne mich wären sie alle umgekommen, denn keinem fiel etwas ein. Kaum waren sie zu gebrauchen, meinen Plan auszuführen, so klapperten ihnen die Zähne und zitterten ihnen die Hände. Ich, der ich als letzter, im Fell des Widders vergraben, die Höhle verließ, fürchtete, jeden Augenblick würde einer von ihnen vom Bauch seines Schafes fallen wie eine Zecke. Hat man denn all das nicht erzählt?«

»Freilich doch, man hat es erzählt. Diese Geschichte ging um in der Ägäis. Die letzte war's. Über die Polyphemsache wurde geredet. Böse Zungen klatschten, du hättest selbst diese Gefahr heraufbeschworen. Aus Neugier zuerst, was sich in der Höhle befände, obwohl die Gefährten dich drängten, einigen Käse mitgehen zu lassen und dann nichts wie weg. Du aber – sagen die Fratschelweiber – hättest unbedingt bleiben und sehen müssen. Und dann hättest du euch noch fast die Flucht verscherzt, weil du es ihm noch hast hineinsagen müssen, dem brüllenden Mißwachs, und sein Felsen hätte euch fast das Schiff zerschmettert.«

»Daran also wetzten sie ihre Mäuler?«

»Ja, vorwiegend daran. Aber du darfst nicht glauben, daß ich dich nicht in Schutz genommen und dagegengeredet hätte: Er wird schon gewußt haben, mein Gemahl, warum er so und nicht anders gehandelt hat. Aber für euch waren seine Handlungen ja immer undurchschaubar und haben zu den abwegigsten Mißverständnissen geführt! So hab ich's ihnen immer gegeben, und dann brummten sie und hielten schließlich den Mund.«

»Brav, Penelope, daß du meinen Ruf verteidigt hast gegen das Inselgeschwätz! Es wundert mich überhaupt, daß diese Geschichte bekanntgeworden ist, denn seit wir ablegten von der kleinen Syrte, begegneten wir keiner Menschenseele mehr.«

»Nicht so gar arg ist's, mein Lieber«, sagte Penelope. »Immerhin weiß man, daß du es warst, der sie herausholte aus der Höhle des gefräßigen Unholdes, und dein Plan war schlau und gut durchdacht, da kannte ich wieder meinen gescheiten Odysseus. Die Idee mit den Schafsbäuchen und vor allem auch, daß du ihm nicht deinen Namen nanntest, sondern dich Niemand hießest, so daß die andern nicht zu Hilfe kamen dem Scheusal, weil er ja sagte, Niemand hat mir was getan. Das ist hoch zu loben, und immer wieder ließ ich es mir erzählen mit Freuden. – Aber warum mußtest du ihn dann noch reizen, so daß er euch fast das Schiff zerschmettert hat? Warum konntest du nicht still sein?«

»Du kannst das nicht verstehen, Penelope. Was glaubst du, hab ich mitgemacht in der Höhle, als ich sah, wie er die Gefährten nahm, ihre Hirne verspritzte und sie Bissen für Bissen auffraß mit Haut und Haar. Das mußt du dir vorstellen! Die neben mir zitterten wie Espenlaub, und ich nicht minder. Wir kotzten die Grotte voll vor Grausen. Nur daß ich – trotz allen Grausens und Grauens – mir auch noch etwas ausdenken mußte! Gar nicht leicht. Bringst du ihn um im Schlaf, sagte ich mir, verhungern wir alle, denn den schweren Stein bringen wir niemals weg mit unseren menschlichen Kräften. Sie gafften nur und hingen an meinen Lippen und bebten, blaß wie die Kreidefelsen von Leukos, und stammelten: Sag was, Odysseus, tu was, Odysseus. Rette uns, Planender! – Als ich schließlich alles ausgeheckt hatte, als ich – nur wenig unterstützt – mit der glühenden Stange das Glotzauge der Mißgeburt ausgekocht hatte und er sich winselnd wälzte im Geißdreck, da warteten wir nur, daß er den Felsen wegschiebe. Glücklicherweise blökten und mähten die dummen Tiere so kläglich, daß er's in seinen Schmerz und in seine Wut hinein vernahm und das Vieh hinausließ, jedes Stärkere einen von uns am Bauch mitschleppend. Und er redete und klagte und kraulte jedes, das blökend hinaustrappelte; uns stand das Herz still, und wir durften nicht einmal seufzen und stöhnen, und es grimmte uns im Bauch, denn es dauerte eine ganze Weile, bis sie sich alle hinausgedrängt hatten. Verstehst du? Als dann alles vorbei war und wir zum Ufer schlichen und lautlos ablegten und sie die Ruder durchzogen, so daß möglichst wenig Geräusch entstand, damit er unsern Standort nicht erhorchen konnte, und ich am Heck, die kühle Salzluft belebte meine erstarrten Adern nach dem Schafs- und Blutgestank in der Höhle und der eklen Ausdünstung des Ungewaschenen, da hielt ich's nicht aus. Ich wäre geplatzt, erstickt! Ich mußte jetzt reden, ein wenig reden und prahlen, sonst hätte mich ein Siechtum befallen.«

»Das versteh ich schon, Lieber, aber warum noch ein zweites Mal, wo ihr beim ersten nur grade noch wegkamt?«

Odysseus warf sich im Bett herum, drehte Penelope den Rücken zu und schwieg. Er war in der Klemme. Daher grollte er. Sie sah es, setzte sich auf und legte ihm die Hand auf die Schulter.

»Sei mir nicht böse, Gescheiter, ich frag ja nur, frag als Gemahlin, wie man halt fragt. Du weißt doch, die Neugier der Weiber. Dir ist sie ja nicht ganz fremd, die Neugier. Wo ihr auch hinkamt, hörte man, ruhtest du nicht, bis du nicht alles ausgeforscht hattest. Oft gegen den Willen der stumpfen Genossen.«

Da drehte sich Odysseus ihr wieder zu, immer noch eine mürrische Miene zeigend: »Neugier, sagst du, Neugier, das klingt nach Weibergetratsch bei Webstuhl und Rocken. Wißbegierde ist das Wort. Ich wollte wissen. Wenn es mich schon herumtrieb in den entlegensten Teilen des grauen Meeres, dann wollte ich doch wenigstens wissen, wo ich war, wer die Leute, das Land, was sie trieben. Wissen wollen. Das ist es, das haben uns die Götter gegeben vor dem Vieh, das nichts interessiert, als wo es seinen Fraß und sein Wasser findet und allenfalls einen Heckgenossen.«

»Da hast du etwas sehr Wichtiges gesagt«, antwortete Penelope, »das geht mir ein: Was bei uns Weibern die Neugier ist, das ist beim Manne, besonders einem Gescheiten, wie du einer bist, Wißbegierde und etwas Göttliches. Das beeindruckt mich sehr. In dieser Art habe ich das noch nie gesehen. Aber freilich hast du recht: Neugier und Wißbegierde! Ich muß mir das merken. Wenn ich den Deckel von fremden Kochtöpfen hebe, ist das Neugier; wenn du in fremde Höhlen eindringst, ist das Wißbegierde und außerdem gehört noch Mut dazu.«

»Treibst du jetzt Spott mit mir, Ätzzunge?« sagte Odysseus und sah Penelope scharf ins Gesicht.

»Wie kannst du nur denken, daß ich Spott mit dir triebe, ich Kleinhirnige«, antwortete sie ernsthaft, »ich versuchte nur, es mir so recht klarzumachen, wie groß der Unterschied ist zwischen Neugier und Wißbegierde, und tat es zugegebenermaßen mit etwas törichten, aber handfesten Beispielen. Weiß ich doch – vom Telemach, als er noch klein war –, daß schon beim winzigen Männchen die Wißbegierde sehr stark ausgeprägt ist, und zwar ganz besonders, wenn es um, wie immer geartete, Höhlen und Löcher geht, deren keine sie unerforscht lassen können. Oft genug mußten wir, ich oder Eurykleia, ihn herauszerren aus einem solchen Loch, in dem er feststeckte, nicht zu reden, mit welchem Unrat bedeckt er uns manchmal nach Hause kam und großartige Dinge erzählte, die er in irgendeiner Klippenhöhle am Strand gesehen haben wollte. Das Hineinkriechen in Löcher scheint euch im Blut zu liegen, euch Männern. Ich meine natürlich wegen der Wißbegierde, die diese Löcher in euch erwecken.«

Odysseus lag, den Kopf auf gekreuzten Armen, und schielte hinüber zu Penelope. Dann seufzte er: »Wenn du nur nicht über diese Zungengeläufigkeit verfügtest, Gemahlin, die ernste, ja wunderbare Dinge oft durch eine winzige Verschiebung nahe den Grenzen der Lächerlichkeit bringt. Ich sage: die Wißbegierde, die Wunder einer Grotte zu erforschen, und du sagst: in jedes Loch müßt ihr hineinkriechen. Du meinst ja dasselbe, aber trotzdem erscheint die Unternehmung plötzlich in einem anderen, einem übernüchternen, ja leidigen Licht.«

»Sage mir, mein Gebieter! Als du die Höhle des Polyphem von weitem sahst, einladend, geheimnisvoll, schön mit Lorbeer umwachsen, das Gestein des Eingangs rosig grau vom schmeichelnden Morgenlicht wie eine Taubenbrust, und als du dich dann – nach gelungener Flucht – noch einmal umwandtest? War es nicht so, daß sie dir am Morgen die forschende Wißbegier nach dem Wunderbaren weckte, beim Abfahren aber als ein stinkendes Loch erschien, so – versteh mich nicht falsch – daß wir gewissermaßen beide recht haben mit der Wahl unserer Worte für dieselbe Sache?«

»Spitzfindiges Gezücht, diese Weiber«, sagte Odysseus und grinste ein wenig. »Aber ich kann dir nicht ganz unrecht geben. Jedenfalls nicht in dieser besonderen Geschichte. Ich muß zugeben, daß ich mich bei dieser Grotte geirrt habe. Dir sei es im Vertrauen gesagt, denn du tratschest nichts aus zu meinem Nachteil, das weiß ich; dir also sei gesagt, ich habe alles andere erwartet als die Mißgeburt von Zyklopen. Denn noch war ich voll von den Nachklängen eines überaus lebhaften Traumes, den ich hatte, als ich als einziger Wache stand in der Nacht vor der Abfahrt vom Lande der Lotophagen und dabei – zu befürchten war ja nichts bei diesem rauschigen Völkchen – ein wenig eindämmerte.«

»Möchtest du mir diesen Traum erzählen, Odysseus«, sagte Penelope zwischen Neugier und Ergebenheit in die Einsicht, daß der Gatte platze vor Verlangen zu erzählen, die

Aufforderung dazu aber von ihr erwarte, um dann sagen zu können: Du gibst keine Ruh, bis ich dir alles erzählt habe! Was macht ein Mann mit durch die Neugier der Weiber!

»Wenn du es unbedingt willst, und es dir keine Ruhe läßt, Penelopeia, dann will ich versuchen, dir diesen Traum zu erzählen, obwohl er ja fast zehn Jahre zurückliegt. Aber einiges ist mir doch in Erinnerung geblieben, denn dieser Traum war lebhaft wie selten einer.« – »Hatte das vielleicht mit dem Lotos zu tun, daß dieser Traum so lebhaft war?« – »Wie denn das! Ich sagte dir doch, ich kostete nur ganz flüchtig und spuckte es sofort wieder aus, als Verantwortlicher für viele konnte ich mir doch das Naschen dieser Früchte nicht gestatten. Behalte das endlich!« – »Ich werd es behalten, mein Lieber, und tief im Herzen bewahren, daß du als Verantwortlicher dir das Naschen am Rausche nicht leisten konntest trotz Wißbegierde, die dich sicher anfocht.« – »Willst du jetzt reden oder hören?« – »Hören, Liebster, ich bin ganz Ohr und sterbe vor Neugier.« – »Dann schweig gefälligst.« – »Ich schweige!« – »Immer das letzte Wort! Wie vertraut du mir schon wieder geworden bist! – Also, ich saß auf einem Haufen steifen Segeltuchs, nicht sehr bequem, wie du dir denken kannst, auch ein wenig fröstelnd, aber ich wollte ja wach bleiben, denn die anderen wälzten sich im warmen Ufersand und schnarchten, daß ich es bis zu meinem Schiff herüberhörte.« – »Du warst nicht bei ihnen am Strand, sondern saßest auf deinem Schiff, entfernt von ihnen, wahrscheinlich ziemlich entfernt, denn das Schiff ankerte ja wahrscheinlich etwas draußen, im Tiefen?« – »Ja, ich saß auf dem Schiff. Natürlich auf dem Schiff! Was denn denkst du? Gefahr drohte ja nicht von der unbewohnten Insel, allenfalls aber von Piratengesindel, das vom Meere zu erwarten war.« – »Ich verstehe! Du saßest und horchtest hinaus auf das Meer, ob Ruderschläge vernehmbar würden, und dabei döstest du ein bißchen hinweg. Ganz begreiflich, wenn ich denke, daß das Schiff ein wenig dümpelte und leichte Wellen rhythmisch gegen die Planken schwappten, da döst man leicht ein.« – »Auch war ich müde, muß ich betonen, denn ich erzählte dir ja schon, welche Mühe ich hatte, all die Besoffenen und selig

Betäubten auf die Schiffe zu schleppen und sie aus dem Bereich der freundlich Einladenden zu bringen an einen einsamen Strand. Todmüde, und dennoch auf Wache. Also – mag sein wegen des Dümpelns und Schwappens –, ich glitt in einen Traum, in dem mich eine warme Woge ins Innere einer lieblichen Grotte schwemmte, bläulich gedämpftes Licht, klares Wasser bis zum Grunde, überaus einladend. Da plötzlich aber geriet ich in einen tückischen Sog, der zerrte mich hinein in einen engwandigen Schlauch, der zu meinem Entsetzen bösartiges Krakengetier enthielt und sonstigen geschuppten Mißwachs, der an den Wänden der Röhre hockte und mir die Haut zerriß, gerade daß ich mit einer Hand das Empfindlichste schützen konnte...«

»Es drang dir durchs Gewand, das scharf Geschuppte?«

»Ich trug kein Gewand im Traum... schließlich legt man einiges ab, wenn man sich im Wasser tummelt.«

»Ah, ich verstehe, nackt warst du, als es dich Beklagenswerten durch den engen, feindselig besetzten Schlund riß. Freilich mußtest du dann wenigstens das Empfindlichste schützen.«

»Das ist nicht so wesentlich, daß du mich deshalb unterbrechen mußt! – Du bringst mich ganz durcheinander mit diesen Zwischenbemerkungen... Also, endlich war ich hindurch, heller wurde es, und die Röhre erweiterte sich, und ich befand mich zu meinem entzückten Erstaunen in einer birnenförmigen Höhle. Es trieb mich aufwärts, hinauf in die Kuppel der Birne, honigfarben und rosig, sanft leuchtend, aufwärts im schwellenden Gewoge, aufwärts, höher und höher hinauf...

Ja, dann sank ich wieder!«

»Kamst du eigentlich oben an in der Birne, ehe du schrumpftest und abgesackt bist?« fragte Penelope beiläufig.

»Was faselst du da von Schrumpfung und Absacken und geschwollenem Ankommen? Eigenartige Ausdrücke, und nicht ohne boshaften Hintersinn?«

»Verzeih, wenn ich falsche Worte gewählt haben sollte für deinen hinreißenden Traum, aber du erzähltest es so fesselnd, daß ich dich hochwogen sah, bis du dann plötzlich abfielst wie ein geschrumpfter Apfel vom Ast.“

»Hab *ich* jetzt den Traum gehabt oder hattest *du* ihn, daß du ihn geradezu entstellst ins Lächerliche mit deinen niedrigen Vergleichen, so daß man wirklich oft nicht weiß, was du dir denkst dabei! Fast könnte man meinen, du frotzelst einen!« Odysseus wandte sich rasch Penelope zu und sah sie scharf an. Sie aber lag, die Wange auf den gefalteten Händen, und blickte ihm mit ernst gesammelter Aufmerksamkeit voll ins Gesicht.

»Du sagtest, auf der Zyklopeninsel habest du dich in der Grotte geirrt, es sei nicht das Erwartete drin gewesen, und dann kamst du auf den Traum von der Glasbirne, in der es dich schwellend hochtrieb, worauf du wieder absankst. Kann ich daraus schließen, daß du nach diesem sicher überaus bestrickenden Traum einen gewissen Drang in dir fühltest, Grotten, die am Wege lagen, aufzusuchen oder sonstige Räume, die etwas bargen, was selig hochtreibt, wiewohl man vorher einen gräßlichen Schlund passieren muß, in dem man geschunden wird, besonders wenn man nackt ist?«

Penelope bekam keine Antwort. Odysseus hatte die Augen geschlossen und schien zu schlafen. Eine Weile beobachtete sie ihn, seufzte und drehte sich zur Seite. »Geirrt hat er sich, hineingefallen ist er, und drin hockte ein Ungeheuer statt ... statt was? Was macht sie denn selig schwellen? Alter Gauner! Auf Weiber war er aus in den Höhlen. Immer sind sie auf Weiber aus, aber nicht auf unsereinen, sondern auf das Wunderbare. Unsereine sitzt nicht in Grotten, sondern kommt freundlich ins Bett und nimmt sie in die Arme. Aber das ist ihnen offenbar zu wenig. Unsereine ist keine bernsteinfarbene Leuchtbirne, in die man sich durch grausige Engen quälen muß, sondern man macht's ihnen bequem und ängstigt sie so wenig wie möglich.«

VI
DIE GROTTEN

Der Winter brach heuer früh herein. Nicht nur unten im Saal, auch in den Kammern glühte das Feuer in den Kohlenbecken. Die Seestürme drangen durch alle Ritzen des Hauses. Sie wühlten in den Kronen der Öl- und Feigenbäume, beugten die schlanken, zähen Stämme der Zypressen tief zu Boden und fuhren durch die braunstarrenden Ginsterbesen.

Oft brüllte das Meer und trieb graue, schaumgeränderte Flutwellen weit hinauf an den Strand, bis zu den Booten und Schiffen, die man an Land gezogen und auf Kiel gelegt hatte. Kein Segel mehr draußen, kein Schiff mehr legte im Hafen an. Manche Gischtwoge schoß in die Nymphengrotte und näßte gleichermaßen die Götter- wie die Menschenstufen, die in ihre Tiefe führten.

Andere Tage gab es, da war das Meer schwarz und glatt und ohne Regung. Kein Tümmler sprang, kein Seevogel schwang sich über die Fläche der Wasser. Tagelang lastete Nebel über Insel und Meer. Ein feuchtkalter Nebel, der durch die Poren bis an die Knochen drang und frösteln machte. Die Alten klagten über schmerzende Glieder und Gelenke.

Der Sturm raste ums Haus und rüttelte an den Stützbalken, aber man wußte sie fest gefügt und verläßlich. Odysseus und Penelope lagen warm in die Decken und Felle gehüllt, und wenn der Wind in den Zypressen stöhnte und um die Felsen der Insel heulte, wenn man turmhohe Wogen an die Uferklippen klatschen hörte, dann war es so recht behaglich im Bett. Gern stellte sich Odysseus dann vor, wie er herumgetrieben wurde auf dem Meer, bis in die Eingeweide durchfroren, die Haut vom Salz verätzt, hungernd und dürstend, und nichts als ein morscher Mastbaum, der ihn über der schwarzen Tiefe hielt. Ein Spielball des übelgesinnten Poseidon.

Er dachte an den Sturm, der auf den Frevel an den heiligen Rindern erfolgt war und den er als einziger von allen lebend überstand, weil er nicht gekostet hatte vom verbotenen Fleisch. Der einzige, der noch das Licht sah! – Was ist ein einzelner Mann auf einem Stück Holz im unendlichen Meer! Neun Tage hatte ihn die Flut festgehalten, neun Nächte. Das bißchen Fleisch, das er noch an den Knochen hatte, war aufgeweicht vom Wasser und verkrustet vom Salz. Die Augen entzündet, tief in den Höhlen. Ein Seegespenst trieb er an den Strand Ogygias, der lieblichsten aller Inseln, die ihm je begegnet war auf seiner langen Irrfahrt.

Es drängte ihn jetzt zu erzählen: »Weißt du, Penelope, diese Insel, Ogygia. Ich habe viele Inseln gesehen zwischen Troja und den Säulen des Herakles, den Syrten und den Dardanellen. Aber dort! Da war die See veilchenblau. Durchsichtig bis zum Grund, buntglänzende Kiesel, perlmuttschimmernde Muscheln und die Insel bewachsen, üppig, sag ich dir, mit Erlen und Pappeln. Und wie die Zypressen dufteten! Kannst du dir's vorstellen? Nach dieser Ewigkeit im Tanggeruch, in der fischigen Kloake. Wunderbar, dieser Duft der sonnenwarmen Zypressen und Kiefern ...« Er schwieg, in Erinnerungen versunken.

»Und eine Grotte nahmst du wohl auch wahr, trotz deiner geblendeten Augen«, sagte Penelope mit leichter Bissigkeit, »und wittertest mit deiner salzverkrusteten Nase noch einen anderen Duft als den nach Zypressen und Kiefern, wie sie dir hier vor dem eigenen Hause stehen, auf deinem eigenen Dreifuß die Glut in Gang halten ... kurz, Kalypso hast du gerochen«, fügte sie trocken hinzu, »die schönflechtige Hundsfliege, die dich sieben Jahre fernhielt von Haus und Kind; von mir will ich nicht reden ... leugne nichts und versuche dich nicht herauszureden. Ich hab's von Menelaos persönlich, der es von Proteus hatte, dem Meergreis. In seiner Dummheit hat er es Telemach getratscht. Der hat sich nicht viel dabei gedacht, da er in diesen Belangen noch etwas kindlich ist. Daher erzählte er es mir brühwarm wieder. Und ich habe dann nur eine kleine Berechnung angestellt.«

»Du sollst sie nicht schelten, die Nymphe, und mich mit kleinlichen Berechnungen kränken«, mahnte Odysseus. »Sie hat deinem Gatten das Leben gerettet, als er ausgemergelt zum Meerschrat und Seespuk bäuchlings im weißen Muschelsand am Ufer lag, fast ohne Leben. Sie fand mich, als sie trällernd am Strand entlangwandelte, und hat sich meiner liebreich angenommen und mich in ihrer Grotte gebettet, obwohl in diesem Augenblick von irgendeiner Anmut des Leibes oder des Geistes bei mir wahrhaftig nicht die Rede sein konnte. Ein verfilzter Wasserkobold, muß sie sich gedacht haben, als sie mich, so absichtslos schlendernd, da antraf. Sie pflegte mich aus Erbarmen. Zu Wünschen oder Hoffnungen irgendwelcher Art bestand da wirklich kein Anlaß... Tagelang lag ich ihr in der Grotte, konnte mich kaum rühren, kaum Nahrung zu mir nehmen... eigenhändig hat sie mich gefüttert... geschweige denn, daß ich zu sprechen vermochte. Gaumen, Zunge, Lippen verätzt vom Meersalz, ausgetrocknet bis in den Schlund hinein... kaum daß ich ein rauhes Krächzen des Dankes hervorbrachte. Denke doch! Neun Tage und Nächte Lebenskampf und Todesschweiß auf der brüllenden See! ... ich lag nur. Blickte durch den Ausgang der Höhle, der umrankt war von schwellenden Trauben, sah die sonnengesprenkelten Schatten der üppigen Bäume... Vogelstimmen hörte ich, hörte das Sprudeln einer nahen Quelle... all das nach neun Tagen feindseliger Meeresfläche! ... wie einem kranken Säugling flößte sie mir Nahrung ein...«

»Sie päppelte dich auf fürs Bett! An deinem Gestell wird sie eräugt haben, was an dir dran war, mochtest du im Augenblick auch in herabgesetzter Verfassung sein... vor sieben Jahren wird schon was drangewesen sein an dir!«

»Warum sprichst du so gehässig, Penelope, vor sieben Jahren mochte was drangewesen sein an mir? Gerade so, als wäre jetzt gar nichts mehr an mir dran! Spitzes bin ich von dir gewöhnt und Spöttelndes. Aber so hart hast du noch nie zu mir gesprochen. Und nur, weil ich erwähnte, daß Kalypso mich gepflegt und gesalbt und gepäppelt hat in selbstloser Hingabe. Sähest du mich lieber verreckt? Als gebleichtes Gebein, das im Pulse der Gezeiten an irgendeinem fernen Strand hin und her trudelt? Das kränkt, Penelope! Es schmerzt geradezu.«

»Aber nein! Nichts von trudelndem Gebein. Sei nicht gleich so empfindlich. Ich bin ihr ja gewissermaßen dankbar, daß sie dich in die Höhle nahm, die trällernde Schnepfe, und pflegte und fütterte, und ich seh auch ein, daß du dich dann, als du wieder besser im Schmer warst, mit Worten und sonstwie dankbar erwiesest. Es hat sich ja gehört so. Vermutlich war sie auch lieblich, die Tochter des Atlas, schmalknöchelig, mit glatter Haut und schimmernden Flechten, in unwandelbarer Jugend. Sie haben ja keine Sorgen, die Nymphen. Und Kinder haben sie auch keine, und wenn, dann gebären sie ohne Schmerzen und Krampfadern. Fangen sich ein, was angespült wird, und füttern's auf, damit es möglichst bald tüchtig und tauglich wird, ihnen Wohliges anzutun. Gut. Ich bin keine unerfahrene Gans! Aber sieben Jahre, Odysseus. Alles versteh ich, aber sieben endlose Jahre!«

Odysseus brummte etwas und schwieg. Penelope aber, die konnte jetzt nicht mehr schweigen. Jetzt, da von ihm selbst all dies zur Sprache gekommen war, jetzt drängte aus ihr heraus, was sie sich lange genug verbissen hatte.

»Ich weiß ja, wie ihr Männer seid – und da gibt es keinen Unterschied zwischen Dummköpfen und Gescheiten –, wenn einer an solch eine hübsche Larve gerät mit zarten Füßchen und einem liebreizend wiegenden Hintern und weichlockiger Haarflut! Im Kopf muß sie nichts haben, keine Spur von Gedanken hinter der runden Stirn, das macht ihnen ja auch die Augen so klar und glänzend, weil kein Begreifen, kein Wissen, kein Denken ihren Blick umschattet. Und wenn eine solche euch dann noch um den Bart geht und bewundernd aufblickt zu euch und euch dauernd zu Bewußtsein bringt, wie großartig und tapfer und vor allem auch leidend ihr seid – das ist wichtig, das Leidende! –, dann stolpert euch das Hirn in den Bauch. Sowas hält euch, da bleibt ihr und nistet euch ein, sieben lange Jahre zum Beispiel. Und du hocktest immer noch dort, du Schuft, wenn die Götter nicht endlich Schluß gemacht hätten. Ich nehme an, daß es Athene war, der das Liebeln und Schnäbeln auf die Dauer stank.«

»Du führst heute wahrhaftig eine rüde Sprache, Entlein«, sagte Odysseus betreten.

»Ja, ›Entlein‹, das ist das einzige Wort der Zärtlichkeit, das du je für mich gefunden hast und das mich immer schon kränkte. Wenn meine Knöchel sich auch nicht mit Nymphenfüßen vergleichen lassen, gewatschelt bin ich auch nicht gerade. Glaubst du denn, daß mir sonst die Freier das Haus so überlaufen hätten? Glaubst du immer noch, daß sie nur kamen, um deinen Besitz zu erlangen durch meine Hand? Da hab ich ganz andere Worte gehört als ›Entchen‹, wenn wir manchmal so saßen und plauderten, ich mit dem einen oder dem andern, vertraulich zusammen beim Feuer!«

Penelope schwieg und wartete. Odysseus horchte, stellte sich aber halb dösend: ›Ich werde ihr jetzt das Vergnügen nicht machen und fragen, wer von den Schurken Süßholz raspelte mit ihr.‹ »Und überdies«, sagte er laut, »daß für euch Weiber eine, die harmlos heiter ist und einem fröhliche Stunden bereitet und einem nicht die Ohren kränkt mit spitzen Bemerkungen und anzüglichen Vergleichen, daß eine solche für euch immer eine Gans sein muß. Sind schöne Knöchel und ein anmutiger Gang denn Beweise für Albernheit oder männerumgarnende Tücke? Und das bißchen Aufblicken? Sie bewunderte mich eben, die Kleine, war freundlich zu mir, und ich brauchte Erholung. Das kannst nicht einmal du mir abstreiten, daß ich Erholung brauchte.«

»Ja, ich weiß, nach neun Tagen und Nächten auf brüllender See, da braucht einer ja wirklich Erholung. So ungefähr sieben Jahre«, höhnte Penelope und lachte gehässig auf.

Beide lagen sie nun stocksteif und gespannt nebeneinander unter ihrem Schafspelz. Draußen sauste der Wind und drückte den Rauch ins Zimmer, es schwelte die verlöschende Glut im Becken. Eine kalte Schwade lag im Raum, nicht angenehm für Nasen und Gemüt.

Nach einer Weile fing Penelope wieder an mit einem böse lauernden Lächeln in der Stimme: »Manche erzählen – sicher hast du schon davon gehört, mein Gemahl –, es spricht sich ja vieles herum auf den Inseln! Manche behaupten und erfrechen sich sogar zu sagen, sie hätten Beweise: Ich hätte mich durchgeschlafen durch alle Freier, jeden einzelnen ausprobiert. Aber das ist natürlich übertrieben.«

»Freilich hab ich's gehört, aber kein Wort geglaubt davon. Mehr als hundert! Hab ich's doch beim Abschießen sogar in den Armen gespürt, und bist auch nicht gerade mehr die

Allerjüngste. Das sollte dich nicht bekümmern, daß ich das geglaubt hätte von dir.«

Odysseus meinte im Ernst, Penelope etwas Freundliches gesagt zu haben, und so war seine Stimme auch ganz versöhnlich und seelenruhig. Das brachte sie nun besonders auf, trieb ihr Tränen des Zornes und der Kränkung in die Augen. Diese ganz unbetroffene Versicherung, daß er ferne jeden Verdachtes sei. ›Nimm dich zusammen‹, herrschte sie sich selber an und preßte die Tränen zurück.

»Freilich war's übertrieben, mein Liebster, weit übertrieben!« stimmte sie zu, »wenn auch nicht gerade deshalb, weil ich – wie du gutmütigerweise sagtest – nicht mehr die Allerjüngste bin. Du, mein Gemahl, warst es ja – nur so nebenbei – bei Kalypsen, der ewig Jungen, auch nicht mehr, und dazu kommen noch deine großen Leiden: zehn Jahre vor Troja und drei Jahre auf See, sowas macht einen nicht jünger, Ärmster. Viel, denk ich, wird sie nach dem ersten Überschwang nicht gehabt haben von dir. Dann ließ sie dich laufen.«

»Was heißt, sie ließ mich laufen! Befehl war's von den Göttern, ausdrücklich! Sie hat mir's erzählt. Eigens den Hermes haben sie ihr geschickt, und sie klagte wörtlich ›neidisch sind die Götter und gönnen andern nichts Gutes‹! So ihre Worte, und so war es auch. Das muß einmal richtiggestellt werden: Weil du hier im Hause dich härmtest und weintest Tag und Nacht, hat sich Pallas Athene erbarmt. Sie rang es dem Donnerer ab, den Hermes zu schicken mit dem Befehl an Kalypso, ich solle mir ein Floß bauen und abfahren. So ist das gewesen und nicht anders!« sprach der Dulder.

»Gehärmt also hätte ich mich und geweint alle Tage und Nächte!« gab Penelope giftig zurück. »Wer hat dir denn das wieder aufgebunden? Manchmal, sicher, da weinte ich auch. Meistens aus Wut. Aber von Harm und Tränen sieben Jahre hindurch, während du bei der Lieblichen verweiltest und nicht selbst auf die Idee kamst, dir ein Floß zu bauen, da bist du in einem schweren Irrtum befangen! Wahrscheinlich hat's dir Eurykleia gesteckt, ich wäre all die Jahre hindurch nichts gewesen als ein Tränenschwamm!«

Odysseus schwieg.

Sie fing nach einer Weile wie träumerisch wieder an. »Da war ja so manch einer dabei, der recht stattlich gewesen ist, von freundlichem, auch verständigem Wesen, und wenn ich abends herunterkam in die Halle, wie es mir als Hausherrin geziemte, rechts und links eine Magd und ich in der Mitte, höher gewachsen und von besserer Erscheinung, da glänzten sie alle auf, und es wurde augenblicklich still im Saal.«

Odysseus schwieg.

»Eurymachos war gar nicht übel. Auch Antinoos mit seiner losen Zunge. Oft lachte ich Tränen, wenn er scherzte mit mir. Und gar Amphinomos. Den hättest du wirklich nicht umbringen dürfen. So aufmerksam, wie er war, und niemals frech oder trotzig. Der liebte mich wirklich. Ich wickelte ihn um den Finger.«

Odysseus schwieg.

Draußen heulte der Sturm. Kalt war's im Ehegemach, das Feuer erloschen. Der Geruch nach veraschtem Holz hing als schwere Schwade im Raum.

Da plötzlich – Penelope wußte nicht, wie ihr geschah –, plötzlich lag Odysseus auf ihr mit grimmigem Ächzen und Dringen und Drängeln, hart im Gepränge, und faßte sie grob an den Schultern, biß sie in die Lippen und griff ihr wühlend ins Haar ohne jede Zärtlichkeit, drang keuchend in sie ein und stieß wie ein brünstiger Bock. Sie wurde eiskalt und machte sich hart und steif. Auf diese Art, nein, so wollte sie es nicht nach zwanzig Jahren. Dann schon lieber gar nicht als so. Wütend stemmte sie sich gegen seine lastende Brust und drehte das Gesicht weit weg von seinem, bis er endlich nach stummem, verbittertem Geringe Leib an Leib erschlaffte und aufgab. Es fröstelte sie beide, obwohl sie in Schweiß waren. Odysseus rollte zur Seite. Sie auf die andere. Beide randvoll mit Wut gegeneinander.

Er verschlief es. Keine paar Minuten, und er schnarchte laut und vulgär und raffte im Schlaf die ganze Decke an sich. Sie lag wach und fror. Fror bis ans Herz. Die Wut war verflogen. An ihre Stelle war Traurigkeit getreten, eine tiefe Traurigkeit: »Da erzählt er mir haarklein, wie schön es bei Kalypso war. All die Wochen, seit er zurück ist, hat er geredet, geredet. Immer von sich. Kein einziges Wort von mir. Wie ist es dir ergangen, Penelope, erzähl doch. Und wenn ich dann von selber anfange, treibt er's wie ein toller Hund mit der Hündin.«

PENELOPE WEINT

Frühmorgens schritt Penelope trotz des stürmischen Wetters und der jagenden Regenschauer den steilen Anstieg zur Steineiche hinauf und ließ sich nieder auf der feuchten, schon halb verrotteten Bank, wo sie ein knappes Jahr zusammen mit Odysseus und dann zwanzig Jahre allein gesessen und auf das Meer hinausgeschaut hatte, das heute grau und windgepeitscht gegen die Klippen gischtete und toste. »Sieben Jahre Kalypso«, dachte sie. »Das ist ein starkes Stück, daran werd ich lange würgen. Aber was kann so ein Mann dafür. Gegen eine Kalypso! Da sind die Gescheitesten geliefert ... gerade die ... die Dümmeren durchschauen diese wippschwänzigen Vögel eher.« Etwas hatte sie trotz der Unwirtlichkeit der Witterung hier heraufgetrieben: Sie wollte ein bißchen weinen, aber niemand sollte sie dabei betreten. Mit eigener Billigung und ungesehen gab sie sich einem zornig gekränkten Weinen hin, gönnte sich den Trost dieser Tränen. Sie verzieh ihm Kalypso.

Sie hatte nicht mit Eurykleia gerechnet. Die Alte, halb blind und taub zwar, roch, was sie nicht sah und nicht hörte, folgte der Spur und humpelte nach mit ihren krummen Knochen. Ließ sich ächzend auf die Bank fallen und sah Penelope an, schwere Säcke unter ihren trüben Augen, wimpern- und brauenlos, ein Gesicht, nur mehr aus Runzeln und Fältchen, der Mund zahnlos und eingefallen, ein höhnischer Strich. Die Hände verknotet, um die Krücke des Stocks gekrallt. Sandalen brauchte sie nicht mehr, denn ihre Sohlen waren so hart wie der Boden von Ithaka. Ein schwarz eingewickelter Knochenhaufen.

»Was flennst du«, krächzte sie mit dünner Greisinnenstimme, »glückselig zu Preisende, denn dein Herr ist wieder im Lande!«

Penelope verhärtete sich. Spielte die Herrin. Sie runzelte die schwarzen, zusammengewachsenen Brauen, blähte die Nüstern und fuhr Eurykleia an mit zornigen, vom Weinen geröteten Augen: »Du spionierst mir nach!« Eurykleia überhörte den Vorwurf, und ohne den starren Hohn ihrer Greisenmaske zu mildern, mümmelte sie: »Was ist es, was dich kränkt? Tränen? Salz von Zornestränen riecht meine noch immer feine Nase, Tränen verletzten Stolzes riechen so scharf und bitter, nicht die warmen Tränenfluten hilflosen Kummers. Mich täuschst du nicht! Also sag schon! Bei allem Respekt, Herrin, du heulst doch nicht, weil er dir alles erzählt hat von Kalypso und was er sonst mitgehen ließ am langen Dulderweg. Hätt er's verschweigen oder leugnen sollen, wo doch alles herauskommt, was geschieht im weinroten Inselmeer, dieser Tratschkloake? Und daß sie im Erzählen dann manchmal übergenau werden, ich kenne das nämlich, alles kennt die alte Eurykleia, was Männer betrifft, daß sie dabei übergenau und schonungslos werden! So sind sie eben. Sie können nichts dafür. Hätte er dir vormachen sollen, sie wären alle häßlich und schlecht gewesen und keine könnte dir das Wasser reichen?« – »Schweig, Hexe!« schrie Penelope und stampfte mit dem Fuß auf, »ich hab schon als kleines Gewächs und Pflänzchen gewußt, was an mir ist und was nicht; daß ich keine Kalypso bin. Aber ich hab auch meine Verdienste! Das Haus da unten, daß es vollgepfropft war mit jungen Kerlen, das galt nicht nur der Habe des Odysseus, mit der es – unter uns gesagt – nie weit her war. Mir hat das gegolten! Auch mir. Du weißt das, Alte, und hast oft genug scheel geblickt und dein Maul gewetzt, wenn ich mich etwas zurechtmachte und in die Halle ging, unter ihnen saß und zuhörte, wie sie scherzten und lachten. Du weißt genau, was ich tagsüber zuweilen eingewebt habe in Laertes' Leichentuch an bunten und lebhaften Bildern. Später allerdings hab ich's dann immer wieder aufgetrennt. Aber das konnte er ja nicht wissen. Ich hätte es genauso machen können wie die anderen, denen Nauplios ins Ohr pfiff, mit Weibern kämen sie heim. Konnte er denn so sicher sein, daß ich nicht auch hineinfiel und mir einen anderen ins Bett zerrte aus Wut oder mich gar selbst entleibte deshalb?«

»Du bist keine, die sich entleibt. Das weiß er«, sagte Eurykleia trocken. – »Du sagst das so, als wäre ich zu wenig fein und gefühlvoll, um mich zu entleiben; als wär ich ein Küchenmensch, das, wenn einer sie sitzen läßt, ein Tuch vollrotzt und dabei weiter im Kessel rührt.« – »Sei ehrlich, Penelope, als Nauplios da war, hast du ans Entleiben gedacht?« – »Ans Entleiben nicht! Was wahr ist, ist wahr! Aber an Mord hab ich gedacht. Nur daß ich nicht so nachträgerisch bin wie Klytaimnestra. Ich kann einen Groll nicht lang nähren! Aber wenn er mir damals unter die Finger gekommen wäre – wer weiß!« – »Und mit solchen Mucken, ob Mord, ob Selbstentleibung, sollte er sich herumschleppen bei all dem, was er sonst noch am Hals hatte die Jahre lang? Unentwegt denken und sich sorgen: was macht wohl Penelope, ob es auch meiner Penelope wohl ergeht, oh, wie sehne ich mich nach meiner einzigen Penelope!« Die Alte kicherte. Es klang, als ob man einen Topf mit trockenen Erbsen schüttelte. »Nein!« schrie Penelope, sprang auf vom Bänkchen und ballte die Fäuste an ihren Schläfen und schluchzte hart auf, jetzt endlich rannen die Tränen reichlicher. »Nein, das nicht! Keine Sorgen sollte er sich machen um mich. Er sollte sich ruhig verlassen drauf, daß ich zu verständig bin für gewisse Dinge! Aber jetzt, jetzt! Die Tage lang macht er sich wichtig und ist in allen möglichen Geschäften unterwegs, und die Nächte lang redet er und redet, ich versteh's ja und hör ihm zu und laß ihn nichts merken, aber er redet, redet. Und nur von sich, hörst du? Einzig und allein von sich, kein Wort von mir!«

Eurykleia schaute sie eindringlich an, ein gewisses Gefühl und Verständnis schien sich in ihrem Blick zu sammeln, aber ihre dünne Stimme blieb scharf: »Wer hat erlebt, wem ist mitgespielt worden und nichts erspart geblieben? Willst du ihm die Ohren vollstopfen von den Windeln des Telemach und seinem ersten Gelalle und wie oft er sich die Knie aufgeschrammt hat? Von angebrannten Braten im Haus und den Fehlwürfen im Stall und welche von den Weibern der Gefährten es mit wem getrieben hatte?«

»Nein«, sagte Penelope leise, trocknete sich die Augen mit dem Zipfel ihres Schleiers und schneuzte sich diskret hinein. »Nein, das nicht! – Aber einmal, hörst du, Alte, ein einziges Mal hätte er mich fragen können, wie das war mit den Freiern, ob ich nicht einen Augenblick geschwankt und auf seine Wiederkehr gepfiffen hätte. Mit einem halben Satz, einem Blick voll Zweifel hätte er zu erkennen geben können, daß es ihm nicht gleichgültig ist.«

»Herrin, siehst du, ich will nicht respektlos sein«, sagte Eurykleia milder, fast zärtlich, »aber da bist du eine Gans. Man muß dir zugute halten, daß es die ewigen Götter leider so gefügt haben, daß du nicht viel Erfahrung hast sammeln können mit Männern. Sonst hocktest du nicht und flenntest, weil ein Vielgeprüfter, ein ausgekochter und abgebrühter Ehemann, der nicht mehr in der Blüte seiner Lenden steht, dir nicht zusetzt mit Eifersüchtelei. Ein Ehemann kann seiner Frau alles sagen; daß er sie betrogen und belogen hat, daß er jede Drachme verspielt, daß er gestohlen und gemordet hat, daß er ein Feigling, aussätzig, krätzig und impotent ist, aber wenn er ein Mann ist und kein grüner Tor oder Waschfetzen, kann er ihr nicht sagen, daß er Angst um sie hat, daß er sich gesehnt hat nach ihr und Eifersucht ihn geplagt hat. Das kann er nicht sagen, und wenn es ihm die Eingeweide zerfrißt bei lebendigem Leib. Vor jeder Hure kann er auf den Knien liegen, winseln und sich wälzen, schluchzen, schwören und beteuern und vor Eifersucht rasen. Bei seiner richtigen Frau nicht. Da schweigt er, verbeißt sich's und stellt sich, als wär er eingeschlafen.« – »Warum?« fragte Penelope trocken und blickte hinaus auf das graue Meer, »warum kann er das nicht, Eurykleia?«

»Weil die richtige, die Ehefrau, für einen Mann mehr ist als ein Loch in einem Stück Weiberfleisch, das zum Einfahren lockt!« sagte die Alte rüde. »Die Echte, die Richtige, die ist zum Ausruhen da. Eine sichere, bergende Höhle, in die man heimkehren kann, die einen abschirmt gegen Plagen, Gefahren, Sorgen und Unrast jeder Art. Laß dir's gesagt sein von mir Alten, Hocherfahrenen in allem, was Männer angeht... Warum schaust du zur Seite mit verbissener Lippe? Verschweigst du mir etwas? Hat er sich etwa nicht gestellt, als wär er eingeschlafen? Nun, wenn du so anhaltend schweigst, dann hat's noch was gegeben!«

»Dieser Berserker«, fuhr es heraus aus Penelope, sie schlug mit der Faust auf die nasse Bank und riß ganze Büschel trockenes Kraut aus und zerfetzte es: »Dieser Hundsfott, dieser schamlose, gemeine!« Eurykleia beobachtete sie genau mit ihren Rattenaugen, die trockenen Lippen eingezogen in den zahnlosen Mund. Dann flog das Verständnis über ihr schwärzliches Runzelwerk wie ein giftiger Lichtschein zwischen grauem Sturmgewölk.

»Was willst du denn mehr?« sagte sie, meckerte anhaltend und schlug sich auf die knochigen Schenkel. »Was willst du denn noch, hohe Penelope, zu der ich niedrige Sklavin – wärest du nicht die erlauchte Fürstin von Ithaka, sondern eins der gewöhnlichen Weiber – sagte: Du unerfahrener Trampel! Hoch ist er ihm gekommen vor blinder Wut und Eifersucht, und dann berserkern sie eben. Sollte er winseln? Unsereine hält das schon aus. Führ dich nicht auf wie eine geschändete Stadt. Da kommt man ihnen halt entgegen, und alles endet in Frieden und Freude. Aber ich ahn es ja. Steif hast du dich gemacht wie ein Zedernbrett und ihn weggestemmt vom Leib. Was bleibt ihnen dann übrig, als einen zu brechen. Hättest sanft sein sollen, entgegenkommend! So kirrt man sie sich, wenn sie ausarten, weil sie nicht aus noch ein wissen.«

»Schandmaul!« sagte Penelope ganz freundlich, »woher weißt du denn das alles? Von den Landstreichern und Matrosen, die du dir ins Bett geschleppt hast? Da ist nichts anderes zu erwarten. Aber ich rede von Odysseus! Hörst du, von Odysseus, den du kennst und von dem du mir die Ohren vollgeredet hast, wie klug er schon als Säugling war. Zwanzig Jahre lang dachte ich an Odysseus. Träumte von Odysseus. Und wenn es schon einmal geschah, daß Eurymachos oder Amphinomos mir manchmal etwas nahe kamen, dann sah ich das Gesicht des Odysseus, und es war mir alles verleidet.«

»Weißt du denn«, sagte Eurykleia rauh, und ihre Augen

verschleierten sich, »weißt du denn, die du mich ein Schandmaul nennst und dabei denkst, ich sei eine Hure gewesen, weißt du, wen *ich* gesehen, von wem *ich* geträumt habe und wen *ich* in den Armen gehalten habe, so zärtlich wie ich nur konnte, wenn irgend so ein Strolch bei mir lag und es mir besorgte?«

Penelope sah Eurykleia mit großen, fragenden Augen an und sah zu ihrer Bestürzung, daß sich ein paar einzelne Tränen eine trockene Spur suchten in den schwärzlichen Falten des Greisengesichts. Sie hatte Eurykleia noch niemals weinen gesehen. Und plötzlich begriff sie. Wie von einem Blitzstrahl aus dem Dunkel gerissen, war ihr mit einem Mal alles klar: Laertes! Laertes hatte Eurykleia gekauft um zwanzig Rinder. Viel für eine Haussklavin. Und man kannte ihren Vaternamen, Tochter des Ops. Sie hatte dem Laertes gefallen. Wahrscheinlich mehr als das. Vielleicht hatte er sie sogar geliebt. Aber er wollte die ewig jammernde Gattin nicht kränken, indem er eine Sklavin ins Bett nahm, die ihm eine bessere Gefährtin gewesen wäre, die stattlich, zärtlich und wacker war und ihm viele Kinder geboren hätte, viele starke, gesunde Bastarde, und sie wäre freundlich und liebevoll gewesen und reich an Wohltaten, wie Männer sie schätzen. Hätte keine Szenen gemacht. Aber er mied sie. Eine Weile mag sie gewartet haben, dann sah sie ein, daß ihr Laertes, der große, gute Laertes, kein Mannsbild war. So nahm sie sich resolut ins Bett, was ihr zulief, und stellte sich dann im Finsteren vor, es wäre Laertes. So ging's auch zur Not. Penelope seufzte. Sie legte den Arm um die spitzen Schultern der Alten.

Eurykleia hatte nun Oberwasser, klopfte ihr aufs Knie und ließ sich hören: »Da sitzen wir nun, wir beiden Verschmähten, Sitzengelassenen, und träumen abgestandene Märlein von Ginster und Thymian!«

»Setze nicht so ohne weiters gleich deinen Fall und meinen«, sagte Penelope mit vorgeschobener Unterlippe. »Schließlich bekam ich den, den ich wollte.« – »Ein knappes Jahr lang bekamst du und besaßest den, den du wolltest. Dann saßest du auf dem Trockenen und bist unerfahren und zimperlich wie ein junges Huhn, das besinnungslos kreischt, wenn der Hahn es zaust. Erst hast du dumpf in dich hineingevöllert bis zur Unförmigkeit, hast Liebeszauber getrieben wie eine verlassene Hure. Als dann die Freier kamen, hast du dich wieder etwas gemausert und geplänkelt und gezündelt. Handfestem aber bist du aus dem Wege gegangen, wobei du etwas Erfahrung hättest sammeln können. Und jetzt benimmst du dich wie eine gekränkte Trulle, wenn er ein bißchen ausartet. Hat er was gehabt davon, daß du ihm treu warst im Fleisch? Denn in Gedanken bist du es ja nicht immer gewesen. Glaubst du, ich hab nicht begriffen, was es auf sich hatte mit dem bunten Gewebe? Du tatest wohl daran, daß du es auftrenntest Nacht für Nacht. Da wär allerhand herausgekommen! Aber im Fleisch hättest du gut ein paar Erfahrungen sammeln können, die ihm jetzt zugute kämen, dem armen Verirrten!«

»Meinst du vielleicht«, fragte Penelope sachlich und gar nicht empört von der freien Redeweise der Greisin, »meinst du, die du in Koben und Stall dich mit Erfahrungen versehen hast, meinst du, daß das Berserkern vielleicht ein Zeichen der Eifersucht gewesen ist? Etwas der Art, was in niedrigeren Verhältnissen die Prügel sind, die das Weib vom Hausherrn bezieht, wenn er einen Verdacht hat? Man hört dergleichen in der Küche. Die Mägde erzählen sich's. Nicht, daß ich gerade zuhorchte, wenn sie so klatschen, aber manchmal kann man nicht umhin und hört, wie's in den Hütten der niedrig Geborenen zugeht, und sieht sie auch manchmal mit blauen Augen und Schrammen, und wenn ich sie frage, sagen sie, sie hätten sich gestoßen im Finstern. Weil man die Herrin eben verschont mit dem, was vorgeht in der Hütte.«

»Sie hat sich gestoßen im Finstern, ha, ha! Man bindet's dir auf und lacht hinterher darüber, was man dir alles aufbinden kann! Und jetzt kränk dich nicht mehr. Gib mir die Hand und hilf mir auf von der Schmollbank, die du jetzt lang genug abgewetzt hast. Laß uns hinuntergehen ans Kochen. Die zwei werden hungrig sein. Und eines laß dir noch sagen: Glaubst du, daß Odysseus wegen der Kalypso oder sonst einer dieser Schnepfen sich zusammengerafft und ein Haus voller Männer abgeschlachtet hätte in wutblinder Raserei? Ist dir nie eingefallen, daß er sich's hätte leichter machen können? Einfach hintreten vor das Gesindel und aufprotzen: ›Da bin ich wieder, Odysseus, im Meinigen, und von Stund an will ich keinen fremden Schwanz da sehen! Laßt euch anderswo volllaufen, Drecksbagage!‹ – Hinausgedrückt hätten sie sich, einer nach dem anderen, und im Haufen, daß die Tür zu klein gewesen wäre. Statt dessen richtete er ein schnaubendes Blutbad an, daß das Haus heut noch stinkt danach.«

DAS TÜCHLEIN

Als Penelope abends, als im Haus alles getan und überprüft war, müde hinauf ins Schlafgemach stieg, schlief Odysseus bereits, oder er stellte sich schlafend. Aber nicht im Ölbaumbett. Er hatte sich in einem Winkel der Kammer aus Decken ein eigenes Lager bereitet. Penelope seufzte ergeben auf. Sie begriff, daß eine Szene im Gange war.

Ihrem scharfen Auge entging nicht, daß der Gatte es sich recht weich und warm eingerichtet hatte. Dem äußeren Anschein nach jedoch beabsichtigte er, das Lager eines armseligen Bettlers vorzutäuschen, dem man im Winter aus Mitleid ein paar Decken auf den Erdboden wirft, damit er die Nacht nicht geradezu im Freien verbringen muß.

Wortlos legte sie ihre Kleider ab und stieg ins Bett.

Sie dachte nach. Sollte sie sagen: Mach keine Geschichten und komm! Die Sache von gestern nacht hab ich längst vergeben und vergessen! – Odysseus war nicht einer, der auf Vergebung wartete und gekrochen kam, wenn man sie gnädig gewährte. Schon gar nicht würde er offen eingestehen: Ich habe mich benommen wie ein Saubär, verzeih mir, es war die Eifersucht. Nie würde er so etwas aussprechen. Eher verrekken im Winkel bis ans Ende seiner Tage. Penelope kannte ihren Odysseus, obwohl sie nicht länger als ein Jahr mit ihm zusammen war. Oder sollte sie vielleicht klagen und toben und schreien: Halb tot hast du dich gevögelt bei der Zartärschigen, und als dir nichts mehr geblieben war für mich, kehrtest du heim als ein leerer Sack und redest und redest von nichts, als wie großartig du gewesen bist! Nein! entschied sie. Das war auch nicht das Richtige. Er wäre beleidigt und würde sich noch mehr verhärten.

Eingeschlafen war er nicht. Er lag zwar bewegungslos zur Wand gekehrt, aber an seinen Schultern sah sie, daß er rascher atmete als einer, der schlief. Jetzt müßte Eurykleia her, die Vielerfahrene, dachte sie flüchtig. Wie stellt man es an, daß man einen solchen ausdrucksvoll Trotzenden zum Reden bringt, der an seinem eigenen schlechten Gewissen erstickt und daher die ganze Schuld dem anderen aufhäuft? Vorläufig werde ich tun, als glaubte ich, er schliefe tief, und werde ihn sorglicher betten, entschloß sie sich. Sie erhob sich leise, als ließe sie die größte Vorsicht walten, um ihn nicht zu wecken.

Sie nahm die große gemeinsame Decke vom Bett und schlich sich auf Zehenspitzen zum ärmlich staffierten Notlager des Dulders, der den Atem anhielt, und deckte ihn sachte zu. Sie schlug ihm gewissenhaft die Füße ein und steckte das Fell rund um seinen Körper fest, daß kein Luftzug ihn treffe. Dann legte sie sich wieder ins große Bett und beobachtete seinen Rücken.

Nach einer Weile ertönte ein leises Seufzen. Dann wieder Stille. Abermals nach einer kleinen Zeit Brummen und ein verschlafenes Umwälzen, wie einer, der im Traum die Lage wechselt. Nun ruhte er ihr zugekehrt. Dabei hatte er wie von ungefähr die Schulter entblößt. Penelope begriff, daß dies nicht ohne Absicht geschehen war. Sie wartete noch ein Weilchen, dann erhob sie sich mit gebotener Vorsicht und hockte nieder neben dem Schlummernden. Sehr behutsam zog sie ihm die Decke über die nackte Schulter, so daß ein wirklicher Schläfer kaum erwacht wäre, und fuhr ihm dabei beiläufig ganz leicht übers Haar. Dann bestieg sie wieder das einsame Lager.

Jetzt weiß er, daß ich nicht grolle, dachte sie. Von mir aus kann ich nun nichts mehr tun. Sie schloß die Augen und war neugierig, was nun folgen würde.

Sie war ihm wirklich nicht mehr sehr gram wegen Kalypso.

Sie schämte sich auch ein bißchen, daß sie ihn mit den Freiern zu reizen versucht hatte. So viel wußte sie ja auch trotz ihrer geringen Männererfahrung, daß gerade die Gescheiteren einer bestimmten Gattung strohdummer Weiber nicht widerstehen können; Weibern, die gerade jene Kunst beherrschen, die eine, die Verstand besitzt, niemals beherrscht, bei der es aber jedem vollblütigen Mann den Kopf im Nacken herumreißt, wenn so eine vorüberwandelt.

Taubentricks, sagte Penelope neidisch und dachte intensiv an ihre Beobachtungen mit diesen Vögeln: ein Taubenpaar, das seinen rituell gemessenen Tanz abwickelt. Kaum sind sie, einander umflatternd, zu Boden gegangen, beginnt die Taube, scheinbar ohne von dem Hochgeplusterten die geringste Notiz zu nehmen, sich pickend im Hofe umzutun, zeigt nichts als nüchterne Geschäftigkeit, sträubt aber ganz nebenbei kurz zitternd den Federschwanz zu gefälliger Toilette. Der Tauber folgt ihr mit steifen, erregten Schritten, wovon sie sich mit kleinen Blicken nach rückwärts überzeugt. Aber sie vertieft sich ins Picken. Bei dieser kühl materiellen Tätigkeit entfernt sie sich ganz unabsichtlich vom Amanten. Dieser gibt gepreßt gurrende Laute von sich und läßt die Adorierte nicht aus den Augen. Sie indessen flattert hoch, setzt sich auf einen Ast und beginnt mit zierlichen Bewegungen ihr rosig duftiges Brustgefieder zu pflegen. Gleich läßt er sich auf demselben Ast nieder und rückt in hastigen Schrittchen näher. Sie merkt es, tut gestört und fliegt wieder auf. Abermals beginnt ein wirbelnder Tanz. Dieses Spiel kann endlos wiederholt werden, ohne daß einer der Beteiligten seiner müde wird.

Die unscheinbarste Taube beherrscht diese liebliche Kunst, sagte sich Penelope giftig mit finsteren Brauen, und selbst betagtes Gefieder gerät in abgewetztes Aufstrahlen beim Anblick und gurrt hinter der Spröden her, daß es ihm den Kehlkopf zerreißt.

Jetzt erinnerte sie sich plötzlich an eine bestimmte Szene. Sie und Helena und Klytaimnestra, gegen vierzehn mochten sie gewesen sein, saßen im Hof unter dem Taubenschlag und beobachteten das spaßige Treiben der Vögel. Klytaimnestra war die erste, die dabei an Männer dachte. Helena hatte nur gelassen gelächelt und nichts gesagt. Sie, Penelope, hatte sich gebogen vor Lachen. Klytaimnestra aber hatte sich ereifert: »Erst muß man sie locken«, sagte sie, »und dann so tun, als sähe man sie nicht, aber sich ihnen immer vor Augen halten und spielen lassen, was man hat am Leibe und was sie gerne anschauen. Dann aber immer so tun, als wüßte man gar nicht, daß einer dasteht und glotzt. Und das so lange, bis er es nicht mehr aushält. Nur sich nichts vergeben, kein Wort oder auch nur eine Fingerspitze. Das hält sie warm.« Grausam und gemein sei das, hatte Penelope damals geeifert, so könne man nicht mit Männern umgehen, und wenn einer ein Hirn habe im Kopf, falle er da gar nicht hinein, sondern drehe sich um und lasse einen sitzen trotz schwänzelndem Bürzel. »Reden«, hatte sie gesagt, »reden muß man mit ihnen, und vor allem sie selbst reden lassen und zuhören, auch trösten bei Bedarf.« – »Hast du schon einmal eine Taube gesehen«, lachte Klytaimnestra auf, »die mit dem Tauber ins Gespräch vertieft auf und nieder schreitet, beide mausgrau mit glattem Gefieder?« – Sie hatte noch die helle, ein wenig scharfe Stimme Klytaimnestras im Ohr, ihre Sicherheit und Kraft, um die sie sie manchmal insgeheim beneidet hatte, auch ihre Härte und ihren Willen. Sie war ja dann die erste gewesen von all den jungen Mädchen damals am Hof zu Sparta, die einen Mann bekam. Den ersten hatte Agamemnon ihretwegen erschlagen, um dann seinerseits dem Aigisth zum Opfer zu fallen. Schwächlinge und Hohlköpfe alle drei. Wo waren sie jetzt, und wo war Klytaimnestra!

Helena hatte damals geschwiegen und nur gelächelt. Was brauchte sie solch praktisches Wissen?

Penelope war so versunken in diese Gedanken, daß sie Odysseus ganz vergessen hatte. Als sie die Augen aufschlug und in seine Ecke sah, trafen sich ihre Blicke. Er lag in die Decke gewickelt, wie sie ihn eingehüllt hatte, und sah sie an.

»Komm endlich, alter Schurke«, sagte sie mit rauher Stimme, »komm her zu mir aus dem Schmollwinkel. Zusammen haben wir's wärmer.«

»Bist du mir noch böse wegen gestern nacht?« fragte er kleinlaut, »es überkam mich. Auch jetzt noch kann es geschehen, daß es mich überkommt, trotz Ausgelaugtheit von der Salzflut. Verzeih mir, Penelope, daß es mich auf diese Weise überkam. Ich mußte dir vorkommen, als pferchte ich in Kirkes Koben.«

Noch während er sprach, stand er auf, raffte die Decken zusammen und kroch ins behagliche breite Bett, in die offenen Arme seiner guten Penelope, die ihn gleich hinterm Ohr zu kraulen begann, wie er es so gern mochte. Und jetzt endlich! Endlich fand, nach einem gemessenen Vorspiel, die große Versöhnung statt, die wirkliche Heimkehr mit Glanz und mit Glorie. Der Glanz war nicht mehr so blendend wie einst in den Ginster- und Thymiantagen und die Glorie nicht mehr so strahlend wie ein hoher Mittag zur Stunde des Pan. Sagen wir also: Es fand statt, sanft und liebevoll mit Zärtlichkeit und auch Rücksicht von beiden Seiten.

Nachher ruhten sie zufrieden, jeder den Arm um den Nacken des andern gelegt. Nach einer Weile sagte Odysseus: »Weißt du, Penelope, die Kalypso war ja recht halbgöttlich reizend, aber das Reizende allein, selbst wenn es halbgöttlich ist, hat seine Grenzen. Nach den ersten Monaten Erholung und Pflege saß ich tagsüber am Strand und blickte in die Richtung, wo Ithaka lag, und weinte.« – »Und nachts, mein Geliebter?« – »Unterbrich mich jetzt nicht mit stichelnden Fragen, wo ich gerade in Fahrt bin! – Also ich saß am Strand und weinte. Nach dir, Penelope, die du manchmal gar nicht reizend bist. Aber mit dir kann man reden! Schließlich kann auch der kräftigste Mann sich nicht ohne Unterlaß am Reizenden bewähren, und es versagt. Du trägst es einem dann nicht nach mit schmollender Lippe und verächtlichem Blick. In solch einem Fall machst du nicht einmal eine Bemerkung. Du deckst einen zu, wenn du merkst, daß man leidend ist. Die Kalypso hat mir ja Unsterblichkeit versprochen, wenn ich bei ihr bliebe. Aber ich schlug es ihr glatt ab, verzichtete auf die Unsterblichkeit und kam zu dir zurück, Penelope. Und weißt du, warum?«

Nun herrschte Schweigen auf beiden Seiten. »Jetzt wartet sie, daß ich rede. Aber ich werde ihr den Gefallen nicht tun. Wissen möcht ich schon, ob sie weiß, aber der Donnerer soll mich schlagen, eh ich frage. Sie hält's ohnehin nicht aus. Ich kenne sie. Sie wird von selber reden, denn eines kann meine gescheite Penelope nicht. Nämlich langhin schweigen. Diese Kunst ist uns Ehemännern vorbehalten.« – Er täuschte sich nicht. Nach einer nicht allzu langen Zeit des Wartens hielt es Penelope wirklich nicht mehr aus. Sie dachte: Ersticken soll er an seinem verdammten Schweigen, und sagte laut: »Du hast es ihr nicht geglaubt, das mit der Unsterblichkeit. Das war doch nichts als ein töricht ausgelegter Köder. Wer ist sie denn? Ein Atlasbankert. Tochter eines, der für ewig unter der Last der Welt stöhnt und sie nicht abwerfen kann. So eine soll Unsterblichkeit verleihen können? Einer deiner Gefährten hätte sich vielleicht hineinlegen lassen von dieser Kokotte, aber doch nicht du, Odysseus, das nehm ich dir nicht ab. Protze also nicht mit ausgeschlagener Unsterblichkeit und noch dazu meinetwegen!« – »Da schau her!« dachte Odysseus. »Sie irrt zwar, aber das ist mir wirklich nicht eingefallen! Eifersucht macht scharfsinnig und Liebe blind. So ist das eben. Soll ich ihr sagen, was der wirkliche Grund war, der mir die Nymphe langsam verleidete, so daß ich nichts mehr dagegen hatte, heimzukehren? Vorsicht! Man sagt gar viel, wenn man nach stattgehabtem Aufschwung ruht in wohliger Schwäche.«

»Wenn du vielleicht ein wenig den Nacken heben möchtest, Penelope«, ließ er sich vernehmen, »mein Arm ist mir leider eingeschlafen, obwohl es lieblich ist, wenn Gatte und Gattin dicht nebeneinander liegen, Wange an Wange und jeder den Arm um den Hals des andern geschlungen, aber auf die Dauer ist diese Stellung nicht so behaglich ... ja, so ist es besser. Da läßt es sich wieder gut reden. Dein Mundwerk, Penelope, ist ja nicht sehr bequem und auch nicht eine gewisse Flottheit der Gedanken, über die ich beispielsweise bei Kalypso nicht klagen konnte! Aber langweilig, das muß ich dir lassen, du Maulfertige, langweilig wird's einem bei dir nicht. Und die Langeweile war wohl einer der Hauptgründe, warum ich tagsüber am Strande saß, nach Ithaka gewandt, und weinte und stöhnte und auf die Unsterblichkeit pfiff. Denn tagsüber langweilte ich mich bei Kalypsen ganz entsetzlich und später dann sogar im Bett. Da war so etwas, das ich nicht mehr ertragen konnte!« – »Sollte denn Kalypso mit den schimmernden Flechten im Bette nicht...?« – »Nicht, was du wieder glaubst«, schränkte Odysseus ein. »Es ist schwer zu sagen, und ich will auch nicht undankbar sein, denn schließlich hat Kalypso mich, als ich bäuchlings am Strande lag, verkrustet mit Muscheln und Tang, ein Sack schlotternden Gebeins, schließlich hat sie mich zu sich genommen und aufgepflegt rundum und auch sonst... aber, wie soll ich's nur sagen! Wahrscheinlich lachst du dann wieder in deiner kränkenden Art und findest alle möglichen Spottnamen dafür, die einem nicht mehr aus dem Kopf gehen, und ich will ihr ein freundliches Angedenken wahren, der Nymphe, die sich mir sehr liebreich erwiesen hat!« – »Aber irgend etwas scheint es gegeben zu haben, was dir ihren Liebreiz und ihre pflegende Güte verleidet hat, mein Armer, und sogar ihren Blick unter samtenen Wimpern, den sie bewundernd aufgeschlagen haben wird zu dir in jeder Lage und bei jeder Gelegenheit, wie ich mir lebhaft vorstelle...« – »Ein Luder bist du, Penelope, bei all deinen Vorzügen, und tastest mit boshafter Sicherheit immer gerade mitten hinein in die empfindlichsten Stellen. – Der Blick, ich weiß nicht, ob du es verstehst, nichts tut einem Mann wohler, als wenn die Frau bewundernde Blicke aufschlägt zu ihm, was ich bei dir gar nicht so oft sehe. Aber... kurz gesagt, ich mußte in der letzten Zeit immer ein Tüchlein benützen!« – »Ein Tüchlein? Hörte ich Tüchlein? Wozu, Geliebter, bedurftest du eines Tüchleins und bei welcher Gelegenheit?« – »Bei welcher Gelegenheit! Frage nicht so direkt! Du kannst es dir doch denken. Bei welcher Gelegenheit blicken denn Mann und Frau einander sehr nahe und sehr tief in die Augen... na also!... und bei dieser Gelegenheit eben begann es mich in steigendem Maß, ja bis zur Unerträglichkeit zu irritieren, daß Kalypsos Augen... wunderschön blaue Augen hatte sie, mir ganz neu, wo ich doch um und um... also, ich meine natürlich vor allem dich... also, ich war an dunkle Augen gewöhnt, die sich verschatten und erhellen konnten... Kalypso hatte Augen so klar und blau, wie kleine Wassertümpel, wie sie manchmal zurückbleiben am Strand, wenn die Flut sich zurückzieht, und dann spiegelt der Himmel sich im Flachen... ganz klar und flach im dauernden Aufblick waren diese Augen... kurz gesagt, ein bißchen eigenartig, weißt du, glasklar könnte man sagen. Unwillkürlich kam einem der Gedanke, sie dächte sich gar nichts dabei, wenn sie so wimpernschön aufblickte zu einem.«

»Und das mußtest du mit einem Tüchlein bedecken bei gewissen Gelegenheiten, wenn man einander sehr nahe Aug in Aug ist, ich versteh schon.« – »Du sagst das wieder in einem Ton, und dabei fühle ich ein gewisses Beben und Schüttern in deinem Leibe, als verbissest du ein Lachen, das mich wieder sehr aus der Fahrt bringt und die ernste Genauigkeit beeinträchtigt, mit der ich dir dieses besondere Phänomen zu schildern beabsichtigte! Kurz, daß ich's zu Ende bringe: Es war in Kalypsos Aufblick eine gewisse kränkende Flachheit, Augen wie gemalte Muscheln, ohne Geist, ohne Seele, schimmernd schön, eingesetzt wie von Künstlerhand in eine Marmorstatue, erschreckend ernüchternd, so eben, daß man, wollte man in Prächten gehen, zu einem seidenen Tüchlein greifen mußte, daß man nicht abschwoll.« – »Du Armer, ich versteh schon, Gansaugen hat sie, die liebliche Atlastochter mit den schönen Flechten. Dumm wird sie sein, nichts sonst, eine einfache, dumme Gans mit einem unsterblichen und daher ewig jungen Hintern... bausche dich nicht auf! Laß es nur bewenden dabei, und lassen wir die Kalypso ein für allemal, wahrscheinlich hat sie sich schon einen anderen armen Hund aufgefischt, päppelt ihn und blickt dann gläsern zu ihm auf, bis ihm's leid wird und er nach einem Tüchlein sucht.«

»Laß uns doch schlummern, Beste, hab ich dich nicht ein wenig müde gemacht?« – »Freilich hast du mich müde gemacht, Lieber, angenehm müde auf eine ganz besondere Weise, wie ich es schon lange nicht war.«

DER ZIEHENDE SCHLUND

Leider hatte sich Odysseus auf seinen ausgedehnten Aufenthalten auf dem Meere und in Meeresnähe das Leiden der Schiffer zugezogen: einen lästigen Rheumatismus, der ihn zeitweilig ziemlich schmerzhaft heimsuchte, besonders in der winterlichen Jahreszeit und mit Bevorzugung der Kreuzgegend. Was körperlichen Schmerz anbelangt, war der große Dulder kein Held, und so kroch er tageweise wimmernd, die Hand auf das Kreuz gepreßt, und übellaunig im Hause umher, bis ihn die gute Penelope überredete – er wartete darauf, von selbst tat er es nicht –, sich dem warmen, weichen Bettgehäuse anzuvertrauen, das sie dann noch mit heißen Steinen ausstattete. Auch mit Umschlägen um Rücken und Bauch sparte sie nicht, die mit heilendem Kräuterabsud getränkt waren und von Zeit zu Zeit frisch aufgelegt wurden. Die Glut im Kohlenbecken ging nicht aus, der tiefhängende, regenträchtige Himmel sorgte für angenehmes Dämmerlicht im Raum. Odysseus schlief viel, träumte vor sich hin und empfand es auch als wohltuend, daß Penelope, sobald sie im Hause abkömmlich war, an seinem Schmerzenslager saß und ihm mit kundig streichelnden Händen das geprüfte Kreuz tröstete. Dabei schnurrte und döste er gerne, manchmal aber kam er auch ins Erzählen.

»Fiel nicht einmal der Name Kirke zwischen uns, wenn ich mich nicht täusche?« fragte er.

»Mag sein, daß er fiel bei Gelegenheit im Zusammenhang mit mantschenden Schweinen. Geschichten, die Schiffer erzählen und leichtgläubigen Weibern aufbinden, mit denen sie an Land ihre Nächte verbringen. Die erzählen's dann den Kindern weiter. Ammenmärchen. Ich selbst wurde oft und oft damit in den Schlaf geraunt und sicher auch du. Denn deine Eurykleia verfügt ja über einen besonderen Vorrat an solchen Geschichten und weiß sie auch in drastischer und anschaulicher Weise zu erzählen, wie ich manchmal zu merken Gelegenheit hatte, wenn sie unseren kleinen Telemach zwischen die Knie nahm. Der mußte gar nicht lange quälen, immer hatte sie neue Geschichten, Früchte ihrer reichen

Lebenserfahrung eben mit Schiffern und ähnlichen Leuten. Sie verfügte bei der Wiedergabe dieser Fabeln über einen ausgedehnten und plastischen Wortschatz, den der gelehrige Kleine dann oft und oft bei ganz unpassender Gelegenheit zum besten gab, so daß ich mäßigend eingreifen mußte. Aber sag doch, Odysseus, ist dir am Ende bei deiner Irrfahrt hinter der Schallmauer wirklich auch Kirke begegnet, womöglich sogar in traulicher Nähe, Auge in Auge?«

»Traulich ist wohl das letzte Wort, das ich gebrauchen möchte im Zusammenhang mit Kirke, wenn ich ihr nahe war. Denn es ist tatsächlich geschehen, wie du vermutest. Ich war bei Kirke, gewissermaßen auch Aug in Auge. Interessant war es, aber traulich, beim Kroniden, traulich war's nicht.«

»Erzähl doch, Odysseus, ich halt es kaum aus vor Neugier, wie das war mit der sicher nicht gansäugigen, aber gar nicht traulichen Kirke, die, soviel mir bekannt, alle Männer, die bei ihr einkehren, zu Schweinen macht, die sich grunzend im Koben wälzen.« – »Da hast du wieder einmal nicht das Wesentliche gehört! Siehst du, Penelope, es ist wohl wahr, daß Kirke Männer zu Schweinen machen *kann*, aber nicht jeden Mann. Mich zum Beispiel vermochte sie nicht in einen Saubären zu verwandeln, wiewohl natürlich ausnahmslos alle Gefährten. Aber ich zwang sie einfach, sie wieder zurückzuzaubern in die Männer, die sie waren, Männer, wie du weißt, von nicht sehr ausgeprägter Begabung. Bei solchen gelingen dergleichen Zauberstückchen. Nicht bei mir. Zu mir war sie ausgesprochen zahm und auch sehr freundlich. So versah sie mich etwa mit den wichtigsten Mitteilungen und Ratschlägen hinsichtlich unserer Weiterreise, die uns ja durch die schrecklichsten Gefahren führte. Gleich anfangs die Insel der Sirenen.«

»Warte ein wenig, Lieber, ehe du anfängst, will ich dir die Kräuterbinde erneuern, die sicher indessen ausgekühlt ist, und ein bißchen das Kohlenbecken schüren, damit es wärmt und freundlich flackert, so daß es mich nicht gar so gruselt bei deinen schrecklichen Geschichten, die du erleben mußtest, Geprüfter. Wollte ich doch schon lange wissen, was es mit Kirke auf sich hat.« – »Ah, tut das wohl, der warme

Umschlag, und wenn du mir dann noch ein bißchen meinen schmerzenden Rücken massieren möchtest, erzähl ich dir gern. Von den Sirenen zum Beispiel.« – »Den Sirenen?« – »Ja doch, den Sirenen, vor denen Kirke mich wirksam gewarnt hatte. Hochinteressant, sag ich dir, für den Wißbegierigen, denn sie singen Wissen und Weisheit.« – »Und mit dem Tode bezahlt, der sich Wissen und Weisheit anhört zu ihren Füßen, sagt man, und daß sie Vogelschädel haben mit spitzen Schnäbeln.« – »Was findest du wieder bittere Worte gegen die weisen und schön singenden Frauen. Vogelschädel! Spitze Nasen haben sie und etwas helle, vielleicht ein bißchen hervorquellende Augen, wie man es oft bei weisen Frauen sieht.« – »Also spitze Nasen und etwas Vogelähnliches? Aber dich hinderte es, wie ich ahne, nicht, ihrem Gesange zu lauschen, obwohl um sie herum alles vom Aas der Wißbegierigen stinkt?«

»Höre! Ich, dein Odysseus, schuf Rat, wie ich mir ihre Weisheit anhören konnte, ohne ihnen zum Opfer zu fallen. Ich sagte mir: Mache die Männer taub. Unbedacht und töricht, wie sie sind, schwimmen sie dir scharenweise an Land, wenn sie die lockenden Töne hören, und du kannst schauen, wie du weiterkommst allein auf dem Schiff. Ich knetete also Wachs in den Händen, vermischte es noch mit Honig, damit es verläßlicher klebe, und stopfte jedem das Gemisch in die Löffel, bis er verläßlich ertaubt war. Für mich aber hatte ich anderes ausgedacht, denn ich mußte ja hören, wenn sie Weisheit sangen und was vorgeht auf der Welt, ich als der Anführer mußte es wissen, ich durfte mich diesem Wissen gar nicht entziehen. Es wäre verantwortungslos gewesen. Ich ließ mich also aufrecht am Maste festknoten, ohne Ohrengestopf, und befahl ihnen, mich keinesfalls loszubinden, so sehr sie mich auch flehen sähen, denn hören konnten sie ja nichts, und das war das Gute, denn wenn sie mich reden gehört hätten, wär's um mich geschehen gewesen. Du weißt, wie ich rede! Leicht hätte ich die haltlosen Tölpel dazu gebracht, mich loszubinden. Also gut, daß sie mich nicht hörten, sondern nur sahen allenfalls, wie ich mich wand in den Stricken. Das rührte sie nicht so. Eher im Gegenteil. So ruderten sie wie die Besessenen und starrten hinunter auf ihre Hände, um rasch vorbeizukommen, und es stank auch wirklich, und der Anblick der Verstinkenden war auch nicht schön. Auch die Spitznasen nahmen sich nicht anziehend aus, so lieblich allerdings die Mädchengestalt der drei war, die sie kaum verhüllt hatten. Aber die sangen! Ich sage dir, so süßen Gesang hast nie du zu hören bekommen wie ich, als ich mich wand am Mastbaum. Und was sie wußten!

Alles wußten und sangen sie von Troja und was sonst im Inselbereich und auf dem Festland vorging! Es schwoll mir die Sehnsucht im Gemüt, mich niederzulassen zu ihren Füßen und zu hören, wie sie Weisheit sangen.« – »Gesungenen Inseltratsch also«, stellte Penelope nüchtern fest, »geben sie zum Besten aus spitzen Schnäbeln, und ungenügend bekleidet, im Aase?« – »Wie du das wieder ausdrückst: Inseltratsch! Wissen ist nicht dasselbe wie Tratsch, sag ich dir. Mir als Verantwortlichem geziemte es, mir nur jedes erreichbare Wissen zu verschaffen, denn wissen muß man, wenn man sich umtut in der Welt, wissen, was überall geschieht, um Gefahren voraussehen und Rat schaffen zu können. Verstehst du das nicht?« – »Wenn ich recht verstehe, mein Gemahl, dann ist das so wie mit der Neugier und der Wißbegierde, wie du mir's vor einiger Zeit so einleuchtend erklärt hast: Inseltratsch ist, was sie sich in den Kneipen und Küchen erzählen, und Weisheit ist, was die spitznäsigen Mädchen in mangelhafter Bekleidung verkünden. Kann man es allenfalls so ausdrükken, mein Odysseus?«

»Allenfalls!« brummte der, »wenn man dir zugute hält, daß du schwer anders kannst, als die Sachen in einer Weise sehen, die manchem kränkend erscheinen würde. Aber ich kenne dich ja. Und ich halte das aus, ich Vielgeprüfter, diesen leicht spöttischen Unterton und den feindseligen Anklang, sobald von Mädchen oder Frauen die Rede ist, angezogen oder freier geschürzt. Du kannst es nicht lassen und denkst nicht daran, wie oft sie deinem bedrängten Gatten, der so vieles erdulden mußte, halfen mit Rat und Tat.«

»Den Geschürzten und Ungeschürzten also hab ich es zu danken, daß ich dir jetzt das Kreuz massiere, und ich frage mich oft mit Sorge als deine Gattin, ob du es ihnen auch richtig, wie es sich gehört, gedankt hast. Oder hätten sie dir helfenden Beistand geboten, ohne jeden Dank anzunehmen?«

»Du kannst sicher sein, Penelopaion«, lachte Odysseus mit leichter Bosheit – wobei er sich ein wenig im Kreuz verriß –, »und mußt dir in dieser Hinsicht nicht die geringste Sorge machen: Ich habe mich stets geziemend bedankt, besonders bei Kirke, die mir den Weg und alle Gefahren beschrieb, die unser warteten. Gering waren sie nicht, aber sie gab mir einige sehr nützliche Hinweise, obwohl es natürlich immer an mir lag, im richtigen Augenblick den richtigen Plan zu fassen und richtig zu handeln. Aber immerhin dank ich es ihr, daß ich gefaßt war auf die Gefahr. Sie war es ja auch, die mir die schrecklichen Besonderheiten der Meeresstraße schilderte, die uns zwischen Skylla und Charybdis hindurchführte und die wir nicht vermeiden konnten, wollten wir zum Ziel gelangen.«

»Skylla und Charybdis?« sagte Penelope, während sie die Glut auf dem Becken schürte und daran ein Öllämpchen entzündete, denn es wurde immer dunkler im Raum und sie wollte doch auch das Gesicht, besonders die Augen ihres Odysseus sehen, wenn er erzählte. Draußen hörte man das Heulen des Windes und das Donnern der See, der er so glücklich entronnen war, und zwar endlich in ein Bett, in dem er sich nicht unablässig bewähren mußte, wie in jenen halbgöttlichen Betten, in denen er – nach der unabänderlichen Fügung der Moiren – öfter zu weilen gezwungen war.

»Skylla und Charybdis«, sagte Penelope, »ich erinnere mich wohl, diese Namen gehört zu haben in Schauermärchen, die uns Kindern erzählt worden waren, Seeungeheuer, wenn ich nicht irre, weiblichen Geschlechts, wenn auch ohne jeden Anflug weiblicher Eigenschaften.« – »Nicht ohne Anflug«, sagte Odysseus sinnend, »das Schlingende hatten sie beide, das Würgende!« – »Das verstehe ich nicht ganz, mein Guter. Was ein böses Weib ist, ein Drachen, das keift allenfalls, greift wohl zu Besen und Fliegenklatsche und findet bittere Worte der Vorhaltung, aber schlingen und würgen?« – »Ja, das kannst du wohl nicht verstehen, meine Liebe, weil du eine

Frau bist. Ich kann sie dir daher auch gar nicht so genau erklären, die Würge- und Schlingegefahr, die dem Mann vom Weibe drohen kann und die ihn schreckt, weil er fürchten muß, einverleibt und verzehrt zu werden.« – »Ist es vielleicht das, was du in deinem Lotostraum erlebt hast? Der enge Röhrengang, durch den du mußtest, dessen Wände besetzt waren von allerlei bösartigem Getier, an dem du dich wundstreiftest, da du ja aus irgendeinem Grund nackt warst bis auf die Haut, wenn ich recht verstanden habe, so daß du wenigstens eine Hand zur Abdeckung der empfindlichsten Teile gebrauchen mußtest?« – »Ähnlich, Penelope, ähnlich! Du kommst der Sache ziemlich nahe. Leider fühle ich aber unter den weichen Decken plötzlich die Gurten des Bettes leise schaukeln, als ob du innerlich erschüttert würdest. Ich hoffe nur, daß die Erschütterung vom Beben der Angst um deinen Gemahl herrührt und nicht von deinem oft so unzeitigen Gelächter. Unzeitig und ungehörig in Dingen, die du als Frau überhaupt nicht begreifen kannst. Oi, oi, siehst du, wie mich das aufregt, jetzt habe ich eine mißliche Bewegung gemacht, und schon ein Stich in der Kreuzgegend. Ach, ach! Diese Weiber, wenn sie nicht schlingen und würgen, dann lachen sie an den unpassendsten Stellen.« – »Ich lachte nicht, Odysseus, wie kommst du darauf, daß ich lache, wenn ich – innerlich stark erbebend – vernehme, daß du in den würgenden Schlauch mußtest, von allen Seiten bedroht am wichtigsten Teil des Lebens, durch nichts geschützt als die schwache Hand, ich meine – was Skylla und Charybdis betrifft, wohl durch einen klugen Plan, ein tapferes Handeln.« – »Du sagst es, meine Liebe! Kluger Plan, tapferes Handeln, das war's!« sagte er, ein wenig beruhigt, und legte sich zurecht zum Erzählen.

»Kirke hatte mir empfohlen, mit dem Schiff die schlingende Charybdis möglichst zu meiden und gegen die andere Seite der Enge zu steuern, wo in einer Höhle Skylla haust, die sechshälsig Raffende. Wenn wir Glück hätten, merke sie uns vielleicht nicht oder doch zu spät für ihren mörderischen Zugriff. Eine Tochter der Hekate, von Amphitrite aus Eifersucht verwandelt in ein hundsköpfiges Ungeheuer! Ich sage dir, es war unheimlich, schon als wir nur in die Nähe der Enge kamen.

Von weitem schon brüllte die See, und die Wellenberge dröhnten gegen den Fels. Stocksteif stand das Schiff, keiner rührte die Ruder vor lauter Entsetzen. Ich mußte überreden, mahnen, befehlen und ihren Mut aufstacheln. Endlich legten sie sich in die Riemen. Ich gebot dem Steuermann, sich aus dem Strudel der Charybdis zu halten, stand selber am Heck und suchte die glatte, bis in die Wolken ragende Felswand ab. Da erschien sie im Loch. Ein Dutzend Füße, aber verkümmert, grauenvoll verkrüppelt, kaum zum Gehen geeignet, schleppt sie ihren wüsten Leib zum Ausgang der Höhle mit fletschenden Zähnen, zweireihig, behangen von faulendem Aas, und reckt ihre Schlangenhälse. Aber das Grauenhafteste, weißt du, mir schlottert das Gebein, wenn ich dran denke, das Grauenhafteste ist, wie sie heult. Nicht fürchterlich brüllend, wie man es erwartet aus solchen Gurgeln, sondern ein kleines jammerndes Fiepen, wie von jungen Hündchen, die nach der Mutter schreien. Ich konnte nur beten, als ich es hörte, beten zur Hekate, der Mutter des Getüms, so hatte mir Kirke geraten. Bewaffnet und gewappnet war ich, obwohl sie mir sagte, ich sollte das sein lassen, aber ich dachte mir: Odysseus bist du! Ein, zwei von den Hundeschädeln vielleicht, so daß es nicht sechs Männer sind, die sie dir raubt. Aber als ich sie winseln hörte, fiel mir der Speer aus der klammen Faust, und ich duckte mich hinter den Mastbaum. Die Leute ruderten wie rasend, wie nie noch im Leben, und so kamen wir durch, bevor das Grauen ein zweites Mal seine Schlangenhälse nach uns ausrecken konnte. Sechs Männer hatte das Ungeheuer mir weggerafft mit sechs gräßlichen Hundeschnauzen. Ich sah, wie sie zubiß, malmte und schlang, und sah die Unseligen hängen aus dem aasverschmierten Gebiß des Untiers. Ein Grauen und Grausen zugleich, sag ich dir. Und dabei soll sie einmal ein liebliches Mädchen gewesen sein, so daß Poseidon sie begehrte ...

Als wir durch waren, lagen wir alle auf dem Bauch und weinten.« Odysseus schwieg mit schmerzlicher Miene und litt es wohl, daß Penelope ihn streichelte und ausführlich bedauerte und bewunderte, diesmal – wie ihm schien – ohne Anflug von kränkendem Spötteln. So floß ihm auch ungebrochen weiter der Strom der Rede.

»Und dorthin mußte ich *noch einmal,* stell dir vor, ich allein. Denn damals war ich schon allein, Zeus hatte mein letztes Schiff zertrümmert, ich am Mastbaum hängend, die letzten Gefährten von der See verschlungen zur Strafe wegen der Heliosrinder. Du kennst die Geschichte. Nur ich, der klug genug war, mich nicht mit dem verwehrten Fleisch vollzustopfen, ich allein hing am Mastbaum mit rudernden Händen, das Gemüt voll Gram um die Gefährten. Da hörte ich das Brüllen und Brausen der Charybdis. Genau gegenüber der Felsenhöhle der Skylla. Ein Gespenst des Meeres! Unsichtbar hockt sie im tiefsten Schlund. Mordlauernd. Dreimal des Tages saugt sie das Wasser ein, daß man den Meeresboden sieht, das grausige Gewürm der Tiefe und die versinternden Knochen derer, die ihr zum Opfer gefallen sind. Dreimal speit sie es wieder aus, die Woge schlemmt donnernd den Felsen hoch und wühlt aus der Tiefe all den Schiffbruch empor, die Leichen der Ertrunkenen, Gerät und zerspellte Planken und Mastbäume; auch seltsame Fische, die nur im Grundlosen leben und platzen, wenn es sie an die Luft schleudert. Es graut dir, wenn du es siehst.« – »Aber wie kam es, daß du es so genau sehen konntest, was da wohnte in der Tiefe und was es emporschleuderte?« – »Ich hing ja, Penelope, stell dir das vor; blitzschnell, als es mein Mastwerk einschlang, ergriff ich den Ast eines Feigenbaums, der aus der Felswand wächst mit breiten Zweigen, und da hing ich, die Füße in der Luft baumelnd, zu schwach, mich aufzuziehen zum Sitz, auch wagte ich's nicht, um mich rechtzeitig wieder fallen lassen zu können, wenn mein Mastbaum hochkäme bei der nächsten Eruktation des gespenstischen Weibes. Und nun rechne dir's aus, Penelope, dreimal des Tags nur speit das Wesen. Grade hatte sie mein Pfostenwerk eingeschlürft, ich hing und sah an der Sonne die Stunden gehn, ausgedörrt von Durst und Hitze und gaumenaustrocknender Angst, hing ich an einem Ast über dem Abgrund, Stunde um Stunde, und sah. Die Augen schloß ich ja nicht, um nicht aus Erschöpfung in Schlaf zu sinken und zu fallen oder das Aufschäumen zu übersehen und den rechten Augenblick, mich wieder auf den Mast fallen zu lassen. So hing ich und schaute und sah das Getier der Tiefe, das kein Auge eines Sterblichen sieht, denn die, die's hinunterzieht, leben nicht mehr. Ich verschränkte über dem Ast die Finger und klammerte mich auf diese Weise sicherer fest und ließ mich hängen, möglichst bewegungslos, um Kräfte zu sparen, und sah, wie das geisterhafte Ungetüm die Wasserflut einsog in Stößen, als müßte es zwischendurch neue Saugkraft sammeln, und so sah ich verschiedene Tiefen, sah die Haie und sonstigen bekannten Fische, dann in größerer Tiefe die, die es selten hervorspült, Hammerwal und Riesenkrake. Dann sah ich es grundnah, tief unten im Strudel, wo das Wasser fast still und durchsichtig war, da schwamm es und schwänzelte, aalig und bauchig und peitschenförmig, manche mit Vipernrachen und schrecklichen Nadelgebissen. Und alle, stell dir vor, alle hatten sie Lichter auf sich, phosphoreszierend und schwefelig glanzlos, sie trugen Lämpchen!« – »Lämpchen sagst du, Fische, die Lämpchen tragen, warst du da nicht im Fiebertraum, als du hingest im Feigenbaum?« – »Nein, hellwach war ich, mußte es doch sein, um den Mastbaum nicht zu versäumen, und da ich festgeklammert hing, vermochte ich auch zu schauen und zu sehen, vor allem zu sehen, wenn sich schon Gelegenheit gab, schrecklich und unbequem, aber immerhin Gelegenheit zu sehen, was in dieser abgründigen Meerestiefe vorging. Da sah ich's, ich schwör es dir, Laternchen haben sie auf den Köpfen, manche seitlich unter den Augen, ein gespenstisches Irrlichtern. Besonders grausig, weil sie es nicht vertragen, plötzlich dem Himmelslicht ausgesetzt zu sein. Es war ein erlöschendes Gekräuche zuletzt, ein Verrecken. Aber da mußte ich mich schon sammeln mit ganzer Aufmerksamkeit, denn der Spiegel im Trichter stieg, rascher und rascher, und da raffte es die Wassermassen empor, es quoll auf und donnerte und schäumte gurgelnd Tiefengut empor und darunter, Zeus sei Dank, der Mastbaum, ich ließ mich fallen, tauchte daneben unter, kam wieder hoch und erfaßte gerade noch mit der Faust das Ende des Holzes, hielt mich eisern fest und zog die andere Hand nach, schöpfte Atem und schwang mich mit den Füßen hoch, brachte den rollenden Baum zu ruhigerer Fahrt und trieb mit fast schwindenden Sinnen, aber mit der ganzen Länge des Körpers ans Holz geklammert, hinaus aus der Klippenenge. Mein Glück wollte es, daß Skylla mich nicht erspähte. Und so schwankte der treue Pfosten in stillere Gewässer ein, und ich konnte mich hochziehen zum Reitersitz. Da trieb's mich dahin, entronnen, gerettet, davongekommen. Es trieb mich neun Tage und neun Nächte. Ausgelaugt bis auf die Knochen, fast verdurstet. Hunger spürte ich nicht mehr.

Nein«, sagte Odysseus auf einmal sehr entschieden, nachdem er eine Weile nachgesonnen hatte und seine weit geöffneten Augen die graugrüne Meerfarbe hatten, die Penelope liebte und auch ein wenig scheute, denn sie zeigte an, daß ihr Gatte sehr weit weg war. »Nein! Ich weilte nicht lange bei Kirke, ein Jahr!« – »So, ein ganzes Jahr also?« – »Ein knappes Jahr. Länger hätt ich's wohl nicht ertragen.« – »Nicht ertragen? Odysseus! Red mir aber jetzt nicht wieder vor, Sehnsucht nach mir hätte dich fortgetrieben aus Kirkes Armen, du mußt dir langsam wieder angewöhnen, besser zu lügen, als es notwendig war bei dem Mannsvolk vor Troja und wo du dich sonst noch herumgetrieben hast. Außer wahrscheinlich bei Kirke. Die stell ich mir nicht so vor, als fiele sie leicht herein auf schlampige Lügen.« – »Dies allerdings nicht. Eine solche war die nicht, daß man sie leicht hätte um den Finger wickeln können mit ein bißchen Zungenflottheit. Und langweilig war sie auch nicht. Sehr anregend sogar, um nicht zu sagen aufregend. O ja! Man kam bei ihr aus der Aufregung gar nicht heraus, aus einem dauernden, ganz besonderen Zittern der Nerven, denn man wußte nie, was sie im Schilde führte, mußte immer auf alles gefaßt sein! Bei dir, Scharfsichtige, muß man ja auch auf allerhand gefaßt sein, aber es beschränkt sich angenehmerweise nur auf Blick und Rede; im Handeln bist du ja eher friedfertig, und nachträgerisch bist du auch nicht! Aber bei Kirke, da konnte so eine kleine, halb geraunte Bemerkung etwas zur Folge haben, das einem ans Mark ging, an Leib und Leben und Person.« – »Ich weiß es aus Geschichten«, sagte Penelope mit heller Stimme, »sie pflegt mit etwas Geraune Männer zu Schweinen zu machen, und dann steckt sie sie in eigens dafür bereitete Koben.« – »Nicht mit mir, mich machte sie nicht zur Sau, Penelope, ich betonte es schon, das schreib dir hinter die Ohren. Bei den Gefährten gelang es ihr, ja, und wenn ich sie auch veranlaßte, ihnen wieder menschliches Aussehen zu geben, Säue blieben sie und taten das ganze Jahr nichts als fressen und saufen und sonst was und fühlten sich bestens dabei und raunzten und murrten sehr, als ich zur Weiterfahrt drängte. Der kleine Elpenor, du weißt es, der dumme Bub soff sich am letzten Abend noch so toll und voll, daß er uns vom Dach fiel und den Hals brach. Er jammerte mich ja, aber was konnte ich dafür? Mußten seine Eltern ihn mitschicken, das Kind, auf die Männertour? Jetzt liegt mir seine Mutter täglich in den Ohren und läßt sich von mir eine Lügengeschichte erzählen. Bei den Kikonen hätte es ihn erwischt, sag ich ihr, und als Held. Ich muß es ihr immer wieder erzählen. Wenn sie mich sieht, faßt sie mich am Gewand und zerrt mich in ihre Hütte, daß ich es wieder ausmale, wie heldenhaft ihr Kleiner war.

Mich konnte Kirke zwar nicht zum Schwein machen, aber echtes Behagen kam nie auf in mir das ganze Jahr lang. Es war etwas Unheimliches an dieser Frau, obwohl ein starker Reiz ausging von ihr... ein Reiz vor allem für meine Wißbegierde, die du ja kennst.« – »Ich kenne sie, deine Wißbegierde, mein Trauter, und du kennst meine Neugier? Sei doch so gütig und sättige diese, ich weiß ja, etwas niedrige Neugier, und erzähle deiner Penelope, wie sie aussah, die Hexe, denn mit Hexen konnte ich auch einige Erfahrungen sammeln, aber die, welche ich im Auge habe, war nicht so gestaltet, daß sie einen wie dich ein volles Jahr, wie ich jetzt erfahre, hätte festhalten können in ihrem Bau.«

»Da muß ich ganz energisch betonen, Penelope – ich weiß ja nicht, wie und welche Erfahrungen du hier in Ithaka hast sammeln können mit Hexen, lassen wir's auch dahingestellt, aber, wie gesagt, ich kann nicht genug betonen, daß Kirke nicht war, was man sich üblicherweise unter einer Hexe vorstellt. Da war nichts Vettelhaftes an dieser Frau. Lieblich war sie nicht im Sinne der Kalypso, das wahrhaftig nicht. Auch schön konnte man sie nicht eigentlich nennen, aber faszinierend, von einer dunklen, verwirrenden Faszination, die vor allem von ihren Augen ausging. Riesige, schwarze Pupillen, wie ein schlingender Sog, in einer gelbstrahligen Iris. Meist gedeckt durch rauchdunkle Lider. Aber die konnte sie ganz unvermutet aufschlagen, und dann sah sie einen an, daß einem die Knie zu zittern begannen und du dachtest, wenn sie jetzt einen Spruch murmelt, dann verwandelt sie dich in was sie will, du bist machtlos dagegen, taumelst und torkelst hinein in die Tiefe dieser Pupillen wie eine gesengte Motte.« – »Und da sahst du nicht zu, daß du wegkamst mit gutem Wind?« – »Das verstehst du nicht, Penelope. Eine solche dir kirre zu machen, das reizt schon einen Mann, reizt seine angeborene Wißbegierde! Liebe war das nicht bei Kirke, ich schwör's dir, auch nicht der anmutige Gänschenreiz, mit dem mich Kalypso vorübergehend einfing. Es war Zauber, Abenteuer und Bewährung.« – »Bewährung? Hörte ich recht, mein Teuerster, du sagtest Bewährung? Etwa in dem Sinne, wie du dich vor Troja bewährtest mit Rat und Tat?« – »Nicht eben genau so wie vor Troja, aber für einen Mann gibt es viele Arten der Bewährung, und jetzt reite mir nicht auf diesem Wort herum in leidiger Hartnäckigkeit, sondern höre, was ich dir erzählen will von Kirke, auf die du nach deinen eigenen Worten neugierig bist!

Sehen und vor allem hören mußte man sie, wenn sie auf und nieder schritt am Webstuhl und sang. Auch Kalypso ging auf und nieder am Webstuhl, aber die trällerte dabei Amorspäßchen leicht schlüpfrigen Charakters, ganz anmutig, ja, aber im Vergleich zu Kirke! Die sang Zauber mit tiefer, ein wenig aufgerauhter Stimme. Worte verstand man nicht, mehr war es ein Raunen, und dabei wob sie die wunderlichsten Bilder in ihr Gewebe. Wenn du ihr zuhörtest und dabei diese Bilder anschautest, zog es dich ein in einen buntfarbigen Zauberstrudel, und du mußtest an dich halten, dich zurückreißen mit aller Kraft und Entschlossenheit des Geistes, um nicht hineinzugehen in diese Zauberbilder, nicht eingesogen und eingesponnen zu werden, wie die Spinne ihre Beute einwebt als Vorrat, um sich später daran zu verlustieren. Und siehst du, diese Entschlossenheit brachte man kaum auf. Man wollte sie gar nicht aufbringen, sondern sich fallen lassen und hingeben dieser Einspinnung und dem Ausgesogenwerden. Unheimlich, fast anstößig. Und das war der Grund, warum ich mir nach vergleichsweise kurzer Zeit sagte: Nichts wie weg von da, Odysseus, sie saugt dir die Kraft aus Nerv und Gebein. Zur Sau kann sie dich nicht machen wie die andern, aber sie macht dich zur Sklavin, sie raubt dir dein Mannestum, dein Geschlecht, sie macht dich zu ihrer Hure, und dann wirft sie dich hohnlachend weg wie einen ausgelutschten Balg. Schluß jetzt, sagte ich, Schluß und nach Hause, und das sagte ich auch ihr, Kirke; raffte mich zusammen, hielt meine Knie steif, hütete mich vor ihrem Blick, mit dem sie mich ansaugen wollte, und sagte mit ein wenig heiserer Stimme: ›Laß uns nach Haus!‹« – »Einfach: Laß uns nach Haus! hast du gesagt? Nicht gebettelt, gefleht, sondern so ganz lapidarisch: Laß uns nach Haus!« – »Wie kommst du auf Betteln und Flehen und Knieanfassen? Wie du das immer siehst!« – »Verzeih, mein Großartiger, aber vom Knieanfassen redest *du,* ich sprach – wenn ich mich recht erinnere – nur von Betteln und Flehen, das mit den Knien fügst du hinzu! Aber fern sei mir zu bohren, wie du es so gar nicht leiden kannst, und nichts weniger will ich, als dich kränken. Du sprachst also mit steifen Knien und nur ein wenig heiserer Stimme: Laß uns nach Haus! Und was sagte die Heliostochter?« – »›Göttersproß‹, sagte sie einfach, ›willst du nicht mehr, dann bleib auch nicht weiter.‹ Kein Toben und Schmeicheln wie bei Kalypso, sondern einfach: Göttersproß, willst du nicht mehr! Sie war schon eine, die Kirke, und nicht genug, daß sie uns ohne weiteres wegließ. Sie versah mich auch noch mit unschätzbaren Ratschlägen bezüglich der Reiseroute.« – »Ja, ich weiß«, sagte Penelope, »sie riet euch den Weg durch die hundsschnäuzige Skylla und die männerschlürfende und -ausspeiende Charybdis, ein Weg, wenn ich mich nicht täusche, der nicht unmittelbar von Aiaia, dem Eiland der Kirke, nach Ithaka führt?« – »Nicht direkt, da muß ich dir recht geben«, sagte Odysseus und verdüsterte sich, »sie wies mich einen anderen Weg, einen Abstecher, der noch zu machen war.«

»Abstecher sagtest du?« Penelope stützte sich auf den Ellenbogen und sah Odysseus an, der gekrümmt dalag, die eine Hand unter der Wange und mit der andern die Augen bedeckend. »War's nicht Thrinakia, wo ihr hinkamt von Kirke?« – »Nein Thrinakia nicht. Noch nicht. Da lag noch etwas dazwischen«, sagte er leise, die Augen seltsam geweitet wie von einem grauenhaften Anblick. »Thrinakia war erst später. Da war noch der Abstecher, der unvermeidbare. Das Fürchterliche. Davon kannst du nichts gehört haben, obwohl der Inseltratsch einen ja verfolgte bis hinter die Schallmauer, bis ins Märchenhafte. Aber das war kein Märchen. Das war das Grauen selbst. Und keiner mehr da, der es mit mir teilte. Alle gestorben, verdorben. Und ich kann's nicht vergessen. Aber reden kann ich auch nicht davon. Niemals, nie werde ich es vergessen können, das Dunkle, das nicht im Licht geschieht und sich daher auch nicht herumsprechen kann.« – »Wenn es dir leichter wird, Odysseus, erzähl's mir. Jetzt frag ich nicht aus Neugier, und ich werde auch nicht bohren. Wenn es dich erleichtert, dann rede, wenn du es für besser hältst, zu schweigen, dann schweige. Ich werde nicht fragen.« – »Jetzt kann ich noch nicht, Penelope«, sagte Odysseus, und in seiner Stimme zitterte etwas vom Grauen nach, »vielleicht einmal später, aber jetzt will ich es ruhen lassen. Alles würde wieder lebendig, wenn ich es in Worte faßte, und ich will's nicht lebendig. Ich will die Bilder des Schreckens verblassen machen, sie zudecken mit Zeit und nicht wecken durch das Wort. Vielleicht später einmal. Vielleicht auch nie.«

Penelope nahm ihn schweigend in ihre Arme. Er faßte sie um die Hüften und grub sein Haupt in ihren Schoß und hauchte es nur – aber sie vernahm es –: »Ich bin bei den Toten gewesen, Penelopeia!«

HELENA

Der junge Telemach erzählte wieder einmal abends beim gemeinsamen Mahle von seiner großen, gefahrvollen Reise, die er auf eigene Faust und als Anführer weniger Gefährten gewagt hatte, um nach dem Vater zu forschen, Erkundigungen über ihn einzuholen und überhaupt – wie er das jetzt gerne nannte – nach dem Rechten zu sehen. Er war groß im Erzählen und tat es gerne und ausführlich: ein Vatererbe; und Penelope war auch nicht eben auf den Mund gefallen.

Die Eltern blickten einander heimlich an und lächelten, wobei ein gutes Maß Stolz in diesem Lächeln war. Eurykleia hockte auf ihrem Schemel dicht neben dem Feuer und mümmelte altes Brot, wobei sie den Telemach mit einem zufriedenen Ausdruck von Leibessattheit ansah, als wäre er ihr eigenes Kind.

Alle diese Erzählungen des Telemach aber mündeten regelmäßig, auf welchen Umwegen auch immer, bei Helena.

Mitten in eine Hochzeit war er hineingeplatzt. Des Menelaos und der Helena Tochter Hermione war schon vor Troja dem Achilleussohn, dem »männerzermalmenden« Neoptolemos, versprochen worden. So war der Palast von Sparta damals voll von Gästen aus ganz Griechenland. Alles war da, was nur im entferntesten verwandt war mit dem Haus der Atriden. Es wurde gegessen, getrunken und geprahlt. Sänger produzierten sich, Feuerfresser und springende Gaukler. Sie hatten sich unter die Tür gestellt, er, Telemach, und Peisistratos, Nestors Sohn, den der Alte ihm mitgeschickt hatte von Pylos als Begleiter. Die beiden wurden sofort dem Menelaos gemeldet. Der ließ sie ins Haus bitten und ihnen die üblichen gastlichen Freundlichkeiten erweisen: Bad und Salbung, frische Gewänder, Speise und Trank.

Telemach, der aus vergleichsweise kleinen Verhältnissen kam, war fassungslos vor der Pracht des Palastes gestanden. Er hatte ähnliches noch nie gesehen und gaffte mauloffen um sich, daß die Diener einander anstießen und lachten. Das merkte er aber nicht, und wenn er's gemerkt hat, dann erzählte er es nicht, sondern erging sich vor den Eltern darüber, wie man ihn geehrt, wie ergreifend Menelaos zu ihm gesprochen habe und wie die Rede dann wie von ungefähr auf die Verlorenen und Verschollenen gekommen sei. Vor allem habe Menelaos das Los des Odysseus beklagt, so daß ihm, Telemach, die Tränen gekommen seien. Er habe den Mantel andeutungsweise über sein Antlitz ziehen müssen, um sein Schluchzen zu verhüllen, wie es sich schickte. So hatte man es ihn gelehrt. Ganz ungewandt in gesellschaftlichen Formen sei er ja nicht und wisse daher gut, daß das Weinen um so größeren Eindruck mache, wenn eine schamhafte Verhüllung andeute, daß der Weinende sich zu beherrschen verstehe.

Alle im Saale wußten natürlich längst, wen sie vor sich hatten. Schneller als die beiden Jungen auf ihrem Wagen war die Kunde von Pylos herübergekommen. Alle waren sie neugierig auf das Früchtchen des Odysseus. Menelaos, der eher langsam dachte, war sich noch nicht ganz sicher, ob es schon der Augenblick war, den fremden Gast als Sohn des ehemaligen Waffengefährten in die Arme zu schließen und mit entsprechenden Reden willkommen zu heißen.

Und da kam es zu jener Szene, die Telemach schon an die hundertmal erzählt hatte und wieder erzählte, weil das, was er gesehen und gehört hatte, nicht einging in sein unerfahrenes Jünglingsgemüt. Er konnte und konnte es einfach nicht verstehen:

Helena trat ein. Dienende Hände überstürzten sich, ihr den schöngeschnitzten Thronsessel unterzuschieben, sie mit allem Nötigen und Unnötigen zu versorgen und zu verwöhnen. Sie selbst aber, Helena, machte nicht die geringsten Umstände, blickte freundlich gelassen um sich und sprach aus, worauf er, Telemach, längst schon gewartet hatte: »Täusch ich mich oder red ich die Wahrheit? Noch nie hab ich jemanden mit Augen gesehen, der so dem hochherzigen Odysseus gleicht! Steht etwa sein Kind vor mir? Telemach, den er als Neugebornen zurückließ, als damals ganz Hellas nach Troja zog, zum männermordenden Kampf um meiner hündischen Augen willen?«

Mit einem lieblichen Ausdruck in ihrem strahlenden Gesicht habe sie das gesagt und am Schluß noch – ohne die leiseste Veränderung der Stimme oder der Miene – hinzugesetzt: »um meiner hündischen Augen willen«.

Dieser Zusatz war es, der Telemach so bestürzt hatte und nicht losließ, so daß er von dieser Szene immer und immer wieder erzählen mußte. Dabei starrte er die Eltern ratlos und fragend an mit seinen grünlichen Augen, deren Blick noch die reife Durchtriebenheit des Vaters fehlte.

Die Eltern schwiegen. Eurykleia grunzte.

So erzählte also Telemach weiter: wie er wieder stark hatte weinen müssen, so sehr, daß der Nestorsohn die Vorstellung übernehmen mußte. Reden der Rührung waren gewechselt worden. Telemach konnte nicht aufhören zu weinen, Menelaos, der Fürst, weinte schon längst, weil er selbst so schön gesprochen hatte, Peisistratos konnte sich nun auch nicht mehr der Tränen enthalten und gedachte seines vor Troja erschlagenen Bruders, die ganze Hochzeitsgesellschaft löste sich auf in wohltuende, Herz und Gemüt erfrischende Tränen. Sogar Helena schloß sich an mit Maßen. Endlich hatte Menelaos genug und sprach: »Lassen wir jetzt vom Drang zu weinen, und denken wir wieder ans Essen!« Helena tat ein übriges und träufelte eines ihrer wohlig bezaubernden Mittelchen in den Wein, die sie von Ägypten mitgebracht hatte, gut gegen Traurigkeit und galliges Wesen. Auf Telemach übte es eine besonders starke Wirkung aus, weil er so aufgeregt und von Ithaka her an der gleichen nicht gewöhnt war.

So die Geschichte. Sooft auch erinnert und erzählt, sie ließ den Jungen nicht in Ruhe, und wieder einmal legte er sie den Eltern vor als Frage. Auch Eurykleia hörte mit. Sie verstand ganz gut, wenn sie mit der Hand ihre große Ohrmuschel dem Redenden zubog, und Telemach wurde auch immer ziemlich laut, wenn er von sich sprach und insbesondere von dieser Geschichte, der gegenüber die Eltern sich so ungewohnt wortkarg verhielten.

Da war also Helena eingetreten, hatte Platz genommen mit lieblichem Wesen und Aussehen und umsichtig dafür gesorgt, daß Fröhlichkeit sich ins Gemüt der Männer ergoß, und hatte – ihm, Telemach, zu Ehren – von den ruhmreichen Taten des Odysseus gesprochen, insbesondere davon, wie er sich von Diomedes grausam habe auspeitschen lassen und sich, in Bettelfetzen gehüllt, in den Palast geschlichen habe, um das Palladium zu stehlen. Sie, Helena, habe ihn sofort erkannt, ihn gebadet, gesalbt und bekleidet und sein gepflegt.

Bei dieser Stelle der Erzählung des Sohnes richtete sich Penelope steil im Stuhle auf und blickte dem Gatten gerade ins Gesicht. Der aber schien vertieft in die Mahlzeit und kämpfte mit einem besonders großen Stück zähen Hammelfleisches, das er vom Knochen gerissen hatte. »Paris war damals schon tot, als du in der Zitadelle warst?« fragte Penelope. – »Paris dürfte schon tot gewesen sein, wenn mich die Erinnerung nicht trügt«, sagte Odysseus mit vollem Munde. – »Und sie pflegte dein und verriet dich nicht?« – »Wo wär ich«, sagte er kauend, »wenn sie mich verraten hätte!«

»Stell dir nur vor, Mutter«, ereiferte sich Telemach, »sie verriet ihn nicht, sondern badete und salbte ihn eigenhändig und pflegte sein, wie sie mir persönlich gesagt hat, und sie sagte mir auch, warum sie es getan hat: ›Ich litt damals‹, teilte sie mir wörtlich mit, ›ich litt darunter, daß einst Aphroditens Betörung hierher mich gelockt hat vom lieben Lande der Heimat.‹ Und während sie so sprach, sah sie liebreich zu Hermione hinüber, die es ihr allerdings nur mit einem finsteren Blick lohnte. Man konnte deutlich sehen, daß ihr das Verständnis für diese besondere Mutter fehlte. Ein eher trokkenes Mädchen!« – »Ich kann ihr's nachfühlen«, sagte Penelope, »daß ihr das Verständnis abging für diese besondere Mutter, und ich kann mich nur immer wieder wundern, wieviel Verständnis Helena von seiten der Männer entgegengebracht wird, die sonst eher ratlos bis ablehnend den Äußerungen der weiblichen Seele gegenüber sich zu verhalten pflegen. Auch verstehe ich nicht genau, warum sie dich salbte und badete, Odysseus? Schließlich mußte es auch in ihr Vogelhirn hinein, daß du mit Absicht verdreckt warst und zerlumpt, daß es gewissermaßen eine Lebensfrage war für dich, von keinem in Troja erkannt zu werden!«

Odysseus schwieg anhaltend und kaute. Telemach aber setzte grübelnd fort mit zusammengezogenen Brauen – er sah jetzt dem jungen Odysseus wirklich zum Verwechseln ähnlich. »Was ich nur nicht verstehen kann, ist dies: Warum dieselbe Helena, die sich deiner so liebreich annahm und dich nicht verriet und sich nach Hause sehnte, warum diese gleiche Helena dann, als ihr im stickigen Pferdebauch hocktet und euch sicher nicht wohl war inmitten der gaffenden Haufen Troer am hellichten Tag mitten in der Zitadelle, warum sie dann an der Seite des Deiphobos die Bretter beklopfte, erwog, ob man's zerhacken oder verbrennen sollte, und dann scherzenderweise die Stimmen eurer Gattinnen nachahmte. – Menelaos erzählte, du, Vater, habest Mühe gehabt, die Männer ruhig zu halten und mußtest den Antiklos fast erwürgen, daß er nicht ausbrach. Warum, sagt mir, hat Helena das getan nach allem, was sie kurz vorher dir noch anvertraut hatte in ihrem Gemach? Ich verstehe gar nichts mehr! Was dachte sie sich dabei? Warum handelte sie an euch so gehässig, als ihr im Roßwanst schwitztet – und dabei war sie so freundlich zu mir und so überaus schön!«

»Eine Hündin ist sie, Sohn«, sagte Penelope rauh, »strohdumm und dazu eine Hündin. Sie tut, wonach's ihr gerade gelüstet und denkt sich nichts dabei! Wenn unsereine sich so aufführte, sie würde gesteinigt werden, und mit Recht. Vor Helena aber schlecken sie den Boden und dünken sich noch selig dabei.«

»Wie kann sie das nur«, sinnierte Telemach düster, »wie kann sie das? Redet lächelnd, und ganz Fürstin dabei, von ihren hündischen Augen wie einer von seiner Krätze redet, für die er nichts kann und die schuld daran ist, daß er stinkt.«

Eurykleia auf ihrem Schemel meckerte gewöhnlich auf.

»Meckere nicht, Amme«, wies Odysseus sie zurecht, »das verstehst du nicht; und du auch nicht, Telemach. Und überhaupt will ich jetzt schlafen gehen.«

Damit erhob er sich und schritt zur Kammer hinauf. Penelope folgte ihm.

Als sie eine Weile schweigend gelegen waren, fing Penelope zu reden an. Ob Odysseus ihr zuhörte, war nicht klar. Er schien zu schlafen und rührte sich nicht. Penelope aber redete trotzdem weiter:

»Ganz ungerührt und frei von Verbindlichkeiten, das war sie immer schon. Als Mädchen bereits. Wir sind ja miteinander aufgewachsen. Ich, Klytaimnestra und sie. Und die Buben, Kastor und Polydeukes. Schon damals haben sich die zwei immer auf ihre Seite geschlagen, auch wenn sie eindeutig im Unrecht war. Aber sie nützte es nicht einmal aus. Im Grund war sie gutmütig. Nie im Zorn, wie ich es oft war, oder hassend und nachträgerisch wie Klytaimnestra. Eine harmlose Seele. Oder einfach sehr gleichgültig gegen alles. Ein hübsches Kind mit hellblonden Locken, aber schon damals mit sonderbaren Augen. Sie hatte auch nie – wie das bei Kindern und heranwachsenden Mädchen sonst ist – ein Geheimnis. Wir alle hatten solche Geheimnisse und Verstecke vor den Erwachsenen und untereinander. Es war ein prikkelnder Reiz. Sie hatte nie eines. Sie hatte nicht einmal den Tiefgang eines geheimen Lochs in der Mauer oder eines gehüteten Grübchens unter den Büschen am Feld.

Warum ihr die Brüder so ergeben waren, warum sie sie nie anrührten, wir begriffen es nicht. Zu uns waren sie, wie eben Buben sind. Sie ließen ihre Kraft an uns aus und scherten sich sonstwas drum, ob eine zart oder blondgelockt war. Vor Helena machten sie immer halt und schlugen die Augen nieder. Ich erinnere mich genau: Sie schlugen die Augen nieder.

Gerade wie Theseus! Du kennst die Geschichte mit Theseus? Er hat Helena entführt, als sie kaum zwölf war. Ich seh ihn noch unten in der Halle mit seinem Freund Peirithoos, erwachsene junge Männer. Und wir spielten auf dem Boden irgendwelche Kinderspiele. Wir wurden noch nicht einmal hinausgeschickt. Theseus stand herum, und Helena schob eines seiner langen Beine weg, weil er ihr aufs Spielzeug trat. Dabei sah sie zu ihm auf. Er schaute hinunter zu ihr, und plötzlich wurde er kreidebleich. Ich sah es, denn ich hockte auch dort herum. Ich sah ihn erbleichen, als sein Blick den Blick Helenas traf. Wenig später entführte er sie. Große Aufregung im Palast. Tyndareos tobte. Verhandlungen waren im Gang. Dann erfuhr man für sicher, daß Theseus sie gleich der Mutter übergeben hatte und selbst sich weit vom

Ort aufhielt. Warum er sie unberührt herausgab? Man erfuhr es nie. Seine Mutter kam, gab sie ab und verließ uns gleich wieder; fast fluchtartig. Und Helena stand da, die Puppe im Arm, als käme sie von einem Ausflug zurück. Wir stürzten uns natürlich auf sie, platzend vor Neugier, Neid und Bewunderung. Eine Entführung! Bei einer von uns hätte keiner auch nur im entferntesten an Entführung gedacht. Die Freundlicheren spielten ein bißchen mit uns und lachten, wenn Klytaimnestra sich eitel zeigte. Aber Helena wurde entführt und, was das Unfaßbarste war, sie tat weder protzig noch überlegen oder geheimnisvoll, sondern erzählte ganz sachlich und trocken, wie es ausgesehen hatte dort und daß alle sehr lieb zu ihr waren, und sie zeigte uns die Puppe, die man ihr geschenkt hatte.

Dann kamen wir in das Alter, in welchem Mädchen sich plötzlich zu Jungfrauen herauswachsen und dabei Phasen durchlaufen, die alles eher als anziehend sind. Die einen sind zu dürr, die andern zu dick und gefräßig, die Haut ist unrein. Abwechselnd sind sie toll oder mürrisch, todtraurig oder ausgelassen, zwei linke Hände, zu nichts zu gebrauchen. Die erfahrenen Frauen sagen: Laßt sie in Ruh, sie mausert sich. Wir alle gerieten in dieses häßliche Alter. Nur sie nicht, Helena. Spurlos ging das an ihr vorüber. Eines Morgens stand sie auf und war kein Kind mehr.

Oder vielleicht war sie nie ein Kind gewesen, so wie wir. Und deshalb haben die Buben sie nie angerührt und Theseus erblaßte, als sie ihn ansah.

Jetzt wurde es immer still, wenn sie vorüberging, und wie unter einem magischen Zwang folgten ihr die Augen der Männer, ob es die adeligen Gäste des Tyndareos waren oder Schankknechte, Jünglinge oder Greise, sie gafften ihr nach, und wenn sie aufsah, schlugen sie die Augen nieder wie beschämt. Aber sie merkte es gar nicht, oder es war ihr gleichgültig. Auch war sie fern von jeder Koketterie.

Aber wir merkten es wohl, wie den Männern ihretwegen der Atem wegblieb, die Augen aus den Höhlen traten und der Gaumen austrocknete. Eifersüchtig waren wir aber eigenartigerweise nicht auf sie, so wie wir es aufeinander waren bei der kleinsten Andeutung, daß ein Mann Kenntnis nahm von einer von uns. Nicht einmal Klytaimnestra war eifersüchtig. Sie stürzte sich nur Hals über Kopf in die Ehe mit dem ihr nur flüchtig bekannten Mann, den Agamemnon ihretwegen erschlug, weil er lüstern war auf sie; sie wechselte nur das Bett. Gerade so, als ob sie nur hätte weg wollen von zu Hause, weg von Helena.

Wir anderen nahmen Helena hin. Keine maß sich mit ihr. Wir beneideten sie nicht um des Zaubers willen, den sie ausübte auf alles Männliche. Ich glaube, weil wir spürten, wie kalt sie diese ihre Wirkung ließ. Sie hatte weniger Eitelkeit an sich als die Unscheinbarste von uns. Manchmal – ob du es glaubst oder nicht –, manchmal tat sie uns fast leid wegen dieser unbegreiflichen Unberührbarkeit. Wir *wollten* jubeln und weinen, lachen und traurig sein, wir sehnten uns nach einer Aufgabe, nach einem Mann für gute und für schlechte Tage, und wir wünschten uns Kinder. An diesen Wünschen und Hoffnungen und Verzweiflungen nahm sie keinen Anteil.

Sie hatte gar nichts von ihrer außerordentlichen Schönheit. Wir, die wir gegen sie abfielen wie die Enten gegen den Schwan, wir konnten tagelang darüber reden oder träumen, ob uns einer angesehen hatte oder nicht, ob er ein freundliches Wort an uns gerichtet hatte. Stundenlang wurde das dann zerredet. Sie nicht. Sie hörte zu, sprach kaum mit. Aber nicht aus Hochmut, sondern eher, weil ihr nichts einfiel oder weil es sie gar nicht interessierte. Von ihren eigenen Erfolgen sprach sie nie. Aber auch wieder nicht aus Schonung oder Bescheidenheit. Alles, als ob es sie nichts anginge. Und wir fragten uns oft: Was denkt sie? Was geht ihr nah? Womit beschäftigt sie sich in ihrem Inneren?

Als dann der Rummel mit den vielen Freiern kam und die sich überstürzten und ihr Letztes bereit waren ihr zu Füßen zu legen, da war ich nur neugierig, was sie tun, wen sie wählen würde. Ich hätte es im voraus wissen können: Sie nahm einfach den, welchen ihr Vater auswählte für Sie, und der erkor natürlich den Reichsten, Menelaos. Der eitle Tyndareos wollte seine Halbtochter zum Höchstpreis verschachern und davon den Nutzen haben. Helena war das gleichgültig. Sie fügte sich ohne den leisesten Widerspruch. Manchmal hatte man das Gefühl, sie war froh, daß man ihr die Entscheidung abnahm. Leidenschaft war so wenig in ihr wie in einer tönernen Amphore. Und ich bin fast sicher, wenn unter den Bewerbern Paris gewesen wäre, hätte sie ihn auch nicht von sich aus erwählt.

Als ich dann hörte, daß sie Menelaos verlassen hatte, um diesem hergelaufenen Filou zu folgen, glaubte ich gar nicht – wie man herumerzählte –, daß sie es getan hätte aus Bezauberung, aus Leidenschaft. Sie folgte ihm nicht, weil er ihr Blut in Wallung gebracht hätte, sondern weil er so dringlich war. Nicht einer Leidenschft verfiel sie, sondern sie konnte nicht nein sagen. Sie ließ sich mitzerren. Menelaos war fort, und das kleine Kind, Hermione, ihre Tochter, die vergaß sie einfach.

Es gab da unter den Mägden eine, um die sich die Männer rissen, die Knechte, aber auch Herren. Sie hatte alles, was Männer gierig macht, und selbst war sie es auch. Sie nahm Geld oder Geschenke dafür, aber wenn ihr einer gefiel und er nichts hatte, machte sie's auch so mit ihm. Bei den Weibern hatte sie den schlechtesten Ruf. Man warnte uns davor, auch nur in ihre Nähe zu kommen. Natürlich machte mich das besonders neugierig. Ich hockte manchmal bei ihr, wenn niemand es sah; im Stall oder sonstwo im Hof. Da redete ich auch von Helena, von dem Trubel um sie und wie es sie kalt ließ. Wie die Männer blaß wurden, wenn sie sie ansah. Weißt du, was die Dirne sagte? ›Ihr Hurenblick macht das und daß sie dabei nicht im geringsten geil ist!‹

Da ging mir ein Licht auf. Ich wußte, was sie meinte. Diese makellose, durch keine Leidenschaft getrübte Schönheit des Äußeren, des Ganges, der Gebärde, und dazu den Blick; ›hündisch‹ hatte sie selbst gesagt. Schamlos. Natürlich kannte ich solche Blicke, die Frauen manchmal Männern zuwarfen. Das machte sie lebendig, feuerte sie an, und ich wußte auch, daß es dann in irgendeinem Bett oder im Stroh endete.

Es war aber dann nicht nur der Blick allein. Der ganze Körper ging mit und lockte und bot sich an. Und oft auch die Worte oder die Stimme, mit der sie gesagt wurden. Längst wußte ich, was dieses Spiel bedeutete, das unsereiner versagt war wegen Sitte, Erziehung und Herkunft. Wir übten es sogar zum Spaß untereinander. Aber keiner von uns gelang es. Es wurde höchstens eine Farce, eine lächerliche Grimasse daraus. Es fehlte uns ja das Gefühl im Fleisch, in den Nerven, das man haben muß, um zu einem solchen Blick zu kommen. Aber Helena fehlte es auch. Mehr noch als einer von uns. Und doch hatte sie den Blick. Irgendeinmal muß es ihr einer gesagt haben, und sie muß begriffen haben, daß Männer wahnsinnig wurden ihretwegen, und weil sie gutmütig war, gab sie nach. Sicher hat sie dem Paris auch nur nachgegeben. Und dann dem Deiphobos. Und dir! – Ja dir, Odysseus, denn als du in ihr Gemach gerietest in der Zitadelle, da kam ihr gar nicht der Gedanke, daß es aus einem anderen Grund sein könnte als ihretwegen. Und so badete und salbte sie dich und ›pflegte dein‹. Und auch du hast vergessen, warum du eigentlich da warst, sonst hättest du dich sehr wohl zu wehren gewußt gegen das Baden und Kleiden, das dich jedem Troer, der eintrat, sofort kenntlich gemacht haben muß. Red nicht. Mir ist ganz klar: Geschlafen hast du mit ihr und konntest wahrscheinlich gar nichts dafür. Ich trag's dir nicht nach. Wenn ich auf eine nicht eifersüchtig bin, dann ist es Helena.

Aber sag mir, Odysseus, denn ich verstehe es nicht: Warum hocktet ihr zehn Jahre im Staub vor der Zitadelle, zerfressen vom Wind, von Hitze und Frost und von der Pest. Ausgeblutet und zum Krüppel geschlagen. Und sie, die Troer! Warum ließen sie ihre Mauern berennen Tag um Tag und Jahr um Jahr, ihre Väter und Söhne abschlachten, und stäupten sie nicht hinaus aufs Blachfeld in Sack und Asche, die Hündin, daß sie winselnd um Gnade kriechen müßte zu ihrem betrogenen Gatten, dessen Bett sie geschändet hatte? Warum taten sie es nicht, Odysseus, warum? Hat denn keiner von euch Männern gesehen, was wir schon als Mädchen sahen und wußten, daß Helena nichts war als eine hohle Puppe, von außen mit Zauber bekleidet und innen leer? Eine schöne Mechanik regte ihre Glieder, kein Funken lebendiges Gefühl! Wenn schon *ihr* nicht aufgeben wolltet aus Trotz als die Beleidigten! Aber *sie*, die trojanischen Väter, Gatten, Söhne, die täglich ins Gras bissen ihretwegen. Aber was sag ich: die Männer! Die Frauen, jede einzelne Frau von Troja! Warum zerrten sie nicht an den Haaren den Anstoß aus dem Bett hinaus durch die Gassen und quer übers Schlachtfeld und warfen sie euch vor wie dem Hund den Fraß: Da habt ihr sie zurück, eure ›Schöne Helena‹, steinigt sie oder henkt sie oder vögelt euch alle durch mit ihr, aber laßt unsere Männer wieder in Frieden zu Hause schlafen! Warum, frag ich dich, Odysseus, taten dies die Frauen der Troer nicht?«

»Die Männer ließen es nicht zu«, sagte Odysseus, der also doch nicht geschlafen, sondern genau zugehört hatte. »Gewollt hätten sie schon, die Frauen. Und wie! Aber die Männer hätten sie eher erschlagen, als sie tun lassen, was richtig und gut gewesen wäre. Wir im Griechenlager, die Helena nicht sahen oder nur von weitem, wenn sie auf der Mauer stand, wir begriffen ja die Troer auch nicht. Begriffen nicht, warum sie Helena nicht längst aus dem skäischen Tor geschleift und der Rache der Atriden ausgeliefert hatten.

Als wir sie dann aber aus der Nähe sahen nach Trojas Fall, da begriff jeder einzelne von uns.

Inmitten der Beuteweiber wurde sie zugetrieben auf unser Lager. Im Hintergrund gloste Ilion aus. Der Himmel war finster von der fettigen Schwade, die über dem Blachfeld lag und nach verbranntem Fleisch und Schutt roch und nach gesottenem Blut. Ein riesiger Scheiterhaufen. Ein endloser Zug. Weiber, Knaben, Mütter mit Kindern an der Brust und an der Hand. Schwangere. Was eine Waffe halten konnte, mußte über die Klinge springen. Am Leben hat man gelassen, was zu alt und siech war, um als Sklave einen Preis zu erzielen. Die gebrechlichen Greise hockten auf den Feldsteinen zwischen den Leichen wie Raben, unheilschwanger, krächzten aus rauchigen Kehlen Gebete, mit Flüchen vermischt. Verzweiflung überkroch die Falten ihrer Kleider und Gesichter wie ein Aussatz. Hinab in die blutgetränkte Erde schrieen sie ihre Verwünschungen und ihre Bitten um Tod.

Mit Peitschen trieb man die Gefangenen zu den Schiffen.

Unter ihnen Helena. Grauschmutzig vom Aschenregen, den der Landwind von der glosenden Stadt herübertrieb. Ihr gepriesenes Goldhaar stumpf, ohne Glanz, verascht. Schwarze Ringe um die Augen und die schimmernden Wangen fahl im lichtlosen Schein der verglimmenden Brände, die immer wieder aufflackerten. Man sah, daß sie nicht mehr jung war. Ihr Gewand war zerfetzt, verdreckt vom Ruß und Schmutz, und sie roch, wie alle anderen auch, nach Untergang. Ihre nackten Füße starrten von dem blutigen Kot, durch den sie gewatet war.

Den Weiberpöbel hättest du sehen sollen, das Zerren, Spucken und Geifern! Ist es doch immer ein Fest, Berühmtes vom Sockel stolpern zu sehen. Das Unerreichbare! Berührbar erst, wenn es ins Elend kommt. Aber die Männer rissen die Weiber zurück. Sie schützten Helena vor den Schlägen, die sie tausendmal verdient hatte. Das Gekreisch und das Siegesgegröle der unsern verstummte, als sie vorüberging; auch die Wehetöne der Greise, die auf den Feldsteinen hockten, Vögel des Unheils. Auch sie verstummten. Es war so still auf dem Blachfeld, daß man das Knistern der verlöschenden Brände hörte.

Wir standen und starrten Helena an in all ihrem Schmutz, in ihrer heruntergekommenen, versehrten Schönheit. Und da war keiner, sag ich dir, keiner, dem es nicht kam.« – »Es kam euch, als sie in der Reihe der Sklavinnen ging? Wie soll man das verstehen, Odysseus, wie ging das zu?«

»Ja Penelope, ich kann es nur wiederholen – und nicht ohne Scham –: Vom Fürsten bis hinunter zum Ruderknecht kam es uns. Keiner, der nicht den brennenden Wunsch hochkommen spürte, sich ihr vor die kotbesudelten Füße zu werfen, daß sie seinen Nacken als Trittstein benütze... es waren diese Hurenaugen in einem Gesicht, einer Gestalt, einem Gang, die göttlich waren und nichts von diesen Augen wußten.

Das ist etwas, das in jedem Mann ein Echo auslöst. Ein klirrendes Echo in jedem. Beim Vornehmsten und beim Geringsten, beim Klügsten und beim Dümmsten, beim Knaben und beim Greis: Man empfindet das Bedürfnis, fast den Zwang, sich ihr zu Füßen zu legen, vor ihr im Staub zu sein.«

»Im Staub? Vor Helena im Staub?«

»Vielleicht ist Staub sogar zu wenig. Vielleicht sollte ich sagen: im Kot«, sagte Odysseus nachdenklich, gequält.

»Oh, ihr Götter! Ich begreife ja, daß ein Mann Helena ihrer äußerlichen Schönheit wegen lieben, sie begehren, ihretwegen rasend werden kann, weil er sie besitzen will, sie sich untertan machen will. Aber im Kot wälzen?«

»Ihre Schönheit ist es gar nicht, Penelope. Die erregt keine irrsinnige Begehrlichkeit, auch keine große Liebe. Sie ist zu vollkommen, verstehst du? Unmenschlich! Außer Bewunderung und Erstaunen erregt diese Schönheit gar nichts. Am allerwenigsten fleischliches Verlangen nach Besitz. Man glotzt nur. Und weißt du warum? Weil es Götterschönheit ist. Die erregt keine Brunst. Die ist zu vollkommen dafür. Und ihr Blick? Vor dem schlägt jeder die Augen nieder aus einem Instinkt der Selbstbewahrung. Aber beides zusammen an einer Person! Verstehst du das? Diese unberührte und unberührbare Götterschönheit mit dem hündischen Hurenblick: Das macht jeden rasen. Und weil dieses Rasen so sinnlos ist, und man keinen Ausweg findet aus dieser bestürzten Erschütterung der Eingeweide, wendet es sich gegen einen selbst, gegen die Selbstachtung. Man wälzt sich im Dreck. Man zerstört und versehrt sich selbst, weil man sie nicht zerstören und versehren kann. Verstehst du das? Man kann diese Statue mit den schamlosen Augen nicht zu einer gewöhnlichen Frau machen im Guten oder im Bösen.«

»War das der Grund, daß auch Menelaos nicht mit ihr verfahren konnte, wie sie es verdient hatte?« fragte Penelope versonnen. »Keiner konnte das begreifen, als man es vernahm.«

»Er ließ sie nicht einmal auspeitschen, wie er es vorher großmäulig angekündigt hatte. Als er sie sah im Beutezug, ging er ihr mit langen Schritten entgegen und führte sie in sein Zelt. Er führte sie, wohlgemerkt! Er zerrte oder schleppte sie nicht. Ganz sanft nahm er sie am Arm und führte sie. Dann ließ er verlautbaren, er werde die Strafe aufschieben bis zur Heimkehr, damit er sie mit um so größerer Ausführlichkeit gestalten könne, nicht in der Hast des Augenblicks. Man dürfe den günstigen Wind nicht versäumen und müsse so rasch wie möglich aufbrechen. Für die Opferung der kleinen Polyxena am Grab des Achill war noch Zeit, aber nicht für die Steinigung der Helena. Er ließ die Mastbäume hochwuchten und die Segel setzen, und dann trieb er drei Jahre umher auf der See, weil er nicht wagte, sie nach Sparta zu bringen, ungestraft. Täglich sah er sie, wenn sie mit den anderen Beutefrauen an Deck kam, um frische Luft zu schöpfen, und da heckte er die törichte Fabel aus: Die echte Helena sei nach Pharos entrückt worden. Paris hätte nur ein Trugbild aus Aphroditens Hand nach Troja gebracht, hätte mit einem leeren Schemen geschlafen.

Atridenphantasie, läppisch ausgedacht. Jeder wußte, worauf es hinzielte. Aber man ließ es ihm hingehen, denn jeder Mann verstand ihn. Er hätte nicht einmal lügen müssen. Jeder Mann wußte, daß er ein qualvoll Gefangener war dieser glasklaren, harten Unberührbarkeit, an der aller Schmutz, was heißt Schmutz! – alle Lebendigkeit abrann wie von Marmor. Und keiner beneidet ihn jetzt, daß er wieder im Königssaal sitzt neben ihr, ganz Fürstin, aufmerksame Wirtin und Herrin des Hauses. Warum auch nicht? Sie ist ja gutmütiger als die meisten Weiber, aber nicht aus Güte, sondern aus Leerheit. Da sitzt sie und kümmert sich um das Wohl des Gatten und ihrer Gäste und redet mit klingender Stimme von ihren »hündischen Augen«, deretwegen so viele junge, gesunde Männer in den Hades gekrochen sind.«

»Bei Hekate«, fluchte Penelope ratlos, »ich bin groß geworden mit diesem Monstrum. Es ist wahr. Sie war gutmütiger als jede von uns, bar jeder Bosheit, jeder Intrige, auch jeder Eitelkeit. Ein weißer Schwanenhals! Wir hielten sie für dumm. Jetzt hat sie alles Männliche, das um das Inselmeer herum wohnt, dezimiert und hält freundlich Hof in Sparta. Bei Hekate und ihren Hunden! Ich verstehe besser die Klytaimnestra, die ihren Mann eigenhändig niedermetzelte wie einen Ochsen, daß sein Blutstrahl ihr über Gesicht und Körper rann. Sie ist mir weniger grausig, weniger unheimlich und abscheulich als Helena.«

»Ich hab lang gebraucht, bis ich begriff«, fing Odysseus

wieder an. »In Sparta war ich zu jung. Und während der zehn Jahre vor Troja sah ich sie nur von weitem auf den Mauerzinnen und wunderte mich, wie die alten Männer sich überboten, ihr Platz zu machen, sie an ihre Seite zu ziehen, statt sie von der Mauer zu stoßen, sie, die ihre Söhne auf dem Gewissen hatte.

Ich begriff erst, als ich ihr Auge in Auge gegenüberstand, allein, in der Zitadelle. Erst verging ich fast vor Angst; weinte, umfaßte ihre Knöchel als ein Gnadeflehender und war gefaßt darauf, daß sie im nächsten Augenblick Alarm schlagen würde. Aber nichts geschah.«

»Ich weiß, sie ›pflegte dein‹«, sagte Penelope bitter.

»Versteh das recht, Penelope, ja sie badete und salbte mich eigenhändig und gab mir ein Gewand, wie man es mit einem alten Freund tut, wenn er durchfroren aus dem Regen kommt. Und von sich aus tat sie gar nichts, was einen Mann reizen könnte. Ihre Hände waren so kühl und nüchtern wie die eines Badesklaven. Und dabei hatte sie die Augen einer schamlosen Hündin. Nicht, daß sie mich so angesehen hätte. Gar nicht. Sie sah mich nicht besonders an, sondern ihr Blick, dieser Hurenblick, streifte mich ebenso kühl wie die Gegenstände des Raumes. Ein Kinderzimmer, sag ich dir, dieses ›Lustgemach‹ des Paris und des Deiphobos! Die Kammer eines verspielten Mädchens. Allerlei Pölsterchen und Deckchen, Salbentiegel und Blumensträußchen, und irgendwo saß sogar eine alte Puppe. Ich erinnere mich genau, daß da eine Puppe war, abgegriffen und abgeschmust wie von nicht ganz sauberen Kinderhänden. Ich glaube sogar, daß es der Anblick dieser Puppe war, der mich ins Rasen brachte. Erst Bestürzung. Dann ein gesunder Instinkt, die Augen niederzuschlagen und davonzulaufen.

Aber ich war nicht mehr ich. Ich hatte keinen Rest von Verstand mehr. Ich hatte überhaupt keinen Gedanken mehr, keine Seele, nicht einmal Begierde, keinen Tropfen lebendigen Blutes. Ich war ein Stück totes Fleisch, das raste. Man hätte mich metzeln können, ich hätte es nicht einmal gespürt. Eine todesgeile, todessüchtige Wut war in mir. Ich wollte zugrundegehen, mich zugrunderichten. Wie aus einer kranken Wucherung des Fleisches stieg etwas Tierisches in mir auf, ein gräßliches Rasen gegen mich selbst, gegen alles, was ich bin und was ich von mir halte, nur um einen Preis!« – »Um Helena? Versagte sie sich dir?« – »Aber nein! Hätte sie sich versagt! Im Augenblick wäre mir der Verstand gekommen, meine fünf klaren Sinne!« – »War sie gut im Bett?« forschte Penelope zwischen Ekel und Neugier. – »Aber nein, überhaupt nicht, eine Ruderstange ist besser als sie. Und das ist es, was dir den Fluchwurm aufwühlt aus den schmutzigsten Tiefen deiner Eingeweide! Alles gewährt sie dir, aber selbst bleibt sie wie ein Stück Gips, und sie gewährt es dir wie einen Schluck Wasser, um den man sie bittet. Das bringt dich so ins Rasen: diese Antwortlosigkeit! Taubes, vollkommenes Fleisch und der geile, hurenhafte Blick, der keine Wurzeln hat in diesem Fleisch, das macht, daß du dich im Kot wälzt mit Gewinsel und sie mit hineinzerrst in den Kot. Aber das berührt sie nicht. Sie krault dir den Bauch wie einem räudigen Hund. Es erregt sie nichts, es ekelt sie nichts. Das treibt einen Mann in eine ohnmächtige Lust, sich selbst zu verwüsten, um dieser schrecklichen göttlichen Gleichgültigkeit mit dem Dirnenblick ein kleines Stöhnen, ein leises Zucken abzuzwingen, und sei es ein Stöhnen der Qual, ein Zucken des Hasses und des Ekels. Sie macht dich zum Tier. Was heißt Tier! Zu ein paar Tropfen stinkender Jauche. Und verhält sich dabei, als nähte sie dir ein abgerissenes Stück Band an. Eine Zeustochter! Die Götter sind so gleichgültig! Verzeih, Penelope, ich weiß, es ist ekelhaft. Aber einmal mußte das heraus. Ich sah mir selbst dabei zu und glaubte, ich müsse mich übergeben.«

»Und nachher«, fragte Penelope, die etwas blaß geworden war. »Es muß doch ein Nachher gegeben haben. Ein Aufsetzen, Sich-Anziehen, Fortgehen, ein Blick und ein Wort?«

»Hekabe trat ein und sah uns.«

»Hekabe trat ein«, rief Penelope, »und sah euch zusammen! Und schrie nicht, holte nicht die Palastwachen, erschlug euch nicht auf der Stelle mit dem nächsten Schemel oder Feuerhaken?«

»Nein. Nichts tat sie. Sie sah uns an, schwieg und ging. Sie holte nicht die Wache. Sie sagte keiner Seele etwas. Sie sah mich nicht an wie einen Feind, sondern wie ein Opfer. Das brachte mich zu mir. Ich habe mich noch nie so entsetzt und geschämt zugleich. Das machte mich frei von Helena. Von allem, was Helena war. Ich zog mich an und ging. Ganz klaren Kopfes. Sah zu, wie ich da heil herauskam, und nahm noch das Palladium mit. So klar war ich plötzlich. Nur weil ich in Hekabes Augen gesehen habe.«

»Aber immer noch begreife ich Hekabe nicht!«

»Die war gezeichnet. Von allem, was einer Frau, einer Mutter geschehen kann. Sie wußte, daß sie auch das letzte noch verlieren würde. Aber nicht durch die Kriegskunst unserer Männer. Es kam daher auch gar nicht mehr darauf an, daß einer von uns erschlagen wurde. Über die Rache war sie hinaus. Sie sah mich nicht als Griechen, nicht als Schänder der Frau zweier ihrer Söhne. Sie sah mich als eins der zahllosen Opfer. Eines der Opfer dieser fürchterlichen Halbgöttin, dieser Schilfbrut, gemacht von Zeus mit Leda an einem schwülen Nachmittag. Es ekelte sie nicht einmal, als sie uns sah. Jahre hatte sie zusehen müssen, was geschah, seit Paris diesen hündisch unschuldigen Fluch in die Mauern Trojas gebracht hatte. Zusehen müssen, wie dieser Fluch alles Männliche drinnen und draußen ohne jede böse Absicht verhexte, ihnen Verstand und Lebenskraft aus Adern, Mark und Nerven sog, ohne es zu wissen und zu wollen. Göttliche Bedenkenlosigkeit auf der reinen Stirn, den klaren Brauen – und darunter der Hurenblick. Im übrigen eine harmlose, gutmütige Frau, die nicht nein sagen konnte.«

»Ich kann's nicht verstehen! Ich kann's nicht verstehen!« rief Penelope gequält und ratlos: »Wie konnte Hekabe es sehen und schweigend hinausgehen?«

»Verstehen kann man das nicht. Es gibt – den Göttern sei es gedankt – nur eine einzige Helena auf der Welt. Verstehen kann man sie nicht. Man konnte sie nur erfahren. Ich habe sie erfahren, nicht verstanden. Und Hekabe hatte sie auch erfahren. Zehn Jahre hatte sie diesen Dämon in ihrem Hause und hatte zusehen müssen, wie er sich allem Männlichen ins

Fleisch fraß, vom Greis bis zum Kind, wie eine schleichende Krankheit.«

»Und ihretwegen, wegen dieser Hündin, fraß die Blüte von Hellas und Phrygien den Staub der Troas, düngte die Erde mit ihrem Blut. Und die Erde bäumte sich nicht auf, angesoffen mit Angstschweiß und versalzen von den Tränen der Frauen, die ihr Liebstes verrecken sahen. Ein Hanfseil soll sie sich legen um ihren weißen Schwanenhals«, sagte Penelope mit ungewohnter Härte, »und selbst sich henken am höchsten Sparren des Palastes von Sparta, das vertilgt ist, was von ihr ausgeht, das Göttlich-Hündische, an dem wir Irdischen zuschanden werden.«

»Sie begreift es ja nicht. Nichts versteht sie von der furchtbaren Wirkung, die sie hat auf unsereinen«, sagte Odysseus schaudernd. »Sie redet von ihren hündischen Augen, wie ein Kind von seiner bösen Hand redet, die eine Schale zerbrochen hat.«

»Bastard der Leda und des Zeus. Halbgöttlich. Grausig ist das Göttliche, Odysseus. Je länger ich lebe, je mehr ich sehe und höre, um so grausiger scheint mir das Göttliche. So menschenfern. Und ich sage dir! Leise sag ich es. Mir graut vor den Göttern.«

»Mir graut es auch, Penelope, mehr noch, als du weißt. Mehr, als ich es sagen kann. Und ich weiß, warum mir so vor den Göttern graut. Nicht nur Helenas wegen.«

Chor der Überlebenden von Troja

Wie Ratten hocken wir in den Löchern
unter verkohlten Strünken von Ilions Ölbaumgärten,
die sie umgehauen haben, als sie abzogen,
die Achaierbarbaren.

Katzen schleichen um die Ruinen.
Riesige gelbe Katzen.
Und zwischen den brandschwarzen Trümmern

rankt es sich geil und üppig hervor,
schlägt fleischige Blüten aus.
Rote, schamlose Blumen.
Helenarosen nennen wir sie!

Vergiftet vom Gestank der Kadaver,
die nicht bestattet sind,
hocken wir in den Kellern der Stadt,
über die das Verhängnis hinwegschritt.
Mit Mörderaugen lauern die riesigen Katzen.
Und überall wachsen und wuchern auf fetten Ranken
Helenarosen!
Riechen nach Verwesung und Weiberblut,
schamlose rote Blumen mit Hurenaugen.

Vom Meer aus die Schiffer
sehen sie leuchten aus dem Geröll,
wo einst eine Stadt war.
Der Landwind weht ihnen Schwaden zu
von Modergeruch.
Aasgeier flattern auf.
Durch die vormals schimmernden Hallen,
die vormals lebendigen Straßen,
wo wir einst schritten erhobenen Hauptes,
durch die Gänge zerstörter Paläste,
die vom Reichtum der Erde strotzten,
schleichen die gelben Katzen,
riesengroß.

Keiner begräbt mehr die Leichen.
Sogar die Schakale
meiden den gespenstischen Ort.
Wo einer liegenbleibt aus Erschöpfung,
wuchern aus dem faulenden Fleisch
Helenarosen,
rotblättrig mit Hurenaugen.

Oft genug, wenn noch Leben ist
in den Verreckenden,
sprießen sie schon und ranken sich
aus Mündern und Augen,
aus dem gedunsenen Leib,
die schamlosen Blüten.
Und durch die hallenden Gassen schleichen
großäugig, tigerfarben
die riesigen Katzen.

Oh, Helena!
Schwanengesichtige mit den hündischen Augen.
Du hast uns verdorben bis ins Mark unsrer Seelen.
Zeustochter, verfluchte!
Schilfbankert der Leda,
die spielte mit dem schimmernden Schwan,
der so zutraulich tat.
Dann gebar sie das schneeweiße Ei,
aus dem das Verhängnis kroch.
Helena!
Verhext hast du unsere Männer.
Deine Schönheit hat ihnen das Blut verzaubert,
deine Hurenaugen das Mark vergiftet,
deiner göttlichen Gleichgültigkeit legte sich
unser goldenes Troja zu Füßen,
ist zuschanden geworden das strahlende Ilion.
Und wir, denen ein Grab in unserer Erde versagt war,
ersticken am kranken Geruch der hundsäugigen Blumen,
umlauert von leichenfressenden Katzen,
die wie Tiger streichen durchs rote Gerank.

Helenarosen!
Ein Name, der ein siebenfältiger Fluch ist.

VII
HADES

Odysseus gehörte nicht zu jener Art von Männern, die zeit ihres Lebens an den Geschichten und Taten hängenbleiben, die sie im Feldlager und zu ihren Raub- und Kriegszeiten erlebt haben, wenn sie sich, Männer unter Männern, so recht gefühlt haben im Glanz der Bewährung, die nie loskommen von diesen Ereignissen und allmählich all das vergessen, was daran Langeweile, Überdruß und Elend war. Nicht, daß er die Jahre vor Troja hätte missen wollen: den Kampf, seine Rolle im Rat der Fürsten, das Getriebe des Lagers und dann die zehn Jahre Irrfahrt als Anführer seiner kleinen Flotte, die allmählich Schiff für Schiff und Mann für Mann aufgezehrt worden war von der Unersättlichkeit der endlosen See.

Ein paarmal hatte er darüber geredet, ausführlich und genau, und damit hatte er es sich von der Seele erzählt, vor Penelope vor allem, die – obwohl sie manchmal unbehagliche Bemerkungen machte – eine gute, eine verständige und aufmerksame Zuhörerin war.

Dann sprach er fast nichts mehr davon. Nicht in der Halle vor Freunden und Gästen, nicht in den Kneipen am Strand. Nicht einmal vor Telemach. Höchstens gab er ihm dann und wann ein Beispiel aus seiner reichen Erfahrung, um ihn zu belehren. Aber auch das mit Maß.

Langsam gingen diese Geschichten ein in den festen Bestand der Rezitationen, die an den Höfen zur Begleitung der Leier erzählt wurden. Bilder aus diesen Geschichten erschienen auf Amphoren und Schalen gemalt: Odysseus, wie er sich wand am Mastbaum vor der Insel der Sirenen; das Monstrum von Zyklop, in jeder Hand einen Gefährten gepackt; die hundsköpfige Skylla mit den raffenden Schnauzen.

Aber auch Penelope webte diese Gestalten in ihre Tücher ein mit bunter Wolle und dem ihr eigenen Geschick, das wir schon kennen aus der Zeit, wo die Freier ihr Haus belagerten und bedrängten. Gern saß Odysseus dann neben dem Webstuhl und sah ihr zu, wenn sein Tagwerk getan war. Vieles konnte er ja bereits dem Telemach überlassen, der geschickt und gelehrig war und ehrgeizig, dem Vater zu zeigen, daß er ein würdiger Sohn sei.

Da trieben dann manchmal Dinge aus seiner Erinnerung hoch, die verdrängt waren von den großen Ereignissen. Geschehnisse und Erlebnisse aus der Zeit seiner Abwesenheit, die sich neben den lauten, gewichtigen Dingen begeben hatten und die ihn jetzt in einer leiseren Art beschäftigten. Davon erzählte er dann Penelope gern, wenn er neben dem Webstuhl hockte und zusah, wie ihre Bilder wuchsen. Szenen aus dem Alltag des Lagers, Geschichten von den Menschen, die sich dort eingefunden hatten aus fremden Ländern und Völkern.

Sehr zum Unterschied zu den anderen Fürsten hatte Odysseus sich auch umgesehen unter den Leuten, die während der zehn Jahre vor Troja ins Griechenlager gekommen waren, vor allem als Händler, die mit der Kauflust des Kriegsvolkes rechneten, das Beutegut gemacht hatte und sehr bereit war zu Tausch und Kauf. Auch Spieler und Gaukler gab es, die mit der Langeweile der Leute rechneten, die den größten Teil der Zeit, besonders winters, untätig in ihren Zelten und Hütten hockten und dankbar waren für jeden Zeitvertreib und denen das Geld locker saß. Aber auch mit den Gefangenen und Sklaven sprach Odysseus, den Angehörigen der zahlreichen Völker, die Troja Hilfstruppen zuführten und dabei in die Gewalt der Achaier kamen.

Odysseus gehörte nicht zu denen, die zu hochmütig waren, um sich an die Feuerplätze jener Fremden zu setzen, die außerhalb des Kriegslagers ihre Zelte aufgeschlagen hatten, ihre eigene Sprache redeten, eigene Bräuche hielten und anderen Göttern dienten als den Olympiern. Er hatte ein gutes Ohr und eine rasche Auffassungsgabe für fremde Sprachen und lernte mühelos ein Idiom so weit, daß er verstand, worüber geredet wurde, daß er Fragen stellen und mit Hilfe eines lebhaften Gesten- und Mienenspiels eine Unterhaltung führen konnte. Odysseus war neugierig auf alles, was er nicht kannte, und teilte nicht die törichte Überheblichkeit seiner Landsleute, für die alle, die nicht griechisch sprachen und dachten, Rotzbarbaren waren. Aber auch jetzt in Ithaka huldigte er noch dieser seiner angeborenen Wißbegierde. Wurde ihm gemeldet, ein fremdländisches Schiff sei eingelaufen in den Hafen, machte er sich auf, streunte herum in den Tavernen und setzte sich unter das Schiffsvolk. Fand er unter ihnen einen ernsten, verständigen Mann, bat er ihn als Gastfreund in sein Haus, pflegte und bewirtete ihn und saß oft bis tief in die Nacht mit ihm zusammen vor dem Kaminfeuer und holte unter Zuhilfenahme aller der Sprachbrocken, die er sich angeeignet hatte, aus ihm heraus, was er zu wissen wünschte vom Herkunftsland des Fremden, seinem Volk und dessen Eigenart und besonders von den Göttern, die er verehrte und deren Wesen. Mit besonderem Interesse ließ er sich auch berichten, wie diese Leute über den Tod dachten und was – ihrer Ansicht nach – den Menschen nach dem Tode erwartete. Er erzählte dann auch Penelope davon. Und oft unterhielten sich die beiden über die sonderbaren und befremdenden Dinge, die es da gab in der weiten Welt, außerhalb des ihnen vertrauten Raumes, der das griechische Festland und das Inselmeer umfaßte und von Menschen bewohnt wurde, die – obwohl oft mit anderer Hautfarbe und anderen Zügen ausgestattet – sich im Grunde doch nicht so sehr unterschieden von allem, was hellenisch war: Sie liebten, zeugten Kinder, sorgten sich um sie, flehten zu ihren Göttern um ein bißchen Erdenglück und fürchteten sich vor dem Tod. Ganz gleich, ob diese Götter Tierköpfe hatten, wie bei den Ägyptern, mehrere Arme und Beine besaßen oder auf Löwenpranken daherkamen, wie man es aus Ländern im Inneren Asiens vernahm, oder überhaupt nur schauerliche Dämonenfratzen waren, wie sie sich vornehmlich die Schwarzhäutigen aus Afrika vorstellten.

Überall dieselben Schauer vor der Gottheit, dieselbe Todesfurcht und der gleiche Kummer, wie man diese Götter bei freundlicher Laune halten könne.

Von den kultivierten Völkern nahm Odysseus am wenigsten die Leute aus Ägypten ernst, obwohl das Reich am Nil eines der ältesten und mächtigsten war und sein Leben so verfeinert hatte, daß ganz Hellas dagegen rückständig und bäurisch wirkte.

Man konnte das an den Waren sehen, die sie in Umlauf brachten: Salben und Tränke, Schmuck und Wohlgerüche und vor allem ein Gewebe, so fein und durchsichtig, wie kein griechischer Webstuhl es zu fertigen vermochte; allerdings auch nicht ernsthaft versuchte, da man dieses luftige Webewerk geradezu für anstößig hielt, wenn man erfuhr, daß dort am Nil Frauen wie Männer dergleichen auf offener Straße als Kleidung trugen. »Das heißt ja geradezu«, wunderte sich Penelope, »daß sie fast nackt herumgehen und sich so sehen lassen von jedermann. Höchst bedenklich bei den Jungen, da es Geilheit und Begierde weckt« – im stillen dachte sie an Praxedis , »noch bedenklicher allerdings bei den Alten, die ihre Falten und Wülste und Bäuche auf diese Weise der Ansicht preisgeben, daß es einem den Appetit verderben könnte!«

In Ithaka liefen ja keine Schiffe mit solcher Handelsware ein. Die kephallenischen Inseln waren viel zu arm und entlegen von den Zentren feinerer Zivilisation, als daß man dort auf ein Geschäft mit derartigen Luxusgütern hoffen konnte. Aber vor Troja hatten sie oft Station gemacht. In den ersten Kriegsjahren wurde ja noch der jährliche große Markt abgehalten auf dem Blachfeld zwischen Strand und Stadt. Es herrschte an diesen Tagen Waffenruhe, und in den Budengassen trafen Troer und Griechen aufeinander beim langen Gefeilsche. Noch war Troja eine reiche Stadt, und besonders die zahlreiche Königsfamilie und die dem Haus des Priamos nahestehenden Sippen waren an Luxus gewöhnt. Die Griechen waren neugierig auf all das, was man hier zu sehen bekam, und verfügten über reichhaltiges Beutegut aus den umliegenden Städten und Landstrichen, in die sie Raubzüge unternahmen. Vor allem hatten sie Sklaven zu verschachern.

»Ich habe dir übrigens auch einen solchen Schleierstoff erhandelt, Penelope. Nicht etwa, daß du dich damit im Hause oder gar in der Stadt zeigtest. Das wäre ein großer Anstoß gewesen. Aber ich dachte es mir traulich und reizend zugleich, wenn du dich im Schlafgemach darin kleidetest für mich und dich. Leider ging das feine Gespinst verloren, als auch mein letztes Schiff scheiterte.«

»So? Du hattest also solch durchsichtig Anstößiges mir und dir zugedacht gehabt für zweisame Stunden im Ölbaumgemach? Das ist lieb von dir, und ich bin etwas gerührt. Aber heute bin ich es ganz zufrieden, wenn ich Stoffe trage, die nicht so überfein sind, daß alles sichtbar und – wie ich mir vorstellen kann – sogar noch hervorgehoben wird durch die Verschleierung. Auch du, mein Liebster, wärest davon wahrscheinlich nicht mehr so erbaut in der Zweisamkeit. Aber es ist sehr aufmerksam von dir, daß du vor Jahren daran gedacht und solches erhandelt hast für mich. Ein sonderbares Land muß dieses Ägypten sein! Menelaos hielt sich ja, wie man hörte, dort mit Helena fast drei Jahre lang auf, und sie hat – wie unser Telemach erzählt – besondere Tränke wohltuender Art mitgebracht, wohl auch Salben und Schminke für sich und Wohlgerüche.«

»Freilich, da legen die Leute großen Wert darauf, mußt du wissen, und auch die Männer schminken sich, die Augen verlängernd, und besprengen sich mit Wohlgerüchen, die sie in Fläschchen dauernd bei sich tragen.«

»Wahrscheinlich waschen sie sich wenig.«

»Das möchte ich von jenen nicht behaupten. Aber auf unsere Leute traf es zu, und die erhandelten sich solche Fläschchen und besprengten sich auf Schritt und Tritt, im Übermaß. Das ganze Lager roch.«

»Das glaub ich, daß es gestunken hat. Die Mischung von Schweiß, Fußgeruch und dem übermäßig benützten Duftöl. – Aber was weißt du noch über dieses interessante Land zu erzählen, wo sie duftend und durchsichtig daherkommen, Männer wie Frauen?«

»Sonderbare Bauwerke gibt es dort – Pyramiden nennen sie es –, hoch in den Himmel ragende Steinbauten mit glattpolierten Wänden, von Hunderttausenden von Sklaven und Fronknechten aufgeführt, alles für den Pharao, wie sie ihre Könige nennen, die wie Götter über das Land und die Leute herrschen. Und stell dir vor, in diesen riesenhaften Bauten befindet sich nichts als die Grabkammer eines verstorbenen Pharao, umgeben von allem, was man zu einem luxuriösen Leben in ihrem Sinn braucht, teils als wirkliche Vorräte, teils in tönernen Abbildern, teils an die Wände gemalt. Auch die Höhergestellten im Staat haben reich ausgestattete Gräber unter der Erde oder in Felsenhöhlen. Richtige Wohnungen, denn sie glauben, von der Art der Bestattung und von der Reichhaltigkeit ihres Grabbesitzes hinge es ab, wie bequem sich das Leben für sie nach dem Tod gestalte. Wichtig ist nur, daß der Leichnam nicht vermodert.« – »Wie verhindern sie das? Asche oder Staub, das ist doch das Gesetz der Erde?« – »Da haben sie ihre eigenen spitzfindigen Methoden, und jetzt, wo wir gerade nicht beim Essen sitzen, kann ich es dir erzählen. Sie haben eigene Leichenbearbeiter, die nehmen sich der Kadaver an und machen sie zu Mumien, und zwar in eigenen Werkstätten.« – »In eine Werkstätte kommen sie und unter die Hände von fremden Leuten, die sie bearbeiten? Die Vorstellung ist mir im höchsten Grade zuwider! Und was ist das, eine Mumie?«

»Eben ein solcherart präparierter Toter, der nicht vermodert. Das erfordert eine langwierige und komplizierte Vorbereitung. Erst werden dem Verblichenen die Gedärme aus dem Bauch genommen und in einer Urne beigesetzt. Das Gehirn aber zieht man ihnen mit einem eigens dafür konstruierten Gerät aus der Nase...«

»Ich bitte dich, hör auf, Odysseus! Ich bin mir plötzlich sehr bewußt, daß unten im Hof ein ausgenommenes Schwein auf dem Haken hängt! Aber es läßt mir keine Ruhe. Was tun sie mit dem Ausgenommenen weiter?«

»Der wird dann für eine Weile in einem Bottich zusammen mit anderen Entseelten eingesalzen, die sich im gleichen Stadium der Bearbeitung befinden.«

»Das ist grausig und lächerlich zugleich, wenn man sich vorstellt, eingesalzen in einem Bottich zu liegen mit anderen Eingesalzenen, so wie es die Fischer tun mit ihrem Fang.«

»Ja, so ähnlich muß man sich das wohl vorstellen. Und dann, höre, Penelope, wenn sie lange genug im Salze gelegen sind, werden sie ausgeschwenkt und der Bauch wird mit einem Gemisch aus wohlriechenden Ingredienzien und sonstigen Zutaten gestopft und zugenäht. Anstelle des Herzens aber, das mit den übrigen Innereien in der Urne ist, wird ihnen ein Skarabäus eingesetzt, ein heiliger Käfer, den sie bei uns Pillendreher nennen, weil er Miststückchen zu Kugeln wälzt. Sodann aber werden sie von Kopf bis Fuß gewickelt.«

»Gewickelt? Wie man Säuglinge wickelt aus guten Gründen, die aber für einen Leichnam doch nicht zutreffen?«

»Nicht gewindelt, wie du meinst. Gewickelt in endlose, balsamgetränkte Binden, die den Kadaver haltbar machen und verhindern, daß Maden hineinkommen. Erst nach dieser Behandlung, die siebzig Tage dauern soll, beginnt die eigentliche Bestattung, und sie werden in einem Nachen westlich des Nil gebracht in ihre Totenbehausung.«

»Sonderbar dünkt mich diese eigentümliche Mischung von feierlicher Umständlichkeit und Vermummung, ausgeführt von bestallten Leichenbearbeitern mit Nasenklaue, Schwenken und Ausstopfen. Weißt du, es lächert mich ein wenig an, dabei graust's mich. Ich würde es mir mit allem Nachdruck verbitten, gesalzen und mit Spezereien im Bauch und einem Mistkäfer als Herz bestattet zu werden.«

»Ja, siehst du, Penelope, du bist über das bißchen Sparta und Ithaka nicht hinausgekommen, während dein Gatte sich umgesehen hat in der Welt und versucht hat, sich auch in andere Leute hineinzudenken. Diese Leute aus Ägypten sind der festen Überzeugung, daß sie drüben im Westen dasselbe Leben weiterführen können, wie sie es gewöhnt sind, wenn sie nur richtig ausgenommen und haltbar gemacht sind, damit der Körper nicht vermodert. Man kann ja verschiedenes denken über den Tod und was nach dem Tod mit einem geschieht. Und die Zubereitung ist noch gar nicht das Anstößigste. Eigentlich wird es erst interessant, wenn sie nach ihrer Verarbeitung zur Mumie als duftende Gewickelte vor die Totenrichter treten müssen. Erst wenn diese sie freigegeben haben, gelangen sie in das jenseitige Reich.«

»Wenn sie also Übeltäter waren, nützt ihnen die ganze Umständlichkeit nichts, und sie zerfallen wie unsereiner zu Erde oder Asche?«

»Wenn es so wäre, dann könnte man ja nichts einwenden gegen ihre seltsamen Bräuche. Aber soviel ich verstanden habe, lassen sich diese Totenrichter gewissermaßen nasführen. Es kommt bei diesem Gang zum Gericht nämlich vor allem darauf an, daß man gewisse Handlungen vollzieht und bestimmte Sprüche fehlerlos hersagt. Dann passiert man die verschiedenen Stationen und Tore anstandslos, auch wenn man auf Erden ein ausgepichter Schurke war.«

»Und woher kennen sie diese Sprüche?«

»Siehst du, da liegt der Haken an der Sache, und ein denkender Mensch kann nicht umhin, den Verdacht zu schöpfen, daß das Ganze ein ausgemachter Schwindel der Priester ist. Die Priester nämlich verhökern ihnen die Rollen, auf denen genaue Verhaltensanweisungen verzeichnet sind, und sie lernen sie auswendig, um gerüstet zu sein.«

»Und wenn sie dann, in begreiflicher Aufregung vor den Richtern, es nicht fehlerlos hersagen oder wenn einer ein schlechtes Gedächtnis hat oder sich hart tut beim Lernen, aber zeitlebens sich brav gehalten hat?«

»Auch dafür haben die Priester, die offensichtlich schlau und skrupellos sind, vorgesorgt. Man pflegt den Verstorbenen diese Schriften mitzugeben, wenn sie die Reise ins westliche Land antreten.«

»Und dann durchschreiten sie also Tor um Tor, den Finger auf ihren Schriften, und sprechen die Sprüchlein her?«

»So ähnlich ward es mir berichtet von einem würdigen Mann, einem Beamten des Pharao. Dieser Mann kam zu Schiff mit Geschenken für irgendeinen der Könige Asiens, mit dem ein Bündnis bestand. Ich machte mich diesem Herrn bekannt in gewandter Art. Du kennst mich. Ich kann das. So kamen wir in ein höfliches Gespräch. Ich flocht in geschickter Weise Fragen ein über sein Land und die Bräuche, die man dort pflog, und er gab gerne Auskunft. Ich hörte ihn an mit ernster Aufmerksamkeit, und natürlich enthielt ich mich jeder Kritik, sondern zeigte Staunen und Bewunderung, was ihn einnahm. Er selbst, teilte er mir mit, besitze längst eine Grabstätte jenseits des Nil, die bereits gut ausgestattet und schön geschmückt sei, bereit, ihn dereinst als Ausgenommenen aufzunehmen. Die schriftlichen Anweisungen für den Verkehr mit den Richtern und all den Dämonen und Ungeheuern, die die Tore bewachen, trug er stets bei sich und las gerne darinnen, um sich beizeiten vertraut damit zu machen, daß ihm dereinst kein Irrtum unterlaufe und er gleich die richtige Stelle finde. Er ist ein Mann in mittleren Jahren gewesen.«

»Da will ich wahrhaftig lieber vermodern in der sauberen Erde von Ithaka, als ein eingesalzenes Scheinleben zu führen mit einem pillendrehenden Mistkäfer in der Brust anstelle eines Herzens, das müde vom heftigen Lebensgepoche eingeschlafen ist.«

»Du siehst das in deiner Art zu drastisch, Penelope, mit Hervorhebung gewisser absonderlicher Züge und Hintanhaltung des geistigen Gehaltes dieser Lehre und Bräuche.«

»Verzeih mir, Odysseus, aber vom geistigen Gehalt habe ich nur soviel begriffen, daß diese Leute Gefoppte ihrer Priester sind, die ihnen für die Beruhigung über den Tod einen schönen Batzen Geld abnehmen. Denn das Salzen, Ausnehmen und Wickeln stelle ich mir auch nicht gerade billig vor, und die Reichen und Vornehmen lassen sich wahrscheinlich andere Spezereien für ihre Bäuche aufschwatzen als die Armen, und letzten Endes sind es dann für arm und reich irgendwelche ordinären Küchenkräuter. Was geschieht überhaupt mit den Armen, die sich die ganze Bescherung und westliche Wohnstatt nicht leisten können?«

»Darüber schwieg der Mann.«

»Eben! Ich kann dieses Volk nicht mehr ernst nehmen, und es ist mir auch der Gedanke ans Durchsichtige damit verleidet. Ich bin nicht sehr betrübt, daß es umkam beim Schiffbruch. Ich denke mir, daß dieses Volk, das sich dauernd ums Nachher sorgen muß, nicht viel hat von seinen Schleiern, Düften und goldenen Schmuckgehängen.«

»Viel vernahm ich von Händlern, aus Mitanni«, erzählte Odysseus ein anderes Mal. »Es sind weitgereiste, weltläufige Männer, die in gemächlich dahinschaukelnden Karawanen durch die ganze bekannte Welt ziehen, einhandelnd, was ein Land zu bieten hat, und es wieder verkaufend, wo ein Mangel an dieser bestimmten Ware herrscht. Jahrelang sind sie unterwegs, dann kehren sie für eine kurze Rast heim zu ihren

Frauen und sehen, wie groß indessen ihre Kinder geworden und welche dazugekommen sind. Die größeren Knaben nehmen sie dann mit auf die nächste jahrelange Fahrt, und sie lernen dabei vom Vater den Handel. Sie kennen die Vielfalt der Völker, und wenn du einen älteren Mann siehst, der sich mit wachen Sinnen umgesehen hat, dann weiß er dir viel zu berichten.

Einen lernte ich kennen, der erzählte mir viel und überaus anschaulich von einem Land im fernen Osten, das durch ein unübersteigliches Gebirge abgeschlossen ist vom asiatischen Festland und sich am Ufer eines breiten Stromes, Indos genannt, zwischen zwei Ozeanen ausdehnt, kochend vor Hitze und von schwülen Dschungelwäldern bedeckt. Schon durch die Beschaffenheit des Klimas sind diese Leute wenig zur regsamen Tätigkeit geneigt. Man sitzt viel in der brodelnden Hitze, rings umgeben von einer fast ans Unanständige grenzenden Üppigkeit der Natur, die in wirrem Ablauf zeugt und gebiert und ihr eigenes Geworfenes wieder verschlingt in Fäulnis. Das lebt und stirbt gleichzeitig in buntem, prangendem Aufwand. Begreiflicherweise grübeln die viel Ruhenden dann eingehend und tief über dieses Freß- und Zeugespiel um sich herum und entwickeln beim Zusehn eine gewisse Verachtung gegen dieses Leben, das sich vor ihren Augen nicht so maßvoll und in gefälligen und voneinander deutlich unterscheidbaren Phasen abspielt. Denk dir, ihre Götter haben oft sechs Arme, aber nicht solche wie unsere hundertarmigen Ungeheuer, die Zeus in die Tiefe bannte, sondern angesehene Gottheiten, die sie gerne tanzend darstellen, wobei sie ihre sechs schlanken Arme sehr elegant zu bewegen wissen. Der Mann aus Mitanni zeigte mir solch einen kleinen tönernen Gott. Er war fast nackt, trug aber einen hohen Kopfputz und viele Ringe an Armen und um die Fußknöchel. Er hatte etwas Anziehendes, gleichzeitig aber fand ich ihn leicht obszön.«

»Ich könnte nur schwer zu einem sechsarmig Tanzenden beten und hätte auch nicht das Gefühl, daß er mir ernstlich zuhört im vielfachen Reifengeklingel, und wenn er darauf acht haben muß, seine Arme nicht durcheinanderzubringen.«

»Du wirst dich noch mehr verwundern, wenn ich dir weitererzähle! Diese Leute vom Indos, die dauernd dieses Geburts- und Sterbegestrudel vor Augen haben und ihre vielgliedrigen Götter, deren es übrigens unzählige gibt, wie alles dort unübersichtlich ist, die können sich nicht vorstellen, daß dieser ganze eifrige Lebensbetrieb nach einem kurzen Menschenalter ein Ende haben soll. Und so sind sie bei ihrem beobachtenden Grübeln zu der Meinung gekommen, man lebe nicht einmal, sondern unzählige Male, aber immer in einer anderen Gestalt, unter Umständen sogar in Tiergestalt. Jeder befände sich sozusagen in einer Kette von Leben, die seine Person durchmachen muß.«

»Meinen sie das so, daß unsereiner beispielsweise auch als Wurm oder Ziege dahinbrodeln könnte?«

»Ja, so meinen sie. Aber natürlich auch als Adler oder Löwe. Höre! Diese Vorstellung hat – geistig genommen – viel für sich. Die Gestalt, in der man wiedergeboren wird, hängt nämlich ab davon, wie man sich im jüngst vergangenen Leben verhalten hat. Ist sozusagen eine Belohnung oder eine Bestrafung dafür, ob es sich einer leicht oder schwer gemacht hat mit dem Leben. Damit aber ist eine ganz annehmbare Erklärung dafür gegeben, warum es einem gut oder schlecht geht von Geburt an, ohne Verdienst und Schuld. Es erklärt, warum einer, der sich redlich führt, nichts als Qual und Plage davon hat, wogegen ein ausgemachter Schurke es sich wohl sein läßt und die Götter ihn mit weiteren Gaben überhäufen. Ersterer kann hoffen, im nächsten Leben in sorgenfreier Position zur Welt zu kommen, während der Schurke damit rechnen muß, als ein unterernährter Esel unter Lasten zu stöhnen. Mir hat das oft und oft ungute Stunden bereitet und eine giftgeschwollene Galle, wenn ich beobachten mußte, in welchem Behagen ein Bösewicht dahinlebte, während es zum Beispiel mich, der ich nichts getan hatte, als den Poseidonbankert zu blenden, jahrelang auf dem Meer herumtrieb, meist hungernd und dürstend und mit schneidenden Gedärmen, in denen nichts als die Angst saß. Die Lehre hat viel für sich. Im Geistigen mein ich.«

»Ja, du siehst das immer geistig, mein Gescheiter, der du

so flott im Denken und Sprechen bist. Ich aber als Weib kann nicht umhin, mir die Sache auch praktisch vorzustellen und denke: Wenn ich nun etwa dir oder mir eine Laus vom Kopfe fange, dann muß ich mir sagen: sieh an, was mußt du gewesen sein in deinem früheren Leben, wenn du jetzt als Kopflaus dein kurzes Dasein fristest, gehaßt, gejagt, zerquetscht. Und statt sie einfach zu vertilgen, muß ich sie hinsetzen und sagen, büße nur noch ein wenig ab, vielleicht gelingt's dir, als angeseheneres Tier wiedergeboren zu werden.«

»Du siehst das wieder einmal überpraktisch in deiner Art, Penelope, und wie mir scheint, weil ich dich kenne, tust du nur so ernst, und in Wirklichkeit machst du dich lustig über diese interessante Lehre. Aber höre nur weiter. Die Leute aus Mitanni wußten auch, worauf das Ganze hinauswollte. Dieses Abbüßen und Wiedergeborenwerden in vielerlei Gestalt hat auch einmal ein Ende. Dann nämlich, wenn einer sich von jeder irdischen Schuld freigemacht hat. Dann löst er sich aus dem kochenden Kreislauf der Gestaltungen und geht ein in etwas, das sie Weltseele nennen, eine Art Nichts. Kein Gott, sondern etwas ganz und gar nicht Greifbares. Das ist ihr Ziel und ihre Sehnsucht.«

»Aber sage mir, wie ist es denn möglich, ein solches Leben ganz ohne kleinere Übeltaten! Wie erledigt da einer seine notwendigen Geschäfte, etwa eine faule Magd auszuzanken und zu ohrfeigen, einen Händler feilschend ums Ohr zu hauen, einem Huhn, das möglicherweise sogar deine Tante war, den Hals umzudrehen. Gar nicht will ich reden von Männerarbeit, wenn es Grenzraufereien gibt, kleine Viehräuberei oder gar einen ausgemachten Krieg?«

»Diese Leute, erfuhr ich, gehen allen diesen Möglichkeiten aus dem Wege, indem sie ihr Haus verlassen und in die Wälder wandern. Dort setzen sie sich unter einen Baum, schließen ihre Sinne ab gegen die Umgebung, betrachten, um nicht abgelenkt zu werden, ihren Nabel und bemühen sich, an gar nichts zu denken, denn – wie du wahrscheinlich weißt – kommen einem, auch wenn man es nicht gerade darauf anlegt, oft von selbst unanständige Gedanken und Wünsche.

Um sich dagegen verläßlicher zu feien, enthalten sie sich so weit als möglich der Nahrung, nehmen nur geschmacklose, zähe Wurzeln zu sich und ein bißchen Wasser, bis ihnen innerlich alles verdorrt ist, was sie auf angenehme, aber verwerfliche Ideen bringt. Auch des Waschens und der Körperpflege enthalten sie sich, um nicht durch Anschauung und Berührung auf Gedanken zu kommen, die ganz und gar verboten sind für einen, der sich aus der Welt und sich selbst zurückziehen will, dem brodelnden Leben ein Schnippchen schlagend. Und wenn sie sich vom Fleck rühren, beispielsweise um sich zu einer Quelle zu begeben, dann – erzählte man mir – kehrten sie mit einem Ästchen den Weg vor ihren Füßen rein, um nicht ungewollt auf ein Ungeziefer zu treten, das möglicherweise einmal ein Vorgesetzter war, an dem sie solcherweise ganz unbeabsichtigt Rache übten.«

»Es leuchtet mir ein«, sagte Penelope, »daß man solcherart keine Gelegenheit hat, Schlechtigkeiten irdischer Art zu begehen, wenn man mit der Welt keinerlei Umgang pflegt und nicht einmal mit sich selbst. Aber was meinst du, wenn ein Vater von einer Schar hungriger Kinder sich, seinen Nabel betrachtend, unter einen Baum setzt und die Beziehung zu seiner Familie abbricht, um nichts Böses zu tun, damit er für seine eigene Person möglichst bald ins Nichts eingehen kann. Ist das nicht auch wieder etwas sehr Böses, so daß er es, meiner bescheidenen Meinung nach, verdienen würde, als Wanze wiedergeboren zu werden?«

»Es ist nicht ganz so ohne, was du da sagst, aber du siehst es natürlich vor allem aus dem Blickwinkel der Bruthenne. Mich fesselte es aber schon – auch wenn ich es für meine Person ablehne –, daß einer sich so frei machen kann von allem und auch von seinem eigenen anfälligen Körper, daß er, wie man mir glaubhaft berichtete, mit seinem Gesäß gelassen auf einem nagelbesetzten Brett einsitzen oder stundenlang auf einem Bein stehen kann oder in einer Feuersglut. Ich hätte so manchesmal etwas dafür gegeben, wenn mein armer Kadaver nicht so schmerzanfällig gewesen wäre.«

»Also, wenn du mich um meine Meinung fragst, Nagelsitzer und Feuerfresser gehören in meiner Vorstellung zum

Gaukelvolk. Die Freier bestellten sich manchmal solche Leute zur Belustigung und Verwunderung. Diese machten das allerdings nicht wegen des Aufgehens im Nichts, sondern um Geld, und wie ich sehen konnte, sprachen sie nach getaner Arbeit mit dem größten Behagen der Speise und dem Trank zu, die man ihnen vorsetzte in einer Ecke. Ein fröhliches, wenn auch nicht gerade ernstzunehmendes Völkchen. Ob sie vom Indos stammten, weiß ich nicht. Aber sie sahen nicht nach Nabelschau aus. Persönlich sage ich es schlichtweg heraus, deine Heiligen, mit Bußdreck Übergrindeten, sie gefallen mir nicht. Wehleidig sind sie im Grunde, auch wenn sie sich absichtlich zufügen, was ein normaler Mensch vermeidet. Diese asketischen Betätigungen mögen zwar zunächst eine Plackerei sein, aber wahrscheinlich gewöhnt man sich daran, oder es gibt einen Trick dabei. Aber ich kann niemandem meine Sympathie schenken, der vor jeder Wakkerkeit des echten Lebens zurückschreckt, um sich aus sich selbst und seinen Pflichten zu stehlen in das Nichts. Im Grunde ist das Selbstverhätschelung auf sonderbaren Umwegen.«

»Verhätschelung nennst du das, wenn man hungert und dürstet und, womöglich auf den Zehenspitzen oder auf einem Bein, sich Eiseskälte oder Sonnenglut aussetzt? Ich weiß es, was das heißt, so ausgesetzt zu sein, wenn ich wieder einmal dahintrieb über salzbeißendem Wasser, sonnenüberflammt, das Wellengeblink wie Nadelstiche in den Augen, oder bis ins Gebein fröstelnd in der silbernen Lichtflut des Monds, wenn es eisig heraufstieg aus der Tiefe in den hohlen Bauch. Wenn ich so abgemagert war, daß ich durch den Bauch mein Rückgrat ertasten konnte und die ausgedörrte Zunge am trokkenen Gaumen raspelte wie Spreu und Spelz. Nichts zum Anhalten als ein Stück Holz, auf dem ich hin und her geschaukelt wurde zwischen den Glasbergen der Wogen und den schlürfenden Flutwirbeln. Gewissermaßen gewöhnte man sich tatsächlich. Aber von Selbstverhätschelung konnte dabei fürwahr keine Rede sein.«

»Du tatest es ja auch nicht freiwillig! Vorwitzig vielleicht manchmal, das wage ich schon zu sagen, aber nicht freiwillig, und das flackernde Flämmchen deiner Seele wollte sich von deinem Selbst nicht trennen, sondern gerade dieses Selbst festhalten mit aller Kraft. Das macht den Unterschied. Und ich achte dieses dein Flämmchen sehr, daß es wacker festhielt, ausgesetzt in wüster Meeresödnis, trotzdem festhielt und nicht verhauchte aus Wehleidigkeit und Lust zum Aufgeben. Denn Aufgeben ist immer auch eine Art von unappetitlicher Lust.«

»Schön, wie du lobend sprichst von der Tüchtigkeit und Lebensfreudigkeit meines Flämmchens, und ich frage mich, wie du, die du niemals ausgesetzt warst der wilden Ödnis des Ozeans, es wissen kannst, was für eine Lust man manchmal hat zum Aufgeben.«

»Wir Weiber, mein Odysseus, treiben zwar selten auf den gaukelnden Wassern der Meereswüsten, aber andere Wüsten sind uns bekannt, Wüsten des verzweifelten Herzens, durch die es einen treibt mit Pein und Marter, auch wenn's uns äußerlich nicht so eindrucksvoll hernimmt, daß wir das Rückgrat durch den Bauch spüren können. Aber auch in vergleichsweiser Leibesstattlichkeit kosten wir die Lust zur Selbstaufgabe und wehren uns dagegen mit dem gewissen Flämmchen, das zum Leben steht und gegen die Selbstverhätschelung.«

»Ich möchte mich auch gar nicht absondern von meinem eigenen Ich, auch wenn es mich drückt. Ich stehe dazu und will es behalten, wenn auch vielleicht nur als flüchtigen Schatten in der Düsternis des traurigen Hades. Aber ich habe doch ein gewisses Verständnis für diese Männer, die mit gekreuzten Beinen dasitzen und in ihren Nabel starren, um sich selbst loszuwerden. Denn sie tun es ja auch nur aus Verzweiflung über ihre Götter, die – gerade wie die unseren – sie foppen, hunzen oder ganz vergessen. Diese Götter, sag ich dir, Penelope, sie sind überall gleich, auch wenn sie andere Namen haben, mit Vogelköpfen daherkommen oder mit sechs Armen.«

»Da kamen noch andere Männer ins Lager«, erzählte Odysseus einmal: »Männer mit sorgfältig gepflegten, viereckig gestutzten Kräuselbärten: Haar und Bart und auch der ganze übrige Mann waren dick eingeölt, wodurch sie manchmal, da es beim Wanderleben wahrscheinlich nicht immer Gelegenheit zu frischer Ölung gab, etwas ranzig rochen. Aber es war ein gutes Reden mit ihnen. Sie waren sehr weltläufig und erzählten von ihrer Stadt, Babylon heißt sie, größer, als man es sich vorstellen kann. Troja soll dagegen ein lächerlicher Steinhaufen sein. Sie wußten viel über Sterne zu sagen. Sachliches, aber manchmal gingen sie – wie es mir schien – etwas zu weit, indem sie alles und jedes auf die Sterne bezogen und ausdeuteten. Kundige vermögen – erzählten sie – einem Menschen sein ganzes Leben vorauszusagen, wenn sie die genaue Geburtsstunde und Jahr und Tag wüßten. In dieser Hinsicht hegte ich meine Zweifel, aber aus Höflichkeit ließ ich sie natürlich nicht laut werden, um sie nicht zu vergrämen. Denn großes Interesse hatte ich an ihren Göttern und was sie vom Menschen hielten und vom Tode.«

»Vom Tode? Es beschäftigte dich damals – scheint mir – besonders der Gedanke an den Tod?«

»Wie nicht! Wenn alle Tage um dich herum gestorben wird! Nicht nur in der Feldschlacht. Das war das wenigste. Auch das Leben im Lager ist dem Tode förderlich. Sommers gehen allerhand Seuchen um, und im Winter wird man in der zugigen Kälte, in den ungeschützten Behausungen auch von den verschiedensten Krankheiten und Bresthaftigkeiten befallen, die oft genug ans Leben gehen. Was glaubst du, was da gestorben wurde um uns herum! Und gar nicht heldenhaft gestorben! Am Grimmbauch oder Blutfluß, manche spuckten ihre Lungen langsam heraus mit blutigem Schleim und erstickten daran. Ein Verrecken war das eher als ein Sterben. Wenn sie dann in den letzten Zügen lagen, flehten sie uns an, wir möchten nach Hause berichten, sie seien, mit Ehren bedeckt, in der Schlacht gefallen. Natürlich schworen wir es ihnen, und wir taten es auch ihnen zuliebe. Konnte es doch jedem von uns heut oder morgen zustoßen, daß wir im eigenen Unrat verreckten.«

»So ähnlich hab ich mir das auch oft gedacht. Es kamen mir immer gewisse Zweifel, wenn die Nachricht eintraf, der und der sei vor den Mauern Trojas als Held gestorben, nachdem er zahllose Feinde niedergehauen hatte, die in Bergen um ihn herum verröchelten. Es war also so, daß er in der Kotecke des Lagers verendet war, seinen schneidenden Bauch umklammernd?«

»Zuweilen. Natürlich nicht immer. Du mußt dir nicht denken, daß sie reihenweise wimmernd an der Grube hokkend verblichen. Zumal sie manchmal die Grube gar nicht mehr rechtzeitig erreichten.

Aber diese Leute aus Babylon, von denen ich sprach, die schildern die Unterwelt nicht viel anders als eine lehmige Kotecke, und die Toten hocken dort herum mit einem räudigen Gefieder bedeckt, das ihnen aussprießt aus öder Verzweiflung.«

»Um so viel anders ergeht's uns ja auch nicht im dunklen Hades. Ich weiß zwar nicht, wie es dort aussehen und was uns dort bevorstehen mag, aber ein fröhliches Land ist es sicher nicht, obwohl Aineias, der Dardaner, herumerzählte, sein Vater sei an einer lieblichen Stätte gewesen.«

»Aineias!?«

»Du kanntest doch den Aineias von Troja her? Man erzählte von seiner gelungenen Flucht aus dem brennenden Ilion und verschiedene Geschichten von seiner Irrfahrt. Ein Orakel habe ihn wissen lassen, daß er hinuntermüsse in den Hades zum Vater Anchises. Der werde ihm sagen, wohin er seine Schiffe steuern solle, um einen Ort zu finden, wo er eine Stadt gründen könne. Durch die phlegräischen Felder, einem Gelände, wo die Schwefeldämpfe aus der Erde steigen sollen und eine weise Sibylle wohnt, ist er, von ihr geführt, abgestiegen in die Unterwelt. Einer, den ich mir kommen ließ vom Hafen, in der Hoffnung, er wüßte mir etwas von dir zu sagen, erzählte mir genau die Geschichte von der Hadesfahrt des Aineias. Von ihm selbst wollte er es haben!«

»Und wie schilderte Aineias den Hades?« fragte Odysseus gespannt.

»Bis in alle Einzelheiten hat er ihn geschildert. Eine richtige Besichtigung soll es unten gegeben haben unter Führung der Sibylle. Den Tartaros sah er, wo die Frevler büßen, und das Elysion, wo die Helden und sonstigen Großen hinkommen. Dort traf er auch seinen Vater Anchises, und der sagte ihm alles über eine Stadt, die er, Aineias, im Lande Italia gründen sollte.«

»Der Anchises unter den Großen? Was hat denn Anchises schon getan, als daß er einmal mit Aphrodite geschlafen hat. Jedenfalls behauptete er es. Und eine Führung mit Besichtigung hat es gegeben? Eigens für Aineias? Und die Gründung einer Stadt wurde ihm verkündigt unten im Hades? Nicht schlecht, sag ich dir! Auf den Kopf gefallen war er nicht, der Aineias. Der machte den ganzen Rummel um Helena nicht mit. Viel gescheiter war er als die Priamossöhne... Und jetzt also hat er verbreiten lassen, eine Stadt würde er gründen. Nicht ungeschickt! Das sieht ihm gleich.«

»Ja, so wurde es überall verbreitet und immer mehr Einzelheiten kamen dazu. Im Elysion wurde ihm gesagt, er sei ausersehen, eine Stadt zu gründen, die dereinst den Erdkreis beherrschen werde! Indessen aber trieb es ihn ganz schön herum auf dem Meer. Heras wegen, sagte man, die verfolge ihn mit ihrem Haß so wie dich der Poseidon.«

»Erdkreis beherrschen! Sonst nichts. Darunter tut er's nicht, der Aineias. Ein kluger Bursche. Das kam bald zutage. Er und Antenor, die beiden blieben als einzige nüchtern. Stürzten sich nicht kopflos ins Unglück des Paris wegen. Aineias, ich weiß, daß er entkam. Ich sah ihn, und ich ließ ihn laufen.

Und jetzt will er also im Hades gewesen sein unter sachverständiger Führung und macht gleich Propaganda für seine künftige Stadt! Die Geschichte ist natürlich erlogen, aber daß er eine Stadt gründen wird, das trau ich ihm schon zu. Allerdings kein neues Troja, heldenhaft und romantisch. Es wird eine nüchterne, berechnende Stadt sein, die der Aineias gründet. Gut möglich, daß sie einmal die Welt beherrscht! Aber erzähl mir! Was ließ er noch verbreiten von unten?«

»Die Sibylle führte ihn durch eine Schlucht, aus welcher giftige Dämpfe quollen, so daß es die Vögel vermieden, sie zu überfliegen, weil ihnen der Gifthauch die Flügel lähmte. Opfer brachte er dort der Hekate. Da brüllte der Schlund und bebte, und mit gezücktem Schwert folgte er der Sibylle in eine grausige Leere. Vorbei ging es an der Stadt der Verdammten, deren Eingang Monstren bewachen. Von drinnen heraus hörte man Schreie, Kettengeklirr und Peitschenhiebe. Dann ging es weiter zum Elysion, wie ich schon sagte, wo er den Vater Anchises traf – aber warum lächelst du so bitter?«

»Ja, da kommt mir wohl das Lächeln, und möglich, daß es auch ein wenig bitter ist. Halbgöttliche Führung eigens für Aineias. Sein Alter in den seligen Gefilden und weiß alles über eine weltbeherrschende Stadt, die sein Früchtchen gründen wird! Erlogen, sag ich dir, das meiste erlogen. Aber nicht aus Freude am Fabulieren. Aus Berechnung erlogen. Nicht dumm.«

»Und warum sollte er es erlogen haben aus Berechnung, wie du sagst?«

»Denk doch, Penelope. Er und eine Handvoll Flüchtiger, heimatlos. Wenn er irgendwo an Land geht, ein Fremder, ein Nichts. Nicht einmal besondere Geschichten sind von ihm bekannt, so wie zum Beispiel von mir, die die Sänger verbreiten. Er hat sich ja meist herausgehalten aus allem. Da muß er sich jetzt seine eigene Geschichte machen, um zu etwas Ansehen zu kommen. Als künftiger Stadtgründer wird er auftreten, dem es geweissagt worden ist.«

»Vielleicht hat ihm die Sibylle etwas vorgeschwatzt und, von den Schwefeldämpfen benebelt, hat er ihr's geglaubt.«

»Der läßt sich nichts vorschwatzen von einem weissagenden alten Weib. Nicht der Aineias. Der hat sich die Geschichte ausgedacht, sag ich dir, um als einer auftreten zu können, der persönlich im Hades war. Aber der war gar nicht unten. Denn so, wie er es herumerzählt, so ist es dort nicht.«

»Wie willst du wissen, Odysseus, wie es da unten ist. Man hört ja nur dunkle Gerüchte. Herakles soll unten gewesen sein und den Kerberos heraufgeschleift haben, der sich geifernd wehrte. Aber wie es aussah, das erzählte er nicht. Auch Theseus war dort mit Peirithoos. Nur Theseus kam wieder herauf, und auch er erzählte nichts. Und den Orpheus zerrissen die Mainaden, bevor er noch reden konnte.«

»Man redet nicht, wenn man unten war, Penelope, deshalb

glaub ich's dem Aineias nicht. Es gibt Dinge, an die rührt man nicht, damit man sie nicht weckt. Vielleicht vergißt man sie dann.«

»Warst du im Hades, Odysseus?« fragte Penelope mit gepreßter Stimme und setzte sich steilgerade auf mit erweiterten Augen.

»Ja, ich war unten«, flüsterte Odysseus, stand auf, und unter der Tür noch sagte er: »Kirke schickte mich zu Teiresias. Nur der wisse mir zu sagen, wie ich Poseidon beschwichtigen könne.« Dann ging Odysseus.

DIE PAPPELN DER PERSEPHONEIA

Als es wieder Frühling wurde in Ithaka, bemächtigte sich des Odysseus eine Unruhe, die sich auch seiner Umgebung mitteilte. Besonders Penelope fiel sie auf, und sie machte sich schwere Gedanken, da der Gatte – was sonst nicht seine Art war – schwieg.

Praktische Sorgen hatte er keine. »Etwas Besonderes muß ihn quälen und um den Frieden des Gemüts bringen«, dachte Penelope. Der Instinkt sagte ihr, daß es etwas sein mußte, das in der Vergangenheit lag; etwas, das ihm während der Irrfahrt zugestoßen war und wovon er zu ihr nicht gesprochen hatte. Sie war klug genug, ihm nicht mit Fragen zuzusetzen. Sie kannte ihn. Er mußte von selbst anfangen zu reden.

Das tat er auch an einem warmen, ruhevollen Feierabend. Sie saßen unter der Steineiche. Ein lauer Wind wehte. Schon grünte der Stechginster, und den Hang hinunter blühten die Mandelbäume. Rosa Blust an den schwarzen Zweigen gegen einen azurenen Himmel. Die lachsrosa Flügel eines Seeadlers schatteten über sie hin. Glasgrün das Meer und weißschäumende Gischtringe an den Riffen. Bronzegolden leuchteten die Segel der Fischerboote, die nun wieder hinausfuhren. Sonnenflor in der Krone der alten Steineiche und Bienengesumm. Unten vom Haus kräuselte bläulicher Rauch auf. Vom Strand her die hellen Stimmen der Kinder, die im

Ufergeröll nach Muscheln suchten, die die Winterflut angeschwemmt hatte.

Schön und sehr friedlich. Odysseus schwieg und sah hinaus auf das Meer mit abwesenden Augen.

Da legte ihm Penelope die Hand auf die Schulter und sagte: »Rede nun endlich. Red es dir von der Seele. Nicht mir mußt du es sagen. Sag es dem Baum, sag es hinein in das Lichtergeflirr der Blätter. Aber trag es nicht länger mit dir herum, sonst wirst du mir noch krank davon. Soll ich gehen?«

»Nein! Bleib da!« sagte er und faßte sie bei der Hand. »Du mußt es ja hören. Einmal muß ich dir's sagen. – Ich muß wieder fort!«

Penelope erschrak bis ins Pochen ihrer Pulse, aber sie schwieg.

»Ich bin unten gewesen«, sagte er. »Ich stieg ab in den Hades, weil ich mußte. Nicht aus Wißbegier. Die bittere Notwendigkeit zwang mich zu diesem grausigen Gang. Kein prahlerischer Vorwitz wie bei Theseus und Peirithoos. Auch nicht der unbegreifliche Sklavengehorsam des Herakles, der dem Eurystheus seine frevelhaften Wünsche erfüllte. Und auch nicht der Schmerz um die Geliebte, der den Orpheus hinuntertrieb. Zu Teiresias mußte ich. Nur der wußte mir zu sagen, wie ich den Groll des Poseidon beschwichtigen konnte.«

»Und trafst du ihn? Sagte er es dir?«

»Er sagte es mir. Ein schweres Wissen trug ich davon. Den Gefährten verschwieg ich's. Sollten sie noch hoffen und sich eine kurze Weile des Lebens freuen, ehe das Verhängnis sie fraß.«

»Wie hast du den Weg ins Untere gefunden? Leitete dich ein Gott?«

»Die Götter hielten sich fern, sogar die getreue Pallas. Kirke beschrieb mir den Weg, aber gehen mußte ich ihn allein.

Unheimlich war diese Fahrt von Anfang an, sag ich dir. Herbst war's. Der Himmel wolkenschwer. Das Federgerüttel der Graugänse, die südwärts zogen. Dann nichts mehr. Kein Laut. Nicht einmal von der See. Nur den Mast richteten wir auf. Als wir das Segel hißten auf der Rahe, fing sich ein feuchtkalter Wind im Tuch. Ein matter Wind, gerade, daß das Segel nicht erschlaffte. Aber stet, ungeheuer stet, dieser Wind. Die Riemen zogen wir ein in die Dollen, und die Ruderpinne verklemmte ich, daß sie nicht hin und her schlug. Wir brauchten nicht zu steuern, hatte die Kirke gesagt. Wir hockten und lagen herum auf den Planken. Keiner redete etwas. Manchmal bähte das schwarze Opferlamm, das wir mitführten. Kein Segelgeknatter, kein Möwenschrei. Keinen Fisch sah man springen. Der Bug zog gerade dahin durch bleiernes Wasser, das nicht gischtete. Nach Sonnenuntergang tauchte, nebelumlagert, das Schattenbild einer Stadt aus dem Horizont. Als wir näherkamen, sahen wir, daß der Boden dunkle Schwaden aushauchte. Sie lagerten in den Gassen, umhüllten die Häuser. Kein Menschenlärm, kein Tierlaut. Nur schwankende Dämmergestalten. Die einzige Farbe, die man sah, kam vom Mohn. Aber kein lebhaftes Rot. Es sah aus wie eine blutige Befleckung. Milch des Schlafs zieht die Nacht aus seinen Körnern und betaut damit das kimmerische Land.

Wir fanden die Mündung des Okeanos. Ein schwer sich hinwälzender Strom, gesäumt von tropflastigen Schilfufern. Der Wind trieb uns flußaufwärts, ohne daß eine Hand zum Ruder griff. Das Wasser roch faulig. Bald sahen wir die schwarzen Pappeln von Persephones Hain. Die Stämme schwarz und die Zweige; schwarz das Laub. Und dazwischen die Weiden, die niemals blühen und samen. Da wußte ich: Der Hades ist nahe.

Wir legten an und vertäuten das Schiff. Dicht an dicht gingen wir an Land, jeder wollte den anderen spüren, denn das Grauen rann uns unter der geriffelten Haut. Das Opfertier zerrten wir mit.

Von weitem hörte man schon das schlappe Brodeln, mit dem der Seufzerfluß seine schlammigen Fluten dahinwälzt, der Acheron. Unser Ziel war die Stelle, wo der Pyriphlegethon sein öliges Wasser mit dem Acheron mischt, das glimmende Flämmchen trägt, wie ein Feuersalamander. Und eben dort stürzt sich auch der Kokytos heulend in den trägen Strudel, so daß aus der Tiefe der aasig stinkende Unflat aufkocht.

Hier war der Ort, den mir Kirke beschrieben hatte. Hastig, mit bebenden Händen bereiteten wir alles zum Opfer vor. Hoben die Grube aus, spendeten Honiggemisch und Wein und streuten weißes Mehl in die Erde. Dann schleppten wir das erschrockene Tier zur Grube, rissen ihm den Kopf nach hinten und durchschnitten die Kehle. Das lebendige Blut gurgelte heraus, aber der Nebel schlug den heißen Lebensdunst nieder. Der aber versickerte nicht allmählich: Die Erde schlürfte das Blut in trunkenen Zügen. Da kamen sie.«

»Wer kam?« fragte Penelope mit beklommener Stimme.

»Die Toten kamen! In Scharen drängten sie sich heran, ein graues, gespenstisches Gewühle, wie Fledermäuse fiepend. Uns erkaltete jäh das Blut in den Adern und sank vom Herzen abwärts. Einer sah dem anderen an, wie er plötzlich fahl wurde und verfiel. Aber wir mußten rasch handeln. Das Lamm häuten und verbrennen und die vorgeschriebenen Gebete sprechen zu den Göttern der Unterwelt. Ich scheuchte indessen mit dem nackten Schwert das Schattengedränge weg vom Blut. Die Klinge schnitt in Luft, aber sie wichen trotzdem zurück. Nur den Teiresias ließ ich heran. Gierig soff er vom Blut. Er mußte sich stärken zum Sprechen.«

»Sahst du noch andere? Erkanntest du welche? Kann man sie überhaupt erkennen, die Toten?«

»Viele Bekannte sah ich. Als das erste Entsetzen abgeebbt war, begann ich zu sehen. Erst war es nur wie schwirrendes Federwerk, das der Wind aufstöbert. Dann erkannte ich sie. Durchsichtige Schattenbilder, wie durch einen behauchten Spiegel gesehen.«

»Und konntest du sprechen mit ihnen?«

»Wenn sie vom Blut getrunken hatten, gewannen sie etwas Gestalt und Stimme. Erst ließ ich die Mutter heran, nachdem Teiresias satt war. Nun wußte ich, daß sie sich zu Tode geweint hatte um mich. Dann schob sich die Larve des Agamemnon heran und heiserte mir mit dünner Stimme sein grausiges Los vor. Kassandra hatte es ihm ja schon die ganze Schiffsreise lang ins Ohr geflucht, als er sie auf sein Lager zwang. Aber er vermochte nicht umzukehren. Wie mit Stahlklammern war sein Wille gelähmt. Als er die Halle seines

Palastes in Argos betrat, roch er schon das Blut. Dann der grelle Todesschrei Kassandras, die Klytaimnestra mit einem stumpfen Prügel erschlug. Dann war sie schon über ihm mit dem Netz und schlachtete ihn ab wie einen gefangenen Eber. Mit Grausen erzählte er, wie sie lang über ihn gebeugt gestanden war, Haß und Lust im Blick, als er sich röchelnd in der Blutlache wälzte. Sie hat ihm nicht einmal die Augen zugedrückt und den offenen Mund, in dem der Schrei erstickte. So sah ich auch seine schemenhafte Hülse mit aufgerissenen Augen und offenem Mund. Schauderhaft anzusehen.

Auch den Achill sah ich. Patroklos an der Seite, stelzte er daher wie der vertrocknete Balg einer Riesenheuschrecke. Immer noch hochfahrend. Er beklagte sein Los unter den Schatten und daß er da gar nichts galt. Der Telamonier Aias hielt sich fern. Er grollte mir immer noch wegen der Waffen Achills.

Jetzt weiß ich, daß man nicht vergißt dort unten. Man leidet nicht heftig, aber man vergißt nicht. Jede Kränkung, jeden Haß, jede verwehrte Rache nimmst du mit hinunter. Alle die enttäuschten Hoffnungen und die verlorenen Freuden, sie lassen dich nicht los.«

Nach langem Schweigen fragte Penelope:

»Und gingst du noch weiter, Odysseus? Kaum wag ich es zu fragen. Sahst du dich nicht um, wenn du schon unten warst?«

»Nein, ich sah mich nicht um. Ich hatte genug und dachte nur, daß ich wieder wegkam, nur weg von dort.«

»Das heißt viel, Odysseus, daß du dich nicht umsahst. Kenne ich doch deine Wißbegierde, die dich auch in heiklen Situationen nicht verläßt, so daß du noch in hangender Todesnot genau schaust, wie damals, als du an einen Feigenast geklammert über dem speienden Schlund der Charybdis warst. Es muß ein Grausen gewesen sein da unten im Hades.«

»Ein Grausen war es, daß es mir die Wißbegierde verschlug. Aber nicht so wie in der Grotte des Zyklopen, wo ich vor Angst fast verging, oder unter der Höhle der raffenden Skylla. Es war nicht so sehr die nackte Furcht, die mich wegtrieb. Es war die graue Hoffnungslosigkeit, die wie eine Schwade Staubes über allem lag.«

»Und der Tartaros?«

»Wenn es ihn gäbe als einen Ort der Strafe, dann hätten Achilleus hingehört und Paris. Aber die atmeten dieselbe Grabesluft wie der edle Hektor. Es gibt keine Unterschiede da unten, keine Belohnung und keine Bestrafung.«

»Und dein Vater Sisyphos? Und Tantalos?«

»Siehst du, das ist auch etwas, das mir keine Ruhe läßt. Ich sah sie und noch viele andere, denen grausame Qualen auferlegt sind. Aber nur, wenn sie einen Gott beleidigt haben. Keinen, der sich an Menschen vergangen hat, und wäre er noch so verbrecherisch gewesen. Sisyphos wälzt seinen Stein nicht, weil er Menschen belogen und betrogen, sondern weil er den Hades hinters Licht geführt hat. Tantalos, weil er über die Tafel der Götter geschwätzt hat, und Ixion ist aufs Rad geflochten, weil er Hera begehrte. Und weißt du, wofür Salmoneus schmachtet? Weil er in kindischem Übermut den Donnerer nachahmte. Sonst nichts.

Die Menschen sind ihnen gleichgültig, den ewigen Göttern, Penelope. Das weiß ich, seit ich unten war. Prometheus, der Titan, der sich unser erbarmte, ist an die Schroffen des Kaukasus geschmiedet, und ein Adler zehrt an seiner nie verheilenden Leber. Warum? Weil er uns gezeigt hat, wie man Feuer macht. Das haben sie ihm nicht verziehen, die Götter des Olymp. Aber wenn einem von ihnen ein Menschenkind gefällt, nimmt er es sich zu einer flüchtigen Stunde, dann läßt er es fallen. Alle die Geliebten des Zeus. Hat er nur eine vor der Eifersucht der Hera beschützt? Kümmerte er sich um sie, als sie litten? Er dachte gar nicht daran, denn er hatte sie vergessen im Augenblick, nachdem sie ihm zu Willen gewesen waren.

Poseidon hat mich herumgetrieben auf dem Meer, jahrelang. Und was war mein Vergehen? Ums nackte Leben kämpfend, habe ich Polyphem geblendet, das gefräßige Ungeheuer. Sollte ich zulassen, daß er uns einen nach dem andern verschlang, nur weil er ein Bankert des Poseidon war?«

Chor der gefiederten Toten

Wir nisten auf den Pappeln der Persephoneia,
den schwarz gelaubten Pappeln des Hades.
Krankes Gefieder bedeckt den verschorften Leib.
Traurigkeit ist unsre Nahrung
und Kummer um das verlorene Leben.

Ach, es ist uns so leid um das liebe Leben
oben im Licht.
Hart ist's gewesen,
in der sengenden Glut den steinigen Boden zu pflügen.
Saurer Schweiß zerfraß uns die Haut.
Bis in die Gebeine erstarb
der Wille zum Dasein.
Und doch ist uns leid um das liebe Leben.

Hart war's,
in steilen Klippen verstiegene Ziegen zu suchen,
im dornigen Hanggestrüpp dem reißenden Luchs
verlaufene Lämmer aus den Klauen zu reißen.
Oft stöhnten die Knochen
und sehnten sich nach der kühlen Erde.
Und doch, wie leid ist uns
um dies bittere Leben oben im Licht.

Hart war's,
im schneidenden Nachtwind hinauszurudern
aufs dunkle, brüllende Meer mit schwanker Laterne
und schleppenden Netzen.
Das schwache Boot umkreisten die Haie.
Es gefror uns das Blut in den Adern.

Und doch ist uns so unsagbar leid um das harte,
  grausame Leben
oben im Licht.
Da donnert noch immer die Sonne durch den azurenen Äther,
hochauf gischtet das glasgrüne Meer von Klippe zu Klippe.

Wir aber hocken im lehmigen Haus des schweigenden Hades
mit schlaffen Schwingen in stockiger Luft,
Schimmel modert auf den Lidern der tagblinden Augen.

Grau gefiederte Schemen.
Tagmüdes Erdengezücht, voll Sehnsucht nach Frieden.
Was hatten wir schon da oben?
Schleppten uns vom Gram in die Hoffnung
und von der Hoffnung wieder zum Gram,
die wehrlosen Leiber geschleudert zwischen den Riffen
der Furcht.
Traurig genug!
Und dennoch weinen wir tränenlos um das liebe Leben.
Denn oben, da donnert die Sonne im ewigen Gleichmaß
durch den azurenen Äther,
oben gischtet noch immer die glasgrüne Woge von Klippe
zu Klippe,
ein kühlender Wind bewegt die silbernen Blätter
des Ölbaums,
und die Zikade singt.

Wir heben uns kummerschwer von den Pappeln
der Persephoneia
und streifen mit matten Flügeln die schweigenden Felder,
wo der Asphodelos Blüten treibt,
die niemals ein Tau benetzt.
Staub wölkt aus unsern zerschlissenen Federn,
die die räudige Haut überwuchern,
grau gefiederte Schemen.

Einst liebten wir betrogenen Herzens das Licht.
Uns belogen die schwankenden Bilder des
leuchtenden Lebens.
Wir tanzten den Reigen im blauen Gekräusel des Dreifuß
zu Ehren der Götter.
Vom Frühling getäuscht,
getäuscht vom lachenden Sommer,
bis dann die Finsternis kam,

die Wolken mit dräuenden Brauen sich türmten,
ein kalter Hauch unser elendes Dasein verblies.
Es stürzte der Tag in die Nacht,
die Hoffnung verflog sich,
und es scheuchte der Tod uns in die Falle des Hades.

Nur die Götter leben ewig im Licht.
Sie schreiten so leicht durch den Äther,
schreiten hinweg über unser armseliges Leben
mit gleichgültigen Sohlen
ihrer goldberiemten Sandalen.
Keiner kann sie begreifen,
keiner ihre wechselnden Launen erraten.
Vielleicht sind sie selber nur Traumgespinste,
die Götter,
und *wirklich* nur er,
der Brüter schwarzgeflügelter Träume,
der schweigende Hades.

Aber dennoch donnert oben die Sonne im
göttlichen Gleichmaß
durch den azurenen Äther,
gischtet das glasgrüne Meer von Klippe zu Klippe,
und ein sanfter Wind bewegt die Silberblätter des Ölbaums,
es duften Ginster und Thymian,
und die Zikade singt
immer und ewig.

DER BILDLOSE GOTT

Odysseus und Penelope saßen abends beim Feuer. Die Nächte waren noch kühl. Penelope spann. Telemach war gleich nach einer hastigen Mahlzeit weggelaufen, ohne zu sagen wohin. Eurykleia grinste. »Auf Katerwegen ist er, der Kleine, und singt den Frühlingsmond an!« – »Es ist Zeit, daß wir uns nach einem passenden Mädchen für ihn umsehen.«

Odysseus hatte sich an diesem Gespräch der Frauen nicht beteiligt. Er starrte in die flackernde Glut. Plötzlich fing er unvermittelt von etwas ganz anderem zu reden an.

»Da gab es noch welche unter den Fremden, die ich um ihre Götter befragte. Im Gefolge des ägyptischen Herrn waren sie. Ein Alter und ein Junger. Sklaven zwar, aber keine gewöhnlichen. Sie verstanden sich auf die Schrift und das Rechnen und führten die Aufsicht über die Schwarzhäutigen, die niedrige Dienerarbeit verrichteten. Sie selbst hatten eine helle Hautfarbe und schwarzes, gelocktes Haar. Aber nicht so steif wie die aus Babylon, und auch nicht gesalbt und gefettet. Sie hatten große, braune Augen, die sie meist halb mit den Lidern verdeckten, trotzdem schauten sie sehr aufmerksam, und es entging ihnen nichts. Untereinander unterhielten sie sich in einer kehligen Sprache. Aber sie beherrschten auch das Ägyptische und Griechische und, soviel ich merkte, noch andere Idiome. Es waren Männer mit einem scharfen Verstand und von würdiger Wesensart. Ihr Volk ist irgendeinmal unter die Herrschaft des Pharao geraten, und sie müssen ihm Frondienste leisten. Sie stammen aus den höher gelegenen Weidegründen östlich des Niltales, wo ihre Ahnherren, wie sie betonten, Herdenkönige waren. Obwohl Sklaven, wirkten sie stolz, sicher und gelassen. Sie waren geschickt in ihren Geschäften, die sie für ihren Herrn ausführten, wach im Denken und scharfen Sinnes der Wirklichkeit zugewandt. Aber – das war das Sonderbare – abends oder zur Zeit der Mittagsruhe, wenn die anderen schnarchten oder hurten und würfelten, hielten sie sich abseits, und weißt du, was sie dann taten? Dergleichen ist mir noch nie untergekommen: Sie redeten miteinander von ihrem Gott und überlegten und sorgten sich um dessen Absichten.«

»Göttergespräche führten sie so zur Unterhaltung in den Feierstunden? Tun wir das nicht mitunter auch, besonders in letzter Zeit, mein Odysseus?«

»Nicht Göttergespräche, meine ich, Penelope, sondern Gottesgespräche. Denn das ist es ja, was mich so fesselte an diesen Vielgewandten mit dem würdigen Wesen und mir auch heute noch keine Ruhe gibt. Sie haben nur einen einzigen Gott! Nicht einen Götterkönig, wie wir und andere Völker auch, sondern einen alleinigen, einzigen Gott!«

»Du wirst doch damit nicht auch sagen, daß dieser Gott nicht einmal eine – vielleicht viel niedrigergestellte, aber immerhin – eine Frau hat; und Kinder natürlich dann auch, was sich ja wohl von selbst versteht?«

»Nein, keine Rede davon, nichts von Weib und Kind. Gar nichts vom Menschenwesen hat er an sich. Er ist ganz allein.«

»Alleinstehende Männer haben meiner Erfahrung nach immer etwas Verdrießliches in ihrem Wesen, etwas Grämliches, auch überempfindlich sind sie oft. Ein solcher Gott kann nicht bequem sein. Vielleicht sorgen sie sich deshalb so darum, es ihm ja recht zu machen, um sich Scherereien zu ersparen.«

»Du darfst ihn dir nicht wie einen alten Junggesellen und Hagestolz vorstellen. Nicht einmal so richtig als Mann im Menschensinn.

Das Menschenunähnliche an ihm geht nämlich so weit, daß er darauf besteht, unsichtbar zu sein!«

»Aber unsere Götter sind ja für uns Menschen auch nur selten zu sehen, und dann verkleiden sie sich meist in die Gestalt irgendeines Sterblichen, und erst wenn sie plötzlich verschwinden, sieht man, daß es ein Gott war, der gerade zu einem gesprochen hat; oder sie verwandeln sich gar in ein Tier, wie Zeus es besonders gern macht, wenn er eine unglückliche Sterbliche herumkriegen will. Denk nur an meine Tante Leda! Da näherte er sich als harmloser Schwan. Sie wunderte sich über die Zutraulichkeit des Tieres und kraulte ihm den Kopf, und plötzlich, ehe sie noch wußte, wie ihr geschah, hatte er, was er wollte!«

»Nein, nein, mit der Unsichtbarkeit dieses Gottes der Männer, von denen ich sprach, hat es eine viel heiklere Bewandtnis, und vor allem denkt er nicht im entferntesten daran, sich einem Weibe unsittlich zu nähern. In der Beziehung hält er seine Anhänger sogar untereinander ziemlich streng und spröde. Besonders aber besteht er darauf, daß man ihn sich nicht in irgendeiner Gestalt vorstellt, weder als Mensch noch als Tier oder etwa als Baum oder Stein, wie die weniger Entwickelten das tun, die ich auch kennengelernt habe. Noch auch als Dämon mit einer scheußlichen Fratze.«

»Aber irgendein Bild müssen sie sich doch machen können von diesem Gott. Wohin sollen sie sich denn wenden mit ihren Gebeten und Anflehungen, wenn sie sich kein Bild machen, ihn in keinerlei Figur darstellen können, die er als zeitweilige Wohnung bezieht, wenn er einen anhört, der vorstellig wird vor ihm mit seinen Bitten? Wie wissen sie denn dann überhaupt, daß es ihn gibt, wenn kein Auge ihn gesehen hat und er nicht in ihren Sinnen wohnt? Das stelle ich mir sehr schwer vor, und es wunderte mich daher gar nicht, wenn manchmal welche ein bißchen abtrünnig würden und an einem verschwiegenen Ort fremde Götter anbeteten, weil es eben einfacher und auch traulicher ist, ein Bild vor sich zu haben, zu dem man seine Hände aufhebt. Auch für diesen Gott selbst stelle ich es mir ein wenig traurig vor, wenn er, der schon weder Frau noch Kind hat, auch keine Wohnung haben soll oder sonst einen Ort unter den Menschen. Er muß sehr einsam sein, dieser Gott.«

»Ja, da sagst du etwas Richtiges! Sehr einsam, und so kam es, daß dieser große, bild- und hauslose Gott mit einem Ahnherrn des Volkes, das ihn verehrt, einen persönlichen Bund geschlossen hat. Kannst du dir so etwas vorstellen? Ein Gott, dem die Menschen so wichtig sind, daß er mit ihnen einen Bund schließt?«

»Vielleicht, weil er keine anderen Götter zur Gesellschaft hat und deshalb die Menschen braucht! Auch unsere Götter neigen sich bisweilen einzelnen unter uns zu.«

»Dieser aber, von dem ich jetzt spreche, der tut es nicht so wie unsere Götter, weil ihm etwa die Laune dazu kommt und einer ihm gefällt. Dieser Bund, den er mit jenem Ahnherrn geschlossen hat, war keine flüchtige Laune oder Liebschaft, sondern für immer und ewig, und dehnte sich aus auf das ganze Volk, das von diesem, seinem Auserwählten abstammt. Sie müssen sich verpflichten, keine anderen Götter zu verehren. Dafür hält er seine Hand über sie. Sie glauben auch fest, daß er sie eines Tages aus dem Frondienst des Pharao erlösen und in ihr Land zurückführen wird. Etwas, woran andere Völkerschaften, die unter der Herrschaft des Pharao sind, nicht einmal zu denken wagen.«

»Es rührt mich etwas an diesem Gott, der nicht seinem Vergnügen huldigt, sondern es ernst nimmt mit den Menschen und einen Bund schließt mit ihnen, weil er so allein ist. Und was verlangt er noch von seinem Volk für diese wunderbare Zuwendung, außer daß sie mit keinen anderen Göttern Umgang pflegen als mit ihm?«

»Er hat ihnen ein bestimmtes Gesetz auferlegt, straft die, die es übertreten, und lohnt es jenen, die es halten.«

»Und ist dieses Gesetz sehr schwer zu befolgen für einen gewöhnlichen Sterblichen?«

»Ja und nein. Es heißt: du sollst deinen Nächsten lieben wie dich selbst.«

»Es kommt mir nicht schwer vor, dich und Telemach, die ihr mir die Nächsten seid, zu lieben wie mich selbst!«

»So ist das nicht gemeint. Die Nächsten, das sind alle anderen Menschen, und sie zu lieben heißt, daß du keinem etwas zufügen darfst, das du selbst nicht erleiden möchtest.«

»So gesehen ist das allerdings überaus schwer. Wie machen diese Leute das? Schwerer ist das noch, als es die vom Indos machen, die sich hinsetzen und gar nichts tun. Aber du sagtest doch, sie seien sehr tätig gewesen und auch tüchtig bei ihrer Tätigkeit. Gehen sie nicht ein bißchen auf Raub aus, oder betrügen sie nicht beim Handel um eines eigenen Vorteils willen? Streiten, schimpfen, spotten sie nicht?«

»Sicher tun sie es auch. Ich fragte es die Männer geradezu. Und sie gaben bereitwillig Antwort. Der Stachel der Bosheit, sagten sie, sitze ihnen ebenso tief im Fleisch und in der Seele wie allen anderen Menschen.«

»So ist es also nichts mit dem Bund, und der Ihre muß dreinfahren mit Blitz und Donner, wie andere Götter auch?«

»So einfach ist das nicht! Und ich glaube, dies ist auch der besonders heikle Punkt und die Ursache, warum sie die freien Stunden zu Erörterungen benützen, wie sie diesen Gott richtig verstehen sollen. Ich sagte dir doch, er ist ein unsichtbarer Gott, das heißt aber auch, daß er nicht im gewohnten Sinn dreinfahren kann. Womit denn? Wenn er unsichtbar ist und nicht von menschlicher Gestalt, woher dann die Faust, mit der er dreinfahren könnte?«

»Wie wissen sie denn dann überhaupt, daß es ihn gibt?«

»Sie sagen, daß sie seine Anwesenheit fühlen und seine Stimme in ihrem Herzen hören. Und wenn sie zu ihm sprechen und beten, dann tun sie es auch in ihrem Herzen und nicht vor einem Bild oder einem Feuer oder sonst etwas. Und vor allem, sagen sie, fühlten sie es ganz deutlich in ihrem Inneren, wenn sie etwas getan haben, das gegen seinen Willen ist.«

»Es ist gar nicht leicht, sich zu denken, daß ein Gott in einem selbst spricht! Und was fühlen sie, wenn sie eine Schlechtigkeit getan haben, deretwegen er ihnen zürnt? Fühlen sie einen Schmerz im Herzen, oder sticht sie die Leber, oder grimmen sie die Eingeweide?«

»Soviel ich begriffen habe, quält sie etwas in ihrer Seele, wenn sie ihren Gott beleidigt oder einem anderen Menschen etwas angetan haben. Nicht, daß sie es deshalb weniger oft tun als unsereins. Aber wir fühlen uns dabei nicht gestört in unserem Behagen, besonders, wenn die Sache verborgen bleibt und keine Rache nach sich zieht. Sie aber sagen, es rumore dann in ihren Seelen, sie fänden keine rechte Ruhe, wenn auch die Übeltat, die sie sich gegönnt haben, noch so süß gewesen sei. Es sei eine durchdringende Peinigung des Herzens, die sie empfänden, vor allem auch durch die Angst verursacht, der Ihrige könne sich abwenden von ihnen. Nichts in der Welt fürchten sie mehr, als daß er sich abwenden könnte. Mit ihrem Gott auf gutem Fuß zu stehen, ist ihnen mehr wert als alles andere.«

»Es muß sehr mühevoll sein, zu leben, wenn man stets daran denken muß, daß ein Gott sich wegen jeder kleinen Bosheit abwenden kann von einem. Sind diese Leute nicht vergrämt und ziemlich sauertöpfisch?«

»Vergrämt und sauertöpfisch schienen sie mir gar nicht. Sie waren zwar ernst, aber sie machten doch einen sehr sicheren und würdigen Eindruck, und auch schienen sie mir viel Stolz in sich zu haben, obwohl sie ihn nicht so nach außen hin zeigten wie unsere Leute, die wie die Reiher daherstolzierten, wenn sie einen Trojaner erschlagen oder ansehnliche Beute gemacht hatten. Sie waren stolz wie einer, der eine große Aufgabe hat, die schwer ist, die er aber nicht als Last empfindet, sondern als Auszeichnung. Höchstens, daß sie manchmal einen Ausdruck hatten von einer Art innerem Hochmut und einer geistigen Überlegenheit. Wenn etwa Achilleus oder Agamemnon vorüberpfaute, stahl sich ein kleines Lächeln auf ihre Lippen, und sie senkten etwas ihre Lider, während sie gleichzeitig die Augenbrauen hochzogen. Das gab ihnen einen Ausdruck ganz fataler Art, demütig und anmaßend zugleich. Die Leute kannten sich dann nicht aus, und so kam es, daß viele sie anfeindeten.

Als ich diese Männer kennenlernte, Penelope, habe ich mich geprüft, wie ich vor diesem Gott bestünde. Ich habe da zum erstenmal über gewisse Taten nachgedacht, die mich bislang nicht beschwert hatten, weil sie mir oder dem Heer nützten und auch keine Rache zu befürchten war. Taten, die allerdings gar nicht dem Gebot entsprachen, daß man seinem Nächsten nicht antun darf, was man selber nicht erleiden möchte.

Siehst du, Penelope, und da ist mir klargeworden, daß ich sehr viel getan habe, wovon ich nicht möchte, daß es mir oder dir oder Telemach geschieht.

Da ist etwas, worüber ich viel gegrübelt habe, besonders winters, wenn der Kampf ruhte und ich untätig auf und nieder wandelte am Strand, und die See brauste und brüllte. Wir Menschen, wir wissen ja, was gut und böse ist. Alle. Auch wenn wir nichts von jenem sonderbaren Gott erfahren haben. Aber unsere Götter wissen es nicht, halten sich selbst jedenfalls nicht daran, und bei uns ist es ihnen gleichgültig. Sie strafen uns nur, wenn wir sie oder einen ihrer Lieblinge beleidigt haben. Ich erzählte dir ja, wer im Tartaros schmachtete. Nicht Achill, sondern der kindische Salmoneus oder der herageile Ixion.

Weißt du, und wenn ich da so ging, geschah es mir manchmal, daß ich mich schämte oder so ein eigenartig unbehagliches Gefühl hatte, das ich nicht genau benennen kann. Zum Beispiel, wenn ich an Palamedes dachte, den ich verleumdete, um meine Rachsucht zu befriedigen. Daß er mein Gaukelspiel durchschaute und durch seine List mich zur Teilnahme am Kriege zwang – du weißt, wie er mir Telemach vor den Pflug warf –, das nahm ich ihm nicht so übel. Halb und halb wollte ich ja gehen. Später aber hat er mich einmal mit voller Absicht bloßgestellt. Ist hohnvoll prahlend mit einer ganzen Schiffsladung von Beutegetreide zurückgekommen, wo ich ein paar Tage vorher leer ausgegangen war. Das hielt er mir öffentlich vor und machte mich lächerlich vor dem ganzen Lager. Dafür haßte ich ihn natürlich und sann auf Rache, wie jeder verstand. Ich dachte mir eine geschickte Verleumdung aus, daß er mit dem Feind konspiriere. Man steinigte ihn dafür. Ich befriedigte damit meine Rachsucht, und da war mir jedes Mittel recht. Aber den Tod hat er nicht verdient. Ein paar Feinde machte ich mir damit im Lager. Aber keiner fand etwas Ehrenrühriges an meiner Handlung und schon gar nichts Verwerfliches. Sein Vater rächte den Sohn dann dadurch, daß er zu den Gemahlinnen der Trojafahrer ging und ihnen steckte, ihre Männer hätten schon allesamt eine Kebse und dächten sie mit nach Hause zu bringen. Du weißt von der Sache. Bei dir war er ja auch. Wir fanden das alles ganz in der Ordnung, denn wir handelten ja nicht anders als unsere Götter, die doch auch Betrug auf Betrug häufen.

Als Palamedes unter den Steinwürfen starb, empfand ich nichts als befriedigte Rachsucht.

Und auch sonst hab ich mich zu allerhand Dingen hergegeben im Dienst Agamemnons, um mich unentbehrlich zu machen. Ich hatte ja noch keinen Ruf, kein besonderes Ansehen, als ich zum Heer stieß. So war auch ich es, der die kleine Iphigenie der Mutter ablistete mit der Lüge, Achill wolle sie zur Frau und in Aulis sollte Hochzeit gehalten werden. Dabei wußte ich, daß das Kind geopfert würde, weil Kalchas orakelte, der Wind bliebe sonst aus. Das Heer hätte sich verlaufen, wenn wir noch länger herumgelungert wären in Böotien. Damals war ich der festen Überzeugung, ich handelte recht, weil es im Sinne der Sache war, im Sinne des Feldherrn, und wir waren ja alle auf Kampf aus und wollten so rasch wie möglich erscheinen vor Troja mit Heeresmacht.

Als ich dann allerdings das Mädchen sah, so jung noch und mit mageren Schultern, als man sie zum Opferstein schleppte und ihr den Nacken entblößte – wie ein Lamm, das kaum begreift, wie ihm geschieht –, da wurde mir schlecht, und ich mußte beiseite gehen und mich übergeben. Es wurde mir erst besser, als ich die Flüche Klytaimnestras hörte. Schon damals sah ich Mord in ihren Augen, als sie den Betrug begriff, und man ihr das Kind aus den Armen riß.«

»Und Polyxena? Wurde dir nicht auch schlecht, als du mithalfst, die junge Polyxena auf dem Grab des Achill abzuschlachten, wie er sich gewünscht hatte, weil er sie nicht lebend bekam?«

»Da nicht. Bei Polyxena nicht. So scheußlich es war. Sie war doch zur Sklavin bestimmt, war unter den Beuteweibern. Keine fünfzehn Jahre alt. Aufgewachsen im Palast, gehegt und gehütet. Was stand ihr denn bevor? Mal es dir doch aus, Penelope. Irgendein Rohling hätte sie ins Bett gezerrt, mißbraucht, und dann weggeworfen. Erst wär es vielleicht einer der Fürsten gewesen. Na und? Glaubst du, daß der besonders feinfühlig und rücksichtsvoll mit ihr umgegangen wäre? Und dann, wenn er genug gehabt hätte? Verschenkt, verkauft. Immer billiger, immer tiefer hinunter. Der letzte Ruderknecht konnte sie kaufen. Beute hatten sie doch alle gemacht im brennenden Ilion. Da brandschatzte jeder, auch die, welche niemals eine Waffe in der Hand geführt hatten. Und gerade den Niedrigsten mußte es reizen, eine Prinzessin zu beschlafen. Dieses Schicksal wünschte ich ihr nicht. Für sie war ein rascher Tod auf dem Altar ein Gewinn. Kalchas verstand sein Geschäft. Ein paar Minuten Angst für ein Leben in gräßlichster Erniedrigung.

Das sagte ich auch Hekabe, als ich die Kleine wegführte von der Mutter. Halb und halb begriff sie es auch. Aber es war doch ihr Kind, ihr vorletztes. Sie verlor fast den Verstand. Und wenig später brachte man ihr noch die Leiche ihres letzten, den Knaben Polydor, ermordet vom Gastfreund, dem sie ihn zur Hut anvertraut hatten. Da wurde sie zum rasenden Tier. Es war zuviel. Viel zuviel. Keinem hat sie etwas zuleide getan, Hekabe, und niemand hat in diesem

Krieg so viel verloren und gelitten wie sie. Kein Gott, keine Göttin standen ihr bei. Als ich sie zum letztenmal sah, rannte sie heulend wie eine tollwütige Hündin im Kreis, dann stürzte sie sich ins Meer. Und kein Gott. Keiner.

Aber siehst du, seit ich mit diesen Männern redete und sie von ihrem einzigen Gott reden hörte, der in ihren Herzen zu ihnen sprach, seither wird mir oft totenübel, wenn mir irgendeine Schurkerei einfällt, die ich begangen habe oder an der ich beteiligt war. Nicht aus Angst vor irgendeinem Gericht. Wenn man's geschickt anstellt, bleibt man ja straflos, und unsere Götter rächen doch nur Beleidigungen, die man ihnen persönlich zufügt. Trotzdem wird mir übel in einer ganz besonderen Weise, wenn ich an Palamedes denke oder an Iphigenie und sonst noch vieles. Nicht auf dieselbe Weise übel, wie wenn man sich beim Mahle übernommen hat. Auch nicht so, wie mir übel war, als ich die Schultern der kleinen Iphigenie vor dem Schlachtblock sah. Es ist eine schrecklichere Art von Übelkeit. So als hätte man sich übernommen – ich weiß, es klingt seltsam –, übernommen an Tüchtigkeit, an Zweckmäßigkeit, an Ehrsucht. Kannst du das verstehen, Penelope?« Odysseus fragte es mit großer Eindringlichkeit und in seinen Augen stand Qual und Ratlosigkeit.

»O ja, ich glaube, ich kann es verstehen, Lieber«, sagte Penelope nach einigem Nachsinnen; »ich kann es verstehen, daß man sich übernehmen kann am zweckmäßigen Handeln, das einem anderen sehr weh tut. Es scheint mir so etwas zu geben wie eine Berauschung mit Tüchtigkeit, in welcher man das Gleichgewicht verliert und sich übergeben muß wie einer, der trunken ist von Wein. Vielleicht ist es das, was die Männer mit dem sonderbaren Gott das Böse nennen, das man dem Nächsten nicht antun darf, weil man es selbst nicht zugefügt bekommen möchte. Das macht ihnen dieses seelische Grimmen, von dem du auch etwas abbekommen hast.

Weißt du, Odysseus, ich dachte mir das schon oft, wenn auch nicht so klar, wie es mir jetzt wird nach deiner Erzählung von diesen würdigen und doch etwas hochmütigen Männern. Das Zweckmäßige und Vernünftige, das Nützliche ist sicher hoch einzuschätzen im Verkehr mit der Welt. Aber der Mensch besteht nicht nur aus dem Kopf, aus der Vernunft. Er hat auch ein Gefühl, und er hat ein Fleisch. Und alle drei stimmen oft nicht überein, sondern liegen im Streit gegeneinander. Der Mensch ist nicht aus einem Guß wie ein gewöhnlicher Kochkessel, ganz aus Erz. Da ist der Körper, das Fleisch und Blut, das hat seine Wünsche und Ansprüche. Und dann ist die Vernunft da, und die ist ganz anderer Meinung. Aber dann redet noch das Herz hinein und will auch wieder ganz etwas anderes. Du mußt dich dauernd entscheiden, wem du jetzt folgen willst, denn nur selten besteht Einmütigkeit. Es ist entsetzlich schwer, die richtige Entscheidung zu treffen. Wenn du dich aber irrst, dann mußt du es büßen oder ein anderer.

Schau! Die Vernunft entschied, Iphigenie muß geopfert werden, sonst senden die Götter keinen Wind, der euch nach Troja bringt. Dein Herz hat sich des Mädchens erbarmt und seiner unglücklichen Mutter. Und deinem Fleisch wurde übel, als du die mageren Schultern des Kindes sahst und das Beil über ihrem zarten Nacken. Alle drei hatten auf ihre Weise recht, damals, als es geschah. Aber wenn du es jetzt siehst, nach zwanzig Jahren, nachdem du weißt, wie es weitergegangen ist, wem gibst du da recht? Eben weil euch dieser Wind nach Troja blies und Helena wieder in Sparta thront, mußten Tausende sterben, mußte eine schöne Stadt untergehn in Schutt und Brandasche. Für nichts, als daß ein Gehörnter gerächt wurde. Was war nun das Richtige, oder besser, was wäre das Richtige gewesen?«

»So wie du das auseinandernimmst auf eine spitzfindige Weise, die mich ganz an die Art erinnert, in der diese Männer sich einer geistigen Frage annahmen, so sieht es danach aus, als wäre es richtig gewesen, ich hätte meinen Verstand abgekuscht und hätte dem Erbarmen meines Herzens nachgegeben. Da hätten mich die schmalen Schultern des Kindes nicht in die Speiecke getrieben, und Troja wäre noch eine blühende Stadt, und all die jungen Männer, die auf dem Schlachtfeld oder an den Krankheiten im Lager starben, freuten sich noch des Lebens und des Lichtes, freuten sich der Liebe ihrer

Frauen und der Zutraulichkeit einer Kinderschar. Du hast schon recht, dieser Fluchwind, dessentwegen Iphigenie bluten mußte, hat nichts als Blut und Kot und Elend über uns alle gebracht, über Freund und Feind. Aber wie konnte ich das wissen vorher? Und selbst wenn ich es gewußt und herausgeschrien hätte! Wer hätte auf mich gehört? Einen elenden Feigling hätten sie mich geheißen. Denk an Kassandra, die Priamostochter mit der Sehergabe. Die wußte alles im voraus und schrie ›Wehe! Wehe!‹ als Paris ausfuhr aus Troja und alles jubelte. Keiner hat ihr geglaubt. Verachtet und gehaßt hat man sie, und in den Kerker wurde sie geworfen von ihrem eigenen Vater. Sag selbst, Penelope. Soll man sich der Verachtung und dem Hohn preisgeben und sich unbeliebt machen bei allen Menschen, weil man nach einer Stimme handelt, die im Herzen spricht? Diese Männer waren auch eher unbeliebt, und nicht nur wegen der gesenkten Lider bei gleichzeitigem Hochziehen der Brauen, wenn sie so zusahen, wie unsereiner sich spreizte.«

»Unbeliebt bei den Menschen, das mag schon wahr sein. Aber vielleicht liebt sie ihr Gott? Dieser Gott, der sich in strenger, aber doch sehr teilnahmsvoller Art kümmert um sein Volk! Von unsern Göttern kümmert sich keiner in verläßlicher Art um uns. Fallweise höchstens, wenn sie eine gewisse Vorliebe haben oder Lust auf einen. Bauen kann man nicht darauf. Oder stand dir etwa Pallas Athene zur Seite, als du im Hades warst? Unsere Götter, die haben da oben ihr ewiges Dasein, aber es ist ein bißchen windig, dieses Dasein. Ja, ich sag es geradeheraus, denn ich habe oft und lange darüber nachdenken müssen, besonders als du verschollen warst und ich nicht wußte, wohin mich wenden. Windig, von unverbindlicher Göttlichkeit, wie Helena. Niemand und nichts zieht sie zur Verantwortung, und wir machen es ihnen darin nach, denn wir wissen es gar nicht besser, wie sollten wir auch. Sagen sie uns denn, mach dieses und jenes vermeide? Aber unser Herz sagt es uns.«

»Fast lästerst du etwas, Penelope!«

»Mag sein, daß ich lästere, Odysseus. Aber nach allem, was sie dich und mich haben anschauen lassen, und andere noch um vieles mehr, wie zum Beispiel die unglückliche Hekabe, die keinem etwas Böses getan hat, nach alldem kann ich sie nicht mehr so recht achten, die unsterblichen Götter. Vielleicht kommt ja diese gewisse Windigkeit eben daher, daß sie unsterblich sind. Ich meine, wenn man so dahinlebt in Ewigkeit und keiner einen je dafür zur Verantwortung zieht für das, was man tut, dann bekommt das Dasein einen Einschlag von Windigkeit. Wenn unsereiner sich freut oder hofft oder leidet, wenn er sich Gedanken darüber macht, ob das, was er tut, anständig oder gemein ist, dann tut er es, weil er weiß, daß alles einmal ein Ende haben wird. Das gibt dann dem Leben ein anderes Gewicht und eine andere Würde.«

»Was ist schon Gewicht und Würde, wenn unsereiner dann doch hinuntermuß, wie immer er es gehalten hat auf Erden, und seine Seele flüchtig über den Asphodelos streicht wie ein müder Wind. Ohne besondere Leiden, ohne Freuden, in ewiger Langeweile, gierig nur nach ein paar Tropfen warmen Bluts. Ich sah sie. Sah das Gedrängel um das bißchen lebendige Opferblut. Traurigkeit überkam mich, als ich das ansehen mußte, und diese Traurigkeit läßt mich nicht mehr los. Alle hätte ich sie naschen lassen wollen, aber ich mußte sie zurückscheuchen mit dem nackten Schwert, daß Teiresias sich vollsoff, um mir die Zukunft zu sagen und wie ich Poseidon versöhnen könnte. Deshalb war ich ja dort am Orte des Grauens.«

»Und was sagte dir eigentlich Teiresias? Du hast es mir bisher verschwiegen. Es fiel mir auf, aber ich wollte dich nicht drängen, Odysseus.«

»Ich wollte es dir noch eine Weile ersparen«, sagte Odysseus leise. »Es macht dir nur das Herz schwer, und ändern können wir nichts daran. Aber einmal muß es wohl sein! So höre denn, meine liebe Penelope: Ich kann Poseidon nur versöhnen – sagte Teiresias –, wenn ich ein Land finde, wo ein Mensch wohnt, der das Meer nicht kennt und ein Ruder für eine Schaufel zum Worfeln des Getreides hält. Dort soll ich Poseidon ein schwarzes Schaf zum Opfer bringen. Dann erst hätte ich endlich Frieden vom bläulich Gelockten, dem ich sein Monstrum blendete, weil es mir die Gefährten fraß.«

Es war lange Zeit still zwischen den beiden. Da schrie Penelope auf: »Diese Seherbrut, die siebenmal vermaledeite! Leer und lügenhaft, aufgeblasene Narren und Betrüger, die ihre eigenen Lügen glauben und sich mit Alpträumen mästen, die andere ausbaden müssen! Odysseus, ach Odysseus! Du glaubst ihm doch nicht, diesem krächzenden, blutsaufenden Hadesgespenst!«

»Ich bin keiner, Penelope, der jedem Sehergestammel glaubt. Aber was der mir sagte da unten – vom Lügen hatte er auch nichts mehr –, was der mir sagte, das klang mir nach Wahrheit, nach echtem Götterspruch. Weißt du warum?« Er sah ihr starr ins Gesicht und sagte dann leise: »Weil es so absurd, weil es so unfaßbar grausam ist. Es – wird geschehen müssen, arme Penelope, armer Odysseus, wir armen beiden. Ein Ruder über die Schulter und fort auf die Suche. Wie weit mag der Weg sein zu Leuten, die das Meer nicht kennen!«

»Nicht nur windig sind sie, die Götter«, schluchzte Penelope und schlug mit geballten Fäusten auf das Brett, auf dem sie saßen, »nicht nur windig, sondern kindisch und gemein. Sag jetzt nichts, Odysseus, versuch nicht, mich zu beschwichtigen. Sollen sie mich drum quälen im Hades unten. Ich sage es doch, sonst ersticke ich daran. Unschuldig verrucht sind sie, die Olympier, wie Kinder, die einem Käfer die Beine ausreißen, weil sie sehen wollen, was er dann tut. Aber es gibt noch andere als die Olympier!«

»Von vielen hab ich gehört, aber sie sind auch nicht besser. Wenig kümmert sie der Schmerz der Menschen und ihr Wohl, wenn sich nur eifrig der Opferrauch kräuselt«, sagte Odysseus müde, niedergeschlagen.

»Und das dachte Poseidon sich aus, das mit dem Ruder, und es fand Beifall im Götterrat«, knirschte Penelope, »so wie Kinder sich beim Pfänderspiel etwas Lächerliches ausdenken, was einer tun muß, und ihm dann dabei zuschauen, wie er sich plagt, und sich biegen vor Lachen. Das sind die Olympier, die Hochthronenden, Erhabenen.«

»Ich weiß es, Penelope, aber was sollen wir tun?«

Penelope schwieg. Lange saß sie und blickte mit gerunzelten Brauen zu Boden und schwieg.

»Du schweigst, Penelope, finster ist dein Herz. Aber einmal hab ich es dir sagen müssen.«

»Du hast recht getan, es mir zu sagen. Du hättest es gar nicht so lange mit dir herumschleppen müssen. Dein Leid ist mein Leid, Odysseus. Aber ich denke nach. Ich denke nach über Geschichten von anderen Göttern. Vergessenen. Nicht Götter sind es, sondern Göttinnen. Sie sind selber hinuntergestiegen in die Unterwelt und haben ihre Geliebten wieder heraufgeholt ans Licht, ins Leben, obwohl sie so viel wie tot waren. Alte Geschichten sind das.«

»Ammengefasel, Penelope, der Hades behält, was er einmal verschlungen hat.«

»Ammen erzählen solche Geschichten, das ist schon wahr, aber Gefasel ist es nicht. Weniger Faselei ist an diesen Geschichten als an dem Liebesgetratsch der Olympier und ihren kindischen Launen.

Gaia, die Mutter Erde! Du kennst doch ihre Geschichte. Die Ururalte, die vor den anderen allen da war und aus sich selbst den Uranos gebar, sich zur Gesellschaft. Ihre Kinder waren dann die Titanen, die der eigene Vater aus Eifersucht zurückstieß in den Bauch der Erde. Sie aber, Gaia, holte sie wieder ans Licht und gab ihnen heimlich die schartige Sichel, daß sie ihn entmannten. Und wer war es, die Rhea den Rat gegeben hat, wie sie Kronos, der seine Kinder fraß, zwänge, sie wieder herauszugeben? Gaia war es. Sie war für das Leben.«

»Wirrsal und Wahrheit, wer durchschaut es, Penelope. Die Wahrheit der Göttersprüche, im Orakel verkündet, nennst du Wirrsal und Kinderspiel, und das hat vieles für sich. Aber im Bauch der Erde? Ist da die größere Klarheit?«

»Nein, das nicht. Nur daß Göttersprüche immer in Leid und Tod führen. Aus dem Bauch der Erde aber kommt dann und wann einer wieder ans Licht.«

Es war im Spätsommer. Ungefähr ein Jahr war vergangen, seit Odysseus heimgekehrt war. Die Familien der getöteten Freier waren zufriedengestellt, soweit das möglich war, und die Witwen der Gefährten getröstet und versorgt. Es war Ruhe eingetreten auf den Inseln, und das Leben lief seinen geordneten, gelassenen Gang.

Odysseus saß nun oft unter der Steineiche, untätig und schweigsam, und schaute hinaus auf die wechselfarbene See mit dem verschleierten Blick, den Penelope kannte. Sie wußte, daß er grübelte. Sie wußte auch, worüber. Aber sie sprachen nicht davon.

Einmal stieg sie hinauf und setzte sich zu ihm auf die schon ganz vermorschte Bank, in der der Holzwurm nagte. Wenn es still war und kein Wind ging und auch die Meeresfläche unten glatt und reglos lag, hörte man sein stetes Pochen.

»Du denkst an Poseidon?« sagte sie.

»Ja, an Poseidon denk ich. Ich kann's nun wohl nicht mehr länger hinausschieben. Die Götter vergessen nicht, und sie schenken einem nichts.«

»Was kann er dir tun, wenn du das Meer meidest. Deine Geschäfte außerhalb der Insel kann doch schon Telemach erledigen. Er ist soweit.«

»Eben Telemachs wegen muß ich es tun. Wenn ich mich Poseidons Faust entziehe, wird er seinen Haß auf den Sohn übertragen. Soll unser Telemach sein Leben lang nie einen Fuß auf eine Schiffsplanke setzen dürfen? Es bleibt mir keine Wahl, Penelope. Ich muß tun, was Teiresias weissagte unten im Hades. Ich werde gehen müssen.«

»Mit dem Ruder auf der Schulter in ein Land, das das Meer nicht kennt?«

»Zu Menschen, die nicht wissen, was ein Ruder ist. Die es für eine Schaufel zum Worfeln von Getreide halten«, sagte Odysseus bedrückt. »Ich werde lange suchen müssen. Und ich bin der Irrfahrten so müde, so entsetzlich überdrüssig und müde, Penelope.«

Dann grübelte er wieder, so tief in seine Gedanken verstrickt, daß er ins Zähneknirschen kam, und sah mit Nebelaugen hinaus auf die unendliche Fläche des Meeres. Penelope erhob sich seufzend und schwer mit finsteren Augen und ging langsam zum Hause hinunter. Sie hielt sich nicht mehr so gerade in den Schultern. Nicht des Alters, sondern der Last dieses Kummers wegen.

Es mochten ein paar Tage vergangen sein seit diesem Gespräch unter der Steineiche. Da wachte Odysseus des Morgens auf und sah, daß Penelope wach lag, die Arme unter dem Kopf verschränkt und die Brauen zusammengezogen, so wie sie es tat, wenn sie grübelte.

»Kannst du nicht schlafen? Bist du schon lange munter?«

»Seit Stunden schon, ehe noch die Hähne krähten, bin ich wach und kann keinen Schlaf mehr finden.«

»Bedrückt dich etwas, meine Penelope, das dir den Schlaf verstört? Kann ich vielleicht Rat schaffen? Vor Troja ging auch oft der Ruf im Lager um: Wo ist Odysseus, schafft den Odysseus her, Agamemnon liegt in Sorgen wach und kann keinen Schlaf finden!«

»Ich weiß, daß du geschickt und einfallsreich bist und deine Gescheitheit nie versagt, wenn es um Tatsachen geht, um Klemmen praktischer Art. Aber verstehst du auch etwas von Träumen?«

»Geträumt also hast du! Ach geh, Alte, das kenne ich ja gar nicht an dir! Seit wann verfolgen meine kluge Penelope Träume? Wirst du mir am Ende wunderlich? Abergläubisch auf deine reifen Jahre?«

»Es gibt Träume und Träume, Odysseus, du weißt es. Solche, die durchs elfenbeinerne Tor kommen, das sind Truggespinste. Und solche, die kommen durch ein hürnenes Tor, das sind Wahrträume. Winke der Götter. Man hat sie nicht oft. Aber man fühlt es, daß sie einem etwas anzeigen. Und dieser Traum von heut nacht, der wehte mir zu durch das hürnene Tor. Ich weiß es.«

»Ach Penelope. Von den Göttern kommen sie alle, außer sie kommen aus einem überladenen Bauch, wenn man sich abends zu voll gestopft hat. Aber selbst wenn sie von den Göttern kommen! Die machen sich gern einen Spaß mit uns und foppen uns arme Sterbliche mit Gaukelbildern, und wenn wir ihnen darauf hineinfallen, lachen sie. Das Gelächter der Götter, meine Liebe! Es ist oft schwer zu ertragen, wenn sie sich so auf unsere Kosten unterhalten. Aber wir müssen es hinnehmen. Was bleibt uns schon übrig? Was hab ich nur alles zusammengeträumt vor Troja und dann auf dem Meer!«

»Hab ich dich oft mit meinen Träumen behelligt, Odysseus«, sagte Penelope und setzte sich auf im Bett. »Bin ich eine von denen, die täglich von Küche zu Küche rennen und ihre Träume zum besten geben oder ihren Männern damit in den Ohren liegen?«

»Nein, das nicht. Das kann man dir nicht nachsagen.«

Penelope umfaßte ihre Knie mit den Händen und schwieg düster vor sich hin. Da hielt Odysseus es nicht mehr aus, und er fragte:

»So red endlich, sonst hab ich doch keine Ruhe mehr und du auch nicht. Was war's denn, was du geträumt hast, daß es dir so nachgeht?«

Penelope schwieg noch eine Weile. Dann begann sie zögernd zu sprechen: »Der Weg. Den Weg sah ich, der ins Innere der Insel führt hinauf zum Neritos. Erinnerst du dich an den Weg, verwachsen und unbegangen? Ein Pfad eigentlich nur neben dem Bachbett. Steinig und steil. Als wir jung waren und unsere Füße unbeschwert, im ersten Sommer, gingen wir ihn manchmal. Stechginster blüht dort und wildes Himbeergestrüpp. Weißt du noch, wie wir uns vollschlugen mit Himbeeren? Während des Winterregens schwillt der Bach an und reißt polternd Geröll hinunter ins Meer. Im Sommer aber ist er kaum ein Gerinnsel, und wir sprangen von Stein zu Stein.«

»Freilich erinnere ich mich jetzt an den Steig. Er führt zu keiner Behausung. Wenn ich mich recht entsinne, führt er hinauf zu einer Mulde. Dort hat der Bach seinen Quell zwischen Erlen und Eschen und fettem Gras. Da gibt es ein paar behauene Steine, einen verlassenen Altar.«

»Ein altes Heiligtum des Poseidon, zerbrochen und mit Eppich überwuchert.«

»Ja, der Vater erzählte mir einmal, daß es vor undenklichen Zeiten dort Opfer gab, wenn Poseidon zürnte und die Fischer nicht hinausfahren konnten. Wir waren hinter ein paar wilden Ziegen her. So kamen wir dorthin.«

»Du hast es mir erzählt, und ich war neugierig, da führtest du mich zu der Stelle zwischen den Erlen und Eschen, und wir beschauten die Steine, an denen in schwärzlichen Flecken noch Opferblut zu trocknen schien. Unheimlich war's mir im Wäldchen, und es überrann mich ein Schauer. Aber dann im Gras – es wächst dort so üppiges, weiches Gras –, da nahmst du mir Schauer und Angst.«

»Ich erinnere mich daran, wie ich dir Angst und Schauer austrieb im Grase, und du warst dann sehr fröhlich und trällertest den ganzen Weg hinunter vor dich hin.«

»Diesen Weg nun, Odysseus, sah ich im Traum, ganz genau bis in jede Einzelheit, obwohl ich ihn seit zwanzig Jahren nicht wieder gegangen bin. Dort, wo der Pfad so steil wird, daß man stellenweise klettern muß, stand eine Frau. Hochgewachsen, aber in den Schultern ein wenig gebückt und ganz in schwarze Gewänder gehüllt. Unheimlicherweise trug sie über dem Gesicht einen dichten Schleier, so daß man ihre Züge nicht ausnehmen konnte. Sie stand dort und wies stumm mit dem ausgestreckten Arm bergwärts. Und dich, Odysseus, sah ich sitzen auf einem größeren Stein, und dabei stütztest du dich auf ein längliches Holz. Aber kein Stab oder Stock war es, wie man ihn beim Wandern trägt, sondern es sah fast aus wie ein Ruder. Ein altes, morsches Ruder, wie wir sie im Schuppen stehen haben, weil sie zu nichts mehr taugen.«

»Und das war der ganze Traum?«

»Ja, das war er.«

»Und die schwarze Hochgewachsene sagte nichts, sondern zeigte schweigend bergwärts, und ich stützte mich auf eine Art Ruder?«

»Ja, ich seh es genau vor mir. Gar nicht verschwommen, wie sonst Traumbilder sind, die, kaum daß man erwacht, zu flüchtigen Schemen verflattern, und man behält höchstens eine vage Erinnerung daran, die man bald vergißt. Dieses Traumbild seh ich so klar vor mir, als hätte ich es mit wachen

Augen gesehen, obwohl seither schon Stunden vergangen sind. Es hat sich mir eingeprägt, wie sich nur Wahrbilder einprägen können. Deshalb bin ich mir fast sicher, daß es ein Traum war, der durch das hürnene Tor gekommen ist und etwas anzeigt.«

Odysseus schwieg. Nun lag auch er auf dem Rücken, die Brauen zusammengezogen, den Kopf auf den verschränkten Händen. Dann blickte er einmal rasch, wie überrumpelnd, zu Penelope auf. Aber ihre Miene war unverändert, ernst, grübelnd, versorgt.

Es wurde jetzt allmählich lebendig im Haus. Die beiden mußten sich erheben. Es begann die Morgenarbeit, und der Tag verging wie jeder andere. Auch der nächste und der übernächste. Penelope erwähnte ihren Traum nicht mehr. Aber im Vorübergehen sah sie Odysseus in der Scheune stehen. Er hantierte unter den abgestellten Rudern. Nahm eins oder das andere in die Hand, prüfte das Holz und stellte es wieder beiseite. Als er sie sah, brummte er etwas von unnützem Kram, der den Platz verstelle. Man solle es zu Brennholz zusammenschneiden.

An einem der nächsten Abende ließ er verlauten, er müsse, ehe noch der Winter einbreche, nach dem Rechten sehen im Land. Man möge ihm etwas Proviant herrichten. Telemach wollte mit, Odysseus aber winkte ab. Er würde zu Hause gebraucht, einer müsse die Aufsicht führen.

»Nach dem Rechten willst du sehen im Land«, fragte Penelope gespannt, »und ohne Telemach diesmal? Du wirst wissen, was du zu tun hast. Ich werde dir einigen Käse und Fladen in den Beutel geben und wohl auch einen Krug Weines. Oder brauchst du den Krug nicht, wenn du einkehrst bei den Leuten am Wege, die dich alle kennen und ehren und die sich freuen werden, wenn sie dir einen Trunk anbieten können?«

»Gib mir lieber einen Krug mit. Vielleicht möchte ich diesmal nicht einkehren bei den Leuten, die mich kennen und ehren.«

»Wie du meinst. Wahrscheinlich wirst du früh aufbrechen wollen?«

»Ja, ziemlich früh, wenn der Morgen noch kühl ist.«

»Ich werde dir alles bereitstellen in der Küche. Denn es fällt mir gerade ein, daß ich morgen schon sehr früh zu einer muß, die im Kindbett liegt und Hilfe braucht für die anderen Kinder, die in der Hütte wimmeln und gefüttert und gewaschen werden müssen.«

»Seit wann muß die Gemahlin des Odysseus sich um die rotzigen Nasen fremder Kinder kümmern?«

»Weißt du, es ist eine der Witwen von denen, die mit dir ausgezogen und nicht mehr zurückgekommen sind. Da fühle ich mich ein wenig verpflichtet, ihnen unter die Arme zu greifen, weil du mir doch – dem Kroniden und der Eulenäugigen sei es gedankt – zurückgekehrt bist als der einzige von der ganzen Schar.«

»Und woher hat die Wittib die wimmelnden Bälger?«

»Ach siehst du, Liebster, sie war so allein. Da überkam es sie bisweilen, wenn Schiffer oder Händler in unserem Hafen anlegten und sich umsahen in der Stadt. Sie bat dann den einen oder anderen zu sich herein und fragte ihn aus, wie wir alle, die wir unsere Männer in der Ferne hatten. Wir armen Verlassenen.«

»Und dabei gerieten sie ins Kindbett?«

»Ja, so ist das eben bei uns Weibern. Wir geraten dabei oft ins Kindbett. Euch Männern sieht man allerdings nichts an, wenn ihr jemanden hereinbittet und ausfragt.«

»Also geh meinetwegen«, sagte Odysseus mürrisch, »und schneuze die fremden Bankerten. Ich meinerseits werde mich aufmachen, um nach dem Rechten zu sehen, und es könnte sein, daß es diesmal länger dauert, bis ich heimkomme. Mach dir keine Sorgen deshalb.«

Am frühen Morgen, noch ehe ein Lichtstreif sich zeigte am Horizont und auf der Insel ein Hahn krähte, erhob sich Penelope leise vom Lager. Sie hatte diese Nacht Odysseus in den Armen gehalten und fast nicht geschlafen. Er hatte sich fest in sie verkrochen und schien von innen heraus zu frösteln wie in den ersten Tagen nach seiner Heimkunft, als er noch die Kälte der See in den Knochen und Poren hatte. Sein Schlaf war unruhig. Er redete aus wirren Träumen heraus und schreckte immer wieder auf, wurde aber nur halb wach. Sie redete ihm dann leise beschwichtigend zu wie einem kranken Kind, dem ein Fieber den Schlaf verstört. Erst gegen früh war er ruhiger geworden und merkte daher nicht, wie sie sich vorsichtig von ihm löste. Leise verließ sie das Haus, holte ein schwarzes Schaf aus der Koppel, band ihm einen Strick um den Hals und machte sich auf den Weg. Bergwärts.

Vielleicht eine Stunde später erwachte Odysseus, sah, daß Penelope schon weg war. Es war ihm nicht so unrecht. Seufzend erhob er sich, fand unten in der Küche sein Bündel und einen Krug Weines bereitgestellt. Er ging in die Scheune und suchte sich eines der abgestellten Ruder aus. Dann machte auch er sich auf den Weg. Bergwärts.

Schon hatte Eos sich von ihrem Lager erhoben, und ein rötlicher Schimmer lag auf der dunklen See. Odysseus schritt wacker aus, um warm zu werden. Das Ruder hatte er über die Schulter gelegt und das Bündel darangehängt. In der Rechten trug er den Krug. Bald stieg groß und kupferfarben das Sonnenrad aus dem Wasser, und seine Strahlen begannen die fröstelnden Knochen des Wandernden angenehm zu erwärmen. Etwa nach zwei Stunden Weges bergan geriet er bereits in Schweiß und legte eine kleine Rast ein. Er aß ein wenig und labte sich am Kruge. Als er sich wieder aus den duftenden Stauden erhob, spürte er einen Stich im Kreuz, und weil sich weit und breit keine Menschenseele befand, ließ er einen ordentlichen Schifferfluch hören. Er klang recht hart zwischen dem friedlichen Gesumm der Hummeln und dem Morgenzwitschern der Vögel.

»Ob etwas dran ist an ihrem Traum?« sagte er laut zu sich selbst. »Ich gäb was darum, wenn ich es wüßte. Wahrscheinlich nichts als Lug und Trug, wie Träume schon sind. Ebenso wie die meisten Orakel. Aber wissen kann man es nie so genau. Vielleicht habe ich diesen Gang ganz umsonst auf mich genommen und auf ein Sehergefasel hin eine Reise angetreten, von der ich am Ende nicht mehr zurückkomme. Ach, wie bin ich das Reisen satt und übersatt all die Abenteuer, die einem so zustoßen, satt sogar die paar lieblichen Grotten, die bisweilen darunter sind. Wahrscheinlich hat die arme Penelope beständig daran denken müssen, wenn sie auch nichts geredet und gejammert hat, wofür ich ihr danke, aber in den Schlaf hinein hat sie die Geschichte verfolgt, und da hatte sie diesen Traum mit dem Ruder. Aber was soll's! Ob er echt war, der Traum, oder Schein. Ich kann's nicht mehr verschieben. Meinetwegen soll Poseidon mir zürnen. Mir kann er nicht mehr viel antun. Nicht mehr, als er schon getan hat. Aber Telemach! Wenn er Telemach für mich büßen ließe! Nachträgerisch und übelwollend sind die Götter, sie vergessen nichts, und vielleicht hatte Teiresias doch recht. Bist also wieder auf einer Irrfahrt, alter kreuzlahmer Dulder. Und wenn ich nicht heimkomme in ein paar Tagen, wird sie wissen, woran sie ist. Wie lange wird sie diesmal warten müssen? Kann gut sein, daß wir uns nie mehr wiedersehen. Ich bin froh, daß sie schon fort war in der Früh. Ich hätte die Tränen nicht zurückhalten können. Sie hätte mir alles angesehn. Man kann sie schwer täuschen.

Aber ich kann mir nicht helfen. Irgend etwas war an dem Traum! Das Ruder! Aber warum dieser mühselige Weg bergan? Ich rechnete damit, irgendwo tief ins Festland hinein zu gehen, möglichst weit von der Küste, wo allenfalls jemand leben mag, der das Meer nicht kennt und nicht weiß, was ein Ruder ist. Eigentlich hatte ich mir vorgenommen, ans Festland zu fahren. Aber da kam dieser Traum. Wenigstens versuchen kann ich es ja mit dem Traum. Vielleicht kam er doch durch das hürnene Tor.«

Während Odysseus so halblaut vor sich hin redete, immer bergan steigend, rann ihm der Schweiß bereits in salzigen Bächen übers Gesicht und brannte ihm in den Augen. Die Lippen waren rissig vor Trockenheit. Es ging auf Mittag zu. Er rastete wieder eine Weile. Dann legte er sich neuerlich das Ruder auf die Schulter, das immer schwerer zu werden schien. Schließlich wurde es Abend. Er war schon hoch oben am Berghang, tief unten glänzte veilchenblau die ruhige Fläche des Meeres. Die sinkende Sonne warf nur mehr schräge Strahlen, und ein kühlender Wind kam auf. Längst schwiegen die Hummeln und die Zikaden. Auch die Vögel verstummten. Es war sehr still. Da sah Odysseus von weitem das Erlenwäldchen und die alten, breitästigen Eschen, die die Mulde umstanden, in welcher der Altar des Poseidon sein mußte.

»Da werde ich bleiben«, sagte Odysseus zu sich. »Vielleicht finde ich einen geschützten Ort für die Nacht, wo ich mich hinlagern kann, in meinen Mantel gewickelt, und etwas schlafen. Wie lang hast du deine Nächte so verbracht, auf Schiffsplanken, im Zelt, auf der nackten Erde. Damals warst du noch jung, dann warst du es gewöhnt. Aber in diesem Jahr haben die warmen Decken und Felle meiner alten Haut doch sehr gut getan und eine Frau an der Seite, die dich bettet und zudeckt, daß dich keine Zugluft trifft, und die nichts von dir fordert, als was dir selber wohl tut. Ach Penelope, Penelope! Eine scharfe Zunge hast du, und manchmal bist du mir ein bißchen zu gescheit, und wenn du dir manches Spottwort verkneifen könntest, hätte ich auch nichts dagegen. Aber es war doch schön und friedlich das Jahr jetzt mit dir zusammen. Du wirst mir mehr abgehen als das erste Mal, als ich weglief voll Neugier und ehrgeizigem Tatendrang wie ein junger Hund.«

Der Weg ging jetzt eben weiter, und dann senkte er sich hinunterzu in die Mulde, die tiefer war, als er sie in Erinnerung hatte. Er trat in den tiefen Schatten der Bäume, und bald erblickte er inmitten von Efeu und üppigem Grünwuchs die verrottenden Steine des alten Altars.

Da war's ihm, als hörte er es bähen, kläglich, wie von einem verlaufenen Schaf. »Was bäht da?« horchte er. »Weit und breit keine Behausung! Sollte ein Schaf sich so weit herauf verirrt haben?« Er schritt tiefer in die Lichtung hinein gegen die Trümmer des Heiligtums zu. Da sah er ein stattliches schwarzes Schaf stehen, mit einem hänfenen Strick an einen dünnen Erlenstamm gebunden, das bähte.

Er ließ seine Augen umherschweifen. Langsam gewöhnten sie sich an das dunkelgrüne Dämmerlicht zwischen dem dichten Baumbewuchs. Er war den ganzen Tag im grellen Sonnenglast gewandert. Jetzt mußten die Augen sich erst auf den Schatten umstellen. Er zwinkerte. Dann riß er die Augen auf und starrte gebannt hinein in die Erlenlichtung. Was war das da neben dem Altar? Da hockte etwas! Eine Gestalt kauerte schwarzverhüllt neben dem Opferstein. Ein feiner kühler Schauer rieselte dem Odysseus das Rückgrat entlang. Zuviel hatte er schon gesehen, zu oft schon für Gesehenes bitter gebüßt. Einen Augenblick kam ihm der Drang, sich auf lautlosen Sohlen davonzuschleichen von der unheimlichen Stelle.

Aber es litt ihn nicht. Die Neugier war wieder einmal stärker als die Furcht. So faßte er sich und fixierte mit weit geöffneten Augen die düstere Erscheinung. Es schien ein Weib zu sein, ganz in Schwarz. Auch das Gesicht war umhüllt mit einem schwarzen Schleier.

Da gab es ihm einen Stich, und das Herz hinter seinen Rippen fing rasend zu pochen an, so daß er die Hand darauf legen mußte.

Das Weib aus Penelopes Traum! Hatte sie nicht ausdrücklich erwähnt, sie habe ein schwarz verhängtes Gesicht gehabt? Odysseus erstarrte. Er fühlte die Nähe einer Gottheit.

Da klang es dumpf aus dem schwarzen Bündel: »Ich spüre, daß da einer ist, wenn ich auch nur mangelhaft sehen kann. Sage mir, Fremdling, wer du auch seist, ist es nicht eine Schaufel, die du über der Schulter trägst? Du mußt wissen, daß von Kindheit an meine Augen getrübt sind, sie können nur wenige Fuß weit schemenhaft sehen. Aber die Schaufel auf deiner Schulter erkenne ich wohl. Willst du dich vielleicht irgendwo zum Worfeln verdingen? Es wohnt hier keiner, der Korn hat und einen Taglöhner zum Worfeln brauchte.«

Dem Odysseus wurde der Gaumen trocken. Sein Herzschlag geriet in ein flaches Jagen. Wie trockenes Gekrächze kam es aus seiner Kehle: »Hast du denn, Weib mit den schwachen Augen, die du da kauerst, hast du etwa noch nie ein Ruder gesehen?«

»Was ist das, ein Ruder!« fragte es zurück mit vermummter Stimme.

»Weißt du denn nicht, was ein Ruder ist?« fragte er fast tonlos, »hast du denn noch nie ein Boot oder Schiff gesehen?«

»Ein Boot, ein Schiff, was sind das für Dinge, Fremder?«

Jetzt zitterte Odysseus am ganzen Leib, und die Zähne schlugen ihm aufeinander, fast flüsterte er: »Weib mit den verhängten Zügen, wer immer du seist, Mensch oder Göttin, ich flehe dich an, sag mir die Wahrheit: Hast du noch nie das Meer gesehen?«

»Meer sagst du? Du sprichst mir von lauter fremden Dingen. Wo sollte ich etwas gesehen haben, das du Meer nennst?«

»Alles rund um dich herum«, sagte Odysseus mit fliegender, fast tränenerstickter Hast, »wenn du nur ein paar Schritte heraus aus der Mulde steigst, wenn du das Schaf hier weidest, das wohl das deine ist! Rundum siehst du es doch die Insel umgürten, das weinrote, das veilchenblaue, das goldene oder schwarze, das unendliche Meer!«

»Mag sein, daß es ist, wie du sagst, Wanderer unbekannter, aber ich sehe ja nur wenige Fußbreit, und was ich sehe, sind Bäume und Büsche und Gras und oben der Himmel, blau oder grau und schwarz in der Nacht.«

Es war indessen ziemlich dunkel geworden. Kaum war die Schwärze der gedämpft redenden Gestalt von der Schwärze des Erlengehölzes zu unterscheiden. Es war still. Nur der Nachtwind regte leise die Baumkronen. Da raschelte es, als ginge einer durchs Gebüsch. Verschwunden war die wunderliche Erscheinung wie ein Nachtspuk.

Odysseus stand angewurzelt und starrte, magisch gebannt vor Grauen und Glück. Das Orakel. Es stimmte aufs Haar. Er war überland gegangen, ein Ruder auf der Schulter, und war auf ein lebendiges Wesen gestoßen, welches das Ruder für eine Schaufel zum Worfeln hielt und nie das Meer gesehen hat.

Da bähte wieder das Schaf. Die Gestalt, wer immer sie war, hatte es nicht losgebunden und mitgenommen. Da stand es, an einen Erlenstamm gebunden, neben dem flechtenverwachsenen Altar des Erderschütterers Poseidon. Das war ein weiteres Zeichen!

Da löste sich etwas in der Brust des Odysseus, etwas seit Jahren Verknotetes, Verwachsenes. Ein Schluchzen brach aus seiner Kehle. Er richtete sich hoch auf und spannte weit die Arme aus, legte den Kopf zurück in den Nacken und schrie! Schrie es hinein in den tiefdunklen Himmel, der schon voller Sterne war: »Vater Kronion, Wolkentürmer, der du an der Tafel der seligen Götter thronst und dein Spiel hast mit uns sterblichen Menschen, das uns ängstigt und wehtut bis ins Mark unserer Seele. Aber das weißt du ja nicht. Du kannst nichts dafür, löwenlockiger, goldener Zeus, ich danke dir, auch wenn du nicht weißt, wofür!«

Dann besann er sich. Er löste das Schaf von seinem Strick und band ihm damit die Füße zusammen. Legte es auf den Opferstein und betete zu Poseidon. Dann schnitt er dem Tier die wollige Kehle durch, daß das rote Blut hell aus der Halsader sprang, über die moosigen Steine quoll und in der Erde versickerte. Er zog ihm das Fell ab und verbrannte die besten Teile. Dann streckte er sich weit aus ins Gras und schaute hinauf zu den Sternen, die ihre gelassene Bahn durch den nachtdunklen Äther zogen. Er schaute lange zu, wie sie stiegen und sanken. Er schlief nicht. Er dachte an Penelope.

»Das war dein bester Gedanke, alter Herumtreiber«, sagte er innig, »daß du dieses gescheite, sonderbare Mädchen nahmst, das sich nie viel darum gekümmert hat, was sich schickt. Einen guten Blick hast du damals schon gehabt, alter Gauner, alle Achtung! Hundsjung, wie du damals warst.«

Als die Morgenröte heraufzog, machte er sich auf. Hinunter ging es viel schneller, obwohl der Weg schlecht war. Er schien an Spannkraft gewonnen zu haben. Sehnig schritt er aus. Nun erst kehrte er wirklich heim.

Im Haus schaffte Penelope herum.

»Nun, hast du nach dem Rechten gesehen, und alles in Ordnung befunden?« sagte sie nebenhin, ohne ihre Tätigkeit zu unterbrechen.

»Nun, hast *du* den Bälgern der verwitweten Wöchnerin die Nasen geschneuzt und alles in Ordnung befunden?«

Sie sahen einander an mit gleichgültigen Mienen, aber mit lächelnden Augen.

Laertes war schon vor etlichen Jahren gestorben. Kurz darauf folgte ihm Eurykleia nach.

Die Alte war nur mehr ein Bündel Gewänder, das Gesicht geschrumpft wie ein Winterapfel, der Körper unter den Hüllen glich dem raschelnden Balg einer Grille. Eines Tages vermißten die Leute das Tappen ihres Stockes, das sie so aufreizte. Sie war immer die Früheste gewesen, die aufstand des Morgens. Sie brauchte ja kaum noch Schlaf. Dann humpelte sie durchs Haus und schlug mit ihrer Krücke an die Türen der Gesindekammern, daß es die Knechte und Mägde fluchend hochriß. Als es eines Morgens nicht geschah, fehlte ihnen etwas. Man sah nach ihr und fand sie auf ihrem Lager. Ein Haufen Decken, von dem sich der Körper kaum abhob. Winzig und flach lag sie da, auf den Zügen erstarrt ein Ausdruck der Streitbarkeit.

Man holte Odysseus. Er schloß ihr die Augen und küßte sie auf den eingefallenen Mund. Er weinte sehr. Immer war sie seine »liebe Amme« gewesen, so alt er selbst schon war. Man bestattete sie in allen Ehren neben Laertes. Zu seiner Rechten lag Antikleia, die rechtmäßige Gattin. Auf der Herzseite bettete man Eurykleia, die Tochter des Ops, für die er zwanzig Rinder gegeben und die er dann doch nie berührt hatte.

Telemach war nun endgültig zum Mann geworden. Er war es, der dem Hauswesen vorstand und in Ithaka und den umliegenden Inseln die unumschränkte Herrschaft ausübte wie vorher sein Vater. Die rührige und umsichtige Tante Iphthime hatte ihm in Sparta ein passendes Mädchen gefunden, wohlgestaltet und aus gutem Haus, heiter und tüchtig und auch mit einer stattlichen Mitgift versehen. Schon wimmelten ein paar Kinder im Hause umher. Es ging lebendiger und geräuschvoller zu als lange Zeit.

Penelopes Haar war nun ganz weiß geworden. Das stand ihr gut zu ihrem braunen Gesicht. Immer noch hielt sie sich sehr gerade und machte sich auch zu schaffen im Haus, besonders mit den Enkeln. Sie ermüdete nur rascher als früher. Ging sie den steilen Pfad zur Steineiche hinauf, mußte sie mehrmals rasten, um bei Atem zu bleiben und der Füße wegen. Aber die Kinder, deren jeweils jüngstes sie meist an der Hand führte, hielten sie bei Schwung und Laune.

Auch Odysseus werkte noch immer herum im Haus, manchmal auch auf den Feldern. Aber seine meergrauen Augen waren trüb geworden, und er war viel schweigsamer als früher.

Oft saß er nun stundenlang unten am Strand zwischen den Klippen, das Kinn in die Hand gestützt, und blickte aufs Meer hinaus, sah den Schiffen zu, wenn sie ausfuhren oder hinein in den Hafen steuerten. Er träumte.

Gern sammelten sich die Strandjungen um seine Knie und quälten ihn um Geschichten. Nicht von Troja erzählte er ihnen, sondern von den Schrecken und Wundern hinter der Schallmauer der Wirklichkeit: die Zyklopengeschichte, wie er mit den Gefährten dem menschenfressenden Ungeheuer entkommen war, an die wolligen Bäuche der Schafe geklammert. Vor den schönstimmigen Sirenen warnte er und wie sie bis zu den Knöcheln im Aas derer standen, die sich hatten verlokken lassen von ihrem Gesang. Gerne hörten die Kinder auch von der hundsschnäuzigen Skylla berichten und vom grausigen Schlund der in der Tiefe hockenden Charybdis und wie er, Odysseus, nur an einen schwankenden Feigenbaumast geklammert, die Entsetzlichkeiten des Abgrunds erblickt hatte.

Wenn es ihm zuviel wurde und das Erzählen ihn ermüdete, schickte er die Kinder weg und starrte schweigend hinaus auf das wechselfarbene Meer mit Augen, in denen Grauen und Lockung sich mischten. Eine seltsame Sehnsucht zog seinen Blick und seine Gedanken in die Weite, und oft befiel ihn jetzt ein schmerzhaftes Heimweh nach schwankenden Schiffsplanken, nach dem harten Geknatter der Segel, dem Geruch von Fischen und Tang, nach Möwengeschrei und den Wellensprüngen der Delphine. Vor allem nach den mondhellen, sternenfunkelnden Sommernächten über der See. Wenn die Meeresfläche bewegt war, meinte er im Wogenschaum feuchtsilbrige Nereidenhüften zu sehen, aus der Brandung hörte er die brünstigen Muschelhörner der Tritonen, und die glasklaren Wellen spiegelten ihm die grünlich kühlen Brüste der Galatea wider. Dann dachte er auch an die Grotten auf Inseln, die außerhalb der Schiffsrouten lagen, lieblich umwachsen von lockigem Schlinggewächs, das an blumengeschmücktes Frauenhaar gemahnte.

Oft mußte Penelope einen der Buben an den Strand schikken, daß er ihn heimholte, wenn der Abend kühl wurde. Denn er litt jetzt stark am Gliederreißen, der Krankheit der Schiffer.

Penelope fühlte, wie ihr Odysseus langsam entglitt. Nicht, daß er ernstlich an eine Seereise dachte. Wenn Telemach ausfuhr, verlangte er schon lange nicht mehr, mitzukommen. Er entglitt ihr nach innen. Zurück in die Jahrzehnte, an denen sie nicht teilgehabt hatte. Es war schmerzhaft für sie. Aber sie begriff. Dieses seltsame Heimweh, das ihm in den Gliedern lag und sein ausgekühltes Blut berückte, hatte nichts mit fröhlicher Seefahrt und Abenteuerlust zu tun. Nichts mit Wißbegierde und Neugier auf nie gesehene Wunder, die das Meer und die Inseln ihm vorenthalten hatten. Es war die Neugier auf den Tod.

Im Grunde hatten ja alle seine Abenteuer, die ihm hinter der Schallmauer der Wirklichkeit zugestoßen waren und die er gesucht hatte, mit dem Tod zu tun gehabt. Damals hatte er es nicht gewußt. Erst jetzt wurde es ihm allmählich klar. Alle die Grotten und Höhlen, die ihn so unwiderstehlich in ihr Inneres gezogen hatten, sie waren mit Todesbäumen umsäumt. Die Erlen und Zypressen auf Ogygia, die schwarzen Pappeln der Persephone, die Weiden der Kirke. Was waren denn die sieben Jahre bei Kalypso gewesen? Nicht nur ein Ort der Liebesfreuden. Absonderung war es vom wirklichen Leben, stehende Jahre im flauen, eintönigen Frieden des Todes. Er war neugierig gewesen auf alle diese Grotten, alle diese Frauen, die festhielten im Würgegriff ihrer Reize, der auch – gleichzeitig – ein Würgegriff des Todes war. Er ahnte damals schon, und deshalb hatte er die Unsterblichkeit ausgeschlagen. Als er sich entschloß, zu Penelope zurückzukehren, kehrte er in die Wirklichkeit, ins Leben zurück. An diese

Dinge dachte er jetzt oft, aber behielt sie für sich aus einer für ihn selbst schwer deutbaren Scheu.

Eines späten Nachmittags brachte man ihn auf einer Bahre ins Haus als einen Sterbenden.

Ein lächerliches Geplänkel mit Strandräubern. Nahe der Küste entlangsegelnd, hatten sie ein paar junge Weiber eräugt, die Netze spülten. Kein Mann in der Nähe, nur der Alte, das Kinn auf einen Krückstock gestützt. Leichte Beute, auf dem nächsten Sklavenmarkt gewinnbringend zu verschachern. Die Weiber wehrten sich und kreischten. Dem Odysseus war es nicht möglich, untätig zuzusehen. Er fuchtelte mit seinem Stecken wild herum und schimpfte und drohte mit dünner Greisenstimme, aber wortflott wie je. Weil ihnen der alte Krüppel lästig war, hieb ihm einer mit dem Ruder eins über den Schädel, um ihn zum Schweigen zu bringen. Die Männer von Ithaka, die auf das Geschrei hin zum Ufer gerannt kamen, vertrieben zwar das Gesindel. Für Odysseus war es zu spät. Er lag gekrümmt im Kies mit einer blutenden Schädelwunde, die gar nicht so gefährlich aussah. Aber er war ohne Bewußtsein. Sie hoben ihn vorsichtig auf eine Bahre und brachten ihn Penelope ins Haus.

Jetzt standen sie alle um sein Lager. Das Gesinde heulte und rang die Hände. Telemach starrte zur Erde. Ein Schluchzen der Wut und des Schmerzes erschütterte seine Brust. »Du kannst nichts dafür, Kind«, sagte Penelope mit rauher Stimme; »was mußte er sich denn einmischen!«

Sie weinte nicht. Sie wandte sich den Jammernden zu und sagte hart: »Geht jetzt alle hinaus. Ich will allein sein mit ihm.« Mit scheuen Blicken gehorchten sie; auch Telemach ging. Er kannte seine Mutter. Draußen fing wieder das Heulen und Winseln an.

Penelope hörte es nicht. Sie saß am Rande des Bettes. Das Blut aus der Stirnwunde war gestillt. Es war nicht sehr heftig hervorgequollen. Altersblut. Der Bart starrte steil und spitz in die Höhe. Die Augen waren geschlossen. Die Wangen gelb und eingefallen. Penelope nahm die kalten Hände in die ihren, als könnte sie sie erwärmen.

Es wurde dunkler und dunkler im Raum.

Da plötzlich regten sich die blutleeren Lippen etwas. Schwer hoben sich die Lider halb über den verschwimmenden Augen. Der Mund, der ein sprödes Lächeln anzudeuten schien, flüsterte:

»Ich weiß!... ich hätte still sein sollen, bis die andern kamen... ich konnt es nicht lassen... reden wenigstens...«

»Ruhig, sei ruhig, Lieber. Ich weiß, du hast es nie lassen können, wenn es dich ankam.«

»Jetzt ist's wohl vorbei mit mir... ich spür das... komm ganz nahe her zu mir, ich hab nicht mehr viel Ton in der Stimme... die Kälte... es steigt schon die Kälte herauf von unten...«

Penelope neigte sich über ihn, ihr Ohr nahe seinem Mund. Nach einer Weile sprach er wieder.

»Sag mir, Penelopaion!... war es sehr arg mit mir?... Troja... und dann die Schallmauer... du weißt schon.«

»Das ist so lange, lange her, Liebster. Ich hab es verstehen gelernt. Du konntest nicht anders. Aber sag mir, wenn es dich nicht gar so anstrengt, sag mir noch eins: Hast du mich irgendeinmal geliebt?«

Nach einer langen Pause, in der er die Lider geschlossen hielt, bewegte er wieder die Lippen. Sie neigte sich noch tiefer über ihn, um sein unklares Flüstern zu verstehen.

»Weißt du! Es war gut reden mit dir... trotz deines Mundwerks... und das mit dem Ruder war dein Meisterstück... langweilig war's nie mit dir.«

»Das ist es nicht, was ich wissen will. O Odysseus«, flüsterte sie dringlich, »daß ich gescheit bin, weiß ich. Darauf kommt's mir nicht an. Aber sag mir ein einziges Mal, jetzt wo du fortgehst, sag mir: Hast du mich, nicht immer, aber doch dann und wann!, hast du mich irgendeinmal wirklich geliebt? Du weißt, *wie* ich es meine!«

Er schwieg. Aber Schmerz kann scharfsichtig machen, und so sah sie, daß es nicht nur die Todesschwäche war, die ihn schweigen hieß. Sie wartete. Da öffnete er plötzlich die Augen ganz, und es war noch ein erlöschender Funke darin von seiner ehemaligen Durchtriebenheit. Er sprach auf einmal ganz klar: »Was willst du denn noch? Bohr nicht!« – Dann starb er.

Penelope seufzte sehr tief. Ganz von unten herauf, als seufze sie nun endgültig und ein für allemal eine alte Hoffnung und Erwartung aus, die bis jetzt noch in ihrem Herzen gewesen war.

Sie drückte Odysseus die Lider über den erstarrten Augen zu. Schwerfällig erhob sie sich von seiner Seite und kniete hin neben dem Bett. Auf ihren Fersen hockend, die leeren Hände schlaff auf ihren Schenkeln, schaute sie ihm ins Gesicht. Sie klagte, sie jammerte nicht. Sie hatte auch keine Tränen. Sie redete mit dem Toten:

»Jetzt bist du also zum dritten Mal fortgegangen von mir!

Das erste Mal war es knapp nach einem Jahr. Der Rummel um Helena, der unselige Feldzug nach Ilion. Das konntest du dir nicht entgehen lassen. Dein Spielchen mit den gesalzenen Ackerfurchen hab ich gleich durchschaut, so jung und unerfahren ich war. Daß ich dir damals keine Szenen machte und dich gehen ließ, war nicht mein, das war Eurykleias Verdienst. Ich hab das alles erst viel später begriffen. Am kleinen Telemach erst hab ich gelernt, was das ist, ein Mann.

Daß er das braucht, was man Bewährung nennt. Kaum konnte er sich aufrechthalten auf seinen zwei wackligen Beinen, da riß er sich schon los von meiner Hand, um einen Schwarm Tauben aufzuscheuchen. Wenn die dann aufstoben, schrie und prahlte er vor Stolz. Und kein Loch, in das er sich nicht hineinzwängte aus Neugier. Dabei voller Angst. Wenn er dann aber aufgeschunden war und müde, kroch er mir wieder auf den Schoß.

Damals, Odysseus, hab ich verstanden, warum du mich verlassen hast. In jedes Abenteuer müßt ihr euch einlassen und dabei vergeßt ihr alles, was sonst noch um euch ist. Voll Neugier und voll Todesangst. Denn am Ende des Abenteuers steht immer das Wunderbare oder der Tod. Und vorher weiß man nie, was von beidem es sein wird. Erst wenn ihr davongekommen seid und angeschlagen und euch jeder Knochen weh tut, fällt euch ein, daß irgendwo eine sitzt, die einen auf den Schoß nimmt und tröstet und einem nichts nachträgt, außer ein bißchen Gemurr. Aber da seid ihr schon eingeschlafen, trautes Gesumm im Ohr. So seid ihr eben, ihr Männer. Von klein auf. Ihr könnt nichts dafür.

Als sich herumsprach, daß Troja gefallen und du unter den Überlebenden warst und dennoch nicht heimkehrtest, da begann es mir zu dämmern, daß du mich ein zweites Mal verlassen hattest.

Vor Troja hattest du dich unter Männern ›bewährt‹, ihnen gezeigt, was für ein Kerl du bist. Jetzt kamen die Grotten und die Schlünde dran. Jetzt warst du darauf aus, zu erfahren, was Frauen sind. Nicht solche, die zu Hause sitzen und warten. Auf die gläsernen Grotten der Täuschung warst du aus: Wunderbares, oder ein raffender Schlund? Oft beides. Auch das Spiel mit dem Tod. Bei der eigenen Frau – wenn man vernünftig gewählt hat – fehlt dieser Kitzel. Die will sich euch nicht einverleiben und verdauen, zum Sklaven machen, der zu ihren Füßen winselt. Die liebt euch nämlich. Und Liebe ist nicht auf Besitz aus. Die gibt und rechnet nicht, was sie dafür bekommt.

Wie das mit euch Männern und den Grotten ist, das konnte mir auch Eurykleia nicht sagen. Das hab ich erst viel, viel später verstehen gelernt. Damals blieb mir nichts als das Warten, eine vage Ahnung und eine Mischung aus sengender Eifersucht und kalter Angst um dich.

Jetzt also bist du zum dritten Mal fortgegangen von mir. Auf Kampf mit dem Piratengesindel warst du sicher nicht aus. Daß du den Mund nicht halten konntest, glaub ich schon eher. Aber auch das war nicht der eigentliche Grund. Ich hab es schon die ganze Zeit gespürt, daß etwas los war mit dir. Als wären dir Ameisen über die mürben Knochen gekommen. Es war dir nicht mehr wohl in deiner Haut. Auf deine Ratschläge war niemand mehr angewiesen. Unser Telemach hörte sie nur mehr aus Gutmütigkeit an und aus Ehrfurcht, aber mit unterdrückter Reizbarkeit, die dir nicht entging. Schließlich ist er ja ein Mann, ein Familienvater. Er braucht dich nicht mehr. Da begann dich die letzte Abenteuerlust zu plagen: die Neugier auf den Tod. Als Gast bist du ja schon einmal unten gewesen. Aber nur für einen Blick durch den Eingang. Das hat euch damals vollauf genügt. Ihr saht zu, daß ihr wegkamt von dort mit heiler Haut. Was der Tod wirklich ist, hast du damals nicht erfahren. Diese Erfahrung wartete noch auf dich; eine große Erfahrung: Wundersucht vermengt mit Furcht.«

Penelope schwieg eine Weile und grübelte. Dann fing sie von neuem an zu sprechen: »Ich werde dir bald nachkommen, Odysseus. Eine Weile werde ich noch hier oben bleiben im Licht auf der grünen Erde und zuschauen, was aus den Kleinen unseres Telemach wird und wie er selbst sich macht. Vielleicht muß ich seiner jungen Frau auch unter die Arme greifen, wenn es ihn eines Tages packt und er auszieht zur ›großen Bewährung‹. Ein bißchen wirst du also noch warten müssen auf mich. Vielleicht begreifst du dann ein wenig davon, was Warten heißt. Aber da unten ist wahrscheinlich auch der Schmerz nur flau und blaß. Und einen echten Schmerz gönn ich dir ja nicht. Nur ein bißchen Begreifen. Denn unten wirst du auf mich allein angewiesen sein, deine Halbgöttlichen in den gläsernen Grotten, die vegetieren ja hier oben in öder Unsterblichkeit.

Aber eins, das versteh ich immer noch nicht.

Weißt du, mein Odysseus, der du jetzt stumm und unbeweglich daliegst, den Bart spitz emporgereckt, und deine Wangen werden gelblich und fallen ein, daß die Backenknochen hervortreten, deine Augen sind geschlossen, deine wechselfarbenen, durchtriebenen Meeraugen, die es mir von Anfang an so angetan hatten. Weißt du? Hast du es je gewußt, was mir am bittersten zugesetzt hat?

Nicht, daß du mich verlassen hast nach einem kurzen Jahr und nicht zurückkamst, sobald es möglich gewesen wäre. Nicht die Grotten und Schlünde und all die endlosen, verscherzten Jahre, da ich brachlag wie ein vergessener Acker.

Nach und nach hab ich das alles verstehen gelernt. Man kann alles verstehen, wenn's um einen geht, den man liebt. Man will es ja verstehen, denn dann schmerzt es nicht so.

Etwas anderes ist es, was mir jetzt noch zusetzt in unserer letzten Stunde. Etwas sehr Törichtes, aber es hat mich so gequält, daß nicht nur mein Herz gelitten hat, sondern daß mir zeitweilig jedes Glied meines Körpers, jeder Tropfen meines Bluts weh getan hat, daß ich hätte schreien können. Wenn ich davon zu reden anfangen wollte, bist du mir immer ausgewichen, hattest plötzlich dringend etwas zu tun. Jetzt kannst du mir nicht mehr ausweichen und mußt es dir anhören: Warum, Odysseus, hast du mir niemals – nicht einmal in den ersten Monaten unseres Zusammenseins und nicht einmal jetzt, auf dem Totenbett, gesagt: Ich liebe dich, Penelope!

Die Ohren hallen mir davon, wie oft du das geflüstert, gestammelt, geschrien haben wirst bei irgendwelchen anderen. An den Wänden ihrer Höhlen wird es noch haften, dein Liebesgerede. Auf den Mund gefallen warst du ja nie, wenn du etwas wolltest. Warum hast du dir's bei mir immer verbissen, nicht nur erspart? Verbissen geradezu! Warum nur? Vielleicht war es ja wirklich so, daß du mich nie geliebt hast, sondern mich nur leiden konntest. Aber auch wenn's so gewesen ist, du bist doch sonst nicht so heikel mit der Wahrheit umgegangen und warst immer gut im Lügen. Warum konntest du es dir nicht einmal abringen zu sagen: Penelope, ich liebe, ich begehre dich! – Daß ich gescheit bin, daß man reden kann mit mir und sich verlassen auf mich, auch daß es nicht langweilig ist mit mir, das hast du mir oft und oft gesagt. Aber kein einziges Mal sagtest du: Wenn ich an dich denke, Penelope, wenn ich dich anschaue, werden mir die Knie weich.

Ich weiß ja, daß ich nie schön war wie Helena, nicht einmal hübsch wie Kalypso mit dem Wimpernaufschlag und den seidigen Flechten. Aber du kennst doch die Menschen, kennst die Frauen, Odysseus. Ist es dir nie eingefallen, wie sehr ich mich nach diesen drei billigen Worten gesehnt habe, die keiner Küchenmagd vorenthalten werden: Ich liebe dich! Wahrscheinlich hätte ich es dir nicht geglaubt. Aber ich hätte wenigstens gewußt: Ich bin ihm eine Lüge wert.

Hast du – dem selten etwas entgeht – dich niemals gefragt, warum ich dir so viel von den Freiern vorschwatzte? Wie sie gafften nach mir und ihnen das Maul offenblieb, wenn ich herunterkam und einen Augenblick stehenblieb im Eingang der Halle und mich umsah; zurechtgemacht vorher, und zwar nicht ohne Geschick? Hab dir sogar erzählt von der Art der

Blicke, die Antinoos mir zuwarf, und daß ich sie ihm probeweise sogar zurückgab ein paarmal. Du hast mich nie so angesehen, Odysseus, wie Antinoos mich angesehen hat. Diesen Blick behieltest du anderen vor. – Hast du dich auch nie gefragt, warum ich nie widersprochen habe, wenn die Leute tuschelten und dir ins Ohr träufelten, ich hätte mich durch alle Freier durchgeschlafen? Ganz kühl und trocken bist du geblieben, wenn sie dir's steckten, und hast höchstens gelacht. Warst du denn so sicher, war es dir so selbstverständlich, daß mich nicht auch einmal die Lust ankam oder einen anderen die Lust ankommen konnte auf mich? Oder war es dir so gleichgültig? Hat dich meinetwegen nie die Eifersucht berührt?

Ich kenne die Eifersucht, Odysseus! Zwischen Angst und Eifersucht wurde mein Wesen hin- und hergerissen zehn Jahre lang, die ich nicht wußte, soll ich einen Toten beweinen oder einen Herumstreuner hassen. Und auch als du längst zurückgekommen warst und nach und nach alles herausgekommen ist über deine Abenteuer, fiel mich dann und wann immer noch das kriechende Tier der Eifersucht an, und sein Reptilienbiß vergiftete mir das Blut und die Glieder. Im Kopf und im Herzen trug ich dir längst nichts mehr nach. Aber es konnte geschehen, daß ein Traum in der Nacht die alte Qual hervorriß ans Licht aus der Tiefe des Vergessens und Verstehens, und es geißelte mich die Folter der Eifersucht, als hättest du mich eben erst verlassen, jung, in der Blüte deiner Kraft; verlassen und verworfen einer anderen wegen, die etwas an sich hatte, das mir fehlte und das dich in Ekstasen versetzte, wie du sie bei mir nicht gekannt hast. Wenn ich es nicht mehr aushielt und redete davon, fingst du von etwas anderem an oder gingst hinaus. Siehst du, mein zeitlebens Geliebter, der du nun vor mir liegst mit erstarrten Lippen und nichts mehr erwidern kannst, das war es, was mich so furchtbar gequält und gekränkt hat, daß du nie eifersüchtig warst auf mich. Daß du dich auch kein einziges Mal zu der Lüge aufgerafft hast: Du, Penelope, warst die beste von allen, die ich so kennengelernt habe im Laufe meines umgetriebenen Lebens, dich allein habe ich wirklich geliebt und deinetwegen bin ich zurückgekommen aus all den schimmernden Grotten, weil mich die Sehnsucht und die Begierde, weil mich die Eifersucht zerfraß. Heut bin ich alt genug, um zu wissen, daß Liebe mehr ist als die Blendung und die Begierde nach wohlgeformten Gliedern; daß es in weiter Sicht nicht ankommt auf die paar Hochschwünge im Bett oder im Gras, sondern daß es auf die Rückendeckung ankommt, die man einander gibt gegen das Leben und gegen den Tod, die die Götter verhängen; gegen ihre kindisch sinnlosen Launen.

Diese Rückendeckung habe ich dir gegeben, darauf hast du dich verlassen und ihretwegen bist du auch zurückgekommen, als dich die gloriosen Abenteuer schon ein bißchen müde machten. Da hast du dann begriffen, daß ein Gefühl der Geborgenheit und Sicherheit ohne alles Mirakulöse drum herum das ist, was am Leben erhält, das Eigentliche und Wesentliche. Da kamst du heim.

Aber schau, Odysseus! Wird man des Wesentlichen froh, lebt man vom Wesentlichen? Gewiß, es stärkt das Rückgrat, es verhilft zu einer aufrechten Haltung und hält den Puls im ordentlichen Gleichmaß. Aber da ist doch noch das törichte, das liebessüchtige Herz! Und auch das meine sehnte sich – genau wie das deine – manchmal nach dem ›Unwesentlichen‹, das ihm Frohsinn gibt und Zuversicht, Lebensvertrauen und ein bißchen Stolz auf das liebe, vergängliche Fleisch. Meinetwegen eine satte Lüge, wenn sie nur den Herzschlag aus dem ordentlichen Gleichmaß bringt, ihn stocken und dann rasen macht. Das tut so gut. Man fühlt sich erst lebendig, wenn der Herzschlag aus dem Gleichmaß kommt, Odysseus. Du hast es ja erfahren und hast's dir gegönnt wider die Vernunft und Pflicht, die dir sagten: Geh nach Haus.

Ich trag dir's nicht mehr nach. Aber es kränkt mich, ich habe so darauf gehofft und so gewartet, daß du mir einmal etwas sagst, einmal etwas vorlügst, das mir das Herz in süße Unordnung gebracht hätte. Was hat eine Frau denn von aller Anerkennung ihrer Klugheit, ihrer Tüchtigkeit, Verläßlichkeit und Treue und wenn man ihr sagt, daß man mit ihr reden und lachen kann und daß sie einen Mann versteht und ihm keine Szenen macht, wenn er ein bißchen abschweift.

Du, mein Odysseus! Wie hab ich gewartet darauf, daß du mir einmal aufbindest, du liebtest mich irgendwelcher Reize wegen, die nichts mit Gescheitheit und Anständigkeit zu tun haben, sondern an der nackten Außenseite haften, an dem dummen Hautbalg, der so rasch verwelkt. Daß du mir einmal aufbindest, du hättest dich im Brand der Eifersucht gewälzt meinetwegen und in die Erde gebissen, so wie ich es bisweilen tat, deinetwegen.

Eurykleia hat mir einreden wollen, du hättest die Freier hingemetzelt aus Eifersucht, weil einer oder der andere vielleicht mit mir geschlafen hat. Aber du hast sie nur umgebracht aus Wut und Rachsucht, weil sie sich an deinem Besitz vergriffen haben, und ein Teil dieses Besitzes war auch ich. Mag sein, daß du ihnen wegen Kalypso kein Haar gekrümmt, sondern alles auf friedlichem Verhandlungsweg in Ordnung gebracht hättest, aber du wärest eifersüchtig gewesen. Der Gedanke, sie hätte dich betrogen, hätte dich rasend gemacht.

Siehst du, mein Alter, der du dich so viel und so aufmerksam unter den Menschen herumgetrieben hast, daran dachtest du nie, daß auch ich, die ›vielgescheite‹ Penelope, gepfiffen hätte auf all meine Klugheit und gerne stolz darauf gewesen wäre, für dich, den ich liebte, nichts zu sein als eine Frau, die dein Blut in Wallung bringt, dir die Begierde ins Fleisch jagt. Vielleicht war's manchmal sogar so. Aber warum hast du, der Zungenfertige, es nie gesagt, es nicht über die Lippen gebracht? War das so schwer für dich? Mir ist das gar nicht schwergefallen zu sagen: ›Du Einziger, Liebster, Großartiger!‹, auch wenn du gerade gar nicht großartig warst, sondern mich auf dem Trockenen sitzen ließest. Gerade dann hast du es ja gebraucht, daß ich es sage.

Aber was soll's jetzt. Es ist vorüber.

Ich kann dich nicht mehr mit Fragen quälen, dir keine Antwort mehr herauslocken. Ich kann mir nur selbst die Antwort darauf geben, warum alles so gewesen ist: Warum du mich nie angesehen hast mit den Blicken, mit denen Antinoos mich angesehen hat. Warum du mir nie gesagt hast, daß du eifersüchtig bist auf mich. Warum du mir sogar dieses einfache Wort vorenthalten hast: Ich liebe dich, Penelope, in deinem Fleisch.

Ich glaube, du bist einfach zu klug dazu gewesen. Es hatte nichts mit mir zu tun und damit, wie reizvoll ich war. Du wolltest dein Nest nicht gefährden. Und wenn man so miteinander umgeht, dann wird das Bett zur Kloake, in der man sich erst stöhnend vor Lust wälzt, aber dann graust einen, und man will es nie wieder sehen. Es kann kein Nest mehr sein. Das war der Grund, warum du diesen Teil deiner Wünsche anderswo befriedigt hast als bei mir. Und ich, die ich die gleichen Wünsche gekannt habe, ich habe mir ihre Erfüllung versagt. Nicht wegen der Anständigkeit oder wegen deiner Ehre, sondern wegen der Ehre meines Fleisches, das eine Frau nur hingibt, wenn Liebe dabei ist und Zärtlichkeit und gegenseitige Schonung und Achtung.

Es scheint so zu sein, daß wir Frauen nicht in der gleichen Weise den Gelüsten unseres Geschlechts nachgeben können, wie ihr Männer es könnt, bedenkenlos und auch unbeschadet. Denn dieser Ort ist bei uns nicht nur ein Garten der Lust, sondern da empfangen wir auch die Kinder und tragen sie aus; und auch euch, die wir lieben, tragen wir immer irgendwo dort herum, und ihr sucht hier nicht nur die Freude, sondern öfter noch Zuflucht und eine tiefere Sicherheit, als feste Mauern und ein eherner Harnisch zu geben vermögen.

Und deshalb müssen wir achten darauf, daß dieses dumme, lüsterne Fleisch nicht verdorben wird, sich schamlos herumtreibt und freimacht von der Aufsicht der Seele, die es zwingt, auf seine Ehre zu halten und seinen Würdenstand zu wahren als Nest für Mann und Kind. Im Morast baut sich der Kluge kein Haus. Und klug bist du gewesen, mein Odysseus.

Könnte es sein, daß eben dieses auch der Grund war, warum du mir niemals sagtest, ich liebe und begehre dich, Penelope? Daß nicht Gleichgültigkeit es war, warum du mir dieses Wort so hartnäckig verweigertest, sondern Scheu? Angst? Eine Art Verhütungszauber? Wenn ich nicht ausspreche, du bist begehrenswert, dann bist du es auch nicht, und keinem fällt es ein, dich mit Räuberaugen anzusehn!

Armer Odysseus! Du konntest so ruhig sein. Keiner hat

dein Ölbaumbett verrückt, auch wenn's nicht so tief verwurzelt gewesen wäre in Ithakas harter Erde. Du konntest sehr ruhig schlafen und es dir wohl sein lassen in den locker gegründeten Betten deiner halbgöttlichen Schlampen. Du warst trotzdem gut aufgehoben in meinem Schoß, auch wenn du dich in aller Welt herumgetrieben hast und in jede Grotte gekrochen bist. Dabei hab ich viel davon geahnt, sogar gewußt. Ich habe mich weder erhängt deswegen, noch hab ich dir Hörner aufgepflanzt. Dein Nest blieb rein. Nicht wegen meiner Tugendhaftigkeit, daß du nur das nicht glaubst, sondern wegen meines Unvermögens, das ich zeitweilig gehaßt habe. Die Schwelle zu deinem Nest hat keine fremde Sohle betreten, weil dein Gesicht im Weg gestanden ist, deine spöttischen Augen.

Jetzt scheucht wohl schon der Stab des Hermes deine arme Seele wie einen verirrten Vogel hinunter in die tiefste Grotte, in den schwarzen Schoß der Erde. Noch liegt dein vertrauter Leib da auf unserem gemeinsamen Bett. Aber schon gelb, wie aus Pergament, eine entleerte Hülse. Sie werden dich mir bald wegtragen. Waschen und salben und in weiche Tücher hüllen werde ich dich noch selbst, damit es dir nicht so kalt in der Erde ist. Dann wird dieses Haus leer sein, wie es niemals leer gewesen ist, als du fort warst. Denn als du dich umtriebst in der Welt, war immer noch etwas von deiner Wärme in diesen Mauern. Deshalb habe ich ja auch nie wirklich glauben können, daß du tot bist, weil ich diese Wärme spürte, die über dem Thymian lag in der Stunde des Pan, wenn die Faune röhrten.

Aber jetzt bist du tot.

In den letzten Jahren war ja unser Zusammensein nur mehr Gewohnheit. Alle unsere Geschichten hatten sich lahm erzählt. Jeder von uns wußte beim ersten Wort, welche Geschichte, welches Abenteuer, welcher Spaß, welche Posse nun wieder zermahlen wird, und wir waren froh, wenn ein Fremder ins Haus kam, der sie noch nicht kannte. Jedes Wort wußten wir auswendig, jede Wendung. Es feilte oft an den Nerven, und die Gänsehaut sträubte sich auf aus lauter Gereiztheit über soviel Vertrautsein.

Einmal bist du die Krone meines Herzens gewesen, Odysseus. Es ist so lange her. Dann hat sich allmählich gezeigt, daß die Krone voll von Dornen war. Sie waren scharf und zäh und haben sich tief eingewühlt. Und dann ist die Zeit gekommen, da auch die Dornen stumpf und mürbe geworden sind und ich von einer Krone nichts mehr spürte. Aber jetzt, wo sie weg ist, merk ich wieder, daß sie da war; denn es friert mich. Es hat einen kurzen Frühling gegeben für uns beide, mein Mann, mein Odysseus. Dann zogen Gewitter auf und entluden sich, Blitze schleudernd und vom Donner weit umhallt. Nachher kam ein feuchter Nebel und machte alles grau und vag.

Aber wenn sie dich hinausgetragen haben werden und es unwiderruflich und für immer ist, dann wird es plötzlich wieder so sein wie in den ersten Wochen und Monaten unserer Liebe, als wir uns noch so viel zu sagen und zu erzählen und soviel Liebes zu tun hatten. Es wird sein wie in den Ginstertagen, als mir das Herz aussetzte, wenn ich nur deinen Schritt draußen auf dem Weg hörte und dann loderte, wenn du zur Tür hereinkamst, daß ich die Hand darauf legen mußte, weil ich glaubte, es müßte zerspringen über das Wunder, daß du auf der Welt und mein bist. Du wirst vor den Augen meines Herzens stehen und in meinen Adern und in jeder Faser meines Körpers leben wie in jenen so fernen Tagen, und aller Kummer, aller Groll und alle Verzweiflung und auch die öde Gewöhnung werden ausgelöscht sein, als hätte es sie nie gegeben. Nur dein Bild wird da sein und darüber der Schattenflügel des Niemalsmehr.

Jetzt rede ich noch zu dir, so ruhig, als säßest du mir gegenüber und hörtest mir zu. Auch mein Herz ist ruhig und mein Kopf. Jetzt fühlt es sich so an, als könnte ich es ertragen und überstehen, daß du nicht mehr da bist, und ganz gewöhnlich weiterleben. Aber es ist nur eine künstliche Betäubung. Der Schreck, als sie dich auf der Bahre brachten, hat mich für ein paar Stunden vereist. Aber langsam wird diese taube Kälte auftauen, mein Herz wird zu schlagen, meine Nerven werden zu fühlen beginnen.

Dann wird ein Riß gehen durch das Zelttuch des Himmels,

Licht und Finsternis werden aufgehoben sein. Es wird sehr still sein in diesem Unlicht, und etwas wird vorübergehen an mir in dieser Stille. Ein Grauen, das mich ansieht bis ins verdorrende Mark meiner Knochen, ein Grauen, dessen Blick sagt: Den Odysseus gibt es nun nicht mehr auf dieser deiner Erde. – Dann mögen die Götter mir gnädig sein.«

Es war nun ganz dunkel im Raum. Der feuchte Seewind hatte sich gelegt, und in den Ölbäumen und Zypressen draußen hing die Stille. Mühsam richtete sich Penelope auf aus ihrer knienden Haltung. Die Glieder waren ihr eingeschlafen. Sie setzte sich noch einmal auf das Bett, neigte sich über das Gesicht des Toten und legte ihre beiden Hände auf seine erkalteten Wangen. Das vertraute Antlitz war überraschend klein, kantig und starr. Sie fuhr ihm noch einmal durch das grau-rötliche Gekräusel seiner Haare, die sich wie Heu anfühlten und verdorrtes Kraut, über die geschlossenen Lider unter den hochgewölbten Brauen, an denen noch etwas von seiner kritischen Wachsamkeit zu hängen schien. Sie streichelte seine nackten Schultern, die noch warm und nicht erstarrt waren. Dann sank sie auf seine eingefallene Brust, von einem Schluchzen gerüttelt, das lautlos war und sich nicht in Tränen löste.

»Leb wohl, mein Odysseus«, flüsterte sie, »mein sehr geliebter, du Schuft, du Schürzenjäger, Lügner und Träumer. Ich war dir verfallen. Deinen meergrünen, wechselfarbenen Augen war ich verfallen, in denen ohnehin alles zu lesen stand, was du mich dann hast anschauen lassen. Trotzdem! Ich bereue nichts. Und heute noch, wo ich alles weiß, was mir blühen wird, würde ich wieder auf deinen Wagen springen und mich an deinen Schultern festhalten und keinen Blick zurückwerfen auf das Haus meines Vaters.«

Noch einmal nahm sie seine Wangen in beide Hände und küßte die spröden, blutleeren Lippen. Dann zog sie ihm das Laken über das Gesicht und richtete sich sehr gerade auf. Sie hatte dabei das Gefühl, als renkte sie ihre Knochen ein, als knirschten die verrosteten Gelenke. Dann ging sie zur Tür und rief nach den Mägden. Ihre Stimme hatte eine schartige Schärfe, als sie befahl:

»Schafft alles aus dem Haus, was von eurem Herrn ist. Die Kleider, die Geräte, mit denen er umgegangen ist, und die Sandalen, vor allem die Sandalen. Schafft es mir aus den Augen, daß ich nichts mehr davon sehe. – Und das Lager richtet ihr mir künftighin in der Kammer, in der Eurykleia schlief.«

Dann verließ sie mit raschen, ausgreifenden Schritten das Haus und ging hinauf zur Steineiche und weiter hinauf durch das dichte Gestrüpp der dornigen Stauden und Brombeerranken, daß ihr das Blut von den Waden rann. Dabei verfolgten sie die verblüfften, mißbilligenden Blicke des Gesindes, das auf eine Orgie der Trauer und des Weinens gefaßt gewesen war und nun einander gehässig zuflüsterte, daß die Herrin unglaublich gefühllos sei.

INHALT

INGE MERKEL
DAS GROSSE SPEKTAKEL

Roman

Mit staunenswerter Erfindungskraft entwirft Inge Merkel Figur um Figur und Szene um Szene und führt uns so die Geschichte des Glaubens, Aberglaubens und Mißglaubens vor: es ist eine Folge von großen Niederlagen – und kleinen Siegen.

... hier obwaltet ein freundliches und heiteres Sich-ins-Einvernehmen-Setzen mit anderen Werken der österreichischen und der Weltliteratur, über Erasmus zurück in die heidnische Antike. Und trotzdem bewahrt sich der Roman etwas Unverwechselbares, das mit Österreich, mehr noch mit Wien, zu tun hat ...

Hans Höller, PROFIL

Residenz Verlag